(GABE) begreifen

Aron Olin

begreifen

Roman

Bibliografische Information der Deutschen Nationalbibliothek:
Die Deutsche Nationalbibliothek verzeichnet diese Publikation in der Deutschen
Nationalbibliografie; detaillierte bibliografische Daten sind im Internet über
http://dnb.dnb.de abrufbar.

Covergestaltung: Leo Redwood

Herstellung und Verlag: BoD – Books on Demand, Norderstedt

ISBN: 978-3-7597-0754-3

1

Sebastian war seit mehr als 20 Jahren blind und es daher gewohnt, sich nur durch seinen Tastsinn und sein Gehör fortzubewegen. So schaffte er es, der erste zu sein, der die Bühne erreichte. Obwohl sich um ihn herum eine große Anzahl an Menschen von ihren Plätzen erhob, um nach vorne zu strömen. Der Prediger ergriff seine Hand:

„Wie heißt du, mein Sohn?"

„Sebastian."

„Sebastian, was fehlt dir?"

„Ich kann nicht sehen."

„Doch, Sebastian, das kannst du." widersprach er und legte ihm eine Hand auf das Gesicht, „schließe deine Augen."

„Ja." Sebastian tat wie geheißen.

Er nahm die Hand weg: „Öffne deine Augen."

Wieder befolgte Sebastian die Anweisung – und riss die Augen mit einem Schlag ganz weit auf: „Ich... ich... ich sehe." stotterte er.

„Du siehst." Der Prediger lächelte ihn an – und Sebastian fiel ihm um den Hals:

„Ich sehe alles. Alles. Danke. 1.000 Dank. Sie sind ein guter Mensch. Der Herr segne Sie."

„Das bin ich. Und das tut er. Und dich genauso. Euch alle segne er." rief er laut und die Menschen, die bisher brav in einer Reihe gestanden hatten, drängten sich nun ungestüm um ihn. Während alle die, die noch gesessen hatten, aufsprangen und hinzueilten.

„Ich will es allen erzählen." jauchzte Sebastian überglücklich.

„Wir wollen es allen erzählen." setzte irgendjemand aus der Menge hinzu. Doch in diesem Moment hob der Prediger die Hände: „Der Tag ist noch nicht gekommen, da ich mich der ganzen Welt zeige. Der Weg, den der Vater für mich bestimmt hat, kann nur in kleinen Schritten gegangen werden. Heute seid ihr es, die mich sehen dürfen. Nehmt das mit. Und wenn die Zeit anbricht, da ich hinaus in die Welt gehe – geht auch ihr hinaus in die Welt. Dann könnt ihr erzählen, was heute hier geschehen ist. Gepriesen sei Gott der Vater." Um ihn herum erstrahlte auf einmal ein gleißend leuchtender Glanz, der alle im Saal die Augen zusammenkneifen und den Atem anhalten ließ.

2

Bis auf die drei Freunde, die viel zu sehr mit sich selbst beschäftigt waren, um wirklich mitzubekommen, was um sie herum geschah. Die Menge der Leute, die nach vorne strömte, verschluckte sie fast und mühsam kämpften sie sich hindurch in Richtung Ausgang. Niemand achtete mehr auf sie – nicht einmal die Mitarbeiter an den Türen schenkten ihnen mehr als einen flüchtigen Blick. Dann waren sie draußen in der Vorhalle. Sie war leer. Bis auf eine einzige Person – Lotta:

„Ihr seid überheblich. Und sie sind erfolgreich. Weil sie Kraft aus ihrer Überzeugung ziehen."

Z starrte sie an: „Was?"

„Mein Einstiegssatz. Eine Vorgabe. Gott meinte, ihr wüsstet damit etwas anzufangen."

„Momentan weiß ich mit überhaupt nichts etwas anzufangen." murmelte Geraldine abwesend, „was ist passiert?"

„Ihr habt eure Gaben verloren. Gott hat sie euch genommen."

Das brachte sie alle drei zurück:

„Genommen?"

„Weg?"

„Fort?"

„Ich hatte euch gewarnt." Lotta blickte sie streng an, „vor langer Zeit. Bei einem ähnlichen Anlass. Ich hatte euch gesagt ‚Wenn ihr versagt...' und so weiter."

„Aber... wir haben nicht versagt." widersprach Z, „wir haben alles versucht."

„Ja." schloss Geraldine sich an, „die Erinnerungen mögen noch keinen Sinn ergeben. Aber wir finden da was."

Lotta lachte auf: „Glaubt ihr wirklich, dass euer krudes Abenteuer mit dem jetzigen Chef der Dämonen die Herausforderung war? Eine Aufgabe, die dich zur Sünde verleitet und fast umgebracht hat? Glaubt ihr das wirklich? Kennt ihr Gott?"

„Aber..." Z fuhr sich verzweifelt durch die Haare, „was denn dann?"

„Ja. Der Plan." keuchte Geraldine, „wir dachten... der Plan."

„Der Plan läuft." entgegnete Lotta, „eine ganze Weile schon."

Z zog die Brauen hoch, aber Geraldine war mit ihrer Frage schneller:

„Und es war nicht an uns...?"

„Ihr solltet eine Rolle spielen dabei." führte Lotta aus, „aber noch nicht jetzt. Jetzt nützt ihr noch nichts."

„Und später..."

„Nützt ihr auch nichts mehr. Nicht mehr." Lotta wandte sich ab – anscheinend bereit, sie zu verlassen. Sie jedoch waren dafür noch nicht bereit:

„Das..." begann Z, allerdings zu leise – Geraldine war da schon lauter:

„Was war es denn dann? Die Herausforderung?"

Lotta seufzte tief: „Ruhm, Ehre, Reichtum, Anerkennung. Nennt es, wie ihr wollt."

Geraldine und Z wechselten einen Blick:

„Die Fernsehshow?"

„Das Zentrum?"

„Euer Umgang damit." erläuterte Lotta, „eure Einstellung. Ihr habt mehr Wert auf Geschenke und Bezahlung gelegt als auf eure Bestimmung. Ihr habt euch die lukrativsten Angebote herausgepickt, anstatt dahin zu gehen, wo Gott euch haben wollte. Ihr habt die Menschen einem Bezahlsystem unterworfen – von ihnen genommen, anstatt ihnen zu geben."

„Wir haben gegeben." wehrte sich Geraldine erbost.

„Aber ihr habt auch genommen. Ihr hättet nur geben sollen."

„Hätten wir die ganzen Spenden wegschmeißen sollen?"

„Spenden sind ein Geschenk."

„Die hast du auch angeprangert." schnaubte Z.

Aber Lotta blieb gelassen: „Wieder: euren Umgang damit. Am Anfang habt ihr euch gefreut. Euch auch mal was gegönnt. Aber ihr habt dessen Bedeutung nicht überspitzt. Es war eine nette Dreingabe, mehr nicht. Etwas, wofür ihr Gott dankbar wart. Da hat er euch gerne gegeben. Doch ihr habt eure private Bereicherung immer mehr in den Vordergrund geholt. Sie in euer Blickfeld gerückt. Und dadurch Gott daraus entfernt."

„Warum unterzieht er uns so einer Prüfung?" Zum ersten Mal sagte auch Annie etwas, „das hätte er doch einfach bleiben lassen können."

Aus Lottas Gesicht verschwand der Ausdruck von Genervtheit, den sie bisher zur Schau getragen hatte. Stattdessen wurden ihre Züge weich – fast mitleidig: „Ihr seid dazu auserkoren, einen großen Dienst für ihn zu verrichten. Solche Menschen müssen stark sein. Und bei ihm bleiben. In jeder Situation. Und er hat euch diese Prüfung nicht aufgedrückt. Sie kam von ganz alleine. Stärke bringt Attraktivität. Und Aufmerksamkeit. Aufmerksamkeit bringt Erfolg. Und Reichtum. Das ist der normale Lauf der Dinge. Und dafür hattet ihr auch Beispiele. Negative, wohlgemerkt. Zach. Patrick. Sie alle haben das durchgemacht. Vor euch. Ihr habt es gesehen. Immer wieder. Sie haben sogar versucht, euch zu warnen. Es hat nichts genützt. Denn ihr wolltet nicht hören."

„Das heißt, wir sind jetzt raus." Z ließ den Kopf hängen.

„Ich habe von Gott die Erklärung bekommen. Den zweiten Teil dessen, was ich euch damals sagte. Mehr weiß ich nicht. Alles andere muss er euch geben."

„Nicht durch dich."

„Gott redet durch mich. Aber nicht nur durch mich. Er will auch mit euch direkt kommunizieren. Nicht durch einen Mittler. Sucht ihn. Geht in euch. Ihr werdet eure Antworten finden."

Annie atmete tief aus: „Eigentlich können wir nach Hause fahren, oder?"

„Das war ein kaum nachvollziehbarer Themenwechsel." stellte Geraldine trocken fest.

Annie allerdings machte ihn nachvollziehbar: „Antworten finden will ich nicht hier auf dem Flur. Und gebraucht werden wir hier auch nicht mehr."

„Ja." stimmte Z zu, „wir können nichts mehr ausrichten. Gehen wir."

Sogar Lotta nickte: „Geht. Das ist in Ordnung. Aber vergesst nicht, was hier heute passiert ist."

Geraldine legte den Kopf schief: „Wie sollten wir das?"

„Alles, was hier heute passiert ist." Damit ließ Lotta sie stehen. Und war so die erste von ihnen, die ging.

3

Elisa kam aus der Umkleide und blieb unwillkürlich stehen. Jeanette saß an der Theke. Sie sah sehr traurig aus.

„Soll ich vorbeigehen?" fragte Elisa vorsichtig.

Jeanette schüttelte den Kopf: „Musst du nicht."

„Dann werde ich leider versuchen, dich aufzuheitern."

„Musst du auch nicht."

„Doch. Gehört dazu." Elisa ließ sich auf den Hocker neben ihr sinken.

„Mir geht einfach nicht so gut." brummelte Jeanette.

„Das sehe ich. Aus großer Entfernung. Es ist dein ehemals bester Freund, nicht wahr?"

„Seit er damals davongestürmt ist, hatten wir keinen Kontakt mehr." Jeanettes Stimme brach, während sie das sagte, und Elisa legte ihr den Arm um die Schultern:

„Warum suchst du dir nicht einfach einen neuen besten Freund? Oder mal einen richtigen Freund?"

„Weil ein richtiger der Richtige sein soll. Auf den warte ich. Aber da kommt keiner."

„Oder es kann sich keiner mit ihm messen." vermutete Elisa und erwartete einen Ausbruch. Stattdessen kam ein Seufzer:

„Er wäre so einer gewesen, ja."

„Will er keinen Kontakt mehr?"

„Ich stehe nicht im Weg."

„Seine Freundin."

„Was weiß ich..." Jeanette hob resigniert die Hände.

„Weißt du..." Elisa rückte ein wenig näher an sie heran, „ich habe da viel drüber nachgedacht. Gut – viel ist übertrieben. Aber ein wenig. Seit wir das letzte Mal gesprochen haben. Am Anfang dachte ich, er sei einfach nur ein Blödmann. Aber inzwischen frage ich mich, ob es nicht ein wenig differenzierter ist als nur schwarz und weiß."

Jeanette legte die Stirn in Falten: „Wie meinst du das?"

„Na – es gibt zwei Möglichkeiten: Entweder er hat Gefühle für dich oder nicht. Wenn er welche hat, könnte er jetzt mit dir zusammen sein. Aber dann müsste er sich von seiner Freundin trennen. Und die scheint er ja auch zu lieben. Und will sie wahrscheinlich nicht verletzen. Das ist eine ziemliche Zwickmühle. Eine Frau ist immer traurig. Und wenn er nichts für dich empfindet, mag er dich ja aber ganz offensichtlich trotzdem sehr doll. Und weiß, dass es dich verletzt, dass er deine Gefühle nicht erwidert. Also geht er dir aus dem Weg. Um es nicht noch schlimmer zu machen."

„Meinst du?" Jeanette wiegte zweifelnd den Kopf.

„Zwei Möglichkeiten von sehr vielen. Keine davon muss stimmen. Aber ich sag dir was: Nur du kannst es rausfinden."

„Wie denn?"

Elisa ergriff ihre Hände: „Geh auf ihn zu. Stell ihn zur Rede. Lass dir erklären, was los ist."

„Ich soll ihm hinterherlaufen?"

„Warum denn nicht? Ist ja nur ein Mal. Und du hast einen guten Grund: Er ist weg, ohne seine Beweggründe zu nennen. Das ist absolut legitim."

Jeanette schüttelte den Kopf: „Ich weiß nicht..."

„Was hast du zu verlieren?" versuchte Elisa es weiter, „Ein einziger Anruf. Oder besser noch: eine Nachricht. Dann hast du nicht mal direkten Kontakt. Du schreibst sie, schickst sie weg, er liest sie. Und meldet sich. Oder auch nicht. Schlag ihm ein Treffen vor. Wenn er nicht will oder es blöd wird, ist er einfach nur genauso weg wie jetzt auch. Auf der anderen Seite – hast du eine ganze Menge zu gewinnen. Vielleicht überzeugst du ihn, dass ihr wieder befreundet sein könnt. Und vielleicht sogar noch mehr."

„Mehr? Wie sollte das denn gehen?"

„Zeig ihm einfach, was er an dir hat."

„Wie das klingt."

Elisa lächelte verschmitzt: „Es klingt so, wie es klingen soll."

„Oh." Jeanette verzog das Gesicht, „ist das so leicht zu erkennen?"

„Wenn man genau hinschaut. Und sich ein wenig auskennt."

„Und wenn er doch ausflippt?" Die Zweifel kehrten in Jeanettes Gesicht zurück.

„Ist er doch noch nie. Hast du selbst gesagt."

„Ja. Schon. Aber..."

„Soll ich Verstärkung spielen?" schlug Elisa vor.

Jeanettes Gesicht hellte sich auf. Allerdings nur für einen kurzen Moment: „Dann geht er gleich wieder."

„Er muss es ja nicht wissen. Ich bleibe nebenan. Und wenn er sich nicht benimmt, komme ich rüber."

„Und wenn er sich benimmt?"

„Dann gehe ich."

Jeanette schwieg eine Weile. Dann sagte sie: „Ich denke drüber nach."

Elisa lächelte: „Tu das."

4

Sie hatten das Glück, freie Plätze in einem Zug zu ergattern, der nur 20 Minuten, nachdem sie den Bahnhof erreicht hatten, abfuhr. Damit allerdings endeten die guten Nachrichten auch schon. Die Heimfahrt selbst war eine schweigsame Angelegenheit, da keiner von ihnen Drang verspürte, sich zu unterhalten und das mehrstündige kreisen lassen der eigenen Gedanken sorgte dafür, dass ihre Stimmung im Keller war, als sie eintrafen. In Frankfurt mussten sie dann feststellen, dass niemand da war, um sie abzuholen. Was natürlich vollkommen logisch war, denn es war Samstagmittag und sie wurden erst am Sonntagabend erwartet. So quälten sie sich mit den öffentlichen Verkehrsmitteln bis zum Zentrum und freuten sich dort angekommen darauf, endlich abschalten zu können. Wozu es allerdings nicht kam, denn ihr frühes Eintreffen verlangte nach einer Erklärung und so geschah genau das, was sie zu vermeiden gehofft hatten: Sie musste berichten, was vorgefallen war. Nils, Becka und auch Jonathan waren da – letzterer eigentlich nur, weil ihn Annie mit der Aussicht, die einzige zu sein, die sich bei niemandem einkuscheln konnte, vom Bus aus angerufen hatte. Aus kuscheln wurde zunächst jedoch nichts, denn auf die kurze Zusammenfassung folgten die Fragen. Sie bemühten sich extra, die Ereignisse so uninteressant wie möglich zu erzählen, doch ein solches Thema war einfach nicht uninteressant zu machen. Und so wurde natürlich ein langes Gespräch daraus, in dem dies erörtert und das überlegt wurde und sich die drei Außenstehenden mit aller Vehemenz ihren Überlegungen hingaben. Bis Geraldine schließlich lautstark verkündete, keine Lust mehr zu haben und sich, ohne eine Reaktion abzuwarten, entfernte. Nils lief ihr hinterher und flüsterte ihr im Treppenhaus einen Satz ins Ohr, der zumindest die Tränen stoppte, die in diesem Moment gerade dabei waren, sich den Weg nach draußen zu bahnen: „Ich liebe dich trotzdem – ich liebe dich, egal wie." Dann nahm er sie in den Arm und sie standen lange da – auf dem letzten Treppenabsatz vor ihrer Wohnungstür. Sagten nichts, bewegten sich nicht. Er hielt sie fest und sie ließ sich festhalten. Schließlich zog sie ihn mit sich in die Wohnung. Wo sie alles taten, was ihnen einfiel, um auf andere Gedanken zu kommen. Und irgendwann klappte das auch.

5

Geraldines Abgang war für die anderen ein Startschuss. Annie reagierte als erste, schnappte sich Jonathans Hand und verkündete: „Da schließe ich mich an." Er folgte ihr bereitwillig und sie sanken gemeinsam auf ihr Bett.
„Bist du enttäuscht von mir?" fragte sie ihn irgendwann.
„Im Gegenteil." antwortete er, „ich bin erleichtert."
„Erleichtert."
„Ich hatte immer ein wenig Angst um dich."
Sie sah ihn verwundert an: „Aber du glaubst das alles doch gar nicht."
„Tue ich nicht." nickte er, „aber ich habe Sachen gesehen. Und gespürt. Wenn ich dabei war. Ich weiß nicht, was das war. Aber es war etwas. Eine Macht. Oder Mächte. Und das..."
„...ist jetzt vorbei." vollendete sie.
„Genau das meine ich." Er nahm sie in den Arm und es stellte sich doch noch als richtig heraus, dass sie ihn angerufen hatte. Denn nun bekam sie, was sie ursprünglich gewollt hatte. Und noch viel mehr.

6

Z und Becka standen somit alleine draußen. Und blieben auch noch eine Weile dort. Weil Becka ebenfalls das Bedürfnis verspürte, ihrer Freude Luft zu machen, dass Z von seiner Aufgabe entbunden war. Es war eine verhaltene Freude, da sie gleichzeitig ein schlechtes Gewissen deswegen empfand. Doch ihr war der Gedanke, einen ganz normalen Ehemann zu haben, sehr lieb und sehr recht und sie sah keine Notwendigkeit, mit dieser Einstellung hinter dem Berg zu halten. Zumal sie sie immer zurückgehalten hatte, als dies noch nicht so war – aus Angst, Z könne seine Bestimmung wegen ihr aufgeben. Jetzt brauchte sie sich solche Gedanken nicht mehr zu machen und nahm dies als Geschenk. Z reagierte darauf zunächst ein wenig irritiert, aber ihre kurzen Ausführungen zu den Vorteilen, die dies für ihr Leben mit sich brachte, überzeugten ihn ziemlich schnell. Irgendwann begann es zu regnen und so gingen auch sie nach drinnen. Auf andere Gedanken mussten sie dort gar nicht mehr kommen. Das war bereits geschehen.

7

So war der Schock schon wieder vorbei, als sie sich am nächsten Morgen im anderen Gebäude zum Frühstück trafen. Das war eine spontane Idee von Geraldine gewesen. Die Köchin war natürlich nicht da und sie trugen einfach ihre Sachen aus den Wohnungen nach drüben. Aber es hatte etwas familiäres, so zusammenzusitzen und der eigentliche Grund, weswegen sie sich an diesem Tag dort aufhielten, kam gar nicht mehr auf den Tisch. Den restlichen Tag verbrachten sie alle sehr entspannt. Und auch wenn keiner der drei Freunde aktive Anstrengungen anstellte, sich mit ihrer neuen Situation ernsthaft auseinanderzusetzen, schlich sich bei ihnen allen – unabhängig voneinander – ein Gedanke ein: ‚Eigentlich ist das gar nicht so schlecht.‘

8

Der nächste Tag änderte diese entspannte Haltung allerdings wieder, denn sowohl Steve und Katiana als auch Miguel kamen vorbei, um sich über den Erfolg des Wochenendes zu informieren. Sie hatten keine andere Wahl als ihnen die Wahrheit zu sagen und ihre Reaktionen unterschieden sich deutlich von denen ihrer Partner:

„Ich will euch nicht belehren. Deswegen sage ich gar nichts dazu. Denn mir fällt nichts ein, was nicht belehrend ist." Miguels Gesichtsausdruck passte zu seinen Worten und dass er sich danach einfach abwandte und in die Ferne blickte, ebenfalls. Woraufhin Geraldine sich ein „Das ist ja sehr freundlich." nicht verkneifen konnte.

Katiana jedoch nahm ihn in Schutz: „Er ist sauer. Ist das nicht verständlich?"

„Wir haben ihm nichts getan." entgegnete Annie.

„Nein, das nicht. Aber wir sind eure Freunde. Und wir haben euch über Jahre dabei zugeschaut, wie ihr eine falsche Entscheidung nach der anderen getroffen habt. Und jetzt müsst ihr die Konsequenzen erleiden."

Geraldine schnaubte: „Sollte er dann nicht glücklich sein? Weil wir endlich unsere gerechte Strafe bekommen?"

Katiana schüttelte den Kopf: „So denken Freunde nicht."

„Wie denken sie denn?"

„Ich wollte euch so oft schon rütteln und schütteln, dass ihr endlich aufwacht." schaltete sich Steve seufzend ein, „und jetzt will ich euch noch viel mehr rütteln und schütteln. Aber gleichzeitig bin ich unendlich traurig. Dass es jetzt wirklich so weit gekommen ist."

„Jetzt wirklich?" fuhr Annie auf, „hast du damit etwa gerechnet?"

Steve nickte: „Es lag immer im Bereich des Möglichen, dass Gott euch eure Gaben nimmt. Er gibt uns Dinge und wenn wir damit nicht gut umgehen..."

„Und das hättest du nicht mal sagen können?" unterbrach Geraldine ihn ungehalten.

„Ihr geht auch in den Gottesdienst und lest in der Bibel. Das Gleichnis von den Verwaltern mit dem Geld dürfte euch bekannt sein, oder nicht?"

Z brummte verärgert: „Muss man erstmal drauf kommen, dass das einem selbst gilt."

„Das ist alles, nur nicht weit hergeholt." entgegnete Steve und Geraldine verlor die Geduld:

„Ihr seid immer so klug. Wisst immer alles besser. Hat es uns jemals was gebracht?"

„Nein." antwortete Katiana ruhig, „und warum? Weil ihr es nie angenommen habt. Du hast Recht: Wir wussten es alles besser. Immer und immer wieder. Hättet ihr mal drauf gehört. Dann stünden wir jetzt nicht so hier."

„Ich glaube auch nicht, dass ich noch lange hier so stehen will." zischte Geraldine patzig und Z schloss sich an:

„Das geht mir genauso."

„Ja – ich denke, es ist besser, wenn wir jetzt gehen." Steve nahm seine Frau am Arm, „wir sind weiterhin eure Freunde. Und wenn wir alle unseren Ärger überwunden haben..."

„Der wird nicht einfach überwunden." Katiana sah ihn schief an, „der wird geklärt. Ober eben nicht."

„Dann sage ich es anders: Wenn wir alle unseren Stress überwunden haben – dann können wir uns zusammensetzen und in Ruhe darüber reden."

Doch Geraldine winkte ab: „Was gibt es da noch zu reden? Es ist geschehen."

„Ich meinte nur euch und uns." stellte Steve klar, „nicht die Sache. Darüber müssen wir nicht reden. Darüber wollen wir auch gar nicht reden. Aber ich will mit euch im Reinen sein. Das waren wir lange genug nicht und es bot sich kein Ansatzpunkt, das zu ändern. Das hier ist vielleicht die letzte Möglichkeit."

„Was soll das denn heißen?"

„Einfach nur, dass eure Arbeit das Einzige war, was uns zusammengehalten hat. Jetzt haben wir das nicht mehr und wenn wir uns nicht aktiv dafür einsetzen, auf einer anderen Ebene zueinanderzufinden, wird der Kontakt einfach abbrechen. Weil dann habt ihr keine Lust und wir auch nicht."

Geraldine wippte mit dem Kopf: „Und das wäre schlecht."

„Wenn dir das egal ist, werden wir dich nicht zwingen." erklärte Steve, „ich kann nur sagen, was ich denke. Und mir ist es nicht egal."

„Mir auch nicht." murmelte Annie – was Katiana dankbar aufgriff:

„Wir müssen auch nicht alle zusammenkommen. Nur wer will."

„Ich will" sagte Annie – diesmal sehr viel lauter.

Geraldine zuckte nur die Achseln – dann sahen alle Z an, der hastig zu Boden blickte:

„Ich... denke zumindest drüber nach."

„Das ist nett." Katiana bemühte sich um ein Lächeln, das aber niemand erwiderte.

Steve zog sanft an ihr: „Dann gehen wir jetzt. Wir wünschen euch trotzdem alles Gute. Vollkommen ernst gemeint."

Geraldine holte tief Luft: „Danke. Euch auch. Ebenfalls ernst gemeint."

Sie gingen und die drei Freunde blickten ihnen hinterher. Dann wandten sie ihre Aufmerksamkeit wieder Miguel zu, der sich dessen auch recht schnell bewusstwurde, aber weiterhin nur dastand und schwieg. Irgendwann wurde Annie das zu bunt:

„Sagst du jetzt was?"

„Fällt mir nichts ein." gab er zurück.

„Was nicht belehrend ist?"

„Das Belehrende war spontan. Und sehr emotional geprägt. Das wäre nicht gut, zu sagen. Erst recht nicht in dieser aufgeheizten Stimmung. Zudem wären es nur Vorwürfe und keine Weisheiten. Und Vorwürfe hattet ihr schon genug. Das muss ich nicht wiederholen."

„Also stimmst du mit ihnen überein." folgerte Geraldine.

Miguel reagierte nicht – was Annie ihm nicht durchgehen ließ:

„Sag uns, was du fühlst. Wenn es sich inhaltlich wiederholt – wegen mir."

„Gut – wenn du wissen willst, was ich fühle, dann..." Miguel überlegte einen Moment, „ich bin enttäuscht. Von Gott. Weil er eine so endgültige Entscheidung getroffen hat. Die euch keinen Raum mehr lässt, daraus zu lernen und es besser zu machen. Das ist sehr schade und in Anbetracht der Wichtigkeit, mit der er euch belegt hatte, auch sehr sinnlos. Aber er ist Gott und ich kann nicht behaupten, ihn zu verstehen. Von daher hält sich meine Enttäuschung ihm gegenüber in Grenzen. Bei euch dagegen... was seid ihr bloß für ein Haufen Versager?"

„Bitte was?" fauchte Geraldine. Brachte ihn damit aber nicht ins Schwanken:

„Ihr wart ganz oben. Und jetzt seid ihr ganz unten. Und habt euch das ganz allein zuzuschreiben."

Z verschränkte die Arme: „Also..."

„So viele Menschen haben in euch investiert." fuhr Miguel einfach fort, „Zeit. Geld. Andere Arten der Unterstützung. Und ihr habt das alles mit Füßen getreten. Bis zu dem Punkt, wo ihr es für nichtig erklärt habt. Jetzt."

„Gut. Danke für diese qualitativ hochwertige Aussage." Geraldine funkelte ihn an, doch Annie bremste sie – auch sie hatte keinen Nerv mehr für ein weiteres Streitgespräch:

18

„Jetzt mal von vorne. Oder von hinten, besser gesagt: Wir haben jahrelang Leuten geholfen. Das ist nicht nichtig gemacht. Und was die Unterstützung angeht..."

„Ich habe meine Kirche mit einbezogen." erklärte Miguel, „wir haben unseren Namen hergegeben. Haben euch so viel Geld gegeben."

Geraldine rümpfte die Nase: „Niemand hat dich gezwungen."

„Ich habe es getan, weil ich euch vertraut habe. Dass ihr es richtig macht. Es ist schlimm zu erkennen, dass ihr dazu nicht in der Lage wart."

Eine Weile herrschte Stille. In Annies Kopf drehten sich alle Gedanken im Kreis und fanden keine klare Linie. In Zs Gesicht glaubte sie, etwas ähnliches zu erkennen. In Geraldines Gesicht dagegen nur Ärger. Daher überraschte es sie ungemein, als ausgerechnet diese das Schweigen schließlich brach – in gelassenem Tonfall und mit versöhnenden Worten:

„Gut. Du hast in allem Recht, was du sagst. Irgendwie. Wir haben es falsch gemacht. In Gottes Augen. Das ist hart für mich. Das muss ich verkraften. Das muss ich aufarbeiten." Sie seufzte – und schwenkte dann doch noch um: „Aber ganz ehrlich: Gottes Sicht ist dabei die einzige, die mich interessiert. Ich bin nicht hier, um es dir recht zu machen. Ganz egal, ob du Geld und Namen und Zeit und sonst was investiert hast. Ich bin dir keine Rechenschaft schuldig."

Miguel runzelte die Stirn: „Allein die Tatsache, dass meiner Kirche Anteile an diesem Gebäude gehören, macht euch verantwortlich, Rechenschaft abzulegen."

Z lachte auf: „Das ist witzig, dass du das jetzt sagst. Wo es schiefgegangen ist. Wie lange haben wir das Zentrum? Über ein Jahr. Wie viele Leute waren in dieser Zeit hier? Ungefähr 30. Wie lange bist du schon dabei? Von Anfang an. Du hast auch hier rumgesessen, die ganzen Monate über. Nicht jeden Tag aber oft genug. Hast du da was gesagt? Nein. Weil du gerne mitgechillt hast. Aber jetzt – auf einmal..."

„Ich habe das die ganze Zeit schon gedacht."

„Das kann man hinterher immer sagen." winkte Z ab – und nun musste leider auch Annie etwas Kritisches beitragen:

„Ich wäre froh, wenn du es nicht gedacht hättest. Für dich. Denn... was hieße das? Dass du die ganzen Monate über unzufrieden warst und es trotzdem hast laufen lassen. Steve und Katiana haben es versucht und wir haben sie abgebügelt. War falsch – gebe ich zu. Aber du hast gar nichts gesagt. Und hast es aber gedacht? Darauf kannst du nicht stolz sein."

Miguel biss sich auf die Lippen: „Ich hatte die Hoffnung, dass es sich entwickelt."

„Wie denn? Wann denn?"

„Ihr hattet eine Veranstaltung."

„Ja. Jetzt."

„Aber die Einladung kam schon letztes Jahr im Herbst." erinnerte er sie, „das wusste ich doch auch. Natürlich war ich unglücklich. Natürlich habe ich überlegt, ob ich was sage. Aber... es war viel anderes. Die Hochzeit vor allem. Ich wollte euch nicht stressen. Und ich hatte das immer vor Augen – dieses Wochenende. Dass das der Startpunkt sein könnte. Ein großer Erfolg dort und die Leute hätten euch wieder auf dem Schirm gehabt wie früher. Das war das, worauf ich gebaut habe."

„Auf Sand gebaut." stellte Geraldine trocken fest.

Jetzt war es Miguel, der laut wurde: „Und das ist eure Schuld."

„Dessen sind wir uns bewusst." erwiderte Annie rasch, bevor Geraldine etwas anderes sagen konnte. Und Miguel beruhigte sich sofort wieder: „Ich muss jetzt überlegen, wie es weitergeht."

Z kratzte sich am Kopf: „Weitergeht?"

„Die Kirche kann euch nicht mehr unterstützen."

„Tut sie doch auch gar nicht mehr."

„Ich meine..." Miguel zögerte, „es kann sein, dass sie ihr Geld wiederhaben will."

„Also ehrlich, nee, oder?" entfuhr es Geraldine, „schiefgegangen ist blöd – keine Frage. Aber in etwas investieren und wenn es dann nicht klappt, eine Rückzahlung verlangen? Das geht gar nicht. Weitere Zahlungen einzustellen – vollkommen okay. Aber nachträglich? Ganz ehrlich – du weißt nie, ob eine Sache läuft. Das ist ein Risiko. Das nimmt man immer auf sich. Und dann danach rumzuzackern – darauf lasse ich mich nicht ein."

„Ich glaube, das geht auch rein rechtlich gar nicht." stellte sich Annie – wesentlich gedämpfter – auf ihre Seite, „wir haben ja einen Vertrag. Über das Geld. Das ist offiziell. Da gibt es keine Klausel drin, dass sie was zurückfordern können."

Miguel verzog leicht das Gesicht: „Ich werde ihn mir anschauen."

„Du dir anschauen?" Geraldine starrte ihn an, „du hast ihn uns hingelegt. Solltest du nicht wissen, was drinsteht?"

„Das ist einfach ein Wisch. Ich bin kein Anwalt und habe auch kein Interesse an sowas. Das ist ein Standardformular und daher kann ich mich darauf verlassen, dass es stimmt. Gelesen habe ich es nicht."

„Dann tu das mal. Und dann können wir dazu weiterreden."

„Jetzt wollt ihr nicht mehr weiterreden." zog Miguel aus dieser Bemerkung heraus.

Annie nickte: „Wir sind gefrustet. Aber du bist geladen. Das ist keine Basis. Genau wie bei Steve und Katiana. Mit denen reden wir, wenn wir uns beruhigt haben. Und mit dir reden wir, wenn du dich beruhigt hast."

9

„Eigentlich war ich ja schon beruhigt." maulte Geraldine, nachdem Miguel gegangen war, „aber jetzt..."

Annie verzog das Gesicht: „Geht mir genauso."

Z dagegen schüttelte den Kopf: „Sein wir ehrlich: Das war nicht beruhigt. Das war abgeschaltet. Verdrängt. Vielleicht ist es bei mir anders als euch, aber irgendwie kann ich mir das nicht vorstellen."

„Wir sollen uns also damit auseinandersetzen." Annie sah ihn lustlos an – genau wissend, dass sich Zs Kopfbewegung von horizontal in vertikal ändern würde. Was sie auch tat:

„Wir müssen."

Diese Aussage wiederum überraschte Annie: „Müssen?"

„Ich sage euch, wie es mir geht: Ich habe eine Menge schlechte Gefühle in mir. Die kann ich beiseiteschieben. Vielleicht sogar für immer. Aber sie werden mich negativ beeinflussen. Und dadurch wiederum werde ich andere negativ beeinflussen."

„Puh..." machte Annie, doch nun hatte sie auch Geraldine gegen sich:

„Nein. Z hat schon Recht. Wenn ich in mich gehe... es wäre auch wundersam, wenn es einfach so verschwunden wäre. Dafür haben wir uns zu lange zu intensiv damit beschäftigt."

„Gott kann es uns genommen haben. Genau wie die Gaben."

„Das mit den Gaben ist seine Strafe." entgegnete Z, „aber du kennst doch Gott: Alles, was er tut, ist in irgendeiner Art und Weise mit der Vorgabe verbunden, sich Gedanken zu machen. Auseinandersetzung mit dem Thema ist immer ein Thema. Da kommen wir nicht dran vorbei. Er heilt Wunden nicht einfach so. Könnte er, macht er aber nicht. Weil er erstmal will, dass man draus lernt. Und dann heilt er."

„Wie nett von ihm." kicherte Annie sarkastisch – und sah sich wieder Geraldine gegenüber:

„Es ist ja nicht so, dass dieser Ansatz falsch wäre..."

„Manchmal ist er einfach unbrauchbar."

„Ich schätze mal, dass sagen viele, die sich in einer solchen Situation befinden." sinnierte Z. Und sofort packte Annie die Ironie wieder aus:

„Komisch aber auch."

„Was ich damit sagen will: Den Vorteil des Klärens erkennt man nicht, wenn man nicht klären will. Erst hinterher."

„Hinterher."

„Wenn es einem besser geht." führte er aus, „wenn man gelernt hat. Dann schaut man zurück und sieht den Weg mit anderen Augen. Ist doch logisch. Während man ihn geht, ist er anstrengend. Aber wenn man angekommen ist und die Anstrengung vorbei, dann kann man eine andere Perspektive gewinnen. Und andere Dinge sehen. Positive Dinge."

„Sprichst du aus Erfahrung." spottete Annie.

Z jedoch blieb ernst: „Oh ja."

Annie rollte mit den Augen. Geraldine nahm ihre Hand:

„Annie – du willst das nicht. Das verstehe ich. Sehr, sehr gut. Ich will das auch nicht. Ich hätte Miguel eben am liebsten gewürgt mit seinem neunmalklugen Gerede und seiner ‚Enttäuschung'. Als ob wir ihm irgendwas zu beweisen hätten oder schuldig wären oder... und jetzt siehst du, wie ich mich schon wieder hochschaukele. Und genau deswegen muss es sein. Weil ich so eine Wut in mir habe. Auf ihn, auf mich, auf alle. Wenn ich damit nicht was Konstruktives mache, dann platze ich. Von daher: So schlimm das ist – es muss sein."

Annie zog ihre Hand weg: „Nichts muss sein, was ich nicht will. Ich habe eben ruhig und friedlich mit ihm geredet. Ich brauche keine Aufarbeitung. Ich kann so weiterleben. Ohne Probleme."

„Das wiederum stimmt nicht." entgegnete Geraldine, „und das weißt du aus Erfahrung."

„Soll heißen?" Schon war Annie auf 180 – was Geraldine ausnutzte: „Dass du dich – genau wie wir – schon öfter gegen Dinge gesperrt hast. Was nie gut war, wie du dich ganz sicher erinnerst. Und dein Argument mit der inneren Ruhe hast du gerade mit zwei Worten entkräftet."

Annie atmete tief ein. Und aus. Und ein. Und aus: „Also schön. Bringen wir es hinter uns. Beschäftigen wir uns damit. Lernen wir."

„Ich glaube, so einfach geht das nicht." bremste Geraldine sie ein wenig – und Z gleich noch stärker:

„Ja – lernen werden wir erstmal nichts."

Annie rollte die Augen: „Das war doch der Sinn der Sache."

„Aber wir haben keine Bereitschaft." erwiderte Geraldine, „du am allerwenigsten, ich aber auch kaum. Ich sage, was ich sage, weil eine Stimme – die Stimme der Vernunft – mir sagt, dass es richtig ist. Aber in meinem Herzen fühle ich das nicht. Und was ich aus Erfahrung weiß, ist dass ich keine Sachen zustande bringe, die ich nicht im Herzen fühle."

„Also was nun?" Annie sah die beiden anderen nacheinander an. Von Geraldine kam nichts. Von Z schon:

„Es wird sowieso ein langer Weg, also können wir ihn auch langsam angehen. Jeder sagt, wie es ihm geht. Und was er denkt. Und dann wars das erstmal."

„Wie spannend."

„Fang an." forderte Z sie auf.

Annie kniff die Augen zusammen: „Ich?"

„Du nölst am meisten. Also geht es dir anscheinend am schlechtesten. Fang an."

„Na gut. Ihr wollt meine Meinung? Gott hat uns reingelegt. Er hat uns all diese Karotten vor die Nase gehalten und uns aus jeder sich bietenden Perspektive zu verstehen gegeben, dass sie gut für uns sind. Wir haben sie gefressen – in seinem Namen. Und jetzt tut er so, als wäre das falsch gewesen und wir hätten drauf kommen müssen." Sie verschränkte die Arme und wartete auf Reaktionen. Die erste kam von Z:

„Hm..."

„Siehst du nicht so." vermutete sie.

Er wiegte den Kopf hin und her: „Irgendwie schon, aber..."

„Aber?"

„Eine der Sachen, die ich gelernt habe – und ich meine jetzt wirklich ‚gelernt' im Sinne von ‚beigebracht bekommen' – ist, dass Gottes Stimme sehr schwer zu verstehen ist und sehr schnell untergeht. In den Stimmen anderer. Der eigenen, der von anderen Leuten, der der Diener der dunklen Seite. Selbst die großen Helden der Bibel berichten von Momenten, wo sie glaubten, Gott zu hören, aber es war nur ihre Lust oder ihr Wunschdenken. Oder gar etwas Böses. Das kommt vor. Von daher... wir haben es so geglaubt, wie du gesagt hast. Aber jetzt – im Zeichen unserer Bestrafung – stellt sich die Frage, ob wir uns nicht getäuscht haben."

Annie fuhr sich durch die Haare: „Also sind wir schon an dem Punkt, wo wir uns genauso die Schuld geben, wie alle anderen das tun. Toll. Das ging ja einfach."

„Die Wahrheit ist nicht von der Hand zu weisen." murmelte Geraldine.

„Die Wahrheit." wiederholte Annie spöttisch – und aus Geraldine brach es hervor:

„Ich finde es doch auch nicht fair. Ich finde, Gott hätte uns Winke und Warnungen geben können. Einfach so lange nichts tun und dann so radikal sein... das ist im Grunde wie bei Miguel."

„Vielleicht ist der Grund der gleiche." sagte Z nachdenklich, „er hat gewartet, ob wir die Kurve kriegen."

„Wisst ihr was?" Annie schlug sich mit den Händen auf die Oberschenkel, „ihr redet so richtig schön sachlich und mit Abstand. So als würde es euch gar nicht betreffen. Das kann ich nicht. Und das will ich nicht. Zumindest momentan. Ich will davon wirklich Abstand."

„Also das, was wir haben." entgegnete Geraldine.

„Ich bin wohl langsam...er. Aber dafür muss ich mich nicht schämen. Wenn wir auf dem gleichen Stand sind, können wir weitermachen. Vorher nicht."

Z kniff die Augen zusammen: „Und bis dahin?"

„Lassen wir es bleiben."

„Hm..."

„Du willst wirklich so weitermachen." Annie konnte es nicht fassen, „wo nichts Konstruktives bei rauskommen kann."

„Nein." erklärte Z, „aber... ganz bleiben lassen... wir haben noch ein anderes Thema."

„Das da wäre?"

„Was mit Geraldine passiert ist."

Diese verschluckte sich kräftig: „Mit mir?"

„Mit dem Dämon." setzte er hinzu.

„Ach das..." Sie winkte ab, „alter Hut."

Das ließ Z ihr nicht durchgehen: „Ich höre dich schreien. Jede Nacht."

„Jede Nacht?"

„Tu nicht so, als weißt du das nicht. Du hast einen Mann in deiner Wohnung. Auch jede Nacht. Und wenn ich dich hören kann, kann er das erst recht."

Geraldine schwieg. Aber jetzt spürte sie nicht nur Zs Blick auf sich, sondern auch Annies:

„Geraldine?"

Und gab schließlich nach: „Ja... es stimmt. Ich träume schlecht. Jede Nacht."

„Also rede." trieb Annie sie an.

„Das soll helfen?"

Z verzog den Mund: „Ich weiß noch nicht, was helfen kann. Aber ich weiß, was nicht hilft: wenn du es drin lässt. Ich bezweifle, dass du mit Nils redest und ich bezweifle auch, dass du zu Suji oder jemand ganz anders gehst. Also mach das mit uns. Oder wenigstens mit mir, wenn Annie nicht will."

Nun griff Annie nach Geraldines Hand: „Sie ist meine beste Freundin."

„Na dann..."

„Morgen – okay?" bat Geraldine – und Z ließ den Kopf hängen:

„Also noch eine schlechte Nacht."

„Die Nächte werden schlecht bleiben – egal, wann ich mit euch rede. Weil es mit einem Gespräch nicht getan sein wird. Also gebt mir Zeit, mich darauf vorzubereiten. Meine Gedanken zu ordnen. Die, die ich fassen kann. Denn je besser ich es wiedergeben kann – je mehr mir einfällt – desto grösser ist die Chance, dass das Reden was bringt."

„Da hast du wohl Recht. Dann Morgen."

Und Geralinde bereitete sich wirklich vor. Nicht nur innerlich, sondern auch technisch. Sie stellte die verschiedenen Flip-Charts in den Besprechungsraum, die sie sonst in den Büros aufbewahrten und versah sie mit mehreren Spalten, die alle eine Überschrift erhielten. Sie war gerade damit fertig, als Annie und Z hinzukamen und sie verwundert anschauten: „Unterricht?"

„So ähnlich." Geraldine drehte den Stift zwischen den Fingern, „Brainstorming."

„Mein Brain kann momentan nicht stormen." maulte Annie sofort los.

„Ich hoffe doch. Denn... wenn wir eine Lösung wollen, schaffe ich das nicht alleine."

Z kratzte sich am Kopf: „Lösung? Lösung wofür?"

„Ach richtig." Geraldine kicherte verlegen, „ihr wart ja nicht dabei, als ich mir gestern Abend und heute Morgen alleine bei mir auf der Couch Gedanken gemacht habe."

„Nein, das waren wir nicht." nickte Annie.

„Dann fange ich vorne an."

„Immer eine gute Idee."

„Außer, man dreht so einen Film, wo..." Z wurde sich der Blicke der beiden Frauen gewahr, „ich bin still."

Z zog zwei Stühle heran und Annie und er setzten sich. Geraldine blieb neben den Flipcharts stehen: „Wir sind jetzt gabenlos. Wir haben versagt – in Gottes Augen – und er hat reagiert. Aber er hat uns nicht verlassen. Auf jeden Fall gehe ich nicht davon aus. Wenn er das hätte, könnte ich sowieso nicht mehr an ihn glauben."

Z hob die Hand: „Same here."

„Hm?" machte Geraldine verwirrt, fuhr dann aber einfach fort: „Nun. Eines ist uns seit dem verpatzten Wochenende ja bekannt: Die Prüfung war unser Umgang mit unserem Erfolg. Die Prüfung war nicht der Plan des Dämons. Und das heißt, dass der Wegfall der Gaben nichts damit zu tun hat."

„Ist das relevant?" warf Annie ein.

„Ja. Weil es für mich bedeutet, dass wir damit weitermachen sollen."

„Aber das ergibt doch keinen Sinn." ging Z dagegen, „zum einen hat Lotta gesagt, der Plan läuft schon längst – was auch immer sie damit meint..."

„Ja – der Satz kam mir auch letztens wieder in den Sinn." fuhr Annie ihm dazwischen, „sollten wir sie nochmal fragen."

„Lasst Lotta mal draußen." Geraldine klopfte mit dem Stift gegen die Zähne, „sie kommt, wenn sie was zu sagen hat."

„Aber sie hat es doch schon gesagt." widersprach Annie ihr, „und wir haben es nicht verstanden. Das weiß sie ja nicht."

„Sie hat einen direkten Draht zu Gott." widersprach sie nun Annie – die seufzte:

„Du willst einfach nicht."

„Nein, ich will nicht." gestand Geraldine, „stattdessen will ich etwas Sinnvolles tun. Wir sind darauf gestoßen, dass die Mächte der Finsternis etwas aushecken. Und das muss einen Sinn haben. Es ist bisher kaum etwas ohne einen Sinn passiert."

„Kannst du das wirklich so pauschal...?" setzte Annie an und Geraldine schleuderte den Stift mit Wucht gegen die Wand:

„Jetzt reichts mir! Ich habe den ganzen Kopf voll mit diesem Mist. Und ich habe nicht vor, ihn einfach nur zu verdrängen. Ich will damit etwas erreichen."

„Darf ich dir kurz erinnern, dass das deine eigene Idee war." meldete sich Z zu Wort, „und wir alle dagegen waren?"

„Und deswegen helft ihr mir jetzt nicht?" fauchte sie.

„Doch, Geraldine, wir helfen dir."

„Dann haltet doch einfach mal die Klappe und lasst mich ausreden."

Annie verzog das Gesicht: „Das muss nicht sein."

„Anscheinend schon." Geraldine schnaubte verärgert, „ich komme keinen Satz weit, ohne dass wieder ein Einwand kommt. Das ist doch fürchterlich."

„Gut." Z hob die Hand, „folgender Vorschlag: Wir lassen dich reden. Und hinterher lässt du uns reden. Denn dieses ganze Dilemma mit deinem vollen Kopf kommt nur daher, dass du uns ignoriert hast. Den Fehler will ich kein zweites Mal begehen. Und auch du solltest das nicht tun."

Geraldine hob den Stift auf: „Nun gut."

„Dann fang an."

Von Annie kam nichts mehr, also tat Geraldine dies:

„Wenn sich dieser Plan in einem Stadium befinden würde, in dem schlimme Dinge passieren, die nicht mehr verhinderbar sind, hätten wir das mitgekriegt. Nicht von Gott, sondern ganz einfach hier. Auf der Welt. Lotta hat nur gesagt, der Plan läuft schon, um uns zu zeigen, dass wir zu spät sind, ihn vor der Umsetzung zu stoppen. Das heißt aber nicht, dass wir ihn nicht auch während der Umsetzung stoppen können. Oder eben doch – das ist ja genau die Frage. Für mich gilt: Wenn ich in eine Richtung geschubst werde, dann gehe ich in diese Richtung, bis ich entweder gegen eine Wand laufe oder etwas finde. Bisher ist weder das eine noch das andere passiert. Ich dachte erst, das mit den Gaben wäre die Wand, aber so ist es nicht. Weil das andere Gründe hat. Also ist der Weg weiterhin offen. Und gefunden haben wir auch noch nichts. Aber genau das können wir jetzt. Und jetzt kommt der letzte Teil – der hoffentlich schon viel von dem nichtig machen wird, was ihr gerne sagen würdet: Das ist keine Biegen-und-Brechen-Aktion. Ich bin einfach unruhig, weil ich es nicht weiß. Ich will Klarheit, mehr nicht. Klarheit darüber, ob es für uns etwas zu tun gibt, oder ob wir das Ganze wirklich vergessen können. Ich will wissen, ob die ganzen Winke, die wir bezüglich dieses Plans bekommen haben, nur Zufall waren oder ob sie etwas zu bedeuten haben. Die einzige Möglichkeit, das rauszufinden ist, dass wir uns mit dem beschäftigen, was hier oben drin ist. Ich werde erzählen, ihr könnt überlegen. Und am Ende haben wir hoffentlich ein Ergebnis. Das entweder so aussieht: ‚Geraldine – das in deinem Kopf ist ein Haufen wirres Zeug. Sieh zu, dass du es loswirst, damit es dich nicht weiter belastet.‘ Oder so: ‚Geraldine – aufgrund all dieser Anhaltspunkte gibt es folgendes für uns zu tun – Pünktchen, Pünktchen, Pünktchen‘. Ich werde mich an das halten, was entsteht. Wenn sich kein Handlungsbedarf abzeichnet, werde ich auch keinen erfinden. Ich will einfach nur dieses unsichere Gefühl loswerden.“

Annie hob einen Finger – und wartete dann brav, bis Geraldine ihr zunickte: „Aber wie kommst du darauf, dass wir jetzt noch von Gott Handlungsaufträge bekommen?“

„Weil Gott diese Sachen genauso trennen kann wie wir.“ erwiderte Geraldine, „Lotta hat gesagt, dass unser – mein – Vorgehen falsch war, ja. Aber bestraft hat er uns dafür nicht. Also wird er uns auch weiterhin dabei helfen.“

„Sollten wir dann nicht vielleicht erstmal unser falsches Verhalten in Ordnung bringen?"

„Das kommt auch noch. Aber ich habe die halbe Nacht wach gelegen, um möglichst viele Details zusammenzukriegen. Je länger wir warten, desto mehr ist wieder weg. Ja?"

Z hatte ebenfalls den Finger gehoben, ließ ihn jetzt aber wieder sinken: „Dann sollte ich wohl besser auch nichts mehr dazu sagen."

„Sag es." forderte Geraldine.

„Okay. Du redest von handeln, wenn notwendig. Das finde ich schonmal sehr gut. Aber selbst wenn ‚notwendig' eintritt, gibt es keine Schnellschüsse und keine Alleingänge. Wir wägen ab und entscheiden gemeinsam. Sonst bin ich raus."

„Einverstanden." stimmte Geraldine zu.

„Dann..."

„Wie lautet die magische Zahl?" Geraldine zeigte mit dem Stift erst auf Annie, dann auf Z. Erstere runzelte nur die Stirn, letzterer tat dies ebenfalls, antwortete ihr aber auch:

„Es gibt keine magische Zahl. Die Zahl, die du aufgeschrieben hast, war die 10."

„Danke."

„Wenn du dich daran schon nicht mehr erinnern kannst..." bemerkte Annie trocken.

„Ich kann mich daran erinnern." stellte Geraldine klar, „ich wollte es nur nochmal bestätigt haben. Schließlich ist irren menschlich."

„Wie wahr."

„Ich habe schließlich auch schon zehn Sachen aufgeschrieben."

Annie zählte mit den Augen die Spalten durch: „Das stimmt."

„Und du weißt, was sich dahinter verbirgt." Z deutete auf die Überschriften.

„Würde keinen Sinn machen, wenn nicht." gab Geraldine zurück.

Annie tippte sich ans Kinn: „Für mich macht das so keinen Sinn."

„Es sind einfach nur Überschriften."

„Dann erklär sie mal."

„Ich denke, ich soll die Erinnerungen erzählen."

„Schon." nickte Annie, „aber es ist leichter, wenn man gleich von Anfang an ein wenig weiß, was gleich kommt."

„Nun gut." Geraldine klopfte mit dem Stift auf die einzelnen Worte, „Aaron – ist der aus der Bibel. Die Geschichte werdet ihr erkennen. Nicht-Paulus – ergibt sich aus dem Zusammenhang. Ein Mann kommt in ein Dorf und predigt. Und zwar ziemlichen Mist. Cleveren Mist, muss man allerdings sagen."

„Und er war nicht Paulus." unterbrach Annie.

„Sie hatten Paulus erwartet. Keine Ahnung, wo der war. Vielleicht im Bauch des Wals."

„Das war..." begann Z – und brach wieder ab, „...ein Scherz."

„Gut geraten. Kreuzritter – nun Kreuzritter halt. Pater – altes Wort für katholischer Priester. Mittelalter, Hexenverbrennung – alles drum und alles dran. Sollten wir Miguel nichts von erzählen. KK – Kalter Krieg. 86 – Atomkatastrophe. Ich wusste nicht, wie man die Stadt schreibt."

Z natürlich schon: „Tscher..."

Doch das wollte Geraldine jetzt nicht wissen: „Und es ist auch viel zu lang. Engel – das müsst ihr hören. Da kann ich keine Zusammenfassung geben. Junge – Dämonen vergehen sich an Kindern, Teil 1. Mädchen – Dämonen vergehen sich an Kindern, Teil 2. Plus: Menschen tun es auch. Sven – den kennt ihr noch. Das wir vor allem für dich schwer werden." Sie blickte Annie entschuldigend an – und diese wurde blass:

„Warum?"

„Kommt, wenn ich erzähle. Womit ich jetzt lieber mal beginne..."

Geraldines Zusammenfassung zog sich bis in den Nachmittag und die beiden anderen merkten irgendwann, dass sie kaum noch aufnahmefähig waren. Da Geraldine allerdings parallel Stichpunkte an die Charts schrieb, hielten sie bis zum Ende durch. So konnte sie es zumindest alles loswerden.

„Jetzt weiß ich, was du damit meinst, dass ein Gespräch nicht ausreicht." stöhnte Z, als Geraldine den Stift schließlich beiseitelegte. Und dann nickte: „Viel, gell?"

„Total überfordernd."

„Frag mich mal." stieß Annie hervor.

Geraldine winkte ab: „Brauch ich nicht."

„Und nun?" hakte Z nach – doch Annie war mit ihrer Antwort schneller als Geraldine:

„Bin ich innerlich gegrillt. Lasst uns morgen weitermachen."

„Und von vorne anfangen?" Geraldine blickte entsetzt drein.

„Wir haben es gehört, wir können es dort lesen. Wir nehmen es mit. Hier drin, meine ich." Annie tippte sich an die Stirn, „und machen uns Gedanken. Bis morgen. Und morgen sowieso. Mit deinen Aufzeichnungen als Gedankenstütze und einem frischen Hirn."

Geraldine hätte das gerne anders gehabt, sah aber ein, dass es besser so war. Eine Frage hatte Z allerdings noch:

„Hattest du nicht gesagt, du hättest es in der falschen Reihenfolge gesehen?"

„Habe ich auch." erklärte sie, „das ist die Reihenfolge, die ich darin sehe. Die einzige, die meiner Meinung nach Sinn macht."

„Wie kommts?"

„Nun – die ganzen alten Sachen sind leicht. Wer sich ein wenig mit Geschichte auskennt, weiß, wann was war. Es sind eigentlich nur die letzten vier. Wobei wir bei der letzten auch wissen, wann es war."

„Ja – nur zu gut." murmelte Z mit einem Seitenblick auf Annie. Die sich in den Nacken griff:

„Darüber möchte ich auch erst morgen reden. Nachdem ich mich ertränkt, erschossen, vergiftet und mit dem Auto überfahren habe."

„Annie..."

„Ist doch wahr."

Z atmete durch: „Machen wir Schluss."

11

Sie saß auf dem Bett und drehte die Visitenkarte zwischen den Fingern hin und her. Sie hatte eine Entscheidung zu treffen. Eine Entscheidung, die ihr Leben nachhaltig verändern würde. Und nicht nur das ihre. Doch es gab für beide Richtungen Argumente, die nicht von der Hand zu weisen waren und diese abzuwägen, schien ihr schier unmöglich. In der Hoffnung, dadurch auf den richtigen Weg zu kommen, wanderte sie in Gedanken zurück. Zurück an den Anfang.

Das Erste, woran sie sich erinnern kann, sind die Sirenen. Die nur in der Ferne zu hören sind und ihr gar nicht gelten. Die ihr aber trotzdem immer wieder Angst machen. Weil sie ihrer Mutter Angst machen. Ihre Mutter ist eine starke Frau. Sie weiß, was sie will und wie sie es bekommt. So bringt sie sie beide durchs Leben. Auch ohne einen Mann. Denn ihr Vater ist gestorben zu einer Zeit, an die sie sich nicht mehr erinnern kann. Sie weiß nichts von ihm. Und ihre Mutter erzählt ihr nichts. Nur, dass sie damals noch anders hieß. Das ist ihrer Mutter aus Versehen einmal herausgerutscht, als sie mit ihr schimpfen wollte. Näher darauf eingegangen ist sie allerdings nicht. Doch im Grunde stört sie das nicht. Denn ohne Erinnerungen kann sie auch nichts vermissen. Und so geht es ihr eigentlich gut. Nur wenn die Sirenen anfangen zu heulen, geht es ihr schlecht. Irgendwann hat sie gelernt, zwischen Polizei, Feuerwehr und Krankenwagen zu unterscheiden. Sie sagt es ihrer Mutter. Jedes Mal. Um sie zu beruhigen. Denn sie weiß, dass es nur die Polizei ist, die ihrer Mutter Angst macht. Sie weiß nicht, warum und traut sich nicht, zu fragen. Weil ihre Mutter dann bestimmt wütend werden würde. Und wütend soll sie nicht sein. Denn dann bekommt sie Angst. Ihre Mutter ist keine gefühlvolle Frau. Sie nimmt sie nie in den Arm. Wenn sie sich verletzt, wird die Wunde behandelt und fertig. Wenn sie von anderen Kindern geärgert wird, bekommt sie Ratschläge, wie sie sich wehren kann. Ratschläge, die nicht selten weit über das hinausgehen, was man ihr angetan hat. Und über das, was sie anderen antun will. Aber sie liebt ihre Mutter. So wie alle Kinder ihre Mutter lieben. Sie ist ihre Bezugsperson. In diesem komischen Land, in dem alle eine andere Sprache sprechen als sie selbst. Das hat sie ihre Mutter einmal gefragt. Da ist sie nicht wütend geworden. Richtig geantwortet hat sie aber auch nicht. Nur gemurmelt „Ist eben so." Sie würde die Sprache gerne lernen. Doch ihre Mutter bringt sie ihr nicht bei. Und von den anderen Kindern zu lernen, ist schwierig. Die wissen, dass sie sie nicht versteht. Und reden daher nicht anständig mit ihr. Sie mag die Sprache nicht können. Aber sie merkt trotzdem, dass die meisten Worte, die sie verwenden, wenn sie in der Nähe ist, ausgedacht sind. Das sieht sie an ihren Gesichtern.

Irgendwann steht ein Mann vor der Tür. Redet mit ihrer Mutter. Sie will wissen, worum es ging. Und fragt. Und erhält wirklich eine Antwort. Obwohl ihre Mutter wütend ist. Der Mann war von einem Amt. Sie soll zur Schule gehen. Sie ist jetzt alt genug. Und dafür muss sie die Sprache lernen. Das freut sie und sie strengt sich sehr an. Die Sprachlehrerin ist nett und das

Lernen macht ihr Spaß. Als sie in die Schule kommt, kann sie die Sprache genauso gut, wie alle anderen dort. Sie hat ein wenig Akzent. Aber das merkt man kaum und andere haben das auch. Nun kann sie niemand mehr mit erfundenen Wörtern veralbern. Und sie findet endlich Freunde. Bei denen sie sehr viel Zeit verbringt. Am Anfang traut sie sich gar nicht, ihre Mutter zu fragen, ob sie das darf. Weil sie Angst hat, dass auch das sie wütend macht. Doch irgendwann fragt eine der anderen Mütter und zu ihrer Überraschung ist ihre Mutter davon ganz angetan. So darf sie immer zu Freundinnen gehen, wenn sie möchte. Und so lange bleiben, wie sie möchte. Dass ihre Mutter froh ist, sie aus der Wohnung zu haben – dieser Gedanke kommt ihr erst sehr viel später. In diesem Moment ist sie nur glücklich, dass ihre Mutter es ihr gönnt. Manchmal, wenn sie früher nach Hause kommt als geplant, sind fremde Männer da. Sie fragt sich, ob die auch von einem Amt sind. Ihre Mutter fragt sie lieber nicht. Weil es der jedes Mal unangenehm ist. Nicht, dass der Mann da ist. Dass sie da ist. Sie scheucht sie dann in ihr Zimmer und fragt hinterher, warum sie früher zurückgekommen ist. Sie lügt dann. Denn meistens gibt es gar keinen Grund. Sie sagt, dass die Freundin zum Reiten musste. Oder zum Ballett. Sie will auch reiten. Oder Ballett machen. Aber dafür haben sie kein Geld. Das macht sie traurig. Doch dann spricht ihre Musiklehrerin sie an. Weil sie so schön singt. Singen macht ihr Spaß. Auch das kann man lernen. Das hatte sie nicht gewusst. Und es kostet nicht so viel wie reiten oder Ballett. Also fragt sie und ihre Mutter sagt ja. So lernt sie singen. Hängt sich genauso rein, wie damals bei der Sprache. Und wird von allen bewundert, die sie hören. Das gefällt ihr. Das macht sie stolz. Nur ihre Mutter ist nicht stolz. Sie interessiert sich nicht dafür. Sie lässt sie machen, aber sie will sie nicht hören. Das macht sie traurig. Denn sie will, dass auch ihre Mutter auf sie stolz ist. Das will sie am allermeisten.

Und dann kommt er – der Mann, der ihr ganzes Leben verändert. Das erste Mal trifft sie ihn, als sie wieder einmal früher nach Hause kommt. Sie beachtet ihn gar nicht – wie sie es sich inzwischen angewöhnt hat. Doch am Tag darauf ist er wieder da. Immer noch. Obwohl sie dieses Mal sogar später als besprochen zurückkommt. Und etwas Wundersames geschieht: Er spricht sie an. Fragt sie, wie es ihr geht. Das hat noch nie einer von ihnen gemacht. Sie antwortet nicht. Sie ist skeptisch. Aber ihre Mutter sagt ihr, sie solle nicht ungezogen sein und so sagt sie „Müde."

Der Mann lächelt: „Das kann ich verstehen."

Er wirkt freundlich. Aber sie versteht nicht, was passiert. Sie fragt ihre Mutter, doch die wiegelt ab: „Erkläre ich dir wann anders. Wenn du müde bist, geh ins Bett."

Ihre Mutter erklärt ihr gar nichts. Der Mann schon. Er ist nun jedes Mal da, wenn sie nach Hause kommt und versucht jedes Mal, ein Gespräch anzufangen. Schließlich bittet er sie, sich zu ihm zu setzen. Ihre Mutter geht in die Küche. Sie hat Angst, dass jetzt etwas Schlimmes passiert. Und das, was er sagt, klingt auch erst einmal schlimm. Mit der Zeit jedoch wird sie merken, dass es das nicht ist. Im Gegenteil: Es ist wundervoll. Der Mann erzählt ihr, dass er sich in ihre Mutter verliebt hat. Und dass er sie heiraten will. Dass sie dann zu ihm in ein großes Haus ziehen werden. Und er fragt sie, ob das für sie in Ordnung ist. Sie weiß nicht, was sie sagen soll. Nur eines fällt ihr ein:

„Hat meine Mama dann keine Zeit mehr für mich?"

Der Mann lacht. Aber es ist ein fröhliches Lachen: „Ganz im Gegenteil. Sie hat dann mehr Zeit für dich. Weil sie dann nicht mehr arbeiten gehen muss. Und ich habe dann auch Zeit für dich. Denn meine Arbeit ist in meinem Haus. Vorausgesetzt, du willst, dass ich Zeit mit dir verbringe."

Sie ist immer noch unsicher: „Was ist mit meinen Freundinnen?"

Der Mann schaut sie verdutzt an: „Was soll mit ihnen sein?"

„Werde ich sie wiedersehen?"

Wieder lacht der Mann: „Mein Haus ist nur zwei Kilometer entfernt. Du wirst einen anderen Schulweg haben, das ist alles. Und wenn ich höre, wo die meisten deiner Freundinnen wohnen, dann wirst du es in Zukunft sogar näher zu ihnen haben."

Das gefällt ihr. Jetzt lächelt sie auch: „Und was machen wir dann? In der Zeit, die wir zusammen verbringen?"

„Keine Ahnung. Ich hatte noch nie eine Tochter. Vielleicht... gibt es etwas, das ich dir beibringen kann. Hähnchen marinieren, zum Beispiel."

„Hähnchen marinieren?"

„Oder auch nicht. Uns wird schon was einfallen."

Ihre Mutter kommt zurück: „Geklärt?"

„Ja." nickt der Mann.

„Dann mach dich fertig fürs Bett."

Sie will eigentlich gar nicht gehen. Aber sie sieht ihrer Mutter an, dass eine Diskussion nicht angebracht ist. Als sie im Bett liegt, fällt ihr auf, dass sie den Mann gar nicht gefragt hat, wie er heißt. Das muss sie nachholen. Dann schläft sie ein.

Sie holt es nach – gleich beim nächsten Mal. Und ein paar Wochen später ziehen sie um. Die Hochzeit ist langweilig. Weil sie niemanden kennt. Ihre Mutter hat keine Freunde oder Verwandten, die sie hätte einladen können. Ihr neuer Vater schon. „Stiefvater nennt man ihn." hat ihre Lehrerin ihr erklärt. Aber das will sie nicht. Sie will ihn einfach ‚Papa' nennen und er hat schon gesagt, dass er da nichts dagegen hat. Er ist nett zu ihr. Seine Freunde und Verwandten nicht. Die sind eher verärgert. Nicht wegen ihr. Sondern ganz allgemein. Sie versteht nicht warum und fragt auch nicht.

Das Haus gefällt ihr und das Leben ist auf einmal viel schöner. Denn nun haben sie etwas, was sie vorher nie hatten: Geld. Jetzt kann sie reiten und Ballett machen und das macht ihr jede Menge Spaß. Singen tut sie auch noch. Und ihr neuer Vater hört ihr gerne zu. Bald schon verbringt sie mit ihm mehr Zeit als mit ihrer Mutter. Und erstaunlicherweise sind alle drei damit glücklich. Wieder denkt sie, dass ihre Mutter sich für sie freut. Wieder wird sie später verstehen, dass sie sich für sich selbst gefreut hat.

Die Jahre vergehen. Sie wird älter. Vom Kind zum Teenager. Ihr Körper verändert sich und vieles, was passiert, versteht sie nicht. Ihre Freundinnen reden mit ihren Müttern darüber. Sie redet mit ihrem Vater. Er hat natürlich keine Ahnung. Aber er verspricht bei jeder ihrer Fragen, sich zu informieren und hält sein Wort jedes Mal. Ihre Mutter sieht sie kaum noch. Die hat jetzt viel Zeit und verbringt diese meistens woanders. Sie weiß nicht, wo und fragt auch nicht. Auch nicht ihren Vater. Weil sie den Eindruck hat, dass er es auch nicht weiß. Irgendwann fangen sie an zu streiten – ihre Mutter und ihr Vater. Regelmäßig. Abends. Wenn sie denken, sie wäre schon eingeschlafen. Sie kann nicht hören, was sie sagen, aber es klingt nicht gut. Als sie eines Tages von der Schule nach Hause kommt, sitzt ihr Vater weinend auf der Couch. Sie setzt sich zu ihm und fragt, was los ist. Eine Zeitlang sagt er nichts. Dann nimmt er ihre Hände zwischen seine: „Deine Mutter ist weg."

„Wie weg?" Sie versteht nicht.

„Sie ist gegangen. Sie hat ihre Sachen gepackt und sich ins Auto gesetzt und ist davongefahren."

„Wohin?"

Er schüttelte den Kopf: „Ich weiß es nicht."

„Wir müssen sie suchen." Sie springt auf – und er zieht sie wieder auf die Couch:

„Das..."

„Ich verstehe gar nichts."

„Sie will nicht, dass wir sie suchen." Ihr Vater zieht laut die Nase hoch, „sie hat eine Nachricht hinterlassen, in der genau das drinsteht. Sie will mich nicht mehr. Sie hat einen Mann gefunden, der ihr besser gefällt."

„Aber... ich?" In ihr beginnt sich alles zu drehen, „warum hat sie mich nicht mitgenommen?"

„Weil... weil sie dich nicht dabeihaben will. Sie will ihr Leben genießen. Und du stehst ihr dabei im Weg."

„Das ist eine Lüge." schreit sie, „das hat sie nie gesagt."

„Aber geschrieben. Hier..." Er hält ihr einen Zettel hin. Sie nimmt ihn. Liest ihn. Und kurze Zeit später weint auch sie. Ihr Vater nimmt sie in den Arm. Drückt sie ganz fest an sich. Und sagt dann die Worte, die sie mehr hören will als alle anderen: „Ich mag nicht dein richtiger Vater sein. Aber ich werde dich niemals im Stich lassen. Hörst du? Niemals." Sie schaut ihn an – mit tränenden Augen – und weiß, dass er es ernst meint.

Ironischerweise ändert sich kaum etwas. Im Gegenteil: Es ist weniger anstrengend. Weil sie nicht mehr so sehr aufpassen muss, was sie wann sagt oder tut. Ihre Mutter war so oft genervt oder ärgerlich. Damit ist es jetzt vorbei. Trotzdem ist sie lange Zeit traurig. Und ihr Vater auch. Doch sie helfen sich gegenseitig und viele andere tun das auch. Selbst die Freunde und Verwandten ihres Vaters sind nun nett zu ihr. Kommen zu Besuch. Unterstützen sie. Das findet sie seltsam. Aber sie fragt nicht – weil sie einfach keine Lust hat. Und ahnt, dass es mit ihrer Mutter zu tun hat. Sie kann nicht verstehen, was in ihr vorgegangen sein mag. Und sie ist sehr wütend auf sie. Aber sie will nicht, dass jemand schlecht über sie redet. Ihr Vater tut das nicht. Das ist erstaunlich. Und tröstend.

So geht die Zeit der Trauer vorbei und die Normalität, die schon im Alltag war, kehrt auch in die Gefühle zurück. Irgendwann nimmt ihr Vater sie beiseite:

„Ich muss dir etwas sagen. Vielleicht erinnerst du dich daran, wie wir uns kennengelernt haben. Deine Mutter hat es damals bis zum Schluss geheim gehalten, dass wir zusammen sind. Das will ich so nicht machen. Ich will von Anfang an ehrlich zu dir sein."

„Du hast eine neue Frau." folgert sie und er lächelt:

„Du scheinst den Teil mit dem ‚Anfang' nicht verstanden zu haben. Ich habe eine Frau kennengelernt, die ich sehr toll finde und bei der ich den Eindruck habe, dass das auf Gegenseitigkeit beruht. Ich habe dich, aber du wirst nicht ewig hier wohnen und ich denke mal, du kannst verstehen, dass auch ich in meinem sehr fortgeschrittenen Alter noch gewisse Bedürfnisse verspüre, die über Vater und Tochter hinausgehen."

„Du kannst es gerne beim Namen nennen."

„Danke. Muss ich aber gar nicht. Ich sehe, du hast mich verstanden."

Sie lacht auf: „Ich finde das ulkig, dass ab einem gewissen Alter die Erwachsenen diejenigen sind, die ein Problem damit haben, bestimmte Sachen auszusprechen. Also spreche ich es aus: Ich habe Sex mit meinem Freund und du bist neidisch auf mich."

„Ich wäre niemals neidisch..." Ihr Vater reißt die Augen auf, „ihr habt Sex? Bist du verrückt?"

„Nein. Ich bin 16. Und wir sind jetzt seit drei Jahren zusammen. Was erwartest du?"

„Vernunft."

„Wir verhüten." versucht sie ihn zu beruhigen – vergeblich:

„Geistige Vernunft."

Sie nimmt seine Hände: „Liebster Papa. Wie hast du es so schön genannt? ‚Gewisse Bedürfnisse'. Du hast sie. Ich habe sie. Ich gehe ihnen nach. Du willst das auch. Ist doch alles in Ordnung."

„Man hat mich vor der Pubertät gewarnt." seufzt ihr Vater.

„Du scheinst sie trotzdem gut überstanden zu haben."

„Witzkeks. Aber gut. Du hast mir nie einen Anlass gegeben, dir nicht zu vertrauen. Also werde ich diesen Schock verdauen und es auch weiterhin tun. Solange du mir versprichst, dass auch du deinen Part weiterhin tun wirst."

„Dir keinen Anlass geben."

Er nickt: „Goldrichtig."

„Verspreche ich dir."

„Danke."

„Andersrum hast du meinen Segen, deinen eigenen Bedürfnissen nachzugehen." versichert sie ihm augenzwinkernd und es folgt ein weiterer Seufzer:

„Das klingt, als wolle ich sie einfach nur abschleppen. Mir ist das ernst."

„Ich weiß. Für mich ist die Vorstellung, dass du Sex hast, nur genauso... hm... seltsam, wie andersrum. Aber es ist wirklich alles in Ordnung. Ich vertraue auch dir. Dass du dieses Mal eine bessere Wahl triffst."

Ihr Vater runzelt die Stirn: „Bessere Wahl?"

„Als meine Mutter." murmelt sie und sein Gesicht wird traurig:

„Das ist hart. Sehr hart."

„Musst du mit leben."

„Nicht gegen mich. Auch gegen mich, aber damit kann ich umgehen. Gegen sie."

„Weißt du..." Sie lehnt sich an seine Schulter, „wir haben uns immer beide bemüht, kein böses Wort über sie zu verlieren. Aber sehen wir den Tatsachen ins Auge: Sie war immer froh, wenn ich nicht da war und immer genervt, wenn sie ihre elterlichen Pflichten erfüllen musste. Und als du dazugekommen bist, hat sie dir alle diese Pflichten übertragen und es sich gutgehen lassen. Und sich schließlich konsequenterweise aus dem Staub gemacht."

„Hasst du sie?" fragt er leise.

„Sie ist für mich gestorben."

Dieser Satz löst bei ihrem Vater eine unvorhergesehene Reaktion aus. Er wird leichenblass und klappt den Mund auf und zu.

Sie schaut ihn an: „Alles in Ordnung?"

„Du weißt es?" stößt er hervor.

„Bisher nicht. Aber gleich. Nachdem du mir gerade verraten hast, dass es etwas zu wissen gibt."

„Ich..."

„Rück schon damit raus."

Es dauert eine ganze Weile. Dann flüstert er: „Sie sagt das. Sie sagt, du wärst gestorben."

„So sind die Menschen halt." Sie zuckt mit den Schultern, „irgendwo muss ich es ja herhaben."

„Du verstehst nicht. Sie sagt es nicht so. Sie behauptet es wirklich. Dass du gestorben bist. Bei einem Autounfall. Dass ich ihr weggelaufen bin. Weil ich es nicht verkraftet habe."

Jetzt wird sie blass: „Woher weißt du das?"

„Man hat es mir erzählt. Wer, ist nicht wichtig."

„Ich wusste das nicht. Es war nur ein Satz."

Ihr Vater drückt sie an sich: „Es tut mir leid."

„Das muss es nicht." erwidert sie, „es ist nicht deine Schuld. Ich hoffe nur..."

„Du hoffst nur?"

„...dass du dich nicht schämst. Wegen ihr. Und... wegen mir."

„Wegen dir?"

„Ich bin ihre Tochter. Genetik und so."

„Du bist das einzig Gute, was aus dieser Sache hervorgegangen ist. Das Wundervollste, was mir im Leben jemals widerfahren ist."

„Das lass mal nicht deine neue Flamme hören." kichert sie und auch ihr Vater muss schmunzeln:

„Vielleicht löst sie dich irgendwann ab da oben auf Platz 1. Aber Platz 2 hast du trotzdem immer sicher. Ich bin so stolz auf dich. Gerade weil du es nicht leicht hattest."

„Sie es mir nicht leicht gemacht hat." verbessert sie bissig.

„Da ist doch Zorn."

„Vielleicht. Ein Bisschen. Irgendwie. Ich habe mich lange gefragt, ob es an mir lag."

Er seufzt bedrückt: „Warum hast du nichts gesagt?"

„Weil ich deine Antwort auf solche Fragen kenne. Sie lautet ,Nein'. Aber du bist voreingenommen. Weil du mich liebhast. Ich musste die Antwort woanders finden. Eine objektive Antwort."

„Hast du sie gefunden?"

Sie nickt: „Ich habe einen Freund, der mich liebt. Seit drei Jahren. Und das nicht nur wegen dem Sex. Das machen wir erst seit ein paar Monaten.

Vorher war da kaum was, körperlich. Am Anfang gar nichts. Also liebt er mich, weil ich bin, wie ich bin."

„Das freut mich sehr."

„Hattest du daran Zweifel? Bei ihm?"

„Es ist von außen immer schwer zu durchschauen, wieviel Gefühl in einer Beziehung ist." erklärt er.

„Das ist wahr."

„Also glaubst du es jetzt nicht mehr? Dass du Schuld trägst?"

„Ein kleines bisschen Unsicherheit war noch da." gesteht sie, „bis jetzt."

„Bis jetzt?"

„Du findest das schlimm, was du mir gerade erzählt hast. Ich finde es gut. Denn jetzt trage ich wirklich keine Schuld mehr. Jetzt nehme ich es, wie es ist: Ich bin eine ganz normale Tochter. Und sie war eine schlechte Mutter."

„Sie hat dich auch geliebt."

„Glaubst du wirklich?" Die Zweifel in ihrer Stimme spiegeln sich in seinem Gesicht – trotzdem sagt ihr Vater:

„Wie sollte es anders sein?"

„Weißt du..." Sie schenkt ihm ein trauriges Lächeln, „manchmal denke ich, du hast zu viel Vertrauen in das Gute im Menschen. Das ist keine schlechte Sache. Aber es kann auch gefährlich werden."

„Ist das eine Warnung, aufzupassen, mit wem ich mich einlasse?"

„Vielleicht. Aber wenn du schon jetzt so ehrlich zu mir bist, gehe ich davon aus, dass ich sie relativ schnell kennenlernen werde. Und dann werde ich ihr schon auf den Zahn fühlen."

Die Frau, die ein Jahr später ihre neue Mutter – von anderen auch Stiefmutter genannt – werden sollte, ist über jeden Zweifel erhaben. Sie ist bei ihrem ersten Kennenlernen um ein Vielfaches aufgeregter als ihr Vater und sie zusammen und platzt gleich nach der Begrüßung damit heraus, dass sie keine Ahnung von Kindern egal welchen Alters hat. ‚Glücklicherweise bin ich nicht mehr lange ein Kind. Nur noch... ein Jahr und fünf Monate.' lautet ihre Antwort und das gemeinsame Lachen, das folgt, verdrängt jegliche weitere Unsicherheit. Sie zieht nicht bei ihnen ein vor der Hochzeit. Das scheinen ihr Vater und sie so vereinbart zu haben. Aber sie verbringt trotzdem eine Menge Zeit bei ihnen zuhause und sie nutzt dies, um sich Rat bei Dingen zu holen, mit denen sie nicht zu ihrem

Vater gehen will. Weil es ‚Frauendinge' sind. Am Anfang geschieht dies mit einem gewissen Maß an gegenseitiger Nervosität, doch irgendwann legt sich auch das. Schließlich geht es dabei nicht um Erziehung. Sondern um ganz normale Vorgänge des Erwachsenwerdens.

Schließlich kommt die Hochzeit und obwohl sie kurz danach volljährig wird und nun wirklich kein Kind mehr ist, fühlt sie sich zum ersten Mal in ihrem Leben richtig wie eines. Sie hat nun zwei echte Eltern. Die sie lieben und sich um sie kümmern. Sie genießt das – jeden einzelnen Tag. Sie sind eine Familie. Etwas, wovon sie schon lange zuvor aufgehört hatte, zu träumen.

Doch lange währt dieses neue Familienleben nicht, denn auf die Volljährigkeit folgt der Schulabschluss und darauf die Entscheidung, studieren zu gehen. Was, das weiß sie bereits. Wo, das ist eine andere Frage. Lange wälzt sie Universitätskataloge und entscheidet sich schließlich für eine im Ausland. Es fällt ihr schwer, ihr Zuhause zurückzulassen, aber ihre Eltern machen ihr die Entscheidung leicht:

„Ich habe mal nachgerechnet." Ihr Vater legt eine Straßenkarte vor ihr auf den Tisch, „mit dem Auto sind es ohne Stau fünf Stunden. Fast geschenkt. Du kannst also jederzeit zurückkommen. Dein Zimmer bleibt, wie es ist. Inklusive dem ganzen farbigen Geschnipsel im Mülleimer und den Krümeln unter dem Bett."

„Die dreckige Unterwäsche solltest du nicht vergessen." wirft ihre Mutter ein.

„Die habe ich geflissentlich übersehen."

„Sie anscheinend auch."

Die beiden kichern. Wie kleine Kinder. Und sie ist das Zielobjekt. Sie zieht eine Schnute:

„Ja... ich räume noch auf. Bevor ich gehe. In ein paar Monaten."

„Wag dich."

„Tue ich. Erstmal müssen sie mich sowieso nehmen."

Ihre Mutter legt ihr den Arm um die Schultern: „Als ob es dabei ein Problem geben würde."

Gibt es nicht. Sie wird angenommen und einige Monate später verlässt sie das Haus ihrer Eltern und zieht in eine WG in der Nähe ihrer Uni. Die ersten Monate sind hart, denn sowohl der Dialekt als auch die Mentalität der Leute machten ihr zu schaffen. Zudem will sie auf eigenen Füßen stehen und sich das Studium nicht nur von ihrem Vater finanzieren lassen. Doch die Suche nach einem Job gestaltet sich schwierig. Was auch daran liegt, dass sie das Bedürfnis hat, ihn gerne zu machen. Sie probiert einiges aus – auch, mit ihren Hobbys Geld zu verdienen. Aber nichts macht sie wirklich glücklich. Und im Privaten ist es nicht besser. Ihr Freund trennt sich von ihr. Nach sieben Jahren. Auch er ist zum Studieren ins Ausland gegangen. Allerdings sehr viel weiter weg. Nach Amerika. Und er scheint nicht der Meinung zu sein, dass ihre Beziehung das aushalten kann. Das trifft sie hart. Ein weiterer Mensch, der sie im Stich lässt. Auf bessere Art und Weise und mit guten Argumenten – aber trotzdem. Ihre Eltern bleiben. Natürlich. Aber die sind weit weg. Zumindest fühlt es sich so an. Und sie will dort, wo sie ist, jemanden haben, der zu ihr steht. Sie nicht alleine lässt. Ihre Mitbewohner sind allesamt nett. Aber nicht an tiefergehenden Freundschaften interessiert. Ihre Mitstudenten ebenfalls nicht. Bis auf einen. Ausgerechnet der eine, der in den ersten Monaten gar nichts zu ihr sagt. „Weil er mich nicht mag." denkt sie lange. „Weil ich dich sehr gerne mag." gesteht er ihr schließlich. Sie ihn auch, stellt sie fest. Kurz darauf werden sie ein Paar. Und bleiben es für den Rest ihres Studiums. Und darüber hinaus. Sie stellt ihn ihren Eltern vor und die sind glücklich und begeistert. Sie schmieden Pläne für die Zukunft. Der Tag, an dem er um ihre Hand anhält, ist der schönste in ihrem Leben. Doch er wird nur kurze Zeit später abgelöst – von dem Tag, an dem sie heiraten. Kirchlich. Die standesamtliche Trauung ist eher unspektakulär. Ihrer beider Eltern sind da und sie stoßen an. Mehr nicht. Die kirchliche Trauung ist anders. Groß. Großartig. In der Familie ihres Mannes gibt es einige Spannungen. Keine, die sich lautstark entladen. Einfach welche, die man spürt, wenn sie alle beisammen sind. Aber sie ist sich schnell sicher, dass das nichts mit ihr zu tun hat. Und dass jede Familie ihren Ballast hat, weiß sie nur zu gut. Daher fragt sie nicht danach. Und genießt einfach ihr Glück. Dass sie sich mit seiner Familie versteht. Dass sich ihre Eltern mit seinen Eltern verstehen. So viele Personen, für die sie wertvoll ist. So viele Orte, an denen sie sich zuhause fühlen kann. Jetzt kann sie die Schatten der Vergangenheit wirklich hinter sich lassen. Und in die Zukunft blicken.

12

Geraldine stand im Türrahmen, blickte Z entgegen und tippte ungeduldig mit dem Fuß auf den Boden. Er merkte sofort, dass diese Geste ihm galt, verstand jedoch nicht, warum:

„Ist was?"

„Wir wollten vor fünf Minuten anfangen." rief sie übertrieben laut und er rollte die Augen:

„Man wird doch wohl noch telefonieren dürfen."

„Nicht, wenn ich zu einer Besprechung lade."

„Besprechung? Lade?" Annie hinter ihr fing an zu lachen, Z stimmte sofort mit ein – und auch Geraldine musste irgendwann grinsen:

„Okay – das war übertrieben. Tut mir leid. Aber ich muss es einfach loswerden."

„Das glauben wir dir." Z ließ sich neben Annie auf einen Stuhl sinken, „und jetzt sind wir ja alle da. Du kannst…"

Das Telefon an der Wand klingelte. Geraldine starrte es ungläubig an: „Bist du noch nicht fertig?"

„Ich habe mit dem Handy telefoniert." entgegnete Z leicht angesäuert, „das ist unsere Firmennummer."

„Die haben wir noch? Wieso haben wir die noch?"

„Hab ich nicht drüber nachgedacht, ehrlich gesagt."

Annie hatte sich inzwischen erhoben: „Dürfte ja schnell gehen… Ja? … Wer? … Die ist… worum geht es denn? … Verstehe schon. Tut mir leid, dieser Service steht nicht mehr zur Verfügung. … Was denn? … Lücken? … Ja, sowas kommt vor. Wars das? … Gut. … Ja, für Sie auch." Sie legte auf und zuckte auf Zs fragenden Blick hin mit den Schultern: „Da wollte jemand unsere Hilfe. Aber das hat sich ja erledigt. Und wir sollten die Nummer wirklich…"

Geraldine nickte ungeduldig: „Bei Gelegenheit."

Annie setzte sich wieder. Mit einem vielsagenden Lächeln in Zs Richtung, der es allerdings nicht erwiderte, sondern sich vollkommen ernst an Geraldine wandte: „Also – fang an."

„Anfangen – ja." übernahm zu Geraldines großer Überraschung Annie diesen Part, „fangen wir dort an, wo wir gestern aufgehört haben: Die Reihenfolge. Ich denke: sie ist irrelevant."

Geraldine runzelte die Stirn: „So?"

„Ja. Die drei Szenen, die nichts mit Geschichte oder uns zu tun haben, sind unmöglich, zeitlich einzuordnen. Das kann sonst wann gespielt haben – im Grunde sogar schon vor 100 Jahren."

„Da waren Autos und so." wandte Z ein.

„Ja, gut. Trotzdem. Mir geht es ja auch um Folgendes: Das ist kein Puzzle, wo es darum geht, die Teile richtig zusammenzufügen. Der Dämon hat uns das ja nicht absichtlich gegeben. Das ist das, was Geraldine in ihm abgreifen konnte, und da ist eine gewisse Willkürlichkeit natürlich gegeben. An uns ist es, die Inhalte zu nehmen und zu schauen, ob sich dort etwas rausziehen lässt."

„Da hat Annie recht." erklärte Geraldine, „was die Einordnung angeht, allerdings nur teilweise."

„Du kannst das einordnen?" fragte Annie erstaunt.

„Ja. Glaube ich zumindest. Die einzige Szene, die für mich in keinem Zusammenhang steht, ist die mit dem Jungen. Aber das mit dem Mädchen... als mich der andere Dämon in Frankreich gequält hat, hat er mir eine Szene aus meinem Leben gezeigt. Ich war im Kindergarten und..."

Ihre Stimme verlief sich, als sie Annies Blick sah. Und erkannte, dass Annie sich voll und ganz bewusst war, worauf sie hinauswollte. Und zudem ziemlich unglücklich damit. Was Geraldine ihr nicht verübeln konnte. Leider wusste Z nichts von dem Gespräch, das sie zu zweit dazu geführt hatten – und sprang daher auf das an, was sie gesagt hatte:

„Das hast du uns erzählt. Willst du sagen, dass das die gleiche Szene ist?"

Geraldine nickte stumm.

„Eine andere Perspektive, wie es scheint." krächzte Annie heiser und räusperte sich dann umständlich. Ihr Versuch, einfach mit weiterzumachen, funktionierte nicht sonderlich gut und Geraldine suchte krampfhaft nach einer Möglichkeit, Z auszubremsen, der schon am Weiterdenken war:

„Was hat das zu bedeuten?"

Sie fand keinen unauffälligen Weg: „Lass uns das mal später machen. Ich würde sie eh alle einzeln durchgehen."

Annie lächelte dankbar – und nutzte ihre Vorlage: „Und was ist mit dem Engel?"

„Auch da habe ich etwas gesehen. Nicht direkt aus meinem Leben, aber... meine Oma, die..."

„Du brauchst nichts mehr zu sagen." ging Annie hastig dazwischen.

Z nickte: „Ja – wissen wir Bescheid. Wenn ich auch zugegebenermaßen den Zusammenhang..."

„Lasst uns vorne anfangen." Geraldine deutete auf das Flipchart, „das goldene Kalb. Ideen? Eindrücke?"

„Nichts." erwiderte Annie, „würde mich auch wundern, wenn das für uns relevant ist. 5.000 Jahre später."

„Ist halt krass, dass der schon so lange dabei ist." kam es von Z. Mehr kam nicht.

„Ja, das dachte ich auch." stimmte Geraldine zu, die selbst auch keine weiteren Ideen hatte, „gut. Weiter: Herr Nichtpaulus."

„Dazu fällt mir etwas ein." meldete sich Z, „was allerdings nichts mit uns zu tun hat."

„Nämlich?"

„Dass das etwas ist, was in der Zeit seitdem passiert ist. Dass die Kirche einfach entschieden hat, was gut und was schlecht ist. Sich nach Gutdünken eigene Regeln gebaut hat. Und eigene Strafen dazu. In diesem Zustand leben wir. Also: Er hatte Erfolg."

Annie verzog das Gesicht: „Das sollten wir Miguel nicht hören lassen."

„Besser nicht. Sonst?" Geraldine sah sie nacheinander an und beide schüttelten den Kopf:

„Nein."

„Tja. Dann das nächste: Die Ritterschaft."

Z schürzte die Lippen: „Erklärt viel, diese Geschichte. Allerdings eben nur das: Die Geschichte."

„Hä?" machten die beiden Frauen gleichzeitig.

„Es war für Historiker immer ein wenig rätselhaft, warum die beteiligten Personen so gehandelt haben." führte Z aus, „wir haben nun die Erklärung. Mehr aber auch nicht."

Geraldine seufzte laut: „Das ist ja erfolgreich."

„Entschuldigung."

„War nicht gegen euch. Rotkäppchen."

„Das ist ein interessanter Name für diese Szene." kicherte Annie.

„Eine weitere, die wir Miguel nicht zeigen sollten." setzte Z hinzu.

Wieder ließ Geraldine den Blick schweifen: „Sonst?"

„Nee."

„Der Reaktor." machte sie weiter.

„Ist krass, wo die überall ihre Finger drin hatten." lautete Annies Kommentar.

„Und immer noch haben." Zs Zusatz.

Geraldine legte den Kopf schief: „Soll heißen?"

„Das war nur eine allgemeine Bemerkung." erklärte Z und Annie nickte unterstützend.

„Sonst nichts?"

„Nein."

„Das geht ja schnell. Toll." Geraldine rümpfte die Nase, „als nächstes..."

„Geraldine und das böse Mädchen." Z grinste breit – sich nach wie vor der tieferen Bedeutung dieser Szene nicht bewusst.

Geraldine warf Annie einen Blick zu und interpretierte ihren Ausdruck als übereinstimmend mit ihren eigenen Gedanken: Dies war nicht der Zeitpunkt, ihn aufzuklären. Also lachte sie künstlich auf: „Ja. Geraldine und das böse Mädchen. Oder auch: Die Auswahl des Opfers." setzte sie düster hinzu. Denn wenn sie schon nicht über das sprachen, was Annie bei dieser Sache bewegte, so musste sie doch zumindest das aussprechen, was sie selbst bewegte. Und sie erreichte ihr Ziel: Z klappte den Mund auf und stieß

„Opfers?" hervor, worauf sie mit

„Ich." antwortete und er wiederum

„Du?" fragte.

Jetzt schaltete sich auch Annie ein: „Verstehe ich nicht."

Das war der Moment – wo es raus konnte: „Ich habe mir viele Gedanken darüber gemacht. Und es gibt für mich nur eine Erklärung: Sie reden über mich."

„Aber... das andere Mädchen war das böse Mädchen." wandte Annie erschrocken ein.

„Das mag sein. Aber da bin ich. Soll das Zufall sein? Ihr habt gehört, was... ich habe euch erzählt, was sie gesagt haben: ‚Wenn du nicht direkt an sie rankommst, nimm dir andere, um an sie ranzukommen.' In dieser Szene mag es das andere Mädchen gewesen sein, aber ich war trotzdem das Ziel. Schaut euch mein Leben an. Der ganze Sex, der ganze Alkohol."

Z kniff die Augen zusammen: „Waren alles die Dämonen."

„Danach sieht es aus."

„Was für dich sehr praktisch wäre, denn damit wärst du aus dem Schneider." Annie warf ihr einen leicht spöttischen Blick zu, dann Z einen verwirrten, als dieser zu kichern begann.

„Aus dem... Schneider." klärte er sein Verhalten auf.

Annie rollte mit den Augen: „Zufall, keine Absicht, unwichtig. Geraldine..."

„Ich habe mich vor langer Zeit für all das entschuldigt." gab diese zurück, „und ich sehe nichts Positives dabei, von der Verantwortung ‚entbunden' zu werden. Denn es zeigt nur, dass ich schon so früh so anfällig für sie war. Ich mag vielleicht nicht immer Herrin meiner Entscheidungen gewesen sein. Aber das ist für mich nichts Gutes."

„Hm..." Annie tippte sich mit dem Zeigefinger auf die Lippen und streckte ihn dann in die Luft, „Einspruch."

„Annie, das ist lieb, aber..."

„Nicht nur lieb. Auch logisch. Denn du vergisst etwas. Den zweiten Teil dieser Vision."

„Zweiten Teil?"

„Die Frau beim Sex. Darüber habe ich mir lange und ausgiebig Gedanken gemacht. Gestern schon. Ich wollte es nur nicht gleich sagen. Aber es passt. Dass es vorher schwarz wurde – hast du gesagt. Der Blick, der Hintergrund, der Ablauf – es stimmt alles."

Geraldine wedelte ungeduldig mit den Händen: „Was passt? Was stimmt?"

„Diese Vision. Das ist die Vision, mit der ich euch in regelmäßigen Abständen in den Ohren liege."

„Du? Das... ja!" Geraldine klatschte laut in die Hände, „du hast Recht. Total offensichtlich, eigentlich. Das hätte ich nie von alleine gemerkt."

„Och – irgendwann bestimmt." lächelte Annie, „ich war halt schneller."

Z lächelte nicht. Er sah eher unsicher drein: „Deine Vision? Geraldine hatte deine Vision?"

„Scheint so." nickte Annie.

„Also kennt ihr sie jetzt beide."

„Sieht danach aus." nickte Geraldine.

„Und das Mädchen?" bohrte er weiter, „die Frau?"

„Ich kenne sie nicht." Geraldine sah Annie an, die die Schultern zuckte: „Nein, ich auch nicht. Aber... ich habe sie immer nur einzeln gesehen. Du hast jetzt eine Vorgeschichte und das gibt zum einen eine neue Grundlage und zum anderen die Möglichkeit, da weiterzukommen."

„Nämlich welche?" fragte Geraldine.

„Nämlich wie?" fragte Z.

Annie lachte auf: „Wer zuerst?"

„Deine Reihenfolge." forderte Geraldine.

„Okay. Grundlage: Vielleicht gar nicht das richtige Wort. Was ich einfach meine, ist: Zwischendrin habe ich mal spekuliert, dass die Frau gar nicht real ist. Sondern eine ‚Figur', mit der Gott mir etwas zeigen will. Das war auch kein schlechter Gedanke – zumindest hat er mich dazu gebracht, ein wenig in mir aufzuräumen. Aber jetzt wissen wir, dass sie nicht nur ausgedacht ist, denn – und das ist der andere Punkt – ich denke, dass die Wahrscheinlichkeit relativ groß ist, dass eines der beiden Mädchen im ersten Teil die Frau im zweiten Teil ist. Sonst wäre es ja Quatsch, dass sie zusammenhängen. Eines dieser Mädchen bist du. Und auch wenn dein ausschweifendes Sexualleben während einer bestimmten Spanne deines Lebens theoretisch dazu passen würde, kannst du es nicht sein, denn dann hätte ich dich erkannt. Und du dich sowieso. Und es macht auch keinen Sinn, dass sie für dich steht – als Sinnbild oder so – weil das ja kein Geheimnis ist oder irgendetwas, das aufgearbeitet werden muss. Du hast es geklärt – schon vor langer Zeit. Hast du selbst gesagt. Und heimlichtuerisch warst du damit eh nie. Ganz abgesehen davon, dass du die Vision nur einmal hattest und das ja auch nicht im Sinne von ‚aktiv bekommen', sondern im Sinne von ‚abgegriffen'. Während ich sie öfter kriege, als dieses schlimme Weihnachtslied im Radio läuft, das jedes Jahr an... äh... Weihnachten... äh... ich schweife ab. Ich meine nur: Was sollte ich damit, wenn es dir gelten würde? Also kann es nur so sein, dass es das andere Mädchen ist. Und wenn man nun wiederum die Tatsache nimmt, dass das die Erinnerungen eines Dämons sind, dann liegt es – finde ich – auf der Hand, dass sie diejenige ist, um die es ihm geht."

„Und was bedeutet es dann?"

„Das kann ich dir leider nicht sagen." Annie schenkte Geraldine einen entschuldigenden Blick, „vielleicht ist es etwas so Simples wie: Er war so lange bei ihr, dass er ihr über Jahre hinweg beim Sex zuschauen konnte. Muss ja noch nicht einmal illegitim gewesen sein, wie ich immer dachte. Nur, weil sie so komisch guckt. Vielleicht war das ihr Freund. Oder Mann. Vielleicht geht es wirklich nur darum zu sagen, da ist eine Frau, die von Kindheit an besessen ist."

„Klingt grundsätzlich gut." stellte Geraldine fest, „macht aber keinen Sinn. Denn die Erinnerungen zeigen sie von außen. Also war er dabei nicht in ihr. Nie."

„Könnte der andere gewesen sein, keine Ahnung. Ich habe nicht alle Antworten. Brauche ich auch gar nicht. Weil – ganz ehrlich – die Frau ist mir momentan schnurzpiepegal. Wir können eh nichts für sie tun. Vielleicht hätten wir das sollen. Aber dafür ist es jetzt zu spät. Mir geht es einzig und allein darum, dir zu sagen, dass du dir keine Sorgen zu machen brauchst. Du warst nicht besessen."

„Und deine Dummheiten waren deine eigenen Dummheiten." fügte Z hinzu.

Geraldine ließ den Kopf hängen: „Wie erleichternd."

„Schon, oder?"

„Ja. Schon." Sie biss sich auf die Lippen, „nehmen wir es mal so. Auch, wenn ich Zweifel habe. Und damit immer noch nicht geklärt ist, wer sie ist und was wir damit sollen."

„Tja..." machte Annie gedehnt.

„Du weißt es auch nicht, schon klar."

„Warten wir es ab." Annie deutete Geraldine, zur nächsten Szene weiterzugehen, aber diese war noch nicht fertig:

„Was ich nicht verstehe: Wo hast du es her? Ich habe es von dem Dämon. Und du?"

„Ist doch klar, oder? Ich auch."

„Du auch?" Z wippte verwirrt mit dem Kopf. Woraufhin Annie auf die ganz rechte Spalte auf dem Flip-Chart deutete:

„Ziehen wir das Letzte mal vor. Dann ist es weg. Der Beweis dafür, dass ich zu bestimmten Zeiten während unserer Arbeit angreifbar war. Und unsere

Gegner das genutzt haben. Wie du weißt, war ich zu anderen Zeiten meines Lebens noch wesentlich angreifbarer."

„Aber da hatte er noch keinen Grund." wandte Geraldine ein.

„Er wusste, was ich kann. Vielleicht wollte er mich abhalten. Keine Ahnung. Aber die Antwort ist klar und deutlich: Dieser Dämon hat mich heimgesucht. Mindestens zwei Mal. Beim ersten Mal hat er eine echte Erinnerung von sich dagelassen – versehentlich. Und beim zweiten Mal hat er mir eine falsche dagelassen – absichtlich."

„Aber das ergibt wieder keinen Sinn." brachte Geraldine einen weiteren Einwand vor.

Annie blickte sie an: „Ja?"

„Wenn das mit der alternden Frau eine Erinnerung ist – und sie das Mädchen aus dem Kindergarten – dann wäre sie in unserem Alter. Du hast es aber zum ersten Mal gesehen, als du Anfang 20 warst. Da kann es noch gar keine Erinnerung gewesen sein. Denn da war sie selbst ja auch erst Anfang 20."

„Das stimmt." nickte Z nachdenklich.

Annie hob die Hände: „Du – ich bin damit genauso schlau wie bisher auch. Mir ging es um Geraldine. Alles andere... keinen Schimmer."

„Und auch nicht wichtig für den Plan und daher zu vernachlässigen." beschloss Z, diesen Teil der Diskussion zu beenden – was vor allem bei Annie auf Gegenliebe stieß:

„Sehr gerne."

Geraldine schien dazu nun ebenfalls bereit: „Zwei haben wir noch: den Engel und den Jungen."

„Zu dem Engel fällt mir nichts ein." gestand Z, „außer, dass das unmöglich ist."

„Sein sollte." widersprach Geraldine.

Das wollte Z nicht durchgehen lassen: „Es steht..."

„...irgendwo. Ja." unterbrach sie ihn, „aber du darfst eines nicht vergessen: Die Bibel sagt die Wahrheit. Aber nur bis zu dem Punkt, wo sie geschrieben wurde. Es stehen da drin Verheißungen, die sich erfüllen. Aber dass alles passiert, was dort steht, heißt nicht, dass alles dort steht, was passiert."

„Wie theologisch." schmunzelte Annie.

„Naja – theo weiß ich nicht, logisch auf jeden Fall."

„Haha." brummte Z.

„Ich fand das passend. Und..." Geraldine zögerte, „ich kann dazu genauso wenig etwas sagen, wie Annie zu dem anderen Zeug. Ich sage nur: Dass wir es für unmöglich halten, muss es nicht dazu machen. Zumal auch hier gilt: Der Dämon hat mir nichts eingetrichtert. Er hat etwas dagelassen. Das in Frankreich war anders. Da hat er manipuliert. Diesmal nicht. Also ist das eine Szene, die sich so abgespielt hat. Warum sollten sich zwei Dämonen treffen und gegenseitig anlügen?"

„Weil sie Dämonen sind?" überlegte Z ironisch.

„Aber doch nicht in so einem Zusammenhang."

„Um eine falsche Erinnerung zu kreieren." versuchte er es weiter.

„Das hieße dann aber, dass sie sich a) bewusst sind, dass sie Spuren hinterlassen. Und danach sah es bisher nie aus. Und b) damals schon wussten, dass sie für Geraldine – oder wen anders – eine falsche Erinnerung brauchen. Und selbst, wenn das so wäre – warum dann sowas? Was haben sie davon, uns vorzugaukeln, sie hätten einen Engel..." Annie kratzte sich am Kinn, „...gefällt?"

„Zu Fall... zum Fallen gebracht." schlug Geraldine vor.

„Besser. Danke."

„Lauter gute Fragen." murmelte Z, leistete sich aber keinen Widerspruch mehr – weswegen Geraldine seinen Satz aufgriff:

„Noch eine weitere: Was hat das mit der Szene zu tun, die ich damals gesehen habe? Mit meiner Oma? Und was hat das alles mit uns zu tun?"

„Und die beste Frage: Was hat das mit dem Plan zu tun?" setzte Annie noch eins drauf.

Sie blickten sich an – ratlos.

„Nur Fragen – keine Antworten." fasste Z es passend zusammen.

Geraldine seufzte: „Deprimierend."

„Aber es zeichnet sich eine Richtung ab." sinnierte Annie und obwohl die anderen beide nicht wussten, was sie damit meinte, fragten sie nicht nach. Stattdessen schnippte Geraldine in Richtung Flipchart:

„Letztes: Der Junge."

„Dämonen und kleine Kinder." Annie wiegte den Kopf hin und her, „wie du schon gesagt hast."

„Mehr nicht?"

Z schüttelte den Kopf: „Nein. War grausig. Und irgendwie... naja... es kommt mir komisch vor, dass sich ein Dämon so viel Mühe machen würde. Die Eltern umbringen – so umständlich. Den Jungen in den Fluss schicken. Ihn dann aber entkommen lassen."

„Ja. Seltsam." stimmte Annie zu.

Geraldine rieb sich die Stirn: „Das hat wirklich etwas von einem Plan."

„Nur... was für einer?"

„Nicht die geringste Idee." Geraldine blickte einen Moment nachdenklich in die Ferne. Als sie sich wieder den anderen zuwandte, hatte sie feuchte Augen:

„Dann darfst du es jetzt sagen, Z."

„Glaub nicht, dass ich das gerne tue." gab dieser ernst zurück.

„Tus einfach."

„Es ist nichts dabei, was wir verwenden können." flüsterte er.

„Absolut nichts." flüsterte Geraldine hinterher.

Annie schürzte die Lippen: „Was uns an den Punkt führt, wo wir entscheiden. Wir hatten gesagt: Spur – folgen. Wand – aufhören."

„Und hier haben wir eine Wand." erklärte Z, „wenn wir jemals eine hatten."

„Also hören wir auf."

„Ihr zumindest." kam es von Geraldine und die anderen beiden zuckten zusammen:

„Geraldine..."

„Keine Angst – so meinte ich das nicht. Aber ich habe es weiter in meinem Kopf. Und es quält mich. Die Schreie waren letzte Nacht nicht weg, oder?"

Z sah an ihr vorbei: „Nein."

„Also hat das hier dafür nichts genützt. Und ich muss mir einen anderen Weg suchen, wie ich es wieder loswerde. Schließlich will ich dich nicht jede Nach wecken."

„Als ob das die Priorität wäre."

13

Als Geraldine die Tür zum Wohnhaus aufschloss, sprach Annie sie noch einmal an:

„Eine Sache liegt mir noch auf dem Herzen. Eine ganz andere. Die…"

„Spuck's aus." forderte Z, als sie nicht weitersprach.

„Deine Eltern." stieß Annie hastig hervor und Z schluckte laut. Geraldine jedoch blieb ganz ruhig:

„Meine Eltern. Mit meinen Eltern herrscht momentan Funkstille. Aber das ist privat. Im Sinne von: Nils und ich. Annie kennt das ja, wie…"

„Hey." fuhr diese auf und Geraldine hob beschwichtigend die Hand:

„Das war keine Spitze. Sondern ernst gemeint: Ihr wisst sicherlich beide, dass es Themen gibt, die man nur ungern mit anderen diskutiert – ganz egal, wie nah sie einem stehen. Und du weißt es eben von genau demselben Beispiel. Und solltest es daher auf jeden Fall nachvollziehen können. Und Z…"

„Ich kann das durchaus auch." erklärte dieser.

„Gut, dann…" Geraldine lächelte, „ist es trotzdem sehr nett, dass ihr gefragt habt."

Annie lächelte ebenfalls: „Dafür sind wir da."

Danach trennten sich ihre Wege. Außer ihnen war niemand da, da alle ihre Liebsten auf der Arbeit weilten. Doch sie wollten jeder für sich sein und so verbrachten sie den restlichen Tag in ihren Wohnungen.

14

Nils kam als erster nach Hause. Was schlicht und ergreifend daran lag, dass er sich Sorgen um seine Frau machte. „Lass uns Urlaub machen." schlug er vor.

„Nein."

„Warum nicht? Ich kann in paar Tage nehmen."

„Spar dir diese Tage für unsere Weltreise auf."

„Aber es täte dir gut."

Geraldine schüttelte den Kopf: „Mit Alpträumen tut auch ein Urlaub nicht gut."

„Dann tu etwas gegen die Träume."

„Was denn?"

„Das weißt du ganz genau."

Sie biss sich auf die Lippen: „Ja. Weiß ich."

„Dann ruf an." Nils hielt ihr das Telefon entgegen, aber zunächst ergriff sie es nicht:

„Wen denn?"

„Geraldine."

„Nein, ernsthaft. Ich habe Suji und ich habe Katiana. Die eine steht mir näher, die andere kennt sich besser aus."

„So viel Zeit wie du hast – nimm beide." Er ruckelte mit dem Hörer, „doppelte Erfolgschancen."

„Auch ‚Overkill' genannt." schnaubte sie.

„Du hattest einen Dämon in deinem Kopf. Und hast ihm Gedanken geklaut. Da gibt es das Wort ‚Overkill' hinterher nicht mehr. Ganz abgesehen von dem, was du dafür tun musstest."

„Ich dachte, darüber wären wir hinweg."

„Hinweg?" Nils blickte sie konsterniert an, „wir haben es besprochen – ja. Du hast dich entschuldigt – ja. Ich habe die Entschuldigung angenommen – ja. Wir haben es abgehakt – ja. Ganz viele ‚Ja's. Aber das ist alles sachlich. Emotional ist das immer noch genauso frisch... nein, das ist unfair: nicht mehr so frisch, aber fast so frisch wie als es passiert ist. Ich habe gesagt, ich brauche Zeit. Damit meinte ich nicht Stunden oder Tage. Und behaupte nicht, dass es dir nicht so geht."

Geraldine lachte humorlos: „Ich habe da einen Vorteil: Die Erfahrung mit dem Dämon hat mein Gedächtnis ziemlich durcheinandergewirbelt. Ich sehe das alles nur noch verschwommen."

„Das ist schön. Ich habe es gar nicht gesehen, also haben wir zumindest beide keine Bilder im Kopf. Aber das ändert doch nichts daran, dass wir es beide wissen. Du hast mich betrogen. Mit dem Mann, der zwei Stockwerke unter uns ein- und ausgeht. Egal, ob das nun für einen guten Zweck und abgesprochen war – es schmerzt."

„Aber warum denn?" fuhr sie auf, „es bedeutet nichts. Emotional, meine ich."

„Aber es zeigt mir, wozu du fähig bist. ‚For God and Country' – wie bei... im Film."

„Im Film."

Nils winkte ab: „Irgendwelche Agenten, die mit Fremden ins Bett steigen, um Informationen zu kriegen."

„Ich war nicht mit ihm im Bett." gab Geraldine genervt zurück.

„Warst du nicht." bestätigte er und die Pause danach war so lang, dass Geraldine schon glaubte, es käme nichts mehr. Doch es kam noch etwas: „Aber wärst du?"

Das jagte ihr einen Schauer über den Rücken: „Was ist das denn für eine Frage?"

„Eine berechtigte." Nils fuhr sich durch die Haare, „ich habe sie zurückgehalten. Bis es dir besser geht. Und wollte das eigentlich auch noch eine Weile. Aber jetzt sind wir dabei und es muss raus. Wo ist die Grenze, Geraldine? Wie weit würdest du gehen?"

Sie starrte ihn an: „Ich bin fassungslos."

„Und das war ich nicht?"

„Nils, ich liebe dich. Nur dich. Als Einzigsten auf der ganzen Welt." Tränen schossen ihr in die Augen. Doch das hielt Nils nicht auf:

„Mag sein. Aber mit Liebe hat das nichts zu tun. Ich habe dir keine mangelhafte Liebe unterstellt. Das wäre ja noch schlimmer. Fakt ist aber, dass du keine Liebe empfinden musst, um solche Akte auszuführen. Und Fakt ist auch, dass mein Schmerz trotzdem gleich groß ist. Immer. Egal, wie es läuft."

Geraldine sah Nils eine ganze Weile an. Dann ging sie vor ihm auf die Knie.

„Was machst du?" stieß er erschrocken hervor.

„Ich schwöre dir etwas. Zwei Sachen."

„Schwören?"

„Ist das Beste, was mir einfällt."

„Geraldine..."

„Lass mich das machen. Bitte."

„Dann..." Er streckte ihr seine Hand hin und sie ergriff sie:

„Du fragst mich, wie weit ich gegangen wäre? So weit. Und keinen Schritt weiter. Das schwöre ich dir. Ich war an der Grenze. Und hätte sie niemals überschritten. Aber das ist ein Schwur, der nur die Vergangenheit betrifft. Damit du dir keine Gedanken machen musst. Viel wichtiger ist die zweite Sache: Ich werde niemals wieder auch nur in die Nähe dieser Grenze gehen.

Ich hatte den Blick so auf die Sache gerichtet... Du hast auch nichts gesagt. Du warst dagegen, ja. Aber du hast nichts über deine Gefühle gesagt."

„Du hättest es wissen können."

„Nein. Ich hätte es wissen müssen. Es war kein Vorwurf gegen dich. Nur... wenn ich so einen starren Blick habe, kann ich mir manchmal selbst nicht mehr helfen. Aber ich schwöre dir, dass es so eine Situation nie mehr geben wird."

Langsam setzte sich Nils vor ihr auf den Boden: „Dann schwöre ich dir auch etwas: Wenn du dir alleine nicht mehr helfen kannst, werde ich es tun."

Sie fielen sich in die Arme und dann zur Seite um, was die Tränen, die Geraldine immer noch über die Wangen liefen, in einem Schwall von Gelächter versickern ließ. Irgendwann tastete Nils um sich und fand schließlich das Telefon, das er zuvor zur Seite gelegt hatte:

„Und jetzt ruf deine beiden Betreuerinnen an."

„Das musste sein, oder?" maulte sie.

„Ja. Aber nur dieses eine Mal."

15

Sowohl Katiana als auch Suji versprachen ohne zu zögern, ihr zu helfen und so machte sie mit beiden einen Termin für die nächsten Tage aus.

„Muss ich dich verfolgen lassen, um sicherzugehen, dass du sie auch wahrnimmst?" erkundigte sich Nils, als sie ihm davon berichtete.

„Ich will das wesentlich mehr als du." erwiderte sie, „ich war nur ein wenig... motivationslos."

„Nein, warst du nicht. Ich sag dir, was du warst. Immer noch bist. Und dann sagst du mir, dass ich recht habe."

„Kann ich wahrscheinlich vorher schon."

„Oder so."

„Sag es trotzdem."

„Du glaubst immer noch, dass sich in diesen Erinnerungen versteckte Hinweise verbergen. Und wenn die Erinnerungen verschwinden, verschwinden auch die Hinweise."

Geraldine zog eine Schnute: „Muss ich es wirklich sagen?"

„Ich bitte darum." antwortete Nils – wenn auch lächelnd.

„Okay: Mir, dass ich recht habe."

„Was? Ah. Toll. Du findest immer einen Ausweg."

„Ja. Ich finde – fast – immer einen... Mensch." Sie schlug sich auf die Stirn, „Ausweg."

Er blickte sie unsicher an: „Ja?"

„Aufnehmen."

„Aufnehmen?"

„Ich nehme die Erinnerungen auf. Heute noch oder morgen. Das hatte ich sowieso vor und es dann nur vergessen. Die Alpträume kommen ja nicht vom Inhalt an sich. Sondern von der Erfahrung und den Gefühlen. Oder so in der Art. Aber wenn ich das überwunden habe – und viel Abstand – kann ich sie mir nochmal anhören. Und dann vielleicht Sachen entdecken, die ich jetzt übersehe. Eben gerade weil ich dann Abstand habe."

„Hm... ja." Nils war nur wenig begeistert, „wegen mir. Aber erst, wenn du dich wirklich gut damit fühlst. Und ich das auch bestätigen kann. Und wenn du das machst, und es tut dir nicht gut..."

„...dann lasse ich es. Versprochen."

„So mag ich das. Braves Frauchen." Er tätschelte ihr die Wange – und fand seine Hand einen Augenblick später zwischen ihren wieder:

„Das Frauchen zeigt dir gleich mal, wie brav es ist."

„Oh, ja, bitte."

„Äh... das meinte ich damit nicht."

Er ließ die Unterlippe hängen: „Schade."

„Ja... da hast du eigentlich... okay – jetzt meine ich das damit."

16

Becka kam kurz nach Nils zurück und überfiel Z gleich mit einer Idee: „Vivienne hat mich heute darauf gebracht, dass es nett wäre, unseren Gästen Dankeskarten zu schreiben. Fürs Kommen und das Geld."

„Und die Nutella." ergänzte Z und Becka lachte:

„Die können wir ihnen in den Umschlag schmieren."

„Nur ein bisschen. Schmecken tut sie ja trotzdem."

„Das ist wahr."

„Aber finde ich gut, die Idee. Denn..." Z brach ab.

„Ja? Denn?"

„Ach... ich hatte gerade einen Gedanken. Aber... nein. Im Grunde nicht wichtig."

Becka legte die Stirn in Falten: „Wenn du das sagst."

„Wie war dein Tag?" wechselte Z schnell das Thema.

„Mein Tag war gut. Und deiner?"

„Auch."

„Erfolgreich?"

Er schüttelte den Kopf: „Ganz und gar nicht."

„Heißt das, der Stress geht weiter?" Becka seufzte.

„Im Gegenteil: Der Stress ist vorbei. Wir sind durch. Nicht ‚durch' durch. Aber fertig. Bis auf Geraldine. Die Arme."

Das sah Becka nicht so: „Selbst schuld."

„Musst du nicht dauernd sagen." entgegnete er leicht gereizt.

„Sonst sagt es ja keiner."

„Eigentlich sagen es alle. Vor allem zu ihr."

„Oh." Sie verzog schuldbewusst das Gesicht, „dann lasse ich es bleiben."

„Gut."

„So..." Sie griff nach ihrer Handtasche und kramte darin, „nachdem wir das nun alles erledigt haben..."

„Ja?" Z sah ihr gespannt dabei zu – und schließlich hatte sie gefunden, was sie suchte:

„In der Post war ein Umschlag von deinem Bruder. Und da ihr euch sonst nie schreibt – und ich weiß, dass du ihn da etwas gefragt hast..."

„Lass sehen." Er hielt ihr die Hand entgegen und sie reichte ihm den Brief. Er riss ihn auf und hatte die Seiten noch nicht einmal herausgeholt, da konnte Becka nicht mehr an sich halten:

„Sie ist es, nicht wahr?"

Er warf einen langen Blick in den Umschlag und nickte: „Sie ist es."

„Er hatte sie noch."

„Er hatte sie noch."

„Dann will ich sie sehen." Sie versuchte, Z den Umschlag wegzunehmen, doch er hielt ihn fest:

„Becka..."

„Z..."

„Du wirst sie sehen." versicherte er, „lesen, besser gesagt. Nur... vorab sind ein paar Erklärungen notwendig."

„Das schreckt mich nicht ab."

„Sollte es auch nicht."

„Keine Zeit schinden."

„Hatte ich nicht vor."

„Dann los."

„Ja." Z überlegte einen Moment, „warum ich sie dir nicht gegeben habe, weißt du bereits. Und du kennst auch die traurige Sache mit der Namensverwechslung."

„Bis auf das kleine Detail, wie es dazu überhaupt gekommen ist."

Z blinzelte erstaunt: „Das weißt du nicht?"

„Es kam nie auf." erklärte sie.

„Okay. Wir saßen da – Yannik und ich. Ihr kamt rein. Ich habe dich gesehen und... war hin und weg. Und wusste, dass ich dich ansprechen muss. Irgendwie. Aber ich habe mich nicht getraut, aufzustehen. Also hat Yannik das gemacht. Nur, dass er dich natürlich nicht ansprechen konnte. Also hat er so getan, als holt er sich was und als er neben euch war, hat der Typ hinter der Theke ‚Hallo Clara‘ gesagt. Und du hast geantwortet."

„Weil Clara ihn eklig fand."

„Du doch auch."

Becka zuckte die Achseln: „Ich hatte Mitleid."

„Aber jetzt habe ich eine Frage: Warum hat er sie gegrüßt, wenn er dir doch Gedichte geschrieben hat?"

„Weil ich auf sein Gedicht – es war nur das eine – nicht reagiert habe. Also ist er auf sie umgestiegen."

Z kicherte: „Das ist bei ihr bestimmt gut angekommen."

„Was meinst du, warum sie nicht geantwortet hat."

„Verstehe. Dann haben wir das. Was noch...? Ja: Ich habe diese Geschichte gleich da geschrieben. Also... nicht in der Mensa. Aber an diesem Nachmittag. Nach unserer ersten ‚Begegnung‘. Dementsprechend ist sie natürlich mit dem falschen Namen entstanden. Und da ich rein gar nichts von dir wusste, habe ich deinen kompletten Lebenslauf erfunden. Er ist ziemlich weit von der Realität entfernt, wie du feststellen wirst. Er kommt halt aus meinem Kopf."

„Also voll von Referenzen, die ich nicht verstehe." vermutete sie und Z wippte mit dem Kopf:

„Das... mag passieren. Dass du sie nicht verstehst, meine ich."

„War ja klar."

„Eine Doctor Who-Referenz gibt es auf jeden Fall nicht. Ich wusste das zu dem Zeitpunkt noch nicht, dass die Neue so heißen würde und..."

„Z?" würgte sie ihn ab.

„Ja?"

„Laber keinen Mist."

„Okay."

„Wenn ich auch nur eine davon verstehe, bin ich stolz." erklärte sie leicht frustriert, worauf Z sich beeilte, sie zu beruhigen:

„So wichtig sind sie auch gar nicht."

„Das ist schonmal gut."

„Also nicht aufregen." bat er.

„Das sehen wir dann."

„Äh... ja."

„Noch was?"

„Ich... schinde Zeit. Hier ist sie."

Z zog die Seiten heraus und Becka nahm sie grinsend entgegen. Es war ein Ausdruck, schon leicht vergilbt. Sie hob die Brauen.

„Ich hatte sie nur ein paar Tage." verteidigte er sich, „bis du... mir erzählt hast, wie sehr du es nicht magst, wenn man dir... naja – das haben wir ja auch geklärt."

„Ein Anfang voller Missverständnisse." stellte sie trocken fest.

„Mit so einem schönen Ausgang."

„Oh ja. Und jetzt... still."

17

„Schutzdienst?" rief der Engel entsetzt, „warum das denn? Habe ich etwas falsch gemacht? Habe ich dir etwas getan?"

„Nein." antwortete Petrus, „das ist ein ganz normaler Teil deiner Ausbildung."

„Ausbildung."

„Die Welt wird irgendwann zu Ende gehen. Dann werden alle Menschen, die an den Vater glauben, hierherkommen."

„Ich weiß. Aber was...?"

„Dir dürfte doch auch schon aufgefallen sein, dass ihr hier oben nicht immer gut miteinander klarkommt."

Der Engel zuckte mit den Schultern: „So ist das halt in einer großen Familie."

„Das ist richtig. Und auch nicht schlimm. Aber je grösser die Familie wird, desto mehr Gefahr besteht, dass es zu handfesten Auseinandersetzungen kommt."

„Du denkst aber negativ."

„Es ist nicht mein Gedanke." klärte Petrus ihn auf, „Fakt ist: ihr wart immer hier. Und die Menschen nicht. Ihr seid es gewohnt. Sie nicht. Und sie müssen eine Menge durchmachen, bevor sie hierherkommen. Wie ich dir aus eigener Erfahrung bestätigen kann."

„Ja und? Hier geht es ihnen doch besser. Gut, meine ich."

„Natürlich. Aber ihre Lasten bringen sie alle mit. Die Seele wird ja nicht gelöscht, wenn sie hierherkommt. Sie kommt genau so, wie sie den Menschen beim Tod verlassen hat. All seine Erinnerungen, seine Verletzungen, Probleme, Ängste – das ist alles mit dabei."

„Das kann der Vater doch heilen."

„Der Vater ist allerdings der Meinung, dass Heilung dann am besten funktioniert, wenn sie sanft von Statten gehen kann. Das nimmt Zeit in Anspruch."

„Okay." nickte der Engel, „klar."

„Und während dieser Zeit haben sie trotzdem schon Umgang mit euch."

„Aha."

„Und ihr seid... nun..." Petrus suchte nach Worten, „nennen wir es mal ‚ungeduldig'. Manchmal. Ihnen gegenüber."

„Weil wir keine Ahnung haben, was in ihnen vorgeht."

„Ganz genau."

„Und das sollen wir lernen."

„Ganz genau."

„Indem wir auf sie aufpassen."

„Ganz genau."

„Du wiederholst dich."

„Ganz genau."

„Du veralberst mich."

„Ganz... lassen wir das." Petrus schmunzelte, wurde aber sofort wieder ernst, „sonst kommen wir nicht voran."

„Ganz genau." kicherte der Engel und Petrus stutzte:

„Äh... ja. Jeder Engel muss bei einem Menschen Schutzengel spielen."

„Spielen?"

„Sein."

„Sein. Und wie geht das?"

„Alles der Reihe nach. Zunächst einmal: ein Leben dauert ungefähr 80 Jahre."

„Das hätte ich auch so gewusst."

„Gut. Davon muss jeder Engel zwei begleiten."

Der Engel runzelte die Stirn: „Warum zwei?"

„Weil es zwei Arten von Menschen gibt."

„Den Mann und die Frau."

„Ganz... ich meine: richtig." korrigierte sich Petrus schnell.

„Und ich muss mich entscheiden."

„Bei der Reihenfolge, ja."

„Wo auch sonst."

„Genau. Also: entscheide dich."

„Einfach so?" fragte der Engel entsetzt.

„Wie denn sonst?"

„Guter Punkt. Dann... hm... sag mal... wäre es nicht eigentlich viel sinnvoller, wenn... wenn ich nicht nur Schutzengel wäre, sondern ein richtiger Mensch? Würde ich dann nicht viel mehr lernen?"

„Das ist ja eine revolutionäre Idee. Dass da vor dir noch niemand drauf gekommen ist..."

„Wirklich?"

Petrus schüttelte den Kopf: „Nein. Ich veralbere dich wieder."

„Na toll. Ich fand sie gar nicht so schlecht."

„Nein. Das ist sie natürlich auch nicht. Es ist nur... ach... ihr seid alle gleich, irgendwie. Ich höre das einfach viel zu oft. Aber da kannst du nichts dafür. Du sagst es ja zum ersten Mal."

„Ganz richtig."

„Aber ernsthaft: die Idee ist wirklich gut. Und wie bei allen anderen, die sie vor dir hatten, sage ich auch dir: wenn du das willst, dann darfst du das machen. Das entbindet dich nicht von deinem Dienst. Aber es kann dir natürlich eine ganze Menge dabei helfen."

Ein rotes Licht begann zu leuchten – begleitet von einer schrillen Sirene.

„Was ist das?" fragte der Engel verwundert.

„Ärger." seufzte Petrus, „oder auch nicht."

„Hä?"

„Sie springt an, wenn unten etwas schiefgeht, was einen von uns... euch... betrifft. Aber meistens sind es Fehlalarme. Entschuldige mich kurz..."

Petrus ließ den Engel alleine, der nachdenklich vor sich hin blickte. Einige Minuten später kehrte er wieder zurück. Sein Gesicht zeigte deutlich, dass er keinerlei Fragen dazu beantworten würde, was gerade geschehen war.

„Ich werde also ein Mensch?" nahm der Engel den Faden daher gleich wieder auf.

„Ja. Wir suchen dir ein Baby, das gerade gezeugt wurde und das bekommst du. Oder es dich. Je nachdem, wie man es betrachtet."

„Oh. ‚Wurde' sagst du. Aber was wird denn dann aus der Seele, die das Baby schon hat?"

„Wow!" Petrus blickte ihn erstaunt an, „das ist jetzt allerdings wirklich eine Frage, die mir vorher noch nie jemand gestellt hat."

„Da kann ich aber nicht wirklich stolz drauf sein."

„Hm... irgendwie... ja. Stimmt leider. Trotzdem: danke! Und: keine Angst. Sie geht nicht verloren. Sie kommt woanders unter. In einem Geschwisterkind, zum Beispiel."

„Gut – dann bin ich beruhigt."

„Dann... sollten wir uns jetzt mal da unten umschauen. Wo willst du denn hin?"

„Wo?"

„Stadt. Land."

Der Engel zog eine Schnute: „Fluss?"

„Kontinent." erwiderte Petrus, wenn auch nicht unfreundlich.

„Auch gut. Hm... wo ist es denn schön?"

„Äh... überall. Oder: fast überall."

„Und wo ist es fröhlich?"

„Fröhlich? Tja... da." Petrus deutete auf die runde Kugel, die sich weit unter ihnen friedlich vor sich hin drehte und der Engel folgte seinem Finger mit den Augen:

„Was ist das?"

„Das ist Deutschland. Lange war das Land in zwei Teile gespalten. Inzwischen ist es das nicht mehr. Es hat also eine turbulente Geschichte hinter sich."

„Ist es dort denn... schön? Und sind die Menschen... fröhlich?"

„In eine paar Monaten werden sie ein großes Fußballturnier gewinnen. Dann sind sie auf jeden Fall fröhlich."

„Fu... was?"

„Schwierig zu erklären. Gabs zu meiner Zeit noch nicht. Die Regeln sind mir ein Rätsel. Passives Abseits – liebes Bisschen. Aber das wirst du schon lernen, glaub mir. Der Planet ist voll davon."

Der Engel winkte ab: „Schon okay. Werde ich ein Mann oder eine Frau?"

„Was willst du denn?"

„Eine Frau. Die sind schöner. Ich mag schön."

Petrus lachte: „Du bist ja auch ein Engel. Alles andere wäre seltsam."

„Gell? Geht es dann los?"

„Gleich. Eine Sache noch."

„Ja?"

„Du wirst dich Zeit deines Lebens nicht daran erinnern können, dass du eigentlich ein Engel bist."

„Bitte was?" fuhr der Engel auf, „was soll das denn?"

„Ist das nicht offensichtlich? Wenn du als Engel da unten rumrennst, kennst du die Herrlichkeit des Vaters."

„Und das ist ein Nachteil?"

„Du wirst nicht umhinkommen, dich immer als etwas Besseres zu fühlen. Glaub mir – diese Version hatten wir schon. Ganz am Anfang. Das war katastrophal. Die Engel, die wir so runtergeschickt haben, sind am Ende alle... alle..." Petrus brach ab.

„...gefallen." vollendete der Engel für ihn.

„Ja." flüsterte Petrus traurig, „sie haben es nicht verkraftet, das Wissen des Himmels mit dem Leben auf der Erde zu vereinbaren. Ihr eigenes Sein mit dem der Menschen. Deswegen wirst du deine Engelhaftigkeit hier zurücklassen."

„Aber sie ist dann noch da, wenn ich wiederkomme."

„Natürlich. Und alles, was du an Erinnerungen von der Erde mitbringst, behältst du natürlich auch."

„Das ist ja auch der einzige Sinn der Aktion."

„Ganz genau."

Der Engel rollte mit den Augen: „Bitte nicht schon wieder."

„Es war das letzte Mal." versicherte Petrus, „denn jetzt verabschiede ich mich von dir."

Im Sommer des Jahres errang Deutschland den vorausgesagten Sieg. Ein ganzes Land lag sich feiernd in den Armen. Und in einer Stadt im Nordwesten wurde ein Kind geboren. Ein Mädchen. Es war – so mochte man meinen – nur eines von vielen. Eines, wie jedes andere. Doch dem war nicht so. Nicht einmal seine Eltern wussten das – und sollten es auch nie erfahren. Als es das Licht der Welt erblickte, tat es als erstes das, was alle Mädchen dann tun – und alle Jungs natürlich auch: es schrie. Und ihr Vater hielt sich die Ohren zu:

„Ist das immer so laut?"

„Oh... das wird noch lauter." sagte der Arzt trocken, „vor allem in der Pubertät."

„Sie machen mir Mut."

„Ich finde es einfach seltsam, wenn Väter sich beschweren, nachdem sie sieben Stunden danebengestanden haben, während die Mutter versucht hat, das Kind zur Welt zu bringen."

„Ja... da... kann ich mich anschließen." ließ sich ihre Mutter erschöpft vernehmen.

Ihr Vater blickte zu Boden: „Sehe ich ein. Entschuldigung."

„Wie soll sie denn heißen?" fragte der Arzt.

„Sie?" Ihr Vater riss entsetzt die Augen auf, „es ist ein Mädchen?"

„Ja. Ganz eindeutig daran zu erkennen, dass Sie dort..." Der Arzt zeigte auf das Kind, „...nichts sehen."

„Aber..." stotterte ihr Vater weiter, „der Frauenarzt..."

„...spielt Lotto."

„Hm?" machten ihre Eltern gleichzeitig.

„Ultraschall kann einem viel zeigen. Und zugegebenermaßen hat er oft Recht. Öfter als die Lottozahlen. Gibt ja auch nur zwei Möglichkeiten. Aber immer..."

„Das... wir haben keinen Mädchennamen."

„Ups." Der Arzt versuchte krampfhaft, ein Lachen zu unterdrücken, „macht aber nichts. Sie haben ja ein paar Tage Zeit, bevor sie sich entscheiden müssen."

Die nächsten Tage vergingen wie im Flug. Und das kleine Wesen nahm dabei den Hauptteil der Aufmerksamkeit in Anspruch. So dauerte es fast bis zum Ablauf der Frist, bis sich die frischgebackenen Eltern endlich hinsetzen und überlegen konnten.

„Ich würde sie gerne... Carmen nennen." verkündete ihr Vater.

„Natürlich würdest du das. Carmen Rosanna Lorraine."

„Bitte?"

Ihre Mutter rollte mit den Augen: „Glaubst du, ich wüsste nicht, woher der Name kommt? Ich mag schwanger gewesen sein, aber ich habe durchaus mitbekommen, welche CDs hier tagein, tagaus rauf und runter gelaufen sind."

„Purer Zufall. Außerdem heißt du selber so wie eins von..."

„Ich bin allerdings ein paar Jahre älter als das Lied."

„Zugegeben." Ihr Vater zuckte mit den Schultern, „Egal. Trotzdem: ich mag den Namen. Und er beginnt mit ‚C'."

„Ja – das hat absolute Priorität." nickte ihre Mutter genervt, „und: abgelehnt."

„Na gut. Dann... Carla..."

„Karla?" Ihre Mutter rümpfte die Nase, „das ist die Reporterin aus Benjamin Blümchen."

„Mit ‚K'. Aber nicht mit ‚C'.

„Als ob man das hören würde. Und was hast du nur immer mit deinem ‚C'?"

„Ich mag ‚C'. ‚C' ist schön."

„Äh... ja. Rund wie mein Bauch... vor einiger Zeit noch gewesen ist. Und zergeht auf der Zunge wie..."

Ihr Vater schüttelte den Kopf: „Nicht der Buchstabe – der Ton."

„Ton?"

„Er klingt schön."

„Woher weißt du, wie ein ‚C' klingt?"

„Äh..." Ihr Vater zog die Brauen hoch.

„Ich meine: Woher weißt du auswendig, wie ein ‚C' klingt?" korrigierte sich ihre Mutter schnell.

„Ich habe es immer im Kopf."

„Das erklärt so einiges."

„Ich schiebe deine Gereiztheit mal auf den Stress des ‚gerade-ein-Kind-zur-Welt-gebracht habens.'"

„Du kannst sie gerne auf den Stress des ‚unserem-Kind-einen-Namen-gebens' schieben."

Ihr Vater sah sie einen Moment an, dann den Boden, dann wieder sie: „Hast du denn eine Idee?"

„Nein." gab ihre Mutter zu.

„Und ich habe keine andere mehr."

Ihre Mutter schlug sich mit der Hand auf die Stirn: „Das kann doch nicht wahr sein. Es gibt tausende und abertausende von Namen auf dieser Welt. Wir werden doch mal einen finden, oder?"

„Dann hangeln wir uns halt durch." schlug ihr Vater vor.

„Hm?"

„Carla. Ist die Tante vom Elefanten. Aber fangen wir da an. Was klingt so ähnlich?"

„Wie kommst du denn jetzt dazu?"

„Mir gefällt der Name. Besser sogar als Carmen." erklärte ihr Vater, „und alles, was nahe dran ist, gefällt mir vielleicht auch."

„Vielleicht." wiederholte ihre Mutter zweifelnd.

„Wir müssen ja erstmal drauf kommen."

„Okay... Klara."

„Klara. Ja. Das ist ähnlich. Und nett. Kann ich mit leben."

„Gut. Ich auch."

Ihr Vater lächelte: „So schnell kann das gehen. Nur..."

„...mit ‚C'?" seufzte ihre Mutter.

„Genau."

„Weil du den Ton hörst."

„Und sich das ‚K' mit unserem Nachnamen reibt."

„Hm... das ist allerdings ein Argument, das ich problemlos durchgegen lassen kann."

Ihr Vater seufzte ebenfalls, wenn auch wesentlich freudiger: „Dann haben wir es ja wirklich."

„Das ist auch gut so, denn..."

„Ich hab's schon gehört. Da hat jemand Hunger."

„Gehst du dann zum Amt?"

„Kann ich machen." Ihr Vater stand auf und zog ihre Mutter dann ebenfalls hoch, „soll ich dir was mitbringen?"

„Ja. Dosenmilch."

Ihr Vater kratzte sich am Kopf: „Bitte?"

„War nur ein Scherz." gab ihre Mutter zurück.

„Schon klar."

„Mit ‚C'."

„Du brauchst ganz dringend Schlaf."

„Oh ja..."

Auch die nächsten Jahre vergingen wie im Flug und das Baby, das nun Clara mit ‚C' hieß, wuchs zu einem süßen Mädchen heran, zu einer hübschen Teenagerin und schließlich zu einer wunderschönen Frau. Wo immer sie auch hinkam, drehten sich die Menschen nach ihr um. Das machte sie manchmal stolz, manchmal beschämt und manchmal auch wütend. Sie wollte eigentlich nur so sein wie alle anderen. Denn genauso fühlte sie sich – wie alle anderen. Und dieses Übermaß an Aufmerksamkeit – ganz egal, wo sie hinkam – war beim besten Willen nicht so wundervoll, wie viele Leute das glaubten. Es konnte sehr nervig sein. Doch die Wahrheit war: Clara war nicht wie alle anderen – auch nach außen hin. Sie wusste es nur nicht. Sie mochte sich nicht mehr daran erinnern können, dass sie einst ein Engel gewesen war. Und irgendwann auch wieder einer sein würde. Doch der Glanz ihres ehemaligen Daseins strahlte aus ihr heraus und verzauberte die Leute um sie herum. Das war noch nicht einmal gewollt. Die Vorkehrungen, die nach den ersten gescheiterten Versuchen für die Menschwerdung eines Engels getroffen worden waren, sahen eigentlich vor, dass alles Engelhafte im Himmel zurückblieb. Doch Petrus hatte – mit den Gedanken dahingehend beschäftigt, wie er im Nachgang an die Entsendung der Seele in das Baby das zuvor aufgetretene Problem in den Griff bekam, das sich leider nicht als Fehlalarm entpuppt hatte – leider nicht 100%ig aufgepasst und so war ihm dieses Mal etwas durchgerutscht. Natürlich hatte er es relativ schnell gemerkt, nachdem das Kind geboren worden war, doch eine nachträgliche Entfernung des Glanzes hätte dem Kind Schaden zugefügt und so blieb Clara, wie sie war: ein Mensch mit dem Strahlen eines Engels. Das war im Grunde auch nicht weiter tragisch, denn es hatte auf ihre Umgebung einen durchweg positiven Effekt und dass sie selbst manchmal damit haderte, wurde durch die vielen guten Erlebnisse, die sie dadurch erwirkte, mehr als ausgeglichen. Und was sich wirklich dahinter verbarg, ahnte natürlich niemand – sie am allerwenigsten.

Viele Jahre später wiederholte Deutschland seinen fußballerischen Triumph. Ein ganzes Land lag sich feiernd in den Armen. Und in einer Stadt im Westen des Landes saß ein Mann an einem Tisch eines kleinen Cafés und blickte Clara fasziniert an. Er hörte kaum, was sie sagte, denn auf ihn hatte sie eine Wirkung, die weit über das hinausging, was sie sonst in den Menschen erzeugte. Bei ihm rief sie Gefühle wach, die er längst schon verschwunden geglaubt hatte. Es war lange her, seit er das letzte Mal so gefühlt hatte und die Trauer und der Schmerz, die das Leben seitdem mit sich gebracht hatte – nicht weniges davon selbst verschuldet – hatten ihn zu dem Schluss kommen lassen, dass es für ihn so etwas nicht mehr geben würde. Und nun saß er hier und das Pochen in seiner Brust und das Kribbeln in seinem Nacken ließ nur einen einzigen Schluss zu: er war verliebt.

Clara dagegen war so wie immer. Sie war es inzwischen gewöhnt, dass die Leute manchmal etwas seltsam auf sie reagierten, und maß dem leicht glasigen Blick des Mannes ihr gegenüber daher keine weiterreichende Bedeutung bei. Auch das komische Gefühl in der Magengegend ignorierte sie. Nicht, weil sie es nicht hätte haben wollen – sie brachte es einfach nicht mit der Situation in Verbindung, sondern ordnete es dem Hunger zu, den sie in diesem Moment nicht stillen konnte. Denn sie hatte einiges zu besprechen mit diesem Mann. Geschäftliches, wohlgemerkt. Wobei ‚wohlgemerkt' als Wort an sich ein guter Ansatz für das Gespräch gewesen wäre, denn während sie anschließend nach Hause schlenderte und sich das Bild einer großen Schüssel Salat in ihr geistiges Blickfeld schob, musste sie sich eingestehen, dass sie sich nicht gemerkt hatte, wie der Mann hieß. Das war ihr äußerst peinlich und sie war froh, dass sie ihn am kommenden Sonntag in der Kirche wiedersehen würde. Vielleicht gelang es ihr dann, ihn ganz unauffällig in diese Richtung auszuhorchen. Ein Gedanke, der sie alles andere als glücklich machte.

Hätte sie gewusst, was für Gedanken sich der Mann auf dem Nachhauseweg machte, hätte sie mit dem Schämen sofort wieder aufgehört. Denn er wusste zwar ihren Namen, dafür aber sonst kein Wort mehr von dem, was sie ihm erzählt hatte. Zu sehr hatte er mit den Augen an ihren Lippen gehangen, um die Worte, die daraus hervorsprudelten, in seinen Verstand eindringen zu lassen. Und so nahm auch er sich vor, sie ganz unauffällig am folgenden Sonntag nochmals anzusprechen. Er allerdings war glücklich bei diesem Gedanken, denn es verschaffte ihm einen Vorwand, überhaupt mit ihr zu reden und das war etwas, was er sehr gut gebrauchen konnte, denn er war bei solchen Dingen ganz extrem ungeschickt und je nervöser er war, desto ungeschickte wurde er.

So kam der nächste Sonntag und es entwickelte sich ein Gespräch, bei dem keiner von beiden seine Defizite zugeben musste. Es folgte ein weiteres Gespräch und ein weiteres Treffen. Es folgten eindeutige Worte aus seinem Mund, die sie zum ersten Mal überhaupt auf die Idee brachten, dass es mit ihm anders sein könnte als mit allen anderen. Und die sie schließlich auch dazu brachten, in sich selbst hineinzuhorchen. Und wahrzunehmen, was dort bereits seit geraumer Zeit vor sich ging.

„Ich liebe dich." sagte der Mann sanft und schaute sie mit einem Blick an, der das zutiefst unterstrich.
„Ich liebe dich auch." erwiderte Clara ebenso sanft.
„Du bist der wundervollste Mensch, den ich jemals in meinem Leben getroffen habe."
Clara wurde ein kleines Bisschen rot: „Das... oh... danke."
Der Mann lächelte: „Bitte."
„Muss ich jetzt etwas Vergleichbares zurück sagen?" fragte Clara vorsichtig.
Der Mann schüttelte den Kopf: „Nein. Musst du nicht. Das eine, was du gesagt hast, reicht mir. Und ich sage es ja auch nicht, weil ich von dir etwas hören will. Ich sage es, weil ich es sagen will. Und weil du es hören sollst."
„Dann... gehört."
Der Mann gab Clara einen Kuss auf die Nase: „Weißt du, was ich manchmal glaube...?"
Clara schüttelte den Kopf: „Nein, was denn?"
„Du bist ein Engel, der vergessen hat, sich unsichtbar zu machen."

Ein rotes Licht begann zu leuchten – begleitet von einer schrillen Sirene.

„Was ist das?" fragte der Engel, der gerade eingewiesen wurde.

„Ärger." seufzte Petrus, „oder auch nicht."

„Hä?"

„Sie springt an, wenn unten etwas schiefgeht, was einen von euch betrifft. Aber meistens ist es ein Fehlalarm. Entschuldige mich kurz..."

Petrus ließ den Engel alleine und schlurfte hinüber in die Überwachungszentrale, wo ihn die beiden Menschen, die gerade Dienst taten, bereits aufgeregt empfingen:

„Er ist entdeckt worden." rief einer von ihnen.

„Wer?" fragte Petrus verständnislos.

„Na... der... Unfall-Engel." murmelte der andere und wurde immer leiser dabei.

Petrus seufzte: „Bitte hört auf, ihn so zu nennen."

„Aber du weißt sofort, von wem wir reden."

„Das mag sein. Aber er ist kein Unfall. Ein Unfall ist etwas Schlimmes. Er ist etwas Wunderbares."

„Mag sein. Aber jetzt ist es schlimm."

„Wieso? Was ist denn passiert?"

„Wir spielen es dir vor..."

Der eine Mensch drückte ein paar Knöpfe und auf dem großen Monitor in der Mitte lief eine Aufnahme ab:

„Ich liebe dich." hörte man den Mann sagen.

„Ich liebe dich auch." hörte man Clara erwidern.

„Du bist der wundervollste Mensch, den ich jemals in meinem Leben getroffen habe."

„Das... oh... danke."

„Bitte."

„Muss ich jetzt etwas Vergleichbares zurück sagen?"

„Nein. Musst du nicht. Das eine, was du gesagt hast, reicht mir. Und ich sage es ja auch nicht, weil ich von dir etwas hören will. Ich sage es, weil ich es sagen will. Und weil du es hören sollst."

„Dann... gehört."

„Weißt du, was ich manchmal glaube...?"

„Nein, was denn?"

„Du bist ein Engel, der vergessen hat, sich unsichtbar zu machen."
Der Mensch drückte erneut auf einen Knopf und die Aufnahme
stoppte. Dann sah er Petrus erwartungsvoll an.

Und Petrus blickte verdutzt zurück: „Das war alles?"

„Er hat ihn durchschaut." stieß der andere Mensch hervor.

„Also... zunächst mal: da er momentan eine Frau ist, fände ich es
einfacher, wenn wir ,sie' sagen würden. Sonst klingt das so
komisch. Und zum anderen: das hat doch nichts zu bedeuten."

„Er hat erkannt, was sie ist." beharrte der Mensch.

„Er ist verliebt. Da sagt man solche Dinge ständig. Habe ich mir
zumindest sagen lassen."

Die beiden Menschen sahen sich an: „Willst du dieses Risiko
wirklich eingehen?"

„Was denn für ein Risiko?" frage Petrus verständnislos.

„Dass er sie verrät."

„Leute... ihr seid echt noch zu sehr in eurer eigenen, traurigen
Vergangenheit verhaftet. Öffnet eure Herzen für das Gute im
Menschen."

„Wie meinst du das?"

„Erstmal vorab: wissen tut er gar nichts. Das kann er auch gar nicht.
Die einzige Möglichkeit wäre, dass einer von hier oben es ihm
gesagt hat. Und das wüsste wiederum ich. Er vermutet es also nur.
Höchstens. Wenn überhaupt. Und selbst wenn: beweisen kann er
nichts."

„Aber er..." begann der eine Mensch.

„Manchmal reicht die Anschuldigung aus." fuhr der andere
Mensch dazwischen.

Petrus schüttelte traurig den Kopf: „Das ist das, was ich meine: eure
Einstellung. Sie ist so negativ. Was sagt er denn?"

„Dass sie ein Engel ist."

„Und davor?"

„Dass er sie liebt."

„Ganz genau." nickte Petrus, „merkt ihr was? Jemand, den man liebt, verrät man nicht. Nehmen wir mal den schlimmsten Fall: er weiß es wirklich. Glaubt ihr allen Ernstes, er nimmt das als Anlass, ihr Schaden zuzufügen?"

„Hm..." machte der eine Mensch, „...nein..."

„Eigentlich..." begann der andere Mensch.

„Genau: ‚Nein‘ passt schon." unterbrach Petrus sie, „das ‚Eigentlich‘ kannst du dir sparen. Sowas macht niemand. Im Gegenteil: wenn er wüsste, dass sie ein Engel ist, würde das für ihn bedeuten, dass er von einem Engel geliebt wird. Was für ein Wahnsinn! Mit so etwas geht man nicht hausieren. Das behält man für sich und genießt es. Jede Sekunde, bis zum Ende des Lebens."

Die beiden Menschen blickten ihn vorsichtig an: „Glaubst du, dass sie bis zum Ende ihres Lebens zusammen sein werden?"

„Wer kann das schon sagen?" Petrus zuckte mit den Schultern, „aber das, was ich sehe, macht mir eine Menge Mut."

Die nächsten Jahrzehnte vergingen wie im Flug und schließlich kehrte der Engel zurück. Clara wurde neben ihrem Mann begraben und noch während auf dem Friedhof die letzten Gäste bunte Blumen auf den Sarg warfen, stand er schon wieder vor Petrus.

„Und?" fragte Petrus sachlich, „wie war es?"

Doch der Engel ging gar nicht darauf ein: „Ist er hier?"

Natürlich wusste Petrus sofort, was er meinte: „Ja, er ist hier. Ich meine... nicht hierhier. Aber hier oben."

Der Engel wurde ganz aufgeregt: „Kann ich ihn sehen?"

„Nun... du bist ein Engel. Und er nicht."

„Hieß es nicht, dass wir alle zusammen...? War das nicht der Sinn, dass...?"

„Schon. Aber..."

„Ist es wegen der Schutzengel-Geschichte? Ich mache das. Versprochen. So lange, wie ich muss. Aber vorher... ich will ihn doch nur kurz..."

„Es ist nicht deswegen. Es ist..." Petrus seufzte, „er wird dich nicht erkennen. Er ist so hier hochgekommen, wie er ist. Aber du warst vorher anders als dort unten. Und bist es jetzt auch wieder."

Der Engel schüttelte vehement den Kopf: „Er wird mich erkennen. Das weiß ich."

„Nun gut... aber stell dich darauf ein, enttäuscht zu werden..."

Petrus deutete in die endlosen Weiten des Himmels und der Engel folgte seinem Finger mit den Augen:

„Ich sehe ihn."

Und ohne Petrus weiter zu beachten, machte sich der Engel auf den Weg. Es dauerte nicht lange, bis er ihn erreicht hatte.

„Hallo." sagte der Engel überglücklich.

„Hallo?" fragte der Mann unsicher.

Der Engel blickte traurig drein: „Du erkennst mich nicht."

„Ich..." Der Mann kniff die Augen zusammen, „Clara?"

„Ja!" Der Engel strahlte über das ganze Gesicht.

Der Mann kratzte sich am Kopf: „Warum siehst du...?"

„Ich bin ein Engel. Ich meine..." Der Engel zögerte kurz, „...ich war immer ein Engel. Daher..."

Das Gesicht des Mannes erhellte sich nun ebenfalls: „Ja, natürlich."

„Du bist nicht enttäuscht?" fragte der Engel hoffnungsvoll.

„Nein." Der Mann schüttelte lächelnd den Kopf: „bin ich nicht. Ich habe es gewusst. Die ganze Zeit."

Der Engel zog eine Grimasse: „Da hast du mir was voraus. Ich nicht."

„Wirklich?" fragte der Mann erstaunt.

„Ja. So funktioniert das hier."

„Okay..."

Einen Moment sagte keiner von beiden etwas, dann hielt der Engel dem Mann die Hände hin und dieser ergriff sie.

„Woran hast du es gemerkt?" fragte der Engel vorsichtig.

Der Mann gab dem Engel einen Kuss auf die Nase: „An dir."

18

Becka ließ das Papier sinken und sah aus dem Fenster. Z lehnte sich ein wenig zur Seite, um ihr ins Gesicht sehen zu können. Und zog aus dem, was er sah, seine Schlüsse:

„Du findest sie blöd."

„Was?" Becka zuckte zusammen.

„Du schaust so."

Sie schniefte laut: „Ich weine."

„Auch nicht gut."

„In diesem Fall... doch."

„Ja?" Er blickte sie unsicher an. Und sie ließ die Blätter auf den Boden fallen und schlang ihre Arme um seinen Hals:

„Z. Sie ist... wundersüß."

„Das habe ich noch nie gehört."

„Das habe ich auch noch nie gesagt."

„Vielleicht hast du gerade ein Wort erfunden." überlegte er – doch das war ihr egal:

„Du hast eine ganze Geschichte erfunden."

„Nicht mir neuen Worten."

„Irgendwie schon."

„Findest du?"

Sie seufzte: „Ich wünschte fast, Zach hätte sie vorgelesen. Bei der Hochzeit."

„Oh... zum Lachen?"

„Zum neidisch sein."

Z zog die Brauen hoch: „Auf?"

„Mich."

„Das heißt..." Z zögerte, „sie gefällt dir?"

Becka nickte heftig: „Aber so was von. Und... ich habe sie sogar verstanden. Komplett. Denke ich zumindest. Die musikalischen Referenzen finde ich allerdings durchaus überraschend. Ich meine... dass du dich auskennst mit der Tonleiter und so... das war mir klar. Aber die Band? Hast du die mal gehört? Wusste ich gar nicht."

„Nein." Z schüttelte den Kopf, „ich nicht. Aber du."

„Ich? Ja. Woher weißt du...?"

„Du hattest ein Shirt. Mit dem Logo drauf. Und da habe ich mich halt informiert. Um zumindest irgendwas zu haben, was definitiv mit dir zu tun hat."

„Wie krass. Danke. Und… ja. Damals mochte ich die wirklich. Hilfe, ist das lange her."

„Heute nicht mehr?"

Nun war es Becka, die den Kopf schüttelte: „Nein. Hättest du gemerkt, oder?"

„Hm…" machte Z, „nicht zwangsläufig. Was meine Kenntnis der CDs angeht, die du da im Schrank stehen hast, wähne ich mich maximal im Bereich der 50% Marke."

„Gut – das mag sein. Und ich fürchte, dass wir – auch wenn wir noch viele Jahrzehnte dafür Zeit haben – nie die 100% schaffen werden. Alles kann ich dir dann doch nicht zumuten. Aber ich verspreche dir, dass wir – wenn du brav mitmachst und artig zuhörst – auf jeden Fall die 90% knacken werden."

Z lachte auf: „Du bist auch wundersüß."

Sie rutschte so nahe an ihn heran, wie es ging: „Küss mich."

„Sehr gerne."

„Und dann mach alles das mit mir, was du in der Geschichte vergessen hast."

„Na – vergessen…"

„Wie auch immer. Tus einfach."

Er gab ihr einen Kuss: „Mit Vergnügen." Und noch einen: „Allergrößtem." Und noch einen.

19

Jonathan kam erst spät. Annie war schon fast eingeschlafen und hing schräg auf der Couch. Er setzte sich zu ihr und drückte sie an sich:

„Sorry. Ging nicht anders."

„Projekt?" murmelte sie müde.

„Ja."

„Was denn eigentlich?"

„Wir filmen das Leben von..." Er bemerkte ihren abwesenden Blick, „interessiert es dich wirklich?"

„Was?" Sie zuckte zusammen und er kicherte leise:

„Dachte ich mir."

„Jonathan?"

„Das bin ich."

Sie streckte die Arme nach ihm aus: „Bring mich ins Bett."

„Sehr gerne. Und dann?"

„Dann schlafe ich."

„Mit mir?"

„Neben dir. Für was anderes bin ich zu müde."

„Schade." Mit gespielter Trauermiene zog er sie von der Couch und Annie bedachte das mit einem Schmollmund:

„Du. Immer."

„Nach einem anstrengenden Tag..."

„Morgen früh." versprach sie.

Jonathan küsste sie auf die Stirn: „Vor dem nächsten anstrengenden Tag."

„Genau."

20

Am nächsten Vormittag trafen sie sich bei Z zum Brunch. Becka und Nils waren auch da. Sie hatten beide zu viele Überstunden und sich daher den Vormittag extra dafür frei genommen. Kaum hatten alle den ersten Bissen getan, wandte sich Z an Annie:

„Hast du uns etwas zu sagen?"

Diese ließ ihr Brötchen sinken: „Was? Ich? Nein. Was denn?"

„Nun... erst dachte ich heute Morgen, Geraldine hätte ihre Alpträume zeitlich verlegt. Aber dann habe ich gemerkt, dass die Geräusche von unten kommen."

„Ge... räusche?" Das Brötchen fiel ihr aus der Hand auf den Teller.

„Rück schon raus damit." forderte Z.

Annie lief dunkelrot an. „Ich... äh... ich..." stotterte sie. Mehr musste sie zunächst allerdings nicht sagen, da sich Geraldine einschaltete:

„Wovon redest du, Z?"

„Sie hatte eine Vision." erklärte Z lautstark – und rief damit unterschiedlichste Reaktionen hervor: Annie sackte in sich zusammen und stieß mit einem lauten „Puh." die Luft aus; Geraldine legte den Kopf schief und musterte Annie kritisch: „Vision? Ernsthaft? Annie?"

Erste wiederum sorgte mir ihrer Reaktion dafür, dass sich Becka und Nils einen Blick zuwarfen, der ihnen deutlich zeigte, dass sie beide das gleiche dachten. Zunächst schwiegen sie allerdings auch beide, da Annie auf Geraldines Reaktion hin wieder zu stottern begann:

„Ja... also... ja... ich... äh... hähä... Scheiße."

„Na." entfuhr es Z.

„Nicht am Esstisch." schloss sich Geraldine an.

„Sorry. Aber..." Annie schluckte schwer, „ich kann nicht lügen. Nicht auf die Schnelle. Nein, ich hatte keine Vision."

Z runzelte die Stirn: „Okay."

„Dann hast du hoffentlich nicht auch Alpträume." Geraldine sah beunruhigt drein und Z stieg sofort mit ein:

„Geraldine spricht mit Katiana. Vielleicht solltest du..."

„Liebe Leute." ließ sich Becka nun doch vernehmen, „es ist schön, dass ihr mit aller Gewalt versucht, die Wahrheit zu umkreisen wie ein Großwildjäger einen Löwen. Aber es nützt nichts. Sprechen wir es einfach aus: Die Geräusche klingen genau wie die, die wir von oben hören, wenn Geraldine gerade mal keine Alpträume hat. Und die ihr..." Sie deutete auf Geraldine, „...über und du – oder sollte ich vielleicht lieber auch sagen ‚ihr'..." Sie deutete auf Annie, „unter uns unter Umständen auch des Öfteren von hier in der Mitte hört. Muss ich das weiter erklären? Ich denke nein."

Musste sie nicht. Schweigen breitete sich am Tisch aus. Mehrere Minuten lang. Die geschmierten Brötchen lagen unbeachtet auf ihren Tellern. Alle starrten Annie an. Und irgendwann – nach einer für sie gefühlten Ewigkeit – brachte Geraldine einen Satz hervor:

„Jetzt bin ich schockiert."

„Ich so überhaupt nicht." sagte Nils dazu und alle Blicke – bis auf Beckas – richteten sich auf ihn:

„Nein?"

Er zuckte die Schultern: „So oft, wie ich Jonathan morgens gehen sehe, wenn ich mich für die Arbeit fertig mache."

„Du spionierst uns nach?" fuhr Annie ihn an.

„Ich bin jeden Morgen um die gleiche Zeit im Bad. Von Montag bis Freitag. Das Bad hat ein Fenster. Und da schaue ich raus. Um zu sehen, wie das Wetter ist. Damit ich mich entsprechend einkleiden kann. Und dann sehe ich ihn. Wie er geht. Auch immer um die gleiche Zeit."

Annie biss sich auf die Lippen: „Er geht, bevor ihr wach seid. Dachten wir zumindest."

„Und wie kommst du darauf, dass sie tun, was wir nun denken, dass sie tun?" wunderte sich Geraldine, worauf Becka laut seufzte:

„Warum könnt ihr es nicht einfach aussprechen?"

„Weil es ein schlimmes Wort ist."

„Ach du liebe Güte."

„Reine Deduktion." nahm Nils den Faden wieder auf, bevor die Diskussion an diesem sinnlosen Punkt hängenblieb, „er bleibt über Nacht. Wie groß ist die Chance, dass er auf der Couch schläft? Gering. Also schläft er im Bett. Wie viele Betten hat Annie? Eins. Also schläft er im selben Bett wie sie. Wie groß ist dann die Chance, dass sie einfach nur so daliegen und kuscheln? Ebenfalls: Gering."

Annie zog eine Schnute: „Na danke."

„Du magst deine zittrige Phase überwunden haben, was das Thema angeht. Aber Superkräfte hast du keine."

„Das stimmt." nickte sie, „so überhaupt gar keine mehr."

Darauf sagte wieder eine ganze Zeit lang keiner etwas. Und wieder war es Geraldine, die als erste etwas herausbrachte:

„Und jetzt?"

„Reibt mich ab." murmelte Annie.

„Was? Ich..."

„Verbal. Macht mich fertig. Sagt mir, was für eine schlimme, böse Frau ich bin. Weil ich mit meinem Freund schlafe."

Geraldine sah in die Runde. Und dabei keinen, der aussah, als hätte er vor, irgendetwas in diese Richtung zu tun. Also sagte sie das, was sie selbst dachte:

„Annie – ich weiß nicht, ob ich für alle spreche, aber... ich sage dir, was ich denke: Du bist erwachsen. Du kannst gut von schlecht unterscheiden und richtig von falsch. Gott hat dir deine Gabe genommen aber nicht deinen Verstand. Ich bin nicht deine Mutter und ich habe dir nichts vorzuschreiben. Ich könnte meine Meinung dazu kundtun, aber die kennst du. Ebenso wie die der anderen. Außer natürlich, es will uns jemand überraschen."

„Nils scheint das..." Annie deutete auf ihn – und er hob sofort abwehrend die Hände:

„...genauso zu sehen. Das ist nichts, wo ich mich einmische. Und bei mir war es ja auch nur eine Vermutung. Also hätte ich noch das Risiko der Unterstellung eingehen müssen."

„Also ist das in Ordnung für euch." Annie blickte vorsichtig von einem zum anderen. Keiner sah böse drein – aber auch keiner glücklich. Wofür sie von Geraldine auch eine Erklärung bekam:

„Ob es für uns in Ordnung ist, ist nicht die Frage. Die Frage ist, ob es für jemand anders in Ordnung ist. Dazu gibt es – wie wir inzwischen wissen – auch innerhalb der Christenheit verschiedene Meinungen. Aber ich kann dir nicht sagen, welche davon die wahre ist. Und ich kann das auch nicht für dich klären. Das kannst du nur selbst – wenn du das willst. Aber: Ich mag dich kein Gramm weniger deswegen. Und wenn du Unterstützung willst, kriegst du sie von mir."

Annie griff nach ihrer Hand und drückte sie dankbar. Geraldine lächelte ihr aufmunternd zu. Becka und Nils wechselten einen weiteren Blick und schwiegen auch diesmal. Nur Z hatte noch eine Frage – von der er genau wusste, dass es besser war, sie nicht zu stellen. Und die er natürlich trotzdem stellte:

„Wie ist es denn überhaupt dazu gekommen?"

Becka stieß ihm in die Seite: „Z."

„Nein, im Ernst. Am Anfang war Annie sehr standhaft. Da haben wir noch drüber gesprochen."

„Die Zeit vergeht..." versuchte Becka, Annie von einer Antwort zu entbinden. Aber diese war durchaus gewillt, eine zu geben:

„Es war die Sache mit unserer Kündigung beim Fernsehen. Von der ich ihm nichts erzählt habe. Ich wollte mich entschuldigen. Und hatte den Eindruck, es müsste etwas ganz Besonderes sein. Damit er merkt, wieviel er mir wert ist. Und wie sehr es mir leidtut."

„Nun – zumindest hat er das beides gemerkt." stellte Geraldine trocken fest.

Z kicherte: „Das kannst du laut sagen."

„Muss ich mir jetzt ständig was dazu anhören?" Annie ließ ein weiteres Mal den Blick kreisen.

Geraldine schüttelte den Kopf. Nils auch. Becka auch. Z nicht. Stattdessen erwiderte er:

„Von mir musst du dir noch eine einzige Sache anhören. Und zwar genau jetzt: Jetzt wo es raus ist – spar dir die Heimlichtuerei."

„Oh, wie gerne ich das tun werde." Annie lächelte schwach, „das könnt ihr mir aber glauben."

21

Z und Becka nutzten den Nachmittag, um die Dankeskarten zu schreiben. Oder zumindest damit zu beginnen, denn es waren doch so einige. Z übernahm es, die Karten mit dem abgesprochenen Text zu füllen, sodass Becka nur noch die Briefmarken aufkleben musste. Während sie das tat, wurde sie irgendwann stutzig:

„Da sind ja Leute dabei, die gar nicht da waren."

„Nicht viele." erwiderte Z.

„Es waren nicht viele nicht da."

„Eben."

Sie stupste ihn an, da er die ganze Zeit weiterschrieb: „Soll heißen?"

Er legte den Stift beiseite: „Es waren nur ein paar Leute nicht da. Und alle aus gutem Grund. Außer Laura und Samira, die einfach nicht geantwortet haben. Also dachte ich, dass es nur fair wäre, ihnen auch etwas zukommen zu lassen."

„Danke, dass ihr nicht da wart."

„Schade, dass ihr nicht da wart. Wir haben euch vermisst. Wir hatten trotzdem ein sehr schönes Fest. Kommt uns mal besuchen. Und so."

„Und so." wiederholte Becka amüsiert – und stutzte dann erneut, weil sie auf einen ganz bestimmten Namen gestoßen war: „Moment – besuchen? Bei denen...?"

„Das war nur ein Beispiel." beruhigte Z sie, „ich habe nicht bei allen das Gleiche geschrieben. Dass die..." Er tippte auf den Umschlag, den sie ihm hinhielt, „uns nicht besuchen sollen, ist mir schon klar. Aber es ist halt höflich, alle mit einzubeziehen."

Sie entspannte sich wieder: „Und ich bin sehr gerührt, dass du auf diesen Gedanken gekommen bist und ich nicht."

„So bin ich eben." Z nahm seine Tätigkeit wieder auf.

„Manchmal, ja."

„He."

„Ist nur die Wahrheit."

„Na gut." grinste er, „dann will ich mal nicht versuchen, sie abzustreiten."

„Besser so."

Eine knappe Viertelstunde später legte er den Stift von sich aus wieder weg: „Soll ich den Stapel dann zur Post bringen?"

„Wenn wir für heute Schluss machen wollen?" gab Becka zurück.

„Ich habe keine Lust mehr. Und wir haben über die Hälfte."

„Dann ja. Und morgen den Rest. Und danach..." Sie sah ihn vielsagend an. Was er nicht verstand:

„Ja?"

„Wenn du schon so schön am Schreiben bist..." Gleicher Blick – gleiche Frage:

„Ja?"

„...hatte ich gedacht..." Wieder dieser Blick.

„Ja? Becka? Ja?"

„Deine Geschichte." platzte sie heraus, „sie ist und bleibt wundersüß. Aber... sie handelt nicht von mir. Nicht wirklich. Ich meine... schon... aber... du weißt es und ich weiß es, aber... es steht da nicht. Ich weiß, wann du sie geschrieben hast – und warum du sie danach nicht mehr angerührt hast. Und jetzt habe ich sie dir direkt abgenommen und bin mir auch fast sicher, dass du sie nicht mehr geändert hättest, selbst wenn ich das nicht getan hätte. Einfach, weil du den Beweis hättest erbringen wollen, dass du sie wirklich damals geschrieben hast. Das ist auch okay. Bewiesen. Aber..."

„...du bist halt nicht Clara."

„...ich bin halt nicht Clara. Ich bin Becka."

„Du bist Becka."

„Und ich will eine Becka-Geschichte."

„Und du kriegst eine Becka-Geschichte."

„Wirklich?"

„Also..." Z legte den Kopf schief, „ich verstehe das doch richtig, dass du keine komplett neue Geschichte willst, sondern nur den Namen geändert."

„Ja. Genau so." nickte sie.

„Und die Witze, die sich um den Namen ranken."

„Wenn du mit ‚Witze' deine undurchsichtigen Referenzen meinst – das überlasse ich dir."

„Danke. Okay. Hm... wieviel Zeit habe ich?"

„Verbringen wir den Rest unseres Lebens miteinander?" fragte sie sanft.

Z stockte: „Äh..."

„Das war eine rhetorische Frage."

„Oh. Puh. Natürlich. Dann: Ja."

„Ehm..." Sie schmunzelte, „du brauchst nicht zu antworten. Weil: rhetorisch. Was... im Grunde auch Quatsch ist: Es war gar keine Frage. Sondern meine Antwort auf deine Frage."

„Meine...? Ah – wieviel Zeit ich habe."

„Ganz genau."

„So viel wie ich brauche." vermutete er.

„Genau genau."

Z kniff die Augen zusammen: „Das hat Petrus auch immer gesagt."

„Ganz genau."

22

„Katiana – Suji, Suji – Katiana." Geraldine deutete wirr hin und her und brachte ihre beiden Besucherinnen damit zum Lachen:

„Ich glaube, es hätte gereicht, wenn du es einmal gesagt hättest."

„Ganz abgesehen davon, dass du auch vorher schon mehrfach erzählt hast, wer sich hier heute trifft."

„Das ist halt eine besondere Situation." erklärte Geraldine nervös.

„Ja, schon." versuchte Suji sie zu beruhigen, „aber wir sind ja nicht zwei Staatschefs, die versuchen, ihre schwierigen, diplomatischen Verhältnisse in den Griff zu kriegen. Wir sind wegen dir hier."

„Dann passt das Beispiel aber gar nicht."

„Dann meinetwegen zwei zerstrittene Eltern, die sonst nur noch per Anwalt kommunizieren. Drei normale Menschen, Geraldine. Wir werden klarkommen."

Geraldine blieb unsicher: „Ihr klangt beide ein wenig skeptisch."

„Weil wir wahrscheinlich beide nicht genau wissen, was du erwartest." erwiderte Katiana und Suji nickte.

„Ich hatte mit euch beiden jeweils ein Gespräch." bemühte sich Geraldine hastig um eine Erklärung, „zum Inhalt meines Kopfes. Dem unerwünschten Teil. Und ihr wart beide geduldig und habt euch Mühe gegeben. Aber wir sind trotzdem nicht vorangekommen."

„Und du glaubst, wenn wir uns zusammensetzen..." Katiana kratzte sich am Kinn.

„Sechs Augen sehen mehr als vier."

„Du hattest auch vorher schon sechs Augen." stellte Suji klar, „nur nicht gleichzeitig."

„Manchmal hat einer einen Gedanken und ein anderer spinnt ihn weiter und..." Geraldine brach ab, weil ihr nichts mehr einfiel. Die beiden anderen sahen sich an. Dann legte Katiana Geraldine die Hand auf den Arm:

„Weißt du, Geraldine – ich glaube, das Problem liegt woanders. Und wenn ich Suji so ins Gesicht schaue, dann würde ich sagen, dass zumindest sie und ich uns da einig sind."

„Oh – ihr seid schon bei Blickkontakt." Geraldine schaute überrascht drein, „das ging schnell."

„Es ist schlichtweg eindeutig." entgegnete Suji, „und deinem Umschwung nach zu urteilen, weißt du auch Bescheid."

„Ich weiß gar nichts." widersprach Geraldine.

„Seufz." murmelte Katiana, „dann fasse ich es mal in Worte. Mit der Option, korrigiert zu werden. Du erhoffst dir von uns eine Lösung, die funktioniert wie ein Waschmittel. Wäsche in die Maschine, Waschmittel dazu, zwei Stunden durchruckeln und dann ist aller Schmutz verschwunden. Das konnten wir dir einzeln nicht bieten und du denkst, zusammen könnten wir das. Aber das ist ein Irrtum. Weil die Art von Schmutz, die du in dir trägst, nichts ist, was einfach nur durch die Kombination Wasser, Pulver, Schleudergang gelöst werden kann. Deine Art von Schmutz muss einzeln angegangen werden. Wasser ins Waschbecken, Wäsche rein, Waschmittel direkt auf die Stelle und dann einen Schwamm nehmen und rubbeln. Und das unter Umständen mehrmals – immer und immer wieder. Zwischendurch trocknen lassen und den Erfolg betrachten – den man nass nicht sieht. Schauen, wo es schon geholfen hat und wo nicht. Und dann weiter. Suji?"

„Kein Bedarf, von der Korrekturoption Gebrauch zu machen." erklärte diese, was Katiana einen Moment aus dem Konzept brachte:

„Äh... ja. Also, Geraldine – da hast du es."

Geraldine zog eine Grimasse: „Aber das ist doch total unfair."

„Unfair?" wiederholte Suji, „ganz im Gegenteil. Das ist auf der ganzen Linie fair."

„Leicht zu sagen für jemanden, der es nicht durchmachen muss."

„Durchmachen." Suji nickte, „ja. Ganz genau das ist das Stichwort. Du musst etwas durchmachen."

„Aber warum?" maulte Geraldine, „und komm jetzt nicht mit dem ganzen ‚Du bist selbst dran schuld'-Kram. Den kenne ich auswendig."

„Hm..." Katiana tippte sich an die Nase, „du erinnerst mich ein wenig an meine Enkel, wenn sie aus dem Kindergottesdienst kommen. Da kriegen sie einen Vers zum Lernen, Woche für Woche. Für Punkte und irgendwann gibt es dann was. Frag mich... irgendwie so. Auf jeden Fall: Sie können das immer auswendig – alle vier. Aber wenn du sie bittest, zu erklären, was es bedeutet... nichts. Weil das Gehirn zweierlei leisten kann: Die reinen Worte so einprägen, dass man sie bei jeder Gelegenheit runterleiern kann. Oder den Inhalt verinnerlichen. Dann kann man es zwar vielleicht nicht wortwörtlich aufsagen. Aber man hat es verstanden. Du bist noch bei ersterem. Und denkst, das reicht. Tut es aber nicht. Du musst es verstehen. Die Menschen um dich herum gehen da oft oberflächlich ran. Sagen es einfach nur: ‚Du bist selbst dran schuld'. Und belassen es dabei. Weil sie sich entweder nicht tiefer damit beschäftigen wollen oder beschäftigen können. Aber du kannst das. Musst das sogar. Und das Wollen ist leider egal. Es führt kein Weg dran vorbei. Dieser Satz ,Du...' nein, ich sage ihn gleich richtig: ,Ich bin selbst dran schuld' – dieser Satz muss für dich eine Bedeutung gewinnen. Du musst ihn so lange bearbeiten, bis er nicht mehr nur eine Aussage ist. Sondern eine Aussage hat."

„Sag es mir." forderte Geraldine sie auf und Katiana schüttelte den Kopf: „Das wiederspricht allem, was ich gerade gesagt habe."

„Dann sage ich es dir." Mit einem Mal war Geraldine wie aufgedreht, „ich habe gesündigt. Ich habe mich vergiftet. Und ich habe die Leute um mich herum vergiftet. Nils. Jonathan. Annie. Auch Becka und Z. Sie haben gelitten. Wegen mir. Manche mehr, manche weniger. Und ich auch. Ich tue es bis heute. So wie manche von ihnen. Deswegen bin ich hier."

„Gut. Schön." Katiana nickte anerkennend, „jetzt erstaunst du mich. Auf eine positive Art und Weise."

„Die Frage ist nur: Warum bist du dann so verschlossen?" wunderte sich Suji, „wenn du das doch weißt?"

„Weil ich gehofft hatte, dass eben genau diese Erkenntnis – dieses Verinnerlichen – die Lösung ist. Dass es damit besser wird. Aber das tut es nicht." Geraldine sackte in sich zusammen. Und bekam zu allem Überfluss auch noch Zustimmung:

„Das stimmt."

Sie blickte genervt auf, aber Suji war noch nicht fertig:

„Die Erkenntnis ist eine Lösung. Aber nicht für das Problem. Sondern für die Behandlung."

„Eh..."

„Wieder ein Beispiel. Bleiben wir im Bad. Du bist wie ein Waschbecken, in dem eine dreckige Brühe schwimmt. Und der Abfluss ist verstopft. Jetzt hast du eine Erkenntnis, die wie Rohrfrei wirken kann. Der Schmodder unten kommt weg und der Weg zum Abfließen ist wieder offen. Da die Brühe aber extrem dickflüssig ist, braucht sie zum Abfließen lange und hinterlässt zudem im Waschbecken jede Menge Spuren. Du hast jetzt zwei Möglichkeiten: Die erste ist das System ,Die Zeit heilt alle Wunden'. Wenn du jetzt hier rausgehst mit deiner Erkenntnis, dann kann dein Kopf von alleine wieder frei werden. Denke ich zumindest. Weil es abfließt – von alleine. Es dauert halt. Wochen, Monate, Jahre. Das kann ich dir nicht sagen. Die Spuren werden aber trotzdem bleiben und an die musst du ran. Was halt – super Beispiel, merke ich gerade – erst geht, wenn alles abgelaufen ist und du sie wirklich siehst. Also hinterher. Was frustig sein kann, wenn man weiß, dass da am Ende noch was kommt. Es gibt aber noch die andere Möglichkeit: nachhelfen. In der Pampe rühren und sie so flüssiger machen. Damit sie schneller verschwindet. Gleichzeitig dabei schon so viele Reste lösen, wie es geht und dann hinterher – wenn man Glück hat – einfach nur noch nachspülen."

Geraldine tippte sich an die Stirn: „Ihr zwei verbringt wirklich viel zu viel Zeit mit Hausarbeit."

„Und du viel zu wenig." konterte Katiana.

„Na danke."

„Blöde Kommentare erzwingen blöde Kommentare."

„Entschuldigung."

„Aber dir ist klar, was ich meine?" hakte Suji nach.

Geraldine wippte mit dem Kopf: „Im Beispiel schon. Im Leben...?"

„Das erste hatte ich ja erklärt: Du kannst gehen und abwarten. Der Verarbeitungsmechanismus unserer Seele ist ausgeklügelt genug, um das zu packen. Und Gott hilft dir ja auch, wenn du ihn bittest. Irgendwann hast du keine Träume mehr. Und fühlst dich normal. Theoretisch könntest du es sogar dabei belassen. Wenn du denkst, dass dich die Reste nicht stören. Besser wäre aber ein weiteres Gespräch. Um zu schauen, was da noch klebt, und es wegzuwischen. Daraus ergibt sich der andere Weg eigentlich von alleine: Wir reden. Zu dritt. Oder wir zu zweit. Oder ihr zu zweit. Oder abwechselnd. Wie auch immer du das willst. Wir gehen direkt ran. An jede der Erinnerungen. An jedes der Gefühle. Das ist dir überlassen. Wir beschäftigen uns damit. Nicht inhaltlich. Geistig. Geistlich. Wir suchen, was dich verletzt. Wir beten darüber. Wir bitten um Vergebung. Wir bitten um Befreiung. Und das nicht mal heute und mal an Weihnachten und mal, wenn du 40 wirst. Sondern regelmäßig. Jede Woche – mindestens."

„Entscheide du, was dir lieber ist." fügte Katiana noch hinzu, doch Geraldine winkte ab:

„Da muss ich nicht entscheiden. Je schneller, desto besser."

Katiana nickte: „Dann kommen wir zurück zu deiner Erkenntnis: Sie kann dir dienen, dich zu öffnen. Diesen Prozess zu beschleunigen. Von dir aus zu unterstützen. Deine eigene Erfolgsgarantie. Aber eines kann man dem

Beispiel noch hinzufügen: Wenn du den Abfluss frei machst, um eine dickflüssige Brühe hindurchlaufen zu lassen, hat diese Brühe immer auch das Potential, wieder eine Verstopfung zu verursachen. Und dagegen kannst nur du etwas tun. Wenn du dir deine Offenheit nicht erhältst, dann können wir beide reden, so viel wir wollen."

„Habe ich verstanden."

„Gut. Wie stellst du es dir vor?"

„Hm..." Geraldine zögerte, „Katiana... ich hoffe, du bist mir nicht böse. Ich würde das gerne mit Suji machen. Einfach, weil sie... bisher weniger involviert war. Und..."

„...objektiver ist." vollendete Katiana.

Geraldine sah sie unsicher an: „Sauer?"

„Nein. Ist vollkommen richtig. Ich habe eigene Emotionen, was diesen Themenbereich angeht. Durch diese Sache und durch die komplette Vorgeschichte. Wenn sie das nicht hat..."

„Weniger." erklärte Suji.

„Gut. Fein. Wenn du mich brauchst, stehe ich zur Verfügung. Ansonsten werde ich dich damit in Ruhe lassen."

„Danke." Geraldine lächelte scheu – und Katiana nahm sie in den Arm und drückte sie:

„Dann wünsche ich dir viel Erfolg. Euch beiden."

Geraldine schüttelte sich verwundert: „Was machst du?"

„Na, gehen. Damit ihr..."

„Anfangen?" Entsetzt wandte sich Geraldine Suji zu, „jetzt noch? Ich bin total durch."

„Lasse ich dir durchgehen." erwiderte diese, „aber nur ausnahmsweise. Das ist nämlich auch so ein Punkt: Das werden keine Kaffeekränzchen. Das wird anstrengend. Sehr sogar."

Geraldine seufzte: „Das fürchte ich auch. Sehr sogar."

23

„Wollt ihr ausnahmsweise mal eine gute Nachricht hören?" begrüßte Z die beiden anderen, während er sich an den Frühstückstisch setzte.

„Immer." gab Geraldine zurück.

„Die Kirche kann kein Geld von uns zurückverlangen."

Geraldine kratzte sich am Kopf: „Kirche? Geld?"

„Miguel – schon vergessen?" Annie warf ihr einen genervten Blick zu, „er wollte, dass wir das Geld zurückzahlen."

„Ach... ja. Verdrängt. Aber gut, dass es nicht geht."

„Woher weißt du das?" wollte Annie wissen.

„Ich hatte meinen Vater drauf angesetzt." erklärte Z, „Geschäftsmann. Erfahrungen, Kenntnisse, Beziehungen."

„Steht das auf seinem Firmenwappen?" prustete Annie los.

Geraldine zog die Brauen hoch: „Firmenwappen?"

„Familienwappen?" schlug Annie stattdessen vor.

Z biss gemütlich in sein Brötchen: „Wir haben weder, noch."

„Schade." grinste Annie, „so ein Ding mit einem großen, roten ‚Z'."

„Nur weil ich Z heiße..."

„Du heißt nicht Z. Und es ging mir um den Nachnamen. Den ihr alle gemeinsam habt."

„Das ist wahr." gab er zu.

„Beziehungsweise nicht mehr." sinnierte Annie vor sich hin – und Z verschluckte sich und hustete:

„Nicht mehr?"

„Naja, du halt. Du hast ihn abgelegt. Oder etwa doch nicht? Habt ihr euch nochmal umentschieden?"

„Natürlich nicht." entgegnete Z, „ich bin nur noch nicht komplett dran gewöhnt."

„Kenne ich." Annie nickte, „von Geraldine damals."

„Jaja." machte diese dazu nur, „könnten wir zurück zum Anfang?"

„Ja. Kirche. Geld. Nichts ist. Aber – das wars doch schon. Oder nicht?"

„Jein." führte Z aus, „von der rechtlichen Seite sind wir abgesichert. Aber Miguel war ganz schön fuchsig wegen der Sache. Und mit ihm müssen wir selbst reden. Das hat mein Vater nicht gemacht."

Geraldine zog die Nase hoch: „Sollten wir zusammen tun."

„Das war mein Anliegen."

„Jetzt gleich?" Annie sah alles andere als begeistert aus, was sich auch nicht änderte, als Z darauf mit

„Frühstücken können wir schon noch in Ruhe." antwortete.
Aber Geraldine stimmte mit ihm überein: „Dieser Zeitpunkt ist so gut wie jeder andere."
„Wisst ihr denn, ob er da ist?" Annie griff sich das letzte Brötchen und schnitt es übertrieben langsam auf. Die beiden anderen schüttelten den Kopf. „Dann sollten wir vorher anrufen."
„Besser nicht." entgegnete Geraldine, „wenn wir ihm am Telefon sagen, dass wir mit ihm sprechen wollen, hat er am Ende keine Lust und geht einfach weg."
„Und wenn wir klingeln, macht er die Tür nicht auf."
„Ich habe noch einen Schlüssel." warf Z ein.
Annie legte den Kopf schief: „Im Ernst?"
„Ja. Ganz offiziell. Falls er sich aussperrt."
„Na dann..."
Es dauerte noch eine ganze Weile, bis Annie ihren letzten Bissen heruntergeschluckt hatte. Und sie wäre am liebsten auch danach noch sitzen geblieben. Doch die anderen packten sie schließlich unter den Achseln und schleiften sie so lange zwischen sich her, bis sie protestierte und von alleine weiterlief. So machten sie sich auf den Weg.

24

Miguel saß im Garten und las in einem Buch. Er sah nicht auf, als sie zu ihm traten.
„Miguel?" sprach Z ihn vorsichtig an.
„Ich bin beschäftigt." brummte er.
„Du bist beleidigt." korrigierte Annie, „wie ein kleines Kind."
Geraldine schlug sich auf die Stirn: „Phantastischer Einstieg, Annie."
„Er wird es verkraften."
„Er muss ja auch nichts sagen." ergänzte Z, „nur zuhören."
„Im Grunde ist es sogar einfacher, wenn er nichts sagt." Annie zwinkerte Geraldine zu, die sich entschied, mitzuspielen:
„Das stimmt. Machen wir es kurz. Dann können wir danach noch was Schönes machen. Lieber Miguel, wir haben uns eine Expertenmeinung

eingeholt. So wie der Vertrag mit deiner Kirche aufgestellt ist, kann sie das Geld nicht zurückfordern."

„Ich weiß." erwiderte er knapp – weiterhin auf sein Buch starrend.

Z legte die Stirn in Falten: „Weißt du."

„Auch ich habe Experten mit Meinungen."

„Dann ist es ja gut." Z schnippte mit dem Finger und sie wandten sich alle drei ab. Sie hatten schon fast die Einfahrt erreicht, als sie Miguels Stimme hinter sich hörten:

„Gar nichts ist gut. Ihr habt eure Arbeit verraten. Die Kirche. Und Gott."

Langsam trabten sie zu ihm zurück. Als sie ihn erreicht hatten, stemmte Annie die Hände in die Hüften:

„Und du bist der Meinung, den Richter spielen zu dürfen."

Jetzt sah er sie an: „Ich wurde euch von Gott an die Seite gestellt."

„Hat nicht viel gebracht." schoss sie zurück.

„Annie..." Z legte ihr beruhigend die Hand auf die Schulter, doch sie schüttelte ihn ab:

„Nein, wirklich. Du spielst dich auf, als hätten wir dir ins Handwerk gepfuscht. Aber im Gegenteil: Wenn du wirklich von Gott an unsere Seite gestellt wurdest, dann hast du keinen Grund, sauer auf uns zu sein. Zumindest keinen, der über den aller anderen Leute hinausgeht. Du kannst dagegen aber mächtig sauer auf dich selbst sein. Denn unser Versagen ist auch der Tatsache geschuldet, dass du deinen Job nicht richtig gemacht hast. Beziehungsweise... wenn du ‚an die Seite gestellt sein' so definierst, dass du wirklich nur dort stehen solltest, dann... Bravo – hast du gemacht. Mehr aber eben auch nicht."

„Annie, ich denke, das reicht." flüsterte Geraldine, aber Annie war nicht zu bremsen:

„Nein, tut es nicht. Er führt sich auf, als hätten wir ihm persönlich was getan. Wirft uns all unsere falschen Entscheidungen vor. Das fand ich schon beim letzten Gespräch seltsam, aber da wusste ich nicht, warum. Jetzt weiß ich es: Du hast alle unsere Entscheidungen unterstützt. Ja, du hast auch mal was Kritisches gesagt. Aber die Opposition, so wie Katiana und Steve, warst du nie. Du hast immer mitgemacht. Und ich glaube, ich weiß auch, warum. Weil du es toll fandst. Den Ruhm, den Erfolg, das Geld. Wir im Fernsehen, wir im Zentrum. Das hat dich genauso erhitzt wie uns. Aber jetzt sind wir

damit auf die Schnauze gefallen und du hängst mit dran. Und musst dir genauso Gedanken über dein Verhalten machen, wie wir über unseres. Mach das. Kümmer' dich um dich selbst. Und überlass uns... nun... uns."
Miguels kniff die Lippen zusammen: „Fertig?"
„Fertig." nickte Annie.
Er wandte sich wieder seinem Buch zu: „Ihr findet den Weg nach draußen."
„Ohne jegliche Probleme." Annie machte auf dem Absatz kehrt und stolzierte davon. Die anderen beiden folgten ihr.

25

Als sie im Auto saßen, nahmen Geraldine und Z Annie in die Mangel:
„Das war ganz schön hart."
„Und ganz schön ehrlich."
„Aber ganz und gar nicht falsch." konterte Annie gelassen.
„Vieles von dem, was du gesagt hast, ist reine Spekulation." wandte Z ein.
„Mag sein. Aber er hat sich nicht gewehrt."
„Weil er seine steife Haltung nicht aufgeben wollte."
Doch Annie blieb beharrlich: „Er hatte letztes Mal auch keine Probleme, uns unsere Unzulänglichkeiten um die Ohren zu wedeln. Das hätte er bestimmt auch jetzt gemacht, wenn er es so sehen würde. Tut er aber nicht."
„Den Eindruck hatte ich nicht." erklärte Geraldine.
„Oh... er würde gerne so tun, als würde er es nicht tun."
„Öhm..."
„Er will uns zeigen, dass er im Recht ist." versuchte Annie es anders, „aber... Mensch, er ist Priester. Er redet jeden Tag mit Gott. Und Gott mit ihm. Gehe ich zumindest mal von aus. Da kann mir keiner erzählen, dass er sich nicht schon eine ganze Menge Gedanken gemacht hat. Die nicht nur uns betreffen, sondern auch ihn."
„Aber wenn er sich wirklich als Versager sieht..." Z kratzte sich am Kinn, „sollten wir da auf ihm rumhacken?"
„Ich will, dass er dieses beleidigte-Leberwurst-Getue aufgibt. Dass er damit aufhört, sich gegen uns zu stellen. Wir haben Wiedergutmachung zu leisten und er auch. Das könnten wir gemeinsam tun. Anstatt... so."

Geraldine wiegte den Kopf hin und her: „Da ist was dran."
„Vielleicht berappelt er sich noch." Z blickte einen Moment ins Leere – bis Geraldine hinzufügte:
„Wir sollten halt nicht zu oft so unfreundlich zu ihm sein."
„Ehrlich." korrigierte Annie.
„Wegen mir – ehrlich. Aber halt nicht in so einem Ton. Denn dann hat er wirklich einen Grund, sauer auf uns zu sein."
Annie hob die Hände: „Ich habe gesagt, was ich zu sagen hatte. Ab jetzt kann es bergauf gehen."
„Das wäre sehr, sehr schön." seufzte Geraldine. Dann versetzte sie Z einen leichten Stoß und dieser ließ den Motor an und fuhr los.

26

Am Sonntag gingen sie alle wieder in ihre Gottesdienste. Sie wollten das normale Leben ein Stückweit aufrechterhalten. Sie erwarteten einen gewissen Ansturm von Fragen, doch die Tatsache, dass sie ihre Gaben verloren hatten, schien sich außerhalb der Gruppe, die sie selbst eingeweiht hatten, nicht herumgesprochen zu haben und so wurden sie ganz normal behandelt. Zu erzählen hatten sie dementsprechend hinterher kaum etwas – lediglich Z brachte eine Information zu einem anderen Thema mit:
„Rebecca hat mir erzählt, dass Manuel beigesetzt wurde. Vor einigen Wochen schon."
Annie schluckte: „Haben sie den Täter gefunden?"
„Nein. Er wohnte nicht in einem Haus, wo man etwas sieht."
„Traurig, traurig."
„Wo liegt er denn?" erkundigte sich Geraldine.
„Irgendwo auf dem Zentralfriedhof." lautete Zs Antwort, die beide Frauen stutzig machte:
„Irgendwo?"
Z zuckte die Achseln: „Ein Grab kostet Geld. Ein Stein noch viel mehr. Er hatte keines. Und auch keine Familie. Zumindest nicht, dass ich wüsste. Es war wohl auch keiner da bei der Beisetzung."
„Aber wir hätten das doch bezahlen können." überlegte Annie unglücklich.

„Wenn wir es gewusst hätten... jetzt ist es zu spät. Sie graben ihn nicht wieder aus."

„Ih – Z." stieß Annie hervor.

„Das meinte ich ernst."

„Macht es nicht weniger..." Geraldine suchte nach einem Wort – und fand nur: „bäh."

Annie fuhr sich über die Wangen: „Meint ihr, es hat ihm was gebracht? Seine gute Tat?"

„Ich glaube, die Antwort auf diese Frage kennst du." gab Z leise zurück – und Geraldine schloss sich – ein wenig lauter – an:

„Ja. Sie lautet genauso wie beim letzten Mal, als du die Frage gestellt hast."

„Leider." Annie hing noch eine Weile ihren Gedanken nach und die anderen ließen sie. Dann ruckte es kurz und sie war wieder voll da:

„Andere Frage: Bei uns wurde heute eine Veranstaltung angekündigt. Mit irgend so einem neuen Prediger. Die Leute waren alle ganz aufgeregt."

Z nickte: „Ja, bei uns auch."

„Bei uns nicht." Geraldine verzog das Gesicht, „aber wir erfahren solche Dinge immer erst ganz viel später."

„Es kommt halt doch auf die Größe an." kicherte Annie und erntete dafür einen Seufzer:

„Ach Annie."

„Wenn ich das jetzt gesagt hätte, wäre nicht nur ,Ach Annie' gekommen." stellte Z trocken fest.

„Das stimmt." grinste Geraldine und wandte sich dann an Annie: „Was ist denn mit dem Typen?"

„Irgendwie kam mir der Name bekannt vor." antwortete diese, „ich kann nur nicht sagen, woher." Sie rieb sich nachdenklich über die Stirn, musste das allerdings nicht lange machen, denn Z hatte die Lösung parat:

„Ich kann es dir sagen: Das ist der, der in Bremen war."

„Bei unserem Desaster?"

„Genau da."

Annie begann wieder zu reiben: „Der konnte auch heilen."

„Auch stimmt ja nun nicht mehr." entgegnete Geraldine brummig – Z jedoch sah das positiv:

„Ist doch aber gut, dass es ihn gibt. Gerade jetzt, wo wir... vielleicht ist er so eine Art Wachablösung."

„Du meinst, Gott hat ihn zu unserem Nachfolger bestimmt?" Geraldine blickte kritisch drein.

„Warum nicht? Er hat sich ja bestimmt nicht erst an diesem Tag entschieden, uns die Gaben wegzunehmen."

„Irgendwie war der Typ komisch." Annies Stirn war inzwischen ziemlich rot und Geraldine griff nach ihrer Hand und zog sie weg. Stimmte ihr aber trotzdem zu:

„Ja, ne. Irgendwas hat mich auch gestört. Ich kriege es nur nicht mehr zusammen. Ich war so weg wegen..."

„...dem Desaster."

„Wiederhole es noch ein paarmal." schlug Geraldine schmunzelnd vor.

Natürlich tat Annie das: „Desaster, Desaster, Desaster."

„Danke. Würdest du doch immer so bereitwillig tun, worum man dich bittet."

„Oh, es gibt Leute, bei denen..."

„Mehrzahl?" unterbrach Z sie amüsiert.

Annie wurde rot: „Öhm... nein."

„Sollen wir da hingehen?" kehrte Geraldine zu vorher zurück – wessen sich Z zunächst nicht sicher war:

„Zu der Veranstaltung?"

„Ja. Ihm danken, dass er jetzt unseren Job macht. Oder so."

„Lieber nicht." wehrte Annie ab, „sonst holt er uns noch auf die Bühne. Und stellt uns als schlechte Beispiele vor. Ich brauche momentan keine Aufmerksamkeit."

„Da hast du Recht." nickte Geraldine, „dann nicht."

„Ist ja auch nicht weiter spektakulär." Z hob die Hände, „er ist wie wir waren. Das kennen wir alles."

27

An diesem Abend saßen Becka, Nils und Jonathan zusammen und überlegten, wie sie es schaffen konnten, ihren Partnern wieder mehr Freude ins Leben zu bringen. Keiner hatte einen Vorschlag, der sich wirklich gut umsetzen ließ, aber Jonathan brachte einen Gedanken mit, der sich im Endeffekt als richtig erwies. Wie sie in den folgenden Wochen sehen sollten: Die Zeit direkt nach dem Verschwinden der Gaben war vor allem vom Schock und der kurzfristigen Aufarbeitung geprägt gewesen. Doch die Einzige, die darüber hinaus den dringenden Bedarf hatte, etwas zu tun, war Geraldine und da sie mit Suji zusammen gute Fortschritte machte und ihre Träume immer weniger und vor allem immer weniger schlimm wurden, stellte sich auch bei ihr – lediglich mit leichter Verspätung – ein neuer Zustand ein, der die gewünschte Freude von ganz alleine mit sich brachte: Sie waren von ihrer Verantwortung entbunden. Hatten den Stress, den sie mit sich brachte, hinter sich gelassen. Konnten jedoch auf der anderen Seite die ganzen Vorteile weiter genießen. Das Zentrum stand leer. Aber das musste ja nicht heißen, dass man sich dort nicht wohlfühlen konnte. Sie hatten nichts mehr zu tun. Doch das musste nicht bedeuten, dass sie ihre Zeit nicht füllen konnten. Sie hatten genug Ideen dafür – und vor allem auch genug Geld. Was dazu führte, dass sich die Urlaubsstimmung, die schon in den letzten Monaten vor der Hochzeit leicht um sich gegriffen hatte, ganz extrem verstärkte bis zu dem Punkt, an dem Becka, Nils und Jonathan erneut zusammensaßen und in die genau andere Richtung Überlegungen anstellten: Wie konnten sie dafür sorgen, dass ihre Partner auch mal etwas Sinnvolles taten, anstatt immer nur rumzuhängen oder zu feiern. Sie einigten sich schließlich auf die ganz normale Methode: Einbindung in den Haushalt. So kam es, dass sich Geraldine, Annie und Z eines sonnigen Tages im Besprechungsraum wiederfanden und dort erst allgemein erklärt bekamen, dass es ihnen nun oblag, all die Aufgaben zu erledigen, die jeder normale, nicht arbeitende Partner auch zu erledigen hatte. Um den arbeitenden zu entlasten. Und dann mit in ihre Wohnungen geschleppt wurden, um dort erklärt zu bekommen, was das im Einzelnen hieß – was es zu tun gab, wie das zu tun war und wie die jeweiligen, dafür notwendigen Geräte funktionierten. Das brachte einiges an murren mit sich und in den Tagen danach saßen sie ein ums andere Mal zusammen und klagten sich gegenseitig ihr Leid. Jedoch sind spülen, saugen und Müll rausbringen keine Aufgaben, die einem auf lange Sicht das Leben vermiesen können und so kam irgendwann der Moment, in dem Becka, Nils und Jonathan feststellen durften, dass sie endlich da waren, wo sie von Anfang an hingewollt hatten: Sie lebten ein normales Leben. In dem ein Partner arbeiten ging und sich der andere um den Haushalt kümmerte. Die Sache mit den Gaben war nun für keinen von ihnen mehr schlimm – im Gegenteil: Sie betrachteten es als sehr willkommen.

28

Der Chef, der es inzwischen jedem unter Androhung von Strafe verbot, ihn ,neuer Chef' zu nennen – schließlich war er inzwischen lange genug in dieser Position, dass das nicht mehr angemessen war – saß auf seinem Thron. Auf dem er inzwischen auch schon oft genug gesessen hatte, um ihn als ,seinen' zu bezeichnen. Um ihn herum hatten sich einige seiner Untertanen versammelt. Er war in Feierstimmung. Sie nur bedingt.

„Es hat funktioniert." jubelte er laut, „total. Ganz. Komplett."

„Viele haben sich geopfert." murrte einer der Dämonen.

„Das musste sein. Taktik. Strategie. Schonmal gehört?"

„Taktik und Strategie sind weitreichende Begriffe." maulte ein anderer Dämon, „es wäre sicher auch anders gegangen."

„Worüber beklagst du dich?" fauchte der Chef ihn an, „du bist doch hier. Oder hast du etwa Mitleid?"

„Nicht im Geringsten. Aber ich bin mir bewusst, dass es auch mich hätte treffen können."

„Hattest du denn einen besseren Plan? Nein. Keiner von euch."

„Selbst deinen Plan hätte man ändern können." motzte ein weiterer Dämon.

„So?" fragte der Chef hochmütig, „wie denn?"

„Alle, die sich geopfert haben, hatten die Anweisung, das zu tun. Aber sie hätten auch einfach verschwinden können. Aus den Menschen."

„Und wenn sie den Unterschied gemerkt hätten?"

„Wie hätten sie das sollen?"

„Sie hatten Gaben von Gott." zischte der Chef, „das unterschätzt ihr. Immer wieder."

„So weit reichen die nicht." widersprach ein Dämon.

„Weißt du das?"

„Ich...“

„Nein.“ würgte der Chef ihn ab, „genauso wenig wie ich. So ehrlich bin ich. Und deswegen bin ich auf Nummer sicher gegangen.“

„Du.“

„Mit meinen Anweisungen.“

„Und das hättest du wie lange gemacht?“ kam es von einem anderen Dämon.

„Bis zum Erfolg.“

„Und wenn er sich nicht eingestellt hätte?“

Der Chef gab einen gequälten Laut von sich: „Ich verstehe immer noch nicht, warum ihr euch aufregt.“

„Jeder, der nicht mehr da ist, fehlt im Kampf.“ zischte einer der Dämonen.

„Wir sind genug. Mehr als genug. Denn wir haben Macht. Sie nicht.“

„Solange du dich freust.“

„Ja. Solange ich mich freue. Ich bin der Chef. Es kommt darauf an, dass ich mich freue.“

„Na super.“ stänkerte ein weiterer Dämon.

Und jetzt reichte es dem Chef: „Ihr könnt plärren so viel ihr wollt. Eines steht: Wir haben unser Ziel erreicht. Wir haben sie unterstützt auf ihrem Weg nach oben – mit Opfern, ja. Aber eben trotzdem richtig. Sie haben das genommen und nicht hinterfragt. Sie haben den Erfolg nicht nur akzeptiert, sondern so in sich aufgesogen, dass er ihnen zu Kopf gestiegen ist. Sie nicht mehr ohne ihn konnten und sich nur noch darum bemüht haben. Und jetzt – sind sie aus dem Spiel.“

„Ja.“ schnaubte ein Dämon, „durch Glück.“

„Nein.“ entgegnete der Chef, „durch Kalkül.“

„Als ob du das hättest voraussehen können.“

„Tu doch nicht so.“ fuhr der Chef ihn an, „wir alle kennen Gott. Böses Wort – ich weiß. Aber wenn es mal gesagt werden muss... wir wissen, wie er ist. Er ist durchschaubar. Weil er Regeln hat und sich daran hält. Und wenn man innerhalb dieser Regeln agiert, kann man ihn manipulieren. Dorthin, dass er tut, was man will. Genau das habe ich veranschlagt und genauso ist es geschehen. Von Anbeginn der Zeit an hat er Leute, die er mit etwas Besonderem ausgerüstet hatte, damit bestraft, dass er es ihnen genommen hat, wenn sie nicht gut damit umgegangen sind. Das ist bis heute so.“

„Es hätte trotzdem anders gehen können." ging das Gemeuter dennoch weiter.

„Wir haben so viel versucht, sie vom Spielfeld zu fegen. Nichts ist geglückt. Weil sie seinen Schutz hatten. Geben wir es zu: Wir haben keine Chance gegen ihn. Nur Satan höchstpersönlich kann ihn besiegen. Seine grellweißen Helferlein... die machen wir platt. Aber sie waren durch mehr geschützt als nur solche. Wir hätten nie und nimmer Erfolg gehabt. Mein Vorgänger wollte das nicht wahrhaben. Und wir alle wissen, wo er sich jetzt befindet. Ich konnte diesen Schritt gehen. Es mir eingestehen. Und entsprechend umdenken. Jetzt haben wir, was wir wollten. Gott hat uns die Arbeit abgenommen. Sie sind raus und wir die Plage los."

„Plage?" stieß ein Dämon hervor, „es gab mal eine Zeit, da wollten wir ihre Gaben. Dass sie sie für uns einsetzen."

„Mein Vorgänger wollte das." brummte der Chef gelangweilt, „muss ich nochmal erwähnen, wo er...?"

„Aber warum wollte er das? Er muss doch einen Grund gehabt haben. Gibt es diesen Grund jetzt nicht mehr?"

„Nein."

Gleich mehrere Dämonen waren mit dieser Aussage nicht zufrieden:

„So?"

„Warum?"

„Sicher?"

Der Chef seufzte laut: „Ihr lasst nicht locker, oder?"

„Nein." kam es von genau denselben.

„Nun gut. Dann bin ich mal gnädig und erkläre es euch: Er wollte nicht sie alle. Er wollte nur ihn. Den Killer – wenn ich ihn mal so nennen darf. Weil er uns..."

„...hinabstoßen kann." flüsterte einer der Dämonen.

„Genau. Was für ein unschöner Begriff. Aber: genau. Und wenn er das mit uns kann, dann kann er das auch mit unseren armseligen... na – ihr wisst schon."

„Engeln." murmelte ein anderer Dämon.

„Wieder: genau."

„Und was sollte uns das nützen?"

„Es ging nicht um alle Engel. Es ging nur um einen. Mehr kann ich euch dazu nicht sagen." Der Chef schlug einen dazu passenden Tonfall an, sprach aber dennoch weiter – einfach, weil er es toll fand, ihnen ihre Unwissenheit vorzuführen, „das betrifft Dinge, in die ihr nicht eingeweiht seid. Sagen wir einfach: Wir wollten eine Absicherung, falls... nun... uns dieser Engel querschießt. Aber das hat er nicht getan und es steht nicht zu befürchten, dass er das noch tun wird. Also... ist es egal. Die Gaben der beiden anderen brauchten wir noch nie und jetzt brauchen wir auch seine nicht mehr. Also solltet ihr euch darüber freuen, dass sie keine mehr haben. Dass ihr von nun an keine Angst mehr vor ihnen haben müsst. Dass ihr endlich wieder frei agieren könnt. Stattdessen beschwert ihr euch über ein paar, die es nicht gepackt haben. Dieses Klammern an die Vergangenheit wird euer Untergang sein. Ich werde mich da nicht beteiligen und ich werde es mir auch nicht länger anhören. Ich genieße die Gegenwart. Und freue mich auf die Zukunft. Macht mit, wenn ihr fähig seid. Oder lasst es bleiben. Aber was auch immer – macht es woanders." Er wandte sich ab und sie wussten, was das hieß: Sie durften gehen. Ohne ein weiteres Wort.

29

Da Hausarbeit alleine langweilig war, trafen sie sich des Öfteren, um die Dinge zu erledigen, die man mit mehreren erledigen konnte – abwaschen zum Beispiel. Als sie dafür an einem Vormittag in Geraldines Küche standen, kam Annie ein Gedanke:
„Was ist eigentlich mit Katharina?"
„Was soll mit ihr sein?" fragte Geraldine zurück.
„Schreibt sie dir immer noch täglich eine SMS?"
„Ich... du liebe Güte, nein. Ich habe ihr direkt nach der Veranstaltung geschrieben, dass ich ihr nicht mehr helfen kann."
„Und das war es nicht wert, erwähnt zu werden." Annie hob tadelnd einen Finger und Geraldine schnappte danach:
„Es ist mir untergegangen. Und es ist ja auch nicht so, als wärst du sofort drauf gekommen. Jetzt – Wochen später – sind keine Beschwerden mehr angebracht."

„War halt nicht meine Verantwortung."

„Ich habe meine Verantwortung ihr gegenüber erfüllt."

„Das stimmt." gab Annie zu, „ist gut."

„Und was macht sie jetzt?" schaltete sich Z ein.

Geraldine zuckte die Schultern: „Weiß nicht. Sie wollte keinen Kontakt mehr. Es kam nur ‚Okay' zurück. Und von Dirk dann noch ‚Schade aber danke'. Das war alles."

„Also ist das mit der Freundschaft..." begann Z vorsichtig.

„Das basierte auf einem gemeinsamen Ziel. Sieht sie jetzt wohl nicht mehr."

„Ich hoffe, es geht ihr gut." seufzte Annie.

Geraldine nickte: „Das hoffe ich auch. Aber wenn ich anfange, mir darüber Gedanken zu machen, wie viele Leute unsere Hilfe brauchen könnten und sie nicht kriegen... da werde ich wahnsinnig."

„Das wollte ich auch gar nicht."

„Sie wird schon Hilfe kriegen." erklärte Z bestimmt, „sie ist ja durch uns auch weiter. Sie weiß sicher, dass es ein Dämon ist. Dass sie nicht verrückt ist und sich nichts einbildet. Und Dirk weiß es auch. Und glaubt es. Das kann viel nützen. Zudem wissen wir, dass wir nicht die Einzigen sind, die helfen können."

„Richtig." Annie streckte ihm den Daumen entgegen, „und gut: positiv denken."

„Oder gar nicht mehr denken." überlegte Geraldine, „daran zumindest."

„Darauf kann ich mich auch einlassen." lächelte Annie und hängte das Trockentuch weg. Der Abwasch war erledigt. Und sie und Z verzogen sich zurück in ihre Wohnungen.

30

Es war die ungünstigste Zeit, um nach Hause zu fahren. Die Bahn war bis zum Bersten gefüllt, an einen Sitzplatz überhaupt nicht zu denken und Werner konnte froh sein, dass er sich nicht seine Tasche oder gar seinen Arm in der sich schließenden Tür einklemmte. Danach stand er zusammengepresst zwischen all den anderen da, vollkommen unfähig, sich zu rühren. Was die nächsten knapp 30 Minuten auch so bleiben würde, denn bis zum Hauptbahnhof stieg hier niemand aus. Einziger Trost war, dass auch niemand einsteigen würde – dazu war der Wagen schlicht und ergreifend zu voll. Wobei Trost dafür ein ziemlich übertriebenes Wort war, denn es machte die Situation nicht wirklich erträglicher. Wieder und wieder ohrfeigte Werner sich innerlich dafür, dass er bei dem Gespräch nicht einfach gegangen war. Schließlich war es ein privater Plausch in der Kaffeeküche gewesen und kein Geschäftstermin. Doch er hatte es nicht lassen können, seine Meinung zu sagen und ehe er sich versah, war er tief in die Diskussion verstrickt gewesen. Da hatte er dann auch nicht mehr gehen können. Das wäre unhöflich gewesen und da er zudem der Einzige war, der seine Meinung logisch fand, hatte er das nicht riskieren wollen. Und selbst wenn die anderen es ihm nicht übelgenommen hätten, hätten sie zumindest vermutet, dass ihm die Argumente ausgegangen waren und auch das hätte ihn über lange Zeit hinweg verfolgt. Also war er geblieben und bezahlte dafür nun mit einer übervollen S-Bahn. Es war schon krass, was diese halbe Stunde, die er normalerweise früher ging, ausmachte. Das war gerade mal eine Bahn früher, doch die war im Normalfall nur etwa zur Hälfte gefüllt. So leer auf jeden Fall, dass er es sich ohne Probleme auf einem Sitzplatz bequem machen und die Augen schließen konnte.

Sie erreichten die nächste Station und natürlich probierte wieder jemand, sich doch noch in den Wagen zu quetschen. Werner begehrte dagegen auf und die Leute um ihn herum taten es ihm gleich. So ließ die Dame von ihrem Vorhaben ab und zog weiter zum nächsten Wagen, in den sie aber ganz offensichtlich auch nicht einstieg, denn die Tür schloss sich so schnell nach ihrem Abgang, dass sie die nächste noch gar nicht erreicht haben konnte. Wahrscheinlich war es überall so voll und der Schaffner hatte ein Einsehen mit ihnen. Werner atmete tief durch und blickte zum ersten Mal seit dem Einsteigen um sich. Ein paar von den Leuten kannte er vom Sehen. Das passierte halt, wenn man immer zur mehr oder weniger gleichen Zeit mit der Bahn fuhr. Routine war hier allgegenwärtig. Sein Blick blieb an einem jungen Mann hängen und mit einem Mal war er froh, dass die S-Bahn so voll war, dass sich niemand bewegen konnte. Ihn kannte er von allen hier am besten – auch wenn er ihn von allen hier am wenigsten kennen wollte. Das konnte er sagen auch ohne die anderen zu kennen. Denn dieser junge Mann war nicht ganz richtig im Kopf. Es war knapp ein halbes Jahr her, dass er ihn kennengelernt hatte. In der früheren Bahn und ganz und gar unfreiwillig. Er hatte lediglich gefragt, ob er sich setzen dürfte, denn der junge Mann hatte seine Jacke auf den Sitz neben sich gelegt – auf den einzigen Sitz, der noch frei gewesen war. Der Mann hatte seine Jacke entfernt und Werner sich gesetzt. Und der Mann das zum Anlass genommen, ihm seine Lebensgeschichte zu erzählen. Die weder sonderlich spannend noch sonderlich ungewöhnlich war. Doch aus irgendeinem Grund, der vielleicht medizinischer oder erziehungstechnischer Natur war, machte dieser Mensch aus jedem noch so kleinen Problemchen einen Staatsakt. Und das mit teilweise komischen, teilweise tragischen Konsequenzen. Er gehörte zu den Leuten, die bei einem Fernsehsender anriefen und sich beschwerten, wenn sie einen ausländischen Fußballer beim Interview nicht richtig verstanden. Er gehörte zu den Leuten, die sich im Supermarkt mit jedem einzelnen in der Schlange darüber unterhielten, dass es genau die Schokolade nicht mehr gab, die sie hatten kaufen wollen. Er gehörte zu den Leuten, die ihre Nachbarn durch die geschlossene Wohnungstür anbrüllten, wenn sie bei der vorherigen kurzen Begegnung im Treppenhaus nicht laut genug ‚Guten Tag' gesagt hatten. Kurzum: Er war ein wandelnder innerer Unruheherd, der bei jeder sich bietenden Gelegenheit ausbrach und auch wenn viele seiner Geschichten eher lustig anmuteten, konnte man doch davon ausgehen, dass nicht wenige seiner Mitmenschen unter ihm litten. Was sicherlich auch der Grund war, dass sich seine Eltern und alle seine Geschwister über kurz oder lang von ihm losgesagt hatten und er nun vollkommen alleine dastand. Und inzwischen nicht mal mehr einen Job hatte. Auch das wusste Werner, denn seit jener schicksalhaften ersten Begegnung hatten sie sich mehrere Male wiedergetroffen und da der junge Mann in Werner inzwischen anscheinend so etwas wie einen Verbündeten sah, hatte er ihm jedes Mal neue Geschichten erzählt. Von dem Tag, als er sein Auto mit einem vollkommen üblichen Verschleißproblem in die Werkstatt gebracht hatte und dann bei der Nennung des Preises so wütend geworden war, dass er sich ein Metallrohr geschnappt und angefangen hatte, das Auto zu bearbeiten. Einige der Mechaniker hatten ihn schließlich überwältigt und da er lediglich sein eigenes Auto zerlegt hatte, hatte der Werkstattbesitzer auf eine Anzeige verzichtet. Ein Auto hatte er nun allerdings nicht mehr – und Geld, sich ein neues zu kaufen, auch nicht. Diese Geschichte war schon länger her, das wurde Werner während des Zuhörens klar. Denn sie war der Grund, dass der Mann nun mit der Bahn fuhr. Andere Geschichten dagegen waren brandaktuell und die, wie er seinen Job verloren hatte, hatte er bei ihrer Begegnung in der Vorwoche so frisch erzählt bekommen, dass er die Wut noch richtig hatte spüren können. Auch hier hatte alles wieder ganz harmlos angefangen – mit einem leeren Papierfach im Drucker. Geendet hatte das Ganze mit einer zersplitterten Fensterscheibe, dem Drucker in 1.000 Teilen auf dem Gehsteig vor dem Gebäude und einer Kündigung. Woran natürlich alle anderen schuld waren. Nur nicht der junge Mann selbst. Das war überhaupt die Quintessenz aller seiner Geschichten: Die Welt wollte ihm etwas Böses. Er war das Opfer und er litt und litt und litt. Tagtäglich, rund um die Uhr. Was natürlich vollkommener Blödsinn war. Doch das hatte Werner nicht laut gesagt. Er hatte noch nie etwas in diese Richtung gesagt und wenn er es sich recht überlegte, sagte er sowieso fast ausschließlich nur ‚Ja‘ und auch das immer nur dann, wenn er den Eindruck hatte, der junge Mann erwartete eine Reaktion von ihm. Wahrscheinlich – ging es Werner in diesem Moment durch den Kopf, während er sich bemühte, starr aus dem Fenster zu blicken, durch das man leider nur die vorbeifliegenden dunklen Wände des S-Bahn-Tunnels sehen konnte – war das auch der Grund, weswegen er immer wieder als Zuhörer herhalten musste. Weil er kein Kontra gab. Und der junge Mann glaubte, jemanden gefunden zu haben, der ihm zustimmte und die Dinge so sah, wie er selbst. Was in Wahrheit natürlich nicht stimmte. In Wahrheit hatte Werner einfach nur Angst davor, den Zorn dieses Mannes selbst abzukriegen. Und wählte daher den Weg, bei dem er am sichersten sein konnte, dass dies nicht geschah.

Sie erreichten die nächste Haltestelle und wieder öffnete sich die Tür. Aber diesmal stieg jemand aus. Eine Frau, die ganz offensichtlich nicht hier hinwollte, sondern lediglich die Enge nicht mehr ertragen konnte, denn nachdem sie ausgestiegen war, streckte sie sich erst einmal ausgiebig, atmete einige Male tief durch und machte es sich dann auf der Bank auf dem Bahnsteig bequem. Wahrscheinlich gehörte sie zu den Glücklichen, die ihr eigentliches Ziel mit mehreren Bahnen erreichen konnten und daher nicht darauf angewiesen waren, mit dieser überfüllten weiterzufahren.

Werner beneidete sie darum und bemitleidete sich dafür. Und noch für etwas Anderes, denn durch den Platz, der durch ihr Aussteigen entstanden war, hatte sich die Menge um ihn herum anders verteilt und der junge Mann stand nun fast direkt neben ihm. Noch schien er ihn nicht bemerkt zu haben, doch Werner ging davon aus, dass er – wenn das erst einmal geschehen war – sofort anfangen würde, ihn zuzutexten. Ganz egal, ob zwischen ihnen noch jemand stand oder nicht. So machte Werner etwas, was er normalerweise nicht tat: Er zog sein Handy aus der Tasche und begann, im Internet zu surfen. Früher hatte er das in jeder freien Minute gemacht. So intensiv, dass seine Frau und schließlich auch seine Kinder angefangen hatten, sich darüber zu beschweren und so hatte er alles darangesetzt, es sich wieder abzugewöhnen. Was inzwischen sehr gut klappte. In Notsituationen wie dieser allerdings sah er es als einzigen Ausweg. Allerdings nicht Ausweg genug, denn nur wenige Minuten später entdeckte ihn der junge Mann wirklich und weder die zwei Personen zwischen ihnen noch Werners angebliche Abgelenktheit hinderten ihn daran, lautstark das Gespräch mit ihm zu suchen. So lautstark, dass Werner es auch nicht ignorieren konnte. Er blickte auf, tat so, als sähe er den jungen Mann auch jetzt erst, nickte, lächelte und versuchte dann – nur durch Gesten – anzuzeigen, dass er total beschäftigt war und sich daher wieder seinem Handy widmen musste. Aber das interessierte den jungen Mann nicht, denn scheinbar war Werner für ihn nicht mehr als ein Punkt, auf den er sich bei seinen Reden fokussieren konnte. Stand dieser Punkt nicht zur Verfügung, redete er eben einfach so. Das hatte er früher nicht gemacht und Werner hatte beim Zuhören auch den Eindruck, dass seine Ausdrucksweise wesentlich wirrer klang, als er das kannte. Unter Umständen hatte das ständige Zuhause sitzen und nichts Sinnvolles mehr tun dem Mann erheblichen Schaden zugefügt. Was auch daran zu erkennen war, dass seine paranoide Vorstellung, die Menschheit hätte sich gegen ihn verschworen, nun auf Dinge umschlug, die überhaupt nicht ihn, sondern die Allgemeinheit betrafen. Die Preiserhöhung nämlich, die der Verkehrsverbund, der die S- und U-Bahnen der Stadt betrieb, seinen Passagieren zum Anfang des letzten Monats aufgebürdet hatte. Was genau zwischen ihre letzte Begegnung und heute gefallen war und für den jungen Mann daher immer noch frisch. So ließ er sich lauthals darüber aus, dass sie ihm das letzte Geld aus der Tasche zogen. Dass sie mit der Erhöhung extra gewartet hatten, bis er seinen Job verloren hatte, damit es ihn umso härter traf. Dass sie sich wahrscheinlich zuvor mit seinem Chef abgesprochen und sich auf einen gemeinsamen Termin geeinigt hatten. Dass sie davor wahrscheinlich auch mit dem Besitzer der Werkstatt konferiert hatten, um ihn wirklich überall erwischen zu können, wo es wehtat. Erst nahmen sie ihm sein Auto weg, dann seine Arbeit und jetzt plünderten sie ihn aus. Werner musste sich mehr denn je zurückhalten, nichts dagegen zu sagen. Und noch mehr, nicht einfach auszusteigen, als sie das nächste Mal hielten. Das war einfach dermaßen absurd, dass er sich nichts sehnlicher wünschte, als dass irgendjemand aufstand und sagte ‚Ich bin Psychologe, ich helfe Ihnen jetzt mal.'. Doch natürlich geschah das nicht und natürlich schwieg und blieb Werner – so schwer ihm das auch fiel. Er wusste ja auch, wie es endete. Irgendwann, wenn sich der junge Mann außer Atem geredet hatte, verebbte sein Wortstrom langsam und kam dann schließlich zum Stillstand. So lange mussten sie alle aushalten. Zumindest die, die bis dahin in der Bahn blieben. Und dann war es vorbei und sie konnten es alle vergessen.

Während er diesen Gedanken nachhing, driftete Werner von den Ausführungen des jungen Mannes weg und merkte daher zunächst gar nicht, dass es dieses Mal anders lief. Erst als das Wort ‚heimzahlen' fiel, zuckte er zusammen und blickte den jungen Mann direkt an:

„Bitte was?" fragte er erschrocken.

„Ich sagte: Den Werkstattfuzzy habe ich davonkommen lassen und meinen dreckigen Boss auch. Aber dieses Mal nicht. Dieses Mal werde ich ihnen allen zeigen, dass sie nicht länger so mit mir umgehen können. Ich lasse es nicht mehr zu. Sie glauben, sie könnten mit mir Spielchen treiben. Oh nein. Das Spielchen ist jetzt zu Ende."

Werner trat der Schweiß auf die Stirn, mehr noch, als sich der junge Mann – alle Proteste ignorierend – durch die Leute zwischen ihnen direkt zu ihm heran quetsche. ‚Jetzt tut er mir wirklich etwas an' schoss es Werner durch den Kopf, aber damit lag er falsch. Denn der junge Mann blickte ihm lediglich ins Gesicht und sagte leise:

„Du bist der Einzige, um den es mir leidtut."

Werner blinzelte verblüfft und setzte an, nach der Bedeutung dieses Satzes zu fragen. Doch die Frage blieb ihm im Halse stecken, denn genau in diesem Moment griff der junge Mann in die Tasche seiner Jacke und holte etwas hervor, was Werner zwar noch nie in echt gesehen hatte, als Fan von Action-Filmen aber trotzdem ohne Probleme identifizieren konnte: eine Handgranate. ‚Wo hat er die denn her?' war Werners letzter – reichlich sinnloser – Gedanke. Dann riss die Explosion den kompletten Wagen und alle seine Insassen in Fetzen. Die Druckwelle schleuderte die Wagen vor ihnen nach vorne durch den Tunnel und die Wagen hinter ihnen nach hinten. Das die Welle begleitende Feuer verzehrte dabei alles, was sich in seinem Weg befand. Die Druckwelle breitete sich in alle Richtungen aus – auch nach oben, zur Tunneldecke hin. Beim Kampf zwischen der beweglichen Masse und der festen Masse gewann erstere ohne allzu große Probleme. Der Beton gab nach und rieselte dann in dicken Brocken herunter. Oberhalb des Tunnels – auf der großen Einkaufsstraße – begann die Erde zu beben und mit einem gewaltigen Poltern gab ein Teil des Bodens nach und folgte der unter ihm befindlichen Tunneldecke nach unten. Durch den Krater, der dadurch entstand, stieg dicker Rauch auf und die Passanten rings herum stoben wild schreiend auseinander. Dann wurde es still. Der Rauch verzog sich langsam und als die Sirenen von Feuerwehr und Notarzt näherkamen, wirkte es fast so, als sei gar nichts geschehen. Doch dem war natürlich nicht so. Das Bild, das sich den Rettungskräften beim Einstieg in den Tunnel bot, war pures Entsetzen und es dauerte lange, bis alles so weit aufgeräumt war, dass der Chef der Feuerwehr eine Bilanz ziehen konnte. Der S-Bahn-Tunnel blieb mehrere Wochen gesperrt und auch das Loch in der Einkaufsstraße war noch lange zu sehen. Um seinen Rand verteilt konnte man schon am Tag nach dem Unglück jede Menge Blumen, Kränze und Fotos liegen sehen. Ein letzter Gruß an die Verstorbenen. 194 an der Zahl.

31

„Sorry, dass ich so spät bin." hechelte Becka, als sie durch die Wohnungstür trat. Z, der sie schon gehört hatte, kam ihr im Flur entgegen:

„Kein Problem. Was ist denn passiert?"

„Frag mich. Der ganze Bahnverkehr liegt lahm. Zumindest in der Innenstadt. Aber so wirklich was in Erfahrung bringen ließ sich nicht."

„Wir werden es morgen in der Zeitung lesen."

„Sicherlich." Sie hängte ihre Jacke weg, „Gegenfrage: Ich habe versucht, dich anzurufen."

Z schrak zusammen: „Auf dem Handy?"

„Wo sonst?"

„Oh."

„Genau – oh." Sie sah ihn prüfend an und er schwankte leicht hin und her: „Ich... habe es lautlos."

„Das dachte ich mir fast. Das oder aus. Die Frage ist: warum?"

„Ich... wollte einfach nicht erreichbar sein."

„Und wenn mir etwas passiert wäre?"

„Ich mache es wieder an." Z griff in die Schublade, in der er es aufbewahrte, und kramte umständlich darin herum. Natürlich wusste Becka, dass das ein Versuch war, weiteren Fragen zu entkommen. Also stellte sie keine weiteren Fragen:

„Das ist keine Erklärung."

„Es ist..." Mehrere tiefe Atmer folgten, bevor Z es endlich ausspuckte: „Coleen."

Becka legte die Stirn in Falten: „Coleen?"

„Ich habe dir doch erzählt, dass sie..."

„...ein wenig deine Naivität ausgenutzt hat. Ja, das hast du."

„Und jetzt ruft sie wieder an." Z schüttelte sein Handy und lächelte gekünstelt. Erreichte damit aber nicht, dass Becka das Thema fallenließ:

„Na und? Ich denke, sie hat sich entschuldigt."

„Das hat sie." nickte er, „aber es kann doch trotzdem nicht so weitergehen."

„Wieso sollte es das?"

„Weil es wieder solche Anrufe sind: ,Z, mir geht es schlecht, ich brauche deine Hilfe.' Und das ist doch genau das, was ich nicht mehr will."

„Woher weißt du das, wenn du nicht drangehst?"

„Sie spricht es auf die Mailbox."

Die Falten auf Beckas Stirn wurden tiefer: „Hm..."

„Hm?" wiederholte Z unsicher.

„Z." Sie nahm ihm das Handy aus der Hand und griff sich dann selbige, „ich kenne sie nicht. Und das macht auch nichts. Trotzdem – oder gerade deswegen – habe ich einen Gedanken dazu. Den ich dir jetzt sage. Wohl wissend, dass die Chance, dass du ihn hören willst, maximal bei 50% liegt. Bereit?"

„Muss wohl."

„Gut. Also: So, wie ich das verstanden habe, was das Problem für dich, dass sie Geschichten über ihren Vater erfunden hat, um damit zu rechtfertigen, warum es ihr schlecht geht und dich so dazu zu bringen, ihr Beistand zu leisten. Richtig?"

Z blieb stumm und Becka ruckelte an seiner Hand:

„Z?"

„Was?" schrak er zusammen, „oh – du willst wirklich eine Antwort. Ich dachte, du redest einfach weiter."

„Na, wenn ich das nicht richtig verstanden habe, ist der Rest für den... die Füße. Also wüsste ich das gerne vorab."

„Ja – hast du richtig verstanden." erklärte er.

„Gut. Dann gehen wir mal einen Schritt weiter: Nehmen wir ihren Vater – bzw. die Geschichten mit ihm – aus der Gleichung raus. Was bleibt?"

„Äh..." Z schüttelte den Kopf, „sag du es mir."

Sie lächelte: „Danke – das wollte ich hören. Tue ich: Es bleibt eine Frau, der es schlecht geht. Das ist meiner Meinung nach der Knackpunkt: Du denkst, wenn die Geschichten erfunden waren, dann war auch ihr Zustand erfunden. Aber ganz ehrlich: Ich kann mich nicht daran erinnern, dass du jemals von ihr wiedergekommen bist und gesagt hast ‚Irgendwie habe ich den Eindruck, es ging ihr gar nicht schlecht.' Du hast durchaus mal gesagt ‚...nicht so schlecht, wie sie es hat klingen lassen.' Aber nie ‚...gar nicht schlecht.' Verstehst du?"

„Nein."

„Ich denke, dass nur die Geschichten erfunden waren, nicht der Zustand. Ich denke, dass es ihr immer wirklich schlecht ging. Und dass diese Geschichten nur eine Begründung liefern sollten. Weil sie anscheinend der Meinung war, eine zu brauchen. Was auch nicht abwegig ist. Wenn man zu jemandem sagt ‚Mir geht es schlecht', kommt immer zuerst die Frage ‚Warum?'. Und wenn man darauf keine sinnige Antwort hat, wird man schnell nicht mehr ernst genommen."

„Aber wenn es einem schlecht geht, gibt es immer einen Grund." wandte Z ein.

„Ach du... ja – bestimmt." Becka wippte mit dem Kopf, „was weiß denn ich? Vielleicht hat sie Stress mit Jungs... äh... Männern. Und braucht den einzig vernünftigen, den sie kennt, um ihr Sachen zu erklären. Keine Ahnung. Ich weiß ja nicht, worüber ihr dann so redet."

„Nicht über sowas. Sie hat immer nur ihre Sachen erzählt. Die halt ausgedacht waren."

„Aber vielleicht liegt da der Hund begraben." überlegte Becka, „vielleicht waren sie das gar nicht. Vielleicht war der Übeltäter in Wirklichkeit nur nicht ihr Vater. Sondern irgendein Typ, den sie in irgendeinem Club kennengelernt hat."

Z wurde bleich: „Jetzt machst du mir Angst."

„Will ich nicht. Ich denke nur laut. Und ganz ehrlich: Ich finde das auch eher abwegig. Trotzdem: Wenn man bedenkt, wie selten ihr euch gesehen habt – was weißt du, was sie in der restlichen Zeit tut? Da kann durchaus der eine oder andere gescheiterte Anbandlungsversuch dabei sein."

„Hm..." Z kniff die Lippen zusammen. Becka wartete. Als nichts mehr kam, machte sie es genauso wie er zuvor:

„Hm?"

„Ja – musste ich auch mal machen."

„Darfst du. Und dann darfst du es erklären."

„Ich habe gerade selbst einen Gedanken." begann er langsam.

„Okay. Sag."

„Ich weiß ja – also... wissen ist vielleicht zu viel gesagt, aber... es hat sich so der Eindruck eingestellt, dass – also... im Grunde waren es hauptsächlich seltsame Situationen und Bemerkungen, die – also... wenn ich..."

Sie schüttelte seine Hand ein wenig doller: „Z?"

„Ich denke, dass sie zu Depressionen neigt." sagte er so schnell, dass Becka einen Moment brauchte, bis sie eine Antwort formen konnte:

„Das weiß ich. Das hast du schon erzählt."

„Habe ich? Habe ich. Aber das habe ich... das weiß ich ja nicht von ihr. Sie ist nicht eines Tages zu mir gekommen und hat gesagt ‚Ach, Z – ich bin depressiv – krass, oder?'. Das kommt aus anderen Quellen und meiner eigenen Empfindung."

Becka fuhr sich übers Kinn: „Also die eine Sache, wo es eben gerade keinen triftigen Grund gibt, dass es einem schlecht geht. Die selbst der Grund ist, aber keinen aussprechbaren hergibt."

„Genau." nickte Z, „und genau deswegen habe ich das auch mit ihren Geschichten in einen Topf gepackt. Weil man das so schlecht nachvollziehen kann. Und ich das aus Zachs Ausführungen so rausgelesen habe, dass Janina in erster Linie Aufmerksamkeit wollte. Das hat gepasst: Sie tut depressiv, verschönert es noch mit einer traurigen Erzählung und ,Puff': Z hilft. Aber so wie du das jetzt darstellst, ist es durchaus eine Überlegung, dass es wirklich stimmt, dass sie in diese Richtung was hat."

„Und die Geschichten haben dazu gedient, das zu vertuschen. Weil – wer gibt das schon gerne zu? Ich leide an Depressionen." setzte Becka hinzu.

„Ja..." Z blickte abwesend an die Wand. Becka jedoch hatte keine Lust, den kompletten Abend im Flur zu verbringen und riss ihn daher aus seinen Gedanken:

„Alles – mehr oder weniger – legitime Überlegungen. Sie haben nur allesamt einen Haken."

„Nämlich?"

„Wir wissen es nicht. Und die einzige Person, die das aufklären kann, ist sie – Coleen."

Er sah sie alarmiert an: „Heißt?"

„Du hast gesagt, ihr habt es geklärt. Sorry, wenn ich darauf nochmal..."

„Macht nichts. Ja, haben wir."

„Wie denn genau?" erkundigte sie sich.

„Ich habe sie konfrontiert. Sie hat sich entschuldigt. Ich habe gesagt ,So nicht mehr'."

„Gut. Passt. Und die Frage ist: Worauf bezieht sie das? Darauf, dass sie keine Geschichten mehr erfinden soll? Oder darauf, dass sie dich nicht mehr um Hilfe bitten soll?"

„Also... also... weiß nicht." Z kratzte sich am Kopf, „ich meine... darauf, dass sie mich nicht mehr unsinnig... unnötig..."

„Dass sie dich nicht mehr herbeipfeift, wenn es gar nicht notwendig ist." führte Becka es für ihn aus.

„Ja. Genau das."

„Aber hieße das nicht im Umkehrschluss: Wenn es ihr wirklich, richtig schlecht geht...?"

„...meldet sie sich. Weil es nicht erfunden ist."

„Auch da: klingt vernünftig. Beweis: keinen." Für Becka schien damit alles weitere klar zu sein. Für Z war es das ganz und gar nicht:

„Und was machen wir jetzt?"

„Nett, dass du ‚wir' sagst." schmunzelte sie, „aber ich bin in diesem Fall nur für das laut Denken zuständig. Am Ende ist die Frage: Was machst du?"

„Gut. Und was mache... ich... jetzt?"

„Willst du gerne von mir hören." vermutete sie.

Er nickte: „Wäre nett, ja."

„Dann werde ich es dir sagen: Z – du bist ein erwachsener Mann. Du ärgerst dich. Sie hat gejammert, du bist gehüpft. Und jetzt scheint es, als hätte sie dich reingelegt. Das ist blöd, aber auch nicht weiter schlimm. Schließlich hat sie dich nicht geholt, damit du ihren Abwasch machst. Sie hat dich zum Reden geholt. Und du magst sie, ganz nebenbei. Mit einer Person, die man mag, zu reden, ist eigentlich nie etwas Schlechtes. Und wenn ich eines ganz sicher weiß, dann dass du hinterher immer den Eindruck hattest, dass es ihr besser ging. Auch das mag gespielt gewesen sein. Aber ganz ehrlich: warum? Da wäre sie ja doof, wenn sie dir vorgaukelt, es ginge ihr besser, wenn sie eigentlich will, dass du dich kümmerst. Im Grunde hätte sie viel mehr davon, so zu tun, als würde es nichts nützen. Weil du dann viel schneller wiederkommst. Nein – ich denke, sie brauchte jemanden, der sie aufbaut und so jemand bist du. Das hat sie genutzt. Du sagst: ausgenutzt. Ich sage: falsch genutzt. Und jetzt ist das raus und sie muss – kann – es richtig nutzen. Das geht aber nur, wenn du weiter mitmachst. Du hast deine Grenzen abgesteckt. Und das Einzige, was du tun musst, ist da standhaft zu bleiben. Dich nicht auf irgendwelche Spielchen einzulassen und wenn du den Eindruck hast, sie probiert irgendwas, den Finger zu heben und zu sagen ‚Wir hatten da was besprochen.' Das ist alles, was sich ändern muss. Ansonsten kann der Rest durchaus bleiben. Sie weiß, dass sie in dir einen Menschen hat, der da ist, wenn sie das braucht. Sie meldet sich, du hilfst ihr, ihr geht es wieder besser. Ganz egal jetzt mal, warum es ihr schlecht ging. Das funktioniert doch."

„Wenn du meinst." Z war sich dessen nicht sicher – Becka schon:

„Meine ich. Hängt aber von einem entscheidenden Faktor ab: deiner Bereitschaft. Wenn du sagst ‚Mache ich nicht mehr‘, dann geht das nicht. Das ist klar. Wenn du sagst ‚Ich mache das, aber ungern‘, dann geht es auch nicht. Weil man niemandem helfen kann, wenn man innerlich nicht bereit dafür ist."

„Ja. Eben."

„Genau: ja, eben. Ich kenne dich halt. Und sehe daher, dass dein ‚nicht‘ in diesem Fall in erster Linie damit zu tun hat, dass du gekränkt bist. Sie hat dich um Verzeihung gebeten. Du hast die Verzeihung angenommen. Aber du hast ihr nicht verziehen. Es ist noch da drin." Sie tippte ihm an die Brust, „und schwelt vor sich hin. Und das hindert dich daran, das zu sehen, was ich gerade so übermäßig ausführlich erklärt habe: dass eine sehr große Chance besteht, dass du über all die Jahre wirklich ein gutes Werk getan hast – unabhängig davon, wie sie dich dazu gebracht hat. Und dass es unter Umständen richtig und wichtig ist, dieses gute Werk weiterzuführen. Und... jetzt zum Schluss... einfach noch, damit du begreifst, wie ernst mir das ist: Ich war sehr... sehr... sehr... froh, dass sie an unserer Hochzeit nicht da war. Ich war... hatte immer ein Problem damit, wie eure Beziehung funktioniert hat. Ich hatte... war immer die erste, die mit den Augen gerollt hat, wenn sie am Telefon war. Ich kenne sie nicht und mochte sie trotzdem nie. Weil ich diesen Zugriff, den sie auf dich hatte, einfach ungesund fand. Aber genau das ist das Stichwort: ‚ungesund‘. Im Sinne von ‚nicht gesund‘. Sie ist nicht gesund. Und da ist Hilfe wichtig. Und nochmal: Ihr seht euch so selten. Ich fand es immer doof, dass du alle... was weiß ich... paar Monate zu ihr ‚musstest‘. Aber wenn man mal davon ausgeht, dass sie nicht noch 12 andere Typen hat, die sie zu sich bestellt, würde ich sagen, das ist eine enorme Leistung: Du führst ein Gespräch mit ihr und ihr geht es hinterher mehrere Monate gut."

Z verzog das Gesicht: „Ich komme gerade nicht mehr hinterher."

„Zu viel im Kreis?"

„Eindeutig."

„Gut." Becka atmete durch, „dann ganz kurz: Ich war nie und bin nach wie vor kein Fan von ihr. Ich habe sie nie als Konkurrenz betrachtet, aber immer mit einem gewissen Misstrauen. Und den schönsten Tag meines Lebens ohne sie zu feiern hat den Tag für mich noch schöner gemacht. Weil es eine

Abgrenzung geschaffen hat zwischen ihr und mir. Aber das war alles emotional. Und witzigerweise war es genau diese Reaktion – an unserer Hochzeit – die mich dazu gebracht hat, mal in mich zu gehen und zu versuchen, das Ganze sachlich zu betrachten. Und was dabei herausgekommen ist..."

„Äh... kurz?" ging Z vorsichtig dazwischen.

„Ja... kurz. Z – es tut mir leid, dass ich dir wegen ihr das Leben so schwer gemacht habe. Satz 1 – Puh. Z – ich denke, dass sie dich weiterhin braucht. Satz 2. Z – ich denke, wenn du zu dir stehst, kann es zwischen euch anders funktionieren. Satz 3. Z – lass nicht deine eigenen Emotionen im Weg stehen. So wie mir meine im Weg gestanden haben. Satz 4. Und 5. Und nochmal: Puh."

„Okay." Z lächelte, „das habe ich verstanden. Und... da ist was dran."

„Aber?" fragte Becka in Bezug auf den leisen Zweifel, den sie trotz Lächelns in seinem Gesicht lesen konnte.

„Aber... aber was, wenn du dich irrst? Sie nicht depressiv ist und ihr nichts Schlimmes passiert und sie wirklich einfach nur Aufmerksamkeit will? Zugriff – wie du so schön sagst."

„Dann wirst du das merken. Weil du jetzt darauf achtest."

„Und wenn ich es merke?"

„Dann hebst du den Finger."

„Und wenn das nichts nützt?"

„Dann bricht der Kontakt eben ab." Sie drückte seine Hand, „dann passiert im Grunde genau das, was von deiner Seite jetzt schon passiert ist. Das wäre traurig – aber zumindest könntest du dir mit reinem Gewissen sagen, dass du ihr eine zweite Chance gegeben hast. Und die hat jeder verdient."

Z nickte gedankenverloren: „Ja..."

„Im Grunde ist es ja einfach: Wenn sie wirklich nur spielt – auch weiterhin – dann sind deine Besuche bei ihr sinnlos. Und dann kannst du sie seinlassen, ohne dich dafür grämen zu müssen. Aber wenn sie nicht spielt, sind deine Besuche bei ihr wichtig. Und dann wird sie alles dransetzen, dich nicht vor den Kopf zu stoßen. Du tendierst momentan mehr zu Möglichkeit 1. Das ist verständlich. Aus deiner Gefühlslage heraus."

„Hm?"

„Ärger."

„Oh."

„Ich tendiere mehr zu Möglichkeit 2." fuhr sie fort, „auch das ist verständlich. Aus meiner Gefühlslage heraus."

„Hm?"

„Schlechtes Gewissen."

„Oh."

Becka kicherte leise, fing sich aber schnell wieder: „Wir wissen beide nicht, was wahr ist. Und das gilt es, herauszufinden. Ihre Schwester war auch so. Und sie hat die Kurve gekriegt. Als Zach gesagt hat ‚So nicht'. Die beiden haben immer noch Kontakt. Auf einer anderen Ebene. Erwachsen, wenn man so will. Du bist ein vernünftiger Mensch. Ich bin mir sicher, dass du ihr auf eine friedliche und freundliche Art deine Grenzen aufzeigen kannst. Dann kann sie dadurch lernen und daran wachsen. Und du im Grunde auch. Wer weiß, was das Gutes bringt?"

Z seufzte – dann nahm er sie in den Arm: „Du hast Recht. Wie immer."

„Wie immer." stimmte sie zu.

„He."

„Nur ein Spaß."

Er ließ sie wieder los: „Ich werde zu ihr hinfahren."

„Meinst du nicht, dass ein Rückruf deinen Standpunkt besser verdeutlichen würde?"

„Mag sein. Aber das wird unter Umständen ein intensives – hartes – Gespräch. Da finde ich es besser, wenn wir uns in die Augen schauen können. Zumal ich sie ja wirklich noch mag. Was ich ihr bei all dem für sie Negativen, was ich sagen muss, auch rüberbringen will."

Becka tippte sich an die Wange: „Hm..."

„Du warst die, die gesagt hat, es geht nur ganz oder gar nicht." erinnerte Z sie.

„Das stimmt. Aber deine Grenzen..."

„...sind nicht räumlicher Natur."

„Auch wieder wahr." räumte sie ein.

„Siehst du?" Er griff sich den Autoschlüssel, „du hast mich überzeugt, dass es gut ist. Also..."

„Lass dich nicht um den Finger wickeln." warnte sie ihn.

Z lachte und gab ihr einen Kuss: „Dafür habe ich dich."

Sie erwiderte diesen: „Und das beruht auf Gegenseitigkeit."

32

Becka saß auf der Couch, als Z zurückkam und blieb auch dort. Sie sah keine Notwendigkeit, ihn in Empfang zu nehmen. Was sich änderte, als sie sein Gesicht sah:

„Du siehst nicht so aus, als hättest du Erfolg gehabt." Sie stand auf und schlang ihre Arme um seinen Hals. Er umfasste ihre Taille:

„Erfolg ja – aber nicht so, wie ich wollte."

„Heißt?"

„Dass Möglichkeit 1 gewonnen hat. Sie hat weder echte Probleme noch echte... Probleme... sie ist weder psychisch krank, noch erlebt sie traumatische Dinge. Sie will einfach jemanden, der sie umsorgt, wenn es ihr mal ‚nicht ganz so gut' geht."

„Und anders funktioniert es nicht."

„Sie meinte, es läuft nur so, wie sie das will oder gar nicht."

„Und ihre Entschuldigung war nur..."

„...weil ich sie erwischt habe."

„Wie erwachsen." schnaubte Becka.

Z blickte weiterhin bedrückt drein: „Da bin ich mit dran schuld."

„Wie das?" fragte sie überrascht.

„Ich habe sie über Jahre hinweg gefüttert."

„Na, das ist dann doch ein wenig übertrieben." ging Becka dagegen, „ihr habt euch vielleicht dreimal im Jahr gesehen. Den Rest der Zeit hat sie ja auch gelebt."

„Das stimmt natürlich."

Sie zog ihn auf die Couch: „Und jetzt?"

„Haben wir erstmal keinen Kontakt mehr."

„Das hattest du doch eh vor."

„Aber nicht im Streit." entgegnete Z traurig.

„Vorher warst du sauer auf sie. Jetzt ist sie sauer auf dich."

„Ja, genau."

„Du bist deinen Ärger los." stellte Becka fest, doch das heiterte Z nicht auf:

„Schon. Aber ich habe mir welchen aufgehalst."

„An dem du nicht schuld bist."

„Mag sein."

Sie blickte ihn ernst an: „Ich finde es so besser."

„Besser?" wiederholte er verwirrt.

„Jetzt hast du Gewissheit."

„Dass sie mich nicht mehr mag."

„Wenn einen Leute nur mögen, weil man etwas für sie tut, ist was nicht richtig." erklärte sie und endlich tat sich etwas in Zs Ausdruck:

„Das ist wohl wahr. Es ist trotzdem schade."

Sie zog seinen Kopf auf ihren Schoß: „Sie muss ihr Leben leben. Und erwachsen werden."

33

Z war noch einige Tage traurig, dann fing er sich wieder. Weil der Rest des Lebens nach wie vor angenehm war. Die Freunde fanden viele Wege, sich gemeinsam die Tage zu verschönern und das Strahlen auf den Gesichtern ihrer Partner, wenn diese abends nach Hause kamen und feststellen durften, dass das Essen auf dem Tisch stand und nichts mehr getan werden musste, war ebenfalls viel wert. Auch wenn es – wie Geraldine irgendwann bemerkte – so manches Klischee bediente. „Ein Klischee wäre, wenn sie es fordern." widersprach Annie dem, „aber das hat keiner von ihnen. Sie wollten nur, dass wir uns nützlich machen. Und das ist verständlich. Schließlich haben wir wirklich nichts zu tun." Dagegen wusste Geraldine nichts mehr zu sagen.

So verging die Zeit und der anfängliche Frust ihrer neuen Situation war gänzlich verflogen. Geraldines Alpträume waren abgeklungen und sie konnte bei ihren Treffen mit Suji wieder über andere Dinge reden. Das Leben war ganz und gar angenehm. Es gab nichts, was ihnen dabei im Weg stand, es zu genießen. Mal zu sechst, mal zu dritt, mal zu zweit, und manchmal auch alleine. Es fühlte sich fast an wie eine Belohnung. Sie mussten sich nicht mehr auf dem Feld plagen und konnten trotzdem weiter von den Früchten essen, die es hervorbrachte.

34

Dann... stand Lotta vor der Tür. Und verlangte ein Gästezimmer.

„Gästezimmer?" Annie starrte sie konsterniert an, „sowas haben wir nicht."

„Sowas habt ihr nicht? Liebe Gesellschaft: Ihr habt alle Wohnungen, in denen Zimmer mit ‚Arbeitszimmer', ‚Hobbyzimmer' oder gar ‚Hobbyzimmer 2' betitelt sind. Oder Kinderzimmer für Kinder von Leuten, die hier gar nicht wohnen. Und auch nicht mehr hierherkommen."

„Aber das sind unsere eigenen vier Wände." entgegnete Geraldine.

Lotta jedoch blieb gelassen: „Auf der anderen Seite..."

„Ja?" ging Geraldine dazwischen, „was auf der anderen Seite?"

„Du hast immer etwas entgegenzusetzen." meckerte Annie – konnte die Prophetin aber auch nicht aus der Ruhe bringen:

„Das war eine räumliche Aussage. Auf der anderen Seite – von dem Haus mit euren Wohnungen – steht ein anderes Haus. In dem eure Klienten hätten untergebracht werden sollen. Ich mag nicht belastet sein, aber..."

Z nickte langsam: „Ja – da kannst du rein. Ist halt nicht geputzt."

„Das weiß ich."

„Hat Gott dir gesagt." vermutete Annie und lag falsch damit:

„Auf solche Sachen komme ich von alleine. Wer schließlich hätte es putzen sollen? Eure Putzfrau ist weg und ihr putzt ja mit Mühe und Not gerade mal eure eigenen Wohnungen."

Geraldine seufzte laut: „Und du willst mehrere Tage bleiben?"

„Von Wollen kann keine Rede sein." Lotta verzog das Gesicht, „ich habe einen Auftrag. Der sich diesmal leider nicht nur auf ein bis zwei Sätze beschränkt. Sondern der beinhaltet, dass ich eure Fragen beantworte. Die sich wohl leider nicht alle heute im Laufe des Tages ergeben. Oder klären lassen. Von daher..."

„Die Zimmer sind alle offen." Geraldine winkte unbestimmt in der Luft herum, „such dir eins aus."

„Wie großzügig." schnaubte Lotta, „aber das kann warten. Bis ich müde bin."

„Dann ist es sicher dunkel."

„Habt ihr kein elektrisches Licht?"

„Doch. Schon."

„Außerdem..." Lotta lächelte sarkastisch, „im Dunkeln sieht man den Schmutz nicht so sehr."

„Schön, dass du da bist." brummte Z.

„Ich denke, wir sollten in den Besprechungsraum gehen." Lotta setzte sich in Bewegung, ohne eine Reaktion abzuwarten, und den Freunden blieb nichts anderes übrig, als ihr hinterher zu eilen.

„Bestimmst du mal einfach." hechelte Geraldine von links hinter ihr.

„Über die Köpfe der Hausherren hinweg." hechelte Annie von rechts hinter ihr.

Lotta blieb stehen: „Ihr mögt die Herren dieser Häuser sein. Aber es gibt einen, der ist Herr über euch. Ich bin in seinem Namen hier. Glaubt ihr nicht, dass da ein wenig Respekt angebracht wäre?"

Z sah sie an: „Und andersrum?"

„Respekt bekommt, wer ihn verdient."

„Soll heißen?" zischte er scharf.

„Ich tue Gottes Willen. Das ist ein Grund, mich zu respektieren. Ihr tut ihn nicht. Ergo..."

Geraldine fuhr sich genervt durch die Haare: „Bringen wir es hinter uns."

35

Die Stimmung wurde auf dem restlichen Weg nicht besser, aber Lotta schien das egal zu sein. Sie nahm sich einen Stuhl, setzte sich und wies den drei Freunden mit einer gelangweilten Geste, sich ihr gegenüberzusetzen. Geraldine wollte aufbegehren, dass sie so nicht behandelt werden wollte. Doch Annie hielt sie zurück. Als sie alle saßen, legte Lotta los:

„Nun gut. Beschäftigen wir uns zunächst ein wenig eingehender mit der Vergangenheit. Ihr seid nicht die ersten und auch nicht die einzigen, die sich darüber beschwert haben, dass meine Prophetien im Allgemeinen sehr knapp gehalten sind. Aber das hat ja einen tieferen Sinn. Nämlich, den Denkprozess anzuregen. Euren, nicht meinen. Und bei den meisten Leuten klappt das auch. Sie beschäftigen sich damit, haben Erkenntnisse und leiten daraus Maßnahmen ab. Mit denen sie das, was auf sie zurollt, entweder komplett verhindern oder zumindest im Nachgang damit umgehen können. Sprich: Die Konsequenzen treten entweder gar nicht ein oder können schnell beseitigt werden. In eurem Fall ist das alles ein wenig anders. Über euren... ‚Denkprozess' will ich keine Worte verlieren. Wie auch? Da ist schließlich keiner. Weswegen euch die Konsequenzen auch voll erwischt haben. Spätestens an diesem Punkt hätte natürlich auch nochmal ein Umdenken stattfinden können. Auch sowas habe ich schon erlebt. Dass Leute dann, wenn es eigentlich zu spät ist, dastehen und sagen ‚Das will ich so nicht – was kann ich dagegen tun?'. Das ist im Grunde Variante 2 von eben, nur mit Verzögerung. Bei euch ist aber noch nicht einmal das passiert. Und das hat einen einfachen Grund: Die Konsequenzen, die sich für euch ergeben haben, sind nur auf einer geistlichen Ebene negativ – auf einer menschlichen Ebene sind sie ganz und gar positiv. Ihr genießt sie. Ihr erfreut euch daran. Was – natürlich – von Grund auf falsch ist. Aber irgendwie auch nachvollziehbar. Von einem gewissen Standpunkt aus ist euer Leben seit unserem letzten Treffen besser geworden. Aber war das nicht der Sinn."

Z runzelte die Stirn: „Es ist nicht der Sinn, dass es uns besser geht."

„Es ist... ich hatte eine Reihenfolge. Bleiben wir dabei. Es lässt sich leichter verstehen, wenn es einen logischen Fluss hat. Vor allem, wenn man sich dagegen sperrt."

„Sperrt." wiederholte Geraldine verärgert.

Lotta ignorierte sie: „Punkt 1: Eure Herausforderung und woran sie gescheitert ist. Es gibt immer Dinge, die von Gott kommen und Dinge, die nicht von Gott kommen. Sie zu unterscheiden ist manchmal schwierig. Weil sie in dieselbe Richtung gehen. Das ist eine bekannte und beliebte Waffe des Feindes. Er nimmt das, was Gott gibt. Und verdreht es. Oder noch eher: verstärkt es. Nichts tut uns im Übermaß gut. Essen nicht, schlafen nicht, Sport nicht. und auch Erfolg nicht. Gott hatte Erfolg für euch vorgesehen. In einem gesunden Maße. Ihr habt eure Arbeit gemacht. Dadurch habt ihr Menschen kennengelernt und geholfen, die anderen davon erzählt haben. Eure erste Veranstaltung in Hamburg ist dadurch zustande gekommen, dass jemand aus einem Hauskreis hier in Frankfurt jemand dort in der Gemeinde von euch berichtet hat. Dafür war keine Homepage notwendig und kein Poster und erst recht keine Fernsehshow. Das ging einfach so. Natürlich ist es ein nachvollziehbarer Schritt, eine Homepage einzurichten, aber nicht wegen der Werbung. Sondern nur wegen der Auffindbarkeit. Die

Leute, die euch erreichen wollten, sollten euch auch erreichen. Das passt. Aber alles weitere hätte doch Gott geregelt. Er hat euch diesen ersten Erfolg gegeben. Diesen Schritt in die richtige Richtung. Und weitere Schritte sind gefolgt und noch weitere wären gefolgt. Im richtigen Abstand, im richtigen Umfang. Kein Stress im Übermaß. Keine Terminüberschneidungen..."

„Äh..." Annie hob einen Finger, „wir hatten da..."

„...eine Vision zwischendrin. Da müsstet ihr inzwischen wissen, warum. Und auch, dass es funktioniert hätte. Wenn ihr euch flexibel gezeigt hättet. Gott kann Multitasking. So gut wie kein anderer. Er kann an vielen Problemen gleichzeitig arbeiten. Und das muss er auch, denn wir bereiten ihm viele Probleme gleichzeitig. In diesem Moment war es so, dass der erste Same des Bösen bereits in euch gelandet war. Das leidige Thema: Geld. Ihr sprecht von Geld in erster Linie im Zusammenhang mit Versorgung. Das ist verständlich, das tun viele. Aber was ihr dabei übersehr – und das tun auch viele – ist, dass für eine vernünftige Versorgung nicht Geld im Überfluss notwendig ist. Sondern eben nur so viel, wie man braucht. Und, dass Versorgung auch auf andere Weise gegeben sein kann. Ihr habt auch vorher schon immer so viel gehabt, wie ihr brauchtet. Nie viel mehr, aber genug. Und ihr habt auch immer andere Geschenke erhalten. Ein Auto zum Beispiel. Ein Haus zum Beispiel. Auch das ist Versorgung. Und ihr hättet sogar noch zusätzlich bekommen. Nach der Veranstaltung in Hamburg hattet ihr die Möglichkeit, euch etwas Gutes zu tun. Auch das kam von Gott. Weil er eigentlich gar nicht will, dass wir immer an der Existenzgrenze herumkrebsen. Er will lediglich eins: dass wir dankbar sind. Dass wir es nicht als selbstverständlich erachten, sondern wirklich als Geschenk betrachten. Reimt sich – muss ich mir merken. Genau das ist euer Problem: Ihr habt aufgehört, den Blick auf das zu richten, was ihr habt, und dafür dankbar zu sein. Stattdessen habt ihr den Blick auf das gerichtet, was ihr haben könntet, und alles darangesetzt, es zu kriegen. Was dazu geführt hat, dass ihr euch eure Aufträge nach der Lukrativität ausgesucht habt. Oder zumindest sehr viele Diskussionen dazu stattgefunden haben. Das sollte euch klar sein, dass Gott das nicht will."

„Aber jetzt widersprichst du dir." unterbrach Z sie, „du sagst, Gott will uns beschenken. Mit mehr als nur Existenz. Und dann sagst du, wir sollen es nicht nehmen?"

Lotta schüttelte den Kopf: „Sage ich nicht. Ich sage: Nehmt nur das, was Gott euch schenkt. Nicht den Rest. Wisst ihr: Das mit dem richtigen Maß stimmt bei Gott halt überall. Ihr habt bei den Veranstaltungen Spenden bekommen. Aber halt nicht so viel, dass ihr euch sowas hier hättet leisten können. Sondern nur genug für mal ein Kleid oder mal essen gehen. Das war sein Plan. Aber in euren Köpfen haben sich die Prioritäten verschoben. Die Wünsche sind immer grösser geworden und auch immer wichtiger. Bis zu dem Punkt, wo ihr die Zeit um eine Veranstaltung herum nicht mehr dazu genutzt habt, euch vor- und nachzubereiten, sondern euch auszumalen, was ihr euch alles kaufen könntet. Und da kommt der Feind ins Spiel. Er setzt sich quasi auf den existierenden Plan drauf und verfremdet ihn. Er eröffnet euch Möglichkeiten, all das zu erreichen. Diese falschen Prioritäten auszuleben. So folgt ihr vordergründig der Richtung, die Gott euch vorgegeben hat und seid doch auf dem falschen Weg."

„Wir haben's kapiert." fauchte Geraldine, „Fernsehen – schlecht. Zentrum – schlecht."

„Dein Tonfall zeugt nicht von kapiert haben. Die Worte vielleicht. Aber nicht den Sinn. Und ich weiß auch, warum. Dieses Zentrum hat einen guten Kern. Einen richtigen Gedanken dahinter. Das ist das, was euch dazu angetrieben hat. Ihr seid ja nicht vom Glauben abgefallen. Aber: Es war von Anfang an zum Scheitern verurteilt. Weil eure Motive falsch waren. Ihr habt es nicht für die Menschen da draußen gebaut, sondern für euch. Grund 1: Bequemlichkeit. Grund 2: Erfolg. Grund 3: Anerkennung. Das hat nichts mit Gott zu tun. Also konnte er es nicht segnen. Hinzu kommt: Durch eure Fernseharbeit habt ihr euch selbst diskreditiert. Bei genau den Leuten, die ihr eigentlich ansprechen wolltet. Im Grunde ist das ähnlich: Die Idee dahinter war nicht schlecht. Aber die Motive dafür falsch. Auch hierbei ging es um euch. Nicht um die anderen. Auch das konnte er nicht segnen. So hat eins das andere bedingt. Und nichts hat geklappt. Zumindest auf seiner Ebene. Ihr habt euer Ziel erreicht: Ihr seid reich geworden. Aber das war ja nie das Ziel. Das Ziel war, den Menschen zu helfen."

„So wie dem Mann auf dem Berg?" stieß Annie hervor.

Lotta holte tief Luft: „Ja... der Mann auf dem Berg. Das musste kommen…"

„Wir wollten ihm helfen."

„Aber ihr konntet nicht."

Geraldine rümpfte die Nase: „Wie du das sagst."

„So, wie es ist." erwiderte Lotta, „da ist nicht mehr dahinter. Es gab eine Abmachung zwischen Gott und euch: Er zeigt euch, wem ihr helfen sollt, und ihr tut das. Z kennt bestimmt diverse Fernsehserien, wo das so funktioniert. Der geheimnisvolle Auftraggeber gibt einen Auftrag. Und das Team führt ihn aus. Ist doch praktisch, oder? Ihr müsst nicht suchen. Euch keine Gedanken machen. Erst recht nicht, ob es richtig oder falsch ist. Das Kriterium ist: Vision – ja oder nein. Annie hat keine Vision von ihm bekommen. Weil ihr ihm nicht helfen solltet. Für ihn hatte Gott etwas anderes vorgesehen. Ihr seid schließlich nicht die einzigen auf der Welt, die etwas können. Auch wenn ihr kräftemäßig ganz weit vorne mit dabei wart."

„Aber ich hatte eine Vision von ihm." wandte Annie ein, „er war Teil der Vision von seinem Freund."

„Richtig. Teil. Der Vision von seinem Freund. Das ist der große Unterschied. Diesem Freund habt ihr geholfen."

„Und das andere hätten wir einfach ruhen lassen sollen." Z wippte zweifelnd mit dem Kopf.

Doch die Antwort war eindeutig: „Ja."

„So einfach."

„So einfach."

„Finde ich nicht einfach." erklärte Annie – wofür Lotta einen Hauch von Verständnis zeigte:

„Es ist hart, Sachen ruhen zu lassen, wenn man einmal angespitzt wurde. Das weiß ich. Durchaus auch aus eigener Erfahrung. Aber es ist der richtige Weg. Fertig – aus."

Geraldine lachte trocken: „Das ist ein gutes Stichwort."

„Das leider nicht für unsere Zusammenkunft gilt." stellte Lotta ebenso trocken fest.

„Schade."

„Wir kommen gut durch."

„Immerhin."

„Für heute reicht es allerdings." Lotta sah auf die Uhr, „ich werde euch nur noch einen Satz sagen, über den ihr mal nachdenken könnt, bis wir uns morgen wieder treffen."

Es widerstrebte Geraldine gewaltig, so umherkommandiert zu werden. So versuchte sie, dagegen anzugehen: „Und wenn wir etwas vorhaben?"

Lotta blickte sie amüsiert an: „Ihr habt nie etwas vor."

„Wie lautet der Satz?" fuhr Geraldine sie an.

„Ihr müsst im Kleinen treu sein."

Z kratzte sich am Kopf: „Das ist alles?"

„Ein Satz ist ein Satz. Bis morgen." Lotta erhob sich und ließ die drei Freunde sitzen. Sie hörten sie die Treppe in das nächste Stockwerk hinaufsteigen und wenig später eine Tür zufallen. Dann war alles still.

36

„Habt ihr euch Gedanken gemacht?" Der Ausdruck in Lottas Gesicht zeigte deutlich, dass sie die Antwort schon ahnte. Geraldine gab sie dennoch: „Nicht wirklich."

„Weil?"

„Du sowieso eine Erklärung hast. Und sie uns dann auch einfach sagen kannst."

Lotta rollte mit den Augen: „Ihr habt das System immer noch nicht verstanden."

„Grundsätzlich – klar." versicherte Z, „aber du hast gesagt, es wird diesmal anders."

„Ich werde euch trotzdem nicht alles vorkauen."

„Die Chance, dass wir von alleine auf deine richtige Antwort kommen, ist verschwindend gering." murmelte Annie und Lotta legte den Kopf schief: „Es ist nicht meine Antwort. Es ist Gottes Antwort. Und ihr könnt sie immer finden. Ihr müsst euch nur ein wenig anstrengen."

„Anstrengen ist momentan aus." winkte Geraldine ab.

„Das merke ich. Gut. Dann machen wir die Kleinkinderversion. Kann ich auch. Nicht wirklich von kleinen Kindern. Aber von Erwachsenen, die sich so benehmen."

„Witzig."

„Finde ich ganz und gar nicht." gab Lotta zurück, „fangen wir an. Mit einem Hinweis: Wenn wir das so machen, dann seid gefälligst auch still. Spart euch eure zynischen oder sarkastischen Bemerkungen. Lasst mich reden, bis ich fertig bin und dann gehe."

Geraldine streckte ihr beide Daumen entgegen: „Nur zu gerne."

„Ihr seid echt am Ende. Nun gut... was bedeutet der Satz von gestern Abend? Er bedeutet, dass ihr von Gott etwas bekommt. Und unter Beweis stellen müsst, dass ihr damit umgehen könnt. Aber: großes Missverständnis. Dieses ‚unter Beweis stellen' dient nicht der rückwirkenden Legitimierung der Erlangung der Gabe. Ihr müsst Gott also nicht die Richtigkeit seiner Entscheidung bestätigen. Das weiß er, dass es richtig war. Es dient dazu, ihm zu zeigen, dass er den nächsten Schritt mit euch gehen kann. Euch mehr geben kann. Sein Blick ist immer nach vorne gerichtet. Nie nach hinten. Dann: Es ist kein ‚Belohnungssystem'. Das wäre schlecht, denn es hieße, dass es auch ein ‚Bestrafungssystem' sein müsste. Macht ihr es gut, gibts was, macht ihr es schlecht, gibts nichts. Es ist lediglich – und ausschließlich – ein Übungsfeld. Je mehr ihr arbeitet und je besser ihr werdet, desto bereiter seid ihr für den nächsten Schritt."

„Nun unterbreche ich dich doch." tat Z genau dies, „mit einer Frage: Was hat das mit uns zu tun? Wir hatten Gaben – und fertig."

„Da liegst du falsch."

„Was hätte denn noch mehr kommen sollen?"

Lotta zuckte die Schultern: „Das kann ich dir nicht sagen. Weil er es mir nicht gesagt hat."

„Aber du weißt, dass es so ist." bohrte Annie nach.

„Lass es mich so beantworten: Gott ist mit euch hart ins Gericht gegangen. Das tut er nur mit denen, mit denen er Großes vorhat. Euer Beitrag zum Bau seines Reiches ist wesentlich... wesentlicher als der vieler anderer. Deswegen kann er euch auch weniger durchgehen lassen. Den begabtesten Schüler fordert man immer am meisten heraus. Und treibt ihn auch am meisten an."

„Das ist vage."

„Ich nehme meine Aufgabe ernst." erklärte Lotta, „ich sage nur das, was Gott mir gibt. Und kein Wort mehr."

Geraldine verzog den Mund: „Ein Wink mit dem Zaunpfahl."

„Und du hast ihn verstanden. Wie schön. Darf ich weitermachen?"

„Noch nicht. Denn auch ich habe eine Frage."

„Auf einmal." konnte sich Lotta nicht verkneifen.

Geraldine überging das: „Du sagst, es wäre kein System der Belohnung und Bestrafung. Aber Gott hat uns bestraft."

„Ja. Und belohnt eigentlich auch." setzte Annie hinzu.

Lotta nickte: „Was ihr nicht gesehen habt."

„Das lass mal unsere Sorge sein." entgegnete Geraldine.

„Sehr gerne. Aber zur Frage: Es geht hier um einzelne Situationen. Mit dem ‚Kleinen' arbeiten ist ja ein täglicher Prozess. Ihr hattet viele Aufträge in den letzten Jahren. Wäre es besagtes System, müsste Gott jeden davon einzeln auswerten. Und bewerten. Und euch entsprechen entlohnen. Oder eben das andere. Aber das tut er nicht. Es geht ihm nicht um die einzelnen Puzzleteile, sondern um das Gesamtbild. Ihr habt einen Aufstieg hingelegt, der ihn sehr stolz gemacht hat. Und dafür hat er euch belohnt. Für die Gesamtleistung bis zu diesem Punkt. Ihr wart nicht fehlerfrei, aber das ist niemand und das erwartet er auch nicht. Doch ihr seid aus allen Situationen letztlich als Sieger hervorgegangen und das war eine Belohnung wert. Seitdem allerdings ist es steil wieder bergab gegangen. Was natürlich auch damit zu tun hat, dass ihr euch so extrem auf den Radar des Feindes geschossen habt, dass er die Notwendigkeit sah, einzugreifen. Die ersten seiner Angriffe habt ihr noch überstanden. Weil sie frontal und offensichtlich waren. Auf den schleichenden Verfall, den er euch untergeschoben hat, seid ihr allerdings hereingefallen. Und darauf musste Gott reagieren."

„Mit Strafe." Geraldine schürzte die Lippen.

„Mit der Notbremse." stellte Lotta klar, „versteht ihr nicht? Ihr bringt ihm nichts mehr. In eurer Position, meine ich. Schaut euch dieses Zentrum an. Hier war auch als ihr noch Gaben hattet so gut wie niemand. Ihr habt in der Zeit, die ihr hier ‚zur Verfügung' standet, weniger Menschen geholfen als in einem vergleichbaren Zeitraum vorher im Normalzustand. Was soll er da mit euch? Und dann eure Einstellung. Schaut euch nur mal an: Ihr sitzt hier und seht es als Geschenk. Yippie, wir haben keine Gaben mehr. Wir sind arbeitslos, lasst uns feiern. Weil uns diese blöde Aufgabe immer nur von dem wundervollen Luxusleben abgehalten hat, das wir hier haben und nun ist das nicht mehr so und wir werden endlich nicht mehr beim Genießen unterbrochen. Was ist das denn bitteschön? Und vorher war das auch schon so. Veranstaltung? Keine Lust. Zu lang, zu weit und am Ende kommt nicht genug bei rum. Um davon meinen Kleiderschrank weiter zu füllen. Visionen? Erst recht keine Lust. Weils da gar nichts gibt. Und für gar nichts machen wir gar nichts. Private Einladungen? Wenn es sein muss. Aber wir machen lieber mal einen Vermerk auf die Homepage mit unseren Bedingungen. Weil... es muss sich ja für uns auch lohnen. Sonst hat es keinen Zweck. Au Backe. Der Zweck liegt nicht bei euch. Der Zweck lag nie bei euch. Ihr seid das Mittel zum Zweck. Ihr dient. Das ist das Schlagwort, das ihr euch gegenseitig auf die Stirn schreiben solltet, damit ihr es immer aneinander ablesen könnt. Ihr. Dient. Gott. Und den Menschen. Und ihr seid deshalb so groß – so großartig – weil ihr so groß dienen könnt. Manch einer spielt sonntags Klavier im Gottesdienst. Dem einen gefällts, dem anderen nicht. Bekehren tut sich wahrscheinlich niemand deswegen. Aber er leistet einen Beitrag. Und darf sich dafür gut fühlen. Wie gut dürftet ihr euch dann erst fühlen? Ihr habt mehr Menschen gerettet als das Rote Kreuz. Mehr Menschen zu Gott gebracht als die Landeskirche. Das ist übertrieben – ich weiß. Aber versucht doch, es einzuordnen. Im Gesamtbild. Wie weit oben ihr steht. Ihr mögt das nicht wissen – wäre vielleicht auch besser, wenn das so bliebe, aber ich sage es trotzdem: Es gibt Leute da draußen – in den Gemeinden – die sind neidisch auf euch. Nicht auf euer Geld. Oder euer ,Eigenheim'. Oder diese Fernsehshow. Nein. Sie sind neidisch auf eure Gaben. Weil ihr für Gott Großes leisten könnt. Das sollte euer Ansporn sein. Euer Stolz. Euer Lebensinhalt. Etwas, worauf ihr zurückblicken könnt. Etwas, das euer Leben so überaus lebenswert macht."

„Sehr weise Worte." sagte Z leise, „vielen Dank. Aber auch du übersiehst leider einen klitzekleinen, sehr wesentlichen Punkt."

„So?"

„Du sprichst in der Gegenwart. Obwohl du in der Vergangenheit sprechen müsstest."

„Der Knackpunkt. Gebt mir eine Minute..." Lotta schloss die Augen und sie sahen sich verwundert an. Dann war sie wieder bei ihnen: „Sorry. Musste gerade mit dem Chef konferieren. Es war nicht ganz klar, wie offen ich an diesem Punkt sein kann. Aber in Anbetracht des Gesprächsverlaufs... Gott ist ein Gott der zweiten Chance. Und der dritten. Und vierten. Und millionsten. Und milliardsten. Wir benutzen hier den Begriff ,Strafe' sehr

viel. Ihr, um eurem Ärger Luft zu machen. Ich, um euch eure Fehler vor Augen zu führen. Aber im Grunde ist dieser Begriff nicht stimmig. Strafe hat etwas Endgültiges. Bei Gott ist nichts endgültig. Bis zu dem Moment, wo es zu spät ist, aber der kommt erst mit dem Tod. Und tot seid ihr noch nicht. Also ist auch das hier nicht in Stein gemeißelt. Das wäre für ihn auch saudoof – entschuldigt die Ausdrucksweise. Ihr seid drei sehr wichtige Bausteine in seinem Plan. Wie Schachfiguren, will ich mal sagen. Ich kann kein Schach. Aber ich weiß, dass es solche gibt, die nur wenig können und solche, die viel können. Ihr könnt mit am meisten. Und das will er nutzen. Wenn er euch einfach aus dem Verkehr zieht und draußen stehen lässt, hat er nichts von euch. Deswegen will ich ein anderes Wort wählen: Dämpfer. Oder noch besser: Zeitstrafe. Nein – das passt nicht. Weil die einfach vorbeigeht. Bewährungsstrafe. Auch nicht perfekt, aber besser. Steckt auch ,Strafe' drin, aber das soll uns mal nicht stören. Wichtig ist: Ihr könnt eure Gaben wiederkriegen. Ihr sollt eure Gaben wiederkriegen. Sein Plan mit euch hängt an diesen Gaben. Ohne sie seid ihr seine geliebten Kinder. Aber ihr erfüllt nicht eure Bestimmung. Und eine andere hat er für euch nicht. Warum auch? Ihr seid keine Menschen, für die es einen Plan B geben muss. Dafür ist euer Plan A viel zu wichtig. Er mag einen Plan B für euch haben. Weiß ich nicht. Aber ich weiß, dass er nichts lieber will, als zu Plan A zurückzukehren. Langer Rede, kurzer Sinn: Das hier ist kein neuer Dauerzustand. Das ist nicht das Ende eures Weges. Das ist... ja – jetzt: Das ist wie das Aussetzenfeld bei einem Brettspiel. Da steht ihr nun drauf. Und müsst warten, dass ihr weiterdürft. Aber der Weg ist doch trotzdem noch da. Und ihr könnt auf jeden Fall noch gewinnen. Alles andere wäre sinnlos."
„Das heißt, wir warten einfach." folgerte Annie und lag wieder falsch: „Mitnichten. Bei einem Brettspiel mag es das geben, dass man einfach abwartet. Es gibt aber auch solche, wo man eine bestimmte Zahl würfeln muss. Also etwas leisten. Und das müsst ihr auch. Etwas leisten."
Geraldine ließ den Kopf hängen: „Arbeit."
„Ich rede seit gestern Abend davon, dass eure Chillhaltung fehl am Platz ist und du benutzt jetzt dieses Wort, als wäre es ein Schimpfwort." Mit einem Mal wurde Lotta ziemlich ungehalten, „natürlich Arbeit. Hast du nicht zugehört?"
„Schon. Trotzdem keine Lust drauf."

„Nun gut." Lotta beruhigte sich wieder, „gegen Verstocktheit kann ich nicht an. Gott wird euch nicht vom Blitz treffen lassen, wenn ihr alles ignoriert, was ich euch sage. Ihr habt einen freien Willen. Ihr könnt tun und lassen, was ihr wollt. Wenn es sein Plan B sein soll – haltet einfach die Füße still. Überlegt euch nur eines: Was wird euch durch den Kopf gehen, wenn ihr mal alt und grau seid und auf dem Sterbebett liegt? Könnt ihr dann zufrieden mit euch sein? Mit all den Entscheidungen der letzten Jahre? Inklusive dieser hier? Und fragt euch noch etwas: Wie groß ist eure Chance, zu Gott zu kommen, wenn ihr euch dem versperrt?"

„Was?" fuhr Z auf, „er schickt uns dafür in die Hölle?"

„Hölle? Nein. Böse Hälfte Totenreich. Schicken? Nochmal nein. Das ist die Natur der Sache. Du kannst nicht mit ihm leben aber nicht tun, was er sagt. Das eine schließt das andere aus. Punkt."

„Ich werd' wahnsinnig." heulte Z los. Annie dagegen fand, dass ein konstruktiverer Weg angebracht war:

„Was sollen wir denn tun?"

„Liegt das nicht auf der Hand?" gab Lotta zurück.

„Du bist grad so schön im Flow."

Lotta schlug sich auf die Stirn: „Ich bin echt froh, wenn ich weg bin."

„Wir auch." kam von Geraldine Zustimmung, die Lotta nur noch entnervter machte. Doch sie schaffte es irgendwie, halbwegs normal weiterzusprechen: „Hört zu oder lasst es bleiben. Euer jetziger Weg ist falsch. Also müsst ihr von ihm runter. Und dafür müsst ihr alles aufgeben, was euch daran bindet. Dieses Zentrum. Und das Geld."

„Kein Geld und keine Wohnung?" Annie tippte sich an die Stirn, „tolle Idee."

„Habe ich das gesagt? Es gibt andere Orte, an denen man wohnen kann. Kleinere. Billigere. Ihr habt hier eine Köchin. Wofür? Ihr könnt selber kochen. Und wenn nicht, könnt ihr es lernen. Die Putzfrau ist weg und der Hausmeister ebenfalls. Gut so – auch das könnt ihr selbst. Genauso braucht ihr zu fünft keine drei Häuser mit X Zimmern. Oder Wohnungen, die für eine Großfamilie reichen würde. Ihr habt doch schon ein anderes Haus, für das ihr nur noch Nebenkosten zahlen müsst. Was wollt ihr mehr? Das ist das, worum es gestern schon ging: mäßigt euch."

„Aber ohne Geld kann man auch keine Nebenkosten für ein Haus bezahlen." konterte Geraldine.

„Weswegen Gott auch nicht will, dass ihr euch in den Bankrott treibt." Lotta warf die Hände in die Luft, „ich habe es pauschal erwähnt. Aber es ist immer eine Erklärung dahinter."

„Dann Erklärung...e." bat Annie.

„Ja." Lotta machte eine kurze Pause, „es gibt zwei Geldquellen in diesem Spiel. Die Spenden und eure Einnahmen. Hauptsächlich vom Fernsehen. Letztere gehören euch. Ihr habt sie auf eine legale und legitime Art und Weise erworben und daher wird Gott sie euch nicht nehmen."

„Äh..." machte Z, „all das steckt..."

„...in diesem Zentrum. Das ihr verkaufen sollt. Das sagte ich doch bereits. Wir können es auch einfach chronologisch machen." Lotta zählte an den Fingern durch: „Ihr schreibt diesen Besitz zum Verkauf aus. Dann zieht ihr entweder in das andere Haus oder sucht euch normale Wohnungen. Oder manche so und manche so. Ihr müsst euch da nicht alle zusammen hineinquetschen. Auch das war nur ein Beispiel. Es ist Gott schon klar, dass auch ihr eure Privatsphäre braucht. Es steht einfach zur Verfügung. Als Lösung, als Übergangslösung, als Notlösung, als Teillösung... seht ihr? Alles mit ‚Lösung'. Gut – weiter: So lange hier nichts passiert, lebt ihr weiter von den Spenden. Weil ihr sonst nichts habt. Wenn das Grundstück verkauft ist, bekommt ihr dafür Geld. Das könnt ihr aufteilen und dann davon leben. Das wird bestimmt eine ganze Menge sein. Wenn ihr das gut einteilt... und ihr habt ja alle noch einen Partner, der verdient. Das kann also gehen. Und hat zur Folge, dass ihr zu diesem Zeitpunkt die Spenden einstellt. Einstellen lasst. Denen, die euch ihr Geld aktiv geben, schreibt ihr, dass ihr es nicht mehr braucht. Ihr dürft gerne ehrlich sein, was die Gründe angeht. Das kommt gut an. Vor allem, wenn man euren enormen Imageverlust in den letzten Jahren bedenkt. Das Geld, das ihr geerbt habt, gebt ihr weiter. An wen, dürft ihr euch aussuchen. Die Dame, von der es kommt, hat Hilfsorganisationen unterstützt, aber natürlich nicht alle. Ich bin mir sicher, dass ihr da etwas findet. Dann geschieht damit etwas Sinnvolles und ihr habt an allen Ecken und Enden genug, um ein anständiges Leben zu leben."

Z legte die Stirn in Falten: „Das ist alles?"

„Höre ich da Sarkasmus?"

Er schüttelte den Kopf: „Erstaunen."

„Eure Herzenshaltung solltet ihr natürlich auch überdenken." fügte Lotta noch hinzu, „aber das ist für später. Für den Anfang reicht das. Ich bin mir auch sicher, wenn ihr euch da erstmal eingerichtet habt, werde ich euch wieder etwas zu sagen haben. Aber bis dahin..." Sie stand auf und ausgerechnet Geraldine war es, die sie aufhielt:

„Eine letzte Frage."

Lotta setzte sich wieder: „Natürlich."

„Du hast gestern gesagt, dass der Teufel uns..." Geraldine zögerte, „dass wir auf ihn reingefallen sind."

„Ja."

„Aber woher konnte er wissen, was geschehen würde?"

„Der Feind kennt Gott." Lotta wippte nachdenklich mit dem Kopf, „so gut wie kein anderer. Er weiß, wie Gott reagiert. Wie er vorgeht. Er mag es nicht zu 100% gewusst haben, was genau passiert. Aber er hat garantiert spekuliert, dass Gott nicht tatenlos zusehen würde. Und damit hatte er Recht. Allerdings... er kennt Gott zwar, aber er versteht Gott nicht. Nicht ganz, zumindest. Er ist ein bisschen wie Lord Voldemort – um mal damit anzugeben, dass ich trotz meines Jobs noch eine Bindung zur realen Welt habe. Er versteht den negativen Teil. Den strafenden Gott. Der zürnt und tobt. Das ist sein Metier. Dort fühlt er sich wohl. Das kann er, das will er, das erkennt er an. Was er nicht anerkennt und daher nicht für wichtig erachtet, ist der liebende Gott. Für ihn ist Liebe nutzlos. Und das wiederum ist für Gott nützlich. Weil der Feind dadurch das übersieht, was ich vorhin gesagt habe: Es kann wieder ins Lot kommen. Er geht von der Strafe aus und liegt damit richtig. Aber für ihn ist es dort wirklich zu Ende. So, wie ihr es auch betrachtet habt. Ihr könnt euch von dieser Betrachtung lösen. Er kann das nicht. Weil er sich darin festgefahren hat, solche Gedanken für ihn unsinnig sind. Sein Plan ist also fertig. Abgeschlossen. Erfolgreich. Gottes Plan geht weiter. Das ist die Botschaft für euch." Sie sah in die Runde, „und jetzt gehe ich. Annie, Z – für euch habe ich hier noch was." Sie holte zwei zusammengefaltete Zettel aus der Tasche und reichte sie den beiden.

Geraldine verschränkte die Arme: „Für mich nicht."

„Du brauchst es nicht." erwiderte Lotta, „sei froh."

„Wegen mir."

„Bis zum nächsten Mal." Lotta hob kurz die Hand, dann verließ sie den Raum. Wieder konnten sie ihre Schritte und dann eine Tür hören. Diesmal war es die Ausgangstür.

Annie und Z starrten auf die Zettel, die Lotta ihnen gegeben hatte. Und falteten sie nicht auseinander. Bis sie in ihren Wohnungen waren. Was immer darauf stand – sie wollten beide nicht, dass die anderen es sahen. Dabei war es nichts Besonderes – wieder nur ein Satz. Bei ihnen beiden der gleiche: ‚Nur die Wahrheit wird dich frei machen.'.

37

„Ich bin froh, dass sie weg ist." machte Geraldine ihrem Ärger Luft, als sie am Nachmittag erneut aufeinandertrafen.

Z war da ein wenig zurückhaltender: „Sie macht einen guten Job. Und sie nimmt ihn sehr ernst."

„Sie geht mir auf den Zeiger."

„Du hast sie gehört: Es ist unsere Entscheidung, was wir damit machen."

„Entscheidung?" fuhr Geraldine auf, „denkst du, ich will in die Hölle? Ich meine, ins… Todesreich?"

„Das ist nicht ihre Schuld." wandte Z ein, „sie gibt nur weiter."

„Ja, ich weiß, aber…" Geraldine suchte nach Worten – Annie fand welche: „Wenn sie nicht käme und es sagen würde, wüssten wir es nicht und müssten uns nicht danach richten."

„Genau. Danke. Genau." Geraldine nickte zustimmend – Z dagegen schüttelte den Kopf:

„Da steckt der gleiche Denkfehler drin, wie wenn du eine schwere Krankheit diagnostiziert bekommst und hinterher denkst ‚Wäre ich mal lieber nicht zum Arzt gegangen'. Die Strafe käme trotzdem. Nur halt ohne Vorwarnung."

Geraldine winkte ab: „Schon gut. Was machen wir also?"

„Was wir müssen." brummelte Annie, „Gott will uns auf dem Weg haben, den er für richtig erachtet, und seine Methode ist rohe Gewalt. Fügen wir uns. Dann sind wir wenigstens für hinterher gerettet."

„Und wie verkaufen wir das den anderen?"

„Am besten zusammen und möglichst schnell." schlug Z vor.

„Wie du meinst." Geraldine sah alles andere als erfreut aus. Was sie mit den anderen gemein hatte – vor allem mit Annie – die dafür aber einen anderen Grund hatte:

„Vorher sollten wir uns erstmal einem Problem zuwenden, das wir dabei kriegen: das Geld."

„Ja, das ist ein Problem." nickte Geraldine genervt, „sagt Lotta – äh, Gott."

„Meine ich nicht." entgegnete Annie, „sie will, dass wir das Zentrum verkaufen. Aber sie hatte anscheinend nicht alle Informationen. Das ist ja nicht nur unser Geld, was hier drinsteckt. Hier ist auch die Kirche beteiligt."

Z hob die Hände: „Das wissen wir. Und wir wissen auch, dass uns die Kirche nichts kann."

„Solange das Zentrum in unserem Besitz ist. Dann gilt es als getätigte Investition. Aber wenn wir verkaufen, liquidieren wir uns ja."

Z kratzte sich am Kopf: „Liquidieren?"

Geraldine tat es ihm gleich: „Und: wir uns?"

„Ach..." Annie brummte ungehalten, „wir kriegen Geld dafür. Und dieses Geld ist ja quasi... frei. Zur Verfügung. Da werden sie wahrscheinlich nicht sagen ‚Behaltet es einfach'. Und rechtlich könnte ich mir vorstellen, dass sie durchaus einen Anspruch darauf haben, ihre Investition zurückzubekommen, wenn aus dem Projekt nichts wird. Sonst bereichern wir uns ja an ihnen. Finanziell."

„Wir müssen es also zurückgeben." Geraldine ließ den Kopf hängen.

„Wahrscheinlich."

„Und da führt kein Weg dran vorbei."

„Nun..." Annie tippte sich vielsagend an die Lippen, „Lotta war ja nicht spezifisch. Im Gegenteil: Sie meinte, wir könnten diesen Teil behalten. Also sollte nichts im Wege stehen, dass wir versuchen, möglichst gut dabei weg zu kommen."

Z zog die Brauen hoch: „Wie das?"

„Wir hatten zwei Posten: den Kauf und die Sanierung. Die Kirche hat uns das Geld einfach so gegeben. Es wurde nicht vereinbart, für was genau es bestimmt war. War auch nicht notwendig, denn es war ja ein Projekt mit einer Gesamtsumme. Nun aber können wir uns zu Nutze machen, dass es aus zwei Bereichen besteht. Wenn wir es schaffen, die Aufstellung so zu

machen, dass möglichst viel Geld von der Kirche in die Sanierung fließt...
dieses Geld ist ja weg. Auch für uns. Dann bliebe aber vom Verkaufspreis
mehr für uns. Darf natürlich nicht zu auffällig sein."
„Wie willst du das denn anstellen?" hakte Z nach.
„Ich denke nicht, dass sie verlangen, dass ich alle Rechnungen vorlege."
erklärte Annie, „ihnen reicht bestimmt eine selbst angefertigte
Kostenübersicht. Und wenn ich da ein wenig an den Summen ruckele...
Sanierung hoch, Kaufpreis runter... dann kann ich auch den Verkaufspreis
niedriger ansetzen. Und wenn wir ,weniger' kriegen, können wir ihnen
auch weniger geben."
Geraldine bekam große Augen: „Das kriegst du hin?"
„Schon."
„Dann probier' mal."
„Mit eurer Zustimmung." Annie sah die beiden an – und brauchte gar nicht
lange zu warten:
„Hast du." sagte Z prompt – und Geraldine setzte hinzu:
„Nick, nick."

38

Sie gaben sich gar nicht erst Mühe, ihre schlechte Laune zu verbergen und
so setzten sich Becka, Nils und Jonathan einfach nur schweigend hin und
schauten sie an. Z entschied sich für die kurz-und-schmerzlos-Variante:
„Ihr habt mitgekriegt, dass Lotta da war. Mit einer Botschaft. Wir müssen
hier raus. Was wir hier tun, gefällt Gott nicht."
„Du meinst die Runden im Schwimmbecken und die Sonnenbäder im
Garten?" erwiderte Becka ironisch, „wie kann er nur?"
„Haha."
„Z – ehrlich. Du hast nicht vorausgesehen, dass das kommt?"
„Du etwa schon?" zischte Z zurück.
„Natürlich." nickte sie, „Nils auch. Jonathan..." Sie sah diesen an, der den
Kopf schüttelte:
„...nicht. Aber ich glaube auch nicht, was ihr glaubt."
„Und ihr habt nichts gesagt." Geraldine verzog verärgert das Gesicht.

„Es ist ja nicht so, als fänden wir es hier nicht schön." verteidigte sich Nils, „wir wollen das nicht aufgeben. Und wir wollten es bestimmt nicht selbst in Gang bringen. Sondern so lange genießen, wie es läuft. Aber dass irgendwann irgendwas geschehen würde, war uns durchaus klar."

„Herzlichen Glückwunsch – richtig gedacht: es ist passiert. Fühlt ihr euch jetzt toll?"

Becka und Nils warfen sich einen Blick zu – und entschieden, nicht auf diese Provokation einzugehen:

„Was heißt das im Klartext?"

„Woanders hinziehen. Verkaufen. Von dem Erlös leben." fasste Z es zusammen, doch Becka fehlte dabei etwas:

„Arbeiten gehen?"

„Es ist nicht wenig, was wir bekommen werden." erklärte Annie hastig.

„Nicht deswegen. Es gehört sich einfach, dass man arbeitet. Als normaler Mensch." Becka blickte Z herausfordernd an – der allerdings ein gutes Argument dagegen vorbringen konnte:

„Es steht zu erwarten, dass wir unsere Gaben wiederkriegen, wenn wir das richtig machen."

„Es steht zu befürchten, meinst du wohl." korrigierte sie und versetzte damit alle in Erstaunen:

„Wie?"

Sie seufzte: „Ich habe mich wesentlich mehr darüber gefreut, dass deine Gabe weg war, als du am Anfang. Und daran hat sich nichts geändert. Ich habe dich mit oder ohne Gabe lieb. Aber du bist mir ohne Gabe lieber."

„Schön formuliert." stimmte Nils zu, „und treffend."

„Danke."

„Ihr wollt das also nicht." Geraldine sah Nils an, der die Achseln zuckte:

„Haben wir eine Wahl?"

Sie ahmte das nach: „Genauso sehr wie wir, schätze ich mal."

„Wann ist es soweit?" erkundigte sich Jonathan.

„Wir haben keine zeitlichen Vorgaben." erwiderte Annie, „wir sind schon dabei, die ersten Dinge zu klären. Dann kommt es darauf an, wie lange es dauert."

„Und womit können wir rechnen?" ging es von Becka weiter. Das verstand zunächst niemand, daher setzte sie nach: „Na – Geld. Ihr verkauft und lebt dann davon. Mit welcher Summe kalkuliert ihr da?"

„Wissen wir noch nicht." gestand Z, „kommt darauf an, was wir bekommen. Brauchen wir das jetzt schon?"

„Wenn wir uns eine Wohnung suchen sollen, müssen wir wissen, was wir ausgeben können."

„Dann verkaufen wir erst und suchen dann. Wir haben ja noch das Haus. Da können wir zur Not eine Weile unterkommen."

Geraldine starrte ihn an: „Bei Miguel?"

„Zur Not." wiederholte er schnell.

„Wir brauchen nicht zu suchen." klinkte sich Nils ein, „ich habe noch eine Wohnung."

„Ich habe auch eine Wohnung." schloss sich Jonathan an. Annie allerdings schloss sich nicht Geraldines erleichtertem Lächeln an:

„Aber da kann ich nicht einziehen."

„Weil?"

„Wir nicht verheiratet sind."

Jonathan blinzelte verwirrt: „Ich dachte, das Thema wäre durch?"

„Wir haben Sex. Ja. Und unsere Freunde hier wissen das auch. Und akzeptieren es. Freude, Freude." Annie rümpfte die Nase, „aber viele andere wissen es nicht. Und würden es nicht akzeptieren."

„Wo ist der Unterschied?"

„In der Öffentlichmachung. Wenn wir einfach Sex haben, kriegt das keiner mit. Wenn wir zusammenziehen, sehr wohl."

Jonathan legte den Kopf schief: „Ich verstehe ja nicht viel von Gott. Aber diese Logik scheint mir nicht nach seinem Geschmack zu sein. Du tust etwas, was er dir verbietet – kein Vorwurf von meiner Seite – und findest das okay. Aber wenn es jemand rauskriegt, ist das nicht okay."

„Ich..." Mehr viel Annie nicht dazu ein – und Jonathan setzte noch eins drauf:

„Eigentlich seid ihr genauso wie alle anderen: Das Bild nach außen zählt. Innen dürft ihr machen, was ihr wollt."

„Na – so pauschal kann man das nun auch wieder nicht…" versuchte Z,
Annie zur Hilfe zu kommen, die sich in diesem Moment allerdings für einen
anderen Ausweg entschied:
„Sparen wir uns die Diskussion. Ich werde es nicht tun und fertig. Ich ziehe
zurück ins Haus."
„Damit du dann heimlich jede Nacht bei mir schlafen kannst so wie ich
heimlich jede Nach hier geschlafen habe." vermutete Jonathan.
„So in etwa."
Er schlug sich auf die Stirn: „Wenn Gott das gut findet, nimmt er Drogen."
„Jonathan."
„Er hat schon Recht." schaltete sich Becka ein, „das dürfte Gott… aber es ist
deine Entscheidung. Und keiner von uns ist in einer Position, dir
Vorhaltungen zu machen."
„Dann wäre das geklärt." Annie lächelte überbreit, „und wir können alle
gemeinsam Becka und Z beim Suchen helfen."
„Wenn es verkauft ist." fügte Z hinzu und sie nickte:
„Wenn es verkauft ist."

39

„Ich habe leider einen wesentlichen Punkt übersehen." Annies Miene
drückte tiefste Enttäuschung aus, von der sich Geraldine gar nicht erst
anstecken lassen musste:
„Den Satz höre ich öfter in letzter Zeit."
„Aber nicht nur von mir. Und auch über dich."
„Wegen mir. Was denn?"
„Miguel." Annie seufzte, „er kannte die Zahlen. Er hat ja mit der Kirche
verhandelt. Ich hätte nicht gedacht, dass er sich daran noch erinnern kann.
An die Gesamtsumme, meine ich. Aber er gehört leider zu den Leuten, die
sich so etwas merken."
„Heißt?" bohrte Z – Böses ahnend – nach:
„Ich bin mit meiner Aufstellung nicht durchgekommen. Ich konnte es
zumindest mit viel Gewinde und Gestotter so hinbiegen, dass es wie ein
Unfall aussah. Er hat ja anscheinend sowieso keinerlei Respekt mehr vor

uns. Da ist das jetzt ein weiterer Bereich, wo er mich für unfähig hält. Aber zumindest ist er nicht sauer geworden."

„Heißt?" fragte Z ein weiteres Mal und setzte dann noch „für uns?" hinzu.

„Wir haben die Kosten nun in beiden Bereichen hälftig aufgeteilt."

„Finanzdeutsch." brummte Geraldine.

„Wir haben eine Summe investiert und sie haben eine Summe investiert." bemühte sich Annie um eine verständliche Erklärung, „von unserer Summe fließt ein Teil in den Kauf und ein Teil in die Sanierung. Von ihrer Summe auch. Die Sanierung ist futsch. Für beide Seiten. Das andere wird aufgeteilt. Jedem der entsprechende Teil – in einem gerechten prozentualen Verhältnis."

„Gerecht." Geraldine zog die Brauen hoch.

„In Anführungsstrichen. Beziehungsweise: Jetzt ist es wirklich komplett gerecht. Ich wollte es für uns gerechter machen. Aber das..."

„Also weniger für uns." fasste Z es zusammen.

Annie wippte mit dem Kopf: „Es ist ordentlich. Aber es hätte mehr sein können."

„Und wir sollten nicht noch mal versuchen, da bei dem Freund von deinem Vater...?" wandte sich Geraldine an Z, aber dieser kam gar nicht dazu, zu antworten, da Annie schneller war:

„Spar dir die Mühe. Miguel kennt die Rechtslage auch. Mindestens mal, weil er sich schon im Zusammenhang mit seiner ersten Forderung informiert hat. Wir konnten auf das Zentrum pochen. Weil es nicht aufteilbar ist und wir die Kirche nicht hätten auszahlen können. Aber bares Geld zu verteilen..."

„So ein Pech." Geraldine schnippte genervt mit den Fingern.

Auch Zs Miene verfinsterte sich: „Dann wird es jetzt also ernst."

„Ja." nickte Annie, „wir sollten uns dranmachen. Wohnung suchen, Verkauf anleiern."

„Letzteres zuerst." erinnerte er sie.

„Schon klar."

„Wie?" kam es von Geraldine.

„Übers Internet." gab Z zurück.

„Nicht mit einem Makler?"

„Ich kenne mich da nicht aus."

„Dann sollten wir uns jemanden suchen, der sich damit auskennt." schlug
Annie vor.

Z legte die Stirn in Falten: „Kennst du da wen?"

„Nein. Aber wir sind alle in einer Gemeinde. Fragen wir rum."

Er hob den Daumen: „Ausnahmsweise mal eine gute Idee."

40

Sie saß auf dem Bett und drehte das Foto zwischen den Fingern hin und her.
Sie hatte eine Entscheidung zu treffen. Eine Entscheidung, die ihr Leben
nachhaltig verändern würde. Und nicht nur das ihre. Doch es gab für beide
Richtungen Argumente, die nicht von der Hand zu weisen waren und diese
abzuwägen, schien ihr schier unmöglich. In der Hoffnung, dadurch auf den
richtigen Weg zu kommen, wanderte sie in Gedanken zurück. Zurück an
den Anfang.

Das Erste, woran sie sich erinnern kann, ist der Lärm, den ihre Geschwister
veranstalten. Sie ist die Jüngste. Und zumindest in den ersten Jahren ihres
Lebens glaubt sie, das sei ein Nachteil. Weil sie immer am wenigsten darf
und immer am wenigsten kann. Doch dann merkt sie, dass die Jüngste auch
immer die Behütetste ist. Das lernt sie, auszunutzen. So kriegt sie am
meisten und muss am wenigsten dafür tun. Mit dem Älterwerden merkt sie
allerdings, dass der Begriff ‚tun' in ihrer Familie nicht übermäßig
großgeschrieben wird. Im Vergleich zu anderen zumindest. Der Einzige,
der viel tut, ist ihr Vater. Er arbeitet – rund um die Uhr, wie es scheint. Er
tut das nicht ohne Grund. Er will seiner Frau und ihren vier Kindern ein
wunderschönes Leben bieten. Ein Leben im Luxus. Wo es an nichts mangelt
und an nichts fehlt. Ihre Mutter weiß das zu schätzen. Es ist der Grund,
weswegen sie ihn geheiratet hat. Das sagt ihre Mutter natürlich nicht laut –
erst viel später erfährt sie es. Doch bis dahin steht ihr noch ein weiter Weg
bevor. Auf dem sie feststellen muss, dass die Diskrepanz zwischen ihr und
ihren Geschwistern nie kleiner wird – auch nicht mit zunehmendem Alter.
Sie ist nicht zu allen gleich groß. Zwischen ihnen allen gibt es Abstufungen.
Ihr ältester Bruder darf am meisten, sie am wenigsten. Das ist gerecht. Und
trotzdem ärgerlich – wenn man ganz am Ende steht. Aber sie lernt, sich zu

behaupten – indem sie beobachtet. Und übernimmt. Hauptsächlich von ihrer Mutter. Die dank gespielter Hilflosigkeit gegenüber Höhergestellten und übertriebener Herrschsucht gegenüber Tiefergestellten immer bekommt, was sie will. Ohne auch nur einen Finger krumm zu machen. Das gefällt ihr. Das will sie auch. Und stellt sich als gute Schülerin heraus. Bei ihrer Mutter klappt es nicht. Die kennt die Methoden viel zu gut, um selber darauf hereinzufallen. Doch sie blockiert sie auch nicht. Genauso wenig, wie ihre anderen Geschwister. Die nun zwei Beispiele für ein leichtes Leben haben. Und sich selbige auch nehmen. Irgendwann ist ihr Vater der Einzige in der Familie, der sich noch bei irgendetwas richtig anstrengt. Was ihm sauer aufstößt. Das ist der Moment, in dem der Zweikampf beginnt. Mit seiner Frau. Seine Prinzipien gegen ihre Prinzipien. Seine Einstellung gegen ihre Einstellung. Sein Konzept gegen ihr Konzept. Er nimmt seine Kinder zur Seite – einzeln, in der Gruppe. In den wenigen Stunden, die er zuhause verbringt. Er erklärt ihnen den Zusammenhang zwischen Arbeit und Erfolg. Spricht über die Genugtuung, die man empfindet, wenn man seiner Hände Werk betrachten kann. Er klärt sie auf, was es bedeutet, ein Macher zu sein. Einer, der sein Schicksal selbst bestimmt. Sich Chancen und Möglichkeiten schafft. Durch konsequentes Voranschreiten. Durch Willen und Einsatz. Sie hören zu. Sie nicken. Sie lächeln. Sie versprechen, darüber nachzudenken. Oder sogar, danach zu leben. Sie alle tun das. Und wenden sich dann ihrer Mutter zu. Denn im Kindes- oder Jugendlichenalter ist die Aussicht auf einen freien Nachmittag wesentlich verlockender als jegliche Befriedigung, die man aus der Erledigung einer Aufgabe gewinnen kann. Ihre Mutter erzählt ihnen auch etwas. Das ist der Punkt, wo die Kinder erfahren, warum sie geheiratet hat. Weil sie wusste, dass sie mit so einem Mann ihre eigene Philosophie problemlos durchziehen kann. Das gefällt ihnen besser. Für ihre Brüder ist das schwerer. Glauben sie zumindest. Weil sie denken, es sei schwieriger, eine hart arbeitende Frau zu finden. Ihre Schwester und sie sehen da kein Problem. Und schließen den Pakt, sich gegenseitig bei der Suche zu helfen.

Als sie älter werden, ändert sich etwas. Sie bekommen mehr Freiheiten. Und können diese nutzen, um nicht nur die eigene Freizeit zu genießen, sondern auch das Geld, das ihr Vater mit nach Hause bringt. Es ist eine ganze Menge – genug für jeden. Und genug für jede Menge Partys. Ihre Partys sind berühmt. In der Schule, in allen Vereinen. Es gibt eine Alterseinschränkung: niemand, der älter ist als ihr ältester Bruder; niemand, der jünger ist als sie. Das passt auch, denn genau in dieser Spanne befinden sich alle ihre Freunde. Sie feiern oft und lange, laut und ausschweifend. Sie machen sich keine Gedanken, wen es stören könnte – ihr Haus steht frei auf einem großen Grundstück. Sie machen sich keine Gedanken, wer hinterher aufräumt – sie haben eine Putzfrau. Das Leben, könnte man sagen, gleicht schon fast einer einzigen Party. Und sie genießt es in vollen Zügen.

Dann kommt der Tag, an dem ihr ältester Bruder das Haus verlässt, um studieren zu gehen. Die Partys gehen ohne ihn weiter, doch sie sind nicht mehr wie vorher. Kurze Zeit später geht ihr nächster Bruder. Dann ihre Schwester. Sie könnte alleine weiterfeiern, aber das macht ihr keinen Spaß. Die Geschwister haben Erfolg mit ihrem Studium. Denn bei aller Faulheit sind sie allesamt nicht dumm. Und wenn sie wollen, können sie auch leisten. Sie geht als letzte. Zieht hinaus in eine ihr unbekannte Welt. In der alles ganz anders funktioniert, als sie das gewöhnt ist. In der sie auf einmal für alles Verantwortung trägt, was mit ihr zu tun hat. Sie sich selbst organisieren muss. Das gefällt ihr nicht. Sie will, dass es wieder so wird wie vorher. Ihr Studium ist leicht und so hat sie Zeit, sich darum zu kümmern. Sich die richtigen Freunde zu suchen. Freunde, die sie versorgen. Und die als Gegenleistung Bezahlung verlangen. Nicht bar auf die Hand. Sondern in Form von Geschenken. Oder eben Partys. Aber das Geld, das sie von zuhause kriegt, reicht dafür nicht. So schaut sie sich weiter um. Und wird fündig. Ein Mann an ihrer Uni. Er gefällt ihr nicht sonderlich. Doch er dient ihrem Zweck. Sein Vater hat auch sehr viel Geld. Und weitaus weniger Skrupel, ihn damit zu versorgen. Oder er hat keine Skrupel, es sich zu beschaffen. Das weiß sie nicht. Und fragt auch nicht. Weil sie sein Geld gut gebrauchen kann. Um die Leute um sie herum glücklich zu stimmen. Und sich dadurch auch. Der Mann will natürlich auch eine Gegenleistung. Sie – ihren Körper. Den gibt sie ihm. Nicht gerne. Aber es stört sie auch nicht weiter. Emotionale Bindung ist für sie nicht weiter wichtig – eine Beziehung nur Mittel zum Zweck. Er gibt sich genug Mühe, dass sie sich befriedigt fühlt – auch, wenn es nicht schön mit ihm ist. Als sie mit dem Studium fertig ist, steht sie erneut vor einer Veränderung. Doch dieses Mal muss sie sich nichts neu erarbeiten. Der Mann ist nach Hause zurückgekehrt und hat einen Posten in der Firma seines Vaters angenommen. Ein Posten, der nichts weiter ist als ein familiäres Geschenk. Sein Vater hätte gerne, dass er sich reinhängt. Dass er alles für die Firma gibt. Damit sie gesichert ist. Aber dazu hat er keine Lust. Er hat gelernt, geschäftig zu tun. Große Reden zu schwingen. Sich mit den richtigen Leuten gut zu stellen. So wirkt er wichtig, obwohl er es gar nicht ist. Erfolgreich, obwohl er keinen hat. Auch sein Vater merkt davon nichts. Auch nicht davon, dass er sich an der Firmenkasse bereichert. Sein eigenes Vermögen aufstockt. Auf Kosten der Leute, die alles für ihn geben. Er ist darin schon gut, als sie ihm folgt. Er war früher fertig als sie und die letzten zwei Jahre mussten sie auf die Ferne zusammen sein. Doch das hat funktioniert. Weil ihre Beziehung funktioniert. Genauso wie die ihrer Eltern: Körper gegen Geld. So geht sie ihm nach. Einen Job sucht sie sich nicht. Das will sie nicht. Und das will auch er nicht. Denn er muss ziemlich viel Zeit in der Firma verbringen. Um den Schein zu wahren. Und dann hat er es gern, wenn er empfangen wird. Von einer schönen Frau in schicken Klamotten mit einem leckeren Essen. Das ist altmodisch und klischeehaft. Aber sie nimmt es in Kauf. Weil es ihr ermöglicht, ihren eigenen Lebensstil aufrecht zu erhalten. Und sie die viele Zeit, die er beschäftigt ist, für sich haben kann. Sie ist glücklich. Nicht mit der Beziehung. Aber mit allem anderen.

Und dann kommt er – der Mann, der ihr ganzes Leben verändert. Auf einer Familienfeier. Seiner Familie. Einer der wenigen, der sie beiwohnt. Er lässt sie meistens außen vor. Was sie nicht stört. Denn sie hat sowieso keine Lust auf seine Familie. Eher auf ihre eigene Familie. Doch dieser Kontakt ist längst abgebrochen. Keines ihrer Geschwister hat versucht, ihn aufrecht zu erhalten. Sie ebenso wenig. Ihre Mutter schon gar nicht. Ihr Vater schreibt ihr ab und zu. Aber seine Briefe sind meist belehrend und sollen sie zur Umkehr bewegen. Was sie nicht will. Der Mann, den sie trifft, will sie nicht zur Umkehr bewegen. Und doch wird er dafür sorgen, dass sie genau das tut: umkehren. Bis dahin allerdings steht ihr noch ein weiter Weg bevor. An dessen Anfang die Erkenntnis steht, dass die Liebe – die sie geglaubt hatte, steuern und nach ihren Prioritäten ausrichten zu können – gnadenlos zuschlagen kann, wenn man am wenigsten damit rechnet. Und sich dann nicht mehr bändigen lässt. Er ist der Bruder des Mannes an ihrer Seite. Von dem sie schon einige Geschichten gehört hat. In der Regel abfällige. Denn er ist genau das Gegenteil von ihm. Und damit eigentlich auch das Gegenteil von ihr. Er arbeitet ebenfalls in der Firma des Vaters. Doch er arbeitet wirklich. Und hart. Er bemüht sich. Nicht, um dem Vater zu gefallen. Sondern, weil er es als seine Pflicht ansieht. Das ist das, was sie gehört hat. Und es stimmt wirklich. Er streitet es nicht ab, als sie ihn darauf anspricht. Er dagegen sagt kein böses Wort über seinen Bruder. Dazu hat er auch keine Notwendigkeit. Denn auch er ist davon überzeugt, dass sein Bruder ein hart arbeitender Mensch ist. Das Blenden, das eigentlich nur für den Vater gedacht war, hat auch ihn getroffen. Sie korrigiert ihn nicht. Weil sie keinen Familienstreit vom Zaun brechen will. Und weil sie weiß, dass es ihr schadet, wenn es herauskommt. Dass sie ihn alle falsch einschätzen. Aber sie würde ihn gerne korrigieren. Weil er ihr gefällt. Weil sie schon nach wenigen Minuten in seiner Nähe genau das empfindet, was ihr in all den Jahren zuvor selbst in den intimsten Momenten gefehlt hat. In ihrem Kopf tut sich ein Zwiespalt auf. Zwischen dem Weg ihres Herzens und dem Weg ihres Kopfes. Ihr Herz will den Bruder. Den neuen Mann in ihrem Leben. Mit dem sie sich nie speziell verabredet und dem sie daher nur ab und zu ,zufällig' über den Weg läuft. Ihr Herz will ihn, weil er Gefühle in ihr auslöst, die sie glaubte, gar nicht zu haben. Weil er ihr guttut auf einer Ebene, die sie längst vergessen oder verdrängt hatte. Ihr Kopf dagegen will den alten Mann in ihrem Leben. Bei dem sie wohnt. Mit dem sie schläft. Der ihr nach wie vor nichts anderes gibt als das, was sie von Anfang an wollte: Luxus und die Freiheit, ihn zu genießen. Der Kampf geht eine ganze Weile. Ihr Kopf gewinnt. In der Hauptsache, weil der Bruder nichts zu ahnen und auch nicht zu verstehen scheint. Für ihn ist sie nur die Freundin seines Bruders. Mit der man mal nett zwischendurch plaudern kann. Sie hat schon den Eindruck, dass auch er etwas für sie empfindet. Doch er äußert sich nie. Und macht auch keine Anstalten, ihr näher zu kommen. Das liegt natürlich daran, dass er viel zu ehrenhaft ist, um in die Beziehung seines Bruders einzugreifen – seine eigenen Gefühle gänzlich außer Acht lassend. Doch das wird sie erst sehr viel später erfahren. Sehr viel später. Zunächst fällt die Entscheidung – weiterzumachen wie bisher. Ihn zu verdrängen und ihre eigentliche Reihenfolge wieder herzustellen. Kurze Zeit später geht es schief. Ziemlich schnell. Der Tag, an dem der Mann an ihrer Seite nach Hause kommt und ihr befielt, einen Koffer zu packen, ist für sie verwirrend und sie schaltet schon bald in den lange antrainierten Modus, in dem ihr alles egal ist und sie einfach nur reagiert, ohne nachzudenken. Sie fahren weg. Weit weg. Und die wenigen Informationen, die sie in ihr Bewusstsein sickern lässt, zeigen ihr an, dass dieser Urlaub kein festgelegtes Enddatum hat. Das widerstrebt ihr und sie beginnt, sich doch eingehender mit dem zu beschäftigen, was um sie herum geschieht. Sie muss weder suchen, noch betteln. Er erzählt ihr alles bereitwillig. Weil er stolz darauf ist und davon ausgeht, dass sie es auch ist. Zu einem früheren Zeitpunkt wäre sie das auch gewesen. Sie hätte gelacht und mitgemacht. Doch sein Bruder hat Spuren in ihr hinterlassen. Die nicht einfach verschwinden, nur weil sie sich von ihm losgesagt hat. Ihr Herz ist angerührt und stößt nun ihr Gewissen an. Sie folgt dem, was dieses ihr sagt. Und bringt dadurch den Stein ins Rollen. Es endet böse. Für sie und für ihn noch viel mehr. Sie findet sich in einer Zelle wieder. Die so klein und so spärlich ausgestattet ist, dass sie sich schon am ersten Tag das Leben nehmen will. Aber dann beginnt etwas in ihr zu sprießen, das sie vorher nicht kannte: der Wille, es zu schaffen. Auf einmal klingen die Botschaften ihres Vaters wieder in ihren Ohren. Und zum ersten Mal klingen sie nicht hohl und abgedroschen, sondern sinnbringend und mutmachend. Sie nimmt sie sich zu Herzen. Sie rappelt sich auf. Und als sie wieder freikommt, ist sie ein anderer Mensch. Und auch auf anderen Ebenen hat sie sich verändert. Am liebsten würde sie zu seinem Bruder gehen. Stattdessen geht sie zu dem Mann, der früher an ihrer Seite war. Er ist noch eingesperrt. Sie hat die Hoffnung, dass er sich auch verändert hat. Oder verändern kann. Wenn sie ihm hilft. Aber das Gespräch zerstört diese Hoffnung. So geht sie doch zu seinem Bruder. Mit einem Schlag sind die Liebesgefühle wieder da. Und die Schuldgefühle gleich mit. Denn er musste leiden unter dem, was passiert ist. Nicht lange, aber intensiv. Und das sieht sie ihm an. Sie merkt, dass sie ihm so nicht mehr gegenübertreten kann. Dass es nicht gut für ihn wäre, wenn sie sich zu einem Teil seines Lebens machte. Und dass es auch nicht gut für sie wäre. Sie hat die Chance auf einen Neuanfang. Und dieser muss komplett erfolgen. Sie muss all das hinter sich lassen. Sie kann nichts davon mitnehmen. Genau das tut sie – sie lässt es alles hinter sich. Alle Freunde, alle Verwandten, alle Bekannten. Sie bricht auf in ein neues Leben. Sie versteckt sich nicht. Sie ändert nicht ihren Namen. Wer sie finden wollte, könnte das auch. Und sie würde sich finden lassen. Sie würde sich niemals verstecken. Doch von sich aus geht sie nicht auf die Suche. Nicht nach etwas oder jemanden, der mit ihrer Vergangenheit zu tun hat. Sie hat den Blick in die Zukunft gerichtet. Und nur dorthin.

41

Es war nicht weiter schwierig, das Zentrum anzubieten. Sie kannten zwar keine Leute aus der Immobilienbranche, doch dank der Kontakte, die sie in ihren Gemeinden nach wie vor hatten, bekamen sie einige solche genannt und suchten sich einen davon heraus, der die entsprechenden Maßnahmen in Gang setzte. Viel Hoffnung machte er Ihnen allerdings nicht. Dafür gab es zu wenige Firmen, die die richtige Größenordnung und gleichzeitig die finanziellen Mittel mitbrachen. Doch das störte die Freunde nicht, denn der Verkauf war ja nicht ihre Idee gewesen und sie waren so oder so abgesichert.

42

Das Leben ging also erst einmal weiter wie vor Lottas Besuch. Abgesehen von der Gewissheit, dass dies mit einem – noch unbestimmten – Enddatum versehen war. Weswegen sich zumindest Becka auch schon ein wenig auf dem Wohnungsmarkt umschaute. Die anderen hätten theoretisch sogar schon umziehen können, doch sie hatten vereinbart, dass sie das erst tun würden, wenn alle neu untergebracht waren. Die Tage vertrieben diese bevorstehende Veränderung allerdings weitestgehend wieder aus ihren Köpfen und so kam Geraldine endlich dazu, sich mit einem anderen – wenn auch wesentlich kleineren – Problem auseinanderzusetzen.
„Jonathan." fing sie Annies Freund eines Nachmittags an der Haustür ab.
Er blieb stehen: „Geraldine."
„Du und ich." fuhr sie fort – was für ihn nicht unbedingt aussagekräftig war:
„Ich und du?"

„Wir verstehen uns nicht so gut."

Er nickte: „Das ist wahr."

„Woran liegt das?"

„Überflüssige Frage." entfuhr es ihm – und Geraldine sah ihre Befürchtungen bestätigt:

„Aber wir haben doch darüber geredet. Ich mich entschuldigt. Und du mir verziehen."

„Hm..." Jonathan legte zwei Finger an die Lippen, „dann ist es wohl doch keine so überflüssige Frage. Mit entschuldigen und verzeihen ist es nicht getan. Man muss es auch verkraften. Du hast da einen Vorteil: Für dich ist das wie ein verschwommener Traum. Für mich nicht."

Sie sah ihn erschrocken an: „Du hast Stress damit?"

„Es ist mir schlicht und ergreifend peinlich." erklärte er, „du saßt nackt auf mir. Und ich habe nun mal keinerlei Gefühle für dich. Die habe ich für Annie. Die bei der Sache ein paar Meter entfernt saß. Das macht die Sache doppelt schlimm. Ich fühle mich dir gegenüber komisch. Und ihr gegenüber. Aber bei ihr kann ich da anders mit umgehen. Weil wir uns lieben. Und insgesamt anders miteinander umgehen. Bei dir... fällt mir schwer."

Sie biss sich auf die Lippen: „Kann ich etwas tun?"

„Wüsste nicht was. Aber ich lasse es dich wissen, wenn mir etwas einfällt."

„Und bis dahin?"

„Wirst du dich damit abfinden müssen, dass deine kleine Eskapade Spuren hinterlassen hat."

43

Es geschah am Sonntag danach, dass ihr Leben eine ungute Wendung nahm. Annie war im Gottesdienst und bekam am Rande mit, dass am Tag zuvor die Veranstaltung mit dem Prediger stattgefunden hatte, die vor einiger Zeit angekündigt worden war. Da sie keinen Bedarf verspürte, sich mit ihm zu befassen, beteiligte sie sich nicht an den Gesprächen darüber. Doch es fiel ihr auf, dass einige Leute sie ziemlich seltsam ansahen und sie fürchtete schon, dass der Prediger sie am Ende doch in seiner Ansprache erwähnt hatte. Nach dem Gottesdienst nahm Maximilian sie bei Seite und sie sah sich schon in ihrer Vorahnung bestätigt. Es kam jedoch ganz anders: „Annie... wir müssen da was besprechen." Er klang mehr als unglücklich und sie beschloss, es einfach über sich ergehen zu lassen:

„Wegen gestern."

„Gestern?" wiederholte er verdutzt, „was war gestern?"

„Diese Veranstaltung."

„Ach... ja. Da war ich nicht. Wollte eigentlich. War dann aber am Telefon."

Nun war Annie verdutzt: „Am Telefon."

„Nicht so wichtig." wiegelte er hastig ab, „hat nichts zu tun mit..."

„Was ist denn?"

Maximilian atmete tief ein: „Wie du weißt, bin ich nicht so der Internetnerd. Mit überall angemeldet sein und ständig da rumhängen. Aber andere Leute sind das. Leute, mit denen ich befreundet bin. Namen nenne ich nicht, denn es ist ihm hochnotpeinlich."

„Was denn?" Annie runzelte die Stirn, „es gibt keine Nacktfotos von mir."

„Beruhigend. Und doch bist du leider ziemlich nahe dran."

Annie zuckte zusammen: „Ähm..."

„Er ist da über etwas gestolpert." fuhr Maximilian seufzend fort, „auf einer Videoseite."

„Video? Es gibt auch keine..."

„Nein. Es ist auch kein Video. Ich meine... es ist Audio. Mit schwarzem Bildschirm."

„Hä?"

„Man kann auf einer Videoseite auch etwas veröffentlichen, was keine Bilder hat, sondern nur Ton." klärte er sie auf, „viele machen dann eine Präsentation mit Fotos oder ein nettes Bild. Bei dir... dem... war nur schwarz. Aber der Ton war deutlich. Und... nun... deine Stimme auch."

„Meine Stimme?" stieß Annie hervor, „im Internet?"

Maximilian nickte: „Ja."

„Was sage ich denn?"

„Du erzählst. Von dir."

„Von mir?"

„Aus deinem Leben. Deiner Vergangenheit."

„Vergangenheit?" Etwas in ihr machte ‚Klick', „Moment. Vergangenheit. Soll das etwa heißen... willst du damit sagen...?"

„Ich habe es ja nie gehört." erwiderte er, „aber irgendwie..."

„Weißt du, wo das zu finden ist?" unterbrach sie ihn aufgeregt.

„Ja."

„Dann komm bitte mal mit." Sie zupfte an einem Ärmel, doch er wehrte sich zunächst:

„Aber ich war zum Mittag..."

„Kannst du wann anders machen." Sie zog fester, er wehrte sich stärker:

„Wäre mir aber wichtig, das..."

„Egal, was es ist, egal, wer es ist – das hier ist wichtiger." Sie gab ihm einen Ruck – und er sich auch:

„Ich gebe mich geschlagen. Ich würde nur kurz..."

„Mach. Auf dem Weg zum Auto." Und schon war Annie davon.

Maximilian zückte sein Handy, während er ihr hinterhereilte. Das Gespräch war kurz – zumindest das, was er sagte. Annie hatte dennoch so einen Verdacht, worum es ging:

„Ein Date?"

„Äh – so ähnlich." Er lief ein wenig rot an – was Annie sah, aber nicht weiter störte:

„So ähnlich."

„Sagen wir mal: ein Vor-Date."

„Auch gut. Auch schlecht." Sie blieb stehen, „davon halte ich dich jetzt ab."

„Fällt dir auf." bemerkte er trocken.

„Tut mir leid." Sie griff nach seiner Hand, „aber du kannst bestimmt verstehen, dass..."

„Kann ich. Und sie auch."

Annie nickte dankbar und fragte natürlich weiter: „Wer ist sie denn?"

Ein Lächeln huschte über sein Gesicht: „Das erzähle ich dir, wenn dafür Zeit ist. Und, wenn ich der Meinung bin, dass du es wissen solltest."

„Sie war die am Telefon." vermutete Annie, was Maximilian zunächst falsch verstand:

„Äh... ja..."

„Gestern, meine ich."

„Oh. Gestern. Ja."

Sie sah ihn an: „Mehr kommt nicht."

„Nein."

„Jetzt werde ich vor Spannung nicht mehr schlafen können."

„Das glaube ich nicht." Maximilian biss sich auf die Lippen, „ich glaube, du wirst wegen ganz anderer Dinge nicht mehr schlafen können."

44

Sie erreichten das Zentrum zur gleichen Zeit wie Z und Becka. Geraldine und Nils waren bereits da. Annie klingelte sie aus der Wohnung schon einige Minuten später waren sie um Annies Laptop versammelt.

„Kommt Jonathan nicht?" erkundigte sich Geraldine.

„Irgendwann." gab Annie zurück, „aber das betrifft ihn nicht. Von daher mache ich ihm keinen Stress. Dann kann er meinen auch später besser auffangen."

Z drehte den Zeigefinger im Kreis: „Mach es nicht so spannend."

„Ich? Gar nicht. Maximilian – bitte."

„Okay..." Maximilian rief eine Seite auf und tippte dann Annies Namen in ein Suchfeld ein. Es wurden einige Ergebnisse angezeigt, die alle gleich zu heißen schienen. Er klickte das oberste an und drückte dann auf Start. Die Datei war laut Anzeige knapp eine Stunde lang und hinter dem eigentlichen Titel mit dem Zusatz ‚Teil 1' versehen. Nach einigen Sekunden konnten sie Annie sprechen hören und es dauerte nur einige weitere Sekunden, bis sie wussten, was das war:

„Das ist meine Aufnahme." keuchte Annie, „die Z gemacht hat."

„Den ihr gar nicht anzuschauen braucht." schaltete sich dieser direkt ein – und nun sahen ihn natürlich alle an – jedoch mehr aus Überraschung:

„Hätte niemand getan." erklärte Geraldine kopfschüttelnd.

Er legte sich eine Hand auf die Brust: „Vielen Dank."

Becka wandte sich Maximilian zu: „Was hat das zu bedeuten?"

„Es bedeutet, dass jemand diese Aufnahme in die Finger gekriegt und veröffentlicht hat." kam die Antwort von Geraldine.

„Aber warum?"

Darauf wusste Geraldine keine Antwort – Maximilian dagegen schon: „Geld."

„Geld?" Becka kratzte sich am Kopf, „das ist eine öffentlich zugängliche Seite. Wie sollte man damit Geld verdienen?"

„Mit den Klicks. So ganz verstehe ich das auch nicht – gar nicht eigentlich. Aber meine versierten Freunde haben mir erklärt, dass man ziemlich reich werden kann, wenn man viele Klicks generiert. Da kommen ja diese ganzen Internetstars her. Mit ihren albernen Schmink- und Shoppingvideos und was weiß ich was für ein Kram."

„Aber warum gerade Annie?" stellte Z die nächste Frage.

Maximilian zog die Brauen hoch: „Wie meinst du das?"

„Wir haben alle Aufnahmen gemacht. Geraldine, ich. Steve und Katiana. Miguel."

„Ganz ehrlich – danach hat er nicht gesucht. Und ich auch nicht."

Annie starrte ihn an: „Gesucht? Er... er hat nach mir gesucht?"

„Das ist die andere Sache, die ihm so peinlich ist." Maximilian sah an ihr vorbei, „weswegen ich dir niemals sagen werde, um wen es sich handelt."

„Maximilian?"

„Nicht das, was du jetzt denkst." beruhigte er sie hastig, „es gibt in meinem Bekanntenkreis einfach jemanden, der dich... ich nenne es mal ‚heiß' findet. Auf eine ganz christliche ‚alle-Klamotten-noch-an'-Art. Er ist Single, möchte das aber nicht zwangsläufig sein. Verständlicherweise. Er hat eure Sendung gesehen und da hat es ihn erwischt. Wahrscheinlich hat er es ohne Ton geschaut, denn sonst..."

„Kein Sarkasmus bitte." ermahnte ihn Z, was er überging:

„Allerdings wusste er nicht, dass wir beide uns kennen, und daher hat er deinen Namen im Internet eingegeben – wie man das halt macht, wenn man mehr über jemanden erfahren will, zu dem man persönlich keinen Zugang hat."

„Nachspionieren nennt man sowas." stellte Annie empört fest.

„Ach, du..." Maximilian lächelte schwach, „wenn man verknallt ist... er hat keine Bilder von dir runtergeladen und gespeichert – das hat er mir versichert und ich glaube ihm das. Denn er ist ein guter Mensch. Und in dem Moment, wo ich ihm erzählt habe, dass du vergeben bist, war es für ihn sowieso gegessen. Also... ganz abgesehen von dieser ganzen Situation, die... Er würde dir wahrscheinlich auch so nicht mehr unter die Augen treten wollen."

„Aber das mit der Sendung ist doch schon her." warf Geraldine ein.

„Er hat einige Zeit gebraucht, sich zu überwinden. Weil er solch ein Vorgehen eigentlich genauso unschön findet wie ihr. Aber er wollte halt wirklich Kontakt mit dir aufnehmen. Von daher..."

„Schon klar." winkte Annie ab, „er hat mich also eingegeben."

„Ja. Und ist dabei auf eure Seite gestoßen. Auf der Kontaktdaten zu finden waren, allerdings natürlich nur die offiziellen für eure Arbeit. Er hat eine Weile mit sich gerungen, ob er unter der Nummer anrufen soll, und sich dann entschieden, das nicht zu tun – von wegen ‚jemand anders geht dran und wenn er nach dir fragt und erklären muss, warum er dich sprechen will...' und so. Daher hat er es zunächst ruhen lassen, dabei aber keine Ruhe gefunden, erneut einige Zeit mit sich gerungen, sich entschieden, es doch unter der Nummer zu probieren, und dabei festgestellt, dass sie nicht mehr in Betrieb ist. Also hat er von neuem gesucht in der Hoffnung, eine andere Möglichkeit zu finden, mit dir in Kontakt zu treten. Schließlich ist der Gedanke, dass du bei irgendeinem sozialen Netzwerk angemeldet sein könntest, gar nicht mal abwegig."

Annie tippte sich ans Kinn: „Gut... das ist wahr..."

„Und dabei ist er darüber gestolpert."

Annies tippen wurde schneller: „Meinst du, es würde ihm helfen, wenn ich ihm ein echtes Foto von mir gebe? Also... dir für ihn? Wir hatten ja nie richtige Autogrammkarten, aber da findet sich bestimmt was, und..."

Becka kniff die Augen zusammen: „Diese Kurve von Empörung über sein Verhalten hin zur Unterstützung dieses Verhaltens..."

„Verständnis." korrigierte Annie, „und Mitleid."

„Es ist kein ‚Verhalten'." warf Maximilian heftig ein, „er gibt nicht Abend für Abend deinen Namen ein und glotzt dann die Ergebnisse an, die erscheinen. Er hat das genau einmal gemacht. Zweimal – Entschuldigung. Er wollte deine Telefonnummer. Oder E-Mail-Adresse. Oder sonst irgendwas Vergleichbares. Er wollte dich in echt sehen – nicht auf dem Bildschirm. Und auch nicht auf dem Papier."

„Okay, okay." Becka hob abwehrend die Hände. Annie dagegen legte den Kopf schief:

„Aber wenn er mich toll findet...? Toll genug, nach mir zu suchen...? Ich aber nun mal nicht zu haben bin und... Das ist doch schade für ihn. Gerade weil er ja ein anständiger Kerl zu sein scheint. Und wenn er dann ab und zu mal einen Blick darauf...“

„Annie, das...“

„...wirft, könnte ihm das vielleicht helfen.“ beendete Annie ihren Satz.

„...halte ich für keine gute Idee.“ Maximilian den seinen.

Sie blickte ihn fragend an – und er führte es weiter aus:

„Zum einen würde er es gar nicht annehmen. Das fände er unanständig und ich finde, dass das richtig ist, dass er das fände. Und zum anderen macht es in meinen Augen keinen Sinn, jemandem hinterher zu trauern, den man nicht kriegen kann. Sowas muss man abhaken. Und nicht künstlich am Leben erhalten.“

Annie zuckte die Achseln: „Wegen mir.“

„Womit wir wieder zum richtigen Ding kommen können...“ ergriff Geraldine das Wort, „er hat nach Annie gesucht, aber nicht nach uns. Das sollten wir tun.“

„Besser ist das.“ stimmte Nils zu.

„Vorher aber noch eine Frage.“ Becka hob die Hand, „wenn er nicht wusste, dass ihr euch kennt – warum hat er es dir dann erzählt?“

„Nun.“ Maximilian schürzte die Lippen, „als er diese Aufnahmen gefunden hat, hat er in die erste reingehört – weil er zunächst natürlich dachte, es sei etwas Offizielles mit eventuell mutmachenden, gewinnbringenden Botschaften. Nach einigen Minuten war ihm klar, dass dem nicht so ist, und dann wollte er dich – Annie – umso dringender erreichen. Um dir davon zu erzählen. Nur hat er dich halt nirgendwo gefunden und so kam er auf die Idee, im Bekanntenkreis rumzufragen, ob vielleicht jemand schon mit euch zu tun hatte.“

„Das hätte er doch auch schon vorher machen können, um mich…“ setzte Annie an, aber Maximilian winkte sie still:

„Keiner gibt gerne zu, dass er in einen Fernsehstar verliebt ist. Mir hat er es auch nur erzählt, um einen legitimen Grund für seine Suchen zu liefern. Und im Gegensatz zu vielen anderen hat er sich dabei an die Wahrheit gehalten, anstatt sich irgendwelche Lügengeschichten auszudenken. Auf jeden Fall konnte ich ihm sagen, dass ich nicht nur mal mit dir zu tun hatte, sondern regelmäßig mit dir zu tun habe. Und da hat er sich entschieden, mir die Aufgabe des Weitergebens der Information... das zu übernehmen. Eben, weil es ihm so peinlich ist."

Als Maximilian nicht weitersprach, nickte Geraldine bestimmt: „Gut, dann wäre das jetzt auch geklärt." Sie warf Becka noch einen fragenden Blick zu und als diese ebenfalls nickte, fuhr sie fort: „Und jetzt: wir."

Maximilian klickte wieder in das Suchfeld und gab Geraldines Namen ein. Wieder erschienen einige Ergebnisse und wieder mussten sie nur wenige Augenblicke hören, um es zu identifizieren. Bei Z geschah das gleiche, bei den übrigen jedoch nicht.

„Also wir drei." stellte Z fest.

Und Nils setzte hinzu: „Macht Sinn."

„Macht es?" Geraldine sah ihn fragend an.

Er nickte: „Ihr seid die aus dem Rampenlicht. Und auch die mit den abgefahrenen Geschichten. Die Geschichten von Steve und Katiana und auch von Miguel sind zwar mit tragischen Familien... tragödien gespickt, aber wenn man all diese Leute nicht kennt, hat man nichts davon."

„Das ist eine Erklärung." murmelte Annie und Geraldine warf ihr einen kritischen Blick zu:

„Hast du eine andere?"

„Nein."

„Ist eigentlich auch egal. Was nicht egal ist, sind die Zahlen da unten." Z deutete auf den Bildschirm, „das sind tausende von Leuten, die sich das schon angehört haben. Und das ist unser Privatleben, das sie da hören."

Geraldine wippte mit dem Kopf: „Wir müssen das stoppen, kein Zweifel."

„Und wir müssen herausfinden, wer es veröffentlicht hat." setzte Annie hinzu, „und ihn umbringen."

„Oder sie."

„Oder sie."

„Umbringen?" Z sah die beiden Frauen an, die schnell ein wenig zurückruderten:

„Na – fast zumindest."

„Wie stoppt man sowas?" wandte sich Becka an Maximilian.

Z nickte: „Gute Frage."

„Gar nicht." erwiderte Maximilian bedrückt.

„Schlechte Antwort." entgegnete Z, was Becka genauso sah: „Erläuterung?"

„Das Internet ist eine Grauzone." führte Maximilian aus, „weil dort schlicht und ergreifend keine der deutschen Rechtsprechung unterstellte Behörde Befugnis hat. Polizei, BND, alle Institutionen, die sich mit der Verfolgung von Straftaten befassen, sind ortsgebunden. Innerhalb Deutschlands. Und ‚Ort' ist hierbei wirklich räumlich zu verstehen. Das Internet ist nach dieser Definition kein Ort. Weswegen man dort nichts verbieten kann. Im schlimmsten Fall wird es von einem Server hochgeladen, der im Ausland steht – dann gilt unser Recht nicht einmal mehr."

„Man kann dort also machen, was man will." fasste Becka es zusammen.

„Aber es werden doch immer mal wieder Leute verhaftet." wandte Annie ein, „die dort verbotene Sachen veröffentlicht haben. Oder runtergeladen."

Maximilian wiegte den Kopf hin und her: „Das ist der entscheidende Punkt: Alles, was man veröffentlicht, hat man bei sich gespeichert. Und was man runterlädt, dann auch. Dieses Speichern findet auf einem Computer statt. Der an einem Ort steht. Dagegen kann man vorgehen. Aber das klappt auch nur, wenn man weiß, wer es ist."

„Und das kann man nicht ermitteln, weil...?" Geraldine sah ihn fragend an.

„Kann man. Tut man auch. Gibt es besondere Einheiten für. Die mit Kinderpornographie, Terrorgruppen und ähnlichem komplett ausgelastet sind. Und daher für euch keine Zeit haben dürften. Was auch gut und richtig so ist. Nicht für euch. Aber es sollte klar sein, dass diese anderen Sachen..."

„Ist es, ist es. Trotzdem Mist."

Maximilian nickte schweigend. Und Nils musterte ihn misstrauisch: „Woher weißt du eigentlich so gut Bescheid?"

Maximilian sah auf: „Dieser Fund liegt schon zwei Tage zurück. Ich dachte, es ist besser, wenn ich mir erstmal alles erklären lasse, bevor ich auf dich zukomme. Und die Jungs wissen halt Bescheid."

Nils fuhr sich über die Lippen: „Das ist noch so ein Punkt, der mich stutzig macht. Du sprichst mal in der Mehrzahl und mal in der Einzahl. Wie viele sind es denn nun?"

„Das ist mir vorhin in der Gemeinde auch schon aufgefallen." schaltete sich Annie ein.

Maximilian zögerte: „Besagter Freund, der in Annie ver... der die Aufnahmen gefunden hat, gehört zu einem Hauskreis, der sich nicht nur zum Bibel lesen, sondern auch zum Computer spielen trifft. Die kennen sich alle aus. Und nachdem ich ihm zugesichert habe, dass ich es dir weitergebe, hat er mich zu ihrem Treffen eingeladen. Beziehungsweise: extra eines anberaumt, denn sie sitzen eigentlich erst übermorgen wieder zusammen. Wir haben die anderen nicht in die wahren Hintergründe... also: seine Beteiligung und so... eingeweiht. Aber grob geschildert, worum es geht. Und so bin ich in den Genuss ihres kompletten Wissens gekommen."

„Na, ob Genuss da das richtige Wort ist." überlegte Geraldine laut.

„Ich finde es schon gut, dass sie da Ahnung von haben." entgegnete Maximilian.

„Das bezog sich eher auf das Thema."

„Oh. Klar." Maximilian warf Annie einen unsicheren Blick zu. Doch diese war mit ihren Gedanken ganz woanders:

„Also können wir nichts machen."

„Wir können nichts dagegen machen, dass es dort auffindbar ist." korrigierte Nils, „aber wie Z schon gesagt hat: Der Schaden ist bereits angerichtet. Was ihr tun könnt, ist versuchen, den Täter zu finden. Und gegen den kann dann vorgegangen werden."

„Aber wie?" jammerte Annie, „das könnte jeder sein."

„Jeder?" fuhr Z auf, „glaubst du, ich verteile diese Sachen? Die Aufnahmen sind auf meinem Handy und ein paar CDs oder USB-Sticks. Die ich an ausgewählte Leute verteilt habe. Ausschließlich Leute, die dieser Gruppe angehört haben."

Geraldine legte die Stirn in Falten: „Also im Grund genau die, die auch ihre Geschichte erzählt haben."

„Nach denen wir eben gesucht haben." ergänzte Annie.

Z wippte mit dem Kopf: „Ja... die... plus..."

„Plus?" Jetzt waren wieder alle Blicke auf ihn gerichtet. Er schürzte die Lippen:

„Es gibt einen, der auch Teil dieser Gruppe war. Der es nicht mehr ist und unter unschönen Umständen gegangen ist. Der seine Geschichte auch erzählt hat. Nur haben wir sie noch nicht komplett gehört."

„Oh." machte Annie, ohne es zu verstehen.

„Oh." machte auch Geraldine, weil sie es verstand, „du meinst..."
Z nickte düster: „Ganz recht."
„Wer?" fragte Annie ungeduldig.
„Christopher."

45

Es war mehr als drei Jahre her, seit die Freunde ihn das letzte Mal gesehen hatten, doch er schien sich überhaupt nicht verändert zu haben. Entspannt blickte er sie von hinter seinem Schreibtisch an, als sie sich auf der anderen Seite niederließen und ergriff sofort das Wort:
„Wer hätte gedacht, dass wir uns nochmal wiedersehen würden?"
„Tja..." Geraldine lächelte traurig, „wir hatten eigentlich gehofft, dass wir uns nicht mehr wiedersehen würden."
Imran lachte: „Das hoffen sie alle. Zumindest meine Klienten."
„Verständlich irgendwie."
„Ja, irgendwie schon." gab er zu, „was kann ich für euch tun?"
Geraldine wollte ansetzen, ihr Anliegen vorzubringen, aber Z war schneller:
„Uns ist etwas abhandengekommen." begann er, worauf Annie sich den zwar passenden, aber dennoch verwirrenden Zusatz
„Und wieder aufgetaucht." nicht verkneifen konnte, sodass Imran sich am Kopf kratzte:
„Das klingt gut. Aber irgendwie auch abgeschlossen."
„Das kommt davon, wenn mehrere Leute gleichzeitig zu erklären versuchen." Geraldine bedachte die beiden anderen mit einem strengen Blick, „lasst mich das mal machen."
Z tippte sich an die Stirn: „Sehr wohl, Chef."
„In." korrigierte sie und sorgte damit ebenfalls für Verwirrung:
„Hä? Egal." Z winkte ab und Geraldine fuhr fort:
„Wir haben vor vielen Jahren Aufnahmen gemacht, wie wir uns gegenseitig von unserem Leben erzählen. Sollte dazu dienen, dass wir uns besser kennenlernen."
Imran nickte nachdenklich: „Ich erinnere mich. Hat Christopher nicht auch...?"

„Ja, er auch. Er ist allerdings gegangen, bevor... nicht wichtig. Wichtig ist, dass die Aufnahmen von Annie, Z und mir nun im Internet aufgetaucht sind."

„Das ist nicht schön."

„Nein." stimmte Geraldine zu, „vor allem, wenn du wüsstest, was da für Details kommen."

„Kann ich mir vorstellen."

„Dabei brauchen wir deine Hilfe." schloss sie – in dem Glauben, damit sei alles gesagt. Doch Imran war noch nicht ganz im Bilde:

„Wobei denn genau?"

„Wir wollen wissen, wer es war." fügte sie daher hinzu und Annie noch „Und es entfernen lassen." an.

Imran legte die Fingerspitzen aneinander, was Z so deutete, dass er nach wie vor nicht zufrieden war. Daher brachte er noch einen weiteren Punkt mit ein:

„Ein Bekannter meinte, das ginge nicht. Und er kennt sich aus."

„Die Bekannten von diesem Bekannten kennen sich aus." verbesserte Annie.

Z rollte mit den Augen: „Ist doch Wurscht."

Imran räusperte sich: „Ich denke, dass er da recht hat. Ich kenne mich nicht aus. Aber private Aufnahmen von privaten Leuten zu entfernen, dürfte schwierig werden. Bei Personen des öffentlichen Lebens ist das was anderes. Aber ich glaube nicht, dass ihr dafür bekannt genug seid."

„Schön wärs." seufzte Annie und Geraldine versetzte ihr einen Stoß:

„Sag das nicht."

„Ich wollte auch nur wissen, wo euer Fokus liegt." erklärte Imran, „für mich, meine ich. Ich kann versuchen, da was rauszukriegen, aber das ist eigentlich nicht meine Baustelle. Wenn ihr es also weghaben wollt, würde ich euch empfehlen, jemanden zu suchen, der sich mit den Tücken des Internets auskennt."

„Da sind wir schon drüber weg." entgegnete Geraldine, „allerdings hatte Z einen gar nicht mal so schlechten Gedanken: Wenn wir rauskriegen, wer es war, dann kommen wir bestimmt auch dahinter, wer es eingestellt hat. Vielleicht ist es sogar der Gleiche. Und dann können wir persönlich darum bitten."

„Auf die netteste Art und Weise, die uns einfällt." ergänzte Annie humorlos.

Imran wippte bedächtig mit dem Kopf: „Auch eine Möglichkeit, ja. Aber damit müsst ihr aufpassen. Denn wenn ihr dabei Grenzen überschreitet, könnt ihr selbst verklagt werden."

„Das wäre was." schnaubte Annie, „wenn der Kerl von uns noch Geld bekommt."

„Oder die Kerlin." kicherte Z.

„Das gibt es nicht."

„Warum nicht? Es gibt doch auch die Berlin."

Geraldine atmete tief aus: „Z. Bitte geh raus. Oder sei still."

„Es war meine Idee mit dem..." begehrte er auf, kam aber nicht weit: „Nur, dass du diese Idee hattest, heißt nicht, dass du das Niveau ins Unendliche sinken lassen darfst."

„Sehe ich genauso." schloss Annie sich Geraldine an.

Imran hatte diesen Austausch mit einem leichten Schmunzeln verfolgt, sah jetzt aber doch den Zeitpunkt gekommen, ein weiteres Ausarten zu unterbinden:

„Lasst uns mal geschäftlich werden."

„Bitte, gerne." gab Geraldine zurück.

Er klappte seinen Notizblock auf und zückte einen Stift: „Die ersten Fragen lauten natürlich immer: Habt ihr einen Verdacht? Gibt es jemand, der euch Böses will? Gibt es jemand, der davon profitiert?"

Geraldines Antwort war kurz und eindeutig: „Ja, ja und ja."

Was Z ein wenig abzuschwächen versuchte: „Naja... ganz so..."

Doch Annie würgte ihn ab: „Sag es einfach."

Was Geraldine auch tat: „Christopher."

Imran zog die Brauen hoch: „Euer Christopher?"

„Nicht mehr. Aber ja – der."

„Und wie...?"

„Der Fairness und der Richtigkeit halber möchte ich klarstellen, dass Geraldines Antwort nur auf die erste deiner Fragen passt." nutzte Z die Gelegenheit, dass Geraldine kurz zögerte, „auch wenn sie das gerne anders hinstellen würde. Wir haben ihn in Verdacht. Aber nur, weil er der Einzige ist, der Zugriff auf die Aufnahmen hatte, für den wir nicht bürgen können.

Dass er uns Böses will, wüsste ich nicht. Schließlich haben wir ihn fast genauso lange nicht gesehen wie dich. Und dass er davon profitiert..."

„Er kriegt Geld." warf Geraldine ein.

„Gut. Ja. Aber warum sollte er dafür ausgerechnet so etwas tun?"

„Vielleicht hat er Geldprobleme."

Z zuckte die Achseln: „Vielleicht. Vielleicht auch nicht."

„Wisst ihr, was mir gerade einfällt?" unterbrach Annie die beiden mit großen Augen. Und bekam dreimal ein

„Nein." zurück.

„Er hat uns einen Brief geschrieben. Oder genauer gesagt: Michelle."

Z blinzelte verblüfft: „Was? Wann?"

„Letztes Jahr. Oder vorletztes schon." Annie kratzte sich an der Wange, „weiß ich nicht mehr genau. Wir waren noch nicht im Zentrum, auf jeden Fall. Wir haben ihn in die Schublade gepackt. Wo auch sein Abschiedsbrief..."

„Mensch, du hast Recht." Z schlug sich auf die Stirn, „den sollten wir holen."

Das sah Geraldine nicht so: „Glaubt ihr, er schreibt uns von Geldproblemen? Kann ich mir nicht vorstellen."

„Aber schauen sollten wir." erwiderte Annie, worauf sich Geraldine an Imran wandte:

„Was denkst du?"

„Ich denke, das solltet ihr tun." antwortete dieser, „denn wenn ihr ihm Unterstellungen macht, solltet ihr alle Informationen haben."

Annie sprang auf: „Dann würden wir schnell..."

„Treffen wir uns morgen wieder." Imran hob die Hände, „dann bin ich auch in meinem richtigen Büro. Meine Frau mag es nicht, wenn ich Arbeit mit nach Hause bringe. Und ihr... seid Arbeit."

Z kicherte: „Im wahrsten Sinne des Wortes."

46

Sie fanden den Brief genau dort, wo sie ihn verstaut hatten. Miguel hatte im Wohnzimmer gesessen, als sie kamen und die Stirn gerunzelt, als sie eingetreten waren.

„Wir sind gleich wieder weg." hatte Annie ihn zu beruhigen versucht – er war dennoch aufgestanden:

„Dann mache ich euch so lange Platz."

„Er ist wirklich angefressen." bemerkte Geraldine, als sie den Brief wenig später in den Händen hielt.

Z hob eine Hand: „Gut – wir waren auch nicht sonderlich nett zu ihm in letzter Zeit."

„Eine Reaktion."

Z hob die andere Hand: „Irgendwer muss halt aufhören."

„Er hat angefangen."

„Ach..."

„Lesen wir den Brief jetzt?" ging Annie dazwischen.

Geraldine schüttelte den Kopf: „Nein. Das sollten wir in Ruhe tun. Nachher. Oder morgen – mit Imran." Sie steckte ihn ein.

„Auch gut." Annie wandte sich zum Gehen.

Miguel wartete im Flur. Und eigentlich wollten sie einfach mit einem Nicken an ihm vorbei. Doch Annie blieb mit einem Mal stehen – so abrupt, dass Geraldine und Z in sie hineinrannten. Was sie aber gar nicht bemerkte, da sie auf Miguel fixiert war:

„Können wir Frieden schließen?"

Dieser verzog das Gesicht: „Auf einmal?"

„Wir sind an dem Punkt, wo wir nicht mehr wollen. Stress mit dir, meine ich."

„Gut – das beruht auf Gegenseitigkeit."

Annie blickte ihn fragend an: „Dann?"

„Wegen mir." Er zuckte die Achseln, „ich bin und bleibe enttäuscht von euch. Aber ihr seid Menschen und ich kann nicht erwarten, dass ihr perfekt seid."

„Vielen Dank." Annie deutete eine leichte Verbeugung an. Allerdings war Miguel noch nicht fertig:

„Was mich aber momentan viel mehr ärgert und was ich nicht so einfach wegwische, ist das Gezacker wegen dem Geld. Gott hat euch die Gaben genommen, weil ihr es zu wichtig genommen habt, und ihr dreht euch um und nehmt es wieder zu wichtig."

„Hm." machte Geraldine ungehalten, „das mag so wirken. Wenn man nicht sonderlich tief blickt."

„Wie tief soll ich denn blicken?"

„Wie notwendig."

Auf Miguels Gesicht spiegelte sich echte Überraschung: „Tue ich das nicht?"

„Äh..." schaltete sich Annie ein, „bevor ihr... weiter... ich... sollte vielleicht erwähnen, dass ich bei den diversen Gesprächen zu dem Thema nie erwähnt habe, wie unsere finanzielle Situation wirklich aussieht."

Geraldine starrte sie an: „Du... was?"

„Ich habe es nicht für notwendig erachtet." murmelte Annie mit hängendem Kopf.

Geraldine schlug die Hände gegeneinander – und Miguel legte den Kopf schief:

„Was heißt das genau?"

„Wir sollen das Zentrum verkaufen." übernahm Geraldine die Erklärung, „aber: Die Spenden werden wir alle aufkündigen. Auch die, die wir als Erbe kriegen. Die gehen dann woandershin. Sobald das Zentrum verkauft ist. Dann kriegen wir den Erlös und davon sollen wir dann leben. Alle. Für den Rest unseres Lebens."

„Ihr könnt arbeiten gehen."

„Stand auf der Diskussionsliste. Aber Lotta meinte, dass wir unsere Gaben vielleicht eventuell doch noch wiederbekommen. Und dann wäre das keine so gute Idee."

Miguel hustete gekünstelt: „Aber Geld scheffeln."

„Wenn du weißt, dass du eine feste Summe kriegst, die du dann hinterher auch noch aufteilst – und dann damit auskommen musst – würdest du da nicht versuchen, das maximal Mögliche herauszuschlagen?" fragte Geraldine herausfordernd, „wir wollen uns nicht bereichern – das können wir gar nicht mehr. Aber ein bisschen Sicherheit ist durchaus nicht das Schlechteste. Und – ganz ehrlich – deine Kirche ist nicht einfach nur ein

Spender. Sie ist eine der größten Institutionen überhaupt auf der Welt. Denen sind wahrscheinlich sogar Millionenbeträge egal. Sonst würden sie ihren Priestern ja auch mal sagen, sie sollen die Finger von den Frauen lassen."

Miguels Gesicht verdüsterte sich: „Bis zur letzten Bemerkung war ich ganz bei dir."

„Die war dumm – Entschuldigung." Geraldine biss sich auf die Lippen, „ich finde es einfach unfair. Wir sind drei Leute, die nichts haben, außer eben dem, was da übrigbleibt. Und ihr seid so riesig. Und dann streitet ihr mit uns. Das ärgert mich. Als ob euer Wohlbefinden von diesen paar Euro abhängen würde. Unseres tut das ganz gewaltig. Denn: Wenn es bei uns alle ist, ist es alle. Und wenn wir dann noch leben... tja – Pech gehabt. Bei euch dagegen... wird es niemals alle gehen."

„Aber wenn ihr eure Gaben wiederbekommt – dann könnt ihr doch auch wieder Spenden sammeln." wandte Miguel ein und war zum Glück so auf Geraldine konzentriert, dass er die Mienen von Annie und Z nicht bemerkte. Dieser Gedanke war ihnen beiden noch gar nicht gekommen. Und das sah man ihnen an. Geraldine war er ebenfalls noch nicht gekommen. Aber sie schaffte es, das zu verbergen – und binnen weniger Augenblicke einen Konter hervorzuzaubern:

„Davon hat Lotta nichts gesagt. Und ich vertraue nicht darauf, dass Gott uns das dann wieder erlaubt. Wenn die Gefahr besteht, dass wir nochmal versagen."

„Du musst auch verstehen, dass wir nie wirklich ein festes Einkommen hatten. Keiner von uns. Jemals." brachte Z mit ein – wohl wissend, dass das in Annies Fall nicht ganz stimmte, „und dass wir daher nicht so locker sind, was Geld angeht. Wir mussten immer schauen, was wir kriegen können. Nichts anderes tun wir jetzt."

Glücklicherweise entging Miguel in diesem Moment der Fehler in seinen Ausführungen – obwohl er eine ganze Weile schwieg. Oder auch er wollte es einfach zu Ende bringen:

„Nun ja – ich kann eure Argumentation jetzt um einiges besser nachvollziehen. Und würde daher sagen, ich kann es auch verzeihen. Wäre halt besser gewesen, ihr wärt damit gleich rausgerückt. Fakt ist, dass die Kirche – wie ihr ja auch immer wieder gerne anmerkt – auf dem absteigenden Ast ist. Viele Abgänge, wenige Zuläufe, schlechtes Image. Und so weiter. Das hat erstmal nichts mit Geld zu tun. Da trifft uns das nicht so sehr. Aber: Was wir dringend brauchen, sind Erfolgserlebnisse. Projekte, die wir vorzeigen können, um zu sagen ‚Seht, Leute – wir leisten etwas. Wir tun Gutes. Wir sind nicht nur Kinderschänder und Alimentezahler. Wir arbeiten wirklich für Gott.' Ihr seid noch nicht einmal Teil unserer Kirche. Trotzdem war eure Arbeit auf dieser Liste ganz oben. In der Kategorie ‚Hoffnungsvoll', muss ich dazusagen. Denn gelaufen ist es ja nie. Und jetzt wird es das eben auch nicht mehr. Und das ärgert und enttäuscht die Leute auch über mich hinaus. Es will euch niemand was persönlich. Aber ihr müsst euch im Klaren sein, dass euer Absturz auch für andere etwas zerstört. Und sei es eben nur die Hoffnung."

Annie rieb sich über die Wange: „Das trägst du uns also weiter nach."

„Ich will damit nur sagen, dass es trotz eurer Aufklärung gerade keine weiteren Verhandlungen geben wird. Wir teilen es gerecht. Das ist für euch fair und für uns fair. Wir haben keine Notwendigkeit, euch zu bestrafen oder über den Tisch zu ziehen. Aber eben auch nicht, euch entgegenzukommen."

„Das sehen wir ein." erklärte Z schnell.

„Gut." Er streckte ihnen die Hand entgegen, „dann habt ihr den Frieden, den ihr wolltet. Ich persönlich sage nur noch so viel: Geistlich bin ich mit euch im Reinen. Menschlich dagegen nicht. So ehrlich bin ich zu mir selbst und auch zu euch. Eure Freundschaft war mir immer sehr wertvoll, aber ich kann sie nicht mehr aufrechterhalten. Das ist auch für mich traurig, aber ich muss auf das hören, was mein Herz mir dazu sagt. Ihr seid vom Weg abgekommen und auch wenn ich meine Verantwortung natürlich darin sehe, euch unter die Arme zu greifen, muss ich gleichzeitig auf Distanz gehen. Was aber auch nicht weiter schlimm ist, denn da ich hier nun keinen Posten mehr innehabe, kann ich meinen Aufenthalt sowieso nicht mehr länger rechtfertigen. Ich werde daher zurück in den Vatikan gehen. Es tut mir sehr gut, dass wir nun nochmal in Ruhe einiges klären konnten. Das gibt mir auch selber Frieden. Aber ich werde trotzdem nicht im Kontakt mit euch bleiben."

„Das ist sehr schade." erwiderte Annie, „aber du musst tun, was du tun musst."

„Auch wenn ich deine Argumentation alles andere als logisch finde." setzte Geraldine hinzu, „wenn man Leuten helfen will, geht man eben nicht auf Distanz."

Miguel sah an ihr vorbei: „Ihr habt mich persönlich verletzt. Zumindest fühle ich mich so. Es tut mir leid – es geht nicht anders."

„Wann wirst du weg sein?" erkundigte sich Z.

„Bald, denke ich. Meine ‚Vorgesetzten' wissen natürlich, dass ihr nicht mehr arbeitet und ich daher auch nicht mehr. Sie haben noch nichts gesagt. Aber Fakt ist, dass ich ja andere Aufgaben wahrnehme. Für die es schon rein logistisch wesentlich sinnvoller ist, wenn ich dort bin und nicht hier. Es bedeutet ja auch für mich weniger Stress."

„Dann wünschen wir dir alles Gute." Z ergriff Miguels nach wie vor ausgestreckte Hand und schüttelte sie. Annie folgte ihm damit. Geraldine jedoch zögerte:

„So einfach dann doch nicht."

Miguel kniff die Augen zusammen: „Nein?"

„Du wohnst in diesem Haus. Noch. Das uns inzwischen ja wirklich gehört und auch unseres bleiben darf. Weshalb Annie hier wieder einziehen wird, wenn das Zentrum verkauft ist."

„Und?"

„Wir müssen eine Übergabe machen, wenn du gehst." Geraldine beschrieb mit dem Finger einen Kreis, „einfach Schlüssel und so."

„Ach so – natürlich." nickte Miguel, „das können wir machen. Sollte Annie dann noch nicht hier sein, weiß ich ja, wo ich euch finden kann."

47

Da das Gespräch mit Miguel nicht eingeplant gewesen war, kamen sie deutlich zu spät zu Imran. Der allerdings nicht weiter darauf einging, sondern sich den Brief geben ließ.

„Der ist ja noch verschlossen." stellte er verwundert fest.

„Wir wollten ihn mit dir zusammen lesen." erklärte Geraldine, „schließlich ist er ein Beweisstück."

„Aha." Imran blickte eher skeptisch drein.

„Warts nur ab."

Er legte den Brief vor sich auf den Schreibtisch: „Vorher sollten wir aber einen anderen Punkt klären. Ihr habt euch auf Christopher eingeschossen. Das ist okay. Aber lasst uns die Liste mal vervollständigen."

Z nickte: „In Ordnung."

„Wisst ihr, was mir gerade einfällt?" stieß Annie – die nicht zugehört hatte – hervor.

Alle sahen sie an: „Nein."

„Wir müssen noch der Köchin kündigen. Das sollten wir nicht erst machen, wenn wir verkauft haben."

„Öh..." Geraldine blinzelte, „später?"

„Klar. Aber merkt es euch einfach mit. Dann ist die Chance grösser, dass wir dran denken."

Z lachte auf: „Dein Gehirn..."

„...arbeitet." vollendete Annie, „und deins?"

„In solchen Momenten nicht."

„Nur in solchen..." Sie wippte spöttisch mit dem Kopf – bis Geraldine sie lautstark unterbrach:

„Zurückkehren, bitte."

„Jaja."

„Also." übernahm Imran wieder, „wer könnte es denn theoretisch noch sein? Wer wusste von den Aufnahmen? Wer hatte Zugriff darauf?"

„Zugriff haben außer uns Steve, Katiana und Miguel." zählte Geraldine an den Fingern ab, „davon wissen tun einige Leute mehr. Die aber eigentlich alle zu irgendwem dazugehören. Zs Eltern. Michelle. Lotta."

„Zach." ergänzte Z.

„Der auch. Aber das sind alles Leute, denen gegenüber wir es nur mal erwähnt haben. Und das ist Jahre her. Keiner von denen hat sie jemals gehört. Oder wüsste, wo er sie finden kann."

„Becka und Nils wüssten es wahrscheinlich." wandte Annie ein, fuhr aber direkt fort, bevor Geraldine oder Z aufbegehren konnten, „allerdings können wir sie auf jeden Fall ausschließen. Ich sage es wirklich nur der Vollständigkeit halber."

Imran machte sich ein paar Notizen: „Gut. Konzentrieren wir uns erstmal auf die anderen. Steve und Katiana."

„Würden sowas nie machen." entgegnete Annie sofort – und auch Geraldine schloss sich an:

„Sie sind diejenigen, die uns eigentlich von Anfang an bei jedem Fehler versucht haben, zur Ordnung zu rufen. Nein – sie scheiden für mich aus."

„Stimme ich zu." kam es von Z, „vollkommen."

„Nun gut." Imran strich die Namen durch, „dann: Miguel."

Geraldine schürzte die Lippen: „Er ist sauer auf uns. Bis heute."

„Sehr sogar." Annie blickte unglücklich drein.

„Also möglich?" Imran sah sie nacheinander an. Und Annie schüttelte den Kopf:

„Nein, denke ich nicht."

„Grund?"

„Zum einen braucht er kein Geld. Er arbeitet für die Kirche. Da kriegt er bestimmt eine Menge. Inklusive Wohnung und Versorgung. Und er gibt auch kaum was aus."

„Wissen wir nicht." gab Z zu bedenken.

„Nein. Aber trotzdem." Annie tippte sich an die Lippen, „glaubt ihr das?"

„Nein, du hast schon Recht." stimmte Z ihr zu, „er dürfte keinerlei Geldsorgen haben."

„Und es kommt noch was hinzu." überlegte Geraldine, „wofür sich das Gespräch heute sehr gelohnt hat."

„Nämlich?"

„Er hat uns vorgeworfen, dass wir das Image der Kirche beschädigt haben. Durch das, was passiert ist. Würde er die Aufnahmen veröffentlichen, würde das das Image doch noch viel mehr schädigen. Weil wir zwar vielleicht nicht berühmt sind, aber dennoch bekannt genug, dass man leicht herausfinden kann, wer sich hinter diesen Stimmen verbirgt."

Z kratzte sich am Kinn: „Das stimmt allerdings. Damit würde er sich ins eigene Fleisch schneiden."

„Es ist sowieso komisch, dass da noch nichts gekommen ist..." wanderten Annies Gedanken wieder in eine andere Richtung, „irgendwelche... na... ‚Fanpost' oder so."

Geraldine rümpfte die Nase: „Kann noch. Ist ja erst seit ein paar Tagen online."

„Maximilians Freund hat es erst vor ein paar Tagen gefunden, aber..."

„Man konnte auch das Einstellungsdatum sehen. Er hat es gleich nach zwei Tagen gefunden."

„Oh." machte Annie nur – Z dagegen dachte weiter:

„Und wie sollte man uns identifizieren? Wenn man uns nicht persönlich kennt."

„Die Aufnahmen waren mit Vor- und Nachnamen betitelt. Gib das im Internet zusammen ein und was bekommst du?" Geraldine sah ihn an, doch er zuckte nur mit den Schultern:

„Weiß nicht. Vielleicht den alten Zeitungsartikel?"

„Unsere Homepage." führte sie aus, „die ja nach wie vor online ist."

„Warum das?" warf Imran ein.

„Wir haben einen Hinweis drauf, dass wir nicht mehr zur Verfügung stehen. Wir wollten nicht einfach spurlos verschwinden. Die Leute sollen nicht Stunden ihrer Zeit damit verplempern, nach uns zu suchen, sondern direkt mit dem ersten Klick sehen, dass es uns nicht mehr gibt."

„Verstehe."

„Nur ist der Hinweis auf der Startseite und die anderen Seiten haben wir nicht gelöscht und auch nicht geändert. Die Seite mit den Kontaktdaten ist also auch noch da."

„Au weia." Annie schlug sich auf den Mund, „gut. Ich meine: schlecht."

Geraldine nickte: „Ja. Schlecht. Für uns. Und eben auch für Miguel. Weil er da ja auch zu finden ist. Nicht als Ansprechpartner, aber auf der Mitarbeiterseite. Und es finden sich diverse Hinweise auf die Zusammenarbeit mit der Kirche. Das will er bestimmt nicht in Zusammenhang bringen."

„Garantiert nicht." brummte Z.

Annie wandte sich Imran zu: „Also nein."

Dieser strich auch diesen Namen durch: „Bleibt Christopher."

„Wie bereits gesagt." Geraldine warf ihm einen vielsagenden Blick zu.

„Bewiesen ist noch nichts." wiegelte er ab, „lesen wir erstmal den Brief." Er riss das Kuvert auf, nahm den Bogen heraus und begann, laut vorzulesen:

„Ihr Lieben,

es ist mit schwerem Herzen, dass ich euch schreibe und ich möchte auch nicht verhehlen, dass Christopher etwas dagegen hat. Er hat eure Sendung im Fernsehen gesehen und findet sie gar nicht gut.

Ich weiß, dass das kein besonders guter Einstieg für einen Brief ist, der am Ende auf eine Bitte hinauslaufen wird. Aber es ist mir ein Anliegen, ehrlich mit euch zu sein. Wir haben die Entscheidung getroffen, nach München zu seiner Schwester zu gehen, weil wir selbst Abstand von den Geschehnissen brauchten, die im Zusammenhang mit euch passiert sind, und weil wir der Meinung waren, dass sie unsere Hilfe braucht. Uns ist das schwergefallen, aber das Verhältnis zwischen euch und uns war beschädigt und wir haben es so empfunden, dass ein gewisser zeitlicher, wie räumlicher Abstand notwendig ist, bevor die Aufarbeitung beginnen kann. Ich denke nicht, dass Christopher schon an diesem Punkt ist. Die Sache mit dem Dämon hat ihm weitaus mehr zugesetzt, als er das zugibt und es gibt Tage, an denen gebe ich fast die Hoffnung auf, dass er sich jemals komplett davon erholt.

Doch dieser Brief soll nicht um Christopher gehen. Ich bin mir sicher, dass wir in naher Zukunft Gelegenheit finden werden, die damals gesagten Dinge in Ordnung zu bringen. Und die ungesagten ebenfalls. Es war auch meine Intention, euch in Ruhe zu lassen, bis dieser Zeitpunkt gekommen ist. Leider hat sich die Situation von Christophers Schwester in den letzten Wochen drastisch verschlechtert. Das Trennungsjahr ist vorbei und ihr Mann hat offiziell die Scheidung eingereicht. Und will dabei aufrechterhalten, dass sie ihre Söhne weiterhin nicht sehen darf. Er nimmt ihr Verhalten am Anfang der Trennung und vor allem ihren Auftritt beim Jugendamt als Aufhänger dafür. Aber so, wie sie damals drauf war, ist sie nicht mehr. Sie sehnt sich nach ihren Kindern. Sehr sogar. Leider hat es lange gedauert, bis sie sich für diese Gefühle geöffnet hat und auch dann war sie nicht in der Lage, von sich aus einen Schritt auf sie – oder ihn – zu zu machen. Und das legt er ihr als Desinteresse aus. Ich wünschte fast, Geraldine wäre hier, um uns zu sagen, dass er besessen ist. Und Z, um den Dämon zu vertreiben. Und Annie natürlich auch – einfach, um uns beizustehen. Aber ich jammere wieder. Ich will nicht jammern. Wir sind so stark wie wir können und auch wenn Valentina das nicht will, vertrauen wir auf Gott, dass er uns durchträgt.

Wie wir feststellen konnten, habt auch ihr einen Weg eingeschlagen, der euch weiterbringt. Es ist nicht jedermanns Geschmack – das hatte ich bereits erwähnt – aber ich bin mir sicher, dass ihr viel Gutes daraus erntet.

Was mich zu meiner Bitte bringt. Ich hatte sie schon angekündigt. Wir unterstützen Valentina so gut es geht, aber ein Punkt, an dem das nicht klappt, ist das Geld. Wenn sie vor Gericht bestehen will, braucht sie einen guten Anwalt. Einen besseren, als wir ihn uns leisten können. Deswegen komme ich zu euch. Ich weiß nicht, ob sich euer Erfolg im Fernsehen auch in finanzieller Hinsicht niederschlägt. Aber wenn dem so ist, wären wir euch sehr dankbar, wenn ihr uns einen kleinen Teil davon leihweise zur Verfügung stellen könntet. Natürlich bekommt ihr alles wieder zurück. Wir können es nur nicht auf einen Schlag leisten und das ist das, was wir momentan müssen.

Ihr müsst diese Entscheidung natürlich nicht sofort treffen. Im Normalfall vergehen Monate zwischen dem Einreichen der Scheidung und dem eigentlichen Termin. Wir haben auch schon einige Wege erörtert, es noch ein wenig weiter hinauszuzögern, um uns mehr Puffer für eine Lösung zu ermöglichen. Ihr könnt also ganz in Ruhe darüber nachdenken.

In der Hoffnung, dass es euch gut geht,

Michelle".

Imran legte den Brief vor sich ab und Geraldine konnte nicht mehr an sich halten:

„Der Knaller."

Auch Annie war vor den Kopf gestoßen: „Sie wollten wirklich Geld."

„Geliehen." erinnerte Imran sie – wogegen Geraldine sofort aufbegehrte:

„Das schreibt sie. Aber insgeheim hat sie bestimmt erwartet, dass wir sagen ‚Ach... nimm es – ist schon gut'."

„Dafür hast du keinerlei Grundlage." entgegnete Imran, „außer vielleicht deinem Gefühl. Aber das nützt dir hier nichts."

„Warum?"

„Weil wir nicht erörtern wollen, was vielleicht zwischen den Zeilen steht oder was wer wie gedacht oder erhofft haben könnte. Die Frage ist schlicht und ergreifend: Ist das ein Motiv?"

Geraldine nickte vehement: „Ja."

„Finde ich auch." schloss sich Annie – wenn auch eher zögerlich – an.

Imran runzelte die Stirn: „Und die Erklärung wäre?"

„Dass wir ihm das Geld nicht gegeben haben." antwortete Annie – diesmal ohne zu zögern.

„Ihr." korrigierte Imran, aber Geraldine winkte ab:

„Wie auch immer. Sie brauchen es, wir haben es. Wir geben es aber nicht. Also brauchen sie es immer noch. Müssen einen anderen Weg finden. Und haben ganz nebenbei einen ziemlichen Brass auf uns. Passt alles zusammen. Mit den Aufnahmen schlagen sie zwei Fliegen mit einer Klappe: Sie bekommen ihr Geld. Und ihre Rache."

„Wow." machte Imran laut, „dafür, dass er mal euer Freund war…"

„Er hat sich von uns losgesagt." brummte Geraldine, „nicht umgekehrt."

Imran wiegte den Kopf hin und her: „Er hatte aber auch gute Gründe dafür. Und es ist ein weiter Weg von ,nicht mehr befreundet sein' zu ,sich rächen wollen'."

„Aber kein ungewöhnlicher."

„Du meinst, weil ihr ihn auch schon gegangen seid?" Diese Frage ließ Geraldines Augen groß werden:

„Wir? Wir hassen ihn nicht."

„Klingt aber so." stellte Imran trocken fest, „und eure hochroten Köpfe…"

„Er löst Emotionen in mir aus." gestand Annie, „aber…"

„Ich sag euch was: Ich habe den Eindruck, dass ihr ihn einfach schuldig sehen wollt. Weil er euch verletzt hat. Und ihr seid diejenigen, die Rache wollen."

„Das ist hart."

„Mag sein." Imran zuckte die Achseln, „müsst ihr aber selbst wissen. Und mit mir auch nicht besprechen. Ich will auf folgendes hinaus: Wenn ihr dabei bleibt, dass er für euch in Frage kommt, werde ich dem nachgehen. Aber wenn ich nichts finde, was gegen ihn spricht – oder gar etwas finde, was ihn entlastet – dann gibt es keine endlosen Diskussionen, ob ich mich vielleicht irre oder er eine falsche Spur ausgelegt hat oder einen Komplizen hat oder irgendsowas. Ich arbeite gründlich und gerade ihr solltet wissen, wie hoch meine Erfolgsquote ist. Keine Angeberei – nur eine Tatsache. Ich mache meine Arbeit 100% und ich erwarte, dass sie hinterher akzeptiert wird. Unabhängig von privaten Gefühlen."

Z, der die ganze Zeit über vor sich hin grübelnd dagesessen hatte, sah auf:

„Nur fair."

Die beiden Frauen warfen ihm verärgerte Blicke zu, sagten jedoch nichts. Was Imran dazu veranlasste, noch einmal nachzuhaken:

„Also könnt ihr euch darauf einlassen?"

Diesmal wartete Z, ob die beiden widersprechen würden. Was sie nicht taten. Also brachte er die Bestätigung: „Können wir."

„Gut." Imran legte seinen Stift beiseite, „dann stelle ich euch jetzt eine Frage, die ihn als Täter eventuell direkt ausschließt. Und erwarte eine ehrliche Antwort."

Die drei Freunde wechselten einen Blick und schwiegen. Was Imran als Zeichen nahm, fortzufahren:

„Die Aufnahmen sind mit Vor- und Nachnamen betitelt. Aber du, Z, heißt inzwischen anders als bei unserer letzten Begegnung. Die bei Christophers Prozess war. Und wenn ich euch richtig verstehe, ist er kurz danach weggegangen. Daher: Kennt er deinen neuen Namen überhaupt?"

Es folgte ein weiterer Blick, der verschiedener nicht hätte sein können: In Geraldines Augen spiegelte sich Enttäuschung, was sie mit einem geseufzten

„Nein, ach…" verbalisierte; in Annies spiegelte sich Überraschung, die sie mit

„Daran haben wir gar nicht gedacht." unterstrich; Zs Miene dagegen blieb unverändert – er nickte lediglich:

„Ja, kennt er."

Nun war es an Geraldine, überrascht dreinzublicken: „Was? Woher?"

Z seufzte tief: „Wir hatten ihn zur Hochzeit eingeladen."

„Ernsthaft?" Annie blinzelte verblüfft.

„Ja. Wir haben im Grunde ja alle eingeladen, die irgendwie mit unserer Arbeit zu tun haben oder hatten. Also… jetzt inzwischen alle ‚hatten'. Und da kam es uns nur fair vor, die Einladung zumindest auszusprechen. Also… zu schicken. Einfach weil wir dachten, dass er als Ex-Pfarrer mit seinen

Kontakten und so es eventuell auch über andere Kanäle erfährt und wir wollten das sowieso schon angeschlagene Verhältnis nicht noch mehr schädigen. Ich meine... tief innen drin haben wir doch alle gehofft, dass es irgendwann wieder in Ordnung kommt, oder?"

Geraldine biss sich auf die Lippen: „Nun... schon... also..."

Annie tat es ihr gleich: „Tja... irgendwie... ja..."

„Seht ihr? Wir auch. Es war uns ziemlich klar, dass sie nicht kommen würden. Aber zumindest haben sie abgesagt. Knapp und sachlich, aber immerhin."

„Hm..." kam es von Geraldine, von Annie kam nichts mehr. Weswegen Z es als notwendig erachtete, sich weiter zu rechtfertigen:

„Wir fanden es einfach höflich. Und wir dachten – wie gesagt – dass diese Geste etwas Positives bewirken kann. Ihn nicht einzuladen dagegen..."

„Ist schon okay." wurde er von Geraldine unterbrochen, „ich nehme es dir nicht übel. Ich bin nur überrascht, dass du es uns nicht erzählt hast."

„Hätte ich, wenn sie zugesagt hätten. So bestand keine Notwendigkeit."

„Gut – das ist einzusehen." Sie wandte sich Imran zu, „damit hast du deine Antwort."

„Das stimmt." nickte dieser, „dann werde ich mit ihm anfangen. Wenn ich was habe, melde ich mich. Wenn euch noch was einfällt oder was passiert, meldet ihr euch. Und dann sehen wir weiter."

„Danke." Z erhob sich und die beiden Frauen folgten seinem Beispiel.

An der Tür drehte Annie sich noch einmal um: „Vielleicht noch, damit du da nichts Falsches denkst: Ich will nicht, dass es Christopher war. Ganz egal, was ich fühle."

„Ich auch nicht." kam es leise von Geraldine.

Imran seufzte: „Das ist sehr beruhigend."

48

Sie waren ziemlich aufgewühlt, als sie zuhause ankamen. Da sich erst auf dem Heimweg, als sie alle in Gedanken versanken, nach und nach ergab, was Michelles Brief noch zu bedeuten hatte. Als Z den Wagen geparkt hatte und aussteigen wollte, begann Annie zu sprechen:

„Ich glaube, sie sind ganz schön enttäuscht von uns, dass wir uns nicht gemeldet haben."

„Das fürchte ich auch." stimmte Z ihr zu, „und wisst ihr, was das Schlimme ist?"

„Nein, was denn?"

„Dass das Einzige, was sie von uns im Nachgang bekommen haben, die Hochzeitseinladung war. Die müssen gedacht haben, wir sind total abgehoben. Gehen nicht auf ihre Bitte nach Unterstützung ein, schicken ihnen aber eine Einladung zu einem prunkvollen Fest."

„Ja…" Annie seufzte tief, „das war echt großes Pech. Aber weißt du, was ich noch viel schlimmer finde?"

Z schüttelte den Kopf.

„Ich hätte ihnen das Geld sogar gegeben. Ohne groß darüber nachzudenken."

„Ja – der Gedanke kam mir auch schon." schloss sich Geraldine an, „ganz egal, was zwischen uns steht – die Sache mit Valentinas Mann ist schlimm. Da hätte ich sie auf jeden Fall unterstützt."

Zs Schütteln wandelte sich in ein Nicken: „Auf jeden Fall."

„Hätte, hätte, hätte." Annie seufzte noch tiefer, „können wir doch immer noch."

„Naja. Der Brief ist schon eine Weile alt." wandte Geraldine ein, „was wollen wir denn sagen? Dass wir ihn nicht gelesen haben?"

„Ja…"

„Da gibt es viel größere Probleme." sinnierte Z, „zum Beispiel, dass wir eigentlich gar kein Geld mehr haben, das wir ihnen geben könnten."

„Das ist wahr." gab Annie zu und Geraldine hakte sofort ein: „Und irgendwie fühle ich mich auch komisch damit, ihnen was zu geben, solange ich nicht sicher weiß, ob er das mit den Aufnahmen war."

Z nickte: „Das wäre mein nächster Punkt gewesen."

„Ich kann es mir irgendwie immer noch nicht vorstellen." Annie schüttelte den Kopf.

„Das können wir alle nicht." murmelte Geraldine, „aber der Kreis ist nun mal begrenzt. Und er ist der Einzige, der ein Motiv hätte. Und der Einzige, dem ich von seinem Gemütszustand zutraue, dass er keine Skrupel hätte."

„Er war nie ein schlechter Mensch." konterte Annie.

„Aber wir haben sein Leben ruiniert."

„Da ist was dran."

„Wisst ihr was?" Z schlug sich auf die Oberschenkel, „sparen wir uns die Spekulationen. Warten wir ab, was Imran uns bringt. Und das mit dem Geld vergessen wir schnell wieder. Gewissen hin oder her, schuldig hin oder her – das Hauptargument ist unsere eigene Situation. Wir können es uns schlicht nicht mehr leisten."

„Ich kann mir auch fast nicht vorstellen, dass sie sich nicht nach anderen Optionen umgeschaut haben, als von uns nichts kam." überlegte Geraldine, „ich meine... wie naiv wären sie, würden sie bis heute dasitzen und auf unsere Antwort warten? Untätig."

„Ja – hoffen wir einfach, dass das mit den Aufnahmen nicht eine dieser Optionen war." Annie stieg aus. Die anderen folgten ihr. Bis zur Haustür, wo Z den Faden wieder aufnahm:

„Aber was bedeutet es, wenn er es nicht war?"

„Dass es jemand anders war." gab Geraldine zurück.

„Genau. Nur..."

„Von unseren Leuten war es niemand." erklärte Annie bestimmt.

„Das meinte ich auch nicht." wehrte Z ab, „ich mache mir eher Sorgen, dass das dann hieße, dass sich jemand Fremdes Zugriff auf unsere Daten verschafft hat."

Geraldine verzog das Gesicht: „Ein ungutes Gefühl, das stimmt."

Annie ebenfalls: „Machst du dir jetzt Angst um unsere Sicherheit?"

„Ein bisschen schon." gestand Z, „er muss ja Zugang zu meiner Wohnung gehabt haben, um da ranzukommen."

„Nicht zwangsläufig." widersprach Geraldine.

„Nein?"

„Ich weiß von Nils, dass er sich bei seinen Projekten teilweise Daten von seinen Kollegen oder externen Partnern aufs Handy holt, indem er sein Handy einfach daneben packt und ein Programm öffnet. Ist natürlich abgesprochen. Funktioniert aber durchaus auch über größere Entfernungen."

„Ja – Bluetooth." nickte Z, „kenne ich. Benutze ich auch. Für das Headset."

„Siehst du."

„Allerdings habe ich die Aufnahmen nicht mehr auf dem Handy. Ich habe sie damit aufgenommen. Aber zum dort behalten hat es gar nicht genug Speicherplatz. Ich habe sie auf meinen Laptop überspielt."

„Und hat der Bluetooth?"

„Schon."

Geraldine lächelte humorlos: „Also macht es keinen Unterschied."

Annie kratzte sich am Kopf: „Dann müsste es halt jemand sein, der weiß, dass Z das da drauf hat."

„Da habe ich auch schon drüber nachgedacht. Als wir vorhin die Liste zusammengestellt haben, wer alles davon weiß." Geraldine kniff die Lippen zusammen.

„Du meinst, wir haben nicht alle erwischt?"

„Ich meine, dass wir nur die Leute genannt haben, von denen wir wissen oder ziemlich sicher sind, dass wir es ihnen bewusst erzählt haben. Aber was ich so überlege, ist dass wir ganz oft Scherze dazu gemacht haben. Viel auch in Gemeinden. Es war schon fast eine Art Running Gag – ‚Lasst uns das aufnehmen, so wie Z unsere Lebensgeschichte' – ‚Aus meinem Leben brauche ich nichts zu erzählen, da kann ich auch die Aufnahme laufen lassen'. Sowas in der Art. Kam schon öfter mal. In den Vorstellungsrunden mit den Mitarbeitern. Oder so."

„Daran hatte ich nicht gedacht." Annie blickte unglücklich drein, „das ist krass. Dann ist der Kreis ja unendlich groß. Und wir kennen viele davon gar nicht."

Geraldine seufzte: „Richtig."

„Aber was sagen wir damit?" fragte Z unsicher, „dass jemand das mitgekriegt hat und sich gedacht hat ‚Das klaue ich mir'?"

„Ja." erwiderte Geraldine, „unsere Laptops hatten wir eigentlich alle immer mit dabei. Und überleg mal: Zu einem gewissen Zeitpunkt waren wir gefragte Gäste und sind zudem im Fernsehen aufgetreten. Ja – wir sind nicht auf der Topliste, nicht mal bekannt genug, um als ‚öffentlich' durchzugehen und die Aufnahmen zu stoppen. Aber auch bei weniger bekannten Leuten stehen die Paparazzi im Garten und warten, dass sie rauskommen, die Zeitung holen. Wenn sich also die Möglichkeit bietet, private Aufzeichnungen von bekannten Leuten zu bekommen... was weiß ich...? Vielleicht hat derjenige sogar im ersten Moment gedacht, er würde etwas

Inspiratives kriegen. Vielleicht war gar kein böses Motiv dahinter. Einfach der Wunsch, zu erfahren, wer wir sind, wo wir herkommen und ob unser Leben etwas zu bieten hat, was sich zu wissen lohnt. Durchaus im Positiven – wenn es auch natürlich illegal ist. Und dann hat er unsere Geschichten gekriegt und war total verstört und... keine Ahnung – hat uns vielleicht abgeschrieben. Und jetzt, wo wir keine Gaben mehr haben, sieht er uns als Heuchler oder Sünder, die man diskreditieren muss."

„Das ist eine sehr spannende Geschichte." brummte Z ohne jegliche Begeisterung.

„Nur eine Überlegung."

„Schon klar."

Annie fuhr sich durch die Haare: „Das ist der Punkt, an dem ich grübele: Wir haben gesehen, dass da mehrere 1.000 Klicks drauf waren. Innerhalb von nur ein paar Tagen. Aber... es gab gar keine Reaktionen. Obwohl Geraldine sicherlich Recht hat, dass man den Zusammenhang zu uns leicht herstellen kann. Die einzigen, von denen wir etwas wissen, sind Maximilian und sein Kumpel. Denen es beiden peinlich war. Aber nicht wegen uns oder dem, was sie gehört haben. Sondern weil sie uns kennen und wir nichts davon wussten. Wo ist der Rest?"

„Ich bin froh, dass da nichts gekommen ist, bisher." entgegnete Geraldine, doch Annie winkte ab:

„Ja, nur... wir gehen die ganze Zeit davon aus, dass eben das passiert, was du angesprochen hast: dass wir diskreditiert werden. Aber das muss doch nicht sein. Wenn jemand unsere Geschichten hört und dann schaut, wo wir jetzt sind – oder zumindest bis vor kurzem waren – das macht doch Eindruck. Die Gedanken müssen also nicht nur negativ sein."

Z rümpfte die Nase: „Da möchte ich mich mal nicht drauf verlassen."

„War ebenfalls nur ein Gedanke."

Z holte den Schlüssel aus der Tasche und schloss die Haustür auf. In diesem Moment sahen sie die Köchin im Lagerhaus verschwinden und Geraldine beschloss, ihr die traurige Nachricht direkt zu überbringen. Sie ließ die anderen stehen und lief zielstrebig auf das Gebäude zu. Wenige Minuten später kam sie wieder heraus – alleine.

„Und?" erkundigte sich Annie, als sie sie erreicht hatte.

„Sie war nicht überrascht."

„Aber auch nicht erfreut." vermutete Z.

„Nein. Ihr Mann arbeitet. Sie werden sich also über Wasser halten können. Aber es nützt ja auch nichts. In ein paar Wochen sind wir hier weg."

„Oder Monaten."

Geraldine zuckte mit den Schultern: „Schauen wir mal."

Sie traten ins Treppenhaus, diskutierten dort aber noch eine ganze Weile weiter und nach und nach gesellten sich die Mitglieder der arbeitenden Bevölkerung dazu. Als sie alle beisammen waren, kam das Gespräch irgendwann zurück auf die Frage des Feedbacks und die Stille, die diese bei den Hinzugekommenen mit einem Schlag auslöste, ließ Geraldine misstrauisch werden:

„Eben noch so rege beteiligt und auf einmal so ruhig. Man könnte fast meinen, euch wäre diese Frage unangenehm."

„Ähem..." Nils räusperte sich laut.

Jonathan sah ihn an – dann Becka: „Sollen wir lügen?"

„Mit dieser Frage hast du die Option schon ausgeschlossen." antwortete Becka tonlos.

Er hob die Hände: „Das war so ein bisschen der Sinn der Sache."

„Raus damit." forderte Geraldine und Nils tat ihr den Gefallen, wenn auch zögerlich:

„Nun... uns – besser gesagt: Jonathan, der sich mit sowas ja ein bisschen auskennt, dank seiner Arbeit – kam der Gedanke mit dem Feedback schon wesentlich früher."

„Im Grunde schon, als wir die Aufnahme gehört haben." fügte Jonathan an, „aber ich wollte erstmal nichts sagen. Weil ihr schon aufgewühlt genug wart."

Annie warf ihm einen verärgerten Blick zu: „Also hast du mit allen anderen gesprochen, nur nicht mit uns."

„Ich habe mit den Personen gesprochen, die von der Sache wussten, aber nicht involviert waren."

„Okay. Macht Sinn." Sie atmete tief aus und Nils fuhr fort:

„Wir sind übereingekommen, dass wir alle erstmal nichts sagen. Und abwarten. Und die Briefkästen kontrollieren."

Z legte die Stirn in Falten: „E-Mail?"

„Nein. Post."

„Warum denn Post?"

„Weil ihr keine personifizierten… personalisierten E-Mail-Adressen auf der Homepage habt." übernahm Becka, „da gibt es nur die Info-Adresse. Und da würde keiner was hinschreiben, was nur für jemand Bestimmtes bestimmt ist. Weil er nicht weiß, wer Zugriff hat und es liest. Eure Postadresse um den Namen zu ergänzen ist dagegen ohne Weiteres machbar."

Z nickte nachdenklich: „Kein schlechter Gedanke."

„Den leider nicht nur wir hatten." seufzte sie.

„Ernsthaft?"

„Ja." Nils wippte mit dem Kopf, „es ist so einiges angekommen. Du hast gewonnen. Wenn man das so sagen kann."

Geraldine wurde blass: „Ich?"

„Ja. Du hast am meisten bekommen."

„Ich traue mich kaum zu fragen, was genau." Sie schüttelte sich, „ihr habt die Briefe geöffnet, nehme ich an?"

„Es hätte ja auch wirklich Fanpost sein können." antwortete Nils, „wir wollten nur sichergehen."

„Keine Rechtfertigung notwendig." beruhigte sie ihn, „also?"

Wieder stockte er: „Es… waren hauptsächlich… Männer, die… möchten, dass du… das mit ihnen machst, was du früher… in deiner Jugendzeit…"

Geraldine schloss die Augen und presste beide Hände an den Kopf: „Bitte sprich nicht weiter."

„Danke." flüsterte er und schwieg.

„Und ich nehme mal an, bei mir ist das ähnlich." Annie sah Jonathan an, der nickte:

„Oh ja. Wieder einmal können wir über das anscheinend schon altbewährte Thema der unglaublichen Ähnlichkeit zwischen eurer beider Leben sprechen. Ich zum ersten Mal, möchte ich erwähnen."

Sie ließ den Kopf hängen: „Freude, Freude."

„Will denn auch jemand Sex mit mir?" wandte sich Z an Becka, die erschrocken blinzelte, aber nicht zu einer Retour kam, da Geraldine ihn anfauchte:

„Warum nimmst du jetzt dieses Wort in den Mund? Als ob das nicht alles schon schlimm genug wäre."

„Als ob es das schlimmer macht." schoss Z zurück.

„Im Kopf schon."

„Dann bitte ich um Verzeihung." Er sackte ein wenig in sich zusammen – und gleich darauf noch mehr, denn nun kam Becka doch noch dran:

„Die Frage war auch insgesamt fehl am Platz. Das ist nichts, worauf man stolz sein muss."

„Natürlich nicht." Z blickte zu Boden, jedoch nur kurz:

„Um sie aber dennoch zu beantworten: Du hast diverse Briefe von Damen bekommen, die großes Mitleid mit ‚der Jungfrau' – Zitat – haben und die dir gerne damit helfen würden. Den Fotos nach zu urteilen, sind es aber keine Bikini-Girls, sondern eher solche von der fürsorglichen Art."

Z klappte den Mund auf: „Fotos?"

„Du brauchst gar nicht so zu schauen. Sie sind alle vernichtet."

Sein Mund wurde noch grösser: „Vernichtet?"

„Ja." kam es von Nils, „alles. Alle Briefe."

„Das war keine gute Idee." erklärte Geraldine, was Nils das Gesicht verziehen ließ:

„Ich möchte nicht, dass du das liest."

„Ich möchte das auch nicht lesen. Aber es sind Beweise."

„Beweise? Wofür? Wogegen? Wollt ihr die Leute alle verklagen? Na, dann viel Spaß."

„Nein." Geraldine schüttelte den Kopf, „mich mit lauter Irren aus ganz Deutschland rumzuschlagen, habe ich echt keinen Nerv. Aber wenn Imran findet, wer auch immer das getan hat, und wir vor Gericht gehen – dann können wir damit beweisen, was für ein psychischer Schaden uns dadurch zugefügt wurde."

Jonathan tippte sich ans Kinn: „Das ist natürlich ein guter Gedanke. Aber uns war die Eindämmung eures psychischen Schadens wichtiger."

„Das ist okay." Annie sah ihn dankbar an, „aber wenn weiterhin was kommt... schließ es von mir aus weg. Ich werde es eh nie anrühren, darauf kannst du dich verlassen. Aber heb es wenigstens auf. Für alle Fälle."

Jonathan überlegte einen Moment. Dann bliess er die Backen auf: „Wegen mir."

„Dann sollten wir das alle tun." überlegte Nils – und auch Becka nickte, wenn auch mit einem Seufzer:

„Das ist echt eine scheußliche Sache."

„War denn gar nichts Nettes dabei?" hakte Geraldine nach, „etwa: ‚Krass, was ihr für ein Leben hattet und was ihr draus gemacht habt'?"

Nils schüttelte den Kopf: „Leider nicht."

„Das ist enttäuschend."

„Aber nicht überraschend." entgegnete Jonathan.

„So?"

„Ihr solltet die Briefe sehen, die wir beim Fernsehen kriegen. Oder jeder andere Sender. Oder jede Zeitung. Und so weiter. Es sind immer die Verrückten, die sich melden. Zustimmung kriegst du tendenziell auch von vielen Leuten. Aber die sehen oft nicht die Notwendigkeit, damit an dich heranzutreten. Weil sie sich sagen ‚Die wissen schon, dass das gut ist, was sie tun – deswegen tun sie es ja.' Und es sind meistens auch Leute, die nicht so ein großes Geltungsbedürfnis haben. Die sich einfach an einer Sache erfreuen, sie gegebenenfalls ihren Freunden weitererzählen – fertig. Der Meinung, schreiben zu müssen, sind nur die Durchgeknallten. Und die schreiben dann halt auch nur durchgeknalltes."

„Sehr schwarz-weiß." stellte Becka fest, „aber es ist sicherlich was dran."

„Es gibt aber auch positiv durchgedrehte. Die ‚größten Fans' und so." warf Annie ein.

Jonathan legte den Kopf schief: „Willst du die haben?"

„Nein. Nicht wirklich."

„Wir sollten uns trotzdem nicht der Illusion hingeben, dass da draußen 1.000 Leute rumrennen, die es gut fanden und nichts geschrieben haben."

Geraldine schnalzte mit der Zunge, „es ist eine schrottige Sache und fertig. Und je schneller wir sie ausgestanden haben, desto besser."

Nils lachte auf: „Da wenigstens hat das Internet einen Vorteil."

„Der da wäre?"

„Es kommt tagtäglich so viel hinzu, dass du dort so schnell ‚out' bist wie sonst nirgendwo."

49

Imran war kein Mensch, der sich auf eine Idee versteifte und dann versuchte, mit aller Gewalt alles daran anzupassen. Sich Aussagen oder Beweise so zurechtzurücken, dass sie damit übereinstimmten. Dafür hatte er einfach schon zu oft erlebt, dass sich die Wahrheit ganz anders darstellte, als alle das erwarteten. Und: Je fester man sich auf die eine Lösung einschoss, die es einfach sein musste, desto wahrscheinlicher war es, dass man damit falsch lag. Weil man seine Objektivität verlor. Nicht gleich am Anfang – der Verdacht mochte gerechtfertigt sein. Aber im Laufe der Zeit. Weil ein Verdacht auch immer Emotionen auf den Plan rief. Und diese beiden Dinge nicht miteinander vereinbar waren.

Für solche Fälle hatte er ein Vorgehen entwickelt, dass ihm half, einen klaren Kopf und gleichzeitig den Überblick zu behalten. Unvoreingenommen zu bleiben, bis es einen handfesten Grund gab, sich einnehmen zu lassen. Dieses Vorgehen wandte er nun an: Er packte alles, was er sich zu Christopher notiert hatte, in den Aktenordner, den er für den Fall angelegt hatte und stellte diesen in den Schrank. Dann rief er die Seite im Internet auf, auf der die Aufnahmen zu finden waren, und begab sich auf eine vollkommen andere Fährte: Die Ermittlung der Person, unter deren Account die Aufnahmen liefen. Es mochte durchaus Christopher sein. Doch auf diese Weise näherte er sich seinem Zielobjekt von einer komplett anderen Seite. Die nicht mit der Erwartung verknüpft war, eben diese eine Person zu identifizieren. Sondern erst einmal alle Möglichkeiten offenließ. Und ihn so zwar vielleicht nicht zu seinem Verdächtigen führte. Aber auf jeden Fall zum Täter.

Das Internet mochte ein anonymes Geflecht sein, das kaum zu durchdringen war. Aber sobald man sich auf einer Seite registrierte, hinterließ man Spuren. Die Registrierung unter falschem Namen war inzwischen kaum noch möglich – dafür wurden die Daten von den verwaltenden Administratoren viel zu genau überprüft. Das war es, wo er ansetzen musste. Die Informationen waren da. Greifbar im Grunde schon fast. Er musste nur jemanden dazu überreden, sie ihm zu geben. Oder ihm Zugang zu gewähren. Wobei das unter Umständen gar nicht notwendig war, denn um das Profil eines angemeldeten Benutzers einsehen zu können, musste man eventuell einfach nur selbst ein solcher sein. Er hatte keine Motivation, sich einen Account auf der Seite anzulegen, doch er wusste, dass die Polizei so gut wie alle entsprechenden Seiten bezüglich terroristischer oder pornographischer Inhalte überwachte und musste daher nur einige Telefonate tätigen, bis er jemanden gefunden hatte, der ihm einen Screenshot des Profils zukommen ließ. Leider konnte er daran nicht viel erkennen. Ein richtiger Name fand sich dort nicht – der war auf dieser Seite nicht zwingend erforderlich. Die weiteren Daten waren ebenfalls nicht aussagekräftig. Er hatte gehofft, zumindest über die anderen vom Benutzer hochgeladenen Dateien etwas interpretieren zu können, doch es schien, als wäre der Account nur für die Aufnahmen erstellt worden, denn es gab keine anderen Dateien. Das machte durchaus auch Sinn, denn wer so etwas veröffentlichte, wollte seine Spuren sicher so gut verwischen, wie es ging.

So wandte er sich notgedrungen nochmal an die Polizei. Und führte seine Geschichte diesmal ein wenig weiter aus. Indem er einfach wieder die Wahrheit sagte – nur diesmal mit wesentlich mehr Details und einigen eindringlichen Anmerkungen zum Gemützustand seiner Klienten. Das war der einzige Punkt, an dem er log. Ebenfalls notgedrungen. Denn die drei Freunde waren weder verzweifelt noch ängstlich gewesen. Lediglich verärgert. Und damit kam man nicht weit, wenn man auf das Mitgefühl anderer bauen wollte. Also musste er sie ein wenig schlechter aussehen lassen, als es der Fall war – ging allerdings davon aus, dass sie ihm das verzeihen würden. Wenn er es ihnen überhaupt erzählen musste. Die Antwort kam diesmal nicht so prompt. Auch das war normal, denn die Anfrage nach dem Zugriff auf den Account hinter einem Profil konnte nicht von einem normalen Beamten bearbeitet werden. Das musste in höhere Hierarchieebenen weitergegeben werden – und das zudem schriftlich. Weswegen sich Imran auch die Mühe machte, selbst einen Bericht anzufertigen, den er anschließend an den Beamten schickte, mit dem er in Kontakt stand. Der Anruf davor war dementsprechend nutzlos für den Fall an sich gewesen, taktisch aber dennoch von enormer Bedeutung. Denn Gefühle konnte man schriftlich nicht vernünftig vermitteln. Der Tonfall und die Wortwahl waren entscheidend, wenn es darum ging, jemanden davon zu überzeugen, dass man ganz dringend Hilfe brauchte. Und genau das hatte er damit auch geschafft. In der Mail, die folgte, konnte er sich daher auf die reinen Fakten beschränken, was auch wiederum einen besseren Eindruck hinterließ.

Als er das erledigt hatte, lehnte er sich zurück und schloss die Augen. Er überlegte, ob er etwas übersehen oder vergessen hatte, doch ihm fiel nichts ein. Dies war auch kein Fall, wo es viele kleine Spuren gab, die es zu verfolgen galt; bei dem sich ein schier undurchdringbares Gewirr an richtigen oder falschen Tatsachen um das Verbrechen rankte; in dem man die einen von den anderen unterscheiden und dann die richtigen Schlüsse ziehen musste. Hier galt es einfach, einer einzigen Spur zu folgen. Und zu sehen, wohin sie führte. Und damit war es höchstwahrscheinlich auch schon getan. Schließlich stand er auf und machte sich auf den Heimweg. Die nächsten Tage würde er damit verbringen, auf eine Antwort zu warten. Eventuell nahm er sich Christopher doch schon ein wenig vor – einfach, um die Zeit nicht tatenlos verstreichen zu lassen. Eine grundsätzliche Überprüfung der finanziellen und menschlichen Situation konnte sicherlich nichts schaden. Und wenn die Antwort kam, konnte er das Puzzle vielleicht schon komplett zusammensetzen. Oder eben auch nicht.

50

Dass Miguel sie im Zentrum einfach so besuchen kam, war so abwegig, dass die drei Freunde – als er auf einmal vor ihnen stand – schlicht davon ausgingen, dass er sich verabschieden und den Schlüssel zum Haus abgeben wollte. Doch dem war nicht so, wie sie sogleich erfuhren:

„Ganz egal, wieviel Geld meine Kirche gebunkert haben mag – sie lässt es nicht gerne einfach sausen. Daher wurde ich gebeten, die Information, dass ihr das Zentrum verkauft, in gewissen Kreisen zu streuen. In der Hoffnung, dass sich ein Käufer findet, der auch bereit ist, mit uns zusammenzuarbeiten. Sodass das in euch investierte Geld quasi einfach als in jemand anders investiert gelten kann. Diese Hoffnung hat sich nun erfüllt. Wir haben jemanden gefunden, der bereit ist, den gewünschten Preis zu zahlen. Es wird sich in den nächsten Tagen jemand deswegen bei euch melden. Dann könnt ihr alle Einzelheiten besprechen."

Das kam für die Freunde so überraschend, dass sie zunächst nichts zu sagen wussten. Bis Z sich schließlich ein „Kannst du uns nicht schon was sagen?" abrang, auf das hin Miguel den Kopf schüttelte:

„Nein. Weil ich mich bewusst rausgehalten habe. Ich wurde lediglich über den Tatbestand an sich informiert und habe daraufhin entschieden, es euch mitzuteilen und gleichzeitig mit meiner Verabschiedung zu verknüpfen. Ich hatte ja bereits gesagt, dass ich zurück nach Italien gehen werde und eigentlich war diese Kaufgeschichte das letzte, was mich hier noch gehalten hat. Ich wollte dazu bei unserem letzten Gespräch nichts sagen. Sonst hätte es wieder Diskussionen gegeben. Ich fand es aber auch nicht so wichtig. Jetzt ist das auf jeden Fall für mich erledigt und ich werde in ein paar Tagen abreisen. Was natürlich heißt, dass du problemlos zurück ins Haus kannst, Annie."

„Ich hätte auch keine Probleme gehabt, wenn du noch dagewesen wärst." erwiderte diese.

„So ist es sicherlich einfacher. Den Schlüssel werfe ich in den Briefkasten, wenn das in Ordnung ist."

Annie nickte stumm.

„Dann..." begann Geraldine ohne wirklich zu wissen, was sie sagen wollte. Glücklicherweise schien Miguel es schnell hinter sich bringen zu wollen:

„Ja – dann... dann wünsche ich euch alles Gute. Ich hoffe natürlich sehr, dass ihr euren Weg wiederfindet. Bei allen Meinungsverschiedenheiten seid ihr Kinder des gleichen Gottes wie ich. Und genau wie ich wollt ihr später einmal bei ihm sein. Ich hoffe, das gelingt euch und wir sehen uns dort wieder."

Er drehte sich um und ging davon.

Annie sah ihm hinterher: „Das war ja sogar halbwegs nett."

„Nein." widersprach Z, „ganz und gar nicht."

„Wieso?"

„Auf den Zeilen war es nett. Zwischen den Zeilen hat er uns gesagt, dass er davon ausgeht, dass wir Stand jetzt nicht in den Himmel kommen. Was ich ein starkes Stück finde, wenn man bedenkt, wie sehr er uns bei all den Sachen gepusht hat. Und wie wenig geistlichen Beitrag er überhaupt zu unserer Arbeit geleistet hat."

„Na – wir müssen ihn jetzt auch nicht schlechtreden." versuchte Annie, Z zu bremsen, was dieser auch zuließ:

„Müssen wir nicht, nein. Gut – lass es mich anders sagen: Er hat sich schon des Öfteren die Freiheit genommen, über unser Verhalten zu richten. Was er nicht tun sollte. Und das hier ist die Krone obendrauf. Das war nicht nett gemeint – garantiert nicht. Das war ein letzter Stich zum Abschied."

Geraldine winkte ab: „Wenn er meint, das nötig zu haben... soll er. Ich denke, der Wegfall unserer Gaben ist nicht gleichzeitig das Ende unserer Hoffnungen auf das ewige Leben. Andere Menschen haben auch keine Gaben. Ich denke, die Strafe war die Strafe."

„Das ist meistens so." kicherte Annie.

„Ach du... ich meine: dass er uns die Gaben genommen hat, war schon die Strafe. Da kommt nicht noch mehr."

Annie wurde wieder ernst: „In einem hat er allerdings Recht: Es ist an uns, den richtigen Weg wiederzufinden."

„Ja. Aber nicht für den Himmel." berichtigte Geraldine, „sondern einfach nur für die Gaben an sich."

„Das ist wahr."

„Was wieder einmal die große Frage aufbringt: Wollen wir das überhaupt?" Z blickte die anderen beiden an, die zunächst nicht wussten, worauf er hinauswollte:

„Die Gaben?"

„Ja."

Annie runzelte die Stirn: „Du hast doch Lotta gehört."

„Ja. Schon. Aber sie hat von ‚Chancen' gesprochen. Chancen im Gegensatz zur Hoffnungslosigkeit. Das ist das eine. Und das andere ist: Sie hat davon gesprochen, dass wir faul auf der Haut liegen und nichts tun. Das kann ich verstehen, dass wir das nicht sollen. Aus der Strafe noch Kapital schlagen. Aber das ist ja schwarz und weiß. Dazwischen gibt es noch viel. Wie zum Beispiel ein ganz normales Leben. In dem wir alle hingehen und das tun, was alle tun: uns einen Job suchen. Oder sagen, wir sind mit dem Geld, das wir haben, zufrieden und nutzen unsere Zeit für etwas Ehrenamtliches. Für andere gute Dinge. Nützlich machen kann man sich auf sehr viele verschiedene Arten und Weisen. Dafür brauche ich die Gaben nicht."

Der Hauch eines Lächelns huschte über Geraldines Gesicht: „Klingt verlockend."

„Aber nicht realistisch." wandte Annie ein und sie nickte:

„Genau. Weil Lotta noch etwas gesagt hat: Wir sind Plan A. Und Plan B ist deutlich schlechter."

„Sie hat gesagt, dass Gott lieber Plan A will." korrigierte Z sie, „das ist ja immer so. Aber von deutlich schlechter hat sie nichts gesagt."

„Dann ist das eben meine Interpretation. Wie dem auch sei: Ich denke, wir sollten unseren Kurs in diese Richtung beibehalten."

„Und ich denke, dass es an der Zeit ist – jetzt und hier – etwas aufzubringen, was mich schon ziemlich lange beschäftigt. Und was ich nur nie gesagt habe, weil ich Angst hatte, dass es euch persönlich trifft. Aber es muss irgendwann auf den Tisch und dieser Zeitpunkt ist so gut wie jeder andere."

„Dann pack es auf den Tisch." forderte Annie Z auf. Worauf dieser

„Wir." sagte. Und es dabei beließ.

Geraldine und Annie sahen sich an. Zuckten beide mit den Schultern. Und wandten sich Z zu:

„Wir." wiederholte Annie, „Wort mit drei Buchstaben."

„Abkürzung von Wirbelbruch."

Annie lachte auf: „Nicht wirklich."

„Oder von wirklich." überlegte Geraldine.

„Spaß beiseite." Z legte die Handflächen aneinander, „bitte. Das ist ernst."

„Gut. Dann ernst."

„Wir reden immer von ‚wir'." führte Z seine Gedanken aus, „von uns. Als Team. Wir machen das und das. Wir wollen das und das. Überall, immer wieder. Aber die Wahrheit ist: ‚wir' bestehen aus drei Individuen. Die alle Entscheidungen treffen können, die denen der anderen entgegenlaufen. Die alle unterschiedliche Meinungen haben dürfen. Und nirgendwo steht geschrieben, dass dieses ‚wir' bis zum Ende aller Tage Bestand haben muss."

„Was willst du damit sagen?" fragte Geraldine alarmiert.

„Willst du mit uns nichts mehr zu tun haben?" setzte Annie – nicht minder alarmiert – hinzu.

Z seufzte: „Das ist genau das, was ich befürchtet hatte. Dass ihr es auf eine persönliche Ebene hievt. Aber da gehört es nicht hin. Es geht nur um die

Arbeit. Und um unsere Lebenswünsche. Schaut euch doch mal unsere Situationen an: Wir haben alle Partner, mit denen wir uns in verschiedenen Stadien befinden." Er deutete auf Annie, „eure Beziehung ist noch ganz frisch. Meine nicht, aber dafür meine Ehe. Relativ, zumindest. Irgendwann wird Becka Kinder wollen. Das weiß ich, auch wenn wir noch nicht darüber gesprochen haben. Geraldine ist im Grunde schon am Ziel. Weil Nils alles ist, was sie will. Das ist so unterschiedlich und das ist nur dieser eine Lebensbereich. In anderen wäre das auch so, wenn wir man es aufrollen würden."

„Ich komme immer noch nicht mit." ging Geraldine dazwischen, merkte aber gleich, dass Z auch noch nicht fertig war und legte sich daher die Hand auf den Mund. Er lächelte schwach:

„Wir sollten uns von dem Gedanken verabschieden – oder ihr, besser gesagt – dass wir bei den Entscheidungen, die nun anstehen, immer einen Konsens finden werden. Ich finde es vorbildlich, dass Geraldine so erpicht darauf ist, den alten Zustand wiederherzustellen. Aber sie hat sich ihr Leben auch schon komplett eingerichtet. Da kommt nichts mehr. Zumindest nicht in einem Ausmaß, das wieder alles verändert. Bei mir vielleicht schon. Heiraten und Familie gründen sind nochmal zwei vollkommen unterschiedliche Dinge. Und jetzt, wo das eine geschafft ist, muss ich zwangsläufig über das andere nachdenken. Meine Motivation ist also wesentlich geringer. Im Gegenteil: Ich bin froh, dass es jetzt so ist, wie es ist. Weil es mir Raum gibt für andere Prioritäten. Und Annie muss auch schauen, was sie eigentlich will. Ich meine einfach: Wir waren ein Team. Ein sehr gutes Team. Aber jedes Team fällt mal auseinander. Jede Band trennt sich irgendwann. Weil eben genau das kommt, was jetzt kommt. Die Umstände jedes einzelnen sind unterschiedlich und jeder geht anders damit um."

„Das heißt also – selbst wenn ich sage, ich will meine Gabe wieder, willst du deine nicht wieder." folgerte Geraldine.

Z machte eine Geste in der Mitte zwischen Nicken und Kopf schütteln: „Es heißt, dass ich mich nicht zwingen lasse. Es wird keine Abstimmung geben, wo die Mehrheit entscheidet und auch keine lange Gesprächsrunde, wo wir uns auf etwas einigen. Ich will meine Entscheidung alleine treffen. Mit Becka zusammen, natürlich. Aber unabhängig von euch. Und ich denke, es wäre vernünftig, wenn ihr das genauso tätet. Natürlich könnt ihr euch entscheiden, das zusammen zu regeln. Das ist euer Ding. Aber ich bin da raus. Keine Gruppenentscheidung – Einzelentscheidung."

Annie kniff die Augen zusammen: „Jetzt sofort."

„Ich habe nicht mal angefangen, darüber nachzudenken." beruhigte Z sie, „dafür war viel zu viel um die Ohren. Und das bleibt auch noch eine Weile so. Wir werden bald auseinandergehen. Räumlich, meine ich. Ihr beide wisst schon, wohin. Ich noch nicht. Ich werde jetzt mit suchen beginnen. Und das auch zuerst tun. In Ruhe. Dann kommt der Umzug. Dann kommt der Verkauf. Dann haben wir dieses Ding hier aus den Füssen und dann… werde ich mir Zeit nehmen und in mich gehen. Gespräche führen mit meiner Frau. Mit meinem Bruder, eventuell. Vielleicht sogar mit meinen Eltern und meinem Pastor. Weiß ich noch nicht. Habe ich noch nicht durchdacht. Aber ich werde es durchdenken. Und dann werde ich ‚es' durchdenken. So lange, wie es sein muss. Bis ich eine Entscheidung habe, mit der ich zu 100% glücklich bin. Und die, die mir am Herzen liegen, auch."

„Da gehören wir nicht dazu?" Geraldine sah ihn getroffen an – und wieder bemühte er sich um Beschwichtigung:

„Doch, da gehört ihr dazu. Ihr seid meine besten Freunde… Freundinnen. Auf jeden Fall. Aber in dieser Sache muss ich leider Abstufungen machen. Zwischen den Leuten, die sich von sich aus entscheiden, es aktiv weiter zu betreiben. Und den Leuten, die hinten dranhängen und wieder mitziehen müssen. Ohne Einfluss zu haben. Becka hat das jahrelang ohne Murren getan. Und ich bin es ihr schuldig, dass ich sie dieses Mal mit einbeziehe. Und sei es nur gedanklich."

Geraldine schluckte: „Das ist hart – das muss ich erstmal verdauen. Ich dachte, wir halten zusammen bis zum glorreichen Ende. Aber wenn das dein Standpunkt ist…"

„Ist es. Und ich weiß, dass ihr mir das übelnehmt. Aber ich kann euch nicht belügen. Und mich schon gar nicht."

Annie blickte Geraldine fragend an: „Weißt du denn schon, was du willst?"

„Natürlich." erwiderte diese, „aber das werde ich jetzt nicht laut sagen. Denn wenn du auch alleine nachdenken willst, ist es nicht an mir, dich zu beeinflussen."

„Das ist nett." Annies Blick wanderte in Richtung Boden, „und – ja: Ich habe eigentlich auch das Bedürfnis, mir in Ruhe Gedanken zu machen. Nicht zwangsläufig so abgeschottet wie Z. Wir können uns gerne austauschen. Aber den Ansatz, erst alles Organisatorische zu regeln und danach die Zeit zu nutzen, um sich seiner Gefühle klar zu werden, finde ich gut."

„Dann soll es wohl so sein." seufzte Geraldine und diese Worte wirkten wie ein Abschluss. Sie alle wandten sich ab und gingen in unterschiedliche Richtungen davon.

51

Der Verkauf des Zentrums verlief kurz und schmerzlos. Sie bekamen den Käufer nur einmal zu Gesicht. Es war ein älterer Mann, der einer gemeinnützigen Institution angehörte, die anscheinend schon seit einigen Jahren von der Katholischen Kirche unterstützt wurde, bisher allerdings hauptsächlich im Osteuropäischen Raum tätig gewesen war und nun hier Fuß fassen wollte. Er machte einen netten Eindruck, beschäftigte sich allerdings kaum mit ihnen, da er nicht darauf aus war, sich zu unterhalten, sondern so schnell wie möglich das Geschäftliche erledigen wollte. Dafür war der Makler zuständig und sie ließen die beiden damit alleine. Z war fieberhaft mit seiner Wohnungssuche beschäftigt und daher dankbar, wieder dazu zurückkehren zu können. Geraldine und Annie saßen noch eine Weile im Garten, sprachen jedoch nicht. Das Thema ihrer Entscheidung stand zwischen ihnen und keine von beiden traute sich, es anzusprechen.

52

Einige Tage später kam der erste Umzugswagen und brachte Geraldines und Nils' Möbel in seine Wohnung. Sie hatten dieses Mal eine Firma beauftragt und mussten so selber nicht helfen. Lediglich delegieren. Wozu sie schließlich gegen Abend in die andere Wohnung fuhren und erst einige Tage später wiederkamen, um Annie dabei zu helfen, ihre Sachen auszuräumen. Sie hatte sich entschieden, einen Großteil ihrer Möbel erst einmal dazulassen. Da von den drei Wohnungen zunächst nur eine genutzt werden sollte, war das für den Käufer okay – solange es nicht zu lange dabei blieb. Ihr Plan war, die Möbel nach und nach ins Haus zu holen und dort in den Keller zu stellen. Vorerst allerdings wollte sie auch einfach nur weg. Mit Geraldines Aufbruch war aus ihrem gemeinsamen Heim ein fast schon fremder Ort geworden, an dem sie sich nicht mehr aufhalten wollte. Wie zu erwarten, waren Z und Becka die letzten, die das Zentrum verließen. Ungefähr einen Monat nach Annie. Auch sie ließen viele ihrer Möbel da – in ihrem Fall allerdings komplett. Der Käufer hatte übernommen, was sie nicht mitnehmen konnten. Denn ihre neue Wohnung war deutlich kleiner und sie wollten sie auch nicht komplett vollstellen. Den Ganzkörperfön allerdings montierte Z ab – und, nach einem sehr deutlichen Wink von Becka, auch die in den anderen beiden Wohnungen. Er war ebenfalls froh, den Ort hinter sich lassen zu können. Er sehnte sich danach, endlich den angekündigten Schnitt zu machen. Und das ging dort nicht. Geraldine, Annie, Nils und Jonathan halfen ihnen beim Umzug. Und freuten sich sehr, als er ihnen nach getaner Arbeit zwei Kartons hinhielt, die die Einzelteile der Geräte sowie eine Anleitung für den Zusammenbau enthielten. Danach saßen sie noch eine Weile zusammen und sagten sich dann Lebewohl. Sie waren inzwischen darin übereingekommen, dass sie alle drei untereinander keinen Kontakt haben würden, solange sie sich in der Nachdenkphase befanden. Sobald einer von ihnen eine Entscheidung getroffen hatte, sollte er den anderen eine Mail schreiben, wo nur dieses drinstand: ‚Ich habe eine Entscheidung getroffen'. Dann wussten die anderen Bescheid. Wenn der letzte von ihnen eine solche Mail geschrieben hatte, würden sie sich treffen und gegenseitig mitteilen, wie diese Entscheidung aussah. Geraldine war mit diesem Vorgehen gar nicht glücklich, Annie nur bedingt, Z dagegen sehr. Was auch der Grund war, weswegen sich die beiden Frauen darauf eingelassen hatten.

„Wenn wir das Z nicht zugestehen, verlieren wir ihn gleich jetzt." hatte Geraldine zu Annie gesagt und diese genickt:

„Dann lass es uns alle gleich machen. Dann kriegt er auch nicht den Eindruck, wir verbünden uns gegen ihn."

„Sicher?"

„Naja... ja. Nicht begeistert. Aber es ist am besten."

So gingen sie auseinander. Und in den darauffolgenden Monaten sahen und hörten sie kaum etwas voneinander.

53

Imran war fündig geworden. Es hatte lange genug gedauert, aber jetzt, wo der Stein erst einmal ins Rollen gekommen war, purzelten die Erkenntnisse förmlich übereinander. Was zwangsläufig mit sich brachte, dass er seine Mandanten informierte. Die sich daraufhin bei ihm zusammenfanden.

„Schön, euch zu sehen." begrüßte Z die beiden Frauen.

„Ebenfalls." gab Annie zurück.

„Wie geht es euch?"

„Gut. Und selbst?"

„Mir auch." Z sah Geraldine an, „und dir?"

„Also..." begann Geraldine, doch in diesem Moment machte Imran so laut „Ähem.", dass sie alle zusammenzuckten.

Annie fing sich als erste wieder: „Imran. Ja. Erzähl uns was."

„Was Spannendes." ergänzte Z.

„Und was zum..." wollte Geraldine hinzusetzen – und wurde ein zweites Mal von Imran daran gehindert:

„Äh..."

„Und Schokolade." kam es trotzdem noch von Z und Annie lachte laut los: „Du musstest es noch sagen."

„Natürlich." grinste er, „aber jetzt bin ich fertig."

„Das freut mich." Imran räusperte sich, „wenden wir uns eurem Problem zu. Ich habe mich ihm von zwei Seiten genähert."

„Gleichzeitig?" unterbrach Annie ihn direkt wieder.

„Hä?"

„Gleichzeitig. Du. Von zwei Seiten."

Er kratzte sich am Kopf: „Verstehe ich nicht."

„Das würde ich gerne sehen." kicherte sie, „wie du dich von zwei Seiten gleich..."

„Interessiert es euch nicht?" fragte Imran gereizt.

„Doch. Natürlich." erwiderte Geraldine hastig, „Annie hält jetzt den Mund."

Diese legte den Kopf schief: „Tut sie?"

„Tut sie. Sonst halte ich ihn dir."

„Dann tut sie's."

Geraldine strahlte Imran an: „Du darfst weitermachen."

Er nickte: „Zum einen habe ich mich bemüht, den Besitzer des Accounts zu ermitteln, unter dem eure Aufnahmen laufen. Zum anderen habe ich ein wenig tiefer in Christophers Leben hineingeschaut. Fangen wir damit an: Der zeitliche Ablauf hat mich von Anfang an ein wenig stutzig gemacht und es ist, wie ich es mir dachte: Die Scheidung seiner Schwester war bereits vor einigen Monaten. Dafür kann das Geld also nicht sein – wenn wir es als Motiv zu Grunde legen."

„Außer, er hat einen Kredit aufgenommen, den er nicht zurückzahlen kann." warf Z ein.

„Das wäre möglich. Danach habe ich noch nicht geschaut. Es geht aber noch weiter. Er bekommt momentan regelmäßig Geld. Monatlich, aber ungleiche Beträge. Weswegen ich genauer hingesehen habe. Es ist von einem Verlag."

„Von einem Verlag einen immer unterschiedlichen Betrag." Annie tippte sich ans Kinn, „das bedeutet, dass er..."

„...etwas veröffentlicht hat, was sich verkauft." beendete Z für sie.

Sie bekam große Augen: „Unsere Aufnahmen."

„Das halte ich für eher unwahrscheinlich." wiedersprach Imran, „die Zahlungen haben bereits davor angefangen und selbst wenn da ein paar 1.000 Klicks auf den einzelnen Teilen sind, rechtfertigt das nicht ihre Höhe. Zudem unterhält der Verlag nicht den Account und dass sie das unter der Hand machen, kann ich mir kaum vorstellen. Wenn sowas rauskäme, könnten sie dichtmachen. Nein – ich tippe eher auf ein Buch. Ist euch da was über den Weg gelaufen?"

In Zs Augen erschien für einen kurzen Moment so etwas wie ein Leuchten, das allerdings schnell wieder verlosch: „Nein. Ich lese relativ viel. Und Becka noch viel mehr. Sein Name wäre uns aufgefallen."

„Aber sicher weißt du es nicht." hakte Geraldine bei Imran nach.

„Nein. Weil unter seinem Namen kein Eintrag auf der Verlagsseite verzeichnet ist und ich nur bis zu einem gewissen Punkt in seine

Kontounterlagen schauen kann. Aber: Diese Spur weiterzuverfolgen, macht meiner Meinung nach auch wenig Sinn. Denn ich kann euch jemand anders präsentieren."

„Was?"

„Wirklich?"

„Wen?" redeten die Freunde durcheinander und Imran konnte sich ein stolzes Lächeln nicht verkneifen:

„Den Besitzer – oder besser gesagt: die Besitzerin – des Internetprofils."

„Eine Sie?" hakte Geraldine erstaunt nach.

„Eine Sie." bestätigte Imran.

Z zog eine Schnute: „Du sagst das so, als müsste es immer ein Mann sein, der sowas tut."

„Ich sage das so, weil wir außer Katiana keine Frau auf unserer Verdächtigenliste hatten." klärte Geraldine ihn auf – er widersprach ihr allerdings direkt:

„Doch, hatten wir. Bin ich mir sicher."

„Ihr braucht euch nicht zu streiten." Imran hob die Hände, „ich kann euch sagen, dass diese Person nicht auf eurer Liste stand."

„Wer ist es denn?"

„Eine Dame, die… sagen wir mal… die sich mit der Veröffentlichung von brisantem Material bestens auskennt. Weswegen ich mich fast ärgere, dass wir nicht von vorneherein auf sie gekommen sind. Ich meine… ich kenne sie nicht. Aber ich wusste ja, dass ihr eine Zeitlang was fürs Fernsehen gemacht habt."

„Fernsehen?" stieß Annie hervor.

Geraldine schluckte: „Sag jetzt nicht, dass…"

„Patrizia." sprach Z es aus, doch Geraldine schüttelte den Kopf:

„Das kann nicht sein."

„Ich fürchte, es kann." erklärte Imran, „denn genau so heißt die gute Frau."

Annie fuhr sich über die Stirn: „Wie kommt die denn an unsere Aufnahmen?"

„Nun. Das ist eine Frage, die…" Aber weiter kam Imran nicht, denn Z hatte eine eigene Theorie:

„Ist doch einfach. Wir hatten schon drüber gesprochen: Kopie per Bluetooth."

„Ja. Aber..." Annie zögerte, „wusste sie davon? Wirklich?"

„Wenn ich kurz dazwischen dürfte..." versuchte Imran es erneut.

„Immer."

„Was ich sagen wollte: Wie sie an eure Aufnahmen kommt, kann ich euch zur Hälfte beantworten."

Alle drei sahen ihn gespannt an: „Nämlich?"

„Sie hat sie gekauft."

Geraldine klatschte ihn die Hände: „Also doch Christopher."

„Durchaus möglich." nickte Imran, was Z irritierte:

„Aber sagtest du nicht vorhin, dass du ihn nicht weiter verdächtigst?"

„Äh... nein. Ich meinte nur, dass ich die Spur mit dem Verlag nicht weiterverfolge. Das Geld von dort ist für etwas anderes. Weil ich mit eurer Fernsehfrau bereits gesprochen und sie mit meinen Nachforschungen konfrontiert habe. Und sie sich damit gerechtfertigt hat, dass sie die Aufnahmen ‚ganz legal' erworben hat. Das klingt nicht nach einer monatlichen Vergütung. Sondern nach einer großen Summe auf einen Schlag. Die dann sicher auch nicht per Überweisung gelaufen ist. Sondern in bar."

„Wie im Krimi." kicherte Z, was Annie gar nicht witzig fand:

„Ich will nicht wie im Krimi sein."

„Was hat sie denn sonst noch gesagt?" erkundigte sich Geraldine.

„Nichts." erwiderte Imran, „weil ich nicht die Polizei bin und ihr daher nichts kann. Aber ihr könnt sie natürlich anzeigen. Dann muss sie zur Polizei. Und..."

„Nein. Das machen wir nicht. Aber wir drohen damit." Geraldine rieb sich die Hände.

Annie blickte sie fragend an: „Wie stellst du dir das vor?"

„Wir rufen sie an und sagen ihr genau das: Rück mit deiner Geschichte raus oder wir gehen zur Polizei. Darauf wird sie sich einlassen."

„Glaubst du."

„Ihr ist nichts wichtiger als ihr Image." erinnerte Geraldine sie, „natürlich wird sie das."

Annie bliess die Backen auf: „Da ist was dran."

„Sollen wir das jetzt gleich machen?" Geraldine sah in die Runde und Z nickte:

„Sehr gerne."

„Dann macht ihr das mal..." Imran hielt ihnen das Telefon entgegen und Geraldine griff danach. Sie wählte die Nummer aus dem Kopf und nach dem zweiten Klingeln meldete sich eine vertraute Stimme:

„Ja?"

„Hallo Patrizia. Geraldine hier."

„Warum rufst du an?"

„Kannst du dir das nicht denken?"

„Hat euer komischer Privatdetektiv...?"

„Er ist ein sehr guter Privatdetektiv." Geraldine schenkte Imran ein breites Lächeln, „wir verlassen uns auf ihn."

„In diesem Fall hat er Unrecht."

„Unrecht? Womit? Du hast doch schon zugegen, dass du die Aufnahmen gekauft hast."

„Habe ich gar nicht."

„Hast du..." Geraldine brach ab – und setzte neu an: „Wir machen das anders: Ich gebe dir eine Wahl. Entweder, du redest mit uns. Persönlich. Offen. Und sagst uns dabei die Wahrheit. Die ganze. Oder wir gehen zur Polizei. Gleich jetzt. Zeigen dich an. Lassen dich abholen. Wir kennen da eine Polizistin, die uns sicher liebend gerne den Gefallen tun würde, dich in Handschellen vom Studiogelände zu führen. Und das stellen wir dann ins Internet. Mit Ton und Bild. Was ist dir lieber?"

Die Antwort dauerte keine Sekunde: „Wir reden."

„Dachte ich mir."

„Wann? Wo?"

„Morgen. Hier."

„Morgen kann ich nicht. Ich drehe. In Leipzig."

Geraldine verzog das Gesicht: „Und das kannst du nicht verschieben."

„Es ist nichts, wo ich den Zeitplan bestimmen kann. Es ist eine feste Veranstaltung. Wenn ich nicht da bin, verpasse ich es."

„Und das geht nicht."

„Das geht nicht."

„Du spielst mit meiner Geduld." erklärte Geraldine übertrieben genervt – ein wenig zu sehr, denn Patrizia wurde leicht panisch:

„Ich habe doch gesagt, ich bin bereit, zu reden. Aber du kannst nicht von mir verlangen, dass ich das sausen lasse. Da kannst du auch die Polizei rufen. Das hätte den gleichen Effekt: ich ohne Job. Daher jetzt das Angebot andersrum: harte Tour – mit Polizei? Und mich als schweigsamen Gegner? Oder deine Variante – am nächsten Montag? Wenn ich wieder da bin."

Damit war Geraldine zufrieden: „Einverstanden. Montag. Hier."

„Wo ist hier?"

„Bei unserem Privatdetektiv."

„Du glaubst doch nicht ernsthaft, dass ich weiß, wo der wohnt."

„Sowas recherchierst du nicht?"

„Muss es mich interessieren?"

„Gut. Ich sage dir die Adresse..." Geraldine grinste bis über beide Ohren, als sie auflegte: „Nächsten Montag – werden wir die Wahrheit erfahren."

54

Erneut war es im Anschluss – als sie zu dritt bei ihren Autos auf dem Bürgersteig standen – dass die Erkenntnisse, die sie gesammelt hatten, eine neue Dimension erreichten. Ausgelöst durch eine Bemerkung von Geraldine, die eigentlich in eine ganz andere Richtung ging:

„Ist Jonathan dann eigentlich auch weg die nächsten Tage?"

Annie runzelte die Stirn: „Jonathan? Warum?"

„Na, wenn seine Chefin unterwegs ist."

„Nein. Er ist da. Er fährt nicht zwangsläufig mit, wenn sie dreht. Er... bleibt... da... meist..." Annies Stimme verlief sich und ihr Blick wurde glasig. Geraldine stupste sie leicht an:

„Annie?"

„Jonathan. Patrizia." murmelte Annie abwesend, „sie ist seine Chefin. Er ist ihr Assistent. Sie tut nichts ohne, dass er es weiß. Das meiste tut sogar er. Sie delegiert nur."

Z wippte mit dem Kopf: „Ja, nervig."

„Sie hat die Aufnahmen gekauft. Er hat die Aufnahmen gekauft."

„Was?" Mit einem Schlag wurde Geraldine klar, was gerade in Annies Kopf passierte, „Annie. Langsam. Das ist absurd."

Annie schüttelte sich kurz: „Aber so läuft ihre Zusammenarbeit."

„Du glaubst doch nicht ernsthaft, dass sie ihn beauftragt, Sachen über seine Freundin..."

„Sie weiß davon nichts." wandte Z ein und Geraldine hätte ihn am liebsten dafür getreten, blieb jedoch in der Spur:

„Gut. Stimmt. Aber er hätte das erzählt."

„Hätte er das?" Tränen traten in Annies Augen und Geraldine nahm sie instinktiv in den Arm:

„Annie. Ganz. Tief. Durchatmen."

„Kann ich nicht." schluchzte diese.

„Doch. Kannst du. Tust du. Du fährst heim, rufst ihn an, triffst dich mit ihm. Und dann erzählst du es ihm. Ohne Vorwürfe. Ohne Verdächtigungen. Ohne Verletzungen. Und schaust, wie er reagiert."

„Das kann ich erst recht nicht."

„Annie." Geraldine fasste sie an den Schultern und schüttelte sie leicht, „Er. Ist. Dein. Freund."

„Das weiß ich. Aber..."

„Er. Ist. Dein. Freund." wiederholte Geraldine noch lauter, was keinerlei Wirkung erzielte. So kam Z ihr zur Hilfe:

„Sollen wir dich begleiten?"

„Nein." Annie wischte sich über das Gesicht, „das geht so nicht."

„Es geht nur so." flüsterte Z eindringlich, „bisher gab es keine Opfer. Ein paar dumme Briefe. Die wir hoffentlich nie zu sehen kriegen werden. Weil die Leute, die uns lieben – unter anderem Jonathan – sie verschwinden lassen. Das ist alles. Aber wenn du das jetzt nicht hinkriegst, dann kreierst du Opfer. Das kann ich dir versprechen. Denn wenn du ihn angreifst – und er nichts gemacht hat – dann ist es vorbei zwischen euch. Das wird er die niemals verzeihen."

„Ich kann das nicht." Die Tränen wurden stärker. Und Z gab sich einen Ruck und legte sowohl ihr als auch Geraldine eine Hand auf die Schulter:

„Dann lasst uns etwas tun, was wir schon lange nicht mehr getan haben."

„Was denn?"

„Beten."

55

Geraldine und Z trafen am nächsten Morgen fast gleichzeitig am Haus ein. Und das ziemlich früh. Z sah Geraldine unsicher an:
„Konntest du auch nicht schlafen?"
„Sie hat sich nicht mehr gemeldet." antwortete diese.
„Ein gutes Zeichen."
„Oder kein gutes Zeichen." Sie drückte auf die Klingel und Annie öffnete praktisch sofort:
„Ich habe euch schon gesehen."
„Wie das?" fragte Z verwundert.
„Sagen wir mal... ich bin davon ausgegangen, dass ihr kommen würdet."
„Und da hast du hinter der Tür gewartet?"
Sie nickte: „Im Flur. Auf dem Boden. Man sieht die Schatten von drinnen."
Geraldine zog sie an sich: „So schlimm?"
„Ja."
„Seid ihr...?" Geraldine wagte nicht, es auszusprechen, sodass Annie es ihr abnahm:
„...arm wie die Kirchenmäuse."
Das ließ die beiden anderen verwirrt blinzeln: „Was?"
„Okay. Das ist übertrieben. Aber mit dem lockeren Leben ist es vorbei."
„Sollte es doch auch sein." Z legte die Stirn in Falten, „verstehe ich trotzdem nicht."
Annie atmete tief ein: „Jonathan ist ausgerastet, als ich es ihm erzählt habe. Nicht wegen mir. Wegen ihr. Hat sie beschimpft. Zum Glück war sie nicht da. Aber... er hatte trotz ihrer unfeinen Art immer irgendwie Respekt für sie. Weil sie normalerweise wohl ziemlich viel investiert und sich auf dieses Regenbogenpresse-Niveau anscheinend auch noch nie herabgelassen hat. Sie macht kein Qualitätsfernsehen. Aber sie hatte bisher trotzdem Prinzipien. Sagt er."
„Und nun?"
„Er hat gekündigt." stieß Annie hervor und ließ sich gegen Geraldines Schulter sinken. Die im selben Moment erschrocken einatmete:
„Was? Wann?"

„Irgendwann im Laufe des Tages. Sie ist ja unterwegs nach Leipzig. Und er meinte, dass er es nicht per Telefon machen will, sondern per Video. Also muss er warten, bis sie da ist und im Hotel und… so."

Geraldine packte Annie an den Oberarmen: „Und du hast ihn nicht zurückgehalten?"

„Er kündigt, weil er wegen ihres Verhaltens erbost ist." erklärte Annie trotzig, „und so nicht mehr mit ihr zusammenarbeiten will. Nicht mal hauptsächlich wegen mir. Sondern weil er sowas grundsätzlich nicht will. Das finde ich gut. Da halte ich ihn nicht von ab."

Z kniff die Lippen zusammen: „Also hat er bald keinen Job mehr."

„Er meinte, er wird wahrscheinlich freigestellt. Dann kriegt er noch ein Gehalt, ist aber sofort fertig."

„Und dann?"

„Naja, normal halt." Annie wiegte den Kopf, „bewerben und so."

„Noch mehr Stress." seufzte Z laut. Geraldine dagegen kehrte zu dem Punkt zurück, den sie eigentlich viel wesentlicher fand:

„Aber ihr seid noch zusammen."

Annie nickte heftig: „Ja. Fester denn je."

„Habe ich es nicht gesagt? Er hat damit nichts zu tun."

„Ja. Ich habe mich auch schon entschuldigt."

„Du hast was?" Geraldines Hände verkrampften sich und Annie zuckte zusammen. Was Geraldine zum Glück merkte und wieder lockerließ, „er sollte das doch gar nicht erfahren."

„So ist es besser." erwiderte Annie, „ich habe mich so schlecht damit gefühlt, dass ich es überhaupt gedacht habe. Und das habe ich ihm gesagt. Das war sehr gut so."

Geraldine ließ Annie los: „Nun – musst du wissen."

„Freut mich aber." warf Z ein. Annie lächelte dankbar. Und Geraldine rang sich auch zu einem durch:

„Also noch einer mehr, der frei hat."

Annie schüttelte den Kopf: „Oh – ich glaube, er wird nicht lange ohne Job sein. In dieser Branche... er hat genug Beziehungen. Er findet bestimmt schnell was. Und die Chancen stehen gut, dass es ihm dort besser geht als vorher."

56

Am Sonntagabend vor dem Treffen schrieb Geraldine ihre Mail. Wie vereinbart, enthielt sie nur zwei Worte: Entscheidung getroffen. Sie war sich klar darüber, dass die anderen noch längst nicht so weit waren. Und dass sie nun würde warten müssen. Doch sie hatte bereits gewartet. Ihre Entscheidung hatte schon festgestanden, als sie die Vereinbarung getroffen hatten. Und obwohl sie sich wirklich die Zeit gegönnt hatte, intensiv darüber nachzudenken, hatte sich nichts mehr daran geändert. Jetzt konnte sie nur hoffen. Hoffen, dass die Zeit auch den anderen half – zur richtigen Entscheidung zu gelangen.

57

Die Tür zum Büro flog auf und noch im Türrahmen fing Patrizia schon an zu zetern: „Ihr habt mich meinen Assistenten gekostet."
„Ist das wirklich das, womit du einsteigen willst? Anklagen?" Geraldine blickte sie fassungslos an.
„Warum nicht? Von euch kommen doch auch noch welche."
„Eine. Und die ist gerechtfertigt."
„Und meine nicht." schnaubte Patrizia.
Annie funkelte sie an: „Jonathan ist wegen dir gegangen. Nicht wegen uns."
„Du steigst mit ihm ins Bett." lautete die Retour, aber Annie blieb gelassen – nickte – lächelte sogar:
„Richtig. Das tue ich."
„Und führst ihn an der Leine spazieren."
„Bitte was?" Annie klappte den Mund auf, was Patrizia direkt ausnutzte:
„Er hätte nie gekündigt, wenn du ihn nicht aufgegabelt hättest. Ich wette, das war ein abgekartetes Spiel. Du wolltest mir hierfür eins auswischen und..."
„Äh..." unterbrach Annie sie, „lass uns mal eins klarstellen: Jonathan und ich waren schon zusammen, als wir noch mit dir gedreht haben."
Jetzt war es Patrizia, die den Mund nicht mehr zu bekam: „Ist nicht dein Ernst."

„Doch, mein voller. Wir sind während der Dreharbeiten zur ersten Staffel zusammengekommen. Und seitdem..."

„Und davon weiß ich nichts?" fragte Patrizia scharf.

Annie zuckte die Achseln: „Jetzt weißt du es."

„Das ist ungeheuerlich."

„Ungeheuerlich?" lachte Annie, „bist du seine Mutter? Oder seine Ex-Frau? Was geht es dich an, was er tut?"

„Wenn es mich sowieso nichts angeht – warum habt ihr es dann verheimlicht?"

„Weil Jonathan der Meinung war, du würdest nicht gut damit umgehen. Und wie du gerade bewiesen hast, hatte er damit recht."

Es tat einen Schlag, als Patrizias sich auf den einzigen noch freien Stuhl fallen ließ: „Ihr seid wirklich..."

„Schau in den Spiegel." würgte Annie sie unsanft ab, „anstatt immer alles auf andere abzuwälzen. Dass dein ehemaliger Assistent dir nicht vertraut, hast du dir selbst zuzuschreiben. Das hat nichts mit mir zu tun. Das war schon vorher so."

„Behauptest du."

„Es war mit das Erste, was er zu mir gesagt hat. Noch bevor wir zusammengekommen sind."

„Kleines Aas."

„Okay." sagte Geraldine – die gerade aufgestanden war, um die Tür zu schließen – laut, „ich denke, wir sind jetzt an der Grenze angekommen. Willst du, dass wir hier etwas Konstruktives leisten?"

„Sollte ich?" fauchte Patrizia wütend.

Geraldine zog die Brauen zusammen: „Polizei."

Und schon schlug die Stimmung um: „Wie ihr meint."

„Dachte ich mir doch. Also: Jonathan – erledigt. Er ist gegangen, weil du gegen die Regeln verstoßen hast. Regeln, die – so sagt er zumindest – du sogar selbst aufgestellt hast. Das kannst du uns also nicht in die Schuhe schieben. Du kannst es natürlich versuchen. Bis du schwarz wirst, von mir aus. Aber deswegen sind wir nicht hier. Wir sind wegen dem Grund seiner Kündigung hier. Deinem Regelverstoß. Der gegen uns ging."

„Ihr armen, kleinen Würmchen." Patrizia kicherte spöttisch.

„Tatü-Tata." machte Geraldine, doch diesmal winkte Patrizia ab:

„Mit der Zeit wird die Drohung alt."

„Ich will dir nur zeigen, dass meine Geduld nachlässt."

„Wisst ihr was?" schaltete sich Z ein, „wir machend das ganz einfach. Wir spielen selbst Polizei. Dieses ganze Gerede geht mir auf die Nerven. Vor allen in so einem schrillen Tonfall. Wir stellen dir Fragen. Und du antwortest. So ausführlich, wie es sein muss. Und gleichzeitig so knapp, wie es geht."

Der Spott blieb: „Phantastisch."

Z sah Geraldine an, dann Annie. Beide sagten nichts. Also begann er: „Hast du unsere Aufnahmen veröffentlicht?"

„Ja." nickte Patrizia, „das habe ich."

„Warum?"

„Da gibt es nicht nur einen Grund."

„Ich hatte auch nicht nach nur einem Grund gefragt. ‚Warum' ist eine offene Frage. Auf die du jede Antwort geben kannst."

„Nun gut." Patrizia war nun wieder deutlich entspannter, lehnte sich zurück und schlug die Beine übereinander, „fangen wir an: Rache. An euch. Weil ihr aus dem lukrativsten Deal meiner Karriere einfach so ausgestiegen seid. Das hat mich Millionen gekostet. Ich hätte mich zur Ruhe setzen können. Zwei Jahre länger und ich wäre jetzt irgendwo in der Karibik. Für immer."

„Glaub mir..." murmelte Z, „...hätte ich gewusst, wieviel Stress du uns bereiten würdest, hätte ich selbst dafür gesorgt, dass du dort hinkommst."

„Stress. Ach... Bubchen." Sie lachte auf, „hattet ihr Stress? Wurdet ihr auf offener Straße ausgelacht? Angepöbelt? Hat man euch böse Briefe geschrieben?"

Annie nickte: „Ja."

„Welches davon?"

„Das Letzte."

„Wie schlimm." amüsierte sich Patrizia, „nun – ich für meinen Teil habe auch mit den anderen beiden Erfahrungen gemacht. Und mit noch so einigem mehr."

Geraldine runzelte die Stirn: „Aber was hat das denn mit uns zu tun?"

„Ihr wart der Auslöser. Was meint ihr wohl, was los war, als ihr gegangen seid? Alle haben sich über mich lustig gemacht."

„Du meinst beim Sender."

„Ja."

„Aber das ist doch nicht die offene Straße." wandte Z ein.

„Man trifft Leute von da durchaus auch draußen auf der Straße." erwiderte Patrizia düster.

Z schlug sich auf die Stirn: „Meine Güte. Du hast aber auch einen Hang zur Theatralik. Machst dich über unseren Stress lustig, hast aber selbst im Grunde keinen. Und führst dich trotzdem so auf."

„Geht es dir denn gut mit deiner Rache?" erkundigte sich Annie, bevor Patrizia antworten konnte. Was diese umschwenken ließ in eine Richtung, die ihr besser gefiel:

„Ja. Ist nicht ganz so aufgegangen, wie ich dachte. Ich dachte, da kommt mehr Böses. Gegen euch. Öffentlich. Aber gut – vielleicht habe ich euren Status überschätzt. Eure Starzeit ist ja schon eine Weile her. Und ihr habt es seitdem ja ganz gut verstanden, euch selbst in Grund und Boden zu stampfen. Euer Stern ist nicht verblasst – ihr habt ihn ausgepustet."

„Das freut dich." stellte Geraldine fest und sie nickte:

„Und wie."

Annie legte den Kopf schief: „Aber ich denke, du hast jetzt irgendwas tolles Neues."

„Was geht euch das an?" zischte Patrizia unwirsch.

„So defensiv?" schnaubte Z, „funktioniert nicht?"

Patrizia setzte sich ruckartig gerade hin: „Es ist ein wertvolles geschichtliches Dokument."

„Zu Deutsch: Keiner schaut es." kicherte Geraldine.

„Es wurde noch nicht einmal gesendet." belehrte Patrizia sie – was zunächst aber für noch lauteres Kichern sorgte:

„Das ist natürlich noch schlechter."

Also verbesserte sie sich schnell: „Es wurde geplant noch nicht gesendet. Weil es eine Terminvorgabe gibt."

„Aha."

„Und das ist dein Problem?" bohrte Annie weiter, „dass du noch nicht weißt, ob es Erfolg haben wird?"

Geraldine schüttelte den Kopf: „Nein – ihr Problem ist, dass sie momentan noch nichts damit verdient."

„Das ist die Hauptsache, nicht wahr?" Z rollte mit den Augen, „reich werden."

„Als ob das bei euch anders wäre." schoss Patrizia zurück und Z errötete leicht:

„Zurück zum Thema."

„Nerv getroffen?"

Das hatte sie wirklich – daher beschloss Geraldine, sie zu ignorieren:

„Nächste Frage: Wo hast du die Aufnahmen her?"

„Gekauft." kam es knapp zurück.

„Das wissen wir."

„Dann wisst ihr alles."

„Witzig." brummte Z, „wer ist der Verkäufer?"

Patrizia zuckte die Achseln: „Das weiß ich nicht."

„Das weißt du nicht?" Annie wippte erstaunt mit dem Kopf. Und auch Z fand das unglaubwürdig:

„Wie sollte das denn zugehen?"

„Ganz einfach." klärte Patrizia sie mit überheblichem Lächeln auf, „ich kriege ein E-Mail. Mit einer Hörprobe. Und einer Summe. Die ich bezahlen soll, wenn den Rest haben will. Genauer gesagt waren es drei Hörproben. Von jedem von euch eine. Ich habe sie gehört und gewusst, dass das nur gut werden kann. Also habe ich geantwortet, dass ich sie nehme und zwei Tage später war ein Umschlag in der Post mit einem USB-Stick und einem vorausgefüllten Überweisungsträger. In den ich nur noch meine Daten eintragen und ihn einwerfen musste."

Die drei Freunde sahen sich an. Ihnen schwante Böses. Was sich sogleich bewahrheiten sollte, als Geradline anfing, nachzuhaken:

„Und du hast keine Kopie davon gemacht."

„Nein."

„Und das Mail hast du gelöscht."

„Ja."

„Und der Empfänger..."

„Absender meinst du wohl." schmunzelte Patrizia.

„...der Überweisung."

„Lautete genauso wie die Mail-Adresse. Irgendsowas wie ‚catchu@' Pünktchen, Pünktchen, Pünktchen."

Geraldine sah sie prüfend an: „Fällt mir schwer, das zu glauben."

„Ich weiß die Adresse nicht mehr." beharrte Patrizia, „sie kann auch anders..."

„Dass du nichts aufgehoben hast."

Patrizia lachte auf: „Ich bin doch nicht plemplem. Bei so einer Transaktion behält man kein belastendes Material zurück."

„Du gestehst doch jetzt auch." stellte Annie verwundert fest.

„Euch. Ja."

„Verstehe ich nicht."

„Es geht nicht um die Aufnahmen." führte Patrizia aus, „es geht um das Geld. Ich verdiene daran. Und zwar ein Vielfaches von dem, was ich dafür ausgegeben habe. Geld, das ich als Entschädigung sehe für das, was ihr mich gekostet habt."

Doch auch diese Erklärung reichte nicht. Annie wiederholte einfach nur „Verstehe ich nicht."

und auch Geraldine kratzte sich am Kopf: „Und was ist damit?"

„Ich glaube, ich verstehe es." kam eine Stimme aus der Ecke und alle vier schraken zusammen. Im Laufe ihres Streitgesprächs hatten sie allesamt vergessen, dass Imran auch noch da war. Still hinter seinem Schreibtisch saß und sie beobachtete. Und es jetzt an der Zeit sah, sich einzuklinken: „Es sind keine offiziellen Einnahmen. Und insofern erfährt auch die Steuer nichts davon."

Patrizia nickte beifällig: „So ist es."

„Leider hast du uns das jetzt verraten." Geraldine verzog spöttisch das Gesicht – allerdings nicht lange:

„Und was wollt ihr tun?"

„Was denkst du denn?"

„Ich denke, dass wir uns hier nett unterhalten. Und ich alles behaupten kann, was mir einfällt. Und das am Ende Aussage gegen Aussage steht?"

Z schüttelte den Kopf: „Willst du wirklich so pokern?"

„Ja." erwiderte Patrizia, „denn ich habe da noch ein Ass im Ärmel."

„Das da wäre?"

„Auf der Seite, auf der ich die Aufnahmen eingestellt habe, kann man nicht runterladen. Nur anhören. Das heißt: Niemand anders hat die Aufnahmen.

Obwohl sie öffentlich zugänglich sind. Außer natürlich, er nimmt sie beim Abspielen neu auf. Aber wer macht sich schon solche Mühe?"

Geraldine legte die Stirn in Falten: „Worauf willst du hinaus?"

„Dass ich bereit bin, sie zu entfernen." Sie schlug erneut die Beine übereinander, „wenn ihr es im Gegenzug ruhen lasst. Komplett."

„Aber du hast sie noch." bemerkte Annie.

„Ich kann sie löschen."

„Und wir sollen glauben, dass du keine Kopie hast."

Patrizia winkte ab: „Ich habe meinen Spaß gehabt. Und mein Geld verdient. In meinen Augen sind wir quitt."

„Quitt." wiederholte Z ungläubig.

„Ihr habt mich Geld und Ansehen gekostet. Ersteres habe ich nun bekommen und letzteres gerächt. Das reicht mir. Und ich hatte am Ende noch das Vergnügen, eure missmutigen Gesichter zu sehen, während ich euch all das erzähle. Auch das ist nochmal Genugtuung."

Geraldine sah Z an, der den Hauch eines Nickens andeutete. Dann Annie, die den Hauch eines Schulterzuckens andeutete. Damit konnte sie nichts anfangen, aber da sie der gleichen Meinung war wie Z, machte das nichts. Sie wandte sich Patrizia zu: „Gut. Einverstanden. Wir gehen nicht zur Polizei. Die Sache ist vom Tisch. Dein Geld ist uns egal. Und du entfernst den Mist. So schnell wie möglich."

Patrizia verzog den Mund zu einem breiten Grinsen: „Habt ihr einen Computer?"

„Bist du blind?" Z deutete darauf.

„Könnte ja auch eine Attrappe sein. Wie im Möbelhaus."

„Haha."

„Dann lasst mich mal..." Sie sprang auf, schubste Imran zur Seite und hackte im Stehen auf die Tastatur ein. Dann deutete sie den Freunden, auf die andere Seite des Schreibtisches zu kommen. Sie konnten zusehen, wie eine Datei nach der anderen aus ihrem Account verschwand. Bis er schließlich komplett leer war. Ein letztes Mal drückte sie Enter:

„Bitteschön."

„Dankeschön." gab Geraldine knapp zurück.

Patrizia schnappte sich ihre Tasche: „Dann wars dann jetzt wohl."

„Nicht ganz." hielt Z sie auf, „da ist immer noch die Sache mit dem Verkäufer."

„Was? Glaubt ihr, ich habe euch angelogen?"

„Wäre das so abwegig?"

„Vielleicht nicht. Habe ich aber nicht. Wer auch immer es war, hat alles sehr sorgfältig geplant. Kein Name in der Mail-Adresse, kein Name auf dem Überweisungsträger – wie bereits gesagt."

Annie runzelte die Stirn: „Geht das denn überhaupt? Bei einer Bank?"

„Das fragst du mich?" Patrizia kicherte, „frag das deinen Detektiv."

Alle Blicke wandten sich Imran zu, der nur stumm nickte.

„Na, da habt ihrs doch." Wieder wollte Patrizia sich zum Gehen wenden. Wieder wurde sie aufgehalten – diesmal von Geraldine:

„Und wie genau lautete die Mail-Adresse?"

„Sagte ich doch schon: ‚catchu' oder so ähnlich."

„So ähnlich."

„Ich bin mir ziemlich sicher."

Geraldine rümpfte die Nase: „Das ist keine Hilfe."

„Wir könnten es im Internet eingeben." schlug Annie vor.

Z klopfte ihr anerkennend auf die Schulter – wurde aber von Patrizia direkt wieder abgebremst:

„Ja... damit könnt ihr gerne eure Zeit vergeuden."

„Soll heißen?" brummte er verärgert.

„Dass ich das auch schon selber versucht habe. Schließlich wollte ich wissen, wer dahintersteckt. Ich habe nichts gefunden. Aber bitte..."

„Vergiss es." winkte Z ab.

Sie bedachte ihn mit einem überheblichen Lächeln: „Eines kann ich euch auf jeden Fall sagen. Und ich freue mich erneut auf eure Gesichter dabei."

„Wir uns auch." murmelte Annie – und als Patrizia daraufhin nichts sagte, setzte sie nach: „Rück raus."

„Wenn sich jemand solche Mühe macht... das macht man nicht einfach so. Dafür gibt es nur einen Grund. Es ist jemand, den ihr kennt."

Z schnaubte: „Dieser Gedanke war uns auch schon selber gekommen."

„Beunruhigend, nicht wahr?" Das Lächeln wurde breiter – und überheblicher, „Verräter im eigenen Haus."

„Kümmer' dich um deine Sachen." fertigte Geraldine sie genervt ab, erreichte damit aber nicht das, was sie sich erhofft hatte. Denn Patrizia ging nicht etwa wirklich – so wie sie das augenscheinlich schon seit geraumer Zeit vorhatte – sondern lehnte sich gelassen gegen den Türrahmen, öffnete ihre Tasche und zog einige Papiere hervor:

„Das mache ich. Gleich jetzt. Denn da wir – wie es aussieht – wirklich fertig sind, habe ich hier noch was mitgebracht."

Geraldine starrte sie an: „Mitgebracht."

„Im Zuge unseres neuen Friedensbündnisses – auf das ich genauso gehofft habe, wie ihr – hätte ich gerne von euch die Zustimmung, etwas zu veröffentlichen, wo ihr drauf seid."

„Eh..." machte Z irritiert, „hatten wir das nicht gerade?"

„Wir hatten die Veröffentlichung ohne eure Zustimmung." korrigierte sie ihn, „das hier ist genau das Gegenteil. Und es geht auch nicht um irgendwelche Privataufnahmen. Es geht um offizielles Filmmaterial. Auf dem ihr nun mal zu sehen seid."

Annie zog die Brauen zusammen: „Wo hast du uns denn gefilmt?"

„In Bremen." kam die Antwort von Z, „da haben wir dich gesehen."

„Seht ihr." Patrizia deutete mit dem Finger auf ihn, „alles ganz einfach."

„Aber warum hast du uns dort gefilmt?" wollte Geraldine wissen.

„Ich habe nicht euch gefilmt. Das war nur Zufall. Ich wusste nicht, dass ihr auch da sein würdet."

„Und was hast du gefilmt?"

„Werdet ihr sehen, wenn alle anderen es sehen." wich Patrizia der Frage aus – was natürlich allen auffiel. Und Annie konnte nicht umhin, es auch auszusprechen:

„Solche Zurückhaltung auf einmal."

„Solche Neugier auf einmal." schoss Patrizia zurück.

Annie hob die Hand: „Gesunde Neugier."

„Gesunde Zurückhaltung."

Z fuhr sich übers Kinn: „Wenn du jetzt schon Angst hast, dass es keiner schaut – solltest du dann nicht mehr Werbung machen?"

„Wir machen eine Menge Werbung." erklärte Patrizia.

„Bei uns."

„Werbung ist für Jedermann. Sogar für euch. Sagt mir, dass ihr es euch anschaut. Dann sage ich euch, wann es kommt."

Geraldine schüttelte den Kopf: „Andersrum wird ein Schuh draus."

„Also doch kein Interesse."

„Es zu schauen – nein. Nur, es zu hören."

„Dann brauche ich ja auch kein weiteres Wort dazu zu verschwenden." sagte Patrizia übertrieben desinteressiert und Geraldine sah den Moment gekommen, das Thema fallen zu lassen:

„Mach, wie du denkst."

„Was ist nun mit eurer Unterschrift?" Patrizia wedelte mit den Papieren in ihrer Hand.

Annie verschränkte die Arme: „Nein."

„Warum nicht? Ich war so entgegenkommend."

„Weil in Bremen unsere..." Annie brach ab und Patrizia witterte sofort, dass etwas nicht stimmte:

„Eure? Eure was?"

„Wir hatten dort einen schlechten Tag." kam Geraldine Annie zur Hilfe, „und das wollen wir im Fernsehen nicht zeigen."

„Dann lasst mich euch wenigstens nur unkenntlich machen. Wenn ich es ganz rausschneiden muss..."

Z seufzte laut: „Meinetwegen. Um des lieben Friedens willen."

„Wo sollen wir unterschreiben?" Geraldine streckte die Hand aus. Doch Patrizia steckte die Blätter wieder ein:

„Oh – das müsst ihr mir nicht unterschreiben. Wenn man euch nicht erkennt, brauche ich auch eure Zustimmung nicht."

Annie schlug sich gegen den Kopf: „Und warum hast du dann so ein Theater gemacht?"

„Weil ich wissen wollte, ob ihr euch darauf einlasst." lautete die Antwort, die Geraldine zum Aufheulen brachte:

„Du bist echt anstrengend."

„Ihr auch." kam es zurück.

„Ich denke, ich habe genug." Z nickte in Richtung Flur, „außer, du hast noch weitere Überraschungen."

„Nein." Patrizia öffnete die Tür, „ich bin zufrieden."

„Na, das ist ja die Hauptsache."

„Finde ich auch." Und mit diesen Worten stolzierte sie davon – und ließ die Tür offenstehen.

58

Eine großartige Auswertung mit Imran gab es im Anschluss nicht mehr. Er versprach, sich mit der seltsamen Mail-Adresse zu befassen, die Patrizia ihnen genannt hatte und damit verabschiedeten sich die Freunde auch schon. Auf dem Weg nach draußen griff Geraldine die andere offene Frage auf:

„Sollen wir Jonathan fragen, was sie gedreht haben?"

„Lieber nicht." erwiderte Annie, „er ist immer noch nicht gut auf sie zu sprechen."

„Kann ich verstehen."

„Sollen wir dann selbst nachschauen?" schlug Z vor.

Geraldine hob die Hände: „Wir haben keine Ahnung, was es sein könnte. Wir wissen nicht einmal, an welchem Tag es läuft."

„Und ganz ehrlich..." Annie stampfte mit dem Fuß auf, „es interessiert mich nicht."

Geraldine nickte zustimmend – war mit dem Thema jedoch noch nicht ganz durch: „Aber ist es nicht krass, dass sie da bei der Veranstaltung war?"

„Du tust gerade so, als wäre diese Info neu." entgegnete Z.

„Ich hatte es vergessen."

„Ich auch." schloss sich Annie an, „und ich werde das jetzt auch wieder vergessen. Ich bin mit dem Fernsehthema durch. Schlimm genug, dass wir uns heute nochmal mit ihr plagen mussten."

„Und nicht rausgefunden haben, wer es war." setzte Z missmutig hinzu.

„Ja." Geraldine tippte sich an die Wange, „das geht mir echt gegen den Strich. Und dieses komische Wort... können wir abhaken. Ob Imran noch weitere Ansatzpunkte hat?"

„Er klang nicht so." überlegte Z, „aber er hat auch in der Vergangenheit schon öfter bewiesen, dass er mit kleinen Geistesblitzen noch was aus dem Hut zaubern kann. Warten wir es einfach ab."

„Und in der Zwischenzeit?"

Annie biss sich auf die Lippen: „Hätte ich gerne wieder meine Ruhe."

59

Mit den Gesetzen nahm es Rodrigo nicht so genau. Sie waren sowieso eher Richtlinien und wenn sich doch mal jemand beschwerte, dass man sie nicht einhielt, drückte man ihm ein paar Scheine in die Hand und die Sache war vergessen. Für ihn gab es nur ein Gesetz, das wirklich unumstößlich war: das Gesetz seiner Frau. Wenn sie etwas wollte, dann bekam sie es auch. Sie fuhr gerne in Urlaub. Also buchte er Urlaub. Sie fuhr gerne Cabrio. Also kaufte er ein Cabrio. Sie trug gerne teure Schuhe und Kleider und Schmuck. Also sorgte er dafür, dass ihre Kreditkarte immer einen großen Verfügungsrahmen hatte. Für all das benötigte er Geld. Und natürlich für die, die sich beschwerten. Doch im Vergleich zu den Ausgaben, die seine Frau mit sich brachte, war das zu vernachlässigen. Und glücklicherweise hatte er ein Unternehmen, das ihm dieses Geld brachte: eine Fleischfabrik. Für die er das Zuchtvieh der Bauern aus der Umgebung kaufte und es dann weiterverarbeitete. Die Leute aßen gerne Fleisch. Nicht nur hier, sondern überall auf der Welt. Was gut für ihn war, denn seine Fabrik lag günstig in der Nähe des Hafens und so konnte er seine Ware überall hin exportieren. Das einzige Problem war die Hitze. Die durchschnittlich an 200 Tagen im Jahr herrschte. Sie ließ die Weiden vertrocknen, auf denen das Vieh groß und fett werden sollte. Sie sorgte dafür, dass kleinere, schwächere Tiere bereits dort starben. Sie ließ die Tiere nach dem Schlachten schneller verwesen, als er sie verarbeiten konnten. Was natürlich auch an seiner Fabrik lag. Denn die Geräte waren alt und langsam und mussten alle noch per Hand bedient werden. Er zahlte seinen Arbeitern einen Hungerlohn. Und sie gingen dafür pünktlich nach Hause – selbst wenn noch unverarbeitetes Fleisch auf dem Fließband lag. Für Rodrigo war das schlecht, denn es bedeutete, dass er investieren musste. Entweder in bessere Maschinen oder in zufriedenere Arbeiter. Beides kostete Geld. Oder er ließ es, wie es war und nahm in Kauf, dass er weniger Fleisch auf den Markt brachte. Doch auch das kostete Geld – im Sinne von: weniger Einnahmen. Allerdings gab es glücklicherweise noch eine weitere Möglichkeit. Eine, die mal wieder hieß, es mit den Gesetzen nicht so genau zu nehmen und im Notfall ein paar Scheine in ein paar Hände zu drücken. Unter Umständen waren das in diesem Fall die Hände seiner Arbeiter, aber auch das war immer noch billiger, als ihnen allen den Lohn zu erhöhen. So gab er die Anweisung aus, dass alles verarbeitet werden solle – ganz egal, wie lange es wo gelegen hatte und wie es aussah. Die Arbeiter fanden diese Anweisung ganz eindeutig nicht gut, doch keiner kam auf die Idee, die Hand aufzuhalten. Sie waren sich alle viel zu sehr der Tatsache bewusst, dass er sie entlassen konnte. Und dann hatten sie gar nichts mehr. Stattdessen tuschelten sie ein wenig und machten es dann, wie er es verlangte. So kamen auch die Fleischstücke in die Verarbeitung, die er früher hätte wegschmeißen lassen. Weil sie bereits von Fliegen umkreist wurden und Blasen schlugen. Und darüber hinaus nahm er beim Ankauf des Viehs von seinen Lieferanten auch die Tiere mit, die schon auf den Weiden verendet waren. Auch sie wurden verarbeitet und dem Fleisch, das hinterher durch den Verpackungsautomaten lief, sah man es nicht einmal an, wie er zufrieden feststellte. Seine Zufriedenheit hielt allerdings nur so lange, bis ein Arbeiter auf ihn zukam und ihn darüber informierte, dass die Kühlkammer kaputt war. Sie erreichte nicht mehr die ideale Temperatur, sondern nur noch ungefähr Zimmertemperatur. Auch das hatte Einfluss auf das Fleisch und auch das war mit sehr viel Geld verbunden. Was momentan überhaupt nicht passte, denn er hatte gerade am Tag zuvor ein sehr teures Brillantarmband für seine Frau gekauft. Er hätte es noch zurückgeben können, denn er hatte es ihr noch nicht überreicht. Doch das wollte er nicht. Also gab er die Anweisung, einfach weiterzumachen, wie bisher. Der Arbeiter ließ ihn das zweimal wiederholen, bis er es wirklich glaubte, dann gab er die Anweisung weiter und es geschah, wie er es gesagt hatte.

Die Lieferungen aus seiner Fabrik gingen in erster Linie ins eigene Land, in die USA und nach Europa. So waren dies auch die Länder, in denen die Epidemie zuerst und am schlimmsten ausbrach. Es dauerte einige Zeit, bis man die Ursache gefunden hatte und bis dahin waren schon die ersten Patienten gestorben und viele weitere hatten sich die gleichen Symptome zugezogen. Nachdem man das vergammelte Fleisch als Grund identifiziert hatte, ging die Herstellung eines Gegenmittels schnell und die betroffenen Länder arbeiteten dabei eng zusammen. Das Gegenmittel half und viele der

Infizierten wurden wieder gesund. Das Fleisch wurde komplett aus dem Verkehr gezogen und die Fabrik geschlossen. Nun halfen auch ein paar Scheine nicht mehr. Das Ansehen, dass das Land durch diesen Skandal bei seinen reicheren Partnern zu verlieren hatte, war wichtiger als der Reichtum eines einzelnen. Rodrigo erfuhr davon, als die Polizei bei ihm vorfuhr und ihn vom Mittagstisch weg verhaftete. Es gab grünen Salat und Fisch, denn genau wie alle seine Arbeiter wäre er nie auf die Idee gekommen, Fleisch zu essen, das aus seiner Fabrik kam. Noch an Ort und Stelle wurde er der fahrlässigen Tötung von 177 Personen angeklagt und die Polizisten spekulierten offen darüber, ob es vielleicht sogar zu einer Auslieferung an eines der Länder kommen würde, die am härtesten betroffen waren – die USA zum Beispiel oder England. Das Einzige, was er in dieser Situation von sich geben konnte, war die Bitte an seine Frau, seinen Anwalt anzurufen. Sie aber saß nur da und drehte das Brillantarmband zwischen den Fingern, das er ihr geschenkt hatte. Dann stand sie auf, verließ das Haus, stieg in ihr Cabrio und fuhr davon.

60

Das unaufhörliche Getippe, das Geraldine mit den Fingern auf dem Küchentisch vollführte, machte Nils wahnsinnig. Aber anstatt sie einfach anzupflaumen, dass sie es bleiben ließ, bemühte er sich, die Ursache dafür zu erfahren. Denn es war nicht das erste Mal in den letzten Tagen:
„Du bist unruhig."
Geraldine zuckte zusammen: „Schon."
„Das Warten macht dir zu schaffen."
„Schon."
„Geraldine. Rede in ganzen Sätzen."
„Das Warten macht mir schon zu schaffen."
Er rollte die Augen: „Du bist doof."
„Nein, bin ich nicht."
„Manchmal."
„Liebst du mich dann weniger?"

„Nein. Aber ich verstehe dich dann weniger. Und weniger verstehen bedingt weniger helfen."

„Weil weniger Bereitschaft."

„Weil weniger Ansatzpunkte."

Sie streckte ihm die Zunge raus: „Du und deine Logik. Ist eine doofe Logik. Weil sie logisch ist."

„Das ist Logik meistens. Streich das. Stimmt nicht. Logik ist beim besten Willen nicht immer logisch. Aber in diesem Fall..."

Geraldine hörte von alleine mit dem Tippen auf – und schlug stattdessen mit der Handfläche auf den Tisch: „Unser Leben ist im Stillstand. Und ich weiß nicht, wo es hingehen wird."

„Aber war das nicht die Entscheidung, die du getroffen hast?"

„Die Entscheidung war, was ich will. Nicht was wird."

„Es wird das, was du willst."

„Nicht zwangsläufig."

„Feierabend." Nils drehte sich um und verließ die Küche. Und Geraldine tat das, was er gehofft hatte: Sie folgte ihm:

„Was machst du?"

Er ließ sich vor der Wohnungstür auf den Boden sinken: „Ich setze mich hier hin. Und bleibe da sitzen. Bis du dich erklärt hast. Zu meiner Zufriedenheit. Und wenn ich morgen die Arbeit verpasse – sei's drum. Und wenn wir am Sonntag den Gottesdienst verpassen – sei's drum. Und wenn wir die Einladung bei Suji und Jimin verpassen – sei's drum. Und wenn wir verhungern und verdursten – ..."

„...sei's drum?"

„Ja."

Geraldine verzog das Gesicht: „Ich sehe, du meinst es ernst."

„Das tue ich. Und nicht mal mit Gekitzel wirst du mich besiegen können."

„Okay. Das ist wirklich hart."

Er lachte auf: „Als ob das jemals vorher geholfen hätte."

„Als ob ich das jemals vorher versucht hätte." gab sie zurück, „aber es ist schon eine krasse Aussage, dass man sich nicht von etwas beeinflussen lässt, was ausschließlich Reflexe auslöst."

„Reflexe?"

„Egal. Du hast gewonnen. Das will ich sagen."

„Also erzählst du es mir?"

Sie setzte sich neben ihn: „Ich erzähle es dir."

61

,Die Insel' hieß das erste Buch von Niklas Akuzawa – versehen mit dem Zusatz ,Teil 1 – Hebsonin'. Denn die folgenden Bücher, die im Innenband bereits angekündigt wurden, sollten ebenfalls ,Die Insel' heißen und eine Unterscheidung musste natürlich gegeben sein. Jeder, der das Buch in Finger bekam, stellte sich die Frage, was dieser Untertitel zu bedeuten hatte. Und jeder, der Niklas in die Finger bekam, stellte diese Frage auch ihm. Seine Antwort lautete immer gleich: „Lest das Buch. Dann versteht ihr es." Das mochte schnippisch klingen, war aber keinesfalls so gemeint. Es war für ihn einfach der leichteste Weg der Erklärung. Und die Leute, die ihn direkt fragten, wussten damit auch umzugehen. Da sie alle aus seinem Freundes- oder Bekanntenkreis kamen. Denn Niklas Akuzawa war keine echte Person. Er war ein Pseudonym. Eine Hommage an seinen ehemals besten Freund und seine ihm treu zur Seite stehende Frau. Und gleichzeitig eine Abgrenzung von seiner wirklichen Person, die aus rein politischen Gründen zustande gekommen war. Der Verlag hatte darauf bestehen wollen, die Geschichte des geschassten Pfarrers, der nun Romane über eine Welt schrieb, in der es keinen Gott gab, in erster Linie auf der religiösen Ebene auszuschlachten. Werbung mit diesem kuriosen und doch komplett zusammenhangslosen Umstand zu machen. Schließlich hatte er das Buch angefangen, lange bevor er von der Kirche seiner Pflichten entbunden worden war. Und auch wenn er eine gewisse Verbitterung verspürte gegenüber denen, die diese Entscheidung getroffen hatten, war er sich dennoch im Klaren, dass es in der gegebenen Situation die einzige Entscheidung gewesen war, die sie hatten treffen können. Weswegen ihm die Idee, mit seiner Wandlung vom Kirchenvertreter zum Kirchendistanzierten Werbung zu machen, ganz und gar widerstrebte. Er mochte nicht mehr für sie aktiv sein, doch er wollte sich auch nicht gegen sie stellen. Oder gar als Sinnbild für eine gesellschaftliche Entfernung von ihren Werten dienen. Das hatte dem Verlag nicht geschmeckt und die Verhandlungen, die schon davor mehr als zäh gewesen waren, waren fast zum Erliegen gekommen. Bis zu dem Punkt, an dem er nur noch frustriert auf der Couch gesessen und mit seinem Schicksal gehadert hatte. Doch dann war die Frau, der der neue, fiktive Autor seinen Nachnamen verdankte, auf die Idee gekommen, eben genau einen solchen zu erfinden. Der nicht mit irgendetwas von dem, was in ihrer Vergangenheit geschehen war, in Verbindung gebracht werden konnte. Außer von den wenigen, die ihn während der Entstehungsphase des Buches begleitet hatten und Auszüge daraus kannten oder wiedererkennen konnten. Das löste natürlich nicht das ursprüngliche Problem des Verlags, doch es gab ihnen die Möglichkeit, eine Person aufzubauen, die sich nach der Vermarktungsstrategie richtete und diese war nun zwar nicht mehr auf den religiösen Aspekt fokussiert, aber trotzdem von vorne bis hinten durchdacht. Und damit erfolgreich. Ein Erfolg, der allen Beteiligten zur Freude hätte dienen können. Doch für den Autor brachte er ebenfalls einen gewissen Frust. Zumindest sein Zeitpunkt. Denn der einzige Aspekt, der sich dadurch in seinem Leben veränderte, war die Summe, die nun in regelmäßigen Abständen auf sein Konto floss. Eine Summe, die ihm die Chance gab, das Leben etwas netter zu gestalten. Die in der jüngeren Vergangenheit allerdings darüber hinaus noch die Chance geboten hätte, ein Drama abzuwenden. Denn wie in so vielen Lebensbereichen zählte auch bei der Rechtsprechung oft nur die Summe, die man in der Lage war zu investieren, wenn man bestimmte Ziele erreichen wollte. Als dies in seinem Leben akut gewesen war, hatte er keine größeren Summen zur Verfügung gehabt und dieses bestimmte Ziel daher verfehlt. Ein Umstand, der vor allem seiner Schwester schwer auf der Seele lastete. Und die Tatsache, dass er nun – nicht allzu viel später – theoretisch in der Lage gewesen wäre, ihr diese Hilfe anzubieten, machte sie eher wütend denn fröhlich. Er selbst betrachtet das nicht ganz so negativ, konnte ihre Position aber durchaus komplett nachvollziehen. Sah allerdings trotzdem keinen Grund, sich zu entschuldigen – schließlich hatte er das nicht voraussehen können und diesen falschen zeitlichen Ablauf ja auch nicht durch eigenes Fehlverhalten provoziert oder verstärkt. Zu besagtem Zeitpunkt war er noch nicht einmal in Verhandlung gewesen. All das war erst später passiert. Was wiederum seine Schwester voll und ganz akzeptieren konnte, wenn es ihr auch nicht half, damit glücklicher zu sein.

So war sein Erfolg ein betrüblicher Erfolg. Und alles, was er tun konnte, war zu versuchen, ihn nach bestem Wissen und Gewissen so einzusetzen, dass zumindest für die Zukunft etwas Gutes entstand. Auch wenn die Vergangenheit damit nicht mehr zu retten war.

62

„Ich bin froh, dass ich dich habe." Annie drückte Maximilian zur Begrüßung. Dieser lächelte:
„Andersrum genauso."
„Auch, wenn du in letzter Zeit kaum noch Termine für mich frei zu haben scheinst."
„Ich habe auch ein Leben, das ohne dich stattfindet. Und es ist ja auch nicht so, als hättest du keinen Freund."
„Mit dem ich über viele Dinge nicht reden kann."
Maximilian zog die Brauen hoch: „Weil er nicht offen ist?"
„Weil er sie nicht nachvollziehen kann. Er ist sehr offen. Er hört zu. Er sagt immer seine Meinung. Ganz ehrlich. Nur manchmal, da..."
„...hat er keine Meinung."
Annie zuckte die Achseln: „Ist auch schwer, eine Meinung zu etwas zu haben, was so weit außerhalb des eigenen Denkbereichs liegt. Wenn du jetzt von mir was zu Kernphysik oder Gefäßchirurgie hören wolltest..."
„...da könntest du mir alles erzählen." lachte Maximilian. Und Annie lachte mit:
„Das stimmt natürlich. Dann fange ich mal an..."
„Bloß nicht. Fang lieber mit dem an, weswegen wir diesen Termin vereinbart haben. Schließlich ist er zeitlich begrenzt."
„Äh?" Annie legte den Kopf schief, „wie lange habe ich denn? 30 Minuten? 45?"
„Das war ein Scherz."
„Sowas verstehe ich momentan nicht."
„Nähern wir uns diesem Problem doch, indem du mir deine Probleme erzählst."

„Ich bin zwiegespalten." begann Annie direkt, doch Maximilian war noch im Spaßmodus:

„Ich sehe nichts."

„Willst du Z als Kasper vertreten oder willst du zuhören?"

„Autsch." Er biss sich auf die Lippen, „ich höre zu."

„Danke."

„Zwiegespalten."

„Ja. Gott hat – hatte – mir eine Aufgabe gegeben. Und nun hat er mich davon entbunden. So weit so gut. Nur ist letzteres nicht aus freien Stücken passiert, sondern weil er mit mir unzufrieden war."

„Und das siehst du nicht so. Oder nimmst es ihm übel."

Sie schüttelte den Kopf: „Ganz im Gegenteil. Ich bin sowas von froh und glücklich. Ich habe mein halbes Leben – mehr sogar – mit diesen dämlichen Visionen verbracht. Natürlich hat es auch gutgetan, damit etwas Sinnvolles zu tun, sie für Gutes einzusetzen. Aber jetzt, wo sie weg sind... ich bin..."

„...frei." half er ihr, als sie kein passendes Wort fand. Dieses war passend:

„Ja. Was für ein wundervoller Begriff: frei. Es gibt so viele Menschen auf der Welt, die wären das gerne. Ich bin das jetzt. Im Grunde... ich weiß, dass es Gott traurig macht, wenn ich es sage, aber... ich fühle mich fast so, als wäre ich die ganze Zeit eine von denen gewesen, denen wir geholfen haben. Ein Opfer. Besessen. Ich wünschte, ich hätte ein positiveres Wort dafür, aber das beschreibt es einfach am besten. Es war immer diese Last auf meinen Schultern. An die ich irgendwann so gewöhnt war, dass ich sie oft nicht wahrgenommen habe. Die einfach dazugehört hat. Und es ist natürlich keine Last, sondern eine Gabe. Aber eine Gabe kann eben auch zur Last werden. Unterbewusst. Ich drehe mich im Kreis. Raus aus dem Kreis: Es hat mich am Anfang wahnsinnig gemacht, aber als Geraldine und dann Z dazu kamen, hatte es einen Sinn. Und das hat mir einen Sinn gegeben. Eine Möglichkeit, damit klarzukommen. Ich hätte nie darum gebetet, dass Gott es mir wegnimmt. Nicht seit dieser Zeit. Aber jetzt, wo es weg ist... du kannst dir gar nicht vorstellen, wie sich das anfühlt. Ich fühle mich so... Mensch – ich habe sogar Lust, wieder arbeiten zu gehen. Nicht im Übermaß. Aber so, dass ich denke – das ist Teil des Lebens. Ich lebe. Also teile ich... diesen Teil. Werde ich wahrscheinlich nicht tun. Weil ich ja auch so Geld habe. Und Zs Idee, etwas Ehrenamtliches zu machen, da wesentlich bringender ist."

Maximilian lächelte: „Das hört sich eigentlich alles sehr erfreulich an."

„Das ist es auch. Das wäre es auch." Annie seufzte leise, „wenn da nicht dieser eine Haken wäre. Dass ich weiß, dass das nicht das ist, was Gott will. Er hat mich von der Aufgabe entbunden wegen meiner Fehler. Aber er hat auch sehr deutlich gesagt, dass die Fehler das Einzige sind, was im Weg steht. Sind die Fehler weg, kommt die Gabe wieder. Vielleicht sogar komplett automatisch. Dann sind sowieso alle Überlegungen hinfällig. Aber tief innen drin spüre ich, dass er auch Bereitschaft dafür fordert. Ein ‚Ja' dazu. Dass er uns nicht zwingen wird wie beim ersten Mal."

„Hat er euch da gezwungen?"

„Er hat es einfach gegeben. Ohne zu fragen. Das ist auch eine Art von Zwang."

„Und wie fühlst du dich damit?" Maximilian blickte sie unsicher an, aber Annie wirkte nicht bedrückt:

„Fein. Einfach weil ich weiß, dass es keine sinnvolle Frage gewesen wäre. Ich hatte keine Erfahrung – wie hätte ich antworten sollen?"

„Er hätte hingehen und es dir eine Zeitlang geben und dann fragen können, ob du es für immer willst."

„Hm – das ist eine Idee. Aber müßig, darüber zu spekulieren. Ich nehme es ihm nicht übel, dass er einfach seinen Weg gegangen ist. Aber jetzt und hier sehe ich mich in einer Position, wo ich nicht einfach blind mitlaufe. Sondern versuche, Einfluss zu nehmen. Ihm meine Meinung sage. Wenn er mich überstimmt – gut... dann... streite ich mich mit ihm eine Weile und irgendwann... weiß ich nicht. Aber wie gesagt: Ich habe den Eindruck, er will keinen Aufdruck... will sich nicht aufdrücken... das nicht aufdrücken. Jetzt habe ich es. Und wenn meine Entscheidung Einfluss hat, dann sollte es auch die Richtige sein."

„Das ist dein Zwiespalt." folgerte er.

Sie nickte: „Das, was ich will gegen das, was er will."

„Was glaubst du denn, ist wichtiger?"

„Sehr schwierige Frage. Für mich selbst? Ich. Für den Rest der Menschheit? Er."

„Aber du bist nicht für den Rest der Menschheit zuständig."

„Die anderen sind immer in der Überzahl. Weil sie immer mehr sind als ich."

„Das ist logisch. Und wahr."

Annie fuhr sich über die Wange: „Das Schlimme ist einfach, dass ich bei beiden Richtungen Unglück für mich sehe. Gehe ich meinen Weg und sage ‚Nein', dann werde ich mein Leben lang ein schlechtes Gewissen haben. Gehe ich seinen Weg und sage ‚Ja', dann werde ich mein Leben lang darunter leiden. Wie auch immer ich es drehe und wende – ich finde keine Antwort, die es gut macht."

„Und wie auch immer ich es drehe und wende – ich kann dir keine liefern. Zumindest nicht heute." „Weil deine Zeit begrenzt ist und du mit den Gedanken woanders."

Maximilian zuckte merklich zusammen. Dann kicherte er schuldbewusst: „Ich mag einen abwesenden Blick haben. Das hat Gründe. Die nichts mit dir zu tun haben. Aber das betrifft nur einen Teil von mir. Der auch nichts mit dir zu tun hat. Es äußert sich halt... nun... äußerlich. Aber ich höre dir zu und ich denke mit. Die ganze Zeit schon. Ich bin nur eben keine Ideenmaschine, wo du reinwirfst und dann kommt was raus. Ich werde das mit mir rumtragen. Und wenn ich einen Ansatz für dich habe, erfährst du es."

„Das ist besser als nichts." brummte sie, „nicht viel, allerdings."

„Gefällt dir nicht. Ist mir klar. Aber ich fürchte, du musst dich mit einer Wahrheit bezüglich deiner Situation abfinden. Das ist die einzige Erkenntnis, die ich dir heute geben kann."

„Dann gib sie mir."

Er legte die Hand ans Kinn: „Ich bin kein Psychologe. Ich habe keinerlei Erfahrung. Was ich habe, ist eine Verbindung zu Gott. Die ich nutze. Das ist im Grunde das ganz klassische Seelsorgeding. Seelsorger studieren ja auch nicht alle Psychologie. Sie lernen. Aber nur teilweise was dazu. Sie lernen, eine Verbindung zwischen den Menschen und Gott herzustellen. Als Mittler zu dienen zwischen dem mit den Fragen und dem mit den Antworten."

„Lange Erklärung. Kurzer Sinn. Der mir auch schon bekannt ist."

„Dann ist ja gut. Aber du scheinst es nicht so zu... egal. Fakt ist: diese Verbindung besteht. Auch jetzt. Du redest, ich höre. Erst auf dich. Und dann auf Gott. Ich selbst habe nichts. Was heißt – wenn ich von ihm nichts bekomme, kann ich dir auch nichts weitergeben."

Annie zog eine Grimasse: „Und er will mir nichts sagen."

„Oh – er will dir bestimmt eine ganze Menge sagen." widersprach Maximilian, „nur eben nicht durch mich. Das ist der Knackpunkt: Dies ist eine Entscheidung, die du nur ganz alleine treffen kannst. Und es scheint, als wolle er nicht, dass du dich von außen beeinflussen lässt."

„Aber wenn du nur das sagst, was er dir sagt...?"

„...ist das auch Beeinflussung. Durch ihn. Du hast es selbst so ausgedrückt: Du fühlst, dass er dich mit einbinden will. Aber wenn ich dir jetzt sage, was er dazu denkt, dann gehst du hin und machst das. Folgst meinem Rat – und damit seinem. Dann hat er dich nicht mit eingebunden. Sondern einfach nur angewiesen."

Ihr Gesicht verzog sich noch mehr: „Hm. Macht Sinn. Ist blöd. Aber macht Sinn. Und da ich ‚Sinn' zweimal gesagt habe und ‚blöd' nur einmal, hat der Sinn gewonnen."

„Manchmal..." Er konnte sich ein Grinsen nicht verkneifen.

„...verstehst du mich nicht. Macht nichts. Ich mich auch nicht."

„Du weißt, dass ich dir trotzdem zur Verfügung stehe. Manchmal hilft auch reden. Ohne Antworten zu bekommen."

„Wie sollte es?"

„Nun. Ich kenne das von mir – und von dir eigentlich auch. Denk mal drüber nach, dass man, wenn man etwas laut ausspricht, selbst Erkenntnisse gewinnt. Weil das Gehirn durch das Hören anders stimuliert wird, als wenn man nur denkt."

„Aber laut aussprechen kann ich es auch, wenn du nicht dabei bist."

Er nickte: „Daher hatte ich nach Jonathan gefragt."

„Ich meinte, wenn gar keiner dabei ist."

„Dann komm doch lieber zu mir."

„Warum?"

„Wenn du es laut aussprichst, wenn gar keiner dabei ist, nennt man das Selbstgespräche. Und damit wird man im Allgemeinen für verrückt gehalten."

Annie rümpfte die Nase: „Ja – das wollen wir nicht, gell? Dass man die Annie für verrückt hält."

„Ich nicht." erwiderte er ernst.

„Nein." seufzte sie, „ich auch nicht."

63

Sie saß auf dem Bett und drehte die Tablettenschachtel zwischen den Fingern hin und her. Sie hatte eine Entscheidung zu treffen. Eine Entscheidung, die ihr Leben nachhaltig verändern würde. Und nicht nur das ihre. Doch es gab für beide Richtungen Argumente, die nicht von der Hand zu weisen waren und diese abzuwägen, schien ihr schier unmöglich. In der Hoffnung, dadurch auf den richtigen Weg zu kommen, wanderte sie in Gedanken zurück. Zurück an den Anfang.

Das Erste, woran sie sich erinnern kann, ist die Stille. Eine Stille, die sich durch alles hindurchzieht. Durch ihren kompletten Alltag. Bis sich dieser Alltag ändert. Bis ihr Bruder geboren wird. Dann wird diese Stille von Schreien durchbrochen. Das schnell gestillt wird. Im wahrsten Sinne des Wortes. Das ist auch eines der ersten Worte, das sie lernt: ‚stillen'. Sie stellt den Zusammenhang sofort her. Auch wenn er eigentlich gar nicht wirklich gegeben ist. Doch für sie ist das so. Wenn ihr Bruder still sein soll, muss er gestillt werden. Dass er dadurch ernährt wird, versteht sie auch. Aber in erster Linie scheint es darum zu gehen, ihn ruhig zu bekommen. So ruhig zu machen, wie sie bereits ist. Ihre Eltern sind nicht böse, wenn sie weint. Oder sogar manchmal schreit. Doch sie sehen immer zu, dass sie möglichst schnell beruhigt ist. Das ist natürlich fein für sie. Die viele Aufmerksamkeit tut gut und ihre Eltern geben sich auch immer größte Mühe, sie nicht einfach nur zum Schweigen zu bringen, sondern ihr wirklich zu helfen. So lernt sie, die Ruhe als etwas Gutes zu empfinden. Einen Zustand der Zufriedenheit. Ihre Eltern sind zufrieden, wenn es still ist. Ihr Bruder ist zufrieden, wenn er still ist. Und sie genauso.

Der Moment, als sie das erste Mal in ihre Kindergartengruppe kommt, ist daher verstörend. Hier ist genau das Gegenteil der Fall: Hier ist es laut. Sie hält sich die Ohren zu, aber das nützt nicht viel. Sie beginnt zu weinen und ihre Mutter nimmt sie wieder mit. Weil sie glaubt, dass sie es ohne sie nicht aushält. Doch das Problem ist ein anderes. Ein medizinisches. Die viele Stille hat ihre Ohren überempfindlich gemacht. Das fällt den Kindergärtnerinnen in den nächsten Tagen auch auf. Sie können es nicht sofort einordnen, aber die Anzeichen sind eindeutig. Je lauter es wird, desto mehr leidet sie. So empfehlen sie ihrer Mutter, mit ihr zum Arzt zu gehen. Und ihre Mutter tut das. Weil sie nicht will, dass es ihr schlecht geht. Der Arzt bestätigt den Verdacht:

„Ihre Ohren müssen geschult werden." sagt er. Und fragt, ob es zuhause besonders ruhig ist.

„Wir reden nicht viel." antwortet ihre Mutter, „das ist unsere Art."

„Aber mit Kindern..."

„Wir bringen ihnen bei, was sie lernen müssen. Oder sehen Sie da ein Defizit?"

Der Arzt verneint. Und hat Recht damit. Hinterher ist sie nicht. Und ihr Bruder wird es auch nicht sein. Denn ihre Eltern sprechen mit ihnen. Über alles, was wichtig ist. Erklären, was sie wissen wollen. Zeigen Dinge, die sie interessant finden. Das passt. Die Lautstärke nicht. Doch ausgerechnet der Kindergarten – der am Anfang so anstrengend war – hilft, dieses Problem zu lösen – ohne, dass ihre Eltern etwas ändern müssen. Sie können schweigsam bleiben. Weil der Ausgleich nun da ist. Sie hat einige Mühe – über Wochen. Aber sie lernt, sich auf die Extreme einzustellen. Die Ruhe daheim – der Lärm außerhalb. Und sie kann es ihrem Bruder einfacher machen. Indem sie viel mit ihm redet. Dummes Zeug, hauptsächlich. Aber er mag das. Er ist im richtigen Alter dafür. Ihre Eltern sind ihr dankbar. Und sie stellt endlich die Frage, die sie schon so lange beschäftigt:

„Warum seid ihr so? Seid ihr krank?"

Ihre Mutter erschrickt sich, ihr Vater lacht: „Nein, meine Große. Wir sind kerngesund. Wir mögen es einfach, wenn es ruhig ist. Und wir sind beide Menschen, die nicht viel reden brauchen. Wir sagen das, was gesagt werden muss. Aber wir schnattern nicht drauflos, wie manche unserer Nachbarn. Denen man nie zuhören mag und die nie etwas Wesentliches zu sagen haben. Trotzdem halten sie einen stundenlang damit fest."

„Also macht ihr das wegen ihnen." hakt sie nach.

„Wir machen das, weil es uns gefällt. Das ist einfach unsere Art zu leben. Sie hat auch Vorteile. Wer weniger redet, kann besser zuhören."

„Wem hört ihr denn zu?"

Ihr Vater nimmt sie auf den Schoss: „Dir zum Beispiel."

Das freut sie natürlich. Sie mag es, wenn man ihr zuhört.

Und dann kommt sie – die Frau, die ihr ganzes Leben verändert. Oder besser gesagt: das Mädchen. Denn sie ist im gleichen Alter. Und kommt durch einen Umzug in ihre Kindergartengruppe. In der sie nach wie vor am liebsten alleine spielt. So wie die Neue in ihren ersten Tagen auch. Bis sie schließlich vor ihr steht. Ihr ein Bild schenkt. Und sie fragt, ob sie Freundinnen sein wollen. Sie blickt erst erstaunt – und dann erfreut. Und sagt ‚Ja'. Das Bild ist nicht zu erkennen. Sie muss nachfragen. Ein Musikinstrument soll es sein. Weil ihre neue Freundin das später mal beruflich machen will. Gemeinsam beginnen sie, die Welt zu entdecken. Im Kindergarten, auf dem Spielplatz, im Schwimmbad oder im Wald. Je älter sie werden, desto mehr dehnt sich ihr Radius aus. Und sie genießt es. Sie reden auch nicht übermäßig viel. Doch das stört sie nicht. Im Gegenteil: Je mehr sie ihre Umgebung wahrnimmt – andere Einflüsse zu spüren bekommt – desto mehr erkennt sie: so schlecht ist das gar nicht. Sie besucht auch andere Freundinnen. Und stellt fest, wie sehr sie das ganze Gequatsche nervt. Nicht von den Freundinnen. Aber von deren Eltern. Die scheinbar nicht mal fünf Minuten verbringen können, ohne etwas von sich zu geben. Und ihre Freundinnen kommen andersrum genau deswegen gerne zu ihr. Weil man sich bei ihr entspannen kann. Weil es leise ist. Und die Stimmung trotzdem gut. Das ist auch etwas, das sie lernt: Bei den meisten anderen ist Stille ein Anzeichen von Unwohlsein. Dass etwas im Busch ist, gleich das Donnerwetter kommt. Dass die Eltern sich gestritten oder die Kinder etwas ausgefressen haben. Bei ihr ist das nicht so. Bei ihr kann man genießen. Und noch etwas fällt ihr auf, je älter sie wird: Sie selbst ist auch am liebsten still. Und auch bei ihr ist das anders als bei anderen. Sie kennt andere Kinder, die zwangsläufig nichts sagen. Weil sie sich nicht trauen oder nicht wissen was. Die schüchtern oder ängstlich sind. Sie ist weder das eine noch das andere. Sie ist selbstbewusst. ‚In sich ruhend' nennt es ihre Grundschullehrerin – mit einem Tonfall, aus dem man Bewunderung herauslesen kann. Das gefällt ihr. Dass sie etwas hat, was sie unterscheidet. Etwas, das sie gut kann, was andere nicht gut können. Sie will nicht angeben oder sich besser fühlen. Aber es freut sie, so angenommen zu werden, wie sie ist. Obwohl sie anders ist. Das ist bei anderen nicht so. Die werden für ihr Anderssein gehänselt. Sie hänselt nicht. Sie findet das doof. Sie verteidigt auch nicht. Dafür fühlt sie sich nicht stark genug. Aber manchmal sagt sie ihren Freundinnen, wie doof sie es findet. Und da ihre Freundinnen ihre Freundinnen bleiben wollen, hören sie darauf. Was sie zunächst verwundert und dann stolz macht. Sie fühlt sich wie die Chefin und erzählt das ihren Eltern. Die grinsen zunächst, werden dann aber ernst:

„Es ist gut, wenn man Einfluss auf andere nehmen kann. Wenn man Dinge verbessern kann. Aber man muss aufpassen, dass man sich dadurch nicht über die anderen stellt. Du bist nicht besser als sie. Du bist genauso wie sie. Du hast nur etwas erkannt, das sie noch nicht erkannt haben. Und wenn du ihnen das sagst und sie das auch erkennen, dann sind sie wieder genau da, wo du auch bist. Merk dir das."

Das tut sie. Und empfindet kein großes Problem dabei. Sie will nicht besser sein. Nur anders. Viele ihrer Freundinnen versuchen, Stars zu kopieren. Oder sich gegenseitig. Sie versucht das nicht. Sie gefällt sich darin, einzigartig zu sein. Auf der gleichen Ebene wie alle anderen. Teil der Gruppe und doch auffällig. Darin geht sie auf. Auf eine leise Art und Weise.

Ihr Bruder ist da anders. Er will in erster Linie so sein wie seine Freunde. Und damit das Zuhause dabei keinen Einfluss auf ihn nimmt, nimmt er Einfluss auf es. Indem er Krach macht. Wann immer und wo immer er kann. Er schreit, er singt, er spielt Schlagzeug auf allem, was Geräusche von sich gibt. Er trampelt so laut wie möglich die Treppe hinauf und noch lauter wieder hinunter. Er probiert mit allem, was sich bewegen lässt, aus wie es klingt, wenn man es gegen etwas haut. Oder herunterfallen lässt. Ärger kriegt er dafür keinen. Außer, es geht etwas kaputt. Sie nervt das und so fragt sie ihre Eltern, warum sie nichts tun.

„Er darf sich entwickeln, wie er will." lautet die Antwort, „wir lieben die Stille. Und du wohl auch. Aber auch das kann sich ändern und dann werden wir dich nicht aufhalten. Wir sind eure Eltern. Aber wir drücken euch nicht unsere Meinung auf. Wir geben sie euch weiter. Damit ihr damit macht, was ihr denkt, dass richtig ist."

„Aber solltet ihr uns nicht erziehen?"

„Das tun wir. Aber erziehen heißt, beibringen, was gut und richtig ist. Und das, was er macht, ist nicht schlecht und falsch."

Sie ist damit nicht zufrieden. Aber als sie in die Pubertät kommt, muss sie einsehen, dass ihre Eltern recht haben. Zumindest mit dem Teil, der sie selbst betrifft. Sie verändert sich. Und plötzlich geht ihr die Stille auf die Nerven. Sie vermisst ,das Futter für ihren Kopf'. Sie will geistig herausgefordert werden. Und wirft ihren Eltern vor, dass sie das nicht tun. Die Antwort ist wie immer – leise und weise:
„Wenn du Herausforderung suchst, sag uns, wo. Dann geben wir sie dir."
Doch so sachlich will sie das nicht. Sie will aufbegehren. Rebellisch sein. Im Grunde das gleiche, was ihr Bruder schon in der Grundschule hinter sich gebracht und wovon er sich inzwischen erholt hat. Jetzt ist sie dran. Aber im Gegensatz zu ihm findet sie keinen Gefallen darin, einfach überall dagegen zu hauen. Sie will nicht nur Klopfen und Scheppern. Sie will etwas Richtiges. So entdeckt sie ihre große Liebe: die Musik. Laute und schnelle Musik. Das passt auch, denn die ist gerade ,in'. Und sie damit auch. Ihre Eltern haben nichts dagegen. Sie soll ihren Weg gehen – diese Einstellung werden sie niemals ablegen. So darf sie sich ausleben. In ihrem Zimmer zwar nur, aber das reicht ihr. Vor allem, weil ihre Freundinnen es nicht dürfen. Und daher wieder am liebsten zu ihr kommen. Dort, wo sie früher auf dem Boden saßen und sich Bilder von gutaussehenden Filmstars angeschaut und leise darüber gekichert haben, sitzen sie nun mit Bildern von langhaarigen Rockern in Ledermontur und grölen Texte mit, die sie kaum verstehen. Das wird besser, je mehr sie Englisch lernen. Zumindest theoretisch, denn die meisten der Sänger haben keine besonders deutliche Aussprache. Und sich die Texte durchzulesen, sind sie zu faul. Schließlich sind sie Teenager. Jetzt ist es ihr Bruder, der sich an dem Lärm stört. Er spielt inzwischen Klavier und kann nebenan nicht üben, wenn sie voll aufdreht. So kommt das Klavier ins Wohnzimmer, aber nicht lange. Denn das stört ihre Eltern. Am Ende zieht sie in den Keller. Was sie ,total cool' findet. Jetzt kann sie noch mehr Freundinnen einladen, denn dort hat sie mehr Platz. Und da sie älter wird und sich auch hormonell einiges tut, kommen auch immer mehr Freunde dazu. Natürlich sind sie nicht alle feste Freunde. Nur ein paar. Brav nacheinander. Und überhaupt insgesamt brav. Denn sie ist nicht so, dass sie sich überall hin fassen lassen will. Oder eine fremde Zunge in ihrem Mund. Dem ersten sagt sie das, als sie schon zusammen sind – und macht direkt danach mit ihm Schluss, als er sich nicht daran hält. Dem

potenziellen zweiten sagt sie es vorher – und es wird nichts daraus. Doch sie bleibt dabei und die, die folgen, lassen sich darauf ein. Damit ist sie glücklich.

Irgendwann ist die Schulzeit vorbei und das Partyleben auch. Ihre Eltern reden mit ihr darüber. Kurz und knapp:

„Die Zeit ist gekommen, Verantwortung zu übernehmen. Wir haben dich großgezogen. Aber jetzt musst du alleine weitergehen. Wir werden dich natürlich unterstützen. Aber wir werden dir nicht mehr die Entscheidungen abnehmen."

Das kommt ihr sehr ungelegen. Denn sie hat keine Vorstellung davon, was sie will. Ihre beste Freundin dagegen schon. Ihr Traum von der Musik hat sich seit dem Kindergarten nicht verändert. Genau wie ihre Freundschaft, die immer noch so fest ist wie am Anfang. Und ihre Freundin ist begabt. War das schon als Kleinkind gewesen und hat auch ihre Motivation im Laufe der Zeit nicht verloren, so wie viele andere. Ihren Musikgeschmack teilt sie nicht. Das Einzige, wo sie nie zusammengekommen sind. Aber das stand ihrer Freundschaft nicht im Weg. Es war manchmal schade, dass sie nicht dabei war, wenn sie mit ihren anderen Freundinnen und Freunden gefeiert hat. Doch dafür hatten sie zusammen Momente, die sie mit diesen nicht teilen konnte. Momente, die weitaus tiefgründiger waren. Und genau das ist es, was sich auch über diese Phase hinaus gehalten hat. Die Musik hört sie weiterhin. Nicht mehr so oft und nicht mehr so laut. Und meistens auch alleine. Weil sie ihren Kellerraum nun aufgibt und sich ihre Freunde in alle Himmelsrichtungen zerstreuen. Ihre beste Freundin bleibt. Oder besser gesagt: geht mit ihr. Weil sie mehr verbindet als nur Musik. Was sie beide ironisch finden – so eine große Rolle, wie sie in ihrer beider Leben spielt. Sie hilft ihr auch bei der Entscheidung, was sie machen soll. Weil sie ihre Pläne schon fest hat. Und es für sie nicht in Frage kommt, sich zu trennen. So gehen sie an die gleiche Uni. Wo sie nur eine geringe Auswahl an Studiengängen hat und sich daher relativ schnell entscheiden kann. Für etwas, das ihr nur bedingt gefällt. Aber sie weiß, dass nicht jeder seinen Traumjob bekommt. Manche müssen einfach nur arbeiten gehen. Und wenn man gar keinen Traumjob hat, dann sowieso.

An der Uni sind sie schnell ein beliebtes Gespann. Weil sie so grundverschieden sind und trotzdem so gut harmonieren. Weil sie gerne

Spaß haben, ohne über die Stränge zu schlagen. Weil sie ein gewisses Niveau haben, das sie nicht unterschreiten – das aber auch nicht so hoch liegt, dass keiner an sie rankommt. So haben sie einen großen Freundeskreis. In dem nur eines fehlt: der Eine. Der Richtige. Ihre beste Freundin ist da nicht so wählerisch. Sie gibt sich nicht jedem hin, doch sie ist der Meinung, dass die ‚Testphase' an der Uni ruhig weitergehen darf. In der Schule hat sie davon viel verpasst. Weil sie nie dort war, wo das Leben spielte. Jetzt ist das anders und sie steigt gerne darauf ein. Sie dagegen beschließt, zu warten.

Und muss das nicht einmal lange. Zumindest bis zu ihrer ersten Begegnung. Bis sie ihn endlich da hat, wo sie ihn haben will – an ihrer Seite mit ihrer Hand in seiner Hand – vergeht noch einiges an Zeit. Weil er zwar genau weiß, was er will, aber nicht, wie er es kriegen kann. In seiner ‚männlichen' Art aber trotzdem der Meinung ist, es irgendwie hinkriegen zu müssen. Das geht fast schief, aber eben nur fast. Dann hat sie ihn. Und ist glücklich. Er ist ganz anders als sie sich das erträumt hat. Und trotzdem genau richtig. Er hat Prinzipien, die sie nicht nachvollziehen kann. Und trotzdem problemlos akzeptieren. Die Beziehung, die sie führen, ist genauso, wie sie als Kind immer sein wollte und auch war: nicht besser, nicht schlechter – einfach anders. Das genießt sie. Auch wenn es bedeutet, dass sie auf Sachen verzichten muss. ‚Nichts ist ganz vom Tisch' sagt ihre beste Freundin dazu und sie hat Recht. Ihre Beziehungen entsprechen der Norm – auch, was die Laufzeit angeht. Weswegen sehr oft Tränen fließen und sie sie regelmäßig trösten muss. Sie muss nie getröstet werden – nur aufgebaut. Und das macht es ihr den Verzicht wert.

Irgendwann ist die Beziehung an dem Punkt, wo sie sie wirklich als ‚ernst' betrachtet. Als ‚langfristig'. Also macht sie das, was sie für logisch erachtet: Sie stellt ihn ihren Eltern vor. Seine Eltern kennt sie längst. Aber die wohnen auch in der Nähe der Uni und er ist daher öfters dort. Sie besucht ihre Eltern nur in den Ferien. Und hat ihn dabei bisher nie mitgenommen. Nun tut sie das. Das Treffen verläuft aus ihrer Sicht vollkommen normal. Worüber sie sehr glücklich ist. Ihre Eltern bestätigen ihr das vor der Abreise:

„Er ist ein toller Mann. Wir freuen uns sehr für dich."

Er dagegen empfindet genau das Gegenteil. Was er nach mehrstündigem Bohren auf der Rückfahrt auch äußert:

„Sie mögen mich nicht. Das ist schlimm für mich."

„Wie kommst du darauf?" fragt sie entsetzt.

„Sie haben kein Sterbenswort mit mir geredet. Nur ‚Hallo' und ‚Tschüss'."

„Na – ganz so schlimm war es nicht."

„Nicht ganz, aber fast."

„Hm... ja... jetzt, wo ich so drüber nachdenke..." Sie muss sich ein Lachen verkneifen und er deutet ihren Ausdruck negativ:

„Was habe ich falsch gemacht?"

„Das meinte ich nicht." beruhigt sie ihn, „du hast nichts falsch gemacht. Und sie mögen dich. Das haben sie mir sogar gesagt. Es ist nur... ich habe vergessen, dich in die Besonderheiten unserer Familie einzuweihen. Das, was du gesehen hast... dieses Wochenende war ein ganz normales Wochenende in unserem Haus. So ist es dort immer. So war es schon, als ich ein Kind war."

„Ernsthaft? Wollten sie keine Kinder?"

„Und dann haben sie aus Versehen zwei gekriegt? Quatschkopf. Sie lieben uns. Und... das hat auch nichts mit uns zu tun. Sie sind genauso, wenn wir nicht da sind."

Er runzelt die Stirn: „Sie reden nicht miteinander? Das ist bei meinen Eltern ein Anzeichen von Stress. In der Beziehung, meine ich."

„Bei den meisten wohl." stellt sie fest, „bei ihnen nicht. Sie genügen sich einfach durch ihre reine Anwesenheit. Und... man kann auch viele Sachen machen, ohne zu reden. Gerade als Paar. Vielleicht weißt du davon."

„Nein." grinst er, „nicht den geringsten Schimmer."

„Dann werde ich dir ein bisschen was zeigen, wenn wir wieder daheim sind."

„Sehr gerne. Aber du weißt..."

Sie zwinkert ihm zu: „Ich werde dich zu nichts verführen, was verboten ist. Aber ich werde dich zu allem verführen, was erlaubt ist."

„Darauf lasse ich mich ein."

Nach einigen weiteren Treffen mit ihren Eltern ist er eingewöhnt und beruhigt. Ihr Studium läuft, ihre Beziehung auch. Und zum ersten Mal lebt sie nicht einfach so vor sich hin, sondern macht etwas, was sie sonst nie gemacht hat: Sie schaut in die Zukunft. Und das mit einem Lächeln im Gesicht.

64

Der Ausdruck in Zs Gesicht ließ Becka einen Moment lang glauben, dass etwas mit ihm nicht stimmte. Doch dann fragte er sie, was los sei und sie begriff, dass er so schaute, weil er glaubte, dass mit ihr etwas nicht stimmte. „Ich habe nachgedacht." erklärte sie mit ein wenig zu viel Nachdruck in der Stimme – worauf Z auf seine ganz eigene Art reagierte:

„Oh. Das tut mir leid."

„Bitte? Ach, Z."

„Entschuldigung. Es ist momentan so oft so ernst. Da verspüre ich manchmal das Bedürfnis, auf Biegen und Brechen für Auflockerung zu sorgen. Aber wenn du etwas Ernstes hast, werde ich mich natürlich auch ernsthaft damit beschäftigen."

„Es ist nichts Schlimmes." versuchte sie schnell, ihn zu beruhigen, „und auch nichts Trauriges. Und unter Umständen noch nicht einmal etwas Überraschendes. Es ist einfach... eine Sache, die mich beschäftigt. Die zu unserem Leben gehört. Die einem manchmal einfach so durch den Kopf geht. Und dann wieder verschwindet. Über die man vielleicht noch nicht einmal explizit reden muss. Die auch einfach so geschehen kann. Aber ich finde es besser, darüber zu reden. Weil es sehr wichtig ist, auf dem gleichen Stand zu sein. Oder: zu schauen, wer auf welchem Stand ist. Ob das miteinander vereinbar ist. Und wenn nicht – wie es sich miteinander vereinbaren lässt. Das ist etwas, was mir wichtig wäre, herauszufinden. Wie das aussieht. Bei uns. Und wie wir dann damit umgehen. Wir haben da bisher noch nie drüber gesprochen. Unter Umständen, weil wir beide denken, das passt schon. Aber es gibt Sachen im Leben, da sollte man sich nicht darauf verlassen, dass es schon passt. Da sollte man konkret werden. Und das fände ich schön, wenn wir das machen könnten." Sie schöpfte Atem und Z nutzte die Gelegenheit:

„Der Brei ist kalt."

„Was?" fuhr sie auf, „Z? Schon wieder?"

„Albern? Nein. Das war ernst gemeint. Aber vielleicht um zu viele Ecken gedacht. Ich wollte nur sagen: So viel, wie du gerade um den heißen Brei herumgeredet hast, ist er komplett kalt geworden dabei. Vom Wind. Fahrtwind. Von deinen Worten. Ach... egal. Lass es mich so sagen: Dafür, dass du konkret werden willst, war das alles ziemlich unkonkret. Und dafür sehr reichlich."

„Ich tue mich halt schwer." verteidigte sie sich.

„Das tut mir leid. Liegt das an mir?"

„Ein bisschen. Und das restliche bisschen an mir."

Z lächelte: „Na – beruhigt mich schonmal, dass keine weiteren Personen beteiligt sind."

„Meine Güte."

„Nein, auch ernst. Wenn es was mit unserer Ex-Gruppe zu tun hätte oder meinen Eltern oder... fällt mir keiner mehr ein... würde das die Sache verkomplizieren. Aber so – sind wir zu zweit. Und klären es zu zweit. Also kein Aufstand nötig."

„Das hoffe ich." seufzte sie – und Z hielt es nicht mehr aus:

„Becka. Sag es einfach."

„Ach..."

„Okay. Wir machen das ganz einfach. So wie du hier rumdruckst, weiß ich sowieso schon mit 94,7605%iger Sicherheit, worum es geht. Daher: Du sagst, was du willst. In einem Satz. Und dann sage ich, was ich will. In einem Satz."

Becka schüttelte den Kopf: „Das wird nicht gehen."

„Doch, wird es." beharrte Z.

„Woher willst du das wissen?"

„Weil ich weiß, wie dein Satz lauten wird. Und auch, wie meiner lauten wird. Und sie passen gut genug zusammen, dass darüber hinaus nichts mehr notwendig ist."

„Wenn du meinst..."

„Nicht zweifeln – loslegen."

Aber Becka legte nicht los. Sondern verzögerte weiter: „Z – würdest du...?"

„Nein. Ein Satz. Keine Frage. Eine Sage. Äh... okay. Das war in meinem Kopf lustig und intelligent. Aber jetzt merke ich gerade, dass das eine völlig andere Bedeutung..." Er winkte ab, „vergiss das. Was ich meine: Du sollst nicht fragen, was ich will. Du sollst sagen, was du willst. So, wie du sonst auch bist: selbstbewusst. Du weißt, was du willst. Also..."

Becka atmete tief durch: „Z – ich will Kinder."

Z lächelte: „Becka – ich auch."

Es dauerte einige Momente, bis das gesickert war. Z ließ ihr diese Zeit. Es war ihm klar, dass sie sich auf einen Kampf eingestellt hatte. Wenn er auch nicht wusste, warum. Er behielt Recht, denn ihre erste Bemerkung lautete „Das war einfach." und sie klang extrem überrascht dabei. Weshalb er sich entschied, seiner Frage auf den Grund zu gehen:

„Natürlich. Hattest du es anders erwartet?"

„Männer..." begann sie langsam, doch das wiegelte er sofort ab:

„...und Frauen. Fang jetzt nicht mit Klischees an."

„Du warst nie der Kindertyp."

„Ich habe auch nicht viel mit Kindern zu tun. Mit den Drillies. Und die finde ich einfach knuffig. Wie du wissen solltest. Und hoffentlich auch gemerkt haben solltest. Ansonsten sind da die Enkel von Steve und Katiana. Aber das eher am Rande. Muss ich denn jedes Kind angrinsen, das mir auf der Straße begegnet?"

„Nein, natürlich nicht. Ich war nur... unsicher."

„Tja – musst du jetzt nicht mehr sein. Hättest du aber auch nicht sein müssen." setzte er hinzu.

Sie sah ihn – weiterhin unsicher – an: „Weil?"

Z ergriff ihre Hände: „Becka – so sehr ich dir darin zustimme, dass meine Meinung zu diesem Thema nie wirklich deutlich an der Oberfläche sichtbar war, war es deine dafür umso mehr. Ich weiß, seit wir uns kennengelernt haben, dass du Kinder willst. Und das, obwohl du auch nicht jedes Kind angrinst, das du auf der Straße triffst. Normalerweise redet man über sowas, bevor man heiratet. Haben wir zugegebenermaßen nicht getan. Aber von meiner Seite doch deswegen, weil keine Notwendigkeit bestand. Weil es für mich klar war. Das ist ja meine Überlegung dabei: Was will ich? Und ist das mit dem vereinbar, was du willst? Ich wusste, was du willst. Und ich wusste, dass ich mich damit vereinbaren kann."

„Und du hast nichts gesagt."

„Ja... ich bin – dumm wie ich bin – davon ausgegangen, dass dieser Gedankengang auf Gegenseitigkeit beruht. Dass du es genauso weißt, wie ich. Da habe ich mich geirrt – tut mir aufrichtig leid. Habe das aber auch erst vor ein paar Wochen gemerkt. Beziehungsweise: gemerkt, dass du nachdenklich bist. Es hat noch ein bisschen länger gedauert, bis ich verstanden habe, warum."

„Und als du es verstanden hast?" Becka zog eine Schnute, „da hättest du doch was sagen können."

„Das habe ich ja."

„So? Kann ich mich gar nicht erinnern."

„Äh?" machte Z, „es ist gerade mal ein paar Minuten her."

„Ein paar... oh..." Sie tippte sich verstehend an die Stirn, „du meinst, du hast es heute verstanden."

„So sieht es aus." nickte er.

„Z. Es tut mir leid, dass ich..."

„Becka – ich liebe dich."

„Ich liebe dich auch."

Er stand auf und zog sie mit sich hoch: „Hast du Hunger?"

„Schon. Warum?"

„Naja – ich dachte... wenn wir uns jetzt schon einig sind bezüglich der Familienplanung, dann..." Er setzte ein vielsagendes Grinsen auf – das Becka nicht verstand:

„...würdest du gerne planen?"

„Nein. Ich würde gerne umsetzen."

„Dich?"

„Den Plan."

„Oh." In Beckas Kopf machte es ‚Klick', „jetzt."

Er nickte: „Jetzt. Oder nach dem Frühstück."

„Hm... jetzt. Und nach dem Frühstück." Nun war das Grinsen auf ihrer Seite und Z der Erstaunte:

„Oha."

„Damit hättest du nicht gerechnet, was?"

„Eher nein. Aber..." Mit großen Schritten zog er sie hinter sich her ins Schlafzimmer, „ich werde mich garantiert nicht dagegen wehren."

65

Am Abend, als Becka im Bad war und sich fertig machte, griff Z zu seinem Laptop. Es war Zeit, seine Mail zu schreiben. Viel nachgedacht hatte er darüber eigentlich gar nicht. Doch im Grunde hatte seine Entscheidung die ganze Zeit nur an einer einzigen Sache gehangen: wie seine Zukunft mit Becka aussah. Er hatte davon eine sehr konkrete Vorstellung gehabt. Und nur darauf gewartet, für diese eine Bestätigung zu bekommen. Nun war diese Bestätigung da. Also musste er auch nicht weiter grübeln. Oder versuchen, es aus anderen Perspektiven zu beleuchten. Er wusste, was er wollte. Und nun wusste er auch, was er würde. Er konnte nur hoffen, dass die anderen dafür Verständnis hatten.

66

Die Neuigkeiten, die Imran für sie hatte, waren nicht so spektakulär, dass er es für nötig erachtete, sie zu sich zu bestellen. Stattdessen schrieb er ihnen eine Mail, in der er kurz zusammenfasste, was er herausgefunden hatte:

Hallo ihr 3,

ich habe es inzwischen geschafft, hinter das ‚Geheimnis‘ von Christophers Geld zu kommen. Er hat wirklich ein Buch geschrieben. Allerdings unter einem Pseudonym. Es war im Grunde ganz einfach. Ich habe den Verlag angeschrieben und nach ihm gefragt. Er scheint das mit dem Pseudonym wohl nicht so ernst zu nehmen, dass er Anweisung gegeben hat, seine wahre Identität geheim zu halten. Ich denke mal, dass es eher mit dem Inhalt des Buches zu tun hat. Ich habe es nicht gelesen und werde das auch nicht. Weil ich dafür einfach zu wenig Zeit habe und kein großer Literatur-Fan bin. Aber der Klappentext weist darauf hin, dass es um eine Welt ohne Gott geht. Verständlich also, dass er als (ehemaliger) Vertreter der Kirche da nicht mit seinem eigenen Namen Werbung machen will. Auf jeden Fall ist er damit endgültig von unserer Verdächtigenliste runter. Meiner Meinung nach zumindest. Denn selbst wenn er Geldschwierigkeiten hatte, hat er nun eine Einnahmequelle, die ihm auf ganz legale Weise eine Menge einbringt. Und ihr habt ja selbst gesagt, dass ihr nicht den Eindruck habt, er sei euch so feindselig gestimmt, dass er sich an euch rächen will. Wäre wahrscheinlich auch am besten, diese Unsicherheiten persönlich auszuräumen. Also: ihr und er.

Ich bin daher erst einmal fertig und schicke euch in den nächsten Tagen die Rechnung. Natürlich werde ich – wie immer – die noch hängenden Fäden bei mir behalten und mich damit geistig plagen, bis mir etwas einfällt. Wir finden schon heraus, wer es war.

Liebe Grüße,

Imran

Der Mailverkehr, der sich daraus ergab, war ebenfalls recht knapp gehalten. Die Freunde kamen darin überein, dass sie keinerlei Lust verspürten, sich mit Christopher persönlich auseinanderzusetzen und dass es ihnen jetzt, wo die Aufnahmen gelöscht waren, auch nicht mehr so wichtig war, den wahren Täter zu finden. Zumindest nicht schnell. Imran würde das Rätsel schon lösen und bis dahin konnten sie warten.

67

Es war eine Menge Druck ausgeübt worden auf die Verantwortlichen und wie immer, wenn das geschah, gewannen die, von denen das meiste Geld zu erwarten war. Und das waren – dafür mussten keine großen Überlegungen angestellt werden – die Verbraucher. Die tagtäglich die öffentlichen Verkehrsmittel benutzten, um von einem Punkt zum anderen zu gelangen. Die – kaum, dass sich die allgemeine Bestürzung über den schrecklichen Zwischenfall gelegt hatte – nichts sehnlicher wollten, als endlich wieder zur Tagesordnung überzugehen. Was im Klartext hieß: S-Bahn fahren. Ganz normal. Also hatten die Verantwortlichen ein paarmal laut geseufzt und dann den Auftrag zum Wiederaufbau des eingestürzten Tunnels an die Firma vergeben, die bei ihrer Ausschreibung den kürzesten Zeitraum genannt hatte. Das hatten sie in der Hoffnung getan, die Gemüter ein wenig beruhigen zu können, weswegen diese Tatsache auch ganz offiziell verkündet worden war. Natürlich hatte es Gegner gegeben, deren Argumente zumindest in diesem Fall durchaus hieb- und stichfest waren. Doch der Mehrheit war ,schnell' lieber als ,ordentlich' und schließlich ging niemand davon aus, dass die Firma bei den Arbeiten Pfusch betreiben würde. Was auch nicht der Fall war – zumindest nicht absichtlich. Aber wenn man sich bei etwas beeilen muss, schaut man unter Umständen nicht so genau hin, wie man das normalerweise täte, und das auch nur einmal und nicht mehrere Male. Genau das war auch das Problem, doch da die anschließenden Kontrollen ebenfalls unter enormem Zeitdruck durchgeführt wurden, sahen die Prüfer die Schwachstellen genauso wenig wie die Arbeiter zuvor. So wurde der Tunnel wieder hergestellt und der Verkehr konnte erneut fließen. Das Leben in der Frankfurter Innenstadt kehrte zum Normalbetrieb zurück und alle waren glücklich. Und die Verantwortlichen seufzten erneut – diesmal jedoch aus Erleichterung.

Allerdings gibt es auf der Welt ein paar Regeln und eine davon besagt, dass alles aufeinander Einfluss hat, wenn man es in Relation zueinander stellt. Und genau das hatte niemand so richtig bedacht. Weil es auch nicht unbedingt ein Punkt war, über den man sich Gedanken machte, wenn man nicht musste.

Was auch Maximilian so ging, als er an jenem Tag das Haus verließ, nur um draußen festzustellen, dass es regnete und er nicht mit dem Fahrrad auf die Arbeit fahren konnte. Was mehr als ungünstig war, da er sein Auto gerade am Tag zuvor für eine Inspektion in die Werkstatt gebracht hatte. Ein Blick in den Wetterbericht hätte da vielleicht geholfen, aber dafür war es nun sowieso zu spät und so blieb ihm nichts anderes übrig, als mit der Bahn zu fahren. Die glücklicherweise dort, wo er wohnte, regelmäßig genug kam, dass er keine großen Zeiteinbußen in Kauf nehmen musste. Sofern sie pünktlich abfuhr und auch pünktlich ankam. Er ging also zurück, um seinen Schirm zu holen und machte sich dann auf den Weg zum Bahnhof, wo er die Bahn gerade noch so erwischte. Anscheinend hatte der wiedereröffnete Tunnel eine erneute Umstellung des Fahrplans mit sich gebracht. Oder aber eine frühere Bahn hatte ganz extrem viel Verspätung. Was ihm aber auch egal sein konnte, denn so musste er zumindest nicht im Regen warten, sondern konnte direkt einsteigen. Er fuhr nicht gerne mit der Bahn. Die Leute, die man dort traf, blickten immer so trostlos drein und das zog ihn runter. Natürlich wusste er, dass sie alle im normalen Leben gar nicht trostlos waren und es nur die Bahnfahrt an sich war, die dieses Gefühl mit sich brachte. Doch das machte es nicht besser, wenn man sich in der Bahn aufhielt. Zumindest bekam er einen Sitzplatz und so machte er die Augen zu und dachte ein wenig nach. Über Sachen, die weder mit der Bahn noch mit der Arbeit zu tun hatten. Sie hatten in der Hauptsache mit Annie zu tun. Mit dem, was sie erzählt hatte. Wie es ihr nun ging mit ihrer neuen Situation. Er war immer noch sehr traurig, dass er ihr nicht hatte helfen können und noch trauriger, dass ihm nach wie vor auch nichts dazu einfiel. Sie war eine seiner besten Freundinnen und er kam sich vor, als ließe sie er im Stich. Aber je mehr er in dieses Thema einstieg, desto mehr kam er zu dem Schluss, dass das nicht stimmte. Er hatte immer seine Hilfe angeboten. Er hatte ihr auch schon sehr viel geholfen. Und er war nun mal nicht Gott, der immer für alles eine Lösung parat hatte. Während er so seinen Gedanken nachhing, erreichten sie die Innenstadt und damit den Teil der Strecke, der die letzten Monate nicht befahrbar gewesen war. Auch Maximilian gehörte zu den Leuten, die sich grundsätzlich darüber freuten, dass der Stress mit dem Ersatzverkehr nun vorbei war – doch hatte er sich als sehr sporadischer Nutzer der öffentlichen Verkehrsmittel auch nur sehr unzulänglich mit dem Thema beschäftigt und ging daher davon aus, dass schon alles seine Richtigkeit hatte. Als sie am Hauptbahnhof in den Tunnel einfuhren, öffnete er die Augen wieder. Nun wurde es außen dunkel und wenn er dann zusätzlich die Augen zu hatte, wurde er immer extrem müde. Das war ein sehr seltsames Phänomen, das er bereits als Kind gehabt hatte und das sich niemand jemals hatte erklären können. Immer mal wieder hatten ihn Leute damit aufgezogen, wenn sie es mitbekamen. Auch Annie hatte das schon getan, wenn er darüber nachdachte. Aber ihr hatte er es nicht übelgenommen, denn sie veralberte ihn meistens mit einem Zwinkern in den Augen, das ihm zeigte, dass sie es nicht böse meinte. Und wenn dem nicht so war, sagte er ihr das und sie entschuldigte sich. Nicht immer gleich, aber immer irgendwann. Der Anblick vor dem Fenster war trostlos – genauso trostlos wie die Gesichter der Leute um ihn herum. Aber er musste hier ja nicht mehr lange sitzen und wenn er Glück hatte, auch nur heute.

Auf der großen Einkaufsstraße waren derweil Bauarbeiten im Gange. Sie hatten nichts mit dem Tunnel zu tun, sondern mit einem alten Kaufhaus, das entkernt und dann wieder neu aufgebaut werden sollte. Sie fanden jedoch in unmittelbarer Nähe der Stelle statt, an der bis vor kurzem noch die andere Baustelle gewesen war. Und eigentlich hätten sie sogar zur gleichen Zeit durchgeführt werden sollen, doch die Verantwortlichen hatten aus Sicherheitsgründen entschieden, mit diesem zweiten Bauvorhaben zu warten, bis das erste abgeschlossen war. An sich kein schlechter Gedanke. Aber auch nicht ganz so durchdacht, wie es nach außen hin wirkte. Denn die Bauarbeiten am Tunnel waren zwar abgeschlossen, der Tunnel dadurch aber nicht komplett wiederhergestellt. An diversen Stellen in seiner neuen Struktur gab es kleine Unebenheiten, Spalten und Kanten, die eben daher rührten, dass man mehr auf die Geschwindigkeit als auf die Genauigkeit gegeben hatte. Und diese Unebenheiten, Spalten und Kanten ließen es zu, dass sich das neu angefertigte Gemäuer in sich selbst bewegen konnte. Nicht viel, aber genug. Von alleine kam es zu solchen Bewegungen natürlich nicht. Die Schritte der Menschen auf der Einkaufsstraße reichten nicht aus, um das Gestein zu erschüttern. Die S-Bahnen, die nun wieder durch den Tunnel fuhren, dagegen schon. Sie bearbeiteten den neuen Tunnel von innen heraus – von unten. Von oben bearbeiteten ihn nun die anderen Bauarbeiten. Die Presslufthämmer, die Bohrer, die schweren Fahrzeuge, die das Gestein abtransportierten. Sie alle erzeugten Erschütterungen und der Tunnel reagierte darauf. Auf die einzig mögliche Art und Weise: Steine rieben aneinander; Putz, der sie hätte zusammenhalten sollen, bröckelte ab; Streben, die für zusätzliche Sicherheit hätten sorgen sollen, fingen an zu vibrieren und brachen schließlich. Der Tunnel stürzte wieder ein – nur dieses Mal so langsam, dass es keiner wirklich merkte. Auch Maximilian merkte davon nichts. Er hing nach wie vor seinen Gedanken nach. Und tat dies bis zu dem Moment, als ihn der dumpfe Schlag von seinem Sitz riss. Denn wie so oft ist es eine kleine Sache, die ausreicht, um großen Schaden anzurichten. In diesem Fall war es ein einzelner Stein, der schließlich aus der neuen Gewölbedecke herausbrach und der eine Lücke hinterließ, die alle Steine um ihn herum ins Wanken und dann schließlich zum Absturz brachten. So kam der zunächst nur so langsam vorangeschrittene Prozess zu einem jähen Abschluss – genau in dem Moment, als die S-Bahn, in der Maximilian sich befand, diese Stelle passierte. Die Steine prasselten wie Regen auf sie herab und der Fahrer zog geistesgegenwärtig die Bremse, was die Passagiere in den Wagons hinter ihm wild durcheinanderpurzeln ließ. Die Bahn hatte allerdings eine gewisse Geschwindigkeit, die sie nur langsam verringern konnte und da der größte Teil der Steine nicht auf ihr, sondern vor ihr heruntergekommen war und zudem weitere Teile der Decke in Fahrtrichtung folgten, trieb die Bahn das Gestein wie eine Wand vor sich her. Eine Wand, die aufgrund der bereits vorhandenen Wände nirgendwo anders hinkonnte als in die gleiche Richtung wie die Bahn – nach vorne. So erreichten sie den nächsten Bahnhof, wo die S-Bahn schließlich fast direkt hinter der Einfahrt zum Stehen kam. Für das, was sie vor sich her transportierte, galt dieses Anhalten jedoch nicht. Stattdessen griffen die Naturgesetze, die besagen, dass ein Objekt erst dann zum Stillstand kommt, wenn es von etwas abgebremst wird. Die Bahn war dafür nicht geeignet, denn sie befand sich hinter den Steinmassen. Vor den Steinmassen befand sich die offene Bahnhofshalle und in dieser verteilten sie sich nun. Großzügig und mit enormer Geschwindigkeit. Und in der Bahnhofshalle befanden sich jede Menge Menschen. Die zum Abbremsen genauso gut geeignet waren, wie alles andere auch. Wehren konnten sie sich nicht. Viele versuchten, wegzulaufen, doch dafür waren die Steine zu schnell. Andere versuchen, auszuweichen, doch dafür waren die Steine zu zahlreich. Und wieder andere versuchten, sich mit Händen oder Taschen zu schützen, doch dafür waren die Steine zu hart. Erbarmungslos schlugen sie gegen alles, was ihnen in die Quere kam, und nur Sekunden später war alles schon wieder vorbei. Die Rettungs- und Aufräumarbeiten dagegen dauerten den ganzen restlichen Tag. Und erst am Ende wurde den Verantwortlichen ein Überblick über das Ausmaß zugetragen: 44 Menschen waren in der Bahnhofshalle durch das herumfliegende Gestein gestorben, 7 weitere kamen in der S-Bahn hinzu – durch Verletzungen, die sie bei der plötzlichen Bremsung erlitten hatten. Und mehr als 180 weitere Personen wurden zum Teil schwer verletzt.

68

„Alles klar?" Maximilian blickte Annie fragend an – und diese blickte erstaunt zurück:
„Das fragst du mich?"
„Du schaust ein wenig... bedröppelt."
Ein schwaches Lächeln huschte über ihr Gesicht: „Das ist ein süßes Wort."
„Nicht ablenken." mahnte er.

„Nein." Annie seufzte, „ich habe gerade eine gute Bekannte am Eingang getroffen. Die auch jemanden besucht hat. Was mir wieder mal vor Augen geführt hat, wieviel Unglück doch auf dieser Welt passiert."

Maximilian nickte: „Ja, das ist wahr."

„Aber hauptsächlich schaue ich wegen dir so. Ich hatte ja eigentlich vor, dich mit sowas coolem zu begrüßen wie ‚Jetzt bist du mal der, der im Bett liegt und ich die, die zu Besuch kommt – nette Abwechslung.'"

„Das geht jetzt nicht mehr?"

Annie sah traurig an ihm vorbei: „Du müsstest dich mal sehen."

„Vielen herzlichen Dank." schmunzelte er.

„Das ist doch..."

„Ich weiß, was du meinst. Aber es sieht schlimmer aus, als es ist."

„Das hoffe ich sehr. Denn du siehst aus wie tot."

„Na, jetzt übertreibst du aber."

Sie schüttelte den Kopf: „Finde ich nicht."

„Okay – Ansichtssache."

„Wie siehst du es denn?"

Er zuckte die Schultern: „Ich hatte mir noch keine Gedanken darüber gemacht, wie ich es nennen könnte. Aber kurz bevor du kamst, hat jemand den Begriff ‚wie verprügelt' verwendet. Den fand ich relativ passend. Und auch nicht ganz so morbide."

„Schön, dass du Scherze machen kannst." Annie wirkte fast ein wenig vorwurfsvoll. Maximilian runzelte die Stirn:

„Hast du die Berichte gelesen? Wie viele Menschen jetzt nicht in einem weißen Bett liegen, sondern in einer schwarzen Kiste?"

„Maxi..." Sie schlug sich mit der Hand auf den Mund, doch er winkte nur ab:

„Ich mache Scherze, weil ich noch Scherze machen kann. Was meinst du, wie man sich fühlt, wenn man als Überlebender aus etwas rauskommt in dem Wissen, dass man zu den Glücklichen zählt? Trotz mehrerer gebrochener Knochen und mehr Prellungen als ein Profiboxer. Du stehst hier – an meinem Bett. Und wir unterhalten uns. Nicht geistreich, aber wir tun es. Da draußen... sitzen lauter Leute, die genau das gerne tun würden. Und es nicht können. Weil die, mit denen sie das wollen würden, nicht mehr antworten. Nie mehr."

Annie biss sich auf die Lippen: „Es tut mir leid. Soll ich später...?"

„Diese Frage kommt auch jedes Mal." brummte er.

„Hm?"

„Nein, Annie, nein." Er atmete tief durch, „bitte bleib hier. Ich habe mich sehr gefreut, als die Schwester sagte, dass du am Telefon bist. Und ich hätte ihr nicht gesagt, dass du vorbeikommen kannst, wenn ich das nicht gewollt hätte. Ich bin einfach... mir tut alles weh und ich muss trotzdem dankbar sein. Dankbar, dass ich nicht zu den anderen gehöre. Das ist sowas von schwer. Wie kann man sich über das eigene Leben freuen, wenn...?"

„Denk nicht so." bat sie ihn. Zunächst ohne Erfolg:

„Wie viele davon nicht gerettet sind."

„Wurden." verbesserte sie ihn automatisch – allerdings zu Unrecht:

„Nein. Sind. Ich rede nicht vom Notarzt."

„Oh. Ah. Oh. Ja."

Maximilian ließ sich auf das Kissen sinken: „Ich bin keine gute Gesellschaft, fürchte ich."

„Mach dir keine Sorgen um mich. Ich weiß genau, wie du dich fühlst und..."

„So?"

„In Ordnung – ich habe keinen blassen Schimmer, wie du dich fühlst. Genau damit. Aber wie du sehr wohl weißt, war ich aus anderen Gründen auch schon ganz unten. Vielleicht sogar noch weiter unten – da könnten wir uns jetzt drüber streiten. Müssen wir aber nicht. Das ist halt das, wo ich mit meinem einleitenden eigenen Scherz hinwollte – den ich so gnadenlos vergeigt habe: Du warst immer da, wenn es mir schlecht ging. Jetzt geht es dir schlecht. Und ich bin für dich da. Ich mag es nicht verstehen, wie es dir innerlich geht. Aber ich will es wissen. Und versuchen, es zu verstehen, so gut das eben geht."

„Das ist sehr lieb von dir." flüsterte er und Annie kicherte verlegen:

„So bin ich halt."

„Öfters mal."

Sie trat einen Schritt näher und streckte den Zeigefinger in seine Richtung aus: „Tut es weh, wenn ich da drücke?"

„Wag dich."

„Niemals." lachte sie.

Auch Maximilian rang sich ein Lächeln ab. Wurde aber sehr schnell wieder ernst: „Wie geht es dir?"

„Das hast du mich vorhin schon gefragt. Mit anderen Worten."

„Andere Worte – andere Absicht."

„Äh... sicher, das mit deinem Gehirn...?"

„Vorhin meinte ich deinen Zustand in diesem Moment." klärte er sie auf, „jetzt meine ich deinen allgemeinen Zustand. Du hast da etwas offen. Wie geht es dir damit?"

„Ich..." Annie zögerte, „habe mich noch nicht entschieden."

„Woran hängt es?"

„An dem gleichen wie bisher auch."

„Dann kann ich dir auch nichts Neues dazu sagen."

„Das stimmt." nickte sie, „das kannst du nicht. Aber es hat trotzdem etwas Neues gebracht. Dieser Besuch hier."

Maximilian zog die Brauen hoch: „Wirklich?"

„Dich so zu sehen... wir hatten so viele Situationen in der Zeit, in der wir unsere Aufträge erledigt haben... die so hätten enden können. Für viele Menschen, die uns am Herzen liegen. Manche... haben sogar so geendet. Oder schlimmer. Das ist etwas, das ich nicht mehr will."

Das konnte Maximilian gut verstehen. Trotzdem musste er dazu etwas sagen: „Man könnte das auch genau andersrum sehen: Dass es zu solchen Enden kommt, liegt an den Mächten, die die Menschen beeinflussen. Dagegen konntet ihr vorgehen."

„Ja. Das konnten wir." Annie wiegte den Kopf, „aber es ist ein Unterschied, ob das Fremde oder Freunde betrifft."

„Ist es?"

„Im gesamten Lauf der Welt vielleicht nicht. Für mich ganz persönlich schon."

„Und das heißt?" hakte er nach.

Sie rieb sich nachdenklich beide Wangen: „Dass ich schauen muss, wie ich die Menschen am besten schützen kann, die mir wichtig sind. Wenn ich diese Arbeit mache, helfe ich in erster Linie denen, die ich nicht kenne. Und bringe die, die ich liebe, in Gefahr. Wenn ich es nicht mache, helfe ich damit denen, die ich liebe. Und bringe die Unbekannten in Gefahr."

„Was ist besser?"

„Für mich – ganz egoistisch – das Letztere."

„Und für Gott?"

Natürlich hatte Annie mit genau dieser Frage gerechnet. Und trotzdem irgendwie gehofft, dass er sie nicht stellen würde. Aber auf Maximilian war Verlass, was solche Dinge anging. Und während sie innerlich einen gewissen Drang verspürte, es einfach abzuwiegeln, wusste sie, dass die Antwort wichtig war – für sie selbst:

„Tja... Gott hat einen Plan B. Ich habe mir sagen lassen, dass Plan Bs nie so gut sind, wie die Plan As. Aber bei Gott kann ich mir das kaum vorstellen. Von daher – geht die Rechnung mit ihm anders: Mache ich es, helfe ich den Fremden und die Freunde leiden. Mache ich es nicht, helfe ich den Freunden und um die Fremden kümmert sich wer anders."

Maximilian schwieg eine Weile. Und Annie dachte schon, sie hätte ihn überzeugt. Doch dem war nicht so: „Aber würde er sich nicht auch um deine Freunde kümmern, wenn du es machst?"

Nun war sie es, die schwieg. Wenn auch eher aus Scham. Weil sie bereits eine Antwort hatte. Die sie nicht aussprechen wollte. Sein Ausdruck zeigte ihr jedoch, dass er nicht lockerlassen würde. Also sprach sie sie aus: „Das würde ich gerne denken. Nur ist das nicht immer passiert. Es sind Leute gestorben. Wegen uns. Gott gibt mir keine Garantie, dass es allen meinen Liebsten immer gut geht. Und wenn ich sie aktiv in Gefahr bringe, ist das kontraproduktiv. Nein. Bei allem Vertrauen, das ich in Gott habe... in diesem Fall leiste ich meinen Beitrag lieber selbst. Denn das ist etwas, das ich gelernt habe: Die Leute, denen wir helfen – die ihm besonders wichtig sind – für die findet er immer eine Lösung. Bei denen, die nur normal sind... gibt er sich nicht so viel Mühe."

Maximilian zuckte wie getroffen zusammen: „Sag das nicht."

„Es ist das Ergebnis meiner Erfahrungen." Annie schluckte, „tut mir leid. Aber es ist so. Ich muss sehen, wo ich meine Mühe einsetze. Und ich denke, ich werde das da tun, wo sie am meisten gebraucht wird."

69

So schrieb auch Annie ihre Mail. Maximilian war sehr unglücklich gewesen mit dem Verlauf, den ihre Unterhaltung genommen hatte und erst recht damit, dass sie damit auch geendet hatte. Doch für Annie hatte sie Klarheit gebracht. Der Zwiespalt, den sie gesehen hatte, existierte in dieser Form nicht. Verantwortung musste sie so oder so übernehmen. Und die Frage war lediglich: wofür? Was eigentlich keine Frage war. Denn wenn man eine Gegenüberstellung machte zwischen Leuten, die sie liebhatte, und Leuten, die sie gar nicht kannte, war das Ergebnis klar. Niemand, der richtig im Kopf war, würde da eine Entscheidung gegen die Seinen treffen. Und das war etwas, wovon sie sich sicher war, dass alle es akzeptieren konnten.

70

Es war gegen 17:15, als die Ampel an der großen Kreuzung auf Rot sprang und die junge Frau auf die Bremse trat, um zum Stehen zu kommen. Hinter ihr hupte ein Ungeduldiger, der anscheinend noch gefahren wäre. Doch das war ihr egal. Verkehrsregeln hatten einen Sinn und sie musste nicht ihre Gesundheit riskieren, nur weil hinter ihr jemand zwei Minuten schneller nach Hause wollte.
Der Mann im Wagen hinter ihr hatte es wirklich eilig. Allerdings wollte er nicht nach Hause. Er wollte zu einer Frau, von der man bei ihm zuhause nichts wusste. Und je später er dort ankam, desto weniger Zeit hatte er. Weswegen er am liebsten mit doppelter Geschwindigkeit durch die komplette Innenstadt gerast wäre. Doch er rief sich zur Ordnung, denn zuhause dachte man auch, dass er noch auf der Arbeit weilte. Weswegen es nicht gut war, Aufmerksamkeit zu erregen. Dumme Zufälle passierten immer wieder und er wollte nicht über eine polizeiliche Verwarnung stolpern. Daher hupte er auch nicht sofort ein zweites Mal, als das Auto vor ihm nicht anfuhr, als die Ampel wieder auf grün sprang, sondern ließ dem oder der Fahrerin ein wenig Zeit. Aus ein wenig wurde immer mehr und nun begannen die Autos hinter ihm zu hupen. Er stimmte mit ein, aber nichts geschah. So scherte er aus auf die Abbiegerspur, die momentan leer war

und fuhr an dem Auto vorbei. Eine Frau saß am Steuer und er gab sich alle Mühe, ihr mit wilden Gesten seinen Unmut auszudrücken. Doch sie bewegte sich gar nicht und blickte so starr geradeaus, dass er schon fast Angst bekam, ihr sei etwas passiert. Dann regte sie sich doch und fuhr, ohne auf ihn zu achten, los. Er verursachte fast einen Unfall, da er sich ja mitten im Überholmanöver befand, und hupte zum dritten Mal. Aber auch das schien die Frau nicht zu stören. Sie fuhr einfach davon und bog in die nächste Seitenstraße ab.

Die junge Frau folgte der Straße bis zu ihrem Ende. Hier war sie noch nie zuvor gewesen und trotzdem fand sie auf Anhieb das richtige Haus. Sie hielt davor und schaltete den Warnblinker an. Zwar war hier kein offizieller Parkplatz, aber es würde nicht lange dauern und sie blockierte auch nur einen Blumenkübel. Instinktiv drückte sie auf die richtige Klingel und der Summer ertönte praktisch sofort. Sie stieg die Treppen hinauf. Die Tür im zweiten Stock stand offen. Eine ältere Frau wartete dahinter:

„Ich habe Sie erwartet."

„Ich weiß." antwortete sie.

Die Frau hielt ihr einen Umschlag entgegen: „Ich habe alles hier. Die Unterlagen und den Schlüssel."

„Das ist sehr gut." Die junge Frau holte den Schlüssel aus dem Umschlag, steckte letzteren in ihre Handtasche und ließ ersteren in die Hosentasche gleiten. Dann nickte sie der älteren Frau zu, die zurücknickte und die Tür schloss. Sie stieg die Stufen hinab, trat ins Freie, setzte sich in ihr Auto und fuhr los. Die Straße war eine Einbahnstraße und sie musste ihr daher bis zum Ende folgen. Es dauerte eine ganze Weile, bis sie aus dem Gewirr der vielen kleinen Gassen herausgefunden hatte, doch nicht ein einziges Mal bog sie falsch ab. Obwohl sie sich hier noch nie aufgehalten hatte. Schließlich erreichte sie wieder die mehrspurige Hauptstraße und fädelte sich so ein, dass sie aus der Stadt heraus auf die Autobahn gelangte. Als sie das blaue Schild passierte, gab sie Gas. Sie hatte einen langen Weg vor sich. Knappe zwei Stunden später erreichte sie eine kleine Stadt, die sie bisher nur vom Namen auf dem Autobahnschild gekannt hatte. Sie folgte der Hauptstraße, bis sie fast am Ortsende war, und bog dann auf einen holperigen Weg ein, der mit einem Schild ‚Anlieger frei' gekennzeichnet war. Sie erreichte einen alten Bauernhof, der aussah, als wäre er seit Jahren nicht mehr in Betrieb. Als sie vor dem Wohnhaus hielt, öffnete sich die Tür und ein Mann trat heraus:

„Ich habe Sie erwartet."

„Ich weiß." antwortete sie erneut.

Er hielt ihr einen Rucksack hin.

„Was ist das?" fragte sie.

„Startkapital. Der Rest ist auf dem Konto."

„Sparbuch?"

Der Mann klopfte auf die vordere Tasche: „Mit dabei."

„Das ist sehr gut." Die junge Frau nahm den Rucksack an sich und stieg wieder in ihr Auto. Der Mann nickte ihr zu, als sie den Motor anließ, und ging wieder ins Haus. Sie wendete und fuhr den gleichen Weg zurück, den sie gekommen war.

Es war fast Mitternacht, als sie zuhause eintraf. Sie fuhr auf ihren Stellplatz, nahm Umschlag und Rucksack vom Beifahrersitz, stieg aus und öffnete den Kofferraum. Sie hob die Klappe hoch, unter der sich der Ersatzreifen verbarg. Sie holte den Schlüssel aus der Hosentasche und verstaute ihn in der vorderen Tasche des Rucksacks, in der sich das Sparbuch befand. Dann holte sie den Umschlag aus ihrer Handtasche, öffnete den Rucksack, holte das Geld heraus, packte es in den Umschlag und diesen dann in den Rucksack. Sie wuchtete den Ersatzreifen ein Stück nach oben und ließ den Rucksack in die Öffnung gleiten. Er war dunkel und als sie den Ersatzreifen wieder an seinen ursprünglichen Platz fallen ließ, war er nicht mehr zu sehen. Sie nickte zufrieden, schloss die Klappe und dann den Kofferraum. Anschließend ging sie ins Haus und dort zuerst in den Waschkeller, wo sie sich die Hände abschrubbte. Dann stieg sie hinauf zu ihrer Wohnung.

Ihre Mutter saß am Küchentisch und blickte ihr mit verweinten Augen entgegen. Sie starrte sie entsetzt an: „Ist etwas passiert?"

„Wo warst du?" heulte ihre Mutter los.

„Wieso?"

„Es ist mitten in der Nacht."

Verdutzt warf sie erst einen Blick aus dem Fenster und dann auf die Uhr an der Wand: „Hm. Ja. Das stimmt."

„Wo warst du?" wiederholte ihre Mutter schrill.

„Das..." setzte sie verärgert an, fing sich dann aber wieder, „unterwegs."

„Was soll das denn heißen?"

„Was es heißt." Nun brach der Ärger doch durch, „ich bin nicht mehr 12. Ich bin dir keine Rechenschaft schuldig."

Ihre Mutter stöhnte laut auf: „Ist es ein Mann?"

„Und wenn dem so wäre?" schnappte sie zurück.

„Habe ich es nicht verdient, dass du mir sowas erzählst?"

„Wir teilen uns diese Wohnung. Aus rein finanziellen Gründen. Aber mein Leben ist mein Leben. Ich darf tun und lassen, was ich will."

„Spät nach Hause kommen." zeterte ihre Mutter weiter, „nicht ans Handy gehen."

Sie blinzelte erstaunt: „Du hast mich angerufen?"

„Acht Mal."

„Wann denn?"

„In den letzten sieben Stunden."

„Echt?" Sie griff in ihre Handtasche und zog ihr Handy hervor. Auf dem Display konnte sie acht Anrufe in Abwesenheit erkennen. „Habe ich wohl nicht gehört." murmelte sie mehr zu sich selbst.

Ihre Mutter hatte es trotzdem verstanden: „Damit soll ich zufrieden sein?"

„Mutter." Die junge Frau ballte die Fäuste, „acht Anrufe in sieben Stunden ist paranoid. Wir haben keine Abmachung, dass ich zu einer bestimmten Uhrzeit zuhause zu sein habe."

„Ich habe gekocht." Vorwurfsvoll deutete ihre Mutter in Richtung Herd.

Sie rollte mit den Augen: „Du kochst jeden Tag. Und es lässt sich aufwärmen. Ich nehme es mit auf die Arbeit. Es ist noch nie etwas verschimmelt."

„Ich bin damit nicht glücklich."

„Das bist du nie, wenn ich etwas mache, was dir nicht gefällt."

„Ich habe die Polizei gerufen."

Sie zuckte zusammen: „Du hast was?"

„Ich wusste mir nicht mehr zu helfen." jammerte ihre Mutter.

„Ist sie hier?" Panisch warf sie einen Blick in den Flur. Er war leer.

„Sie kommt erst nach 24 Stunden."

„Na, dann kannst du ihnen ja sagen, dass sie gar nicht mehr kommen müssen." Sie atmete tief durch – doch an diesem Punkt war ihre Mutter noch nicht – im Gegenteil:

„Warum tust du mir das an?"

„Ich tue dir gar nichts an."

„Willst du, dass ich ausziehe?"

„Fang nicht damit wieder an."

„Diese komische Hausgruppe..." Ihre Mutter verzog das Gesicht, „ich dachte, sie hätte einen guten Einfluss auf dich."

„Das hat sie." erklärte sie bestimmt.

„Davon merke ich nichts."

„Warum? Weil ich mich jetzt frei fühle, eigene Entscheidungen zu treffen?"

„Hat dir noch nie gutgetan."

„Das reicht. Ich gehe ins Bett." Die junge Frau machte auf dem Absatz kehrt und ließ ihre Mutter in der Küche zurück. Sie konnte das Zetern sogar durch die geschlossene Badtür hören. Doch sie versuchte, es auszublenden. So wie jedes Mal.

71

Sie trafen sich im Wohnzimmer jenes Hauses, in dem sie über die Jahre hinweg so viel Zeit miteinander verbracht hatten. Geraldine fand das passend – egal, in welche Richtung das Gespräch verlief. Entweder war es ein Neuanfang oder ein Abschied.

„Ihr wisst, weswegen wir hier sind." begann sie, „machen wir es kurz."

Annie legte den Kopf schief: „Willst du wieder weg?"

„Ich will die Ungewissheit weg. Haben."

„Dann nur eine Frage vorab: mit Begründungen oder ohne?" Z sah Geraldine an, doch die Antwort kam von Annie:

„Ohne. Eine Begründung gibt Anlass zur Kritik. Und dann wird sie zur Rechtfertigung."

Geraldine nickte: „Kann ich mit leben. Wer fängt an?"

„Du." gab Z zurück, „Reihenfolge der Entscheidung."

„Nun gut." Geraldine atmete tief ein, „ich will das. Ich will meine Gabe wiederhaben. Und wieder meinen Auftrag erfüllen."

Z schürzte die Lippen: „Nicht überraschend. Bei mir wahrscheinlich auch nicht: Ich will meine Gabe nicht wiederhaben. Ich will Privatmensch bleiben. Oder erstmal richtig werden."

„Tja. Dann bin ich wohl das Zünglein an der Waage." Annie blickte unglücklich drein. Z jedoch schüttelte den Kopf:

„Wir hatten gesagt, dass wir keine Teamentscheidung treffen werden."

„Das stimmt. Es klang einfach so... wichtig. Aber ich verzögere. Ich will es auch nicht."

Auf Geraldines Gesicht spiegelte sich Enttäuschung: „Das war es dann also."

„Wir hatten gesagt, dass wir uns gegenseitig kein schlechtes Gewissen machen." erinnerte Annie sie und sie hob die Hände:

„Das wollte ich auch nicht. Ich meinte einfach: unsere Gruppe ist aufgelöst. Und das hier der Abschied."

Z zog die Brauen hoch: „Wir können uns doch trotzdem noch treffen."

„Das möchte ich aber nicht." kam es von Annie. Z sah sie verwundert an:
„Warum nicht?"

„Wir haben uns zusammengefunden, weil wir einen Auftrag hatten. Ein Ziel. Das hat uns zusammengeführt, das hat uns zusammengeschweißt. Ihr seid meine Freunde. Meine besten. Aber der Grundstein war immer die Arbeit. Das ist jetzt weg. Und bleibt auch weg. Ich habe mich ja nie an diesem ganzen Referenzen- und Zitate-Kram beteiligt. Aber so zum Abschluss will ich mal einen Vergleich ziehen: Ich fühle mich wie die Freunde in dem Stephen King-Buch mit dem Clown. Die Schlacht ist geschlagen. Und das, was verbunden hat, gelöst. Zeit, dass die Wege sich trennen. Dass man Abstand davon gewinnt. Von der Sache, von den Leuten. Der Umschwung ins normale Leben muss ganzheitlich sein. Sonst klappt er nicht."

„Das ist sehr schade, dass du das so hart betrachtest." seufzte Z.

„Ihr müsst ja nicht." gab Annie zurück, „ihr könnt ja Kontakt halten."

Z sah Geraldine an – und wurde ein weiteres Mal enttäuscht:

„Ehrlich gesagt... sehe ich das genauso. Mein Leben kommt langsam in geregelte Bahnen. Und das geht besser, wenn mich nichts zurückhält."

„Aber du..." Annie kratzte sich am Kopf, „für dich ist die Sache doch gar nicht fertig."

„Doch, das ist sie." entgegnete Geraldine, „das ist eine Entscheidung, die ich zusätzlich getroffen habe. Die ich eben nicht dazugesagt habe, weil ich nicht wollte, dass ihr euch beeinflusst fühlt. Denn auch das hatten wir ausgemacht. Aber sie steht: Ich werde nicht versuchen, das gleiche mit anderen Leuten aufzuziehen. Um noch einen – allgemeinen – Vergleich zu ziehen: Wenn aus einer Band alle bis auf einen aussteigen, dann ist die Band aufgelöst. Sich einfach neue Leute zu suchen und unter dem gleichen Namen weiterzumachen, ist falsch. Und da das für mich keine Leidenschaft, sondern eine Aufgabe ist, hänge ich nicht so sehr daran, dass ich auf jeden Fall weitermachen muss. Wir waren das Team. Ohne euch – kein Team."

„Damit wiedersprichst du dir aber selbst." stellte Annie fest.

Geraldine schüttelte den Kopf: „Ich will meine Gabe einsetzen. Dazu stehe ich. Aber ohne euch fühlt es sich nicht richtig an. Und es geht nur, wenn es sich richtig anfühlt."

„Jetzt habe ich auf jeden Fall ein schlechtes Gewissen." Z verzog das Gesicht. Aber Geraldine ließ sich nicht ihrerseits das Gewissen verschlechtern:

„Wir waren immer – meistens – ehrlich miteinander. Deswegen habe ich es gesagt. Damit ihr genauso wisst, was bei mir jetzt geschieht, wie ich es von euch weiß. Trotzdem ist es meine Entscheidung. Dafür braucht sich niemand verantwortlich zu fühlen."

„Was passiert dann jetzt?" flüsterte Annie – wurde jedoch von Z übertönt, der eine ähnliche Frage hatte:

„Und was passiert, wenn ich euch auf der Straße treffe?"

„Ich will euch nicht ignorieren." antwortete Geraldine, „ich mag euch ja immer noch. Wenn wir uns über den Weg laufen – schön. Aber ich werde mein Leben leben. Und euch nicht mit einplanen."

Annie stand auf: „Dann sollten wir jetzt schnell auseinandergehen. Bevor ich zu heulen anfange."

„Eine Sache hätte ich noch." hielt Z sie zurück, „eine organisatorische."

„Ja?"

„Das Geld. Unser... Erbe. Wir müssen es noch umverteilen."

„Das stimmt." nickte Geraldine.

„Dann sollten wir uns nochmal treffen, wenn wir Ideen haben..." Annie wandte sich zur Tür – und wurde ein weiteres Mal von Z am Gehen gehindert:

„Ich habe schon eine. Becka ist durch Zufall auf einen Artikel gestoßen. Über die Leute, die jetzt unser Zentrum besitzen. Das ist ja auch eine wohltätige Organisation. Und ich finde das, was sie machen, sehr unterstützungswürdig."

„Was denn?" erkundigte sich Geraldine.

„Sie helfen Menschen von der Straße. Geben ihnen eine Unterkunft und Essen. Alles nur kurzfristig. Ein paar Wochen oder Monate. Sie helfen ihnen, wieder auf die Füße zu kommen. Und dann auf eigenen Füssen zu stehen. Mit Job, mit Wohnung."

„Das klingt gut."

„Ja. Machen wir das." stimmte Annie zu, „das hat auch etwas... etwas... ich weiß nicht, wie ich das sagen soll."

„Ich auch nicht." Z lächelte verlegen, „aber ich weiß, was du meinst. Es war unseres. Jetzt ist es das nicht mehr. Aber wenn wir es unterstützen, gehören wir noch mit dazu."

„Ja. Genau das."

„Dann..." Z blickte Annie erwartungsvoll an, doch da diese nicht darauf reagierte, schaltete sich Geraldine mit ein:

„Kannst das das anleiern?"

„Natürlich." Annie streckte ihr den Daumen entgegen, „meine letzte Amtshandlung als Kassenwärtin für uns. Von jetzt an ist jeder von euch selbst für sein Geld verantwortlich."

„Das sind wir schon, seit du das Geld vom Verkauf aufgeteilt hast." sinnierte Z.

„Im Grunde, ja." Annie wagte einen weiteren Schritt in Richtung Tür, „lasst uns gehen."

Daraufhin erhob sich auch Geraldine – und Z hielt sie beide zurück:

„Sollen wir noch beten?"

Geraldine sah ihn an: „Wofür?"

„Für Segen."

„Für wen?"

„Für uns."

72

Wieder war es gegen 17:15, als die junge Frau die große Kreuzung passierte. Diesmal war die Ampel grün und sie musste nicht bremsen. Einige Meter weiter tat sie es dennoch. Wieder hupten die Autos hinter ihr. Und gaben dann Gas, um an ihr vorbeizukommen, als sie an einer Einfahrt auf den Bürgersteig fuhr. Ein älteres Ehepaar, das gerade dort entlangging, schaute neugierig in den Wagen, ob etwas los war. Die junge Frau bewegte sich nicht und so kamen sie überein, dass sie den Notarzt rufen mussten. Jedoch gehörten sie nicht zu den Leuten, die Gefallen daran gefunden hatten, mit der Zeit zu gehen und so besaßen sie kein Handy. Eines der Autos anzuhalten, war unmöglich – dafür fuhren sie zu schnell. Blieb also nur, an dem Haus zu klingeln, das sich hinter der Einfahrt verbarg. Leider war es eine Firma und um diese Uhrzeit bereits niemand mehr da. Sie beratschlagten, was sie noch tun könnten, da regte sich die Frau plötzlich wieder, blinkte, und fädelte sich bei der nächsten Gelegenheit in den fließenden Verkehr ein. Sie führte ein illegales Wendemanöver durch und fuhr dann in die Richtung davon, aus der sie ursprünglich gekommen war. Das ältere Ehepaar sah ihr kopfschüttelnd hinterher.

Die junge Frau fuhr quer durch die Stadt und erreichte schließlich die Autobahn auf der anderen Seite. Hier gab sie Gas, bremste allerdings schnell wieder, da sich durch den Feierabendverkehr ein Stau gebildet hatte. Sie wechselte auf die ganz rechte Spur, da sie bei der nächsten Ausfahrt abfahren musste. Es dauerte eine ganze Weile, bis sie sie erreicht hatte. Als sie die Autobahn verlassen hatte, kam sie wieder schneller voran und erreichte so schließlich den Ort, in den sie wollte. Sie kannte sich nicht aus – dennoch fand sie die richtige Abzweigung ohne Probleme. Sie führte sie zum Ortskern und dort zu einem kleinen Gelände, auf dem ein Gebrauchtwagenhändler seinen Sitz hatte. Am Tor prangte ein großes Schild, auf dem ‚Geschlossen' stand. Sie parkte direkt davor und stieg aus. Von der anderen Seite des Tores konnte sie Schritte hören, dann schwang es auf. Ein Mann trat auf sie zu:

„Ich habe Sie erwartet."

„Ich weiß." lautete ihre Antwort.

„Sie müssten ihr Auto zur Seite fahren. Am besten auf den Hof."

Die junge Frau nickte und tat wie geheißen. Der Mann stieg währenddessen in einen seiner Gebrauchtwagen und fuhr diesen vom Hof. Sie wendete und folgte ihm dann wieder nach draußen. Er parkte am Straßenrand, stieg aus und schloss das Tor. Dann stieg er wieder ein, wartete jedoch, bis sie an ihm vorbeigefahren war. Sie fuhr nun langsamer als zuvor, damit er sie nicht aus den Augen verlor. Schließlich wusste er nicht, wo es hinging. Sie ebenfalls nicht, aber der Weg eröffnete sich ihr beim Fahren. Die Autobahn war in diese Richtung leer und so erreichten sie die Stadt relativ schnell. Und auch das Wohngebiet, in das sie wollten. Hier gab es fast nur freistehende Häuser und vor einem davon hielt die junge Frau an. Sie stieg aus, lief die Einfahrt hoch und schob das Garagentor auf. Der Mann steuerte den Gebrauchtwagen an ihr vorbei in die Garage. Er schaltete den Motor ab und stieg aus, während sie das Tor wieder schloss. Sie stiegen beide in ihren Wagen und er überreichte ihr den Autoschlüssel, den sie in die Mittelkonsole legte. Die Rückfahrt verlief schweigend. Selbst, als er vor seinem Geschäft ausstieg, nickte er nur kurz und schlug dann das Tor zu. Sie nickte zurück und fuhr wieder an. Da es inzwischen spät war und die Straßen nicht mehr so befahren, erreichte sie das Haus diesmal noch schneller. Sie parkte in der Einfahrt, öffnete den Kofferraum und holte den Rucksack unter dem Ersatzreifen hervor. Auf dem Weg zur Haustür öffnete sie ihn und holte den Schlüssel heraus. Damit schloss sie auf und betrat das Haus. Drinnen war es dunkel, doch sie fand den Lichtschalter schnell. Ebenso die Tür, die in die Garage führte. Dort stellte sie fest, dass sie den Schlüssel des Gebrauchtwagens in ihrem eigenen Auto vergessen hatte. Aber das Garagentor ließ sich auch von innen leicht öffnen. Sie eilte zu ihrem Wagen, holte den Schlüssel, schloss den Gebrauchtwagen auf und entfernte das Preisschild, das immer noch auf dem Armaturenbrett lag. Dann verschloss sie Auto und Garage und ging ins Haus zurück. Dort nahm sie den Rucksack, holte das Geld heraus und verstaute es in der obersten Schublade einer Kommode im Wohnzimmer. Das Sparbuch packte sie mit dazu. Die Unterlagen ließ sie in dem Umschlag und legte diesen in die Schublade darunter. Sie entfernte den Garagenschlüssel von dem Ring mit dem Hausschlüssel und befestigte ihn stattdessen an dem Ring mit dem Autoschlüssel. Diesen hängte sie in den Schlüsselkasten neben der

Eingangstür, den Rucksack an die Garderobe daneben. Dann löschte sie das Licht, schloss die Haustür ab, ging zu ihrem Wagen und fuhr nach Hause.

Ihre Mutter saß im Wohnzimmer: „Ich werde dich nicht fragen, wo du gewesen bist." begrüßte sie sie – mit einem Tonfall, der nur zu deutlich zeigte, dass sie es trotzdem wissen wollte.

Die junge Frau ignorierte das – und nahm sie beim Wort: „Das ist sehr nett von dir."

Natürlich ging es weiter: „Du musst selber wissen, was du tust."

„Das tue ich."

„Dir scheint es ja egal zu sein, wie es mir geht. Also ist es mir auch egal, wie es dir geht."

Nun reichte es ihr: „Ich werde mich auf keine derartigen Gespräche einlassen."

„Das hatte ich nicht anders erwartet." keifte ihre Mutter.

Sie wandte sich ab: „Ich wünsche dir eine gute Nacht, Mutter."

„Irgendwann wird der Tag kommen, an dem du mich tot auf der Couch findest." rief ihre Mutter ihr hinterher, „dann hast du die Wohnung für dich allein."

Sie blieb stehen: „Der Tag, an dem du die Wohnung für dich allein hast, wird viel schneller kommen."

„Also doch ein Mann."

„Was für eine seltsame Schlussfolgerung. Und falsch noch dazu."

„Dann lässt du mich also einfach so alleine." Der Ton schlug um – von klagen in jammern. Auch das war sie gewohnt:

„Du hast zwei gesunde Füße. Du kannst die Wohnung verlassen. Niemand zwingt dich, hier den ganzen Tag zu sitzen."

„Jetzt erzählst du mir, was ich zu tun habe."

„Ich erzähle dir gar nichts. Ich gehe einfach nur ins Bett." Die junge Frau ging zuerst ins Bad. Diesmal hörte sie kein Gezeter. Das war neu. Aber vielleicht auch ein gutes Zeichen. Denn es konnte bedeuten, dass ihre Mutter es endlich aufgab, sich in ihr Leben einzumischen.

73

Es dauerte gerade mal einen Tag, bis Nils die Frage mit der Weltreise stellte. Und das gleich mit einem Ausdruck seines Urlaubsplans im Gepäck, der einen dicken Balken zeigte, der sich über vier Wochen erstreckte. „In vier Wochen kann man aber nicht die ganze Welt sehen." Geraldine blickte ihn skeptisch an – und er genauso skeptisch zurück: „Willst du denn die ganze Welt sehen? Meine Wünsche, was Zielorte angeht, lassen sich durchaus an zehn Händen abzählen."

„Also 100 Länder. Das ist nicht die ganze Welt. Aber die halbe."

„100? Nein – zehn Finger, meinte ich."

„Schon besser." grinste sie, „dann schieß' mal los."

So zählte er – an den Fingern – ab: „Australien, Spanien, Norwegen, USA, Kanada, England, Israel, Argentinien, Island."

„Neun Finger. Auch gut. Wie diese Auswahl zustande kommt, musst du mir allerdings noch erklären."

„Es gibt für mich Ausschlusskriterien." erklärte er, „ich will nirgendwohin, wo Gewalt herrscht. Ich will nirgendwohin, wo Seuchen herrschen. Ich will nirgendwohin, wo es Unruhen aus religiösen oder rassistischen Gründen gibt. Ich will nirgendwohin, wo es touristisch überlaufen ist. Ich will nirgendwohin, wo es genauso aussieht, wie woanders auch. Und ich will nirgendwohin, wo die Menschen und/oder Tiere schlecht behandelt werden."

Geraldine kratzte sich am Kopf: „Das war jetzt ein paarmal das gleiche. Und das mit dem Aussehen..."

„Es ist nicht das Gleiche." fiel Nils ihr ins Wort, „mit Gewalt meine ich Gesetzlosigkeit. Mit Unruhen meine ich Terror. Und die schlechte Behandlung bezieht sich auf Länder, die schlicht und ergreifend die Menschenrechte verletzen."

„Und die Tierrechte."

„Die auch."

Sie nickte verstehend: „Und was ist mit...?"

„Ich wollte damit einfach ausdrücken: in Skandinavien zum Beispiel gibt es diverse Länder. Aber wenn du eines gesehen hast, kennst du sie alle.

Gleiches trifft auf den Mittelmeerraum zu. Und auf Südamerika bestimmt auch."

„Bestimmt." spottete Geraldine, „die schauen sich alles voneinander ab."

Nils runzelte die Stirn: „Du findest das albern."

„Ich finde, für jemanden, der sogar schon im Ausland gearbeitet hat, bist du ziemlich wenig offen."

„Ich habe da gearbeitet – und eine Menge schlechte Erfahrungen gemacht. Darum geht es mir. Dein Leben war in den letzten Jahren gefährlich genug. Und meines dadurch auch. Das brauche ich nicht wieder. Vor allem, wenn das bei dir jetzt vorbei ist. Dann soll es auch ganz vorbei sein. Also keine Krisengebiete. Und wenn wir schon nur vier Wochen haben, möchte ich einen möglichst großen Fächer. Also was Nördliches, was Südliches, was auf Höhe des Äquators. Und es soll sich auch landschaftlich lohnen. Australien bietet viel, Nordamerika auch. Vor allem viel Unterschied. Auch wenn das alles teilweise doch Touristengebiet ist."

„Diese Erklärung kann ich schon wesentlich mehr nachvollziehen."

„Dann sag mal, was du willst." forderte er sie auf – und ihre Antwort kam prompt:

„Ich will in die Schweiz."

„Und?"

„Nichts und. Das wars."

„Die Schweiz." Nils wiegte den Kopf hin und her. Doch Geraldine blieb dabei:

„Da sind Berge. Und Seen. Ich mag Berge und Seen."

„Dann kommt die Schweiz halt mit dazu. Fällt irgendwas raus von dem, was ich will?"

„Hm..." Geraldine ging seine Vorschläge im Kopf durch, „Argentinien und Island sind halt temperaturtechnisch genau an unterschiedlichen Enden des Spektrums. Nicht immer, aber wenn wir Pech haben. Das finde ich durchaus anstrengend. Und wir hätten halt immer nur vier Tage pro Land. Es soll ja auch Erholung sein."

„Gut. Dann..." Auch Nils nahm sich einen Moment Zeit, „wir wäre es damit: Kanada, Norwegen, Schweiz, Australien. Jeweils eine Woche."

Geraldine lachte auf: „Wie hast du das denn jetzt zusammengestampft?"

„Ich habe alles rausgenommen, was von den Temperaturen her eher extrem ist."

„Hast du nicht."

„Okay." gab er zu, „habe ich nicht. Ich habe die vier rausgesucht, die mir davon am besten gefallen."

„Siehst du. Geht doch."

„Also machen wir das?" Er sah sie unsicher an – und konnte dies sogleich ablegen:

„Machen wir."

„Und bis dahin?"

Sie ließ sich auf die Couch fallen: „Ich – absolut gar nichts. Außer vielleicht ein bisschen Shoppen gehen. Damit ich im Urlaub was zum Anziehen habe. Du – kannst gerne weiter arbeiten gehen. Und das Geld verdienen, dass ich... wir brauchen."

„Vielen herzlichen Dank." Nils streckte ihr die Zunge heraus – und bekam ihre zurück:

„Viel herzlich gern geschehen."

74

Doch aus dem gar nichts machen wurde nichts. Denn schon am nächsten Tag bekam sie eine Einladung von Steve und Katiana, die sie natürlich annahm – wenn auch mehr aus reiner Höflichkeit. So saß sie einige Tage später bei ihnen auf der Couch und ließ sich Kekse und Tee schmecken.

„Wie geht es dir?" versuchte Katiana, das Gespräch in Gang zu bringen.

„Gut." gab Geraldine zurück, „wie geht es euch?"

„Auch gut."

„Dann hätten wir das ja geklärt."

Nun probierte es Steve: „Wir vermissen euch. Nicht die Arbeit. Als Menschen."

„Ich bin doch jetzt hier."

„Ja, schon." Die beiden sahen sich an – und Geraldine wagte eine Vermutung:

„Ihr habt etwas auf dem Herzen."

„Das auch." erwiderte Steve langsam.

„Also geht es euch doch nicht gut."

„Doch. Tut es. Wirklich. Wir kommen sehr gut klar. Es gibt Tage, die sind... traurig. Die Kinder werden älter. Das ist schön auf der einen Seite. Weil sie mehr verstehen, mehr können. Aber es ist auch schwierig. Aus den gleichen Gründen. Sie sind den Zustand inzwischen gewöhnt. Aber sie fragen auch mehr. ‚Wo genau sind unsere Eltern?' – ‚Was ist ihnen passiert?'. Früher konnten wir immer noch sagen ‚Das ist schwer zu erklären.' Jetzt geht das nicht mehr so gut."

Geraldine schluckte: „Kann ich euch dabei helfen?"

„Nein. Das werden wir Annie aufdrücken." Katiana lächelte schwach, „sie hat immer noch einen besonderen Draht zu ihnen."

„Es ist ja auch keine besonders schwierige Situation." setzte Steve hinzu, „nur einfach manchmal..."

„...nicht so schön." riet Geraldine und er nickte:

„Ja."

„Aber wir kommen damit klar." erklärte Katiana schnell, „alle zusammen."

Geraldine kratzte sich am Kinn: „Was gibt es dann?"

Wieder wechselten die beiden einen Blick. Dann sprach Katiana es aus: „Dich. Du."

„Mich? Mu? Äh... ich meine... mich?" Geraldine blickte sie erstaunt an.

„Monique hat etwas bekommen." klärte Steve sie auf, „für euch alle drei. Und für uns."

„Also eine Gruppensache."

„Mehr oder weniger."

„Wir haben ja mitgekriegt, dass ihr erstmal auseinandergegangen seid. Annie war so nett, uns zu informieren." Katianas Stimme war völlig neutral – und trotzdem hatte Geraldine sofort ein schlechtes Gewissen:

„Ja, das... war so abgesprochen."

„Nicht wirklich." widersprach Steve leise.

„Nein." Sie senkte den Kopf, „Entschuldigung."

„Annie hat sich schon entschuldigt. Ihr habt euch sehr viel um euch selbst gedreht, in letzter Zeit. Da ist sowas zu erwarten."

„Sollte es nicht sein. Und es sollte auch nicht so sein, dass wir uns nur mit uns selbst beschäftigten."

„Lustig, dass du das sagst." sinnierte Katiana, „denn wir werden dich jetzt auffordern, genau das noch ein bisschen mehr zu tun."

Geraldine blinzelte verständnislos: „Aha."

„Worum es genau geht: Wir haben den Auftrag bekommen, dein Herz mit ins Spiel zu bringen. Ihr alle seid sehr sachlich, wenn es um Gott geht. Und Jesus. Und den Heiligen Geist. Das ist in Ordnung, da ist nichts falsch dran. Aber der Heilige Geist funktioniert nun mal mehr über das Herz. Und viele Verhaltensweisen, viele Einstellungen sind auch sehr davon abhängig, wie es dort aussieht."

„Ich soll Gott mein Herz schenken." vermutete Geraldine, womit sie nicht komplett richtig lag:

„Öffnen." korrigierte Katiana sie.

Doch das kam aufs Gleiche heraus: „Ich habe halt Nils."

Steve runzelte die Stirn: „Und?"

„Mein Herz ist schon verschenkt. An ihn."

„Nur an ihn?"

„Am meisten. An andere natürlich auch ein bisschen. Annie, Z, meine... andere halt."

Steve lächelte: „Und was sagt dir das?"

„Dass..." Geraldine kniff die Augen zusammen, „dort mehr als eine Person Platz hat?"

„Genau." nickte Katiana, „besser noch: Alle diese Personen stehen unterschiedlich zu dir. Nils ist dein Mann. So wie du ihn liebst, liebst du niemanden sonst. Annie und Z sind deine Freunde. Das ist anders. Und all die anderen – nochmal anders. So auch Gott. Das Herz – wenn man es so betrachtet – ist nicht nur ein großer, hohler Körper. Es gibt verschiedene Kammern. In denen verschiedene Arten von Liebe aufgehoben werden. Und je nachdem, wie du zu einer Person stehst, wird sie da zugeordnet. Ohne jegliche Platzprobleme. Und es gibt eben auch eine Kammer, in die kann nur Gott."

„Das stimmt nicht." widersprach Steve ihr und sie rümpfte leicht die Nase: „Okay. Ja. Ich war jetzt noch bei den Menschen. Lebewesen. Nein – in diese Kammer können natürlich auch andere Dinge. Betonung: Dinge. Dort kommt das hinein, was du anbetest. Bei manchen ist es Geld. Bei manchen Fußball. Bei manchen Autos. Ruhm, Ehre, Macht – was auch immer. Aber eigentlich gehört dort Gott hin. Das ist die Kammer, auf die sich das erste Gebot bezieht."

Geraldine streckte den Daumen aus: „Verstanden."

„Genau." griff Katiana das auf, „verstanden. Verstehen ist Kopfsache. Herzenssache ist fühlen."

„Wie soll ich das fühlen?"

„Das können wir dir leider nicht sagen." antwortete Steve mit deutlichem Bedauern in der Stimme, „weil das Fühlen etwas ist, was sich von Mensch zu Mensch unterscheidet. Und was sich auch sehr selten so in Worte fassen lässt, dass es für andere nachvollziehbar ist. Aber unsere Aufgabe hierbei reicht auch nur so weit. Wir sollten dich auf den Weg bringen. Öffne dich. Öffne dein Herz. Den Rest macht Gott. Wenn er sieht, dass er willkommen ist, wird er auch kommen. Und dann kommt das Fühlen einfach."

„Konkreter kann ich nichts tun?" hakte Geraldine nach.

Katiana überlegte kurz – wenn auch nicht, was sie sagen sollte, sondern, ob sie es sagen sollte. Sie entschied sich dafür: „Es gibt Sachen in deinem Leben, die ihm im Weg stehen. Nicht so sehr, dass er gar nicht an dich ran könnte. Aber sie behindern. In erster Linie dich. Wir wissen nicht, was das ist. Du weißt es sicherlich. Es ist deine Entscheidung, ob du damit aufräumen willst oder nicht. Wenn ja – top. Wenn nicht – kann es trotzdem gehen. Nur wird es dann wahrscheinlich schwieriger."

„Weil Gott dann... was?"

„Weil diese Dinge auch in deinem Herzen sind." führte Steve aus, „man kann die Kammern auch mit Schlechtem füllen. Sie sind für die Liebe reserviert. Aber es gibt keinen Filter. Wenn du die Kammer für deine Freunde mit deinen Feinden füllst – mit Hass anstatt mit Liebe – das Herz macht das mit. Aber es sieht dann auch entsprechend dort aus. Es mag in dir Kammern geben, in die bestimmte Leute gehören. Auf eine bestimmte Art und Weise. Die dort aber entweder gar nicht sind oder auf eine falsche Art und Weise. Das belastet und blockiert."

„Wie wenn du Tinte in ein Glas mit Wasser spritzt." ergänzte Katiana, „es zieht Fäden. Und auch wenn das Wasser sich nicht komplett färbt, ist es doch getrübt."

Steve sah seine Frau bewundernd an: „Das ist ein schönes Beispiel. Das musst du mir merken."

„Ich dir." erwiderte sie konsterniert.

Er nickte lächelnd: „Genau."

„Aha."

„Verstehst du uns denn?" wandte sich Steve wieder an Geraldine. Die unglücklich das Gesicht verzog:

„Ich verstehe euch. Besser, als ihr denkt."

Aber die Gesichter ihrer Gegenüber hellten sich dadurch auf: „Genau das wollten wir hören."

75

„Geraldine." war alles, was Diana hervorbrachte, bevor sie ihre Tochter über mehrere Minuten hinweg mit großen Augen anstarrte. Bis es dieser zu bunt wurde:

„Du musst mich nicht anschauen, als hätten wir uns jahrelang nicht gesehen."

Ihre Mutter erwachte aus ihrer Erstarrung: „Wir haben uns jahrelang nicht gesehen. Oder gehört. Ich habe versucht, dich zu erreichen."

Geraldine biss sich auf die Lippen: „Ich wollte nicht erreicht werden."

„Von niemandem?"

„Von euch nicht."

Ihre Mutter zuckte leicht zusammen: „Dein Vater hat es auch versucht."

„Ich weiß."

„Er ist sehr traurig deswegen."

„Woher willst du das wissen?" schnaubte Geraldine.

„Weil er es sagt. Immer wieder."

Das brachte Geraldine aus dem Konzept: „Sagt? Dir?"

„Wem sonst?"

„Ihr sprecht miteinander?"

„Geraldine." seufzte Diana, „dein Vater und ich hassen uns nicht. Wir..."

„Ihr liebt euch nur nicht mehr." fiel Geraldine ihr ins Wort. Und bekam ein simples

„Ja." zurück.

„So einfach."

„Weißt du... wenn man mehrere Jahrzehnte miteinander verbringt... was soll ich sagen?"

„Komm rein?" schlug Geraldine vor.

„Hm? Oh. Ja." Ihre Mutter nickte abwesend, „komm rein." Sie führte sie ins Wohnzimmer, „setz dich. Nimm dir einen Keks."

Geraldines Gesicht hellte sich auf: „Du hast Kekse?"

„Natürlich. Ich habe sie gekauft, nachdem du das letzte Mal da warst. Seitdem stehen sie auf dem Wohnzimmertisch."

Und verdunkelte sich wieder: „Das ist ein Scherz, oder?"

„Natürlich." Diana kicherte, „ginge auch gar nicht. Schließlich ist der Wohnzimmertisch umgezogen seitdem."

„Also sind sie frisch."

„Ich habe immer welche da. Und esse sie dann irgendwann selbst. Heute nicht." Sie sah ihre Tochter in freudiger Erwartung an – und diese sich erst einmal um:

„Nette Wohnung."

„Wie höflich."

„Nein, wirklich. Wären die Umstände nicht so traurig..."

„Das mögen sie für dich sein. Für uns sind sie das nicht."

„Siehst du..." Geraldine ließ sich schwer in einen Sessel fallen, „...und genau das verstehe ich nicht."

„Und unter Umständen wird sich daran nie etwas ändern." entgegnete ihre Mutter, „ich will trotzdem versuchen, es dir zu erklären. Wenn du mir zuhören willst."

„Wollen? Müssen."

„Dann müssen. Wir hatten sehr gute Zeiten miteinander. Sehr intensive Zeiten. Wir haben mehr als zwei Drittel unseres Lebens zusammen verbracht. Und es gibt nur sehr wenig, was ich davon missen will. Aber weißt du... man verändert sich. Und das Leben verändert sich auch. Als wir geheiratet haben, konnten wir nicht ohneeinander. Wir mussten einfach immer zusammen sein. Das ist nach ein paar wenigen Jahren auch noch normal. Aber nach vielen, vielen Jahren mehr..."

„Das ist doch aber auch normal." fuhr Geraldine auf, „und nicht alle trennen sich deswegen."

„Nein, das tun sie nicht. Aber..." Diana brach ab.

„Was aber?"

„Wir hatten gemeinsame Ziele. Unsere Arbeit. Dich. Wir haben unsere Arbeit so gut gemacht, wie es ging. Und dich auch. Also... deine Erziehung. Wir sind da sehr stolz drauf. Das klingt komisch, aber... es gibt nicht viel, worauf ich im Leben stolz bin. Aber auf dich... wir haben unser Bestes gegeben bei dir. Und es ist das Beste geworden. Nicht was geht. Was sein kann. Das ist und bleibt wundervoll. Aber dann warst du weg. Und dann war die Arbeit weg. Und wir haben gemerkt, dass alles anders ist. Wir hatten nun nichts mehr zusammen zu tun. Und dafür sehr viel Zeit. Zusammen. Immer nur zusammen. Aber... weißt du... ich bin nicht mehr ich mit 20. Und dein Vater auch nicht. Wir haben beide eine Entwicklung durchgemacht. Und diese Entwicklung hat nicht zum gleichen Punkt geführt. Dein Vater will jetzt Sachen. Erleben."

Geraldine richtete sich auf: „Eine junge Frau?"

„Ach, ich bitte dich." winkte ihre Mutter lachend ab, „glaubst du, er ist durchgedreht? Das war mal mit 40. Aber die Phase hat er sehr gut überstanden. Ohne jegliche Zwischenfälle. Nein. Er will reisen. Die Welt sehen."

„Und du nicht."

„Das ist nur ein Beispiel. Es ist einfach... wir haben gemerkt, dass wir uns gegenseitig einengen. Der Wunsch, eine Beziehung zu führen, hat die Wünsche, das Leben zu leben, verbaut."

Geraldine runzelte die Stirn: „Was soll das denn heißen?"

„Wir haben immer Kompromisse gemacht." erwiderte ihre Mutter, „jeder hat nachgegeben, jeder hat verzichtet. Damit wir zusammen klarkommen. Aber irgendwann kommt ein Moment, wo du nicht mehr verzichten willst. Nicht nur dein Vater. Auch ich. Man kann nicht sein komplettes Leben mit Kompromisslösungen verbringen. Man muss auch ehrlich zu sich sein. Und das waren wir. Wir waren unglücklich miteinander. Weil wir uns Druck gemacht haben. Lieber gemeinsam weitermachen als endlich die Freiheit genießen, die wir haben. Das tun wir jetzt. Ich lebe das Leben, das ich will. Und dein Vater tut das auch."

„Das ist sowas von egoistisch." zischte Geraldine – und erntete dafür nun ihrerseits ein Stirnrunzeln:

„Warum? Egoistisch heißt, dass man sein eigenes Glück über das des anderen stellt. Aber das tun wir doch gar nicht. Das täten wir, wenn es nur einer von uns wollte und der andere darunter leiden würde. So ist es nicht. Ich leide nicht. Ich bin froh. Dein Vater ebenso."

„Und was ist mit mir?"

„Du bist unsere Tochter." Ihre Mutter lächelte ihr zu, „aber du musst trotzdem einsehen, dass du in dieser Situation keine Rolle spielst. Wir haben viele Jahre lang unser Leben nur auf dich ausgerichtet – zurecht. Aber diese Zeit ist lange vorbei. Du hast dein eigenes Leben. Und brauchst uns nicht mehr. Wie man durchaus gemerkt hat, die letzten Jahre."

„Ihr wollt mich also nicht mehr bei euch haben." Geraldine verschränkte maulig die Arme.

Diana ließ sich davon nicht beeindrucken: „Wir wollen dich wesentlich mehr bei uns haben als du uns bei dir. Meine Tür steht immer offen. Die deines Vaters auch. Und wenn du uns etwas gemeinsam sagen willst, treffen wir uns auch. Das tun wir schließlich auch jetzt. Verstehst du? Wir sind Freunde. Und werden das immer bleiben. Ich gönne ihm sein Glück. Und freue mich über meins. Das ist es, wo wir hinwollten. Freiheit. Für uns beide. Er genießt. Ich genieße. Und keiner von uns muss wegen dem anderen ein schlechtes Gewissen haben. Weil wir voneinander wissen, dass das so ist. Und uns oft genug treffen, um es uns zu bestätigen. Und uns zu erzählen, wie es uns geht und was alles passiert. Wir mögen das so. Und es gibt nur eine einzige Sache, die uns in der letzten Zeit Kummer bereitet hat."

Auch ohne den folgenden Blick war Geraldine die Antwort klar: „Ich."

„Ich bin so froh, dass du da bist." stieß ihre Mutter hervor.

„Auch wenn ich es nicht akzeptieren kann?"

„Habe ich es so schlecht erklärt?"

„Deine Erklärung war okay. Deine Argumentation ist es nicht. Eure, muss ich wohl besser sagen. Das ist einfach keine Art, eine Beziehung zu beenden."

„Unsere Beziehung ist nicht beendet." widersprach Diana, „sie ist auf einer anderen Ebene."

„Das könnte sie auch sein, wenn ihr noch zusammen wärt."

„Gut. Nehmen wir mal an, wir wären zusammen wohnen geblieben. Und jeder würde trotzdem so leben, wie er das jetzt tut. Was wäre dann? Wir würden uns fast genauso selten sehen wie jetzt auch. Weil unsere Aktivitäten sich nicht mehr decken und die Zeiten, die wir gemeinsam verbringen würden, praktisch nicht vorhanden wären. Das bringt uns keinen Vorteil. Aber einen entscheidenden Nachteil: Ich hätte immer ein Problem mit dem Gedanken, dass dein Vater vielleicht gerade in diesem Moment im Wohnzimmer sitzt und sich wünscht, dass ich da bin. Dann wäre es mit dem Genuss vorbei. Und alles, was wir bezwecken wollten, wäre hinfällig. Das ist doch genau der Punkt: Ich will ihm kein schlechtes Gewissen machen, weil er tut, was er will. Und er mir auch nicht. Wenn man zusammen wohnt – zusammen ist – kann man sich das sagen, dass man das nicht will und nicht tut – es passiert trotzdem – ganz automatisch. Er will fernsehen, also geht er ins Wohnzimmer. Und der erste Gedanke beim Fernseher anmachen ist ‚Was, wenn sie jetzt eigentlich reden will?‘. Das ist doch Käse. Das ist ein Störfaktor. Und den haben wir abgestellt."

„Schön für euch." brummte Geraldine.

„Keine Chance?"

„Ich sehe es einfach nicht so."

„Wie solltest du auch? Du bist nicht da, wo wir sind. Vielleicht kommst du da irgendwann mal hin. Wenn du heiratest und..."

„Ich bin verheiratet." unterbrach Geraldine sie.

Ihre Mutter schüttelte sich entgeistert: „Du... was?"

„Ich habe geheiratet."

„Wen?"

„Wen wohl."

„Nils." riet ihre Mutter und wider Willen musste Geraldine lachen:

„Puh. Ich dachte einen Moment lang, du gräbst irgendeinen komischen..."

„Und wir waren nicht dabei." flüsterte Diana dazwischen und das Lachen verging wieder:

„Niemand war dabei."

„Wir sind deine Eltern."

„Ich war wütend auf euch."

„So lange?"

„Lange?" wiederholte Geraldine verständnislos.

„Dass du uns nicht mal Bescheid sagen konntest?"

„Äh... wir haben geheiratet, direkt nachdem ihr mir eure Trennung gebeichtet habt. Im Grunde... war das der Aufhänger dafür."

„Du hast es ihm erzählt und er wollte es besser machen." Ihre Mutter kratzte sich am Kopf, „wart ihr nicht auch...?"

„...getrennt? Ja. Und nicht er wollte es besser machen. Sondern ich."

„Du." Ihre Mutter verzog amüsiert das Gesicht, „hat er das verkraftet?"

Geraldine legte den Kopf schief: „Wie?"

„Na. Männer und Heiratsanträge. Wenn ich mir vorstelle, ich wäre zu deinem Vater gegangen..." Sie ließ den Satz in der Luft hängen.

„Schlimm?"

„Er ist da traditionell. Es gibt Dinge, die gehören sich."

„Frau in der Küche." folgerte Geraldine, doch Diana schüttelte den Kopf: „Traditionell. Nicht altmodisch. Er hat mich nie in die Küche geschickt. Das weißt du."

„Dafür hast du aber eine Menge Zeit dort verbracht."

„Bevor du geboren wurdest, hat dein Vater mehr gekocht als ich. Aber wie du… vielleicht nicht weißt, aber eventuell im Laufe der Zeit zumindest erahnt haben könntest, hat er…"

„…einen für euren Beruf sehr untypischen Hang zu extrem ungesundem Essen?" Ein Grinsen huschte über Geraldines Gesicht, von dem sich ihre Mutter nur zu gerne anstecken ließ:

„Ich sehe, wir verstehen uns. Überleg mal, wo es ihn hingebracht hat – gesundheitlich. Und jetzt überleg mal weiter, was passiert wäre, hätte ich ihm das Feld überlassen."

„Ich hätte mich gefreut – als Kind – über mehr Fleisch und weniger Salat."

„Oh – da bin ich mir sicher. Nur… wir waren – beide wohlgemerkt – der Meinung, dass eine gesunde Ernährung die Grundlage für ein gutes Leben ist. Das war ja das, was uns beide in diesen Job – und auch zusammen – geführt hat. Aber ich bin von uns beiden von Anfang an diejenige mit dem stärkeren Willen gewesen, wenn es darum ging, das auch selbst konsequent durchzuziehen. Das musste er auch irgendwann einsehen. Er hat mit dem Herzen gekocht, ich mit dem Kopf. Und wir waren beide sicher, dass es auch dir besser tut, wenn wir meine Variante nehmen."

„Und trotz allem Genöle bin ich euch durchaus dankbar dafür." Geraldine lächelte schwach. Und sprach dann das aus, was ihr auf dem Herzen lag: „Redet ihr denn auch darüber, dass es wieder werden kann?"

Ihre Mutter hob die Hände: „Wir sind beide alt. Noch nicht steinalt aber auf dem Weg dorthin. Wir haben uns auch nicht scheiden lassen. Einfach, weil das an so vielen Stellen Stress gibt. Rente, Erbe, Pflege. Und eine Menge Geld kostet. Wenn einer von uns nicht mehr kann und der andere schon noch, werden wir füreinander da sein. Das haben wir uns versprochen. Das sind wir uns auch schuldig. Aber nicht als Paar. Es gibt kein Zurück mehr von dem, wo wir jetzt sind."

„Es gibt immer ein Zurück."

„Es gibt alles, was man sich wünscht."

„Ich wünsche es mir." Geraldine spürte, wie ihr die Tränen kamen und sie sah schnell weg – was gut war, denn im nächsten Moment begannen sie zu fließen:

„Das glaube ich dir. Aber wir tun es nicht."

Hastig sprang sie auf: „Ich werde jetzt gehen." Sie war schon an der Wohnzimmertür, ehe ihre Mutter registriert hatte, was geschah. Dann war auch sie auf den Füßen:

„Kommst du wieder? In ein paar Jahren?"

Geraldine wischte sich über das Gesicht und drehte sich um: „In ein paar Wochen."

„Oh. Wirklich?" Die Unsicherheit war Diana deutlich anzumerken. Was Geraldines Herz wieder ein wenig weicher werden ließ:

„Ich war wütend. Sehr lange. Und bin es immer noch ein wenig."

„Das merkt man."

„Was hast du erwartet? Die große Versöhnung?"

„Man kann hoffen."

„Gut. Ja. Kann man." Geraldine sah zu Boden, „aber das hier – das war das Gespräch vor der Versöhnung. Das letzte Mal, dass ich hier war... ach, was rede ich – hier war ich noch nie. Das letzte Mal, dass wir zusammensaßen – das war wie eine Ohrfeige für mich. Und sie hat ewig geschmerzt. So sehr, dass ich zu keinen klaren Gedanken fähig war. Oder zum Zuhören. Jetzt habe ich zugehört. Und kann mir hoffentlich klare Gedanken machen."

„Die was bewirken?"

„Ich werde mich niemals damit abfinden, dass ihr euch so entschieden habt. So viel kann ich dir jetzt schon sagen. Aber ich werde einen Weg finden, damit zu leben. Ich will einen Weg finden. Ich vermisse euch."

Ihre Mutter strich ihr über die Wange: „Wir dich auch."

Geraldine zuckte leicht zurück: „Nächstes Mal wird es hoffentlich fröhlicher sein. Und wir können über andere Dinge reden."

„Wir können uns wirklich auch zu dritt treffen, wenn du das willst." schlug ihre Mutter vorsichtig vor – doch Geraldine schüttelte sofort den Kopf: „Nein. Wenn ich mich dran gewöhnen soll, dass ihr nicht mehr zusammengehört, dann darf ich euch nicht zusammen sehen."

„Gehst du denn auch noch zu deinem Vater?"

„Warum sagst du eigentlich immer ‚Vater' zu ihm?" fragte Geraldine stirnrunzelnd, „er hat doch einen Namen."

„Den hat er, ja." bestätigte Diana, „und ich nenne ihn so auch. Ich dachte halt, es wäre für dich komisch, wenn ich von ‚Gerhard' rede."

„Das wäre es in der Tat." überlegte Geraldine, „schließlich heißt er so nicht."

Ihre Mutter lächelte scheu: „Kleiner Scherz. Aber trotzdem: ich fand das seltsam. Finde das seltsam."

„Hm..." Geraldine kratzte sich am Kinn, „da hast du schon recht. Na gut. Dann so. Und... um deine Frage zu beantworten: Ja, tue ich. Aber nicht heute. Das wäre dann doch zu viel des Guten. Morgen. Übermorgen."

„Soll ich ihm sagen, dass..."

„Nein." wehrte Geraldine sofort ab, „ich will ihn überraschen."

Diana zog die Nase kraus: „Ich weiß nicht, ob das so gut ist. Seine Gesundheit..."

„Ist es sehr schlimm?"

„Er schlägt sich tapfer. Und ist sehr brav, was die Vorgaben vom Arzt angeht. Aber das Alter bringt es halt mit sich, dass die Sünden von früher schwerer wiegen."

„Womit wir wieder beim Thema wären. Und ich bei der Frage: Warum hast du ihn nicht gehindert?"

„Gehindert?" wiederholte ihre Mutter verdutzt.

„Du hast gekocht. Extra deswegen. Aber die ganzen Sachen, die man nicht kochen muss…"

„Hätte ich sie ihm wegnehmen sollen?"

„Ja."

Diana seufzte leise: „Dein Vater war nie wirklich unvorsichtig. Er hat sich nicht an das gehalten, was er anderen gepredigt hat. Aber niemals in einem Ausmaß, dass ich mir Sorgen gemacht habe. Jetzt wissen wir es alle besser. Aber das liegt nicht daran, dass er es übertrieben hat. Sondern daran, dass sein Körper es weniger gut wegstecken konnte, als das normalerweise der Fall ist. Er ist anfälliger für die negativen Effekte. Von Zucker und Fett. Ironisch, eigentlich. Und leider ist uns das erst bewusst geworden, als es schon zu spät war."

„Aber warum dann der Aufstand mit dem Kochen?" Geraldine zog die Brauen zusammen.

„Gesund leben ist ein Grundsatz. Der nicht ausschließen sollte, dass man sich mal was gönnt."

„Und wer kocht jetzt für ihn? Du?"

Ihre Mutter schüttelte den Kopf: „Das kriegt er schon selbst hin. Es ist ja keine Frage des Könnens, sondern des Willens. Den hat er jetzt – einfach weil er keine Lust auf Magenschmerzen hat."

Geraldine legte den Kopf schief: „Ich bin verwirrt. Eben dachte ich, ich müsse mir Sorgen machen. Jetzt denke ich… weiß ich nicht."

„Er ist einfach nicht mehr so fit wie früher. Aber er belastet sich nicht mehr so viel. Das tut ihm gut. Nur… wenn du jetzt plötzlich ankommst..."

„Ich werde vorsichtig sein." versprach Geraldine, „aber ich denke, er reist viel."

„Ja. Wieso?"

„Belastung?"

Diana tippte sich verstehend an die Stirn: „Er klettert nicht den Grand Canyon hoch. Und springt nicht die Niagarafälle runter. Reisen kann sehr viel mit Sitzen zu tun haben – wenn man es richtig bucht."

Ein weiterer Gedanke durchzuckte Geraldine und sie blickte betreten zu Boden: „Ich habe dich gar nicht gefragt, was du eigentlich machst."

„Ach..." Ihre Mutter winkte ab, „in der Küche stehen."

„Bitte?"

„Nicht hier. In der Suppenküche. Bei der Tafel."

„Also machst du ein Ehrenamt und er reist durch die Lande." Geraldine verzog das Gesicht. Ihre Mutter dagegen blieb ruhig:

„Das ist genau die Einstellung, die uns zu unserem Schritt bewogen hat. Er wollte das – reisen. Und ich wollte das – helfen. Als Paar – nie und nimmer. Weil dann jeder genau das sagt, was du gerade gesagt hast."

„Also trennt man sich. Damit die Leute es nicht mehr sagen."

„Damit es nicht auf des anderen Kosten geht. Wenn wir zusammen wären, bestünde für ihn rein moralisch immer die Notwendigkeit, mitzuhelfen. Obwohl ich das nicht will und er auch nicht. Aber er würde es trotzdem tun. Und sich nicht gut damit fühlen. Ebenso wenig wie ich."

„Also machst du es ohne seine Hilfe."

Diana seufzte: „Ich bin ein freier Mensch. Wesentlich freier als ich es mit Mann – und Tochter – war. Ich kann auch reisen. Ich kann mir einen Sportwagen kaufen. Ich kann den ganzen Tag vor dem Fernseher sitzen. Keiner redet mir rein. Nicht mal mein Gewissen. Diese Arbeit ist meine Entscheidung."

„Mir ist das alles zu kompliziert." brummte Geraldine – und ihre Mutter lächelte:

„Dann sollten wir es nicht komplizierter machen."

„Wirfst du mich raus?"

„Du wolltest doch gehen."

Geraldine nickte langsam: „Das stimmt." Sie trottete zur Wohnungstür. Diana folgte ihr:

„Bringst du nächstes Mal deinen Mann mit?"

„Du kennst ihn doch." entgegnete Geraldine.

„Als Freund. Aber nicht als Mann."

„Macht das einen Unterschied?"

„Und wie."

„Aha." Geraldine öffnete die Tür – und ihr Ausdruck bewog ihre Mutter dazu, noch eine weitere Erklärung hinterherzuschieben:

„Ich will einfach sehen, dass du glücklich bist."

Geraldine schnaubte: „So wie ihr."

„Wir sind glücklich. Nur auf eine andere Art und Weise." Ihre Mutter streckte die Hände nach ihr aus. Und obwohl Geraldine wieder Ärger in sich aufsteigen spürte, tat sie ihr den Gefallen und drückte sie zum Abschied. Kurz.

76

„Geraldine." war auch bei Gerd das Erste, was er von sich gab. Doch im Gegensatz zu ihrer Mutter fing er sich ziemlich schnell wieder und trat lächelnd zur Seite. Geraldine musterte ihn kritisch, während sie ihn passierte:

„Naht der Herzinfarkt?"

Ihr Vater rollte mit den Augen: „Wie witzig."

„Ich weiß. Ich wollte nur testen, ob..." Sie brach ab und er vollendete für sie: „...deine Mutter mich angerufen hat."

Für Geraldine der Beweis: „Hat sie."

Aber ihr Vater schüttelte den Kopf: „Hat sie nicht. Es war mir nur klar, dass du wenn dann zuerst zu ihr gehen würdest. Einfache Folgerung also."

„Aber dir geht es gut." hakte sie nach.

„Mir geht es gut." bestätigte er und schloss die Tür, „besser, als sie dir vielleicht erzählt haben mag."

„Verdrängung?"

„Physikalisches Prinzip."

„Psychisches Prinzip."

„Wohl wahr." Gerd lachte auf, „aber nein. Sie macht sich Sorgen. Und das Problem bei Sorgen ist, dass sie irgendwann grösser werden als das Problem." Er deutete ihr den Weg zum Wohnzimmer und wieder konnte sie sich einen skeptischen Blick nicht verkneifen:

„Also hast du nichts."

„Oh, ich habe eine Menge. Nur eben auch gelernt, richtig damit umzugehen. Was sie nicht so ganz glaubt."

„Weil du immer Schwierigkeiten damit hattest."

Ein weiterer Lacher: „Ich sehe, sie hat dich gut informiert."

„Ich habe es durchaus auch selbst miterlebt. Und ich sehe, dass deine Taten deinen Worten widersprechen."

„Wie das?"

Geraldine deutete auf den Tisch: „Du hast Kekse."

„Die sind für dich." erwiderte Gerd fröhlich.

„Für mich?"

„Ich habe immer welche da. Deine Mutter erinnert mich regelmäßig. Bräuchte sie nicht. Ich denke auch von allein dran. Aber ich lasse sie. Weil ich weiß, dass sie es braucht. Brauchte. Es hat ihr geholfen. Damit klarzukommen."

„Womit?"

„Dass du nicht mehr kommst. Deswegen ‚brauchte'. Denn jetzt warst du ja da."

„Ja, das war ich." bestätigte sie – ein wenig zu zurückhaltend, weshalb ihr Vater gleich unsicher wurde:

„Zum letzten Mal?"

„Nein. Wieder zum ersten Mal. Hoffe ich." setzte sie unsinnigerweise hinzu und sofort war die Unsicherheit wieder da:

„Hoffst du?"

„Nein – weiß ich." Geraldine atmete tief ein, „es ist... kompliziert."

„Kompliziert?"

„Ihr seid kompliziert."

„Findest du?"

„Ihr anscheinend nicht."

„Nicht wirklich."

„Was machst du denn mit den Keksen?" wechselte sie das Thema, „ich meine... was hast du gemacht?"

„Nicht gegessen, falls du das meinst." schmunzelte ihr Vater.

„Was denn dann?"

„Deine Mutter arbeitet bei der Tafel. Dafür gebe ich sie ihr."

Geraldine nahm ein wenig steif auf einem der Sessel Platz: „Netter Beitrag."

„Finde ich auch." stimmte ihr Vater zu – allerdings fälschlicherweise:

„War ironisch gemeint."

„Oh."

„Sie schuftet und du chillst."

„Chillst." wiederholte Gerd ratlos.

„Tust du doch."

„Ich kenne das Wort nicht. Ich bin alt."

„Oh. Du..." Geraldine kramte in ihrem Kopf, „ruhst dich aus."

Ihr Vater ließ sich ebenfalls nieder: „Viel, ja. Selten freiwillig. Aber..."

„Du machst Ausflüge." unterbrach sie ihn, „in der Weltgeschichte. Und sie..."

„...ist erwachsen." unterbrach er sie zurück, „und frei zu tun und zu lassen, was sie will."

„Tolle Aufteilung."

„Es ist keine Aufteilung. Das wäre es, wenn wir noch ein Paar wären. Und aufteilen müssten. Aber das..."

„...hat sie mir alles schon erklärt. Und mir schmerzt immer noch der Kopf davon."

Gerd legte selbigen schief: „Warum gehst du mich dann an?"

„Weil..." Geraldine seufzte, „es musste einfach raus."

„Dann – tu dir keinen Zwang an. Wenn es hilft, Frieden zu stiften."

„Wir haben Frieden." erklärte sie.

„So?"

„Wenn du willst."

Er nickte: „Natürlich."

„Ich will auch Frieden. Aber ich würde euch auch gerne verstehen. Und das tue ich nicht."

„Das tut mir leid. Aber ich fürchte, dass ich da nicht viel machen kann. Ich habe keine Weisheiten, die deine Mutter nicht auch hat."

„Könnt ihr nicht einfach vernünftig werden?" fuhr Geraldine ihren Vater an – und auf dessen Gesicht erschien ein Lächeln:

„Tja... unserer Meinung nach sind wir das. Sehr sogar. Was glaubst du, wie viele Paare es in unserem Bekanntenkreis gibt, die sich das Leben nur noch gegenseitig schwer machen? Weil sie eben auf Biegen und Brechen zusammenbleiben wollen. Um den Schein zu wahren. Den alle anderen längst durchschaut haben. Wir waren ehrlich. Zueinander. Und zu den anderen. Und das war gut so. Und ist es auch weiterhin."

Wieder hielt sie einen abrupten Wechsel für angebracht: „Nils und ich haben geheiratet."

„Wirklich." Ihr Vater zog erstaunt die Brauen hoch.

„Ja. Vor einiger Zeit schon."

„Das freut mich sehr."

Sie suchte vergeblich nach Sarkasmus in seiner Stimme – und ging lieber auf Nummer sicher: „Nicht sauer?"

„Er ist ein netter Mann." entgegnete ihr Vater.

„Weil du nicht dabei warst."

„Mir ist der Gedanke des ‚tu, was du willst' sehr wichtig. Ich wäre sauer, wenn du mir jetzt erzählst, dass 200 Leute da waren und wir als einzige nicht. Aber irgendwie kann ich mir das nicht vorstellen."

Geraldine schüttelte den Kopf: „War auch nicht so. War sehr klein."

„Dann – nicht sauer."

„Gut."

„Warum hast du ihn nicht mitgebracht?"

„Weil das das erste Gespräch seit langem ist. Und ich das nur mit dir haben wollte. Beim nächsten Mal…"

„Also gibt es ein nächstes Mal." folgerte Gerd daraus – und wurde sogleich bestätigt:

„Das gibt es."

„Das freut mich sehr."

„Es kann eine Weile dauern." bremste Geraldine seine Euphorie ein wenig, doch er winkte ab:

„Das macht nichts."

Weshalb sie noch hinzusetzte: „Ich muss das erstmal verdauen."

„Was?" hakte Gerd nach.

„Euch."

„Aber… das weißt du doch nun schon seit Jahren."

„Aber ich habe es erst gestern erklärt bekommen." erwiderte sie, „auch, wie endgültig es ist."

„Ja. Es…"

Geraldine unterbrach ihn sofort: „Lass uns das Thema lassen, okay?"

„Wenn du meinst." Ihr Vater sah ein wenig enttäuscht aus, „hast du ein anderes?"

„Ja. Ich meine…" bemühte sie sich nun ihrerseits um eine Erklärung, „ihr seid euch einig. Das habe ich gestern so verstanden. Also brauche ich von dir nicht nochmal das gleiche zu hören."

„Schon in Ordnung. Was hast du auf dem Herzen?"

„Deine Mutter… meine Oma – wie war das, als sie gestorben ist?"

„Uff." machte Gerd überrascht und saß erstmal eine Weile schweigend da. Geraldine blickte ihn unsicher an: „Schwierig?"

„Unerwartet." entgegnete er, „wie kommst du darauf?"

„Das... ist schwer zu erklären..." wand sie sich, „was war mit ihr?"

„Was sollte mit ihr gewesen sein?"

„Na, es... ich meine... so plötzlich. Und... so plötzlich." Geraldine suchte nach Worten – fand keine – und schwenkte um: „Hast du dir nie Gedanken gemacht?"

Ihr Vater kratzte sich am Kopf: „Gedanken? Worüber?"

„Na... ach Mensch: Sie fährt in Urlaub – kerngesund. Und dann kommt die Nachricht, dass sie tot ist und du..." Sie brach ab, als er die Hand hob: „Moment: tot? Urlaub? Wovon redest du?"

„Wovon rede ich?" Geraldine starrte ihn verblüfft an.

„Meine Mutter ist zuhause gestorben." klärte Gerd sie auf, „in ihrem Bett. Sie war noch recht jung. Aber sie hatte diese Herzgeschichte. Aus dem Krieg. Wo sie der Splitter getroffen hat. Erinnerst du dich nicht?"

„Wie denn? Ich war noch nicht geboren."

„Ich weiß. Aber wir haben dir doch die Geschichten erzählt. Wie sie den Bombenangriff überlebt hat. Und dann all diese Tabletten nehmen musste. Und die Ärzte ihr gesagt haben, dass sie niemals Kinder kriegen darf, weil sie das umbringen kann. Und sie es trotzdem versucht hat. Deswegen habe ich keine Geschwister. Weil die Geburt so schlimm für sie war."

Geraldine schloss die Augen – durchsuchte krampfhaft ihr Gedächtnis – und wurde wirklich fündig: „Stimmt. Jetzt, wo du es sagst..."

„Sie hat viel länger ausgehalten, als die Ärzte ihr das vorausgesagt haben. Ihr Tod kam plötzlich – aber beim besten Willen nicht unerwartet. Im Grunde hat sie seit sie Anfang 20 war jeden Tag darauf gewartet."

„Gewartet."

„Naja – nicht richtig gewartet. Aber die Ärzte waren sich einig, dass sie nicht lange leiden wird. Dass das Herz einfach eines Tages aussetzt. Das ist auf der einen Seite schön – eben weil sie nicht leiden musste. Auf der anderen Seite konnte man ihr auch nicht mehr helfen."

Geraldine runzelte die Stirn: „Das habt ihr mir nicht erzählt."

„Keine Geschichten für ein junges Mädchen." gab ihr Vater zurück, „und später hast du nicht mehr gefragt."

„Schien nicht wichtig."

„Wo hast du das denn her?" bohrte er nach, „mit dem Urlaub und so?"

„Ach..." Geraldine zog zischend die Luft ein, „etwas, das jemand zu mir gesagt hat."

„Jemand?"

„Vergiss es einfach."

„Äh... nein."

„Entschuldigung." Sie legte die Handflächen aneinander, „so meinte ich das nicht. Ich meinte: vergessen wir es beide. Ich habe jemanden getroffen – vor einiger Zeit – der versucht hat, mich aufzurütteln. Und mir diese Geschichte erzählt hat. Sie hat mich aufgerüttelt."

Gerd sah sie besorgt an: „Kann ich verstehen. Aber ich versichere dir, dass sie nicht stimmt. Du kannst dich also wieder beruhigen."

„Schon geschehen." versicherte sie, „aber nachdenklich macht es mich schon."

„Wenn einem jemand was will, ist jedes Mittel recht. Auch – besonders – Lügen."

„Da hast du Recht." Sie versank einen Moment in Gedanken – wurde aber schnell wieder zurückgeholt:

„Geraldine, es tut mir leid, dich rauswerfen zu müssen. Aber die Uhr gibt mir ein unmissverständliches Zeichen, dass ich aufbrechen muss."

Sie blinzelte verdutzt: „Wohin denn?"

„Zum Flughafen."

„Wohin denn?" wiederholte sie.

„Rom."

„Oh."

„Sightseeing. Mit dem Bus." setzte ihr Vater schnell noch hinzu.

„Da ist es heiß drin."

„Die haben eine Klimaanlage."

„Sicher?"

„Ich bezahle genug dafür, dass sie eine haben."

„Hast du denn so viel?"

„Wir waren immer sparsam. Ich habe genug."

„Und..." setzte sie an – und ihr Vater wusste direkt, was sie fragen wollte:

„Deine Mutter auch. Sie macht den Job wirklich ehrenamtlich. Nicht, weil sie Geld braucht."

„Gut. Das ist gut."

Ihr Vater stand auf und sie folgte ihm zur Tür. Wo er sie kurz und vorsichtig drückte – und es sich nicht verkneifen konnte, noch einmal nachzufragen: „Dann kommst du wirklich wieder?"
„Ja." nickte sie, „und rufe vorher an."
„Wegen meiner Gesundheit?"
Geraldine lächelte: „Um sicherzugehen, dass du nicht auf dem Sprung bist."
„Ah. Ja, das ist wirklich eine gute Idee."

77

Geraldines Bericht zu diesen beiden Treffen fiel recht spärlich aus, doch Suji ging davon aus, dass sie zumindest die wesentlichen Punkte ausgesprochen hatte. Geraldines Anblick, als sie sich einige Tage später erneut trafen, ließ allerdings stark zu wünschen übrig – worauf Suji sie gleich an der Wohnungstür ansprach:
„Du siehst geschafft aus."
„Frustriert. Wäre das Wort, das ich verwenden würde." entgegnete Geraldine.
„Warum? Nach dem, was du erzählst, geht es deinen Eltern doch gut. Und du hast wieder Kontakt hergestellt. Und sie haben sich beide gefreut."
Natürlich vermutete Suji nur, dass es damit etwas zu tun hatte. Aber so viele andere Möglichkeiten gab es nicht. Und sie behielt auch Recht, denn Geraldine seufzte nur tief:
„Es ist nicht richtig."
„Nicht richtig?"
„So. Dass sie auseinander sind. Getrennt. Das sollen sie nicht sein."
„Ist das nicht ihre Entscheidung?"
„Alle sagen das." maulte Geraldine.
Suji wippte mit dem Kopf: „Weil es eigentlich auch stimmt."
„Aber das kann doch nicht die Lösung sein. Es ist nicht das, was geschehen soll. Nicht das, was Gott will. Warum macht er denn nichts?"
„Was sollte er denn machen?"
„Sie wieder zusammenbringen."
„Und warum sollte er das tun?"

„Na, weil... weil...“ Genervt winkte Geraldine ab – in der Hoffnung, dass Suji das Thema fallenließ. Was sie nicht tat:

„Er kann ihnen nur helfen, wenn sie ihn darum bitten.“

„Ich bitte ihn darum. Reicht das nicht?“

„Du bittest ihn?“

„Ja. Seit dem Tag, an dem ich es erfahren habe, ist kein Tag vergangen, an dem ich nicht dafür gebetet habe. Dass er eingreift. Aber er tut es nicht. Warum?“

„Hm...“ Suji nahm sie bei der Hand, führte sie zur Couch, drückte sie darauf und setzte sich daneben, „ich glaube, ich muss dich in eines der schwierigsten Geheimnisse des Christseins einweihen.“

Geraldine runzelte die Stirn: „Geheimnis.“

„Nicht das richtige Wort. Eine Erkenntnis. Die man gewinnt. Oder gesagt bekommt. Ich musste sie gewinnen. Lange Geschichte. Nicht jetzt. Aber du scheinst sie nicht von alleine zu kriegen. Also helfe ich dir dabei.“

„Ich bin jetzt schon entsetzt.“

„Das wirst du unter Umständen auch weiter bleiben.“ überlegte Suji und Geraldine rollte die Augen:

„Na Hilfe.“

„Wir können es auch lassen.“

„Dann kann ich nicht mehr schlafen. Sag es.“

Suji räusperte sich: „Wir können für uns selbst beten. Und für andere. Wenn wir für uns selbst beten, ist die Sache klar. Ist es etwas Gutes, Sinnvolles, was in unser Leben passt, können wir große Hoffnung darauf setzen, dass Gott es erhört. Nicht immer – aber dafür gibt es dann Gründe. Wenn wir für andere beten, ist das komplizierter. Denn hier hast du zwei Möglichkeiten: Du betest für das, was sie wollen, dass in ihrem Leben geschieht. Oder für das, was du willst, dass in ihrem Leben geschieht. Ersteres ist dann wieder einfach – weil es so funktioniert wie bei dir selbst. Du bist einfach nur... ein Verstärker für sie. Du unterstützt sie. Das ist eine gute Sache. Aber wenn du für etwas betest, was du willst, sie aber nicht – dann gehst du gegen ihre Wünsche. Wünsche, mit denen sie eventuell selbst auch zu Gott gehen.“

„Sie sind keine Christen.“ warf Geraldine ein.

„Mag sein. Trotzdem: Es zählen nicht deine Wünsche mehr als ihre, nur weil du betest und sie nicht. Gott schaut in ihr Herz. Und sieht, was sich dort befindet. Danach richtet er sich. Wenn du etwas anderes willst, kannst du ihm das sagen. Aber du musst damit rechnen, dass er es nicht berücksichtigt."

„Das heißt, wenn es ihnen schlecht geht und ich will, dass es ihnen besser geht, sie selbst aber nicht, dann..."

„Ist nicht der Fall, oder?" unterbrach Suji sie vorsichtig, „und dann wäre das auch nicht so. Wenn deine Eltern Alkoholiker wären und du betest, dass sie davon wegkommen – natürlich hast du dann eine Chance, dass Gott etwas macht. Ganz egal, was sie wollen. Weil sie sich zerstören und nicht die Vernunft haben, es zu erkennen."

Geraldine schnaubte laut: „Sie haben keine Vernunft."

„Das ist eine Sache des Standpunkts."

„Ist es nicht."

„Sie sagen, viele andere Leute leben unglücklich zusammen, nur weil sie sich nicht trennen wollen." Suji drückte ihre Hand, „willst du das für sie? Glaubst du, sie lügen, wenn sie sagen, dass sie glücklich sind?"

Geraldine sank zurück in die Kissen und blickte an die Decke: „Ich weiß es nicht."

„Hattest du den Eindruck, dass sie lügen?" bohrte Suji weiter.

„Nein, hatte ich nicht."

„Du kennst sie gut, oder?"

„Sie sind meine Eltern."

„Ich nehme das als ,Ja'. Was bedeutet, dass dein Eindruck richtig sein dürfte. Und das führt mich zu meinem Punkt: Gott sieht sie. Sieht ihre Entscheidung und auch, worauf sie fußt. Sieht ihr Leben davor und ihr Leben jetzt. Und kommt unter Umständen zu dem gleichen Schluss wie sie: so ist es besser."

Mit einem Ruck setzte sich Geraldine wieder auf: „Trennung kann nie besser sein."

Suji legte den Kopf schief: „Trennung ist schlechter als geschlagen werden?"

„Nein, natürlich nicht."

„Ich weiß, das trifft auf sie nicht zu. Aber man kann es nun mal nicht pauschalisieren. Du hattest wenig Kontakt. Auch vorher schon. Du hast nicht viel mitgekriegt. Wenn die Kinder weg sind und man nur noch zu zweit ist, verändert einen das. Und wenn der Ruhestand kommt, auch. Das kann dir jeder bestätigen, in diesem Alter. Deine Eltern haben ihr gemeinsames Glück – das anscheinend stark am Schwinden war – geopfert, um ihr individuelles Glück zu erhalten. Das ist von ihnen beiden – dem jeweils anderen gegenüber – eine sehr tapfere Entscheidung."

„Tapfer." Geraldine tippte sich an die Stirn.

„Du bist verletzt." Suji lächelte ihr aufmunternd zu, „sei das. Bleib das. Aber bitte Gott auch, dass er es heilt."

„Ich soll also aufhören, für sie zu beten."

„Niemals. Das ist wichtig. Und richtig. Du solltest nur aufhören, Erfolg zu erwarten. Das Gebet bringt Gott näher zu ihnen – gerade, wenn sie nicht selbst zu ihm kommen. Aber es bringt unter Umständen nicht das, was du willst. Weil für Gott das, was sie wollen, wichtiger ist. So wie ihm für dich das am wichtigsten ist, was du willst. Stell dir mal vor, deine Eltern fänden Nils als Mann falsch und würden dafür beten, dass ihr euch trennt. Und stellt dir vor, er würde das erhören – nur weil du nicht dafür betest, dass ihr zusammenbleibt."

„Wieso sollte ich?"

„Eben." nickte Suji, „Gott kann nicht Beter über Nichtbeter stellen. Dann könntest du für die krudesten Sachen beten und er würde sie eintreten lassen. Er schaut sich alle Menschen genau an. Und gibt ihnen, was richtig für sie ist. Was er richtig findet. Nicht du."

Entnervt schüttelte Geraldine den Kopf: „Ich glaube, ich werde noch eine Weile brauchen, bis ich das durch habe."

„Und ich werde dir immer helfen, wenn du das brauchst."

„Das ist lieb."

„Sollen wir dann noch ein wenig entspannen?"

„Ehrlich gesagt..." Geraldine zögerte, „habe ich noch andere Sachen."

„Okay. Was denn?"

„Ich habe dir von dem Dämon erzählt. Der mich gefoltert hat."

„Ja." Suji verzog das Gesicht, „kann mich lebhaft erinnern."

„Gut. Ich meine..." Geraldine brach ab – und Suji winkte ab: „Schon klar."

„Er hat mir etwas gezeigt. Eine Szene. Angeblich von meiner Oma. Wie ein Engel sie umbringt."

Suji schüttelte sich ungläubig: „Äh... was?"

„Genau: äh, was."

„Sowas machen Engel nicht."

„Dachte ich bis dahin auch."

„Und jetzt nicht mehr?"

„Tja – das ist die Frage." Geraldine fuhr sich übers Kinn, „seit ich bei meinem Vater war, weiß ich, dass die Szene nicht stimmt. Sie ist so nicht gestorben."

„Na also." freute sich Suji, „Rätsel gelöst. Szene falsch. Alles gut."

Doch Geraldine teilte diese Freude nicht: „Eben nicht."

„Weil?"

„Der Engel nichts gesagt hat."

Suji legte die Stirn in Falten: „Was hätte er denn sagen sollen?"

„Nicht der Engel." korrigierte Geraldine, „der andere. Der, der bei mir war."

„Ich wiederhole: Was hätte er denn sagen sollen?"

„Na – eben das: dass es falsch ist. Eine Lüge."

Suji hob die Hände: „Vielleicht wollte er, dass du das alleine rausfindest."

„Was bringt mir das?"

„Erfahrung. Das ist genau das, was ich am Anfang meinte: Ich habe dir eine Erkenntnis weitergegeben. Erzählt. Weil du sie nicht von selbst gefunden hast. Aber erfahren ist immer der bessere Weg. Weil es uns direkter trifft. Ich kann dir viel erzählen. Du kannst es hören. Oder nicht. Verstehen. Oder nicht. Verinnerlichen. Oder nicht. Aber wenn du es selbst erfährst – dann macht in dir etwas ,Klick'. Mehr oder weniger automatisch."

„Aber in diesem Fall habe ich es doch auch nur erzählt bekommen." wandte Geraldine ein, „dass es nicht so war, meine ich."

„Ich habe auch nie behauptet, dass ich wüsste, was der Engel vorhatte." entgegnete Suji, „das war nur eine Vermutung."

„Und was mache ich damit?"

„Du hast eine Frage mit dir herumgeschleppt: Warum hat der Engel meine Oma getötet? Dabei lag die Antwort die ganze Zeit auf der Hand: hat er nicht. Weil Engel sowas eben nicht tun. Da hättest du ganz von alleine drauf kommen können. Praktisch sofort. Hättest ihm – dem Dämon – sagen können ,Du lügst mich an'. Stattdessen hast du gezweifelt und dir das Hirn zermartert. Dabei war das die einzige Lektion. Der Dämon wollte deinen

Glauben erschüttern. Mit etwas viel zu offensichtlichem. Hat geklappt, wie es aussieht. Hätte es aber nicht müssen."

„Also war es das. Damit gehe ich nach Hause: Engel sind gut. Fertig." Geraldine rümpfte die Nase. Suji dagegen lächelte:

„Und Dämonen sind schlecht. Ganz genau."

„Hm..." nachdenklich zupfte sich Geraldine an der Wange, „ich glaube, damit kann ich sogar leben."

Das Lächeln wurde breiter: „Na, dann haben wir doch zumindest bei einer Sache Fortschritte gemacht."

78

Sie saß auf dem Bett und drehte die Kette zwischen den Fingern hin und her. Sie hatte eine Entscheidung zu treffen. Eine Entscheidung, die ihr Leben nachhaltig verändern würde. Und nicht nur das ihre. Doch es gab für beide Richtungen Argumente, die nicht von der Hand zu weisen waren und diese abzuwägen, schien ihr schier unmöglich. In der Hoffnung, dadurch auf den richtigen Weg zu kommen, wanderte sie in Gedanken zurück. Zurück an den Anfang.

Das Erste, woran sie sich erinnern kann, ist die Stimme ihrer Mutter. Die sanft auf sie einredet. Auch wenn sie kein Wort versteht. Das zweite ist die Stimme ihres Vaters. Der genauso sanft auf sie einredet. Und genauso unverständlich. Irgendwann aber beginnt sie zu verstehen und stellt fest, dass das, was ihre Eltern ihr zu sagen haben, auf der ganzen Linie positiv ist. Sie trösten sie, wenn sie traurig ist; freuen sich mit ihr, wenn sie fröhlich ist; ermutigen sie, wenn sie entmutigt ist; bewundern sie, wenn sie etwas geschafft hat. Sie schimpfen auch mit ihr, wenn sie unartig ist. Aber nicht nur einfach wild und laut, sondern mit Argumenten, die logisch nachvollziehbar sind. Und es ihr leicht machen, sich beim nächsten Mal anders zu verhalten.

So wächst sie auf und merkt, als sie am Anfang der Pubertät das erste Mal bewusst Rückschau hält, dass sie nichts hat, worüber sie sich beklagen kann. Sie hat alles, was sie braucht; bekommt das meiste, was sie möchte – und bei dem, was nicht, zumindest eine gute Erklärung. Es geht ihr rundherum gut. Was schön ist. Und irgendwie langweilig. Die Pubertät über versucht sie, etwas gegen diese Langeweile unternehmen. Ohne dabei das Schöne zu zerstören. Das klappt nicht. Ob es gar unmöglich ist, weiß sie nicht. Aber ihre Sorge, das Gute verlieren ist so groß, dass sie nie konsequent genug ist, wenn es darum geht, etwas Schlechtes zu tun. Wobei ‚schlecht‘ gleichbedeutend mit ‚aufregend‘ ist. Alles, was gegen Langeweile hilft, ist verboten. So hat sie es von ihren Freunden gelernt. Und da sie das ihren Eltern nicht erzählt, können diese nicht widersprechen. Und ihr zeigen, dass sie damit ganz und gar falsch liegt.

Die Pubertät geht zu Ende und aus dem Mädchen wird eine Frau. Die vollkommen glücklich ist und trotzdem leer. Weil sie keine Bestimmung hat. Keine Vorhaben. Keine Ziele. Sie hat einfach immer nur fröhlich vor sich hingelebt. Kindlich, könnte man sagen. Doch mit kindlich ist es jetzt vorbei. Die Eltern ermutigen sie, auf eigenen Füssen zu stehen und sie will das auch. Sie weiß nur nicht, wie. Die Eltern geben ihr Tipps, was die Berufswahl angeht, aber nichts davon reizt sie. Sie fängt etwas an, das ihr nicht gefällt. Gibt es wieder auf. Probiert etwas anderes. Und bleibt schließlich bei einem Studium hängen, das ihr vom ersten Tag an nicht zusagt. Das sie aber trotzdem beschließt, durchzuziehen – einfach, weil sie spürt, dass ihre Eltern traurig sind, dass sie ihren Weg nicht findet. Und nachdem ihre Eltern sie ihr ganzes Leben lang glücklich gemacht haben, will sie sie jetzt zurück glücklich machen. Also studiert sie – und ist selbst unglücklich dabei.

Und dann kommt er – der Mann, der ihr ganzes Leben verändert. Am Anfang merkt sie das nicht einmal. Weil er einfach nur ein ganz normaler Mann ist. Sehr nett und sehr lustig, aber trotzdem für sie genauso wenig der Richtige, wie sie die Richtige für ihn. Einfach nur jemand, mit dem sie auf einer Wellenlänge ist. Der ihr zuhört und sie trotzdem nicht richtet oder wertet. Der ihr das Gefühl gibt, ihm alles anvertrauen zu können. Sie kann den Finger nicht darauf legen, wo genau es herkommt, doch das stört sie nicht. Sie freut sich darüber. Was die Veränderung bringt, ist seine Begeisterung für den Beruf, den er zu erlernen gedenkt. Sie wirkt geradezu ansteckend. Je mehr er davon erzählt, desto mehr will sie hören. Das verwirrt ihn zunächst ein wenig und er denkt, sie veralbert ihn. Aber sie versichert ihm, dass dem nicht so ist und so lässt er sich in allen Einzelheiten darüber aus. Bis er sie schließlich wirklich infiziert hat. Sie sich die entsprechenden Unterlagen heraussucht, sie ausfüllt, sich damit für die Eignungsprüfung anmeldet – und ihn am ersten Tag an der Akademie damit überrascht, dass sie auch dort ist. Sie hat ihm nichts von ihrem Vorhaben erzählt. Hauptsächlich, weil sie befürchtet hatte zu scheitern und mit ihrem Studium weitermachen zu müssen. In welchem Fall sie nicht wollte, dass jemand davon weiß. Doch sie hat es geschafft und sein Gesichtsausdruck als er sie sieht ist eine erste Belohnung dafür. Gemeinsam ziehen sie die Ausbildung durch. Helfen sich gegenseitig durch die körperlichen und geistigen Krisen, die sie mit sich bringt. Bauen sich auf und treiben sich an. Und lassen mit einem müden Lächeln die vielen dummen Bemerkungen der anderen Auszubildenden wie auch der Ausbilder über sich ergehen, was ihre enge Verbindung angeht. Irgendwann lernt er seine Traumfrau kennen und die Stimmen verstummen zunächst. Aber schon bald kommen neue Stimmen auf, die ihnen nun etwas Unmoralisches unterstellen. Was dazu führt, dass seine Freundin an der Akademie erscheint und der gesamten Ausbildungsklasse inklusive Lehrer eine Standpauke zum Thema ‚Beziehung ist nicht gleich Freundschaft' hält, die noch Jahre später in Gesprächen Erwähnung finden wird. Danach verstummen die Stimmen komplett. Und sie können in Ruhe ihre Ausbildung abschließen.

Der berufliche Weg im Anschluss ist vorgezeichnet. Für ihn wesentlich klarer als für sie. Er hat sich Etappenziele gesteckt, welche Position er wann erreicht haben will. Sie dagegen will einfach nur den Beruf ausüben. Ziele ist sie nicht gewohnt. Und hat das auch in der Ausbildung nicht lernen können. Die Auszubildenden waren immer ganz unten – da gab es nichts, wo man hinwollen konnte. Nun ist das anders und nicht nur er, sondern alle ihre Kolleginnen und Kollegen schalten wie automatisch um. Sie kann das nicht. Weil sie schlichtweg nicht weiß, wie es geht. Und zum ersten Mal, seit sie sich kennengelernt haben, redet sie nicht mit ihm darüber. Weil sie sich schämt. Sie redet mit den anderen. Die ihr groß und breit auseinandersetzen, dass es gilt, die Ellenbogen auszufahren und die anderen auszustechen, wo es nur geht. „Die Ausbildung war die Zeit der Freundschaft." erklären sie ihr. Und: „Beides ist jetzt vorbei." Im wirklichen Beruf kann man keine Freunde sein – nur Konkurrenten. Das ist die

Quintessenz ihrer Botschaft. Und sie bekommt Angst. Dass sie diese eine Freundschaft, die ihr so viel bedeutet, nun verlieren wird. Wieder sagt sie nichts und versucht einfach von ihrer Seite, sie so gut es geht aufrecht zu erhalten. Was auch nicht schwer ist, denn ihre mangelnden Ambitionen sorgen dafür, dass sie niemandem im Weg steht.

Irgendwann heiratet er und sie rechnet fest damit, dass es nun vorbei ist. Eine Frau und eine beste Freundin geht nun mal schlecht. Doch sie irrt sich, denn seine frischgebackene Gattin hört nur durch den Ring nicht auf, sie genauso zu mögen und zu respektieren, wie sie das vorher getan hat. Und er auch nicht. Es ändert sich nichts. Außer seinem Nachnamen. Der seiner Frau gefällt ihm besser. Das kann sie gut verstehen, denn sein alter war auch immer ein gerne genommener Gegenstand für Witze. Vor allem, nachdem man über sie beide keine Witze mehr machen durfte. Auch dieses Problem ist für ihn damit erledigt und er erreicht seine Ziele – jedes einzelne davon. Sie bewundert das. Und ist gleichzeitig ein wenig bedrückt, weil ihr die Art, wie er das tut, nicht gefällt. Bis er sie schließlich darauf anspricht, sie es ausspricht – und er ihr daraufhin unterbreitet, dass er ganz und gar nicht so vorgeht, wie die anderen das tun. Er legt sich nicht mit ihnen an oder nutzt irgendwelche unlauteren Methoden. Er arbeitet einfach hart und versucht, seine Fehlerquote gering zu halten. Das macht einen guten Eindruck. Und sein zuvorkommender Umgang mit den Kollegen wird ihm dabei zusätzlich positiv angerechnet. So steigt er an Stellen auf, an denen andere es nicht tun. Weil die Oberen jemanden wollen, dem die anderen nicht egal sind. Das verblüfft sie und erfreut sie. Und sie fragt sich, warum er so anders ist. Sie findet keine Antwort. Und tut endlich wieder das Vernünftige: Sie fragt stattdessen ihn. „Ich bin Christ." lautet die ebenso überraschende wie einfache Antwort und plötzlich ergeben all die Momente, in denen er sich anders verhalten hat, als man es gewohnt ist, einen Sinn.

„Erzähl mir davon." bittet sie ihn, was er nur allzu gerne tut. Wieder in aller Ausführlichkeit und mit jeder Menge Begeisterung.

„Warum hast du mir das verheimlicht?" fragt sie ihn irgendwann. Da wird er rot und entschuldigt sich gefühlte 100-mal:

„Weil ich mich nicht getraut habe." antwortet er.

Das versteht sie nicht und so muss er weiter ausholen:

„Viele finden das uncool. Und die Befürchtung hatte ich bei dir auch. Dass du mich dann wegschiebst. Da dachte ich, ich zeige dir erstmal eine Weile, dass ich nicht uncool bin und irgendwann rücke ich dann damit raus. Aber der richtige Zeitpunkt..."

Sie winkt ab. Das versteht sie nur zu gut. Verzeiht es ihm ohne Probleme. Und spürt in sich den Wunsch, es nicht nur zu hören, sondern zu erleben. Selbst so zu werden, wie er ist. Dem geht sie nach. Und merkt schnell, dass es die richtige Entscheidung war.

Ihre Wege trennen sich irgendwann. Räumlich gesehen. Jedoch nicht komplett. Sie bleiben relativ dicht beieinander. Nahe genug, um sich regelmäßig zu sehen. Aber nicht mehr so oft wie früher. Sie beide sind beruflich nun sehr eingespannt – er bekommt zudem auch Kinder. Beziehungsweise: seine Frau. Doch das ist für sie nicht schlimm. Denn er hat ihr ein Geschenk bereitet, mit dem sie nie gerechnet hätte: Er hat ihr einen Weg eröffnet, der weit über die Wahl des richtigen Berufes oder der richtigen Beziehungen hinausgeht. Das Leben mit Gott. Sie geht in die Gemeinde. Sie lernt, was es heißt, sein Kind zu sein. Und sie spürt: Jetzt hat sie endlich ein Ziel. Jetzt hat sie eine Zukunft.

79

Eine Woche später ging es los. Geraldines Vater brachte sie zum Flughafen und half ihnen, die Koffer auf einen Gepäckwagen zu wuchten.

„Was habt ihr bloß alles eingepackt?" stöhnte er dabei.

Nils legte den Kopf schief: „Ihr?"

„Du fühlst dich nicht angesprochen?" Geraldine blickte ihn abschätzend an. Doch er hatte eine passende Antwort:

„Meine Sachen hatten in einer kleinen Reisetasche Platz. Dass wir jetzt zwei große Koffer haben, liegt daran, dass bei mir noch deine Sachen mit drin sind."

Geraldine rümpfte die Nase: „Wir fliegen durch vier Zeitzonen. Quatsch – Klimazonen. Was erwartest du?"

„Einkaufen könnt ihr auf jeden Fall nichts mehr." schaltete sich Gerd ein – und erntete sofort Widerspruch von seiner Tochter:

„Doch. Wir müssen nur auch einen dritten Koffer kaufen."

Nils zwinkerte ihm amüsiert zu: „Süß, gell?"

„Frag mal, wie sie in der Pubertät war."

„Wie war sie in der Pubertät?" tat Nils ihm den Gefallen, ohne groß darüber nachzudenken und Geraldine zuckte zusammen – schließlich wusste Nils ganz genau, wie sie damals drauf gewesen war. Ihr Vater dagegen wusste das natürlich nicht und bedachte Nils daher mit einem schiefen Lächeln an: „Nun, um ehrlich zu sein…"

Geraldine spannte sich innerlich an – bereit, direkt einzugreifen, wenn etwas kam, was dem Gespräch ein unschöne Wendung geben würde. Doch es kam nichts dergleichen:

„…ziemlich pflegeleicht."

Sie stieß laut hörbar die Luft aus, was ihren Vater zum Lachen brachte. Er konnte ja nicht ahnen, dass sie wirklich einen kurzen Moment eine negative Antwort befürchtet hatte.

Nils hatte entweder gar nichts gemerkt oder war erpicht, die gute Laune aufrecht zu erhalten, denn er grinste sie breit an und sagte: „Na, das hat sich größtenteils wieder gegeben."

Geraldine stieß ihn in die Rippen: „Du kannst auch alleine fliegen."

„So?"

„Ich kann auch alleine fliegen." verbesserte sie sich.

Er kicherte: „Schon sinnvoller. Aber nein."

Sie verabschiedeten sich am Gate und dann ging es los. Der Flug nach Kanada war lang – den Zwischenstopp in den USA bekam Geraldine gar nicht mit. Weil das der einzige Zeitpunkt war, zu dem sie es schaffte, zu schlafen. Als sie ankamen, schien ihr die Sonne ins Gesicht. Obwohl ihr Körper ihr sagte, dass es Zeit zum ins Bett gehen war. Sie war noch nie außerhalb von Europa gewesen und daher mit dem Phänomen des Jetlags noch nicht vertraut. Nils dagegen schon und so übernahm er die Führung, bis sie ihr Hotel erreicht hatten. Den ganzen restlichen Tag verbrachten sie auf ihrem Zimmer, was gut war, denn so war Geraldine am nächsten Morgen auch richtig angekommen.

Die nächsten Tage waren sehr entspannt. Sie hatten einen Mietwagen gebucht und erforschten die Natur, soweit man sie ließ. Nils machte viele Fotos – von Geraldine und von der Natur. Und als es Zeit war, wieder abzureisen, war Geraldine fast traurig, dass sie nicht die kompletten vier Wochen hier verbrachten. Es gab noch so viel, was sie nicht gesehen hatten. „Wir kommen wieder her." erklärte Nils, als sie traurig aus dem Fenster des Flughafens blickte. Sie drehte sich um:

„Versprochen?"

„Na klar."

Das stimmte sie ruhig und für den Flug nach Norwegen hatte sie sich Schlaftabletten besorgt, was ihr half. Und gleichzeitig dafür sorgte, dass sie mit der Umstellung im Anschluss besser klarkam. Die Gegend, in der sie sich hier eingenistet hatten, kam ihr auf den ersten Blick recht ähnlich vor. Und auch ihre Aktivitäten waren relativ identisch.

„Wir haben uns irgendwie nur Länder rausgesucht, in denen man umherwandern muss." stellte sie nach einigen Tagen fest.

Nils zog die Brauen hoch: „Muss?"

„Kann." korrigierte sie, „aber muss, wenn man etwas davon haben will."

„Nächstes Mal dann Spanien."

„Oder irgendwas anderes mit Strand."

„Nordsee." schlug er vor.

„Gustavsburg." konterte sie. Worauf sich Nils verblüfft schüttelte: „Was?"

„Das ist ein kleiner Ort bei Mainz."

„Sagt mir schon was. Aber was hat das mit Strand zu tun?"

„Sie haben da ein wenig Sand aufgeschüttet am Mainufer. Passen bestimmt 30 Personen hin."

Nils tippte sich an die Stirn: „Dafür brauchen wir aber keinen Urlaub zu nehmen."

„Das stimmt." gab Geraldine zu.

In der Schweiz zeichnete es sich dann wirklich aus, dass Geraldine auch warme Sachen eingepackt hatte. Sie waren ziemlich hoch in den Bergen einquartiert und da sie auch hier die meiste Zeit draußen verbrachten, war es angenehm, dick angezogen zu sein. Die Zeit verging rasend schnell und ehe sich Geraldine versah, waren sie schon in Australien. Wo es sehr viel heißer war.

„Siehst du – ich bin auf alles vorbereitet." erklärte Geraldine Nils bestimmt, doch dieser winkte nur ab:

„Ich auch. Mit wesentlich weniger Sachen."
„Du hattest deine Pullis nicht eingepackt."
„Und hier brauche ich sie auch nicht."
„Aber hier brauchst du Shorts."
„Ich habe eine eingepackt."
„Eine." schnaubte sie, „für sechs Tage."
„Ich gehe doch damit ins Wasser." gab er zurück.
Sie verzog das Gesicht: „Du bist eklig."
„Du bist... mir fällt nichts schlechtes ein."
„Das will ich dir auch geraten haben."
Es war am vorletzten Tag, als es passierte. Sie waren gerade am Strand unterwegs – genossen die Sonne und den weichen Sand unter ihren Füßen. Da wurde Geraldine plötzlich schwarz vor Augen und sie kippte um. Dass Nils erschrocken ihren Namen rief; dass er sie aufhob und laut rufend mit ihr auf dem Arm den Strand entlangeilte, so schnell es eben ging; dass ein Rettungsschwimmer den Notarzt alarmierte, der wenige Minuten später eintraf und sie ins Krankenhaus brachte; dass Nils mit tränenüberströmtem Gesicht neben ihrem Bett stand, während sich die Ärzte leise mit ratlosen Mienen beratschlagten; dass sie an allen möglichen Stellen gestochen und angezapft wurde und so gut wie jede in Frage kommende Untersuchung mit ihr durchgeführt wurde – das alles bekam sie nicht mit. Sie fühlte es nicht. Sie hörte es nicht. Sie hörte nur eins – eine Stimme:

80

„Hallo Geraldine."
„Äh... Gott?"
„Das bin ich. Der bin ich."
„Das? Der? Hast du meine Grammatikprobleme übernommen?"
„Ich bin in deinem Kopf."
„Oh. Du armer."
„Ich bin nicht zum ersten Mal hier."
„Das stimmt wohl."
„Hast du denn wirklich Grammatikprobleme?"

„Ich glaube, ich rede einfach zu schnell."

„Ihr redet alle ziemlich schnell. Und ziemlich viel. Und sehr oft am Thema vorbei."

„Wir schaukeln uns hoch. Blöd, oder?"

„Nein. Ganz im Gegenteil."

„Wie meinst du das?"

„Ein Arzt, der nicht lachen kann, zerbricht irgendwann an der Härte seiner Arbeit."

„Das klingt sehr weise. Was bedeutet es?"

„Ähm..."

„Ich weiß, was der Satz heißt. Aber warum sagst du ihn zu mir?"

„Viele Menschen, die Ablenkung brauchen, suchen diese in verschiedensten Dingen. Oder Aktivitäten. Nicht immer schlecht. Aber oft passiv. Und meistens vereinnahmend."

„Du sprichst in Rätseln. Aber das war zu erwarten, oder?"

„Ich bin mir sicher, dass du der Herausforderung gewachsen bist."

„Dann mach weiter."

„Wir wollen es mal nicht übertreiben. Es ist ja auch nur Taktik. Nicht nur bei dir – wohlgemerkt. Wenn ich immer nur die einfachen Dinge sage – die Erklärungen – dann gehen sie zum einen Ohr rein und zum anderen Ohr raus. Aber wenn ich mit etwas anfange, was man nicht versteht – dann habe ich vollste Aufmerksamkeit. Dann springt der Geist an. Also – deiner. Weil du es verstehen willst. Dann bist du für die Erklärung dankbar, anstatt genervt. Hörst sie dir an. Begreifst sie. Denkst darüber nach."

„Diese ganzen komplizierten Geschichten dienen also nur dazu, Aufmerksamkeit zu erregen?"

„Natürlich. Schau in die Bibel. Der verlorene Sohn, das Schaf, die Häuser am Strand – oder eben auch nicht – alles Geschichten. Die zum Nachdenken anregen. Genau das sollen sie. Natürlich habe ich die Erläuterungen mitgeliefert. Damit das Nachdenken nicht in falsche Richtungen geht. Aber man kann immer darüber hinaus auch noch anderes erkennen. Es hat damals funktioniert. Die Leute haben zugehört. Und verstanden. Warum sollte ich dieses System ändern?"

„Dann hast du meine Aufmerksamkeit. Wobei..."

„Wobei?"

„Ist sterbe gerade, oder?"

„Nach außen hin."

„Wie?"

„Für die Leute um dich herum sieht es danach aus."

„Aber es stimmt nicht."

„Nein."

„Gott sei Dank. Öh... Entschuldigung."

„Nein, nein. Das darfst du schon mal sagen. Wenn du es ernst meinst."

„Tue ich, tue ich."

„Ich weiß. Ich bin in deinem Kopf. Lügen sind gekennzeichnet."

„Gekennzeichnet."

„Dein Kopf weiß, wann er lügt. Und ich daher auch."

„Du weißt es auch, wenn du nicht in meinem Kopf bist."

„Gut. Ja. Schon."

„Aber was ist mit den Leuten? Kannst du es ihnen nicht sagen? Nils..."

„...wird da durchmüssen. Aber hinterher kriegt er dich besser wieder als jemals zuvor."

„Besser?"

„Weiser. Reifer."

„Reifer. Kein Wort, das eine Frau hören will."

„Innerlich gereift."

„Puh."

„Wollen wir weitermachen? So mit ‚du schenkst mir Aufmerksamkeit' und so?"

„Natürlich. Rede."

„Ich will eine Reise mit dir machen. Durch dein Leben."

„Oh. Muss das sein?"

„Wieso?"

„Mein Leben. Das hatte ich schonmal. Während ich es gelebt habe. Vieles davon war..."

„...unschön. Schmerzhaft."

„Das sind zwei Worte. Von tausenden."

„Es geht mir nicht darum, alte Wunden aufzubrechen. Du sollst verstehen. Wer du bist. Wie du bist. Warum du bist. Warum du so bist. Deine Bestimmung erkennen."

„Star Wars?"

„Das hatte ich von Z erwartet."

„Tja. Überraschung. Aber... erwartet? Machst du das mit ihm auch?"

„Ja."

„Und? Hat er es gesagt?"

„Das kannst du ihn hinterher selber fragen."

„Gerne. Ich... du hast meine Aufmerksamkeit."

„Danke."

„Ist es nicht schlimm, wie schnell man abgelenkt ist in seinem eigenen Kopf?"

„So wie jetzt gerade – durch genau diesen Gedanken?"

„Ja. Ja. Ich bin da."

„Dann klären wir zuerst den Einstieg. Jeder Mensch braucht Ruhe. Und Spaß. Viele suchen das im Fernsehen. Oder in der Natur. Das kann gut sein. Oder aber zu viel ablenken. Weil man den Blick auf das Wesentliche verliert, wenn man sich mit zu vielen anderen Dingen beschäftigt. So wie hier in deinem Kopf. Aber du solltest beim Wesentlichen bleiben. Zumindest in den wichtigen Momenten. Und deswegen ist es gut, dass ihr so seid, wie ihr seid. Ihr habt das auch schon anderen gesagt. Eure Art, miteinander umzugehen, ist ganz wichtig für eure Arbeit. Weil sie euch einen Ausgleich bietet zu all den schmerzvollen Erfahrungen, die ihr dabei macht."

„Ja. Das stimmt. Und dessen bin ich mir durchaus bewusst."

„Aber du schämst dich. Du lachst oft mit, wenn sie über dich lachen. Deine Fehler. Und du bemühst dich, dein Beleidigtsein unecht wirken zu lassen, damit sie glauben, du spielst es nur. Aber das ist nur zum Teil wahr. Das will ich dir sagen: lache. Mit ihnen. Über dich. Deine Eigenarten. Sei nicht beleidigt. Weil sie nicht beleidigend sind. Sie machen Spaß. Und sie wissen, wo die Grenze ist. Sie werden sie nicht überschreiten. Genau wie du sie nicht überschreiten wirst. Ihr seid auf einer Ebene. Nutzt das. Um euch damit gut zu tun. Zu necken, ohne zu verletzen. Das ist wichtig. Für eure Seele. Und – nur, damit du dich nicht wundern musst – ich sage das jedem von euch. Weil jeder von euch insgeheim Probleme damit hat. Es wirkt wie eine Niederlage, wenn man so bloßgestellt wird. Aber rechne es mal auf. Ihr seid durchaus im Gleichgewicht."

„Du willst mir also sagen, ich soll mich veralbern lassen und selbst veralbern."

„Ja. Weil das gesund sein kann. Wenn man es liebevoll tut. Ihr seid liebevoll miteinander. Das kann ich so sagen. Weil ich dabei war. Immer. Und glaub mir – wäre dem nicht so, würde ich jetzt etwas anderes sagen. Aber ich kann dir versichern: Die anderen waren nie verletzt durch die Dinge, die du gesagt hast. Und sie haben die Dinge, die sie zu dir gesagt haben, nie verletzend gemeint. So kann es bleiben. Ihr habt euch alle verletzt gefühlt. Aber das ist eurer eigenen Unsicherheit geschuldet. Diese Unsicherheit will ich euch nehmen. Indem ich einfach sage: packt sie weg."

„Werde ich tun. Aber irgendwie..."

„Ja?"

„Dieses Thema ist so weit ab vom Schuss. Ich meine... damit haben wir uns nie beschäftigt."

„Ich weiß. Aber wenn ich jetzt zum eigentlichen Thema komme, bist du wesentlich offener dafür."

„Wie das?"

„Oh – ich bin clever."

„Ja – so als Gott..."

„Wundervoll, nicht wahr? Soll ich dir verraten, wie genial ich dich manipuliert habe?"

„Manipuliert? Ja bitte."

„Ich habe dir gesagt, wie du dich so verändern kannst, dass es in Zukunft mit eurem Beisammensein besser klappt. Dabei ist der aktuelle Stand, dass es gar kein Zusammensein mehr zwischen euch geben wird. Und du hast nicht mal protestiert."

„Du bist echt..."

„Fällt dir nichts ein?"

„Nichts unböses."

„Ist okay. Ich mache das normalerweise nicht. Nur in Momenten, wo ich es anschließend ehrlich sagen kann. Und du auch verstehst, warum es sein musste. Du willst die anderen nicht mehr als Teil deines Lebens. Weil eure gemeinsame Basis weg ist. Aber ich denke, dir ist vollkommen klar, dass es mein Wunsch ist, dass das wieder wird. Dass die Basis zurückkommt und ihr darauf weitermacht. Wir hätten jetzt endlos darüber diskutieren können.

Das Für und Wider abwägen. All deinen Ärger durchkauen. Jetzt müssen wir das nicht mehr. Sondern können uns auf das Wesentliche konzentrieren."

„Aber vielleicht will ich das noch."

„Dann kriegst du am Ende Gelegenheit dazu. Lass uns erst den Weg gehen, den ich vorbereitet habe. Okay?"

„Okay. Ziehen wir los."

„Ich hoffe, du hast nichts dagegen, wenn es im Großen und Ganzen schwarz bleibt. Zu viele bunte Bilder sind nicht förderlich für die Konzentrationsfähigkeit. Und auch deiner Energie nicht zuträglich. Ich möchte, dass du entspannt und erfrischt aufwachst."

„Das ist nett. Aber schwarz?"

„Was dagegen?"

„Naja – in Anbetracht der Tatsache, dass ich auf der Schwelle des Todes stehe... liege... schwebe..."

„Du bist nicht an der Schwelle des Todes. Ich habe lediglich auf den Pausenknopf gedrückt."

„Ich habe einen Pausenknopf?"

„Du hast auch einen Stoppknopf."

„Furchterregend."

„Ich bin der Einzige, der sie drücken kann."

„Gibt es auch einen Vorspulknopf?"

„Nein. Das nicht."

„Wohl besser so."

„Du hast es erfasst."

„Was schauen wir uns denn an? Aus meinem Leben, meine ich."

„Spezielle Wünsche?"

„Gar nichts."

„Naja – wie gesagt: Es bleibt größtenteils schwarz."

„Schwarz gab es in meinem Leben auch ziemlich viel."

„Das empfindest du so, nicht wahr?"

„Nur ich?"

„Nein, jeder."

„Weil du das so sagst."

„Ich will dir ein Geheimnis verraten."

„Nur zu."

„Jede einzelne Erfahrung, die du in deinem Leben gemacht hast, hat dich ein Stück weitergebracht."

„Auch die schlechten."

„Erst recht die Schlechten."

„Sehe ich nicht so."

„Nein? Dann schauen wir mal rein."

„Schauen?"

„Okay. Wir reden drüber."

„Schon besser."

„Nehmen wir beispielhaft deine wilde Jugend. Das erklärt es mit am besten."

„Wild – auch ein Ausdruck dafür."

„Sündhaft würdest du jetzt dazu sagen."

„Vergeudet."

„Keineswegs."

„Du findest Alkohol und Sex nicht vergeudet?"

„Für sich genommen, ja. Nein, auch das ist nicht richtig. Für sich genommen – ganz neutral – sind weder Alkohol noch Sex schlecht. Sie sind – je nach Betrachtungsweise – Dinge oder Tätigkeiten. Und dementsprechend für sich selbst auch neutral. Gut oder schlecht werden sie durch euren Umgang damit. Alkohol ist meine Erfindung. Er dient der Entspannung. Wenn man weiß, in welchem Maß man ihn zu sich nehmen kann. Und er dient der Feierlichkeit. Ein guter Wein zum Essen wertet das Essen auf. Und damit die, die es einnehmen. Die Gäste – zum Beispiel. Sex – auch meine Erfindung. Was meinst du wohl, warum der Mensch so ziemlich das einzige Lebewesen ist, das Sex freiwillig ausführt und nicht nur zur Fortpflanzung? Schau dir die Kuh an. Oder den Hund. Oder viele andere. Die mögen das nicht. Die Männchen noch eher..."

„Das kenne ich."

„...als die Weibchen. Aber so richtig scharf drauf sind sie alle nicht. Weswegen die Weibchen Stoffe absondern müssen, damit die Männchen überhaupt was machen. Und hinterher gibts Kinder – also... Tierkinder. Ist ja auch richtig. So soll es sein. Aber beim Menschen habe ich den Sex so angelegt, dass er ihn zu seiner Freude nutzen kann. Zur Stärkung der Liebe zum Partner. Zur Stärkung der Verbundenheit mit dem Partner. Ihr tut das, damit ihr fester zusammenwachst. Kinder sind natürlich auch sehr schön. Aber es ist nicht der einzige Zweck. So ist es auch mit vielen anderen Sachen, die ich erfunden habe. Sie dienen. Wenn sie richtig eingesetzt werden. Und genau das ist das Problem: der Umgang damit. Alkohol in Maßlosigkeit erreicht genau das Gegenteil von dem, was er soll. Er zerstört den Körper, dem er eigentlich guttun soll. Und Sex ohne Liebe und Verantwortung tut das Gleiche. Er zerreißt die Seele. Entzweit, anstatt zu vereinen. Auch das ist nicht gut."

„Womit wir wieder bei mir wären."

„Die du mit beidem einen falschen Umgang gepflegt hast."

„Genau."

„Und wie ist es jetzt?"

„Hm... Alkohol trinke ich eigentlich so gut wie keinen mehr. Mal, wenn wir essen gehen. Und Sex... äh..."

„Habt ihr eine ganze Menge."

„Ja..."

„Du und Nils."

„Ja..."

„Die ihr verheiratet seid."

„Ja..."

„Dir ist schon klar, dass deine Scham vollkommen unangebracht ist."

„Nein..."

„Steht in der Bibel irgendwo eine Begrenzung? Wieviel Sex ein verheiratetes Paar haben darf? Pro Jahr oder Woche oder Stunde?"

„Stunde?"

„Nein. Steht da nicht. Ihr dürft das tun, wann ihr wollt, wie ihr wollt, wo ihr wollt... gut – letzteres unterliegt gewissen menschlichen Regeln. Aber der Punkt ist: Die einzige Regel von meiner Seite ist die Liebe. Dann ist alles in Ordnung. Und auch dafür musst du dich nicht schämen."

„Ich bin verwirrt."

„Davon?"

„Von den Zusammenhängen. Meine Sprachprobleme konnte ich ja noch so halbwegs einordnen. Aber das jetzt...?"

„Jede Erfahrung, die du machst, bewirkt Erkenntnisse. Du hast es ‚schlimm getrieben' für ein paar Jahre. Rückschau – nicht so schön. Aber was hat das bewirkt? Dass du Jahre später sagen konntest: das war schlecht. Da will ich nie wieder hin. Ich stärke meinen Willen. Ich erlege mir selbst Regeln auf. Ich setze mir Grenzen. Gute Grenzen. Sinnvolle Grenzen. Nils und du, ihr habt ein ziemliches Chaos angerichtet vor eurer Heirat. Aber am Ende hat es funktioniert. Alles ist gut geworden – Happy End. Warum? Weil du die Erfahrungen deines Lebens zusammengepackt, daraus ein Bild geformt und gesagt hast: Dieses Bild ist richtig und daher die Grundlage für mein Leben. Du hast dich auf nichts eingelassen, was nicht gut war."

„Äh..."

„Ich bleibe dabei. Du hast dich aber auch nicht darauf eingelassen, ihn einfach aufzugeben. Vielleicht wirst du es eines Tages bereuen, keine riesige Hochzeit gehabt zu haben. Aber du bist jetzt am richtigen Ort und alles, was in deinem Leben passiert ist, war ein Teil des Weges, der dich dort hingeführt hat."

„Das verstehe ich. Mehr aber auch nicht."

„Dann weiten wir jetzt mal den Fokus. Nehmen dein gesamtes Leben. Gilt das, was ich gerade beispielhaft erklärt habe, dort nicht überall? Bist du nicht eigentlich in allem dort, wo du sein sollst?"

„Nein. Das müsstest du doch am besten wissen."

„Das ist eine Formalie. Gaben gibts per Fingerschnippen."

„Echt?"

„Bildlich gesprochen. Aber ich rede von deinem Inneren. Du magst das Gute in deiner Vergangenheit nicht sehen. Aber das ist emotional. Betrachte es mal sachlich."

„Hatten wir nicht gerade vor kurzem das mit dem Herzen?"

„Schließt sich nicht gegenseitig aus. Ich will nicht, dass du zurückgehst. Nur schaust. Dein Leben. All die dunklen Stunden. Du hast sie dir verziehen. Und kannst daher auch anderen ihre dunklen Stunden verzeihen. Ist dir noch nie aufgefallen, dass es bei euch seit Beginn eurer Arbeit nicht ein einziges Gespräch dazu gab, dass euch die Leute anwidern, denen ihr helfen sollt? Dass ihr nicht zu ihnen gehen wollt, weil sie dreckig sind und stinken, ihre Mitmenschen quälen oder gar Verbrechen begehen? Eure Abscheu richtet sich gegen die Dämonen. Und nur gegen sie. Wie kommt das? Ich kann es dir sagen: Es ist ein Teil von dir. Dass du das kannst. Weil du tief in deinem Inneren weißt, wie schnell man tief sinken kann und wie schwer es ist, wieder nach oben zu kommen. Weil du dich selbst siehst – eine ganz normale Frau – und weißt, dass es im Leben dieser ganz normalen Frau Momente gab, die zum Schämen sind. Das hilft dir. Barmherzigkeit zu empfinden. Anderen gegenüber. Und auch das ist nur ein Bereich. Es gibt noch so viel mehr. Alle deine Eigenschaften sind wichtig für eure Arbeit. Und alle deine Eigenschaften sind Teil deiner Geschichte. Deine Eltern. Du magst momentan Stress mit ihnen haben. Aber waren sie jemals nicht für dich da? Haben sie dich jemals eingegrenzt? Dir etwas nicht zugetraut? Dich bevormundet? Sie haben dich erzogen. Natürlich. Aber sie haben dich auch zu dem gemacht, was du bist. Eine selbstbewusste Frau. Die ohne mit der Wimper zu zucken die Aufgabe auf sich nimmt, ein Team zu formen. Und es auch anzuführen. Ihr hattet nie einen wirklichen Bestimmer. Braucht ihr auch nicht. Aber du bist die, auf die sie schauen, wenn es ernst wird. Weil du die bist, die dann den entscheidenden Schritt tut. Und das so automatisch, das dir momentan ‚Das stimmt doch gar nicht' auf der Zunge liegt."

„Das stimmt allerdings."

„Du merkst es nicht einmal. Das ist eigentlich der Idealzustand. Weswegen ich es dir nur bedingt gerne sage. Aber momentan haben wir gar keinen Zustand. Daher muss ich dieses Zugeständnis machen. Und das Risiko auf mich nehmen, dass es schwieriger wird, dadurch dass du dir dessen nun bewusst bist."

„Du denkst, ich werde arrogant."

„Ich denke, du wirst unsicher. Weil du nicht arrogant werden wirst."

„Du kannst mich führen."

„Nur zu gerne. Aber du musst mich lassen."

„Nur zu gerne."

„Das wollte ich hören. Dann kann ich jetzt mit dem Finger schnippen."

„Wirklich?"

„Nein. Du freust dich – das ist gut. Aber wenn ich das Gespräch jetzt so drehen würde, dass diese eine Aussage zu dieser einen Situation eine Gesamtzustimmung darstellt, wäre es wieder nur Manipulation. Und nicht nur eine, die kurzfristig mal über ein paar Sätze stattfindet. Das hier soll deine Entscheidung sein. Freier Wille. Immer wieder anstrengend für mich. Ich sage dir offen, wozu ich tendiere: zur Vernunft. Ich habe dich dein ganzes Leben auf diese Aufgabe vorbereitet. Habe dir Eltern vorangestellt, die dir all das beibringen und auch vorleben, was du brauchst. Und da gehört auch – kein Protest bitte – ihr Umgang mit ihrer Trennung hinzu. Sie sind auseinandergegangen, bevor sie angefangen haben, sich zu hassen. Sie waren ehrlich mit sich bis zu dem Punkt, wo es sie entzweit hat. Es ist sehr, sehr traurig, dass sie es nicht geschafft haben, sich zusammenzuraufen. Aber das, was sie jetzt haben, ist das Beste, was sie unter diesen Umständen kriegen konnten. Und es ist beim besten Willen nicht der leichte Weg. Sie arbeiten hart dafür, diesen Status zu erhalten. Diesen Frieden miteinander. Und das – wohlgemerkt – bisher ohne meine Hilfe. Das schaffen selbst mit mir nicht viele. Alleine noch wesentlich weniger. Rechne ihnen das an. Trotz deiner Enttäuschung. Du siehst sie als abschreckendes Beispiel. Tu das nicht. Sieh sie als gutes Beispiel. Wie man mit Krisen umgeht, die nicht mehr überwindbar sind."

„Scheinen."

„Ja. Scheinen ist vielleicht das bessere Wort. Aber das kommt auf den Standpunkt an. Von außen lässt sich ‚scheinen' immer leichter sagen. Und wie gesagt: Wenn ich nicht mitkämpfen kann, ist der Kampf immer härter. Sie schlagen sich tapfer. Unterstütze sie, anstatt sie zu verurteilen. Doch wir kommen von dir weg. Heute geht es ausnahmsweise mal um dich. Deine Aufgabe. Du hast alles bekommen, was du dafür brauchst. Dich aber entscheiden, sie nicht mehr auszuüben. Damit ist alles, was du bekommen hast, vergeudet. Nicht, weil du nicht auch andere Sachen tun könntest. Sondern weil es dieses eine ist, das du tun sollst. Dafür habe ich dich auserwählt. Niemand kann das so gut wie du. Niemand ist so gut dafür geeignet wie du."

„Plan B?"

„Das hat es euch angetan, nicht wahr? Davon höre ich bei euch ständig. Natürlich könnte ich einen Plan B basteln. Der so aussähe, dass es jemand übernimmt, der eigentlich für etwas anderes bestimmt ist. Bei Z könnte ich jetzt das Musikbeispiel bringen mit der Band, wo der Schlagzeuger zum Sänger wurde und..."

„Ich verstehe es auch so. Jeder hat seine Aufgabe. Was heißt, dass keiner keine Aufgabe hat. Und wenn einer ausfällt, muss ein anderer zwei Aufgaben machen."

„Sehr richtig. Und sehr wohl formuliert."

„Manchmal klappt sogar das."

„Geraldine?"

„Gott?"

„Machen wir Nägel mit Köpfen. Bist du bereit, deinen Platz in meinem Plan wieder einzunehmen?"

„Das bin ich."

„Das freut mich. Dann werde ich gleich wieder ‚Play' drücken."

„Halt. Wie geht es weiter?"

„Nils wird dir um den Hals fallen und dir sagen, was er sich für Sorgen um dich gemacht hat. Du wirst ihn beruhigen. Die Ärzte werden auf euch einreden, aber ihr werdet kein Wort davon mitbekommen. Ihr werdet zurück ins Hotel fahren und euren Urlaub beenden. Und wenn du wieder zuhause bist... warte einfach ab. Du wirst schon sehen, was passiert."

„Na danke."

„Bin ich der Erzähler?"

„Könntest du sein."

„Das Leben erzählt sich selbst. Und für die Teile, die es nicht tun, habe ich eine Erzählerin."

„Wohl besser so."

„Auf jeden Fall."

„Dann..."

„Dann nur noch eine letzte Sache. Passend zu dem, was Katiana und Steve dir schon gesagt haben: Ich bin nicht dein Arbeitgeber. Ich bin dein Vater. Ich will nicht, dass du dich einfach nur an meine Regeln hältst. Ich will eine Beziehung mit dir, eine Freundschaft. Die nicht nur Gebete beinhaltet, wenn Bedarf besteht. Sondern Gespräche, wann immer sich die Gelegenheit bietet. Über alle möglichen Themen, nicht nur die problematischen. Okay?"

„Absolut okay."

„Schön. Ich liebe dich. Play."

81

Die ersten paar Tage waren sehr angenehm. Sie hatten beide frei. Und konnten es sich gutgehen lassen. Als Jonathan dann allerdings vorschlug, in Urlaub zu fahren, wehrte Annie ab:

„Ich habe keinen Job und lebe von einer festen Summe, die ich mir gut einteilen muss. Und du hast auch keinen Job und lebst von dem, was du in den letzten Jahren angespart hast."

„Ich werde wieder einen Job bekommen. Ich habe doch sogar schon Sachen in der Pipeline." versuchte er, sie zu beruhigen. Doch sie blieb standhaft:

„Und wenn eine davon aus der Pipeline rauskommt, können wir gerne in Urlaub fahren."

„Wenn das passiert, gehe ich arbeiten." brummelte er.

„Du gehst doch nicht hin und unterschreibst einen Vertrag und fängst direkt am nächsten Tag an."

„Das stimmt."

„Also machen wir das so." legte Annie fest, „du suchst und so lange sparen wir. Wirst du fündig, fahren wir weg."

„Dann sollten wir aber jetzt schonmal überlegen, wohin."

„Wohin? Mir doch egal."

Jonathan runzelte die Stirn: „Ist das eine gesunde Einstellung?"

„Das klang härter, als es gemeint war." entschuldigte sie sich, „ich war bisher einfach noch nie weit weg. Mit Ko... meinem Ex-Freund war ich immer nur irgendwo im Umkreis. Holland, Schweiz, Tschechien. Das muss nicht nochmal sein – das kenne ich alles schon. Aber ansonsten bin ich komplett offen."

„Dann..." Jonathan wippte eine Weile mit dem Kopf, „Singapur."

„Singapur? Wo hast du das denn jetzt hergezaubert?"

„Da war ich noch nie."

„Und sonst schon überall." schnaubte Annie spöttisch. Jonathan allerdings nickte:

„Einer der Vorteile, wenn man beim Fernsehen arbeitet. Sie schicken einen ganz schön rum."

„Diesen Satz habe ich von dir bisher ausschließlich mit negativer Betonung gehört."

„Mag sein." überlegte er, „hat auch nicht immer Spaß gemacht. Aber zwischendurch gab es schon auch Momente, wo man die Arbeit mal vergessen konnte. An die erinnere ich mich gerne. Und ich war noch nicht überall. Aber ich muss auch nicht überall hin. Es gibt Länder, die reizen mich und welche, die tun es nicht."

„Und momentan reizt dich nur dieses eine."

„Nein. Mich reizt noch mehr. Aber das steht ganz oben."

„Nun gut." Annie hob die Hände, „wegen mir. Dann fahren wir nach Singapur. Kommt man da mit dem Auto hin?"

Jonathan verzog den Mund: „Schon. Dauert ungefähr..."

„Das war ein Scherz."

„Ach so."

„Nur, dass ich noch nie weit weg war, heißt ja nicht, dass ich mich auf der Weltkarte nicht auskenne." Sie zwinkerte ihm zu, „ich weiß schon, dass das große ganz links unten Aschabaschanien ist."

„Du bist echt durchgeknallt." lachte er.

„Das stimmt. Das wird bestimmt spaßig im Urlaub."

Er kratzte sich am Kinn: „Vielleicht sollten wir doch ein Land nehmen, in dem es weniger Regeln gibt."

„Ich spucke keine Kaugummis auf den Boden." erwiderte Annie entrüstet, „ich kaue ja nicht mal welche."

Jonathan legte den Kopf schief: „Du kannst dich also benehmen, wenn du willst."

„Hast du doch bestimmt schon mitgekriegt."

„Ja... lass mich überlegen..." Er presste sich übertrieben zwei Finger an die Schläfe, „letzte... nein, vorletzte Woche... da war was. Ja."

Annie tippte sich an selbige: „Depp."

„Zicke."

„Zacke."

„Eiterbacke."

Annie prustete los: „Eiterbacke?"

„Habe ich mir gerade ausgedacht." erklärte Jonathan lächelnd, „das andere wollte ich nicht sagen. Das ist ein Bäh-Wort."

„Ein Bäh-Wort. Auch nicht schlecht."

Sein Lächeln wurde fragend: „Was machen wir dann jetzt?"

„Dann jetzt?"

„Ich meine – bis zum Urlaub."

„Du..." Sie bohrte ihm den Zeigefinger in die Rippen, „suchst nach einem Job. Sonst gibt es gar keinen Urlaub."

„Und was machst du?"

„Absolut gar nichts." Annie verschränkte die Arme hinter dem Kopf und lehnte sich zurück. Worauf Jonathan einen tiefen Seufzer ausstieß:

„Oh Freude."

Annie grinste breit: „Die werde ich haben."

82

Doch aus dem gar nichts machen wurde nichts. Denn schon am nächsten Tag bekam sie eine Einladung von Steve und Katiana, die sie natürlich annahm – wenn auch mehr wegen der Kinder. So saß sie einige Tage später bei ihnen auf der Couch. Während die Kinder oben spielten.

„Du würdest gerne mit ihnen spielen, oder?" fragte Katiana, die ihre verstohlenen Blicke zur Zimmerdecke bemerkte.

Annie nickte: „Schon. Aber nicht, weil ich nicht mit euch hier sitzen möchte."

„Das ist gut. Denn heute ist sitzen dran. Spielen kannst du wann anders."

„Okay. Was gibt es denn?"

„Wir haben einen Auftrag bekommen." begann Steve – in der Hoffnung, dass Annie darauf direkt ansprang. Tat sie auch. Allerdings nicht so, wie er das gewollt hatte:

„Oh. Das freut mich. Was denn? Soll ich dann auf die Kinder aufpassen?"

„Es ist nicht so ein Auftrag. Wir müssen dafür nicht weg. Wir können ihn von hier aus erledigen."

„Und er geht schnell." fügte Katiana hinzu, „du bist die zweite von drei. Dann sind wir fertig."

„Zwei von drei." Annie zog eine Schnute, „dann kann ich mir ja schon denken, um wen es geht."

„Sollte auch kein Geheimnis sein." erklärte Katiana, aber Annies Ausdruck blieb:

„Ihr wollt uns wieder zusammenbringen."

Steve schüttelte den Kopf: „Ganz im Gegenteil. Wir wollen euch animieren, auseinander zu bleiben."

Das überraschte Annie dann doch ziemlich: „Seid ihr sicher, dass ihr das richtig verstanden habt?"

„Monique war sehr deutlich." nickte Katiana.

„Monique."

Ein weiteres Nicken: „Sie hat etwas bekommen. Für uns. Was wir tun sollen. Damit ihr etwas tut. Jeder für sich."

„Im Grunde hat sie also etwas für euch bekommen." ergänzte Steve, „wir sind nur die Überbringer."

„Die Anstoßer."

Annie schürzte die Lippen: „Dann lasst mal hören."

Steve räusperte sich: „Ihr habt euch immer sehr intensiv mit Gott beschäftigt. Mit allen seinen Facetten. Gerade wir haben viele Gespräche geführt zu verschiedensten Themen. Ihr habt auch mit anderen geredet. Ihr habt sehr viel verstanden. Aber verstehen kann man nur mit dem Verstand. Gott ist nicht nur im Verstand. Er soll auch im Herz sein. Und da ist er bei euch noch nicht."

„Nicht?"

„Vielleicht denkst du da jetzt anders zu. Vielleicht siehst du Gott da schon von deiner Seite aus. Aber er sieht es noch nicht."

„Fühlst du Gott?" warf Katiana ein.

Annie kniff die Augen zusammen: „Wie meinst du das?"

„Siehst du – genau das ist es. Gott kann man auch fühlen. In sich. Das ist das, was geschehen soll."

„Und wie geschieht das?"

„Individuell." antwortete Steve, „komm zur Ruhe. Öffne dich. Höre. Lausche. Auf seine Worte. Besonders die ganz leisen. Und taste. Mit deinem Geist. Es wird etwas passieren."

„Klingt vage." stellte Annie fest.

„Ist vage. Aber versuch mal, jemandem deine Gefühle für Jonathan zu erklären."

„Das wäre nicht vage."

Katiana lächelte: „Aber es würde klingen wie ein Auszug aus dem Drehbuch eines Disney-Films."

„Das stimmt allerdings." kicherte Annie.

„So könnte ich auch beschreiben, was ich dir sagen will." hakte Steve dort ein, „ich mag die vage Art lieber."

Annie hob die Hände: „Sei dir gegönnt."

„Danke."

„Ist das denn alles?" Annie sah die beiden unsicher an, „einfach Ruhe und Hören?"

Steve fuhr sich übers Kinn: „Ja und nein. Ruhe und Hören reicht. Aber wie gesagt – seine Stimme ist oft leise. Und es gibt eine Menge Störgeräusche. Von außen, die dich ablenken. Aber auch von innen, die deine Hörfähigkeit beeinträchtigen. Was das ist – weißt nur du. Aber je mehr du davon abstellst, desto besser kannst du ihn hören."

„Das sind zum Beispiel?"

„Sachen, die dich belasten." führte Katiana aus, „die dir Kummer machen. Die dich wütend machen. Stimmen in dir, die dir Sachen zuflüstern. Oder dich gar anbrüllen. Ich denke, du kennst das, oder?"

Annie nickte traurig: „Ich kenne das."

„Siehst du. Finde davon Ruhe. Mache Frieden damit. Schließe es ab – soweit es geht. Dann bist du freier. Und empfänglicher."

„Soll ich das jetzt hier machen?" Ein leicht panischer Ausdruck erschien auf Annies Gesicht – den Steve sogleich zu beruhigen versuchte:

„Nein. Wir mögen diese Aufgabe grundsätzlich auch haben, aber für euch sind wir nicht zuständig. Unser Part endet hier. Du hast Leute, die dir zur Seite stehen. Geh zu ihnen. Oder mach es alleine. Nicht alles muss besprochen werden. Manches geht auch so."

Annie atmete durch: „Dann werde ich mal schauen, was so geht und was nicht."

„Das klingt doch gut." freute sich Katiana.

„Und dann werde ich es wegschaffen."

Steve freute sich mit: „Genau das wollten wir hören."

83

„Ich dachte, ich kenne dich besser als jeder andere. Und trotzdem hast du immer wieder Überraschungen parat." Maximilian lächelte amüsiert – Annie dagegen war gar nicht nach Lächeln zu Mute:
„Glaub mir: Wenn ich dir das erzählt habe, wirst du denken, du kennst mich überhaupt nicht."
„Hm..." machte er gedehnt – und ließ sie dann reden.
Nachdem Annie geendet hatte, sah Maximilian sie lange an. Dann legte er die Finger zusammen:
„Ich gebe zu – ganz so abwegig war deine Aussage nicht. Zumindest auf den ersten Blick. Auf den zweiten jedoch..."
„Ja?" hakte sie unsicher nach, als er nicht weitersprach. Maximilian blickte abwesend aus dem Fenster. Schließlich gab er sich einen Ruck:
„Ich kenne dich seit dem Moment, wo wir uns kennengelernt haben."
„Das... ist meistens so." stellte Annie verwirrt fest.
„Ich meine: Du persönlich bist seit einem Punkt X hier gespeichert." Er tippte sich an den Kopf, „und seitdem wird hinzuaddiert. Persönliche Erfahrungen und Geschichten. Das eben war eine Geschichte. Die befremdlich ist. Weil sie mit anderen Geschichten kollidiert, die ich von dir gehört habe. Aber die Erfahrungen werden dadurch nicht berührt. Du bist und bleibst die Annie, die mir damals vors Auto gelaufen ist."
„Danke für die Erinnerung." brummte sie missmutig.
„Ich will damit sagen: Du brauchst dich nicht zu schämen. Du brauchst dich nicht zu fürchten. Ich habe deine Teeniezeit verkraftet. Also verkrafte ich auch deine Kindheit."
„Das ist beruhigend." Annie schenkte ihm ein Lächeln, das allerdings sofort wieder verschwand, „und was kommt jetzt?"
„Warum hast du es mir erzählt?" lautete seine Gegenfrage.
„Weil ich glaube, dass es an der Zeit ist, dass ich es loswerde."
„Ausspreche."
„Abhake."
„Hm... abhake..." Maximilian wiegte den Kopf hin und her, „ich kann dir helfen, es mit Gott ins Reine zu bringen. Vergebung zu bekommen. Aber du weißt, dass da etwas fehlt. Dass wir damit – zum X-ten Mal – zu dem

riesengroßen Heißluftballon zurückkehren, der über deinem Leben schwebt."

Annie ließ den Kopf hängen: „Ich hatte es befürchtet."

„Und du liegst richtig damit. Das wirst du nur abhaken können, wenn du zu ihnen gehst. Mit ihnen sprichst. Es ihnen erklärst. Sie um Vergebung bittest."

„Können wir mit Gott anfangen?"

„Immer. Aber danach machen wir weiter. Kein Aufhören dieses Mal."

„Aber..." setzte sie an, doch Maximilian würgte sie ab:

„Annie, wirklich. Du hampelst mit ihnen rum, seit wir uns kennen. Ich habe nie so wirklich gewusst, was zwischen euch war. Nur, dass es hart für dich gewesen sein muss. Und ich habe dich in Ruhe gelassen. Mal ein Wort hier und ein Versuch da. Aber ich habe dein Abwiegeln immer akzeptiert. Jetzt allerdings... wenn du wirklich willst, dass dieser Brocken verschwindet... es geht einfach nicht anders."

„Ich werde mich damit beschäftigen, einverstanden? Zu ihnen zu gehen. Ganz konkret." Ihr Ton war hart und Maximilian erkannte, dass er weiter nicht gehen konnte:

„Letzten Endes ist es deine Entscheidung. Ich kann dir nur dringend dazu raten."

„Das hast du getan. Und ich bin dir dankbar dafür. Aber ich muss mir die Zeit nehmen, mich darauf einzustellen. Das geht nicht einfach von heute auf morgen."

Er seufzte: „Das kann ich mir vorstellen. Okay. Lass es uns vor Gott bringen. Und dann nimm seinen Segen mit nach Hause. Und den Gedanken, wie du es ein für alle Mal loswerden kannst."

84

Auch Jonathan wusste nicht viel von Annies Eltern. Genug jedoch, um zu erkennen, dass die Aufgewühltheit, die sie von ihrem Treffen mit Maximilian mitbrachte, nicht einfach so vorbeigehen würde. Daher entschloss er sich, Maßnahmen zu ergreifen, die sie auf der einen Seite entspannten und ihr auf der anderen Seite halfen. So fand sie sich wenige

Tage später in Bayern wieder – mit ihm zusammen – im Haus seiner Eltern. Mit denen er sich prächtig verstand. Und sie ziemlich schnell ebenfalls, wie er erfreut feststellte.

„Hast du mich deshalb hergebracht?" fragte sie ihn am zweiten Tag, „damit ich funktionsfähiges Familienleben sehe?"

Er nickte leicht: „Meine Eltern sind sehr umgängliche Menschen. Ich wusste, dass ihr euch mögen würdet. Und ich wollte, dass du siehst, wie wertvoll sie sein können. Nicht sie speziell, sondern Eltern im Allgemeinen."

„Damit ich neidisch werde."

„Damit du etwas hast, was du bei deinen Eltern positiv sehen kannst. Das können sie für dich auch sein. Wenn du das willst. Sie wollen das bestimmt."

Annie zog die Brauen hoch: „Wie kommst du darauf?"

„Sie sind deine Eltern." erwiderte er knapp.

„Das heißt, wir spielen jetzt ein paar Tage heile Welt. Und dann mache ich zuhause damit weiter."

Jonathan schüttelte den Kopf: „Sie gehen ab morgen wieder ganz normal arbeiten. Wir werden sie nur morgens und abends sehen. Den Rest der Zeit hast du frei."

„Wir." verbesserte sie.

„Nein. Du." beharrte er, „wenn du die Zeit mit mir verbringen willst – sehr gerne. Wenn nicht – nutze sie für dich. Das ist der Hauptgrund unseres Hierseins: Du kannst morgens früh aufbrechen und den ganzen Tag laufen. Berge rauf. Berge runter. Oder einfach geradeaus. Mach wie du denkst. Nur... mach. Damit du wieder glücklich wirst."

Annie griff nach seinen Händen: „Danke."

„Bitte. Gerne."

„Und was machst du in der Zeit?"

Er zuckte die Achseln: „Ausruhen. Nachdenken. Über nicht ganz so schwierige Themen. Wie zum Beispiel, ob ich das Angebot annehme, das ich bekommen habe. Und mit Waldemar muss ich reden."

„Weil?"

„Er Beziehungsprobleme hat."

Annie zog amüsiert die Mundwinkel nach oben: „Sowas aber auch."

„Keinen Spott." entgegnete Jonathan streng.

„Niemals."

Annie tat wie geheißen und nutzte die gemeinsame Zeit, um das Familienleben auf sich wirken zu lassen und die freie Zeit, um die Natur auf sich wirken zu lassen und ihren Gedanken nachzuhängen. Sie waren ungeordnet und extrem emotional und strengten sie daher an. Immer wieder kam sie an den Punkt, an dem sie am liebsten aufhören wollte, sich damit zu beschäftigen. Jedes Mal zwang sie sich dazu, es nicht zu tun, kam dann aber trotzdem nicht weiter. Und dann geschah etwas, was alle diese Sachen komplett aus ihrem Kopf vertrieb: Sie erklomm einen der Berge, der sich nach einiger Zeit als zu steil für sie erwies. Da sie allerdings nicht zu schnell wieder zurückkehren wollte, schlug sie statt dem Pfad zurück nach unten einen anderen ein, der sie um den Berg herum und in ein Tal auf der anderen Seite führte, in dem sich ein kleines Dorf lag. Friedlich breitete es sich vor ihr aus und ein Blick auf das Ortsschild zeigte ihr, dass sie von hier problemlos wieder nach Hause kam, wenn sie einfach die herausführende Straße entlangging. Also beschloss sie, sich das Dorf ein wenig anzuschauen, folgte der Hauptstraße bis zum Ende, bog dann auf eine kleinere Straße ab, die ein wenig den nächsten Berg hinaufführte und stand dann schließlich vor einer Kirche. Die sie sofort erkannte. Obwohl sie noch nie hier gewesen war. Zumindest in der Realität. In ihrem Kopf dagegen schon mehrfach. Es war die Kirche aus ihrer Vision. Die Kirche, in der sie sich hatte heiraten sehen. Sie stand einfach da und Annie davor. Und nur ganz langsam wurde sie sich der Tragweite ihrer Entdeckung bewusst. Das war der Ort. Nur wenige Kilometer von dem Ort entfernt, in dem die Eltern ihres Freundes wohnten. Bei dem sie sich die ganze Zeit über zurückgehalten hatte, ihn als den Mann zu betrachten, der in diese Vision gehörte. Aber nun schien es klar, dass er es war. Er war der Richtige. Ihn würde sie heiraten. Hier. In dieser Kirche. In seiner Heimat. Diese Erkenntnis traf sie wie ein Schlag und alles andere verblasste. Sie konnte an nichts anderes mehr denken und verbrachte die restlichen Tage ihres Aufenthaltes ausschließlich damit, ihre Ekstase ob dieser Entdeckung zu zügeln. Jonathan fiel das nicht auf, denn er sah keinen Unterschied. Für ihn war sie nach wie vor abwesend und angestrengt. Und sie hütete sich strengstens, ihm etwas davon zu erzählen. Sie wollte nicht, dass er sich unter Druck gesetzt fühlte. Sie waren noch längst nicht an dem Punkt, wo er um ihre Hand anhielt. Und wenn es geschah, dann nicht, weil er glaubte, eine Vision erfüllen zu müssen, sondern weil er es wirklich wollte. Das, was ihr schließlich half, war die Gewissheit. Dass es so kommen würde. Es konnte gar nicht anders sein. Die Vision stand. Genauso fest wie diese Kirche. Und sie musste einfach nur darauf warten, dass sie sich erfüllte. Dieser Gedanke erfüllte sie mit Freude. Eine Freude, die man ihr auch anmerkte, denn als sie wieder nach Hause fuhren, sah Jonathan sie an und sagte:

„Du bist weitergekommen, oder?"

Sie strahlte ihn an: „Und wie."

Das stimmte natürlich nicht in Bezug auf das, weswegen sie hergekommen waren. Doch dieses Thema war für sie jetzt wieder ganz weit weg. Es konnte warten. Jetzt lag ihre Priorität komplett woanders. Und unter Umständen bedingte das eine ja das andere. Denn was gab es besseres als Vorwand, den Kontakt zu ihren Eltern wieder herzustellen, als eine bevorstehende Hochzeit.

85

Eine Woche später ging es los. Denn auch Jonathan war in der Zeit bei seinen Eltern ein Stück weitergekommen und hatte das ihm vorliegende Jobangebot angenommen. Der Vertrag war nun unterschrieben, was Annie sehr beruhigte, und so konnte sie sich voller Vorfreude bei Waldemar auf der Rückbank zurücklehnen, als er sie zum Flughafen brachte. Er fand keinen Parkplatz und ließ sie daher in einer der Taxibuchten aussteigen. Doch das war okay, denn sie hatten nicht viel Gepäck dabei. Das Wetter war laut Vorhersage in den nächsten Wochen relativ gleichbleibend und so würden sie mit wenigen Sachen klarkommen. Zumal weder Annie noch Jonathan den Drang verspürten, durch die Clubs oder feinen Restaurants zu tingeln. Sie würden am Pool liegen und die Stadt erkunden. Alles Sachen, die man problemlos in bequemen – und vor allem kurzen – Sachen erledigen konnte.

Der Flug war sehr angenehm – obwohl Annie noch nie so lange geflogen war. Die Luftfeuchtigkeit vor Ort haute sie allerdings erst einmal um. Jonathan war das von anderen Aufenthalten in der Region gewöhnt und kümmerte sich daher darum, dass sie sicher ins Hotel kamen. Fast drei Tage verbrachte Annie auf ihrem Zimmer, bevor sich ihr Körper an das Klima gewöhnt hatte. Dann jedoch war sie voller Eifer und sie füllten ihre Tage mit jeder Menge Programm. Sodass sie nach knapp der Hälfte der Zeit alles gesehen hatten, was sie hatten sehen wollen.

„Prima." Annie rieb sich die Hände, „dann den Rest am Pool. Und vor allem..." Sie deutete breit grinsend auf den Teller vor sich, „ganz viel Essen. Wozu hat man schließlich Vollpension?"

„Andersrum wäre es wesentlich sinnvoller gewesen." stellte Jonathan trocken fest.

„Erst die Arbeit, dann das Vergnügen?"

„Erst den Bauch anfuttern, dann den Bauch ablaufen."

Annie zog eine Schnute: „Ich kriege keinen Bauch. Ich kann essen, so viel ich will."

„Natürlich." grinste er, „natürlich."

„Glaubst du mir nicht?"

„Du musst es nicht beweisen." wehrte er hastig ab – doch es war zu spät: „Werde ich aber."

„Aber nur, bis du satt bist. Nicht, dass dir schlecht wird."

Sie tätschelte ihm über den Tisch hinweg die Wange: „Wie ein alter Mann, wirklich."

„Ich bin älter als du. Das heißt..." Er stutzte, „bin ich älter als du?"

„Du bist älter als ich." bestätigte sie, „ich habe nachgeschaut."

„Nachgeschaut?"

„In deinem Ausweis. Gleich am Anfang. Ich musste doch wissen, ob ich mir einen ernstzunehmenden Kerl angelacht habe oder einen Toyboy."

„Na danke." schnaubte er, „ich hätte ja gehofft, meine Intellektualität würde diese Frage klären."

„Ja – die Hoffnung hatte ich auch." Annie seufzte übertrieben, „hat nicht lange gehalten."

Nun deutete er auf ihren Teller: „Iss, Kindchen. Dann ist dein Mund voll und du kannst nicht mehr reden."

„Aber auch nicht mehr küssen."

Jonathan lachte auf: „Darauf lasse ich mich ein."

Sie aßen immer nur so viel, wie sie schafften. Und merkten im Laufe der Zeit auch, das komplette Bewegungsfaulheit den Hunger bremste. Was wiederum dafür sorgte, dass Annie wirklich keinen Bauch bekam. Am vorvorletzten Tag stand Annie auf dem Balkon ihres Zimmers und blickte in die Ferne:

„Schade. Übermorgen geht es schon wieder heim. Ich könnte gut und gerne noch zehn Wochen hierbleiben."

„Ich auch." stimmte Jonathan zu und trat neben sie, „aber ich musste mir ja diesen Job suchen."

Sie fuhr herum: „Musste? Gibst du mir gerade die Schuld daran?"

„Aus Spaß." versicherte er.

„Das will ich aber auch gehofft haben."

An diesem Abend passierte es. Sie standen in der Schlange zum Buffet und Annie machte noch einen Scherz darüber, dass auf einer der Platten etwas zu liegen schien, was sie bisher noch nie probiert hatte. Da wurde ihr schwarz vor Augen und sie kippte um. Jonathan fing sie auf. Und ließ seinen Teller dabei fallen. Er war leer, doch er zersprang auf dem Boden und der Lärm erregte die Aufmerksamkeit eines Kellners. Der sofort die Notrufnummer wählte. Von den bangen Minuten, bis der Notarzt eintraf – in denen Jonathan krampfhaft und vergeblich versuchte, sie zu Bewusstsein zu bekommen; von der Fahrt ins Krankenhaus und den anschließenden langwierigen Untersuchungen mit und in diversen Geräten; von den ausführlichen Gesprächen der Ärzte mit Jonathan; von dessen Panik und Tränen – von alledem bekam sie nichts mit. Sie fühlte es nicht. Und sie hörte es nicht. Sie hörte nur eins – eine Stimme:

86

„Hallo Annie."

„Hallo du. Oder muss ich dich siezen?"

„Dich siezen?"

„Ja... macht keinen Sinn."

„Aber zumindest scheinst du zu wissen, wer ich bin."

„Klar. Ich weiß nur nicht, ob ich es aussprechen darf."

„Tust du das nicht ständig?"

„Habe ich. Als ich noch am Leben war. Aber jetzt bin ich tot. Da gelten andere Regeln, oder?"

„Warum sollten da andere Regeln gelten?"

„Meisterschaft und DFB-Pokal."

„An dir ist eine Fußballexpertin verloren gegangen."

„Ja... die unwichtigen Dinge konnte ich mir immer am besten merken. Betonung übrigens auf ‚verloren'."

„Glaubst du, du bist verloren?"

„Bei dir? Nein. Aber auf der Welt. Ich meine... klar – wir haben den Dienst quittiert. Also sind wir für dich nichts mehr nütze. Aber es wird Leute geben, die mich vermissen."

„Das macht mich traurig."

„Was? Dass mich wer vermisst? Natürlich."

„Dass du glaubst, du wärst unnütz. Nur weil du nicht mehr machst, was du machen sollst."

„Ist doch so. Ein Staubsauger, der nicht mehr saugt..."

„Bist du ein Staubsauger?"

„Vielleicht."

„Du bist ein Mensch. Weiß ich ganz genau. Denn ich habe die Baupläne hier hängen. Und wenn ich sie mit denen des Staubsaugers vergleiche – die ich auch hier hängen habe..."

„Du verkohlst mich."

„Tue ich. Sollte die Stimmung aufheitern."

„Ich war in Urlaub. Jetzt bin ich tot. Das ist nun mal ein Stimmungs..."

„...killer?"

„Das war keine Absicht."

„Macht nichts."

„Wie geht es jetzt weiter?"

„Ich würde gerne ein bisschen was Paroli laufen lassen."

„Das war auch ein Fußballwitz."

„Stimmt."

„Ist das demjenigen gegenüber nicht respektlos?"

„Wenn ich es wiederhole?"

„Ja."

„Wäre es, wenn er sich dafür schämen würde. Tut er aber nicht."

„Das weißt du."

„Das weiß ich."

„Woher?"

„Äh..."

„Ja – blöde Frage. Aber was genau willst du denn... Revue passieren lassen?"

„Was bei dir so passiert ist."

„Bei mir?"

„Bei dir."

„Kannst du das nicht ohne mich machen?"

„Können – ja. Wollen – nein."

„Hatte ich befürchtet."

„Zunächst gebe ich dir aber etwas mit. So auf den Weg. Bleib dir treu."

„Treu?"

„Gegenüber den anderen."

„Geraldine und Z?"

„Ja. Ich habe es ihnen auch schon gesagt: Ihr macht euch lustig übereinander. Das ist gut."

„Das ist eine Aussage, die ich von dir nicht erwartet hätte."

„Dann lass es mich schnell erklären: Es besteht ein Unterschied zwischen Witz und Spott. Ihr kennt diesen Unterschied. Und seid instinktiv in der Lage, euch auf der Seite des Witzes zu bewegen. Hinzu kommt, dass sich keiner von euch über die anderen stellen kann. Und somit auch keiner unter den anderen steht. Ihr seid auf einer Ebene."

„Aber wofür sollten wir das brauchen?"

„Ihr macht euch damit Licht in der Dunkelheit, die euren Geist erfüllt."

„Dunkelheit?"

„Eure Arbeit. Sie bringt viel Dunkelheit mit sich. Und es wird mit der Zeit nur mehr werden."

„Okay. Bis hierhin konnte ich folgen. Aber nun... wir haben aufgehört – Punkt 1. Ich bin tot – Punkt 2. Die anderen sind... auch tot? Wenn du ihnen was ähnliches gesagt hast?"

„Sie sind nicht tot. Du bist nicht tot."

„Nicht tot? Das sagst du mir jetzt?"

„Hätte es etwas geändert, wenn ich es dir früher gesagt hätte?"

„Ich hätte mich besser gefühlt."

„Dann fühl dich doch jetzt besser."

„Du bist mir vielleicht einer."

„Ich mache Witze mit dir. Ich bin freundlich zu dir. Aber ich bin nicht irgendein Hansel und das hier ist kein Laientheater. Ich bin Gott und ich habe wichtige Dinge mit dir zu besprechen. Also sitz gerade und spitz die Ohren."

„Bist du sauer auf mich?"

„Nein. Aber der Ernst der Lage sollte dir trotzdem bewusst sein."

„Meiner Lage? Sterbe ich doch noch, wenn ich es falsch mache?"

„Nein. Du hast Pause in der Welt. Wenn die Pause vorbei ist, geht es dort für dich weiter. Ganz egal, was hier passiert. Aber das bist nur du. ‚Ernst der Lage' bezieht sich nicht auf dich. Es bezieht sich auf die Welt. Du bist nicht für jeden Menschen verantwortlich. Aber du hast Verantwortung. Eine Verantwortung, der du nicht nachkommst. Und daher werden andere Menschen sterben. Das sollte dir klar sein."

„Dann werde ich natürlich tun, was du verlangst."

„Nein. So nicht."

„So nicht?"

„Das hier ist kein Drohgespräch. ‚Mach es oder du kriegst Ausschlag.' Lass uns die Kurve vom Schroffen zum Netten wieder kriegen. Und lass uns wegen mir hinten anfangen: Mein Ziel ist es, dass ihr alle eure Entscheidung ändert. Wenn wir hier fertig sind, werdet ihr euch zusammenfinden und dort weitermachen, wo ihr aufgehört habt."

„Mit dem Zentrum?"

„Der Punkt, an dem ihr aufgehört habt, liegt für mich wesentlich früher."

„Oh."

„Weißt du eigentlich auch. Aber um die Kurve: Ich werde dich nicht zwingen. Nicht einmal überreden. Ich werde dich überzeugen."

„Wo ist der Unterschied?"

„Wenn ich dich überrede, machst du einfach, was ich sage. Weil du denkst, zu müssen. Wenn ich dich überzeuge, siehst du die Dinge so wie ich.

Freiwillig. Weil du zu dem Schluss kommst, dass meine Sichtweise die richtige ist."

„Kannst du nicht einfach in meinem Kopf schrauben, dass das passiert?"

„Willst du das?"

„Nein."

„Warum sollte ich es dann tun?"

„Weiß ich auch nicht. Geht schneller. Einfacher."

„Wenn ich euch einfach gewollt hätte, wärt ihr Schimpansen."

„Das ist hart."

„Für mich auch des Öfteren."

„Was tust du denn dann?"

„Ich werde dir zeigen, wo du bist. Und wo du herkommst. Und dann den Zusammenhang. Wie dich deine Entwicklung auf deine Bestimmung vorbereitet hat."

„Bestimmung? Kriege ich ein Laserschwert?"

„Dazu müsst ihr alle einen Kommentar abgeben, hm?"

„Alle?"

„Sollen wir anfangen?"

„Klar."

„Beginnen wir an einem Ort, der so aussieht, wie es hier aussieht – dunkel."

„Der da wäre?"

„Dein Zimmer."

„Mein Zimmer? Dunkel?"

„Du hast es oft dunkel gemacht."

„Wieso hätte ich das tun sollen? Und vor allem: wann? Ich war doch fast nie da."

„Natürlich. Nun denn – gehen wir weiter."

„Moment. Was?"

„Das ist ein Thema für einen anderen Tag."

„Nochmal an die Schwelle des Todes?"

„Das wird auch anders gehen."

„Verstehe ich nicht. Was ist denn? Hab ich was falsch gemacht?"

„Nein. Gar nicht. Es war mir nur wichtig, etwas auszuprobieren. Worüber du dir keine Gedanken machen musst. Wir werden uns damit beschäftigen. Später. Dieses Gespräch hier soll einen bestimmten Fokus haben. Wenn wir zu tief in andere Dinge einsteigen, verlieren wir ihn aus den Augen. Aber die Zeit wird kommen. Konzentrieren wir uns jetzt mal auf deine Gabe."

„Visionen. Danke nochmal dafür."

„Du warst nie glücklich damit."

„Wie kommst du darauf? Diese Bilder – schrecklich."

„Hast du Alpträume?"

„Nein."

„Hattest du Alpträume?"

„Das weißt du."

„Ja, tue ich. Aber ich will, dass du es auch weißt."

„Okay – ja."

„Wann war das?"

„Naja, so zwischen..."

„Nicht chronologisch. Von deiner Lebensart."

„Lebensart?"

„Ja. Kompliziert. Was ich sagen will: Du hattest Alpträume zu einer Zeit als du und ich ganz weit voneinander entfernt waren. Ich lasse niemandem im Stich. Aber wenn du dich abwendest, kann ich dir nicht helfen. Das ist dein freier Wille."

„Tolles Ding."

„Ich bin auch nur bedingt zufrieden damit. Aber er ist da und wir müssen alle damit leben. Was heißt: falsch Entscheidungen bringen schlechte Erfahrungen. Schau dir dein Leben an: Vom ersten Tag an habe ich dich darauf vorbereitet. Habe dir einen Geist gegeben, der die unendlichen Weiten der Phantasie ergründen kann. Der in der Lage ist, riesige Sprünge in einem einzelnen Schritt zu vollführen. Du hast dir so viel ausgedacht – schon als Kind. Nicht alles war sinnvoll, das gebe ich zu. Und du inzwischen ja auch. Gut so. Es gibt halt noch einige Leute, die..."

„Sie stehen auf meiner Liste. Gib mir Zeit."

„Das tue ich. Mach dir da keine Sorgen."

„Aber was hat meine Phantasie mit den Visionen zu tun?"

„Andere Menschen würden das nicht verkraften. Reizüberflutung nennt man das. Für dich ist das kein Problem. Du kannst damit umgehen. Sofern dein Geist nicht von anderen Dingen eingenommen ist, die dir nicht guttun und die dann auch einen negativen Einfluss auf diese Reize ausüben. Aber das ist etwas, was du ganz einfach steuern kannst. Bewusst steuern. Dann können die Bilder fließen und du kannst sie verkraften. Und das nicht nur in dem Moment, wo du sie bekommst. Sondern langfristig. Du hast den Test schonmal gemacht: Wie viele Visionen bleiben über den Zeitpunkt der Erfüllung hinaus? Was glaubst du, wie sehr dich andere Leute darum beneiden würden? Weil sie so viele Dinge einfach nicht loswerden."

„Geht mir an anderer Stelle auch so."

„Du kennst das – ich weiß. Aber überleg dir mal, was es bedeuten würde, wenn dich jede einzelne Vision noch zusätzlich verfolgt."

„Ich habe also mehr Verdauungspotential. Schön. Und?"

„Irgendwie ist das nicht so flüssig, gerade."

„Liegt nicht an mir. Ich habe kein Skript."

„Dann machen wir es anders. Es folgt: der berühmte Monolog. Von mir. Deine Aufgabe: still sein, aufpassen. Annie – ich habe dich auf eine ganz besondere Art und Weise geschaffen. So wie jeden, natürlich. Aber diese Art und Weise geht einher mit dem, was ich für dich geplant habe. Du gehörst in dieses Team. Das war das, was ich gesehen habe, noch bevor du geboren wurdest. Du nennst es Arbeit oder Auftrag. Ich nenne es Lebensinhalt. Alles, was in deinem Leben passiert ist, war darauf angelegt, dich hierher zu führen. An die Basis dieser Gruppe. Diejenige zu sein, die die Grundlage liefert. Das ist es, was ich von dir will. Das ist es, worauf ich dich vorbereitet habe in den letzten Jahren. Was ich von Anfang an wollte."

„Das war ein kurzer Monolog. Mit problemlos verständlichem Inhalt und mehreren seltsamen Formulierungen."

„Die dir natürlich nicht entgangen sind."

„Keineswegs. Erklärst du sie?"

„Nenn sie mir."

„Alles, was passiert ist, war darauf angelegt. Und: Was ich von Anfang an wollte."

„Gut aufgepasst. Sagt dir das irgendwas?"

„Nein. Du sollst mir was sagen."

„Entschuldigung. Ich wollte wissen, ob es in dir etwas auslöst."

„Nein."

„Das ist einerseits schlecht. Und andererseits gut."

„Lieber Gott – ich weiß, dass du gerne in Rätseln sprichst. Bitte heb es dir für einen anderen Tag auf."

„Es ist etwas in dir. Was dich an bestimmten Stellen blockiert."

„Dann heb die Blockade auf."

„Das kann ich nicht."

„Ich denke, du kannst alles."

„Ich werde jetzt etwas tun, was nur sehr selten und sehr ungern tue. Ich werde etwas zur Zukunft sagen."

„Oh. Zukunft. Immer."

„Glaubst du mir, dass ich einen Plan habe?"

„Für mich?"

„Für die ganze Welt."

„Ah. Ja. Für mich nicht?"

„Du bist Teil dieser Welt."

„Na dann."

„Ich habe einen Plan. Er ist wie ein riesiges Puzzle. Milliarden und Abermilliarden von Teilen. Und es ist ein Puzzle, bei dem eine Schwierigkeit hinzukommt. Ein Puzzle für Fortgeschrittene, sozusagen."

„Die da wäre?"

„Man kann nicht einfach jedes Teil, von dem man weiß, wo es hingehört, an seinen Platz legen. Man muss eine bestimmte Reihenfolge einhalten. Ihr drei – ihr seid Teil des Plans. Nicht alles, was das bedeutet, habe ich euch schon eröffnet. Auch das kann nur nach und nach geschehen. Und genauso gibt es Teile in diesem Plan, die euch betreffen – als Gruppe oder als Einzelne – die erst zu bestimmten Zeiten an ihren Platz kommen können. Weil sie vorher noch nicht dazu gemacht sind, Teil des Bildes zu sein. Weil sie manchmal sogar Schaden anrichten. Und deswegen musst du mir nachsehen, dass dieses Gespräch hier zwischen uns ein wenig undurchsichtig ist. Undurchsichtiger als bei den anderen. Weil ich dir konkrete Dinge, die ich ihnen als Beispiele nenne, nicht nennen kann. Weil deine Vergangenheit ebenfalls ein Puzzleteil ist. Das in der Zukunft noch von Nutzen sein wird. Es ist wichtig, dass es außen vor bleibt. Bis es soweit ist. Bis du soweit bist."

„Das verstehe ich."

„Wirklich?"

„Es mag undurchsichtig sein. Aber es ist durchsichtig in seiner Undurchsichtigkeit."

„Das war so verdreht, dass ich dir wirklich glaube, dass du es verstanden hast."

„Könntest du trotzdem versuchen, mir den Sinn dieses Treffens zu erklären?"

„Den Sinn habe ich dir am Anfang genannt: Ich brauche dich. Als Frau mit Visionen. Aber ich will nicht, dass du dich gezwungen fühlst. Ich will, dass du es selber willst. Und dafür möchte ich, dass du verstehst, dass ich dich nicht nur dafür auserkoren, sondern auch darauf ausgerichtet habe. Dein Leben mag wirken wir ein Zick-Zack-Kurs. Das ist auch richtig. Es hätte eine gerade Linie sein können. Sollen, sogar. Das ist immer der ursprüngliche Plan. In deinem Fall ist er nicht aufgegangen. Aber wir haben den Weg wiedergefunden. Wesentlich später und mit wesentlich mehr Ballast als ich das wollte. Aber wir sind da. Wir sind auf dem Weg. Und in der kurzen Zeit, die wir hatten, bevor ihr angefangen habt, haben wir alles, was vorher über Jahre wachsen sollte, im Schnellverfahren erledigt. Das mag dir nicht bewusst sein. Und ich werde dich jetzt auch nicht mit Details langweilen. Aber du bist – trotz deiner Vergangenheit – genau da, wo und genauso, wie ich dich haben wollte. Wozu ich dich im Übrigen auch nicht gezwungen habe. Auch das hast du als sinnvoll betrachtet. Weswegen es mir wichtig ist, dass du das jetzt auch tust."

„Also... wenn mich jemand gefragt hätte, wie ich mir ein Gespräch mit Gott vorstelle... das hier kommt dem sehr nahe, was ich geantwortet hätte."

„Das tut mir leid."

„Ich war noch nicht fertig."

„Aha."

„Entschuldigung. So sollte das nicht klingen. Ich wollte nur auch eine Kurve kriegen. Dahin, dass das für mich okay ist. Du kannst mir nicht alle Geheimnisse der Welt verraten – das ist mir durchaus klar. Du kannst mir auch meine Zukunft nicht sagen. Und genauso wenig kannst du mir alle Tücken meiner Vergangenheit erklären. Das ist alles kein Ding. Hier geht es einzig und allein um meine Gabe. Ich hasse sie – sage ich ganz ehrlich. Und du kennst meine Argumente. Weswegen ich ‚Nein' gesagt habe."

„Ich kenne sie. Und ich muss dir die enttäuschende Mitteilung machen, dass ich sie nicht entkräften kann. Ich kann den Menschen in deinem Herzen keinen Sonderschutz bieten."

„Das ist in der Tat enttäuschend."

„Und darüber hinaus muss ich zur Enttäuschung auch noch Ernüchterung beisteuern: Du kannst das auch nicht."

„Ich?"

„Das ist die Quintessenz deiner Argumentation. Wenn du deine Arbeit nicht mehr machst, schützt du dadurch die Menschen um dich herum. Lass dir gesagt sein: das stimmt nicht. Ihr mögt als Privatpersonen nicht die gleichen Zielscheiben für die dunklen Mächte abgeben wie als Arbeiter für mein Reich. Aber das macht niemanden sicherer. Nicht alle Angriffe geschehen gezielt. Die Menschen, um die ihr euch kümmern sollt, sind ausgewählte Opfer. Beidseitig. Von den Dämonen und von mir. Daher kümmern sie sich um sie und ich mich auch – durch euch. Aber es gibt noch den Rest der Menschheit. Den ihr nicht im Visier habt. Und der deutlich grösser ist. Auch dort gibt es Angriffe des Feindes. Dein Freund glaubt nicht an mich. Ich bin nicht in seinem Herzen. Ich kann ihn nicht vor Angriffen schützen. Und du auch nicht. Er kann sich mir öffnen. Aber wie wird er das am ehesten tun? Wenn du einfach nur vor dich hinlebst? Oder wenn du ihm zeigst, was es heißt, mein Kind zu sein und mir zu folgen?"

„Das ist gemein. Jetzt drehst du es so, als wäre es besser für ihn, wenn ich mache, was du sagst."

„Drehst? Nein. So ist es einfach. Das mag gemein wirken. Aber nicht, weil ich gemein bin. Sondern weil die Wahrheit manchmal wehtut. Er braucht dich als Vorbild. Und Vorbild kannst du nur sein, wenn du die richtigen Entscheidungen triffst."

„Das ist aber nicht überzeugen. Sondern überreden."

„Ich liefere dir Argumente. Sie gefallen dir nur nicht."

„Ich habe Angst."

„Ich bin bei dir alle Tage bis an der Welt Ende."

„Das hast du schonmal gesagt."

„Ich habe es sogar aufschreiben lassen."

„Das meinte ich."

„Aber jetzt habe ich es dir persönlich gesagt. Nicht nur ein Vers. Ein Versprechen."

„Und die anderen?"

„Für sie gilt es auch. Denen sage ich es nicht persönlich. Dafür habe jetzt ich dich. Sag du es ihnen. Dass ich es ausrichten lasse."

„Werden die anderen auch mitmachen?"

„Das werden sie."

„Das weißt du?"

„Ich führe mit euch allen ein solches Gespräch. Und ich kenne eure Herzen. Ihr seid alle verletzt und verärgert. Ihr fühlt euch ungerecht behandelt. Und vor allem seid ihr müde. Müde und ausgebrannt. Daran werden wir arbeiten. Der erste Schritt ist schon getan. Nicht nur du hast mir dein Herz geöffnet. Ich kann euch jetzt alle auf eine ganz andere Art und Weise erfüllen. Vertrau mir einfach. Der Weg endet nicht hier. Ich habe ihn nicht nur bis heute vorbereitet. Sondern bis zu seinem Ende. Lass uns ihn gehen. Gemeinsam. Alle gemeinsam."

„Du gehst mit?"

„Jeden Schritt."

„Sollte sich das reimen?"

„Ja."

„Dachte ich mir. Okay. Dann gehen wir ihn. Den Weg. Wird er hart?"

„Ja. Aber nicht so, wie du denkst."

„Macht es das besser?"

„Hat es dich gefreut? Menschen zu helfen?"

„Ja."

„Das wird es wieder."

„Das ist gut."

„Willst du dann zurück zu den Lebenden?"

„Das ist deine Entscheidung. Wenn wir fertig sind."

„Wir sind fertig."

„Dann gerne. Das heißt..."

„Ja?"

„Wie geht es weiter?"

„So wie es geplant ist."

„Witzig. Nur du kennst den Plan."

„Entschuldigung. Das bezog sich auf eure Planung. Für die nächsten Wochen. Das hier war nur eine kurzfristige Unterbrechung. Sie muss keinen Einfluss haben. Macht einfach weiter. Mit allem. Bis auf..."

„Ich weiß genau, was du jetzt sagen wirst."

„Wenn du es weißt, werde ich es nicht sagen."

„Wie soll ich es ihm klarmachen?"

„Mit der Wahrheit."

„Vorbildfunktion."

„Ganz genau."

„Dann wach mich mal auf."

„Gleich. Vorher nur noch eine letzte Sache. Passend zu dem, was Katiana und Steve dir schon gesagt haben: Ich bin nicht dein Arbeitgeber. Ich bin dein Vater. Ich will nicht, dass du dich einfach nur an meine Regeln hältst. Ich will eine Beziehung mit dir, eine Freundschaft. Die nicht nur Gebete beinhaltet, wenn Bedarf besteht. Sondern Gespräche, wann immer sich die Gelegenheit bietet. Über alle möglichen Themen, nicht nur die problematischen. Okay?"

„Klingt gut, das nehme ich gerne."

„Mach es gut, mein Kind. Ich liebe dich."

87

Z hätte am liebsten noch am selben Tag damit begonnen, ihr neues Leben zu planen. Aber Becka hinderte ihn daran. Sie wollte, dass er sich erst einmal ausruht. Wofür er keine Notwendigkeit sah. Weswegen sie es umbenannte in: zur Ruhe kommen. Das konnte er nachvollziehen. Denn die Ruhelosigkeit, die er fühlte und dementsprechend auch ausstrahlte, war unübersehbar. So bemühte er sich darum – zur Ruhe zu kommen. Was ihn unweigerlich zu der Überlegung brachte, wie das am besten ging: mit Urlaub.

„Wir könnten nach Spanien fahren." schlug er vor, „in das Ferienhaus meiner Eltern. Einfach nur für ein paar Tage."

„Klingt verlockend. Aber ich fürchte, daraus wird nichts. Außer natürlich, du willst sie mit dabeihaben."

„Meine Eltern fahren nach Neapel." Z klatschte in die Hände, „endlich."

Doch Becka widersprach ihm sogleich: „Nein, fahren sie nicht. ‚Endlich' muss noch warten."

Z stöhnte auf: „Was ist denn diesmal schiefgegangen?"

„Das Hotel. Baufällig."

„Baufällig? Das fällt ihnen aber früh ein. Moment – sie hatten doch schon bezahlt."

„Und kriegen einen gewissen Teil wieder."

„Einen gewissen Teil." wiederholte Z konsterniert.

Becka nickte: „Mit irgendwas muss der baufällige Zustand ja behoben werden." schnaubte sie.

„Und da nehmen sie das Geld von meinen Eltern."

„Nicht nur von ihnen, wenn es dich tröstet."

„Wie geht das denn? Da gibt es doch Gesetze."

Sie zuckte die Achseln: „Frag mich. Wenn sie über einen Reiseveranstalter gebucht hätten... sicherlich. Aber so privat... was willst du da machen?"

„Hinfahren und es einsacken." brummte er.

„Mach das mal."

„Danke, nein."

„Sehen sie genauso."

Z blickte sie fragend an: „Wann haben sie das denn erzählt?"

„Gestern Abend. Als du in der Badewanne warst."

„Deswegen war ich alleine."

„Nein." entgegnete sie, „du warst alleine, weil ich im heißen Wasser keinen Sex haben will."

Er verzog das Gesicht: „Als ob ich so unbedingt Sex gewollt hätte."

„Ich habe eine recht hohe Trefferquote, wenn ich darauf tippe, dass du welchen willst. In egal welcher Situation."

„Ich denke, wir wollen Kinder."

„Wollen wir." bestätigte sie.

„Na also. Je mehr Versuche wir starten, desto höher ist auch da die Trefferquote."

„Das stimmt so nicht ganz."

„Nein?" Z legte den Kopf schief, „warum nicht?"

„Weil..." Becka brach ab, „ach... lass uns beim Urlaub bleiben. Wollen wir mit deinen Eltern nach Spanien fahren?"

„Ungern."

„Weil sie beim Sex stören?"

„Das hast du jetzt gesagt."

„Gefragt." korrigierte sie.

„Weil ich mit dir Urlaub machen will." erklärte Z, „nicht mit meiner ganzen Familie."

„Gut. Dann warten wir einfach, bis sie wieder da sind."

„Also Weihnachten."

„Sie fahren nur ein paar Wochen."

„Ein paar." Z stieß laut die Luft aus. Becka ebenfalls:

„Willst du nach Spanien oder nicht?"

„Wir könnten auch woanders hin." erwiderte er hastig. Aber darauf wollte sie nicht hinaus:

„Die Einrichtung des Kinderzimmers, das wir bei deiner Motivation schon sehr bald brauchen werden, kostet auch Geld."

„Guter Punkt." nickte er, „Kinderzimmer geht vor. Okay. Dann fahren wir, wenn sie wieder da sind. Weißt du schon, wann das ist?"

„Ja. Und ich kann morgen für danach Urlaub einreichen, wenn du willst."

Ein Lächeln erschien auf seinem Gesicht: „Das klingt sehr gut."

„Finde ich auch." stimmte Becka zu, „also arbeite ich so lange noch ganz normal. Und dann gönnen wir uns das."

„Und ich mache bis dahin..."

„...absolut gar nichts." fiel Becka ihm ins Wort. Was Z verwunderte:

„Und das Kinderzimmer?"

„Hat selbst wenn es direkt heute klappen sollte, auf jeden Fall noch neun Monate Zeit."

88

Doch aus dem gar nichts machen wurde nichts. Denn schon am nächsten Tag bekam er eine Einladung von Steve und Katiana, die er natürlich annahm – wenn auch mehr aus Langeweile. So saß er einige Tage später bei ihnen auf der Couch. Und blickte unsicher auf seine Füße.

„Du scheinst dich unwohl zu fühlen." sprach Steve ihn darauf an.

Z sah auf: „Ich habe so den Eindruck, dass ihr etwas wollt. Sonst habt ihr mich noch nie alleine eingeladen."

„Ja, das stimmt. Wir wollen dir sagen, dass du durch die Führerscheinprüfung gefallen bist."

Z blinzelte verwirrt: „Bitte?"

„Er wollte dir beweisen, dass er genauso dummes Zeug labern kann wie du." kicherte Katiana.

„Das hat funktioniert."

„Schön." Sie wurde wieder ernst, „du hast natürlich Recht: wir wollen wirklich etwas. Zwei Sachen sogar. Dir sagen, dass wir es sehr schade finden, dass der Kontakt zwischen uns abgebrochen ist und dass ihr nicht mehr als Team arbeitet."

„Und zweitens das ändern." seufzte Z und rief damit seinerseits Verwirrung hervor:

„Was?"

„Beides."

„Das mit dem Kontakt – gerne." überlegte Katiana, „der muss nicht aufhören, nur weil ihr aufhört."

„Das andere nicht?" fragte Z verwundert, „ihr wollt nicht, dass wir weitermachen?"

„Oh, das wollen wir schon. Aber darauf werden wir keinen Einfluss nehmen. Dazu werden wir uns nicht einmal äußern."

„So?"

„Unsere zweite Sache ist eine andere." erklärte Steve, „für die es sogar sehr praktisch ist, dass ihr momentan alle alleine durch die Gegend zieht. Denn alleine sollt ihr dafür sein."

„Dann schießt mal los." forderte Z ihn auf und Steve kam dem gerne nach: „Du weißt, dass Monique Bilder bekommt. Für andere Menschen."

Z nickte: „Das weiß ich."

„Dieses Mal hatte sie ein Bild für euch und für uns. Nur, dass dieses Bild aufgeteilt wird. In unseren Teil und euren Teil. Und eurer wiederum in drei Teile. Für jeden eins."

„Wie ein Puzzle."

„Na – eure Teile sind im Grunde dreimal das gleiche. Oder ein Teil, das ihr alle kriegt. Oder..."

„Ich denke, er hat es verstanden." unterbrach Katiana ihren Mann und Z beeilte sich, sie zu unterstützen:

„Habe ich, habe ich."

„Gut." Steve nickte – und Katiana machte weiter:

„Es geht um dein Herz, Z."

„Mein Herz?" Z fasste sich unwillkürlich an die Brust, „was ist damit? Ist es gebrochen? Ist es gestört?"

„Nein. Außer, du denkst das."

„Auch nein."

„Gut. Dann nicht, nein." Katiana überlegte einen Moment, „dein Herz ist leer. Nicht ganz, natürlich. Aber ein Bereich davon. Der Bereich, in den das gehört, worauf du dein Leben ausrichtest. Ich habe ja jahrelang geglaubt, dass du dein Leben auf Fernsehserien ausrichtest. Und sie dein Herz füllen. Inzwischen denke ich das nicht mehr."

„So stimmts." erwiderte Z, „nicht mehr."

„Oder so. Findest du das gut?"

„Ich habe aufgehört, so viel zu schauen, weil Yannik nicht mehr da war. Ich dachte, ich könnte das ohne ihn nicht. Das stimmt natürlich nicht. Ich musste ihn nur überwinden. Es fühlt sich trotzdem anders an, alleine zu schauen. Aber es ist mir auch nicht mehr so wichtig. Weil mir andere Dinge wichtiger geworden sind. Das ist schon gut. Weil ich denke, dass es richtig ist."

Katiana lächelte: „Das ist schön."

„Würdest du denn sagen, dass etwas anderes an diese Stelle getreten ist?" hakte Steve nach und Zs Antwort kam wie aus der Pistole geschossen:

„Becka."

„Sie können wir außen vor lassen."

„Warum?"

„Weil die Partnerin im Herzen einen anderen Bereich einnimmt." klärte Katiana ihn auf, „für sie war immer ein Platz vorgesehen und da befindet sie sich jetzt. Das reibt sich nicht."

„Klingt gut. Sonst..." Z kniff die Augen zusammen, „nein. Nichts."

Katiana nickte beifällig: „Das macht es leichter."

„Was denn?"

„Gott möchte an diese Stelle."

„Darf er."

„Ja. Du sagst das so." Steve fuhr sich über die Wange, „aber sagen allein nützt nichts. Das ist der springende Punkt. Sagen ist Kopf. Herz ist fühlen."

„Ich soll es also fühlen, dass Gott dorthin kann." vermutete Z unsicher – und steckte Steve damit an:

„Hm – nein, andersrum. Ich glaube, ich habe es gerade zu kompliziert gemacht. Das mit dem Sagen war schon richtig. Sag es: ‚Komm herein'. Aber damit ist es nicht getan. Es folgen weitere Schritte. Auf der Gefühlsebene. Du musst dich öffnen. Für ihn. Seine Liebe, seine Worte, seine Kraft. Das ist das, wo dein Fühlen beginnt. Wenn er da ist."

„Und was macht das?"

„Mit dir? Es eröffnet dir eine neue Ebene. Auf der du andere Dinge verstehen kannst. Neue Dinge sehen, alte Dinge neu erleben. Es erweitert deinen Horizont."

„Das ist immer gut." grinste Z, „aber du sagtest, weitere Schritte."

„Ja." Steve legte die Finger aneinander, „es gibt einen sehr entscheidenden Schritt: aufräumen. Dieser Bereich, wo Gott hinwill, ist nicht wirklich leer. Da liegen Schutt und Asche herum. Zwangsläufig. Weil sie sich ansammeln bei allem, was uns widerfährt. Und es für sie natürlich keinen festen Platz im Herzen gibt. Also verteilen sie sich überall. Auch da, wo Becka ist. Auch da, wo deine Familie ist. Wo deine Freunde sind. Teilweise haben sie sogar damit zu tun. Wenn du jetzt sauer auf Geraldine und Annie bist..."

„Bin ich nicht." ging Z hastig dazwischen.

„Gut. Dann hast du damit schonmal keine Schwierigkeiten. Aber du verstehst mich? Alles Schlechte, was du nicht abgibst oder in Ordnung bringst, setzt sich dort fest. Und verstopft. Wie wenn du eine Schüssel nicht richtig auswäscht und Essensreste zurückbleiben. Das Nächste, was du hineinfüllst, wird dadurch verdorben."

„Oder zumindest geschmacklich beeinflusst." fügte Katiana hinzu.

„Richtig. Gott wird nicht verdorben. Er wird nicht am Hereinkommen gehindert. Aber der Einfluss ist da. Es ist ihm schwerer, dich auszufüllen, wenn da Zeug an der Wand klebt."

Katiana warf ihrem Mann einen Seitenblick zu: „Sehr bildhaft."

„Aber passend." entgegnete dieser.

„Und wie."

„Ich soll also Dinge loswerden, die mich belasten." folgerte Z.

„Ganz genau."

„Was denn?"

„Das können wir dir nicht sagen." erwiderte Steve, „das sollen wir dir auch nicht sagen. Das ist deine Privatsache. Du weißt es. Gehen wir zumindest von aus. Denn – wer sollte es sonst wissen? Es geht hier nicht um irgendwelche Dinge, die in deiner frühesten Kindheit passiert sind und an die du dich gar nicht mehr erinnern kannst. Es geht um Dinge, die dir direkt vor Augen sind. Damit solltest du dich befassen. Sie aus dem Weg räumen. Komplett aus dir entfernen."

„Wenn ihr sagt, meine Privatsache..." Z zögerte, „kann ich das auch alleine machen?"

Katiana zuckte mit den Schultern: „Das ist dir überlassen. Du weißt am besten, ob du dabei Hilfe brauchst oder nicht."

„Nur eines ist natürlich wichtig: Wenn es Personen gibt, die mit betroffen sind, dann solltest du sie auch einbeziehen." Steve sah ihn ernst an und er nickte schnell:

„Das ist selbstverständlich."

„Nicht für alle."

„Für mich schon."

„Sehr schön." freute sich Steve.

„Dann ist es ja gut, dass ich jetzt ein wenig Zeit habe." Z kratzte sich an der Schläfe, „dann kann ich mich gleich darum kümmern."

Katiana hob die Hände: „Nichts überstürzen."

„Ich muss eh erstmal in Ruhe nachdenken, was es da gibt. Und dann, wie ich damit umgehe. Also – ganz in Ruhe. Nur halt, dass es wegkommt."

Steve und Katiana wechselten einen Blick: „Genau das wollten wir hören."

89

„Kopf. Herz." murmelte Z – und das nicht zum ersten Mal. Was auch Becka durchaus auffiel:

„Du wiederholst das jetzt schon eine ganze Weile. Ich helf dir: es sind Körperteile."

Z blickte verdutzt auf: „War das jetzt Absicht, dass sich das reimt?"

„Nicht wirklich."

„Gut."

„Gut?"

„Wenn Leute anfangen zu reimen, wird es immer gefährlich."

„Eh..." setzte Becka an und Z winkte schnell ab:

„Egal."

So ließ Becka dieses Thema fallen – das andere jedoch nicht: „Sagst du mir, was los ist?"

„Kopf. Herz. Gott." erklärte Z bestimmt – für Becka war das leider keine Erklärung:

„Das ist ein Wort mehr. Kein Körperteil. Und auch nicht hilfreich."

„Gott ist in meinem Kopf. Aber er soll auch in mein Herz." Z tippte sich an die entsprechenden Stellen, „sagen zumindest Steve und Katiana."

„Und damit liegen sie falsch?"

„Sicher nicht. Aber ich weiß nicht, wie das gehen soll. Wie ich ihn das hinkriege, meine ich."

Becka runzelte die Stirn: „Kommt das nicht automatisch?"

„Dachte ich auch." seufzte Z, „ich dachte, es wäre schon so. Aber anscheinend..."

„Gibt es da einen Trick?"

„Bestimmt. Nur kenne ich ihn nicht."

Becka kratzte sich am Kinn: „Weißt du – ich glaube, sie meinen einfach, dass du es nicht nur denken sollst, sondern auch fühlen."

„Das habe ich schon verstanden." brummte Z.

„Gefühle kann man herstellen."

Er blinzelte: „Wie das?"

„Bewusst...lich...keit...heit." stotterte Becka und Z lachte auf:

„War das ein Wort?"

„Nicht wirklich. Es sich bewusst machen. Was denkst du, wenn du einen Sonnuntergang siehst?"

Er überlegte einen kurzen Augenblick: „Schön."

„Und was fühlst du?"

Er überlegte einen langen Augenblick: „Schönheit?"

„Genau." schmunzelte Becka, „was denkst du, wenn du Gott... siehst, hörst, was auch immer."

„Hm... unterschiedlich."

„Und was fühlst du?"

„Du meinst, ich sollte immer das fühlen, was ich auch denke?"

Sie schüttelte den Kopf: „Ich meine, dass diese Gedanken zu Gefühlen werden können. Ich fühle bei Gott Geborgenheit. Weil ich an Geborgenheit denke. Das hat mir sehr viel geholfen in den letzten Jahren, wo ich bei dir keine Geborgenheit hatte."

Z zuckte wie getroffen zusammen: „Bitte?"

„Das klang falsch." beeilte sie sich um eine Korrektur, „dein Job ist... war gefährlich. Das hat mir oft Angst gemacht. Aber wenn ich dann an Gott gedacht habe, wusste ich, er hat dich dafür bestimmt, also beschützt er dich auch. Und habe mich sicher gefühlt."

„Das Gefühl hast du also quasi selbstgebastelt."

„Es ist durch meine Gedanken entstanden."

„Okay." Z rümpfte die Nase, „klingt einfach, ist schwer."

„Für dich wahrscheinlich mehr als für mich." überlegte Becka.

„Glaubst du?"

„Ja. Mir ist das neu. Ich entdecke es erst. Alles, meine ich. Aber du kennst das dein ganzes Leben lang. Du hast Routine. Das ist schwer zu brechen."

„Mag sein." Er sah sie an, „hilfst du mir?"

„Ich dir?" Ein erfreutes Lächeln umspielte ihren Mund, „dass ich das mal erleben würde... wie?"

„Sag mir, wenn du etwas fühlst."

„Und dann?"

„Weiß ich noch nicht. Werden wir sehen."

„Gut. Werde ich tun."

Z nickte dankbar. Und biss sich dann auf die Lippen: „Allerdings fühle ich gerade selbst etwas."

„Nämlich?"

„Den Drang, mich zu entschuldigen."

„Für was?" Sie zog die Brauen hoch und Z winkte hastig ab:

„Nicht bei dir."

90

„Ich war sehr selten hier in letzter Zeit." Z sah betreten auf seine Füße. Und seine Eltern ihn an:

„Das ist wahr."

„Tut mir sehr leid."

„Mir auch." erwiderte Kathy – und ihr Mann korrigierte sie sogleich:

„Uns beiden."

Z blickte unsicher auf: „Verzeiht ihr mir?"

„Da gibt es nichts zu verzeihen." Seine Mutter drückte ihn heftig, „uns tut es leid, weil es einfach schade ist. Aber wir wissen, dass nichts zwischen uns steht. Du musst deinen Weg gehen. Wenn er dich hierherführt – gut. Wenn nicht – tragen wir dich in unserem Herzen."

„Um deinen Bruder solltest du dir mehr Gedanken machen." bemerkte Freddy und Z riss erschrocken die Augen auf:

„Wieso das? Was ist mit ihm?"

„Nicht, nichts." beruhigte Kathy ihn, „aber er hat drei Kinder. Die schneller wachsen, als du dir vorstellen kannst."

„Weißt du – wir sind alt." Sein Vater klopfte sich gegen den Kopf, „und eingefahren. Bei uns verpasst du nichts mehr. Bei ihnen schon. Und das wirst du vielleicht noch bereuen."

Z lächelte schwach: „Das ist ein guter Tipp."

„Gern geschehen."

91

„Haben sie dich geschickt oder bist du freiwillig hier?" lautete Zachs erste Frage, nachdem sie sich niedergelassen hatten, und Z entschied sich für die Wahrheit:

„Beides."

„Beides?"

„Sie haben mich auf die Idee gebracht. Aber ich habe mich freiwillig auf den Weg gemacht."

„Freut mich." Sein Bruder klopfte ihm auf den Rücken, „dachte schon, du wärst sauer auf mich wegen unserer kleinen Auseinandersetzung."

„Hä?" Z kratzte sich am Kopf.

„Bei eurer Hochzeit?" half Zach ihm auf die Sprünge.

„Wegen... ach das." Z winkte lässig ab, „längst vergessen."

„Dann ist ja gut."

„Nein. Die Zeit seitdem war einfach... seltsam. Und irgendwie hatte ich oft das Bedürfnis, für mich zu sein. Und wenn nicht, war Stress."

Sein Bruder nickte bedächtig: „Kenne ich."

„Wie geht es euch?" wechselte Z hastig das Thema, um weiteren Fragen in die selbst eingeschlagene Richtung zu entgehen.

Das Nicken wurde ein wenig schneller: „Gut. Durchaus."

„Ja? Fein. Machst du gerade irgendwas?"

„Kreativ, meinst du?"

„Ja."

Ein seltsames Lächeln erschien auf Zachs Gesicht: „Schon. Aber... da kann ich noch nichts zu sagen."

Z zog die Brauen hoch: „Okay... verstehe... oder auch nicht."

Zach zwinkerte ihm zu: „Wirst es schon noch erfahren. Musik – so viel verrate ich. Wobei das auch klar sein sollte. Nur, damit du nicht denkst, ich wäre durchgeknallt und würde mich jetzt als Schauspieler versuchen oder sowas. Aber darüber hinaus..." Er ließ den Satz in der Luft hängen und so entschied sich Z nach einem Moment der Stille, erneut das Thema zu wechseln:

„Sie sind groß geworden." Er deutete in Richtung der Drillinge, die mit Cheyenne auf dem Teppich spielten. Zach lachte auf:

„Wem sagst du das. Bald sind sie aus dem Haus."

„Na, ganz so schlimm nun auch wieder nicht." ließ sich Cheyenne vernehmen.

„Nein, zum Glück nicht. Aber die ersten zwei Jahre sind rumgegangen wie nichts. Auch, weil wir so abwesend waren. Wenig Schlaf und so."

„Da läuft die Zeit schneller?" hakte Z kichernd nach.

„Man merkt sich weniger." erwiderte Cheyenne, „ich kann mich an kaum was erinnern aus der Zeit. Deswegen kommt es einem schneller vor. Wer weiß... irgendwann erlebst du das vielleicht auch mal."

„Sehr wahrscheinlich sogar. Und vielleicht schon bald."

Zach Unterkiefer klappte herunter: „Was? Ist Becka...?"

„Noch nicht." entgegnete Z, „aber wir arbeiten dran."

„Tut das. Wunderbar. Cousins und Cousinen können wir gebrauchen. Aber sag es nicht den Eltern."

„Habe ich bisher nicht. Warum?"

„Weil du sie dann nicht mehr loswirst. Ab einem gewissen Zeitpunkt mag das gut sein. Aber jetzt noch nicht." Zach zwinkerte ihm zu und Z grinste breit:

„Werde ich mir merken."

92

Eine Woche später ging es los. Z hatte Becka das Packen überlassen, da sie sich in seinem Kleiderschrank besser auskannte als er selbst. Cheyenne fuhr sie zum Flughafen. Eigentlich hätte Zach das übernehmen sollen, doch er hatte sich nicht von seinen Töchtern loseisen können und so war sie kurzerhand eingesprungen. Sie wollte ins Parkhaus fahren, aber Z hielt sie zurück:

„Halt einfach kurz an und wir springen raus."

„Ich dachte ja, ich warte, bis die Eltern kommen." entgegnete sie und Z starrte sie konsterniert an:

„Äh..."

„Nur ein Witz." beruhigte sie ihn lachend.

Sie verabschiedeten sich und eilten nach drinnen, da sie schon recht spät dran waren. Sie schafften es aber noch rechtzeitig. Der Flug verlief ereignislos und kam pünktlich an. Am Flughafen in Barcelona wurden sie von Zs Eltern erwartet:

„Na, das hat ja prima geklappt." freute sich Kathy, „unser Flug geht in einer Stunde."

„Cheyenne wartet am Flughafen auf euch." erklärte Z, „sie ist einfach dageblieben."

Nun war sein Vater mit starren dran: „Nicht dein Ernst."

Und Z mit lachen: „Nein. Zum Glück nicht."

„Ich dachte schon."

„War es schön bei euch?" erkundigte sich Becka.

Kathy nickte: „Sehr. Und das Wetter soll so bleiben."

„Das ist gut."

„Hier sind die Schlüssel." Zs Vater reichte sie ihm, „das Auto steht draußen."

„Wo auch sonst." gab Z zurück, was Freddy geflissentlich ignorierte:

„Im Bad müsst ihr aufpassen. Die Toilette läuft ein wenig aus. Am besten immer am Haupthahn zudrehen."

„Wird gemacht."

„Wir haben noch eine Menge Essen im Kühlschrank gelassen." fuhr seine Mutter fort, „schaut einfach, was ihr wollt."

Z legte den Kopf schief: „Und den Rest schmeißen wir weg?"

„Den gebt ihr den Nachbarn."

„Vernünftig."

„Viel Spaß euch." Zs Eltern griffen sich ihre Koffer und machten sich auf den Weg zum Terminal.

„Danke. Guten Flug." rief Becka ihnen hinterher und sie drehten sich noch einmal um:

„Danke. Euch auch."

Draußen vor dem Gebäude drückte Z auf den Entriegelungsknopf und das Piepen und Blinken half ihnen, das Auto schnell zu finden. Die Fahrt ging ebenfalls schnell und dann konnte Becka endlich ihr Feriendomizil bestaunen.

„Ich hatte vergessen, dass du noch nie hier gewesen bist." bemerkte Z, während er die Haustür aufschloss.

„Hätte ich gewusst, dass es so luxuriös ist..."

„Naja – es sieht doller aus, als es ist. Drinnen ist es recht normal."

Becka warf einen Blick durch die nun offene Tür: „Passt."

Sie machten so gut wie gar nichts in den nächsten Wochen. Sie lagen am Strand oder auf der Wiese, schliefen, wenn es mittags zu heiß wurde, gingen ein wenig spazieren, wenn es abends kühler wurde – das war es. Und sie genossen es.

„Ich bin so froh, dass wir uns nichts vorgenommen haben." seufzte Z eines Abends.

„Ich auch." stimmte Becka zu, „nur einmal nach Barcelona will ich."

„Das ist kein Problem. Die Stadt ist schön."

„Dann lass uns das in der letzten Woche einplanen."

„Wird gemacht."

Der Ausflug nach Barcelona blieb wirklich ihr einziger Ausflug. Der sich dafür aber extrem lohnte, denn sie fanden einige gemütliche Ecken, wo sie die Stadt ungestört genießen konnten. Die Tage danach kehrten sie in den vorherigen Trott zurück und ließen es sich gutgehen. Bis der Tag der Abreise kam. An dem sie morgens packten. Die Koffer ins Auto luden. Die restlichen Sachen aus dem Kühlschrank an die Nachbarn verteilten. Und sich dann ins Auto setzten, um zum Flughafen zu fahren. Da passierte es. Z wurde schwarz vor Augen und er kippte vornüber. Sein Kopf schlug auf dem Lenkrad auf und das laute Dröhnen der Hupe brachte in Windeseile die Nachbarn herbei. Wie sie ihn mit vereinten Kräften aus dem Wagen zogen, während Becka hilflos weinend daneben stand; wie einer der Nachbarn davoneilte, um den Krankenwagen zu rufen; wie dieser ihn mit lauter Sirene ins Krankenhaus brachte; wie er dort in die Notaufnahme gebracht wurde und sich die Ärzte um ihn scharrten in der Hoffnung, eine Diagnose zu erarbeiten; wie diese Hoffnung mit jedem Test, den sie vornahmen, immer weiter sank; wie Becka wie ohnmächtig draußen auf dem Gang saß, der Sprache der Ärzte nicht mächtig und daher überhaupt nicht wissen, was geschah; wie schließlich eine Schwester zu ihr kam und versuchte, ihr in gebrochenem Englisch klarzumachen, dass sie keine Ahnung hatten, was mit ihrem Mann los war – das alles bekam er nicht mit. Er fühlte es nicht. Und er hörte es nicht. Er hörte nur eins – eine Stimme:

93

„Hallo Zachäus."

„Gott."

„Seufzte er."

„Na, wenn ich hier bin und du auch, kann das ja nichts Gutes bedeuten."

„Das kränkt mich."

„In Bezug auf meine irdische Existenz."

„Oh. So. Das ist nur eine Werbeunterbrechung."

„Bitte?"

„Du schaust so viele DVDs, da kennst du das vielleicht nicht..."

„Natürlich kenne ich das. Das ist der Grund, weswegen ich DVDs schaue. Das und die Sprache. Aber den Zusammenhang..."

„Ich unterbreche dein Leben, um Werbung zu machen."

„Wofür?"

„Es gibt da diese enorm wichtige Aufgabe, von der ich gerne hätte, dass du sie gerne tust."

„Das war ein ‚gerne' zu viel."

„Nein."

„Ich soll sie nicht nur tun. Ich soll sie gerne tun."

„Fangen wir mit dem an, womit ich auch bei den anderen anfange: eure Chemie. Du hast Spaß daran, mit ihnen zusammen zu sein. Du fühlst dich frei, du selbst zu sein. Auch, wenn dieses selbst manchmal ‚schwierig' ist."

„Sollte ich das nicht?"

„Oh doch. Das ist wunderbar so. Ich frage dich einfach nur: Ist das nicht so? Ist es nicht schön?"

„Natürlich ist es das. Es war nicht meine Idee, sich gar nicht mehr zu sehen."

„Das stimmt. Aber du hast auch nicht diskutiert."

„Ich habe keinen Sinn darin gesehen."

„Weil eure Verbindung weg war."

„Ja."

„Und meine Prophetin hat euch nicht gesagt, dass das wieder werden kann."

„Wir haben uns bewusst dagegen entschieden."

„Du von allen am bewusstesten."

„Wir wollen ein Kind."

„Ihr bekommt ein Kind."

„Wirklich? Das freut mich. Wann denn ungefähr?"

„Na... in neun Monaten."

„Was?"

„Das war keine allgemeine Aussage im Sinne von ‚irgendwann mal'. Das war eine konkrete Aussage im Sinne von ‚es ist unterwegs'."

„Aber Becka hat noch gar nichts gesagt."

„Sie will sich sicher sein. Am Anfang..."

„Ja. Klar. Schon verstanden."

„Sie wird es dir bald sagen. Je nachdem, wie schnell sie deinen kleinen Ausflug hier verkraftet und sich dem wieder zuwenden kann."

„Aber... jetzt weiß ich es. Von dir."

„Es von ihr zu hören – in der ‚Realität' – wird trotzdem eine besondere Erfahrung für dich sein."

„Krass. Wahnsinn. Becka bekommt ein Kind."

„So in etwa wird das aussehen, ja. Aber strenggenommen bekommt nicht nur Becka das Kind."

„Wer denn noch?"

„Du. Organisatorisch bekommt sie es. Aber es ist euer beider Kind."

„Ja. Klar. Und eben drum müssen wir ein normales Leben aufbauen. Um es dem Kind dann bieten zu können."

„Und du denkst nicht, dass ich auf solche Eventualitäten vorbereitet bin?"

„Du?"

„Lieber Z. Ich habe die Welt geschaffen. Den Himmel und die Erde. Das Universum. Jupiter. Proxima Zentauri. Omicron Preseii 8."

„Ernsthaft?"

„Gut – das letzte war ein Scherz. Den nur du verstehst."

„Und du anscheinend."

„Ich bin bei dir. Immer. Also sehe ich, was du siehst. Unsere Meinung dazu ist unterschiedlich."

„Das glaube ich. Aber wenn man die ganze Welt umblicken kann, braucht man auch kein Fernsehen. Dann hat man immer genug Spannung."

„Glaub mir – echte Spannung macht nicht annähernd so viel Spaß wie fiktive."

„Ja – glaube ich dir."

„Danke. Zurück zu eurem Kind. Es hat mal ein heute noch sehr bekannter Mann für mich gearbeitet. Paulus war sein Name. Er hat so für mich gebrannt, dass er keine Minute mit etwas anderem verbringen wollte als mir zu dienen. Meinen Namen zu verkünden. Also habe ich ihn gesegnet. Mit der Gabe der Enthaltsamkeit. Er hat nicht danach gefragt. Aber ich habe gewusst, dass er sich sonst schwertun würde. Nicht wegen Versuchung oder so. Aber er wollte es so unbedingt. So bedingungslos. Ich wusste einfach, dass er nichts – niemand – anderes an sich heranlassen würde. Und das bringt manchmal Schwierigkeiten mit sich. Weil dieses ‚andere‘ ja trotzdem da ist. Ich habe es ihm einfach gemacht. Das war gut für ihn. Aber das ist ein Geschenk. Manche kriegen es. Auch heute noch. Andere nicht. Und von denen denken manche, dass sie es nicht kriegen, macht sie schlechter. Weil für sie die anderen Dinge noch Bedeutung haben. Die sie eigentlich nicht haben sollten. Das ist ein Denkfehler. Die Bedeutung dieser anderen Dinge ist nicht zu unterschätzen. Sie ist wertvoll. Vor allem, wenn es sich bei diesen Dingen um Menschen handelt. Ich bin die Liebe. Und habe sie für euch auf euch heruntergebrochen. Dass ihr sie auch erfahren könnt. Du musst nicht sein wie Paulus. So habe ich dich nicht gemacht. Du bist Zachäus. Und sollst es auch bleiben. Die Liebe zu Becka ist ein sehr wesentlicher Bestandteil deines Lebens. Deines Seins. Sie gibt dir Kraft. Ausdauer. Ruhe. Frieden. Freude. Auf der nun folgenden langen Linie kannst du weitere Begriffe ergänzen. Vergiss nicht, sie mit Kommas abzutrennen. Und in dieser Liebe gibt es nichts großartigeres, als wenn daraus neues Leben entsteht. Das ist ein Wunder. Ein wundervolles Wunder. Ich rede mit Geraldine gerade über Sex. Darüber, dass er nicht nur zum Kinderkriegen da ist. Mit dir kann ich darüber reden, dass er zum Kinderkriegen da ist."

„Nur darüber?"

„Wir werden auch noch über andere Dinge reden."

„Zum Beispiel?"

„Ich weiß, worauf du hinauswillst. Und wundere mich ein wenig, dass du von selbst damit kommst."

„Wenn die Richtung schonmal eingeschlagen ist..."

„Dieses Gespräch dient einem bestimmten Zweck. Es geht hier um etwas Essentielles. Um Dinge, bei denen es wichtig ist, dass ich dir etwas sage. Bei dem, worauf du anspielst, ist es das nicht. Dazu brauchst du von mir weder Antworten noch Anstöße. Weil es dir komplett klar ist. Was richtig ist und was falsch. Was du zu tun hast und was zu lassen. Das einzige Problem bei diesem Thema ist deine Uneinsichtigkeit. Deine Abwehrhaltung. Die so wie ich dich kenne, eher stärker wird, wenn ich tiefer einsteige."

„Man kann nicht an allen Punkten stark sein."

„Genau das meine ich. Und genau dafür haben wir jetzt keine Zeit."

„Werde ich vermisst?"

„Du bist immer noch da, wo du warst. Dein Körper zumindest. Über deinem Geist rätseln sie gerade. Aber wir werden das Rätsel bald lösen. Und nein – nicht wegen dir haben wir Zeitdruck. Die Räder rollen. Die Steine fallen an ihren Platz. Ihr müsst am richtigen Ort sein. Zur richtigen Zeit. Ich kann nicht alles anhalten wegen euch. Dafür ist die Welt zu groß."

„Dann mach weiter. Bitte."

„Kinder. Das war das Stichwort. Ohne Kinder stirbt die Menschheit aus. Und das soll sie nicht. Ich habe noch diverse Seelen übrig, die gebraucht werden wollen."

„Die liegen wo rum?"

„Das war mehr eine Metapher."

„Okay."

„Lassen wir das. Werden wir deutlich: Ihr plant euer Leben. Aber irgendwie ohne mich. Ihr macht die christlichen Sachen. Aber ihr lasst mich außen vor. Ich weiß, warum. Weil du ein schlechtes Gewissen hast und mich auf Abstand halten willst. Kann ich nachvollziehen. Aber es ist noch etwas. Das du dir selbst nicht eingestehst. Tief innen drin bist du dir bewusst, dass ich für alles eine Lösung habe. Dass sich deine Gabe und dein Kind nicht gegenseitig ausschließen. Dass das Kind auch dann geboren worden wäre, wenn du die Gabe nicht verloren hättest. Du weißt, dass es zusammen funktioniert. Weil ich es zusammen funktionieren lassen kann. Und das willst du vermeiden."

„Es ist besser so. Einfacher. Ungefährlicher."

„Für wen?"

„Uns."

„Becka. Und dich."

„Und das Baby."

„Drei Menschen."

„Kommt es jetzt auf die Zahlen an?"

„Nein. Ich sage dir, worauf es ankommt: Auf die Erfüllung meines Plans. Es sind Dinge in Gang, die grösser sind als du. Grösser als ihr. Ihr seid ein Teil dieses Ganzen. Für euch selbst seid ihr die Wichtigsten. Das ist okay. Das sind sich die meisten. Auch wenn ich immer wieder hoffe, dass die Zahl derer ansteigt, denen andere wichtiger sind als sie selbst. Aber sei's drum: Du siehst das so. Nun – zählt nicht. Du bist von euch dreien der Einzige, der aktiv darum gebeten hat, etwas für mich tun zu dürfen. Das hat mich sehr gefreut. Denn ursprünglich war jemand anders für diese Aufgabe vorgesehen."

„Also bin ich der Plan B?"

„Nein. Du bist der Plan A."

„Das verstehe ich nicht."

„Es gibt manchmal vordergründig einen Plan B. Für alle anderen sieht es so aus. Aber das, was für sie Plan B ist, ist für mich immer noch Plan A – nur verändert. Weil ich alle Dinge weiß, die geschehen werden und ihr nicht. Wenn also drei Menschen etwas machen und das falsch und dann werden sie davon entbunden und drei andere übernehmen es – rein hypothetisch – dann wäre das für euch Plan B. Nur – da ich ja schon gewusst habe, dass die ersten drei nicht weitermachen werden, ist es für mich weiterhin Plan A. Nur eben ein anderer Plan A. Verstanden?"

„So... mehr oder weniger. Im Verhältnis 30 zu 70."

„Das ist mehr als der Durchschnitt. Weißt du was? Wir nennen dich der Einfachheit halber Plan A2."

„Trotzdem ist mir immer noch nicht klar, wo genau der Unterschied liegt zwischen B und A... 2."

„Nun – bei dir kann ich das Beispiel ja bringen: Plan B wäre wie bei dieser Band. Wo der Schlagzeuger zum Sänger wurde und..."

„Welche von den beiden?"

„Beiden?"

„Ich kenne zwei Bands, bei denen das so war."

„Becka wäre stolz auf dich."

„Das ist sie hoffentlich auch so ab und zu."

„Sehr. Du auf sie auch?"

„Sehr."

„Fein. Aber weiter: Band. Schlagzeug. Gesang. Einer macht zwei Jobs. Das ist Plan B. Dass einer, der schon was macht, noch was anderes macht. Weil dafür keiner mehr da ist. So ist es bei dir nicht."

„Wie denn dann?"

„Es gibt einen Menschen auf dieser Welt. Eine Frau. Du wirst sie noch kennenlernen – wenn auch nur flüchtig. Sie hatte ich darauf vorbereitet, das zu machen, was du jetzt machst. Gemacht hast – Entschuldigung. Und du hättest nach Südamerika gehen sollen. Nicht als Missionar oder Heiler. Als Ingenieur. Dein Studium beenden, einen Job suchen. Ein Angebot bekommen. Und dann die Entscheidung treffen, hier alles abzubrechen und bei einem Projekt mitzuarbeiten, das einen matschigen Stausee in eine Trinkwasserquelle verwandelt. Ganz nebenbei hättest du deinen einheimischen Arbeitskollegen ein wenig von Gott erzählt und der eine oder andere hätte zugehört und verstanden. Gute Arbeit – menschlich wie geistlich."

„Und was ist mit Becka? Wäre mit Becka gewesen?"

„Das war keine lebenslange Aufgabe. Sie war auf zwei Jahre angelegt. Sie hätte also problemlos entweder warten oder mitkommen können. Eure Entscheidung – durchaus verkraftbar."

„Durchaus."

„Wie du siehst: nichts Übergroßes aber trotzdem ein Beitrag zu meinem Reich. Das war dein Weg. Angelehnt an deine Ambitionen. Aber dann hast du angefangen zu beten. Und bei ihr... nun... auch bei ihr haben sich Dinge verändert. Das habe ich genutzt und die Puzzleteile, die ich vor mir hatte, anders zusammengesetzt – zum gleichen Bild."

„Das musst du erklären."

„Später. Bleiben wir erst einmal da. Ich habe sie vorbereitet. Wohl wissend, dass es nie dazu kommen würde. Insofern bist du für die, die damals eingeweiht waren, schon Plan B. Weil sie wirklich davon ausgegangen sind, dass sie es werden würde. Doch aufgrund sowohl ihrer wie auch deiner Entscheidungen und Erlebnisse hat es sich verändert. Für die anderen eine

Kurskorrektur – für mich nicht. Weil mir diese Veränderung bereits bekannt war."

„Aber dann hättest du doch von Anfang an..."

„Nicht nur die Engel hatten damit nicht gerechnet, sondern auch die Dämonen. Und das bietet mir einen strategischen Vorteil. Denn sie haben sich auf sie konzentriert. Und sie war immer die labilste von euch..."

„Labil?"

„Das ist nicht negativ gemeint. Es ist einfach eine Tatsache. Sie kann viel – aber sie will nur wenig. Ich würde ihr Können gerne nutzen – will aber ihren Willen nicht untergraben. Für dich allerdings egal. Für alle anderen war sie auf jeden Fall fest eingeplant und die Tatsache, dass du es dann geworden bist, hat bei Engeln wie Dämonen große Verwirrung hervorgerufen. Bei ersteren habe ich diese schnell geglättet – bei letzteren natürlich nicht. So konnten die Guten ihren Job trotzdem anständig weitermachen – die Bösen dagegen nicht. Sie mussten ganz neu aufbauen. Was anstrengend und langwierig für sie war. Und uns einen sehr entscheidenden Vorteil... Vorsprung verschafft hat. Ich habe sie sozusagen ausgetrickst. Auch dafür kann Allwissenheit gut sein."

„Und was ist aus ihr geworden?"

„Neugierig?"

„Wenn die Dämonen sie im Visier hatten, kann das nicht schön für sie gewesen sein. Ich möchte einfach wissen, ob... dass es ihr gut geht."

„Sie hat stattdessen einen Mann kennen und lieben gelernt. Er hat das gleiche Angebot bekommen, das du hättest kriegen sollen. Und das sogar einige Jahre früher, denn du warst noch am Studieren. So sind sie nach Südamerika gegangen. Wo er deine Aufgabe übernommen hat: arbeiten und von mir erzählen. Sie war ein Bonus: sie hat geheilt und von mir erzählt."

„Und nach zwei Jahren durften sie wirklich wieder zurück. Von dir aus, meine ich."

„Sogar schon früher. Der Grund dafür war traurig. Zumal ich ihnen damit hätte helfen können. Aber in den anderthalb Jahren, die sie da waren, haben sie zu zweit wesentlich mehr erreicht, als du in zwei Jahren alleine geschafft hättest. Nicht böse sein – ist so."

„Bin ich nicht."

„Gut. Damit ist der Same gesät. Sie mögen keinen Einfluss mehr darauf nehmen, aber die Leute, die ihm zugehört haben und von ihr berührt wurden, können die Botschaft nun selbst weitertragen."

„Warum haben sie sich denn nicht helfen lassen?"

„Das... ist nicht dein Thema. Sondern ihres."

„Natürlich. Entschuldigung."

„Nicht nötig. Lass mich einfach so viel dazu sagen: Manche Menschen gehen nicht den Weg, den ich ihnen gewünscht hätte. Aber das heißt nicht, dass ich sie aufgebe. Ich warte nicht, dass sie meinen Weg wiederfinden, sondern gehe ihren Weg mit ihnen. Und gebe währenddessen lediglich ab und zu Anstöße, die sie wieder zurückbringen können. Aber schwenken wir zurück zu dir: Eben habe ich gesagt, sie haben dort mehr ausgerichtet. Das war kein Kompliment für dich. Jetzt kommt eines: Du richtest hier wesentlich mehr aus. Weil du als Mann ein Gegengewicht zu den beiden Damen schaffst. Auf ganz vielen Ebenen. Es mag nicht der ursprüngliche Plan sein. Aber es ist kein Ersatzplan. Es ist besser. An allen Enden."

„Und du willst mir wirklich sagen, dass du das alles so auf dem Schirm hattest. Von Anfang an."

„Ich bin der Anfang. Und das Ende. Klingt immer so nach ‚Bild'. Ist es aber nicht. Allwissenheit ist schwierig für euch und viele beschränken sich darauf, davon auszugehen, dass ich alle möglichen Möglichkeiten kenne. Aber das können kluge Menschen auch – von den Computern, die sie bauen, ganz zu schweigen. Ich dagegen weiß auch, welche davon wirklich gewählt wird. Das ist der entscheidende Unterschied. Und das gilt auch für dich. Du hast in deinem Leben lange Zeit immer alles aufgegeben, wenn es anfing, schwer zu werden. Du hast dich von allem runterziehen lassen, was dich hätte aufbauen sollen. Da schaffen wir gerade einen fließenden Übergang zum nächsten Punkt: dein Leben. Du hast einen Bruder. Der sehr viel will und sehr viel kann. Er hat Begabung und er hat Ehrgeiz. Und dann bist da du. Das schwarze Schaf, würdest du sagen. Der Gegenpol, würde ich sagen. Du hast nicht weniger Begabung. Du hast sie nur an anderen Stellen. Ihr hättet euch ergänzen können. Sollen sogar. Er wäre auf dem Teppich geblieben, wenn du ihn gehalten hättest. Und du hättest viel mehr erreichen können, wenn du dich von ihm hättest beflügeln lassen. Das hat nicht funktioniert. Aufgrund der Art, wie ihr euch entschieden habt, miteinander umzugehen. Das ist einer der Bereiche, in dem ich leider tatenlos zusehen muss. Und das ist es auch, weswegen deine Inkludierung für alle so überraschend war. Weil sie nicht dachten, dass du dich jemals aufraffen würdest. Die Voraussetzungen aber waren immer da. Für Zach und für dich. Euer Zusammenleben war für euch beide der Grundstein für große Taten. Doch ihr habt nicht zusammengelebt. Ihr habt euch auseinandergelebt. Er ist abgehoben. Und du bist auf der Strecke geblieben. Das war sehr traurig. Und ich bin sehr froh, dass ihr es inzwischen vom Tisch habt und ich es heilen kann."

„Aber wenn du mich... ich meine... das ergibt keinen Sinn."

„Der Mensch ist wie ein Fluss. Das klingt wie ein Kalenderspruch, aber es steckt wirklich etwas dahinter. Du fließt. Jede Entscheidung verändert dein Leben. Bringt dich voran. Nicht immer nach vorne. Nicht immer geradeaus. Aber immer in eine Richtung. Die bestimmst du – da greife ich nicht ein. Der freie Wille diktiert, dass ich nicht das Steuer übernehmen kann. Du steuerst. Und ich fahre mit. Ich mache Vorschläge. Ich leite gewisse Dinge in die Wege. Vieles davon schon vor deiner Geburt. Aber es ist an dir, wie du es anwendest. Ob du es überhaupt anwendest. Du hättest auch die Hände in die Hüften stemmen und dich gegen Zach wehren können. Hast du nicht. Und was mache ich dann damit? Dir innerlich in den Hintern treten, bis du nicht mehr sitzen kannst? Nein. Ich arbeite mit dem, was ich bekomme. Und weil ich eben vorher schon weiß, was das sein wird, ist dieses arbeiten nie von Spontanität oder Improvisation geprägt, sondern es ist immer so, als hätte es von Anfang an nur diese eine Möglichkeit gegeben. Auch ich bin ein Fluss. Nur fließe ich gleichförmig und gradlinig. Das tut ihr Menschen nicht. Wenn ein Mensch schlicht und ergreifend nicht dorthin will, wo ich ihn gerne hätte, dann zwinge ich ihn nicht. Ich drehe nicht einfach am Rad seines Lebens. Doch ihr seid nun mal kein eigener Fluss, der neben mir her oder gar ganz woanders hinfließt. Ihr seid – im wahrsten Sinne des Wortes – eingebettet in mich. Euer Wasser ist ein Teil meines Wassers. Und alles, was ihr erzeugen könnt, sind Strudel oder Wellen. Die den Fluss unruhig werden lassen, aber niemals seine Richtung oder Geschwindigkeit verändern. Solch ein Mensch bekommt von mir einen neuen Zweck. Einen Zweck, der zu dem passt, wo er sich hinbewegt. Wenn du jemanden liebst und heiratest, und dann geht es schief und ihr lasst euch scheiden – das ist nicht das, was ich will. Aber ich zwinge keine Paare wieder zusammen. Wenn sie nicht wollen, müssen sie nicht. Trotzdem kann jeder von ihnen neue Liebe finden. Es gilt nicht ‚eine Beziehung und dann keine mehr‘. Es gibt immer einen neuen Weg. Der nur für euch neu ist. Auch für dich gab es diesen neuen Weg. Du hast dich dafür entschieden. Und jetzt gehst du ihn.“

„Und einen weiteren neuen Weg gibt es nicht mehr?“

„Nein.“

„Das ist unlogisch.“

„Wenn du heiratest und dich scheiden lässt, bist du nicht mehr Ehemann. Weg beendet. Vorbei. Aber wenn du vorher Kinder gekriegt hast, hörst du nicht mit der Scheidung auf, Vater zu sein. Diese Verantwortung bleibt. Es gibt genug Männer – und Frauen – die davor davonlaufen. Das macht mich sehr traurig. Weil es nicht richtig ist. Manche Dinge haben Bestand über die Veränderung der Richtung hinaus. Das trifft auch auf dich zu. Deine Richtungsänderung ist deutlich: vom Single zum Familienvater. Nochmals – herzlichen Glückwunsch. Aber das entbindet dich nicht von deiner Aufgabe. Du hast sie gewollt. Ich habe sie dir gegeben. Sie ist wichtig. Wesentlich wichtiger, als du dir das ausmalst. Wesentlich. Sie ist deine...“

„Ja?“

„Ich bin ja versucht, es nicht zu sagen, damit du nichts dazu sagst. Aber... ach... deine Bestimmung.“

„Und was soll ich dazu...? Ach, klar: Z – ich bin dein Vater.“

„Genau das. Ist dir eigentlich bewusst, dass er das im Film gar nicht so sagt?“

„Natürlich. Den Namen sagt er nicht. Frag mich nicht, warum sich das so eingebürgert hat. Wahrscheinlich, weil man es sonst nicht zuordnen könnte.“

„Wahrscheinlich. Aber kehren wir zurück in die Realität. Viele Leute um euch herum haben darüber spekuliert, was genau ihr bedeutet. Eure Kraft, eure Fähigkeit. Ich kann es dir sagen: Ihr seid ein Zahnrad in einem Uhrwerk. Und selbst wenn es sogar für euch theoretisch einen ‚Plan B‘ geben könnte, ist es einfach unabdingbar, dass ihr mir mein Plan A bleibt. Denn das, was euch erwartet, kann jemand nicht gut leisten, wenn er schon anderes zu tun hat. Ich brauche Menschen, die 100% geben können.“

„Für dich."

„Ja."

„Und meine Frau? Und mein Kind?"

„Sind eingeplant."

„In die 100%."

„Gibt ein Fußballer 100%, wenn er spielt?"

„Schon. Sicherlich."

„Obwohl er eine Frau oder Freundin hat?"

„Äh..."

„Gibt ein Pastor 100%, wenn er predigt?"

„Äh..."

„Obwohl er verheiratet ist und Kinder hat?"

„Soll ich nochmal ‚Äh' machen?"

„Nein. Musst du nicht. Die Antwort ist einfach: Ja. Tut er. Warum? Weil die 100%, von denen ich rede, nicht auf das komplette Leben verteilt werden. Es gibt 100% für die Familie, für die Arbeit, für die Freizeit, für Hobbies, für die Gemeinde, für die Steuererklärung – überall. Das ist normal so. Du musst dir das nicht aufteilen. Deine Gabe ist deine Arbeit. Wenn Frau Plan B das übernähme, hätte sie zusätzlich noch eine andere Arbeit. Dann müsste sie sich die 100% aufteilen. Zwischen dem einen Job und dem anderen. Es ist kein Zufall, dass keiner von euch richtig arbeiten geht. Ihr seht das als Geschenk. Ist es irgendwie auch. Aber in erster Linie ist es eine Notwendigkeit. Es geht nicht anders. Eben gerade weil ich auf der einen Seite will, dass ihr alles, was ihr an Kraft für die Arbeit habt, dort hineininvestieren könnt; ich auf der anderen Seite aber nicht will, dass ihr an die Kraftvorräte rangehen müsst, die für andere Sachen da sind. Ihr alle habt ein Privatleben und das sollt ihr auch."

„Gut. Ich sehe es ein. Was muss ich tun?"

„Ja sagen. Zu mir."

„Kann ich vorher noch Fragen stellen?"

„Natürlich."

„Du hast gesagt, du hättest Zach und mich so... gepolt, dass wir uns gegenseitig hätten helfen können. Was haben wir falsch gemacht?"

„Nichts Besonderes. Menschliches. Da spielt viel eine Rolle. Der Altersunterschied. Seine Launen, deine Launen. Die Tatsache, dass ihr eigentlich beide während eurer Jungend ziemlich weit von mir entfernt wart. Die Tatsache, dass ihr beide eigentlich bis heute zu sehr mit dem Kopf geglaubt habt und zu wenig mit dem Herz..."

„Das habe ich doch gerade geklärt."

„Dann sagen wir: er bis heute und du bis vor kurzem. Damals auf jeden Fall wart ihr beide nicht offen für Einflüsse von außen. So hat eure Entwicklung einige Kurven genommen, die in unterschiedliche Richtungen geführt haben. Emotional, vor allem."

„Hätten wir das retten können?"

„Ihr habt es gerettet."

„Ja. Jetzt."

„Zachäus – eines musst du verstehen: Für mich gibt es kein ‚damals' und kein ‚jetzt'. Es gibt nur ein ‚zu spät' und das versuchen wir alle zu verhindern. Aber für mich ist es egal, wann die Dinge passieren. Ich bin da flexibel. Ihr schaut so oft zurück und denkt ‚hätte ich damals gewusst, was ich jetzt weiß... dann wäre das nicht passiert oder das nicht schiefgegangen oder das anders gelaufen'. Mag alles sein. Aber das Wichtige ist, dass du jetzt weißt, was du jetzt weißt. Und nicht der Vergangenheit hinterhertrauerst, sondern dich über die Gegenwart und auf die Zukunft freust. Wende an, was du hast. Ab dem Zeitpunkt, wo du es hast."

„Also haben wir nichts verloren."

„Zach ist da, wo er sein soll. Auf Umwegen, aber das ist nicht ungewöhnlich. Im Gegenteil."

„Und ich?"

„Du bist nicht da, wo du sein sollst. Aber das ist ja genau das, worüber wir reden, nicht wahr?"

„Ich will da hin. Wo ich hin soll."

„Bist du dir sicher?"

„Ja."

„Vertraust du mir?"

„Ja."

„Vertraust du mir bei Becka?"

„Ja."

„Vertraust du mir bei deinem Kind?"

„Ja."

„Vertraust du mir bei dir?"

„Ja."

„Dann kehr zurück. Nimm das mit, was wir besprochen haben. Begib dich wieder auf den Weg."

„Und alles andere?"

„Wird dich begleiten. Im Guten wie im Schlechten. Aber auch das ist immer so. Das Gute behalte – das Schlechte lege ab."

„Wenn das so einfach ginge."

„Du weißt, wo du Hilfe bekommst."

„Bei dir."

„Ganz recht. Und du weißt, was du dafür tun musst."

„Ja. Das weiß ich."

„Dann ist alles dazu gesagt. Nur eines noch: Ich liebe dich."

„Muss ich jetzt etwas tun?"

„Nichts, was du nicht sowieso vorhattest."

„Wie das?"

„Es ist nicht immer alles Teil des Plans. Aber es passt immer alles in den Plan. Du musst nichts umstellen. Es wird sich dir eröffnen. Sie wird es euch eröffnen. Und dann kannst du es einbauen."

„Na dann..."

„...eine letzte Sache noch. Passend zu dem, was Katiana und Steve dir schon gesagt haben: Ich bin nicht dein Arbeitgeber. Ich bin dein Vater. Ich will nicht, dass du dich einfach nur an meine Regeln hältst. Ich will eine Beziehung mit dir, eine Freundschaft. Die nicht nur Gebete beinhaltet, bei denen du meinen Geist mit mir reden lässt. Sondern Gespräche, bei denen du selbst mit mir redest. Über alle möglichen Themen, nicht nur die problematischen. Okay?"

„Voll und ganz."

„Dann los."

94

Es war kurz vor 13:30, als die junge Frau aufstand, zu ihrem Chef ins Büro ging und fragte, ob sie den Nachmittag spontan Urlaub nehmen könnte.

Zuvor hatte sie einige Minuten schweigend dagesessen und ins Leere gestarrt. Weswegen ihr Chef ihr die Geschichte, dass es ihr nicht gutging, ohne groß zu zögern abnahm. Er schickte sie so nach Hause – ohne Urlaub. Damit sie sich ausschlafen konnte. Ihre Kollegen wünschten ihr gute Besserung als sie ging und sie nahm die Wünsche dankbar an.

Doch sie fuhr nicht nach Hause. Sie fuhr zu dem Einfamilienhaus, wo sie einen Teil des Bargelds aus der Schublade holte, und dann in einen anderen Stadtteil, in dem es ein großes Einkaufszentrum gab. Dort parkte sie im Parkhaus und fuhr mit der Rolltreppe nach oben. Hier gab es alle Läden, in die sie musste und sie überlegte kurz, womit sie anfangen sollte. Sie entschied sich für das Schwierigste: Kleidung. Sie ging in keine der teuren Boutiken, sondern in das Kaufhaus am Ende des Einkaufszentrums. Dort fuhr sie zuerst in die Herrenabteilung, wo sie mehrere Hosen, Shirts, Pullis sowie einen Anzug erstand. Sie hatte noch nie zuvor Männerkleidung gekauft. Und den Mann, für die sie sie kaufte, noch nie gesehen. Trotzdem wusste sie genau, was ihm stand und was ihm passte. Sie bezahlte und fuhr dann in die Damenabteilung. Hier suchte sie nach einem Kleid für sich, fand aber nichts, was für den Anlass passend war. So ging sie anschließend doch in eine der Boutiken, schlug allerdings die Beratung aus und suchte selbst. Sie fand etwas, das ihr gefiel. Und wovon sie wusste, dass es ihm auch gefallen würde. Die Tüten brachte sie zurück zum Auto und eilte dann in ein Elektrogeschäft. Hier erstand sie diverse Küchen- sowie Entertainmentgeräte. Diese brachte sie ebenfalls ins Auto. Als nächstes betrat sie den Juwelier und erstand zwei Ringe. Schlicht und nicht übermäßig teuer. Ohne Gravur. Ihren probiere sie an. Beim anderen verließ sie sich auf ihr Gefühl. Dafür ging sie nicht extra zum Auto, sondern steckte sie einfach in ihre Handtasche. Ihre letzte Station war der Supermarkt. Verderbliche Lebensmittel kaufte sie keine. Nur solche, die sich lange hielten oder einfrieren ließen. Und Haushaltsdinge wie Putzmittel oder Küchen- und Badutensilien. Diese Sachen musste sie auf dem Beifahrersitz verstauen. Der Kofferraum und die Rückbank waren bereits gefüllt. Sie fuhr zurück zum Einfamilienhaus. Die Kleidung kam ins Schlafzimmer, die Geräte in Küche und Wohnzimmer. Die Ringe verstaute sie in der Schublade mit dem Geld. Als das erledigt war, machte sie sich daran, die Garage aufzuräumen. Es war eine Doppelgarage, doch die eine Seite war vollgestellt mit Kisten, sodass momentan nur der Gebrauchtwagen hineinpasste, den sie vor kurzem abgeholt hatte. Das sollte nicht so bleiben. Sie räumte die Kisten in den Keller, soweit sie sie tragen konnte und die, die sie nicht tragen konnte, schob sie ganz hinten in die Ecke oder unter die Werkbank. Einige öffnete sie und stellte fest, dass der Inhalt einzeln transportierbar war. Diese brachte sie ebenfalls in den Keller – den Inhalt einzeln, die Kiste danach – und räumte sie dort wieder ein. Als sie fertig war, fuhr sie vorsichtig ihr Auto in die Garage. Es passte gerade so. Zufrieden nickend fuhr sie es wieder heraus, verschloss die Garage, dann das Haus und fuhr nach Hause.

Ihre Mutter saß im Wohnzimmer, sagte allerdings nichts zu ihr. Ein Blick auf die Uhr erklärte das. Sie war gerade mal 15 Minuten später als normalerweise. Allerdings hatte sie ihrer Mutter etwas zu sagen:

„Der Tag, von dem ich dir erzählt habe – der Tag, an dem du die Wohnung für dich hast – er nähert sich. In ein paar Wochen wird es soweit sein. Ich werde nach und nach schon meine Sachen ausräumen."

Ihre Mutter antwortete nicht. Aber sie wusste ganz genau, dass sie sie gehört hatte. Und sie wusste auch, dass die Antwort irgendwann kommen würde. Und das nicht nur einmal.

95

Es war bei ihnen allen das Gleiche: Die Ärzte waren ratlos, die Partner verstört und gleichzeitig erleichtert und sie selbst von dem starken Impuls geleitet, niemandem zu erzählen, was sich ereignet hatte. Was bei besagten Partnern natürlich nicht ohne Weiteres ging. Doch die Aussage ‚Ich habe ein Gespräch mit Gott geführt' brachte trotz unterschiedlichster Reaktionen zumindest einen Stopp der Nachfragen mit sich. Und da keiner von ihnen Anstalten machte, den Alltag im Nachgang anders zu gestalten, beruhigte sich die Lage wieder. Wenn die drei Freunde auch wussten, dass es dabei nicht lange bleiben würde.

96

Marshal Marshall Bowmeyer war unglücklich. Mit seinem Namen. Immer schon aber jetzt erst recht. Wie seine Eltern auf die Idee gekommen waren, ihm einen Militärtitel als Vornamen zu geben, war ihm vollkommen schleierhaft. Genauso schleierhaft, wie ihnen seine Entscheidung, zum Militär zu gehen. Doch er hatte seinem Land dienen wollen und das wollte er immer noch. Er hatte allerdings Respekt erwartet und den hatte er ganz und gar nicht bekommen. Stattdessen hatte man ihn bei jeder sich bietenden Gelegenheit gezwungen, sich mit vollem Namen vorzustellen und sich dann darüber lustig gemacht, dass er sich angeblich wichtigmachte – als Colonel Marshall Bowmeyer oder ähnliches. Selbst in den letzten zwei Jahren, als er General und damit einer der wichtigsten Männer im Militär gewesen war, waren die Späße nicht abgerissen. Bei den ihm untergebenen hinter vorgehaltener Hand. Bei den wenigen ihm noch übergeordneten oder gleichgestellten nach wie vor ganz offen. Und nun – da er sein Ziel erreicht hatte und Oberbefehlshaber über das komplette Militär war, schien es auch kein Ende zu finden. Denn nun kreierte er bei einer Vorstellung zwar keinen falschen, dafür aber einen doppelten Titel. Und das Gelächter war ihm sicher.

Doch Marshall Bowmeyer war niemand, der sich von so etwas klein kriegen ließ. Sicher – seine Frau und seine Kinder hatten viele Jahre darunter leiden müssen, dass er den Frust, den es in ihm heraufbeschwor, mit nach Hause brachte und dort abließ. Weswegen seine Frau ihn schließlich verlassen hatte, nachdem die Kinder aus dem Haus waren. Und nicht mehr wieder kamen. Zu ihm zumindest nicht. Aber bei seiner Karriere hatte er sich dadurch nicht behindern lassen. Er hatte den schnellsten Aufstieg in der Geschichte des Landes hingelegt und das ganz ohne Beziehungen oder Freundlichkeit den richtigen Leuten gegenüber. Sondern einzig und allein durch harte Arbeit. Und eine harte Linie. Die in diesen Zeiten – wo die Welt gleichzeitig immer mehr zusammenzurücken und auseinanderzufallen schien, sehr gerne gesehen war. Die Grenzen verschwammen, die Klüfte jedoch wurden grösser. So hatte es einer seiner Bekannten einmal ausgedrückt. Und dagegen musste etwas getan werden. Die Grenzen mussten gefestigt werden. Und die Klüfte verkleinert. Bei letzterem konnte er nicht helfen. Das lag nicht in seinem Aufgabenbereich. Das war Aufgabe der Politiker. Ersteres war das, worum er sich zu kümmern hatte. Was er als seine Verantwortung betrachtete. Und nicht wenige, die für seine Ernennung zum Oberbefehlshaber gestimmt hatten, hatten es genau aus diesem Grund getan. Weil sie wussten, dass er auch dabei eine harte Linie fahren würde. Was im Klartext hieß: die Fronten mussten geklärt werden. Es war sicher gut, dass das ewige Säbelrasseln zwischen den Großmächten vorbei war. Doch die Entwicklung der letzten Jahre hatte sehr deutlich gezeigt, dass man bei allen Friedensbemühungen nie einen gemeinsamen Konsens finden würde. Dafür waren die Ideologien, die hinter beiden Ländern steckten, einfach zu weit voneinander entfernt. Fast gegensätzlich, konnte man sogar sagen. Und dort – im Lande der ehemaligen Gegner und jetzigen Zwangsverbündeten – machte man sich keine Gedanken darüber, ob der Weg, den man ging, woanders Wellen erzeugte. Schließlich reagierte niemand stärker darauf als mit Empörung und Ablehnung. Und damit konnte man gut leben. Das Problem war das Ungleichgewicht, das dadurch entstand. Auf der einen Seite stellte man – zumindest unter der Hand – die alten Zustände wieder her. Nur um für den Notfall gerüstet zu sein. Auf der anderen Seite verließ man sich darauf, dass der jetzige Trend bis in alle Ewigkeit anhielt. Und nie mehr Gefahr aufkommen würde. Dabei war genau das die größte Gefahr. Eine Gefahr, gegen die Marshall Bowmeyer mit aller Kraft vorzugehen gedachte.

Den Grundstein dafür hatte er bereits gelegt in den Jahren davor. Als er der einflussreichste Berater seines Vorgängers gewesen war. Das Waffenprogramm lief wieder auf Hochtouren. Das Geld dafür war sowieso immer dagewesen, nur lange nicht richtig eingesetzt worden. Jetzt war das wieder der Fall und die Ergebnisse konnten sich sehen lassen. Was jetzt noch fehlte, war die taktisch kluge Positionierung. Schließlich waren sie nicht die Einzigen, die auf einer technischen Ebene Fortschritte gemacht hatten. Das war das, was jetzt gerade lief, während er in seinem Büro im Pentagon saß und sich über seinen Namen grämte. Auf dem Bildschirm vor ihm konnte er anhand vieler kleiner bunter Punkte genau sehen, welche Waffen zu welchem Stützpunkt unterwegs waren. Es lief alles nach Plan und zumindest damit konnte er sehr zufrieden sein. Er hakte das Namensthema ab und verfolgte die Punkte auf dem Bildschirm. Immer mehr von ihnen verharrten irgendwann – ein Indiz, dass sie ihr Ziel erreicht hatten. Lediglich in Alaska waren sie noch nicht angekommen. Die kanadische Regierung hatte den Landtransport verboten. Ebenso wie den Lufttransport. Weswegen sie sich für den Wasserweg hatten entscheiden müssen. Das war umständlich, aber Alaska war der Teil des Landes, der Russland am nächsten lag. Und der daher auch am besten geschützt sein musste. Er lehnte sich zurück und schloss für einen Moment die Augen. Als er sie wieder öffnete, stellte er fest, dass er eingeschlafen war und fast eine Stunde verpasst hatte. Zunächst ärgerte er sich darüber, aber dann stellte er fest, dass auch der Punkt in Alaska inzwischen stillstand. Die Mission war abgeschlossen. Sehr gut. Er griff zu der Thermoskanne, die neben ihm stand, und ließ sie fast fallen, als das Telefon klingelte. Es war immer wieder ein Schock. Schließlich kannten gerade einmal drei Leute diese Nummer. Und keiner von ihnen rief an, um nur zu plaudern. So war es auch diesmal. Es war der Präsident höchstpersönlich:

„Ich hatte gerade ein Gespräch mit meinem russischen Kollegen. Sie wissen, dass wir Waffen nach Alaska gebracht haben."

„Das ist kein Geheimnis." entgegnete Bowmeyer.

„Aber es wurde auch nicht öffentlich angekündigt."

„Was wir auf unserem Grund und Boden tun, ist unsere Angelegenheit."

„Das mag sein." Der Präsident machte eine Pause, „aber sie sehen es als Provokation."

„Es war uns doch klar, dass das passieren würde." erwiderte Bowmeyer gelassen.

„Schon. Die meisten der Planspiele haben darauf hingedeutet."

„Dann haben Sie ihn also beruhigen können."

Der Präsident seufzte: „Leider nein. Er hat den sofortigen Abzug gefordert. Andernfalls wird er ebenfalls Waffen in diese Region bringen."

„Diese Region?"

„Auf die gegenüberliegende russische Seite."

„Natürlich." Bowmeyer sah auf die Uhr an der Wand, „wieviel Zeit haben wir?"

„Sie wollen nicht ernsthaft...?" begann der Präsident entsetzt und er unterbrach ihn sofort:

„Natürlich nicht, Herr Präsident. Das war nur eine Frage zum besseren Verständnis."

Ein Schnaufen war zu hören: „Wir haben zwei Stunden."

„Wie sollen wir das denn schaffen?"

„Bis dahin müssen die Transporter auf dem Weg zum Meer sein."

„Aha. Nun..." Bowmeyer räusperte sich, „aus unseren eigenen Berichten wissen wir, dass die Russen ihre Waffen nicht mal in der Nähe haben. Selbst wenn sie in zwei Stunden damit anfangen, zu verladen, dauert es mindestens zehn weitere Stunden, bis die erste Maschine vor Ort ist. Auf dem Landweg deutlich länger."

„Wir hätten also 12 Stunden zu verhandeln." überlegte der Präsident.

„So sieht es aus."

„Gut. Lassen wir die zwei Stunden verstreichen. Und dann sehen wir, was passiert." Der Präsident legte auf und Marshall Bowmeyer ebenfalls. Er hatte schon damit gerechnet, dass die Russen schnell reagierten. Aber dass sie sich gleich so angriffslustig geben würden...

Er blieb die zwei Stunden in seinem Büro. Es gab keinen anderen Ort, an den er gehen konnte. Er ließ seine Gedanken kreisen und stellte dabei wieder einmal fest, dass er nicht viel hatte, worüber er sich Gedanken machte. Zumindest kaum etwas, was nicht mit seinem Job zu tun hatte.

Etwas über zwei Stunden später klingelte das Telefon erneut. Wieder war es der Präsident.

„Was hat er gesagt?" erkundigte sich Bowmeyer.

Diesmal kam ein Schnaufen und ein Seufzen: „Dass sie unsere Weigerung, zu reagieren, als Kriegserklärung ansehen."

„Kriegserklärung." wiederholte Bowmeyer skeptisch, „das geht ein bisschen weit, oder nicht?"

„Das habe ich ihm auch gesagt. Aber er wollte nicht hören."

„Und was machen wir jetzt?"

„Bisher können unsere Satelliten keine Bewegungen im Landesinneren ausmachen. Er scheint also erstmal nur große Worte zu machen. Und wir machen gar nichts."

Bowmeyer legte die Stirn in Falten: „Sprechen Sie noch einmal mit ihm?"

„Er hat mir eine weitere Stunde eingeräumt. Wenn dann nichts passiert, wird es Konsequenzen geben."

„Das klingt ominös."

„Schon." Der Präsident lachte auf, „aber was soll er tun?"

„Nichts." gab Bowmeyer zurück.

„Eben. Wir warten weiter. Er wird sich schon beruhigen."

Eine weitere Stunde verstrich. Dann klopfte es an der Tür.

„Ja?" rief Bowmeyer unwirsch.

Der Kopf eines seiner Untergebenen erschien im Türrahmen.

„Was ist?" herrschte Bowmeyer ihn an.

Der Soldat zuckte leicht zusammen: „Sie werden gebraucht, Sir."

„Ich warte auf den Anruf des Präsidenten."

„Er wird wissen wollen, dass..." Der Soldat brach ab.

„Was?"

„Sir – bitte kommen sie mit."

Murrend erhob sich Marshall Bowmeyer und folgte dem Soldaten den Korridor entlang in den großen Raum, in dem die Luftüberwachung saß. Die Mitarbeiter dort starrten wie versteinert auf einen der großen Bildschirme und er wollte schon etwas Herablassendes sagen, als er verstand, worauf sie starrten.

„Was... was ist das?" stotterte er.

„Das... wir wissen... wir hoffen..." kam es nicht wesentlich zusammenhängender zurück.

„Das ist nicht das, was ich glaube, dass es ist. Das kann nicht sein. Das..." Marshall Bowmeyer drehte sich um und rannte in sein Büro zurück. Griff zum Telefonhörer und wählte die Nummer des Präsidenten:

„Sie haben Langstreckenraketen." stieß er hervor, noch bevor der Präsident sich gemeldet hatte. Was er dann auch nicht mehr tat:

„Was?"

„Ja. Wir haben sie auf dem Monitor."

„Sie sind in der Luft?" Die Stimme des Präsidenten wurde laut und schrill.

„Ja." keuchte Bowmeyer, „schon fast an der Küste."

„Bitte was? Aber wie...? Die sollten doch vernichtet sein."

„Haben wir unsere vernichtet?"

„Nein. Aber das..."

„…war eine Vorsichtsmaßnahme, ja." Bowmeyer rang nach Atem, „das werden sie sich auch gesagt haben. Und jetzt haben sie darauf zurückgegriffen."

Der Präsident nach Worten: „Was… wann… wie schnell können unsere Raketen startbereit sein?"

Bowmeyer schloss kurz die Augen: „Drei Stunden."

„Wie lange, bis ihre uns erreichen?"

„Schwer zu sagen. Wenn sie Kalifornien angreifen – vielleicht zwei Stunden."

„Das wird ihr erstes Ziel sein. Geben Sie den Befehl."

„Natürlich. Sofort. Mit welchem Ziel?"

Ein kurzes Zögern – dann: „Die größten, die sie finden können."

„Ja, Herr Präsident." Marshall Bowmeyer legte auf. In diesem Moment wusste er, dass er in die Geschichte eingehen würde. Als der Oberbefehlshaber der Armee, der den mit Abstand härtesten Kurs überhaupt gefahren war. Und der den größten Krieg aller Zeiten mit angezettelt hatte. Und weder das eine noch das andere machte ihn in diesem Augenblick glücklich.

Die russischen Raketen schlugen zwei Stunden und 20 Minuten später ein. Los Angeles, San Franzisko und einige kleinere Städte im Umkreis wurden dabei zu großen Teilen zerstört. Die Evakuierungsorder war zu diesem Zeitpunkt bereits voll in Kraft getreten, aber so viele Menschen in so kurzer Zeit in Sicherheit zu bringen, war einfach nicht möglich. Zum Glück für die Überlebenden waren es keine Atomraketen, was die Zahl der Todesopfer noch deutlich erhöht hätte. Doch auch so waren es nach ersten Schätzungen mehr als 150.000 Menschen, die bei diesem ersten Schlag ihr Leben lassen mussten.

Auch die amerikanischen Raketen waren nicht mit Atomsprengköpfen bestückt. Da von Anfang an klar gewesen war, dass sie die russischen Raketen nicht würden abfangen können, wurden sie in die andere Richtung geschickt – über Europa in den Teil Russlands, in dem die größten Städte lagen. Die russische Regierung war darauf vorbereitet und ein Großteil der Raketen wurde abgeschossen. Doch mit der schieren Menge an amerikanischen Raketen hatte sie nicht gerechnet und da sich die Abfang-jäger in erster Linie darauf konzentrierten, die Raketen von Moskau fernzuhalten, schlugen einige von ihnen doch ein und machten St. Petersburg und die nähere Umgebung dem Erdboden gleich. Über 300.000 Menschen starben nach Medienberichten dabei. Die amerikanische Regierung unterstellte daraufhin, dass diese Zahl weit übertrieben war. Einen Beweis dafür hatte sie allerdings nicht. Aber das war auch nur eine der kleinen Nebenstreitereien, die in den engsten Regierungskreisen niemand wirklich interessierte. Viel wichtiger war, dass es für beide Seiten nichts anderes gab als Rache. Vier Stunden nach dem letzten Einschlag erklärten sich beide Länder offiziell gegenseitig den Krieg. Die Grenzen wurden abgeriegelt und die Telefone zu den Verbündeten in Europa und Asien liefen heiß. Die meisten dieser Länder entschieden, sich aus dem Konflikt heraushalten, was zu einem kompletten Bruch führte. Sie versuchten auch, auf die beiden Parteien einzuwirken, hatten damit jedoch keinen Erfolg.

So gab Marshall Bowmeyer sein Büro im Pentagon auf. Und zog direkt ins Weiße Haus. Um den Präsidenten rund um die Uhr in allen Schritten dieses Krieges beraten zu können. Hätte er gewusst, dass sein direkter Gegenüber – General Vasiliev Gregorshenkov, den er noch einige Wochen zuvor auf einer Sitzung des Weltsicherheitsrats kennengelernt hatte – genau in diesem Moment genau das gleiche tat – es wäre ihm sehr ironisch vorgekommen.

97

Er stand in seinem Versteck und wartete. Es war das erste Mal, dass er auf einem Kindergeburtstag eingeladen war. Die ganze Grundschulzeit über war das nicht passiert. Nun war es soweit. Er war hier. Obwohl er eigentlich gar keine Lust hatte. Und wieder wartete er. Darauf, dass ihn jemand fand. Was nicht passierte. Und das, obwohl sein Versteck nicht einmal besonders gut war. Er hatte erwartet, sofort gefunden zu werden. Aber fand ihn niemand. Mit der Zeit fiel ihm etwas auf. Es war so still. Er konnte niemanden herumlaufen hören. Auch kein Rufen und kein Flüstern aus den anderen Verstecken. So kam er schließlich von selbst aus seinem Versteck. Und musste feststellen, dass außer ihm niemand mehr da war. Er ging zurück zu dem Grillplatz, an dem es im Anschluss an das Spiel Essen geben sollte. Die anderen waren alle schon dort versammelt. Und ließen es sich schmecken. Schüchtern trat er hinzu. Und die Mutter des Geburtstagskinds sah erstaunt auf:

„Ach... du bist ja auch noch da. Dich hatten wir glatt vergessen."

„Kein Problem." antwortete er, „das passiert mir andauernd."

Er saß auf den Stufen vor der Schule. Die anderen Kinder tobten um ihn herum. Sie alle freuten sich auf die Ferien. Er natürlich auch. Die Ferien waren am schönsten. Weil er da machen konnte, was er wollte. Viele der anderen trafen sich untereinander. Alle die, die nicht wegfuhren. Sie verabredeten sich. Für Schwimmbad, Kino oder Eis. Ihn fragte niemand. Und er fragte auch niemand. Es gab noch andere, die niemand fragte. Die standen traurig in einer Ecke und wünschten sich, sie würden gefragt. Versuchten es selbst und wurden abgewiesen. Er versuchte es nicht. Er wollte sich nicht treffen. Er freute sich auf die Ferien, gerade weil er da keinen der anderen sah. Er hatte nichts gegen sie. Und sie nichts gegen ihn. Aber er wollte nicht zu ihnen gehören. Und sie störten sich nicht daran, dass er nicht dabei war. Er stand auf und ging davon. Und keiner seiner Mitschüler bemerkte es.

Er saß auf seinem Stuhl in der hintersten Reihe. Der Lehrer hatte eine Aufgabe an die Tafel geschrieben, die ihnen seiner Meinung nach Kopfzerbrechen bereiten sollte. Dabei war sie ganz einfach zu lösen. Er hatte nur ein paar Minuten mit Rechnen verbracht, nur ein paar Zeilen dabei aufgeschrieben. Den Rest hatte er im Kopf erledigt. Und nun prangte das Ergebnis auf dem Blatt vor ihm. Den anderen um ihn herum schien es dagegen wirklich schwer zu sein. Sie hatten allesamt die Köpfe gesenkt und aus mehreren Richtungen konnte er leises Seufzen hören.

„Die Zeit ist um." sagte der Lehrer schließlich, „mal sehen, wer die hausaufgabenfreie Woche gewonnen hat."

Das Seufzen wandelte sich in Stöhnen. Weil keiner ein Ergebnis zu haben schien.

„Niemand? Wirklich?" Der Lehrer blickte enttäuscht in die Runde. Und dann in seine Richtung: „Hier vielleicht?"

Er schüttelte den Kopf: „Nein. Leider nichts." antwortete er und klappte schnell sein Heft zu. Der Lehrer wandte sich ab, drehte sich zur Tafel um und schrieb dann die Rechnung und das Ergebnis an. Beides stimmte zu 100% mit dem überein, was er selbst aufgeschrieben hatte. Nur, dass es ausführlicher war.

„Tja. Es scheint mir, als würden alle weiterhin ihre Hausaufgaben machen müssen. Aber..." Der Lehrer kicherte leise, „schaden kann das ja auch nichts.

98

Es war bei ihnen allen das Gleiche: Die Bilder, die sie in der Nacht gesehen hatten, gingen ihnen nach und das weitaus mehr, als ein normaler Traum das jemals getan hatte. Trotzdem antworteten sie alle auf die Nachfrage ihrer Partner, ob alles in Ordnung sei, mit „Ich hatte so einen komischen Traum" und ließen es dabei bewenden. Weil sie alle drei das starke Bedürfnis verspürten, dem gesehenen keine größere Bedeutung beizumessen. Auch wenn sie vermuteten, dass es eventuell eine größere Bedeutung hatte. Und sie zudem ein noch viel stärkeres Bedürfnis verspürten, ihre Partner damit nicht zu belasten, solange es nicht unbedingt sein musste. Auch wenn sie befürchteten, dass dieser Punkt irgendwann kommen würde – unter Umständen sogar schon ziemlich schnell.

99

Der Tag, an dem sie sich mit diesen Gedanken plagen mussten, war ein Sonntag und er bot für alle von ihnen Besonderheiten:
Annie fuhr zum ersten Mal nicht alleine, sondern mit Jonathan in den Gottesdienst. Der den Wunsch geäußert hatte, ‚Sich mal anzuschauen, was sie Woche für Woche dort machte'. Das freute sie sehr, wobei seine Reaktion auf den Gottesdienst sowohl währenddessen als auch danach diese Freude wieder dämpfte. Doch sie ging davon aus, dass das normal war bei jemandem, der noch nie zuvor in einer Gemeinde gewesen war. Seine Eltern mochten in einer katholischen Gegend wohnen – selbst dabei mitgemacht

hatten sie nie. Also fragte sie lediglich vorsichtig, ob er bereit für einen weiteren Besuch war, was er nicht grundsätzlich ablehnte, und gab sich damit zufrieden.

Geraldine besuchte nach dem Gottesdienst nacheinander ihre Eltern – zusammen mit Nils. Beide Besuche waren nett aber anstrengend – hauptsächlich, weil es so schwer war, über normale Themen zu reden, wenn etwas so Großes im Raum stand. Worüber sie mit ihnen nicht sprechen wollte, wenn Nils dabei war. Sie hatte sich viele Gedanken gemacht und war bereit, auf ihre Eltern zuzugehen. Doch das musste in rein familiärer Runde geschehen, was Nils durchaus verstand. Und sie daher damit in Ruhe ließ.

Z ging mit Becka nach langer Zeit mal wieder in einen Gottesdienst in seiner alten Gemeinde, da im Anschluss ein großes Familientreffen bei seinen Eltern angesetzt war. Zuvor hatte sie ihm beim Frühstück endlich das verkündet, was Z bereits wusste, und er hatte es nicht geschafft, überzeugend Überraschung zu spielen. Da er dafür allerdings eine gute Erklärung hatte vorweisen können und seine Freude zudem sehr überzeugend und auch nicht gespielt gewesen war, war sie nicht verärgert, sondern lediglich ein wenig enttäuscht gewesen. Und hatte ihm danach das Versprechen abgerungen, es der Familie gegenüber zunächst für sich zu behalten. Worauf Z ohne Probleme eingegangen war. Nach dem Gottesdienst verschwand Becka für einige Zeit und Z machte sich schon Sorgen, als sie mit Jakob aus einem der Besprechungsräume kam und dabei ein weiteres Mal enttäuscht aussah. Was Z sofort zu deuten wusste. „Er konnte dir auch keine Antwort geben." lautete daher sein einziger Kommentar, als sie zum Auto gingen und sie schüttelte den Kopf. Der restliche Tag verlief trotzdem sehr nett – vor allem, da Becka nicht an sich halten konnte und mit ihrer Neuigkeit von sich aus herausplatzte. Etwas, womit Z durchaus gerechnet hatte, weswegen er ihr nur amüsiert zuzwinkerte, als sie entschuldigend in seine Richtung blickte. Die Freude war auf jeden Fall bei allen Anwesenden riesengroß.

100

Sie saß auf dem Bett und drehte den Ring zwischen den Fingern hin und her. Sie hatte eine Entscheidung zu treffen. Eine Entscheidung, die ihr Leben nachhaltig verändern würde. Wenn auch nur das ihre. Doch es gab für beide Richtungen Argumente, die nicht von der Hand zu weisen waren und diese abzuwägen, schien ihr schier unmöglich. In der Hoffnung, dadurch auf den richtigen Weg zu kommen, wanderte sie in Gedanken zurück. Zurück an den Anfang.

Das Erste, woran sie sich erinnern kann, ist das Schreien. Es ist ihre Mutter, die schreit. Die Worte versteht sie nicht wirklich. Aber sie glaubt, dass ihre Mutter wütend ist. Sie fängt an zu weinen. Weil sie nicht will, dass ihre Mutter wütend ist. Sofort hört ihre Mutter auf und wendet sich ihr zu. Auch sie hört auf und fragt: „Mama? Bist du wütend?"

„Aber nein, meine Kleine. Ich bin nicht wütend."

„Aber warum schreist du dann?"

„Ich... hm..." Ihre Mutter überlegt kurz, „ich bin verzweifelt. Weil dein Vater meistens schweigt, wenn ich versuche, mit ihm über anstrengende Dinge zu reden. Und dann versuche ich, ihm zu zeigen, wie wichtig mir das ist. Indem ich lauter werde. Bis ich irgendwann nicht mehr lauter werden kann."

„Aber versteht er das denn nicht?"

„Tja... das ist eine gute Frage." Mehr kommt von ihrer Mutter nicht mehr. Und sie beschließt, dieser guten Frage selbst nachzugehen. Sie geht zu ihrem Vater und fragt ihn. Er sitzt da und schweigt – da ist es einfach, ihn zu fragen. Wie immer denkt er erstmal eine Weile nach. Dann sagt er langsam:

„Schreien ist unlogisches Verhalten. Wer schreit, ist nicht in der Lage, seine Gefühle zu kontrollieren. Und das ist die Grundvoraussetzung, wenn man ein rationales Gespräch führen will. Deswegen warte ich, bis deine Mutter fertig ist mit schreien. Und wenn sie dann fertig ist, kann ich mich zu ihr setzen und ihr sagen, was ich denke."

„Tust du das dann?"

„Ja. Das tue ich."

Ob er es wirklich tut – daran kann sie sich nicht mehr erinnern. Was sie sicher weiß, ist dass es nicht funktioniert. Weder das, was ihre Mutter tut, noch das, was ihr Vater tut. Sie versucht zu vermitteln, so gut sie kann. Indem sie dem einen die Gedanken des anderen zuträgt. Aber auch das funktioniert nicht. Weil sie noch klein ist und sie ihr beide nicht glauben, dass sie versteht, was geschieht. Und weil sie beide der Meinung sind, dass es einfach so sein muss. Begriffe wie ‚Herkunft' und ‚Mentalität' und ‚Temperament' fallen in diesem Zusammenhang. Die sie wirklich nicht versteht – genauso wenig, wie die ein wenig ausführlichere Erklärung ihres Vaters:

„Wenn man aus unterschiedlichen Ländern kommt, ist man auch unterschiedlich. Das liegt einfach im Blut. Hier sind alle so wie ich. Dort, wo deine Mutter herkommt, sind alle so wie sie. Sie dort können untereinander. Und wir hier können untereinander. Nur wir beide können nicht miteinander. Zumindest nicht so gut. Aber das lässt sich nicht ändern."

Da ist sie anderer Meinung. Sie glaubt, dass alles geht, wenn man es nur richtig will. Aber auch damit richtet sie nichts aus. Weil ‚glauben' kindlich ist, erwachsen dagegen ‚wissen'. Und ihre Eltern wissen, während sie eben nur glaubt.

Es kommt der Tag, an dem ihre Mutter anfängt, Sachen einzupacken. Sie hat schon Angst, dass sie gehen muss. Doch es sind die Sachen ihres Vaters. Er ist der, der geht. Und sie weint wieder. Ihre Mutter weint auch, sagt aber: „Wir müssen stark sein. Immer."

„Aber jetzt sehe ich ihn nie mehr wieder." schluchzt sie.

„Das ist kein Dauerzustand." erwidert ihre Mutter, „wir müssen lediglich ein paar Dinge klären und dann kommt das alles wieder ins Lot."

Das beruhigt sie. Weil sie glaubt, dass sich das auf den Auszug ihres Vaters und die Beziehung ihrer Eltern bezieht. Doch damit hat sie Unrecht. Es bezieht sich auf sie selbst. Darauf, dass sie ihren Vater wirklich erst einmal nicht sieht. Das – und nur das – kommt wieder ins Lot. Indem ihre Eltern ein System aushandeln, wie sie sie beide regelmäßig sehen kann. Wie sie mit beiden möglichst viel Zeit verbringen kann. Und wie für sie – das glauben ihre Eltern zumindest – eigentlich keinerlei Nachteil entsteht. Weil sie mit ihrem Vater jetzt nur noch dann Zeit verbringt, wenn er auch Zeit für sie hat. Und diese Zeit mit ihm daher intensiver ist. Das ist natürlich schön. Aber es ist trotzdem nicht das Leben, das sie vorher hatten; trotzdem nicht das Leben, das sie sich wünscht. Worüber sie sich freuen kann, ist dass nun niemand mehr schreit. Und auch niemand mehr schweigt. Das hängt zusammen, denkt sie sich. Wenn der eine schreit, muss der andere schweigen. Weil wenn beide schreien, hört niemand etwas und wenn beide schweigen, sagt niemand etwas. Das kommt ihr – trotz ihres Alters – sehr logisch vor. Wesentlich logischer findet sie es allerdings, wenn einfach beide ganz normal reden. Jetzt tun sie das. Hauptsächlich natürlich mit ihr. Weil sie sich untereinander kaum noch sehen. Dann glücklicherweise auch. Nur nicht über die richtigen Dinge. Sie sprechen nur noch über Organisatorisches. Wer sie wann wo hinbringt oder abholt. Was dann mitgenommen, -gebracht oder gekauft werden muss. Solche Sachen. Über ihre Beziehung reden sie nicht mehr. Dieses Thema scheint abgeschlossen. Und ihre eigenen Versuche, es wieder in Gang zu bringen, bleiben ohne Erfolg. Manchmal reden sie auch hinter verschlossenen Türen. Und sie hat die Hoffnung, dass es dort um die wichtigen Themen geht. Weswegen sie lauscht – immer darauf wartend, etwas in die Richtung von ‚Lass es uns nochmal miteinander versuchen' zu hören. Doch sie wird jedes Mal enttäuscht. Denn es geht jedes Mal um dasselbe Thema: Geld und Waffen. Ihr Vater besitzt eine Firma und verdient viel Geld. Und hatte immer schon Angst davor, überfallen zu werden. Weshalb er, seit sie sich erinnern kann, Schusswaffen in einem abgeschlossenen Schrank gelagert hatte, der sich inzwischen in seiner Wohnung befindet. Aber er ist großzügig damit, wie er sie beide versorgt, und zwei Frauen geben seiner Meinung nach ein noch viel besseres Ziel ab. Weswegen er immer wieder versucht, ihrer Mutter eine der Waffen anzudrehen. Ihre Mutter weigert sich standhaft. Sie ist froh, die Dinger aus dem Haus zu haben. Und teilt seine Angst keineswegs. Sie sieht das genauso. Für sie ist es der eine Punkt im Leben ihres Vaters, an dem er nicht logisch denkt. An dem seine eigenen Gefühle ihn davon abhalten. Aber ihm das zu sagen, hat sie sich bisher noch nicht getraut. Ihre Mutter zuerst auch nicht. Erst jetzt traut sie sich das. Es ist das letzte Mal, dass ihr Vater dazu etwas sagt. Das letzte Gespräch mit geschlossener Tür. Irgendwann kommt der Punkt, an dem sie sagen kann ‚Ich bin daran gewöhnt. Es ist ein normaler Bestandteil meines Lebens, dass meine Mutter hier wohnt und mein Vater dort. Dass ich mein eigentliches Kinderzimmer bei ihr habe und mein anderes Kinderzimmer bei ihm. Dass ich manche Spielsachen hin und her trage und manche nur an einem Ort habe. Um diesen Ort zu etwas Besonderem zu machen.' Sie stellt auch fest, dass ihre Eltern nicht unbedingt der Mittelpunkt ihres Lebens sein müssen. Dass sie ein eigenes Leben haben kann. Dass sie eigene Freunde haben kann. Und dass diese Freunde unabhängig von ihrem Aufenthaltsort funktionieren. Sie kann die Freunde überall hin mitbringen. Sie muss die Trennung mich mehr so wichtig nehmen. Und das ist schön. Außerdem wird sie älter. Und kann mit beiden besser reden. Nicht über die Beziehung. Dieses Thema ist tabu. Selbst wenn keiner von ihnen dieses Wort jemals benutzt. Doch sie spürt es, denn jedes Mal, wenn sie selbst auch nur annährend in diese Richtung kommt, wird das Thema sofort gewechselt. Also lässt sie es auch selbst bleiben. Aber sie kann über andere Dinge reden. Die sie beschäftigen. Auch Dinge, die in eine ähnliche Richtung gehen. Liebe. Jungs. Oder Themen, die sie bewegen. Gewalt. Armut. Oder auch Gott. Themen, die aufkommen. Durch das Leben, durch den Alltag. Es ist spannend, zwei Perspektiven zu haben. Sie genießt das. Bis ihr irgendwann aufgeht, dass alle anderen das auch haben. Und dafür nicht einmal in verschiedene Wohnungen müssen. Doch sie sieht es positiv. Manch einer, dessen Eltern nicht mehr zusammen sind, hat dadurch eine dieser Perspektiven verloren. Sie nicht. Sie hört sich immer beide Meinungen an. Und auch die Meinungen von anderen. Es fasziniert sie, wie unterschiedlich diese sein können. Was sie aber viel mehr fasziniert ist, wie gleich die Meinungen ihrer Eltern oft sind. Sie unterscheiden sich meistens von denen aller anderen, gleichen sich aber untereinander. Es ist einfach eine Frage des Ausdrückens. Ihre Mutter ist nicht so wortgewandt. Sie ist eher ein emotionaler Mensch und redet anscheinend sehr oft, ohne wirklich darüber nachzudenken. Aber sie, die sie es hört und in sich arbeiten lässt, stellt immer wieder fest, dass es sehr häufig das gleiche ist wie das, was ihr Vater nach einigen Minuten des in sich Gehens auch zu sagen hat. In mehreren kurzen und wohlformulierten Sätzen. Was ihr dabei auch auffällt, ist dass die Ansichten ihrer Eltern an vielen Punkten sehr unumstößlich sind. Das gefällt ihr zunächst, weil es den Anschein erweckt, dass sie ganz genau wüssten, wovon sie reden. Was sie glauben. Wer sie sind. Doch es raubt auch Flexibilität. Sich Irrtümer einzugestehen. Dinge zu überdenken. Neue Einflüsse zuzulassen. Und eben auch, andere Meinungen zu akzeptieren. Was bei ihnen das große Problem zu sein scheint. Dass sie voneinander glauben, der andere hätte eine andere Meinung und sie wären sich nicht einig. Obwohl sie sich lediglich nicht verstehen. Sie versucht, ihnen das zu erklären. Aber wie schon früher kommt sie damit nicht weit. Die überbordende Emotionalität ihre Mutter und die nicht weniger überbordende Sachlichkeit ihres Vaters stehen da einfach im Weg. Ihre Mutter beginnt jedes Mal zu weinen, wenn sie davon anfängt und ihr Vater zuckt einfach mit den Schultern und sagt „Kleine – es ist wie es ist." Sie will da anders sein. Sie will sich davon nicht beeindrucken und schon gar nicht prägen zu lassen. Sie will offen sein. Sie will alles von allen Seiten beleuchten. Alle anderen Meinungen gehört haben, bevor sie sich eine eigene bildet. Das ist ein guter Vorsatz. Der in dem Wunsch begründet liegt, die Fehler ihrer Eltern nicht zu übernehmen. Doch sie schafft es nicht. Weil sie sich nicht bewusst ist, dass Prägung auch unterbewusst funktioniert. Gerade bei den Themen, die sie besonders interessieren oder die ihr besonders nahe gehen, ist das, was sie von ihnen hört, so tiefgehend, dass sie gar nicht anders kann, als es für sich in Anspruch zu nehmen. Die Fähigkeit ihres Vaters, in Sätzen zu sprechen, die wie Sprichwörter oder Auszüge aus einem Sachbuch klingen, bewirken da eine Menge. Seine Aussagen bleiben hängen. Und bilden sich in ihr zu Ansichten heran – ohne, dass sie es großartig merkt:

„Gott? Nein. Gott kann es nicht geben. Überleg mal: Er hat die Erde geschaffen. Und die Menschen. Weil er nicht allein sein wollte und sich nach Gesellschaft gesehnt hat. Das für sich genommen ist schon unsinnig, weil es ja die Engel gibt. Die ihm Gesellschaft genug sein sollten. Aber selbst wenn: Er schafft die Erde und die Menschen. Aber er schafft auch einen Baum, von dem sie nicht essen dürfen. Und eine Schlange, die sie dazu verführt. Was hat das denn für einen Sinn? Etwas Wundervolles zu kreieren und dann gleich eine Falle mit einzubauen? Warum sollte er das tun? Die Gefahr, dass es schiefgeht, mit einprogrammieren? Würdest du deinem Kind, wenn es laufen lernt, Schnüre im Flur spannen, über die es drüber stolpert? Das macht kein Mensch. Und Gott ist besser als der Mensch. Also sollte er es erst recht nicht machen. Und selbst wenn der Mensch auf anderen Wegen schlecht geworden wäre – oder zumindest einige von ihnen – er hat so viele Planeten geschaffen. Warum dann das Paradies aufgeben? Warum dann nicht die nehmen, die nicht funktionieren, und sie woanders hinbringen? Die wundervolle Gemeinschaft mit denen, die sich benehmen, bestehen lassen? Und die anderen absondern. Jeder Tierzüchter macht das so. Gott tut das nicht. Nein. Die einzige Erklärung ist, dass es Gott nicht gibt. Und sich das alles ganz von selbst so entwickelt hat. Gerade weil es sich nur ohne jegliche führende Hand so entwickeln konnte."

Das bringt sie zum Nachdenken und da die anderen Meinungen, die sie zu diesem Thema hört, eher schwammig und undurchsichtig und – vor allem von den Leuten, die sich sehr intensiv damit beschäftigen – mit Fremdworten durchsetzt sind, die sie nicht versteht und von denen sie manchmal den Eindruck hat, dass die Leute sie selber auch nicht verstehen und nur verwenden, damit es gut klingt, ist die Meinung ihres Vaters das, was bestehen bleibt.

Und dann ist da die Liebe. Das große Thema, das für sie ab einem gewissen Alter am wichtigsten ist und sie am meisten verfolgt. Sie ist hübsch. Das weiß sie, weil viele ihr das schon gesagt haben. Anfänglich waren es hauptsächlich die Großeltern und andere Verwandte. Später kamen Nachbarn oder Bekannte hinzu. Die es zu ihren Eltern über sie sagten – oft, während sie dabeistand. Aber das war alles harmlos und für sie nicht weiter wichtig. Irgendwann jedoch kommt der Zeitpunkt, an dem sie es von Gleichaltrigen gesagt bekommt. Von Jungs in ehrfürchtiger Anerkennung. Von Mädchen mit bissigem Neid. Da wird es für sie relevant. Da sieht sie: Das ist etwas Besonderes an mir. Sie lernt, es einzusetzen. Zu ihrem Vorteil, zu ihrem Spaß. Aber sie ist kein draufgängerischer Typ. Sie ist ein vorsichtiger Typ. Weil sie bei ihren Eltern gesehen hat, was daraus werden kann – im negativen Sinne. Und weil sie auch dazu die Stimme ihres Vaters viel zu deutlich im Ohr mit sich herumträgt:

„Liebe. Ja... gut. Das ist etwas, was man immer mal gerne ausprobieren möchte. Ich denke auch, dass jeder Mensch es ausprobieren sollte. Die Frage ist einfach: Wie weit geht man damit? Liebe kann unterschiedliche Stufen haben. Sehr viele. Doch im Grunde sind es zwei entgegengesetzte Richtungen, in die sich alle diese Stufen erstrecken. Es gibt das Kurzfristige – das ohne Ziel. Das kann Wochen oder Monate oder manchmal auch Jahre dauern. Wo man einfach seinen Gefühlen freien Lauf lässt. Und die hochkochenden Emotionen bis zum letzten Atemzug genießt. Und sich

dann umdreht und weggeht. Und sagt ,Das war wunderschön. Das nehme ich als Erinnerung mit. Und lebe mein Leben weiter. Bereichert davon. Aber nicht gebunden daran.' Und es gibt den Versuch, die Liebe auf das Leben auszudehnen. Zu versuchen, den oder die Richtige zu finden und zu sagen ,Du bist es. Du und kein anderer. Ich liebe dich und ich ertrage dich. Auch mit allen deinen Fehlern. Bis zum wirklich letzten Atemzug.' Das ist das, was viele wollen, wonach sie sich sehnen, was sie zu erreichen versuchen. Aber das ist auch das, woran viele scheitern. Die Liebe ist nicht dazu geschaffen, ewig zu halten. Weil der Mensch nicht dazu geschaffen ist, ewig das gleiche zu lieben. Er verändert sich. Und das, was dich am Anfang fasziniert, ist am Ende einfach nur noch störend. Weil es halt nun mal nicht so ist, dass Gefühle immer gleich bleiben. Ich habe deine Mutter auch sehr geliebt. Am Anfang. Für eine gewisse Zeit. Dann war es vorbei. Aber anstatt, dass wir uns das eingestanden haben, haben wir in der Illusion weitergelebt, dass wir einfach eine andere Ebene der Liebe, eine andere Form der Liebe erreicht haben. Und es so auch weitergehen kann. Das war ein Trugschluss. Wir hätten es beenden sollen. Genau in dem Moment, als wir uns dessen bewusst geworden sind. Das war lange vor deiner Geburt. Aber wir haben versucht, es auf Biegen und Brechen durchzuziehen. Dabei bist du entstanden. Das ist natürlich sehr gut. Aber es ist leider das einzige Gute, was dadurch entstanden ist. Und auch du hättest es leichter und besser haben können, wärst du unter anderen Umständen – und damit vielleicht mit zumindest einem anderen Elternteil – auf die Welt gekommen. Ich hoffe, dass du dich richtig entscheidest. Dass du solche Fehler nicht machst. Dir laufen viele Jungs hinterher. Und es werden noch mehr, je älter du wirst. Da bin ich mir sicher. Such dir nicht einen raus und versuche, es mit ihm auf Biegen und Brechen zu schaffen. Nimm, was du kriegen kannst, und erfreue dich an der Vielfalt, die dadurch entsteht. An der riesigen Menge von wundervollen Erinnerungen, die du dir dadurch schaffst."
Ihr Vater tut das auch. Lange schon. Er hat nicht zwangsläufig eine Freundin nach der anderen, aber er lässt keine Beziehung länger laufen, als sie ihm gefällt und beginnt lieber eine neue, als in die vorhandene zu investieren. Das entspricht seinem Denken und je älter sie wird, desto mehr hat sie auch den Eindruck, dass er sich freier darin fühlt. Weil er seine Stellung als Vorbild schwinden sieht und daher mehr Wert auf eigene

Freuden legen kann. Er geht immer gut mit ihnen um – selbst bei der Trennung. So kann sie ihm das kaum übelnehmen. Und die Frauen sind schließlich auch erwachsen. Er nimmt keine jungen Dinger, die noch nichts vom Leben wissen. Er sucht sich Frauen auf seiner Ebene. Die durchaus in der Lage sind, zu entscheiden, ob sie sich einlassen wollen oder nicht. Trotzdem führt seine so extrem festgefahrene Meinung an diesem einen Punkt nicht dazu, dass sie automatisch in die gleiche Richtung driftet. Ganz im Gegenteil: Sie will ihm beweisen, dass er Unrecht hat. Und das am liebsten mit sich selbst. Indem sie eine Beziehung eingeht, die ein Leben lang hält. Und die sie ihm vorhalten kann. Die sie nutzen kann, um ihm zu sagen, dass auch er es hätte schaffen können, ihre Mutter ein Leben lang zu lieben. Wenn er sich nur Mühe gegeben hätte. Ihre Mutter würde das immer noch wollen. Das weiß sie. Das sieht sie alleine schon daran, dass sie in der ganzen Zeit, die seit der Trennung vergangen ist, keine einzige Beziehung eingegangen ist. Nicht mal einen Flirt oder ein Date. Sie hat öfters versucht, sie dazu zu bewegen. Eben gerade weil sie weiß, dass keine Hoffnung mehr besteht. Und sich sicher ist, dass auch ihre Mutter das weiß. Und es sich nur nicht eingestehen kann. Es klappt nicht. Das macht sie traurig. Und so bleibt ihr eigenes Leben als einzige Möglichkeit, ihn zum Nachdenken anzuregen. Doch dafür muss sie ihn finden. Den richtigen. Bei den Jungs, die sie umgarnen, ist er nicht dabei. Nicht in der Schule zumindest. Nach der Schule geht sie auf die Uni.

Und dort kommt er – der Mann, der ihr ganzes Leben so werden lässt, wie sie es haben wollte. Der Mann, mit dem sie es beweisen kann. Der Eine, der Richtige. Den sie mehr liebt, als sie jemals jemanden geliebt hat. Und der sie mehr liebt, als er jemals jemanden geliebt hat. Er hatte so einige Beziehungen vor ihr, die alle nichts zu bedeuten hatten – genau wie sie. Aber das ist das Schöne: Jetzt ist das anders. Jetzt haben sie eine Beziehung, bei der sie sich gegenseitig sagen können, dass sie etwas bedeutet. Die Bedeutungslosigkeit der vorherigen verstärkt das sogar noch. Ihr Zusammensein.

Sie sind zusammen. Sie bleiben zusammen. Irgendwann heiraten sie. Und sie ist an dem Punkt, wo sie denkt: Jetzt kann ich es beweisen. Der Kontakt zu ihren Eltern ist inzwischen fast komplett abgebrochen. Die ausgerechnet mit ihrem Erwachsenwerden immer mehr zunehmenden Eingriffe ihrer

Eltern in ihr Leben sind für sie nicht mehr haltbar. Ihr Vater versucht es durch Bevormundung – durch das Hinstellen seiner eigenen Meinungen als Tatsachen, an die sie sich zu halten hat. Ihre Mutter versucht es durch Jammern – durch eine übertrieben hoffnungslose Auslegung der eigenen Lebenssituation, mit der sie sie dazu bringen will, ihren Wünschen zu entsprechen. Beides kommt für sie nicht in Frage. Ihnen beiden kann sie nun zeigen, wie es besser geht. Dafür will sie nur noch ein wenig Zeit vergehen lassen. Damit ihre eigene Beziehung gefestigt genug ist, um vorgezeigt werden zu können. Und ihre Eltern sich genug von ihr entwöhnt haben, um sie nicht mehr als das kleine Mädchen, sondern als erwachsene Frau zu betrachten. Die nicht nur redet, sondern etwas zu sagen hat. Zum Nachdenken anregt, eine Wirkung erzielt. So wartet sie. Und das Schicksal schlägt zu. Es ist nicht die Liebe, die endet – es ist sein Leben. Es endet unvorhergesehen und plötzlich. Ihre Liebe zu ihm endet dagegen nicht. Jetzt weiß sie, was ihre Mutter fühlt. Nur, dass für sie wirklich keine Chance mehr besteht. Sie könnte die Liebe trotzdem als Beweis nutzen. Als viel stärkeren sogar. Indem sie sie weiter in sich trägt. Bis zum Ende ihres Lebens. Liebe zu einem Menschen, der gar nicht mehr existiert. Dann würde sie den Weg ihrer Mutter gehen. Doch gleichzeitig sehnt sie sich nach Zuneigung. Die sie bekommen könnte. Wenn sie den Weg ihres Vaters ginge. Sie ist hin und her gerissen. Und sieht – egal, wie sie sich entscheidet – keine Zukunft.

101

Es war bei ihnen allen das Gleiche. Und löste bei ihnen allen die gleiche Reaktion aus: Panik. Denn diesmal war es ganz eindeutig kein Traum. Für Annie war es noch am einfachsten, damit umzugehen. Weil sie es kannte. Sie war lediglich unglücklich damit, dass es nun wirklich passierte. Für die anderen beiden jedoch war es neu. Was sie in einen Schockzustand versetzte, der sich vor ihren Partnern nur sehr schwer verbergen ließ. Trotzdem behielten sie es alle für sich. Auch wenn der Impuls, das zu tun, inzwischen verschwunden war. Es war lediglich eine Maßnahme, um Zeit zu gewinnen, sich austauschen zu können. Zu verstehen, was es zu bedeuten hatte. So suchten sie sich Ausreden, die interessanterweise alle mit dem schwelenden Krieg zu tun hatten – weswegen sie auch anstandslos akzeptiert wurden. Doch sie wussten, dass sie das nicht öfter würden tun können.

102

„Schön, euch zu sehen. Seid ihr auch fast gestorben?" Die Lockerheit, mit der Annie das fragte, war eigentlich komplett unangebracht. Aber weder Geraldine noch Z rügten sie dafür. Stattdessen sagte sie

„Ja."

und er „Dito."

und Annie seufzte erleichtert: „Dachte ich mir doch, dass ich da nicht die Einzige bin."

„Dachtest du dir?" Geraldine zog die Brauen hoch, „er hat es doch gesagt."

„Er hat mir gesagt, dass er mit euch redet. Nicht, wie"

„Gut, das stimmt. Aber es war irgendwie logisch."

„Und fast gestorben sind wir ja auch nicht." wandte Z ein, „wenn ich das richtig verstanden habe."

„Aus menschlicher Sicht." entgegnete Annie.

„Gut. Dann schon."

„Was habt ihr besprochen?" bohrte Annie weiter, doch diesmal war die Reaktion nicht so offen:

„Ich weiß nicht, ob ich das laut sagen will." kam von Geraldine und

„Geht mir genauso." von Z zurück.

Worauf sich Annie allerdings problemlos einlassen konnte: „Gut. Dann lassen wir es."

„Du würdest?" erkundigte sich Z ein wenig ungläubig.

Annie wippte mit dem Kopf: „Ich hätte, wenn ihr hättet."

„Dann nein. Mit gutem Gewissen."

„Auf jeden Fall." stimmte Geraldine zu und auch Annie nickte, wenn sie auch nicht umhinkonnte, trotzdem weiter zu fragen:

„Wer war denn dabei?"

„Becka." brummte Z.

„Nils." murmelte Geraldine.

„Und? Verkraftet?"

„So überhaupt nicht." schnaubte Geraldine, „aber versuch mal, Gott was übel zu nehmen."

„Das hat es noch schlimmer gemacht." Z verzog das Gesicht, „Becka wollte gerne jemanden verantwortlich machen. Aber so..."

„Jonathan war auch alles andere als begeistert." Auch Annie blickte betrübt drein, „mein erster Beweis, dass da mehr sein könnte – und dann gleich sowas."

„Ja, das ist hart." Geraldine sah gedankenverloren aus dem Fenster – wurde aber praktisch sofort von Annie wieder zurückgeholt:

„Allerdings... bin ich verwirrt. Ich dachte, ich rufe euch an, damit wir uns treffen. Stattdessen ruft ihr mich an. Beide. Was ist denn los?"

„Sag du es uns." forderte Z sie auf, womit Annie jedoch nichts anfangen konnte:

„Ich? Ich kann euch sagen, was bei mir los ist. Von euch weiß ich nichts."

„Dann sag uns, was bei dir los ist."

„Ich hatte eine Vision." erwiderte Annie, „leider. Wieder. Aber ich sage das ‚leider' nur ganz leise und ganz vorsichtig, denn ich wusste, dass es dazu wieder kommen würde. Das zumindest kann ich euch erzählen: Gott hat es mir angekündigt."

„Mir hat er auch etwas angekündigt." erklärte Geraldine, „aber nicht das."

„Dito." kam es von Z und Annie kratzte sich am Kopf:

„Dito?"

„Ein fremdsprachlicher Begriff der Zustimmung. Hatte ich vorhin auch schon verwendet."

„Ach..." Annie zog eine Schnute, „was meint ihr? Nicht mit dem Wort. Mit eurer Aussage."

Geraldine räusperte sich: „Gott hat mir gesagt, dass wir weitermachen müssen. Beziehungsweise: Er hat gesagt, wie wichtig es wäre, dass wir das tun, und dann gefragt, ob ich bereit dazu bin."

„Dito." murmelte Z ein weiteres Mal.

Annie nickte ebenfalls: „So weit, so gleich. War bei mir auch so."

„Schön."

„Ich verstehe trotzdem eure Gesichter noch nicht."

Geraldine atmete tief ein: „Ich hatte auch eine Vision."

„Du?" Annies Augen wurden groß.

„Und ich auch." setzte Z hinzu.

Annies Augen wurden noch grösser: „Du?"

„Sag's nochmal." gab Z sarkastisch zurück, doch Annie ließ sich ärgern: „Muss ich nicht. Es ist niemand mehr da, zu dem ich es noch sagen könnte."

„Was hat das zu bedeuten?" Geraldine blickte Annie fordernd and und diese hob erst einmal abwehrend die Hände:

„Moment. Mal von vorne. Seid ihr euch sicher, dass es eine Vision war?"

„Sicher?" wiederholte Z, „nein. Ich hatte noch nie eine. Gut – das stimmt nicht. Eine wie du, meine ich. Aber es sah so aus wie das, was du immer erzählst."

„Und wovon handelte sie?" bohrte Annie nach.

„Von einem Mann. Der auf einer Parkbank saß..."

„...und in der Zeitung las." übernahm Geraldine, „und dann ist er aufgestanden..."

„...und hingefallen." wieder Z, „einfach so. Und konnte..."

„...nicht wieder aufstehen. Und als ihn Leute gefragt haben, was los sei, da..."

„...hat er eine Sprache gesprochen, die sie nicht verstanden haben." vollendete Annie komplett verwirrt.

„Ja." bestätigte Geraldine das noch einmal und auch Z sah sich dazu bemüßigt:

„Doti."

Geraldine legte den Kopf schief: „Was?"

„Ich hatte keine Lust, immer ‚Dito' zu sagen."

„Witzig." brummte Annie, worauf Z sofort mit

„Gruselig." konterte, was sie zunächst falsch verstand:

„Findest du?"

„Das hier." Er beschrieb in der Luft einen Kreis, „wir hatten alle die gleiche Vision. Erklär das."

Annie legte die Stirn in Falten: „Wieso sollte ich das erklären können?"

„Weil du Visionen-Girl bist."

„Das mag sein – dämlicher Name übrigens – aber das heißt doch nicht, dass ich auch Antwort-Girl bin. Das ist jemand anders."

„Ja." seufzte Geraldine, „und wir wissen auch, wer."

„Stimmt." Annie tippte sich an die Stirn, „so meinte ich das gar nicht. Aber da hast du Recht. Wo ist sie, wenn man sie braucht?"

Z zuckte die Achseln: „Wo auch immer."

„Ich denke, wir können davon ausgehen, dass sie kommen wird, wenn Gott das will." sinnierte Geraldine, womit Z nicht zufrieden war:

„Und was machen wir bis dahin?"

„Ich denke, das liegt auf der Hand." kam es von Annie und die anderen beiden starrten sie an:

„Auf der Hand?"

„Gut – vielleicht sehe ich das anders, weil es für mich nicht so drastisch ist. Aber... wir alle wussten, dass er Tag kommen wird, an dem wir weitermachen müssen. Heute ist dieser Tag. Wir haben alle ,Ja' gesagt – zumindest gehe ich mal davon aus, ansonsten bitte melden..." Alle Hände blieben unten, „...tun wir also genau das. Machen wir weiter. Wie immer. Die Vision ist da. Und wir haben sogar den Vorteil, dass ich sie nicht erzählen muss und wir sie zu dritt auseinanderpflücken können." Jetzt war sie es, die herausfordernd dreinblickte – und dafür zunächst Konsternierung erntete:

„Schön, dass du das so positiv sehen kannst."

„Für mich hat sich nichts geändert. Und dass ihr jetzt mal merkt, wie es für mich ist, finde ich nicht schlimm. Überhaupt: Ist das eine negative Sache?"

„Hm..." Z kratzte sich am Kinn, „das ist eine gute Frage."

Auch Geraldine blieb unschlüssig: „Eher nicht. Wahrscheinlich. Vielleicht. Keine Ahnung."

„Wir werden schon noch Antworten bekommen." behielt Annie ihre Sichtweise bei, „halten wir uns bis dahin an das, was wir kennen."

„Also machen wir den Dämon platt." folgerte Z und sie nickte:

„So sieht es aus."

„Dann los." Z sprang auf, aber Geraldine hielt ihn zurück:

„Nein."

„Nein?" wiederholte Annie verwundert.

„Einer der Gründe, weswegen wir längerfristig aus dem Geschäft waren, war dass wir es nicht mehr richtig gemacht haben." erklärte Geraldine,

„lasst es uns wieder richtig machen. Von Anfang bis Ende. Gewissenhaft. So, wie es sich gehört."

Z seufzte: „Heißt?"

„Dass wir nicht zu dritt sein sollten. Rufen wir Steve und Katiana an."

„Nun denn…"

Annie legte den Kopf schief: „Hast du es eilig?"

„Nun…" Z wippte mit selbigem, „eilig nicht, nur… Becka und ich wollen heute Abend ins Kino."

„Verstehe. Klar. Kein Problem. Bis dahin sind wir durch."

„Hatte eh nicht vor, den kompletten Tag damit zu verbringen." schloss sich Geraldine Annie an.

Z lächelte dankbar: „Gut. Danke."

„Was schaut ihr denn?"

„Ach… Science-Fiction. Hat mein Bruder uns empfohlen."

Geraldine zog die Brauen hoch: „Du klingst nicht gerade begeistert."

„Der Regisseur-Strich-Autor ist ein ehemaliger Studienkollege von Zach. Und Christ. Was heißt, dass die Empfehlung nicht auf seiner eigenen positiven Meinung beruht. Sondern auf Solidarität. Mit einem gläubigen Bekannten."

„Ist das schlimm?"

„Nein. Nur… sein Glaube scheint wohl durch. Also… spielt eine Rolle in dem Film. Für die Handlung."

„Ist das schlimm?"

Z blinzelte irritiert: „Nein. Jein. Keine Ahnung. Kann schlimm sein. Oder auch nicht. Das werden wir ja sehen."

„Du meinst, ein Film, der christliche Inhalte vermittelt, ist mit größerer Wahrscheinlichkeit schlecht als einer, der das nicht tut." fasste Annie es zusammen und Z schüttelte den Kopf:

„Nicht grundsätzlich. Aber die christlichen Filme, die ich im Laufe meines Lebens gesehen habe… breiten wir den Mantel des Schweigens drüber."

„Vorurteil much?" schnaubte Geraldine, was sowohl Annie als auch Z zum Stutzen brachte:

„Äh… was?"

„Äh… wie?"

„Egal." Geraldine winkte hastig ab – und Z schloss sich ihr an, wenn auch in Bezug auf sein eigenes Thema:
„Genau: egal. Und jetzt: anrufen."

103

Es war Punkt 8:00. Die junge Frau stand regungslos vor dem Badspiegel und blickte hinein, ohne sich zu sehen. Dann gab sie sich einen Ruck, verließ das Bad und betrat die Küche. Ihre Mutter saß am Tisch. Schaute sie an. Sagte aber nichts. Sie dagegen schon:
„Es ist soweit. Ich gehe."
Schweigen schlug ihr entgegen.
Die junge Frau schluckte: „Das ist deine letzte Chance, Lebewohl zu sagen."
„Du sagst mir nicht, wohin du gehst." lautete die Antwort.
„Das kann ich nicht. Und es ist besser für uns beide. Ich brauche den Abstand. Und dir wird es guttun, auf eigenen Beinen zu stehen. Du hast meine Telefonnummer. Wenn du etwas brauchst, kannst du dich melden."
„Das werde ich nicht." krächzte ihre Mutter.
„Dann kann ich dir nicht helfen."
Es kam keine Antwort mehr und so drehte sie sich weg. Nahm die letzte Kiste, die sie kurz zuvor im Bad zusammengepackt hatte und verließ die Wohnung.
„Und wer fährt mich jetzt sonntags in den Gottesdienst?" flüsterte ihre Mutter, doch das hörte sie nicht mehr, denn die Wohnungstür war bereits zugefallen.
Sie warf den Brief, der die Kündigung für den Stellplatz enthielt, beim Hausmeister in den Briefkasten. Dann packte sie die Kiste in den Kofferraum und fuhr davon. Der Verkehr war um diese Zeit wesentlich dichter als eine Stunde früher – die Zeit, zu der sie normalerweise zur Arbeit fuhr. Sie konnte also froh sein, sich so zeitig aufgemacht zu haben. Sie erreichte das Einfamilienhaus und schaffte es gerade noch, die Kiste im Bad auszuräumen, als es an der Tür klingelte. Sie lief nach unten und öffnete. Ein junger Mann stand davor.
„Du bist es." begrüßte sie ihn.

„Du bist es." wiederholte er in ihre Richtung.

Sie trat zur Seite: „Komm rein. Es ist alles bereit."

„Wir haben nicht mehr viel Zeit." entgegnete er.

„Es ist nicht weit entfernt. Deine Sachen sind oben."

Sie führte ihn ins Schlafzimmer, wo sie den Kleiderschrank öffnete. Sie nahm den Anzug heraus und hielt ihn ihm hin.

„Passt er?" fragte er.

„Sollte er." antwortete sie.

„Und du?"

Sie holte das Kleid hervor, das sie gekauft hatte.

Der junge Mann lächelte: „Schön. Wo ist das Bad?"

„Du kannst dich hier umziehen."

„Sicher?"

Die junge Frau nickte: „So wird es ab jetzt immer sein."

„Das stimmt."

Sie zog sich aus und dann das Kleid an. Der junge Mann beobachtete sie neugierig. Sie störte sich nicht daran. Als sie fertig war, nickte er zustimmend. Dann zog er sich ebenfalls um. Und sie war mit zuschauen dran. Auch sie war zufrieden. Dann sah sie auf die Uhr:

„Wir sollten los."

Sie führte ihn zu ihrem Auto, das sie in der Einfahrt geparkt hatte und gemeinsam fuhren sie einige Straßen weit. Sie erreichten das Standesamt und parkten das Auto davor. Auf den Stufen warteten zwei Personen.

„Sind sie das?" erkundigte sich der junge Mann leise.

„Ja." bestätigte die junge Frau.

„Kennst du sie?"

„Nein."

Sie traten auf die Personen zu – ein älterer Mann und eine ältere Frau.

„Wir haben euch erwartet." erklärte der ältere Mann.

„Das wissen wir." gab die junge Frau zurück.

„Dann sollten wir hineingehen. Es ist Zeit."

Die Zeremonie ging schnell. Der Standesbeamte hatte nicht viel zu sagen und sie alle gar nichts. Sie ließen ihn sprechen. Dann tauschten die junge Frau und der junge Mann die Ringe, die sie gekauft hatte. Er küsste sie. Es war ein wenig unbeholfen, aber sie störte sich nicht daran. Dann unterschrieben sie. Und die Personen, die als Zeugen dienten, ebenfalls. Damit waren sie fertig und verließen das Gebäude. Der ältere Mann und die ältere Frau nickten ihnen zu:

„Alles Gute."

„Danke." erwiderte der junge Mann.

„Gern geschehen."

Dann gingen sie ihrer Wege und die junge Frau und der junge Mann, die nun ein junges Ehepaar waren, fuhren zu ihrem Einfamilienhaus zurück. Diesmal in die Garage. Vor der Haustür sah er sie an:

„Ich kann dich nicht tragen."

„Das musst du auch nicht." Sie lächelte schwach und er lächelte ebenso schwach zurück. Im Haus nahm sie ihn an der Hand: „Lass mich dir zeigen, wo du was findest."

„In Ordnung."

Sie führte ihn durch die einzelnen Räume und klärte ihn auf, was sie schon alles eingerichtet hatte. „Brauchst du noch irgendwas?" fragte sie danach.

Er schüttete den Kopf: „Auf Anhieb nicht."

„Was passiert dann jetzt?"

„Erstmal nichts."

„Also gehe ich weiter normal arbeiten." folgerte sie.

„Hast du denn nicht Urlaub?"

„Diese Woche."

„Dann können wir wegfahren." schlug er vor.

„Wohin?"

„Ans Meer."

Wieder lächelte sie: „Einverstanden."

„Gut." lächelte er zurück, „haben wir Koffer?"

„Nur einen."

„Dann müssen wir sparsam packen."

„Sollen wir mit dem neuen Auto fahren?" schlug sie vor.

„Gerne."

„Dann komm mit." Sie deutete nach oben, „und hilf mir aussuchen."

Es war Punkt 12:00, als das neue Ehepaar mit seinem neuen Auto die Einfahrt zu seinem neuen Haus verließ. Um ans Meer zu fahren.

104

„Entschuldigung."

„Entschuldigung."

„Entschuldigung."

Steve blickte die drei Freunde belustigt an: „Ihr klingt wie unsere Enkel."

„Nur, dass es da viermal kommt." fügte Katiana – ebenfalls amüsiert – hinzu.

„Dann dafür nochmal Entschuldigung." erklärte Annie hastig, doch Steve winkte lachend ab:

„Wir wissen, dass ihr es ernst meint. So wie sie auch. Meistens."

„Tun wir. Wirklich." beteuerte Z und wurde ebenfalls weg gewunken:

„Ist okay. Wirklich."

„Dann ist ja gut."

Katiana sah in die Runde: „Wollt ihr uns nun sagen, was los ist?"

„Wir hatten eine Vision." erwiderte Annie, was Katianas Gesicht sich aufhellen ließ:

„Herzlichen Glückwunsch."

Steve dagegen hatte Annies Betonung bemerkt – und sein Gesicht verdüsterte sich dementsprechend: „Wir?"

„Ja." Geraldine nickte überdeutlich, „wir. Alle drei."

Steve und Katiana wechselten einen erstaunten Blick: „Die gleiche? Oder verschiedene Teile?"

„Nein. Die gleiche."

„Das wäre ja krass." Z lachte auf, „wenn wir es noch zusammensetzen müssten. Stellt euch mal vor – wie ein Puzzle."

„Na vielen Dank." schnaubte Geraldine, „gut, dass Gott nicht auf solche Ideen kommt."

„Hm... vielleicht..." Annie rieb sich nachdenklich die Wangen, beließ es aber bei diesen zwei Worten, weshalb Geraldine nachhakte:

„Hm? Vielleicht?"

Annie zuckte zusammen: „Ach... nichts. Hatte nur gerade einen Gedanken. Aber das kann warten. Kümmern wir uns zuerst um den Dämon."

„Meint ihr, wir können das noch?" fragte Z zweifelnd.

„Natürlich." schoss Geraldine zurück, aber das reichte ihm nicht:

„Sagst du."

Sie nickte: „Sage ich. Weil aufmunternde Worte in einer solchen Situation..."

„Lasst uns einfach beten, okay?" ging Annie dazwischen, „damit wir loskönnen."

Geraldine blickte sie an. Ihr war das leichte Zittern in Annies Stimme nicht entgangen: „Aufgeregt?"

„Total, ja."

„Nicht nur du." Geraldine schenkte ihr ein aufmunterndes Lächeln, „ich fühle mich, wie ganz am Anfang."

„Nicht nur du." kam es von Z. Und bevor sich das in eine Endlosschleife fortsetzen konnte, riss Steve das Ruder an sich:

„Also... legen wir los."

105

Sie beteten so intensiv wie lange nicht mehr und machten sich dann auf den Weg. Die Unsicherheit blieb und änderte sich auch nicht, als sie vor Ort waren. Sie hatten gehofft, dass das Gefühl der Routine wiederkehren würde, wenn sie erst einmal ‚in action' waren, doch das geschah nicht. Stattdessen erlebten sie eine weitere Überraschung, die sie für einen ziemlich langen Moment aus dem Konzept brachte, den der Dämon beinahe zur Flucht nutzen konnte. Es passierte, als sie das Krankenzimmer betraten, in dem der Mann lag – nachdem sie sich von der Schwester zuvor hatten bestätigen lassen, dass ihn nach wie vor niemand verstand. Sie näherten sich dem Bett und Geraldine flüsterte leise „Ich sehe ihn." Dann merkte sie, dass die beiden anderen nicht mehr neben ihr waren. Sie standen wie versteinert einige Schritte hinter ihr.

„Was ist los?" raunte sie ihnen zu.

Z rührte sich nicht: „Ich sehe ihn auch."

Annie ebenfalls nicht: „Und ich."

„Was?" Geraldine schüttelte verwirrt den Kopf und sie starrten sich ungläubig an.

Inzwischen hatte der Mann sie bemerkt und jammerte in unverständlichem Kauderwelsch los. Das ließ Geraldine herumfahren, brachte sie in die

Realität zurück und die Tatsache in ihr Bewusstsein, dass der Schatten dabei war, zu verblassen. Schnell griff sie nach ihm. Es war mehr ein Reflex, aber er war genau richtig – das, was sie früher immer getan hatte.

„Schnell, Z." zischte sie über die Schulter und zu ihrer Erleichterung reagierte Z wirklich:

„Was? Ja, ja, ja." Er trat neben sie und nur wenige Momente später war es erledigt und der Mann dankte ihnen – vollkommen normal und verständlich – für das, was sie für ihn getan hatten. Dann schwang er sich aus dem Bett und die Schwester auf dem Gang ließ schreiend ein Tablett fallen, als er plötzlich vor ihr stand. Gleich darauf schrie sie nochmal. Weil er sie zu beruhigen versuchte – und dabei ihre Sprache sprach. Die drei Freunde blieben im Hintergrund und Geraldine verspürte den starken Drang, einfach zu verschwinden. Annie zog an ihrem Ärmel und sie merkte, dass sie damit nicht die Einzige war. So schlichen sie sich davon, während die Schwester schwer atmend auf dem Gang stand und der Mann die Sachen zusammensammelte, die ihr heruntergefallen waren. Keiner von beiden bemerkte ihren Abgang und erst, als sich die Aufzugtür schon hinter ihnen schloss, wandte der Mann sich um, suchte mit den Augen den Gang ab und zuckte dann mit den Schultern.

Annie rümpfte die Nase: „Wie dankbar."

„Er hat uns doch gedankt." erinnerte Geraldine sie.

„Ja, hat er. Stimmt schon."

„Meint ihr, deswegen hatten wir das Gefühl, einfach gehen zu sollen?" Z blickte die beiden Frauen fragend an – die genauso zurückblickten:

„Deswegen? Weswegen?"

„Na. Wir haben es übertrieben mit der Dankbarkeit, die wir eingefordert haben. Vielleicht sollen wir das nicht mehr. Vielleicht will Gott, dass wir mehr im Hintergrund bleiben. Uns an uns selbst erfreuen. Anstatt an den Bekundungen anderer."

„Mag sein." Annie wippte mit dem Kopf, „wäre eine Erklärung."

„Viel wichtiger fände ich allerdings eine andere Erklärung." wechselte Geraldine das Thema, „ihr habt den Dämon gesehen? Beide?"

„Ja." Annies Nase verzog sich erneut, „scheußlicher Anblick."

„Und wie." stimmte Z ihr zu.

„Also haben wir alle Visionen und können alle Dämonen sehen." fasste Geraldine es zusammen, „können wir sie auch alle austreiben?"

Z zuckte die Achseln: „Das gilt es, auszuprobieren."

„Äh… nein." wehrte Annie ab, „das will ich wissen, bevor ich es probiere. Sonst geht es schief."

„Guter Punkt."

„Aber was bedeutet das?" Geraldine war mit ihrem Gedankengang noch nicht am Ende, „wir sollen doch zusammenarbeiten. Oder nicht?"

Annie nickte – wenn auch eher verhalten: „So habe ich es verstanden."

„Dann macht das doch keinen Sinn." fuhr Geraldine auf.

Z hob einen Finger: „Korrektur: Es macht keinen Sinn, der sich uns erschließt."

„Dann eben das."

„Und was nun?" kam es von Annie, worauf Z erneut mit den Schultern zuckte und Geraldine seufzte:

„Im Grunde sind wir da, wo wir vorher auch waren: Wir warten auf Antwort-Girl. Sie sollte uns sagen, warum wir auf einmal alle können, was Annie kann. Jetzt soll sie uns auch noch sagen, warum wir alle können, was ich kann. Und, ob wir alle können, was Z kann."

Z sah entnervt drein: „Darauf wird es wohl hinauslaufen."

„Fahren wir erstmal zurück." schlug Annie vor, worauf Geraldine nickte:

„Und schicken Steve hoch."

„Ja. Steve. Der…" Annie drehte sich in der Vorhalle im Kreis.

„…schon längst oben ist." Geraldine schlug sich auf die Stirn, „total vergessen."

„Nimmt er uns sicherlich übel." murmelte Annie unglücklich – Z war da anderer Meinung:

„Glaube ich nicht."

„Nicht? Weil?"

„Sein Part nach unserem beginnt. Er dürfte mitgekriegt haben, dass der Mann geheilt ist. Also kann er auf ihn zugehen. Dafür braucht er uns nicht. Unser Verschwinden dürfte für ihn also okay sein."

Das beruhigte Annie nur zum Teil: „Fragen wir ihn nachher lieber trotzdem."

Steve sah es zu ihrer Erleichterung ganz genauso: „Ihr wart fertig. Und wenn ihr den Eindruck hattet, lieber gehen zu sollen, dann richtet euch danach. Das wird schon seinen Grund haben."

„Den wir nicht wissen." wandte Annie ein, „so wie ziemlich viele andere Gründe."

„Gott arbeitet halt gerne praktisch. Lässt euch Erfahrungen sammeln, bevor er sie euch erklärt."

Geraldine seufzte: „Immer wieder eine unschöne Erfahrung."

„Anstrengend – ja." lächelte Steve, „aber lehrreich."

„Das kannst du laut sagen."

„Was ist mit dem Mann?" erkundigte sich Z.

Steves Lächeln blieb: „Er ist gut in einer Gemeinde aufgehoben. Er braucht meine Hilfe nicht."

„Aber er hat ein Problem." hakte Geraldine nach.

„Oh ja. Aber auch Leute, die ihm dabei helfen. Er war nur nicht ehrlich zu ihnen. Jetzt wird er das sein."

Sie runzelte die Stirn: „Sagt er."

„Und ich glaube ihm." gab Steve zurück.

„Reicht mir."

„Und was machen wir jetzt?" Annie sah Geraldine fragend an, doch es war Z, der antwortete:

„Nun. Wir haben gerade unseren ersten neuen Auftrag erledigt. Der Reboot ist erfolgreich im Gang."

„Re... ach – vergiss es."

„Gerne. Leider ist ‚vergessen' ein ganz schlechtes Stichwort."

Annie legte den Kopf schief: „Worauf willst du hinaus?"

„Dass ich das normale Leben, was wir die letzte Zeit über aufgebaut haben, so lange wie möglich aufrechterhalten wollte." Z atmete tief aus, „Weswegen ich meine Frau bisher auch noch nicht damit belastet habe, dass es damit nun wieder vorbei ist."

„Da bist du nicht der Einzige." ließ sich Geraldine vernehmen.

„Was nun an der Zeit wäre, zu tun."

„Ja." Annie blies die Backen auf, „gehen wir sie belasten."

107

Es war bei ihnen allen das Gleiche: Sie drucksten eine Weile herum, redeten so viel und so umständlich um den heißen Brei, dass ihre Gegenüber ganz von selbst dahinterkamen, worum es ging, und nahmen dann die entsprechenden Reaktionen in Kauf. Anschließend atmeten sie tief durch und dankten Gott dafür, dass nichts Schlimmeres passiert war. Und in der Zeit danach stellte sich ein Gefühl ein, das sich gut anfühlte: Die Erleichterung, es endlich von den Schultern zu haben.

108

Trotzdem sahen sie sich nicht in den nächsten Tagen. Keiner von ihnen verspürte das Bedürfnis, ihrer Arbeit sofort wieder oberste Priorität einzuräumen. Und andere Themen gab es genug: erfreuliche – wie bei Z und Becka; anstrengende – wie bei Geraldine oder Annie; traurige – wie die Berichte über die Kämpfe, die nach wie vor wüteten. Und dann – an einem sonnigen Montag – war es soweit: Sie bekamen die Chance, Antworten zu erhalten:

Yo, ihr Pappnasen,
da Lotta is in the House!
Klammer auf – ihr wisst, welches ich meine – Klammer zu
Montag. Sprich: heute. 15 Uhr. Allerallerspätestens. Wir werden die Zeit brauchen. Und wir haben nur, bis die Sendung beginnt.
Mitbringen müsst ihr nichts. Nur euren Verstand. Soweit das geht.
Die Lotta

109

Um kurz vor 15 Uhr fanden sich Geraldine und Z vor dem Haus ein und wollte gerade klingeln – in der Annahme, dass Annie ihnen aufmachen würde – als diese um die Ecke kam. Sie war bei Jonathan gewesen. Und begrüßte sie mit einem vielsagenden Blick:

„Meint ihr, sie ist übergeschnappt?"

„Vielleicht." Z kicherte, „vielleicht hatte sie gestern auch einfach einen lustigen Abend mit ein paar katholischen Priestern."

„Sag das bloß nicht laut."

„Hab ich doch gerade."

„Ich meine, wenn sie dabei ist."

„Aber sagt mal..." schaltete Geraldine sich ein, „wenn ihr hier seid..."

„Wir machen wieder mit." erriet Annie ihre Frage richtig und gab die – wie sie fand – passende Antwort dazu. Z allerdings hatte etwas auszusetzen: „Du sagst ,wir'?"

Sie sah ihn an: „Du nicht?"

„Schon. Aber ich würde gerne für mich selbst sprechen."

„Darfst du."

Geraldine fuhr sich übers Kinn: „Das heißt, eure Anhänge können damit leben?"

„Finden sich damit ab." korrigierte Z, „und bitte bezeichne meine Frau nicht als Datei."

„Äh? Öh."

„So in der Art." Annie zwinkerte Z vergnügt zu, „mein Anhang – ich sage das, denn er hängt wirklich an mir..."

„Witzig." brummte Z dazwischen.

„...war auch nicht sonderlich begeistert. Aber wer weiß? Vielleicht sollten wir erstmal abwarten, was Miss ,In the House' zu sagen hat."

„Ja." seufzte Geraldine, „damit habe ich mich auch gleich rausgeredet, als die Mail kam."

Z winkte ab: „Wird nicht viel bringen. Sie wird uns Anweisungen geben. Aber sie wird nicht sagen ,Ihr braucht doch nicht'. Nicht nach dem Aufwand."

„Und dem Auftrag." fügte Annie hinzu.

„Das wohl nicht. Aber..." Geraldine stockte, „ich weiß auch nicht. Schauen wir einfach."

Das war für Annie das Stichwort, genau dies zu tun – und zwar zur Straße hin:

„Und wo ist sie? Sie hat doch 15 Uhr gesagt."

„Gehen wir einfach rein." schlug Z vor.

„Gute Idee."

Sie betraten das Haus und es dauerte nur einen Moment, bis sie sich gewahr wurden, dass da schon jemand war.

„Hallo?" rief Z vorsichtig.

„Herzlich willkommen." kam es aus dem Wohnzimmer zurück.

Mit drei großen Schritten waren sie dort: „Lotta?"

„Ja. Ihr seid zu spät."

„Wir haben draußen gewartet." verteidigte Geraldine sie, „auf dich."

Lotta zog die Brauen hoch: „Aber ich habe doch geschrieben, dass ich drinnen bin."

„Das ist ein Spruch." entgegnete Annie, „wir wissen doch, dass du hier nicht einfach rein kannst."

„Zumindest dachten wir das." verbesserte Z – was Geraldine zu der offensichtlichen Frage führte:

„Wie kommst du denn hier rein?"

„Ich hatte erwartet, dass du mir die Tür öffnen würdest." wandte sich Lotta leicht vorwurfsvoll an Annie.

„Ich war bei meinem Freund." gab diese gelassen zurück.

„Über Nacht."

„Es ist nichts passiert, worauf du jetzt anspielst."

„So?" Lotta sah sie durchdringend an, doch Annie hielt dem Stand:

„Ja. So."

„Fein." Lotta wandte den Blick ab, „wie kommts?"

Annie zuckte die Achseln: „Ich habe eine klare Ansage dazu bekommen. Und werde mich daran halten."

„Noch ein Punkt der Freude bringt." murmelte Geraldine.

„Und wie. Aber ich sollte mich nicht beschweren. Er war wesentlich verständnisvoller, als ich das befürchtet hatte."

„Immerhin."

„Zurück zu dir." nickte Z in Lottas Richtung und Geraldine machte sofort mit:

„Ja. Wie bist du denn nun hier reingekommen?"

Lotta grinste spöttisch: „Gott öffnet Türen. Wenn es sein muss, sogar wortwörtlich."

„Soll heißen?"

„Soll heißen: Ich habe an der Haustür gerüttelt und sie ging auf."

Annie schluckte laut hörbar: „Das sollten wir kontrollieren lassen."

„Braucht ihr nicht." winkte Lotta ab, „war eine einmalige Sache."

„Das weißt du."

„Weiß ich. Setzt euch. Wir haben viel zu bereden."

Die drei Freunde taten wie geheißen – und Geraldine ergriff noch einmal das Wort:

„Kannst du uns, bevor wir anfangen – du anfängst – vielleicht noch verraten, was um alles in der Welt dich geritten hat, eine solche Mail zu verfassen?"

„Ich hatte gute Laune." gab Lotta ohne jegliches Anzeichen selbiger zurück, „freut euch – kommt selten vor."

„Im Zusammenhang mit deinem Job oder insgesamt?" hakte Z nach.

„Insgesamt."

„Das tut mir sehr leid."

Lotta betrachtete ihn einen Moment – wohl auf der Suche nach einem Anzeichen, dass er das ironisch gemeint hatte. Sie fand keines – und biss sich auf die Lippen:

„Schon okay. Mein Leben besteht halt fast nur noch aus Job."

„Echt?" Annie bekam große Augen, „du bist so viel unterwegs?"

„Was dachtest du?" stieß Lotta hervor, „dass ich nur zu euch komme?"

„Nein, das nicht aber..."

„Ich denke, das ist ein guter Punkt, um einzuhaken. Nicht, dass ich euch abwimmeln will. Ich finde es nett, dass ihr Anteil nehmen wollt an meinem Dasein. Das tun nicht viele. Die meisten sind einfach nur schockiert von dem, was ich ihnen zu sagen habe."

„Nachvollziehbar." überlegte Geraldine, „du bist halt der große Käse. Den Gott nur schickt, wenn es wirklich wichtig ist."

Lotta verzog den Mund: „Aber bei euch Christen möchte man doch meinen, dass ihr euch über sowas freut."

„Wie sollte man sich über schlechte Nachrichten freuen?" Geraldine blickte Lotta fragend an, aber diese konnte ihr nicht antworten, da Z dazwischenging:

„Viel wichtiger: ‚euch'? Nicht ‚wir'?"

So wandte sich Lotta ihm zu: „Ich bin eine Mitarbeiterin Gottes. Eine Prophetin. Aber ich bezeichne mich nicht als Christin. Christentum ist eine Religion. Ich bin nicht Teil einer Religion. Ich bin direkt Gott unterstellt."

Annie kratzte sich am Kopf: „Das ist eine seltsame Sichtweise."

„Das sagt er mir auch andauernd." erklärte Lotta, „aber – ganz ehrlich: Ich kriege genug von euch mit, um mit Fug und Recht behaupten zu können, dass ich da nicht dazugehören möchte."

„Aber wie soll das gehen, dass du ganz alleine stehst?"

„Ich bin wie der Joker in einem Kartenspiel. Ich bin nicht Teil der Kartenreihe. Ich stehe am Rand. Aber ich gehöre trotzdem zum Spiel."

Annie machte Anstalten, darauf näher einzugehen, Z sah jedoch den Zeitpunkt gekommen, zu den eigentlichen Themen zurückzukehren: „Gut – mach du das mal privat mit Gott aus. Ihr werdet schon wissen, was ihr tut."

Was Geraldine gerne aufgriff: „Genau. Weil da war noch meine Frage."

„Und hier die Antwort. Auf deine Frage." Lotta lehnte sich zurück, „ich bringe nicht allen Menschen unfrohe Botschaft. Ich bin kein Untergangsprophet wie im Alten Testament. Meine Arbeit ist wesentlich ausgeglichener. Aber interessanterweise freuen sich die, die etwas Positives gesagt bekommen, genauso wenig. Weil es einen Einschnitt in ihrem Leben bedeutet, den sie oft nicht bereit sind, zu tun."

Annie wiegte den Kopf hin und her: „Es ist halt was anderes, ob man sich etwas selbst denkt oder es nur von Freunden oder Bekannten gesagt bekommt – oder ob ‚die Prophetin' kommt und es einem sagt."

„Mag sein." Lotta schürzte die Lippen, „aber wir schweifen ab. Beziehungsweise – nicht hin. Hier geht es um euch. Nicht um mich. Und euer mangelhaftes Wissen über mich ist ein guter Einstieg."

„Das sagtest du bereits."

„Ich dachte, ich wiederhole es. Weil ihr nicht so aufmerksam seid. Genau das ist das Stichwort: unzureichende Aufmerksamkeit. Nehmen wir mich als Beispiel: Habt ihr eine Ahnung, wie viele Prophetien ich verkündet habe, seit Gott mir diesen Auftrag gegeben hat?"

Die drei Freunde schüttelten den Kopf – Z wagte als erster einen Vorschlag: „40?"

Annie danach: „45?"

„46?" Geraldine als letzte.

„Eigentlich hättest du jetzt..." setzte Lotta an, schwenkte aber schnell wieder um, „egal. 223."

Z klappte den Mund auf: „Ernsthaft?"

„Ernsthaft."

„Und die hätten wir alle mitbekommen sollen?"

„Natürlich nicht." Lotta schnalzte mit der Zunge, „aber die Tatsache, dass ihr einfach irgendwas ins Blaue hinein ratet, ist das, worum es geht. Ihr bekommt nicht mehr viel mit von dem, was um euch herum geschieht. Weil ihr euch zu sehr um euch selber dreht. Das ist auch verständlich bei den vielen Veränderungen, die es in eurem Leben in den letzten Jahren gab. Und auch gerade jetzt in den letzten Wochen. Aber gleichzeitig ist es auch eines: gefährlich. Gefährlich, weil ihr dadurch immer nur den gleichen Fokus habt. Und quasi einen Tunnelblick entwickelt. Gefährlich, weil ihr euch isoliert. Euch die Leute um euch herum immer mehr abhandenkommen. Ihr hattet früher mal eine gute Basis an Menschen, denen ihr wertvoll wart und die euch wertvoll waren. Da ist kaum noch was von übrig."

„Aber daran arbeiten wir doch schon." warf Annie pikiert ein.

„Ich weiß. Ihr seid auf einem guten Weg. Wieder. Behaltet ihn bei. Ich wollte es nur erwähnen, damit ihr euch dessen bewusst werdet. Auch im Nachhinein. Es ist wichtig, dass ihr alles erfasst. Jeden einzelnen Punkt. Weiter – gefährlich. Ist es. Weil ihr euch dadurch zu wichtig nehmt und keine objektiven Prioritäten mehr setzt. Und – am wichtigsten: Weil euch wesentliche Dinge durch die Lappen gehen."

Geraldine legte die Stirn in Falten: „Durch die Lappen? Was denn?"

„Tja... das wüsstet ihr wohl gerne." Lotta schaute spöttisch drein – was Annie verärgerte:

„Ja. Natürlich."

Der Blick blieb jedoch: „Ich gebe euch einen Tipp: Erinnert euch an unser Gespräch, nachdem ihr eure Gaben verloren habt. Was habe ich euch da gesagt?"

„Du... äh..." Annie kratzte sich am Kopf – Z ebenso:

„Keine Ahnung."

Lediglich Geraldine hatte eine Idee: „Dass wir uns erinnern sollen. Genau wie jetzt."

„Also sollen wir uns daran erinnern, dass wir uns daran erinnern sollen?"
Annie blinzelte verwirrt – und Z tippte sich an die Stirn:
„Das ergibt keinen Sinn."
„Nein, tut es nicht." stimmte Lotta zu, „weil es das nicht war. Nicht ganz.
Da fehlt etwas Entscheidendes."
„Dann sag es uns doch." forderte Geraldine genervt.
„Ihr kommt nicht drauf?"
Annie schlug sich mit der Hand auf den Oberschenkel: „Was nützt du uns
als Prophetin, wenn du es uns nicht einfacher machst?"
Lotta sah sie mit großen Augen an: „Der Job einer Prophetin ist nicht, es
einfacher zu machen. Im Gegenteil: Der schwierige Weg ist der Sinn der
Sache. Und es ist meine Aufgabe, euch dorthin zu lotsen. Das versuche ich
gerade. Nehmt es oder lasst es."
„Lotsen?" wiederholte Z, „wohin denn?"
„Ich will euer Gedächtnis in Schwung bringen."
„Und da sollen wir uns an einen Satz von damals...?" begann Annie und
Lotta würgte sie direkt wieder ab:
„Nein. Das ist nur die Übung. Es geht darum, dass ihr wirklich wieder
aufmerksam werdet. Auf der ganzen Linie. Entrostet euch."
Annie verschränkte die Arme: „Ich habe keine Lust auf irgendwelche
Spielchen."
„Warum bin ich eigentlich Prophetin?" schnauzte Lotta sie an, „warum hört
ihr nicht auf mich? Das ist schonmal schiefgegangen."
„Da hattest du irgendwas Undurchsichtiges." maulte Annie zurück.
„Aber diesmal ist es total durchsichtig." Lotta griff sich verzweifelt an den
Kopf, „also bitte!"
„Durchsichtig?" Annie sah Geraldine an, die den Kopf schüttelte:
„Ich sichte nicht durch."
„Sie sieht nicht durch." half Z ihr aus, „und ich auch nicht."
Lotta vergrub das Gesicht in den Händen. Seufzte mehrere Male laut. Und
richtete sich wieder auf: „Dann nochmal ganz in Ruhe: Ihr beschäftigt euch
– mit euch selbst. Fast ausschließlich. Die Personen in eurem direkten
Umfeld sind auch manchmal mit dabei. Aber alles, was nicht innerhalb
eines bestimmten Radius liegt, geht spurlos an euch vorüber. Das darf nicht
sein."

„Schön." entgegnete Geraldine ungeduldig.

„Nein. Nicht schön. Ganz und gar nicht schön. Auch jetzt sitzt ihr hier und das Einzige, was in euren Gesichtern zu lesen ist, ist ‚Wann kommen wir endlich auf unsere Gaben zu sprechen?'. Nun – darauf gebe ich euch gleich als erstes die Antwort: heute gar nicht. Denn heute geht es ausnahmsweise mal nicht um euch."

Geraldine und Annie kamen sich bei dem Versuch, dagegen aufzubegehren, gegenseitig in die Quere – was Z ausnutzte, indem er Lotta eindringlich ansah und ebenso ansprach:

„Lotta. Bitte. Dieses ganze Hin und Her. Wenn du uns etwas zu sagen hast, dann sag es. Bitte. Ich verstehe, dass wir nach- und mitdenken sollen. Aber du musst uns Futter geben. Was zum Starten."

Lotta nickte bedächtig: „Das soll mal machbar sein." Sie wartete einen Moment, ob die beiden Frauen doch noch loslegen würden, aber das war nicht der Fall. Stattdessen hatte sie ihre volle Aufmerksamkeit und nutzte dies: „Also: Bevor eure Gaben... abhandengekommen sind, habt ihr etwas gemacht. Versucht, hinter einen Plan der Gegenseite zu kommen. Dazu habe ich euch etwas gesagt."

„Dass er bereits im Gange ist." erinnerte sich Z.

„Richtig. Ihr habt das als Zeichen genommen, dass ihr aufhören sollt, euch damit zu beschäftigen. Aber genau das Gegenteil ist der Fall. Ihr konntet den Plan nicht verhindern. Er läuft. Aber es ist enorm wichtig, dass ihr euch damit befasst. Weil ihr eine sehr besondere Rolle darin spielen werdet."

Geraldine blinzelte: „In – dem Plan?"

„In – für – gegen – bei... das ist alles nur Grammatik."

„Wir sollen uns also auf den Plan konzentrieren." versuchte Z, sie auf der Spur zu halten, „gut. Machen wir. Wie? Wo? Wann? Womit?"

„Wer?" setzte Annie hinzu und erntete mehrere konsternierte Blicke. Worauf sie abwinkte: „Ja. Blöd. Klar. Mach weiter."

„Mein letzter Punkt." tat Lotta dies, „bevor ich gehe. Die Brücke müsst ihr selbst schlagen. Ich hoffe, ihr kriegt das hin. In deinem Satz, Geraldine, hat ein entscheidendes Wort gefehlt: alles. Ich habe gesagt, merkt euch alles, was geschehen ist. Und das habt ihr nicht getan. Ihr habt euch das gemerkt, was euch betraf. Und das andere nicht."

„Was war da denn noch?" fragte Annie verwundert.

„Ja – was war da denn noch?" wiederholte Lotta – und setzte hinzu: „Wer war da denn noch?"

Geraldines Gesicht hellte sich auf – allerdings nur kurz: „Der Heiler?"

„Der Heiler."

„Ist mit ihm etwas Besonderes?"

„Das ist die große Frage." Lotta legte die Fingerspitzen aneinander.

„Die wir uns stellen sollen?" vermutete Z.

Sie schüttelte den Kopf: „Die ihr beantwortet bekommt. Gleich. Aber zunächst... ach Hilfe – es wäre einfach so wichtig, dass ihr euch ins Gedächtnis ruft, was ihr gesehen habt."

„In Bremen?" hakte Annie nach.

„Ja."

„Wir haben versagt – er ist eingesprungen."

Lotta ließ den Zeigefinger in der Luft kreisen: „Und?"

„Und?" Annie verzog das Gesicht, „nichts und."

„Was hat er gemacht? Was hat er gesagt? Was ist mit ihm geschehen?"

Z fuhr sich übers Kinn: „Gemacht? Geheilt. Gesagt? Weiß ich nicht mehr."

„Ich auch nicht." gestand Geraldine, „nichts Besonderes."

„Sonst könnten wir uns bestimmt erinnern." setzte Annie hinzu.

„Und was meinst du damit: Was ist mit ihm geschehen?" Z blickte Lotta fragend an, die allerdings nur seufzte:

„Ich sehe schon. Es muss ohne gehen."

Annie rollte mit den Augen: „Rätsel über Rätsel."

„In diesem Fall einfach Anweisung." Lotta richtete sich auf, „ich sollte euch auf die Spur bringen. So gut es geht. Ich hatte mir gewünscht, dass es besser werden würde. Aber es ist auch so nicht unmöglich. Dann sage ich euch jetzt noch eines: Dieser Abend wird euer Leben verändern. Und das vieler anderer auch. Er wird die ganze Welt verändern. Die Gedanken. Die Gefühle. Das Leben. Einfach alles. Ich werde jetzt gehen. Und ihr werdet den Fernseher einschalten. Kanal 9 – habe ich extra schon nachgesehen. Um 19 Uhr geht es los. Schaut. Komplett. Ohne zu unterbrechen. Ohne abzubrechen. Bis zum Ende. Schaut. Und vor allem: seht. Seht und versteht."

„Du machst das echt gut, inzwischen." Zs Stimme schwankte irgendwo zwischen Irritation und Anerkennung.

Lotta entschied sich, auf letzteres einzugehen: „Bei Nummer 224 sollte das auch eine gewisse Routine haben."

„Und warum bleibst du nicht und schaust mit?" versuchte Geraldine, sie zurückzuhalten, als sie aufstand und zur Tür ging. Worauf Annie auch gleich mit einstieg:

„Willst du es nicht sehen?"

Und Z ebenso: „Darfst du es nicht sehen?"

„Ich werde es sehen." erklärte Lotta, „in meinem Hotelzimmer."

„Das ist doch doof." Annie deutete auf den Sessel, in dem Lotta eben noch gesessen hatte, „wir haben doch genug Platz."

Aber diese blieb stehen, wo sie war: „Ihr werdet Fragen haben. Antworten verlangen. Statements. Erklärungen. Ich kann euch keine geben. Ich darf euch keine geben. Ihr müsst es auf euch wirken lassen. Darüber nachdenken. Darüber reden. Damit leben lernen. Ohne mich. Ohne die Hilfe von außen. Wie vorhin: schwerer Weg. Das war der Anstoß. Nun geht ihr ihn. Hoffentlich. Gott wird euch zur Seite stehen. Und eure Leute. Vergesst sie nicht."

Z nickte vehement: „Werden wir nicht, versprochen."

„Oh, nein. Das meinte ich ganz praktisch. Vergesst sie nicht – heute Abend. Es ist wichtig, dass sie es auch sehen. Ruft alle an. Partner, Freunde, Verwandte, Bekannte – jeden, dem ihr vertraut. Der euch begleitet. Sagt ihnen, dass sie es sich anschauen sollen. Ihr werdet ihre Unterstützung brauchen. Heute Abend fällt der Startschuss für eine neue Ordnung. Ihr seid die drei, die ganz vorne stehen. Aber je mehr hinter euch stehen, desto besser."

Annie kniff die Lippen zusammen: „Du machst mir fast ein bisschen Angst."

„Die braucht ihr nicht zu haben." beruhigte Lotta sie, „es kommt keine Gefahr. Es kommt Veränderung. Und ich rede zu viel." Sie griff nach der Türklinke, „wir werden uns wiedersehen. Ihr habt eure Gaben zurück. Und Fragen dazu. Die ich beantworten werde. Doch zuvor ist es wichtig, dass ihr euren Fokus erweitert. Gott hat sich eine Menge Mühe gegeben, alles so einzurichten, dass die großen Veränderungen in eurem eigenen Leben abgeschlossen sind, bevor es soweit ist. Jetzt ist das geschehen – jetzt ist es soweit." Sie verschwand in den Flur.

„Was denn?" rief Z ihr hinterher und sie steckte noch einmal den Kopf zur Tür herein:

„Schaut es euch an. Bildet euch eine Meinung. Seht, wo ihr steht. Macht es gut."

„Aber wie kommst du...?"

„Zu Fuß. Es ist nicht weit."

„Aber sollen wir dich nicht...?"

„Ihr solltet telefonieren." Mit diesen Worten verschwand Lottas Kopf wieder und kurz darauf hörten sie die Haustür zuschlagen. Z stand auf, eilte durch den Flur und rüttelte daran. Sie bewegte sich nicht.

„Fest." rief er den Frauen zu.

„Wie zu erwarten war." gab Geraldine zurück und wartete dann, bis Z wieder da war, um ihre Frage zu stellen:

„Was tun wir?"

„Was sie gesagt hat." antwortete Annie, ohne zu zögern – und auch Z nickte:

„Ja, besser ist das."

So riefen sie alle an: Becka, Nils, Jonathan, Maximilian, Suji und Jimin, Rebecca, Imran, Steve und Katiana, Freddy und Kathy, Gerd, Diana, Zach und Cheyenne, Monique, Vivienne, Karsten, Pascal, Sandra, Jakob – einfach alle, von denen sie eine Nummer griffbereit hatten. Mit Ausnahme von Miguel, den sie in Italien lieber nicht behelligen wollten. Sie trugen ihnen auf, um 19 Uhr den Fernseher anzuschalten und tapfer durchzuhalten, bis die Sendung vorbei war. Auf die Frage, um was für eine Sendung es sich handelte, wussten sie keine Antwort. Eine Fernsehzeitschrift hatten sie nicht und auf der Homepage des Senders hieß es einfach ‚Rückblick' und ‚Live-Show' – ohne nähere Ausführungen. Doch die Dringlichkeit, mit der sie auf die Leute einredeten, sorgte dafür, dass alle versprachen, es zu tun. Als das erledigt war, schalteten sie selbst den Fernseher ein. Sie hatte noch fast eine halbe Stunde, ließen ihn aber ohne Ton laufen, um den Anfang nicht zu verpassen. Denn diese Zeit konnten sie gut gebrauchen – um einige Gedanken loszuwerden:

„So Jungs – die Chefsekretärin ist weg." lautete Zs Einstieg, „Zeit, ehrlich zu werden."

Annie zog die Brauen hoch: „Wie meinst du das?"

„Na, wenn wir wieder zusammenarbeiten wollen, dann sollten wir uns..."

„...nicht belügen?"

„...alles erzählen."

„Alles?" Geraldine blickte ihn skeptisch an.

„Was wichtig ist." führte er aus, „und nicht zu privat."

Die Skepsis blieb: „Worauf spielst du eigentlich an?"

„Ich mach' es euch vor: Hallo, ich bin Z und wollte mir vor Lotta keine Blöße geben. Deswegen habe ich Beckas Reaktion auf all die Sachen der letzten Zeit heruntergespielt. Was ich in Wirklichkeit nicht tue. Und euch gegenüber auch nicht mehr tun will. Sie ist außer sich. Aus so vielen Gründen. Angefangen von so lapidaren Sachen wie, dass wir unseren Heimflug verpasst haben und dafür Gebühren zahlen mussten – ebenso für den Flug am nächsten Tag und ebenso für meinen Krankenhausaufenthalt. Weil wir leider keine Versicherung haben, die das übernimmt. Dann die Krankheit an sich. Sie war total durch den Wind und die Ärzte standen nur ahnungslos um mich rum. Sie war kurz vorm Nervenzusammenbruch. Und als sie zu Gott geschrien hat – und das hat sie nach eigener Aussage wirklich getan – kam als Antwort: ‚Es ist gut, dass du das jetzt spürst. Eine solche Angst wirst du öfter empfinden in der nächsten Zeit. Nutze meine Kraft, um sie zu überwinden.' Nicht, dass sie mir die Schuld daran gibt, aber das an sich ist schon kein guter Start für egal was. Und dann komme ich an und erkläre ihr, dass ich mich wieder mit euch zusammentun werde. Bereits getan habe. Wir schon wieder dabei sind. Ich glaube, wenn sie irgendeine Möglichkeit gehabt hätte, hätte sie mich zurück nach Spanien geschickt. Oder wieder ins Koma. Oder wäre selbst dorthin gefahren. Nach Spanien, meine ich. Und wären wir nicht verheiratet..."

„Du glaubst, sie verlässt dich?" fiel Geraldine ihm entsetzt ins Wort, „deswegen?"

„Wir haben uns entschieden, unsere Familie zu erweitern."

„Was? Oh."

Annie klatschte in die Hände: „Cool."

„Ja. Cool." wiederholte Z brummig, „dachten wir beide auch."

„Aber wo genau ist ihr Problem?" hakte Geraldine nach, „du hast das doch den Großteil der letzten Jahre gemacht."

„Ja. Mit Auftragskillern im Nacken. Nicht zu vergessen die Gefahr, die so schon von jedem Dämon ausgeht. Aber jetzt hat sie auch noch einen Hinweis darauf, dass uns schwere Zeiten bevorstehen. Der mag vage sein. Aber wie sollte sie ihn interpretieren, wenn nicht ‚Zs Arbeit wird ab jetzt wesentlich gefährlicher sein als früher'?"

„Ja, da ist was dran." Geraldine rieb sich das Kinn, „deckt sich auch mit meiner eigenen Geschichte."

„So?"

„Mach du erstmal fertig."

„Wir haben viel geredet. Wir haben viel gebetet. Wir haben mit diversen Leuten gesprochen. Also – meinem Bruder und seiner Frau. Und mit Karsten. Sie haben uns alle ermutigt. Sie haben Sachen gesagt wie ‚Gott macht dir nicht absichtlich Angst.' – ‚Es fühlt sich einfach anders an, wenn man verheiratet ist.' – ‚Frauen von Polizisten machen sich auch oft Sorgen, das ist nichts Ungewöhnliches.' – ‚Wenn Z all das überlebt hat, überlebt er auch alles, was noch kommt.' Und so weiter. Sie haben sich eine Menge Mühe gegeben, beruhigend einzuwirken. Aber so richtig geklappt hat es bisher nicht. Und das kann ich auch gut nachvollziehen. Das Problem ist einfach, dass ich ihr nicht mehr sagen kann. Ich weiß nicht konkret, wo Gefahr lauert oder was genau diese Angst verursachen wird."

„Das ist das große Problem." nickte Geraldine, „die Ungewissheit. Wir wissen nicht, was kommt. Wir wissen nur, dass es anders sein wird. Schlechter."

Annie sah sie an: „Wir?"

„Nun – Nils mag nicht ganz so ausgetickt sein. Vielleicht, weil er schon ein wenig länger an Gott glaubt als Becka und sich daher besser auf gewisse Dinge einlassen kann."

„Gewisse Dinge?" wiederholte Z unsicher.

„Als ich umgefallen bin, ist er fast mit umgefallen. Und das nicht wegen meines Gewichts. Die Ärzte konnten nichts tun – auch er hat geschrien. Und geweint. Und gefleht. Hinterher war es ihm natürlich peinlich: ‚Gut, dass du mich so nicht gesehen hast.' Als ob das wichtig wäre in so einem Moment. Auf jeden Fall – als ich sagte, dass Gott zu mir gesprochen hat, da war für ihn alles wieder okay. ‚Dann warst du ja nie in Gefahr – Glück gehabt.' Er ist da sehr pragmatisch, was sowas angeht."

„Aber er hat auch eine Botschaft bekommen." vermutete Annie.

„Er selber nicht." verneinte Geraldine, „er war wahrscheinlich nicht wirklich empfänglich. Aber am Tag nach unserer Rückkehr hat Monique angerufen. Weil sie etwas für ihn bekommen hatte."

„Was denn?"

„Wir standen an der Wohnungstür. Ich komplett dunkel angezogen, wie zu einer Beerdigung. Er im Schlafanzug. Hihi – das war ihm dann auch wieder peinlich. Dass Monique ihn im Schlafanzug gesehen hat. Ihr habt Prioritäten..." Sie zwinkerte Z zu, der die Nase hochzog:

„Als ob das andersrum anders wäre."

„Ja, gut, lassen wir das. Auf jeden Fall habe ich die Tür geöffnet und er hat versucht, mich zurückzuhalten: ‚Geh nicht.' – ‚Ich muss.' – ‚Aber wenn dir etwas zustößt.' – ‚Gott geht mit.' – ‚Auch er verhindert nicht alles.' – ‚Es ist meine Pflicht.' Ja. Nicht ganz so dramatisch wie bei dir, aber trotzdem beunruhigend."

Z kniff die Augen zusammen: „Mich beunruhigt viel mehr, dass du ‚meine Pflicht' gesagt hast."

„Es war ein Bild." wiegelte Geraldine sofort ab, „und Monique hat es irgendwie wiedergegeben. Und jetzt gebe ich es nochmal wieder. Frag mich nicht, ob das der tatsächliche Wortlaut war. Es geht um den Inhalt."

Damit war Z zufrieden: „Na dann."

„Also gehen wir davon aus, dass sich unsere Arbeitssituation verschärfen wird." folgerte Annie – was ihr zwei kritische Blicke eintrug:

„Kannst du dazu denn etwas beitragen?"

Sie schüttelte den Kopf: „Nein. Jonathan hat nichts bekommen. Aber er..."

„...glaubt auch nicht an sowas." beendete Geraldine den Satz für sie.

„Nein. Noch nicht." setzte Annie hinzu, was Z überraschte:

„Machst du dir da Hoffnungen?"

„Ein ganz kleines Bisschen."

„Wie geht es ihm denn damit?" fragte Geraldine.

„Wie geht es Nils denn damit?" fragte Annie zurück.

„Er macht sich Sorgen." antwortete Geraldine, „aber im Gegensatz zu Becka nimmt er es wirklich so, wie Z es eben zitiert hat: Wenn Gott mich sowas durchstehen lässt, dann kann kommen, was will. Schlimmer geht es kaum noch. Das macht ihm Mut."

„Nicht schlecht." Z blickte ein wenig neidisch drein, was Geraldine gleich wegzuwischen wusste:

„Ja. Ich wünschte, er könnte mich damit anstecken."

Annie legte den Kopf schief: „Du hast keinen?"

„Sagen wir es mal so: Ich bin bereit. Aus Gehorsam. Und aus Pflichtbewusstsein. Und einfach, weil dieses Erlebnis so eindrücklich war, dass ich spüre, wie wichtig es ist, dass ich es tue. Wie viele Menschen können von solch einer Begegnung erzählen? Das sagt mir etwas, was ich nicht ignorieren kann. Aber gut fühle ich mich damit nicht."

Annie seufzte laut: „Da sind wir schon zwei."

Z noch lauter: „Drei."

„Das ist ja toll." schnaubte Geraldine, „wir fühlen uns alle schlecht."

„Unsicher. Würde ich es mal nennen." Z biss sich auf die Lippen.

„Ich hatte halt gehofft, dass Lotta uns dazu was sagen würde." fuhr Geraldine fort, „was es verständlicher macht."

„Da bist du nicht die Einzige."

„Wir sollen Fernsehen schauen." Annie nickte in dessen Richtung, „warum auch immer kommt von dort die Erklärung."

„Die Erklärung hat sie nicht gesagt." korrigierte Geraldine, „eine Erklärung."

„Wie auch immer. Schauen wir und dann sehen wir weiter."

„Man muss immer sehen, dass man guckt, wo man hinschaut." kicherte Z – und rief wieder einmal Irritation hervor:

„Was?"

„Passte gerade. Oder auch nicht. Egal. Geht bald los. Aber vorher noch – Annie."

„Ja?" machte diese erschrocken.

„Du hast noch nichts gesagt."

Annies Miene zeigte sehr deutlich, dass sie das auch nicht vorgehabt hatte. Aber nun kam sie nicht mehr drum herum: „Ich bin sehr verunsichert. Gerade auch weil Gott mir in Bezug auf mein Leben ein paar Sachen gesagt hat, die mich verwirren. Gebe ich jetzt nicht wieder, aber ich weiß nicht wirklich, was ich damit anfangen soll. Und es ist leider auch so, dass ich zum ersten Mal konkret gespürt habe, was für ein Nachteil es sein kann, wenn man einen Partner hat, der nicht das gleiche glaubt wie man selbst.

Wie Geraldine schon gesagt hat – dieses Erlebnis war eindrücklich. Und ich hätte es so gerne mit ihm geteilt. Ich hätte das gebraucht. Aber er war einfach nur total fertig und meine Erklärung mit Gott hat ihm gar nichts gesagt und gar nichts bedeutet. Er war einfach nur weiter total fertig. Hat gezetert und sogar gefragt, ob ich nicht denke, dass es besser wäre, sich von diesem Gott fernzuhalten. Das war – ist – hart. Gut, dass ich Maximilian habe. Mit dem habe ich schon gesprochen. Und er hat mir eine Menge Mut gemacht. Das einzig Gute ist, dass für Jonathan diese ganze Auftragsgeschichte total unspektakulär ist. Das ist wohl der Ausgleich – der Vorteil seiner Ungläubigkeit. Ihm macht das nichts. Er unterstützt mich. Fertig."

Geraldine sah sie bedrückt an: „Meinst du denn, das geht gut mit euch?"

„Ich weiß es nicht. Ich will das. Und er will das auch. Aber bisher war Gott in unserer Beziehung kein Problem. Eher ‚meine Verklemmtheit'. Aber jetzt ist es anders. Und das nicht nur, weil wir keinen Sex mehr haben mit der Begründung, dass Gott mich ermahnt hat. Das findet er einfach nur bescheuert, sagt aber, dass er mitzieht, wenn es mir wichtig ist. Vordergründig ist das Liebe. Aber ich vermute dahinter so ein bisschen den Gedanken, dass mich meine Nahtoderfahrung einfach durchgeschüttelt hat und ich nun komisch drauf reagiere und sich das irgendwann wieder gibt. Wie eine Nebenwirkung, die vorbeigehen wird."

„Er glaubt also, du kommst wieder zur Vernunft."

„So in etwa."

„Und?" konnte Z es sich nicht verkneifen, „wirst du?"

Wider Erwarten antwortete Annie wirklich darauf: „Du – Sex ist... geil. Und mit ihm... geht euch nichts an. Das ist nicht leicht für mich. Auch jetzt schon nicht. Vom ersten Moment an nicht. Mich belastet das. Aber Gottes Stimme zu hören – und dann sowas gesagt zu kriegen – das macht etwas. Wisst ihr ja selbst. Da kann man nicht einfach drüber weggehen. Also werde ich den Weg gehen, der mir richtig erscheint. Auch wenn es hart wird. Für mich macht es die Tatsache einfacher, dass ich diese Stimme jetzt im Kopf habe. Und mir daher im Klaren bin, wo ich stehen soll. Das hat er nicht. Nicht nur, weil er die Erfahrung nicht gemacht hat. Sondern weil er es mir nicht einmal abnimmt. Ob das auf die Dauer funktioniert..."

„Wir werden dafür beten." versprach Z, „wenn du das willst."

„Ja." hakte Geraldine ein, „das ist die Frage: Willst du das? Willst du ihn behalten – und bekehren? Oder willst du..."

„...ihn loswerden?" Annie schluckte.

„...eine Alternative." lautete Geraldines eigenes Ende – das eigentlich das gleiche aussagte, wenn auch ein wenig freundlicher. Und Annie ein weiteres Schlucken entlockte:

„Ich habe keine Ahnung. Das ist ein Thema, zu dem ich in den letzten Tagen alle Gedanken vermieden habe. Er war inzwischen mehrfach mit im Gottesdienst. Das ist schön. Nur kann ich nicht einschätzen, ob es in ihm etwas ausrichtet. Er äußert sich nicht dazu. Nicht negativ. Aber eben auch nicht positiv. Das kann heißen, dass er darüber nachdenkt. Oder eben auch nicht. Ach... keine Ahnung. Wie gesagt. Und hinzu kommt... es ist etwas passiert – im Urlaub. Die Uhr sagt, ich habe keine Zeit mehr, es zu erzählen. Daher nur so viel: Ich habe reagiert. Aber ganz anders, als ich das früher getan hätte. Ich weiß genau, wie ich vor ein paar Jahren reagiert hätte. Jetzt ist es anders. Und das war vor meinem Gespräch mich Gott. In dem Moment selbst hat es mir nicht viel bedeutet. Aber im Nachgang..." Sie brach ab.

„Wenn wir dir helfen sollen – sag Bescheid." beeilte sich Geraldine zu sagen, als Annie Anstalten machte, nach der Fernbedienung zu greifen. Diese hielt inne und sah sie dankbar an. Dann nahm sie das Gerät:

„Und jetzt sollten wir laut machen."

„Letzte Frage – in die Runde." hielt Geraldine sie erneut zurück.

Annie warf ihr einen abschätzenden Blick zu: „Was denn noch?"

„Habt ihr auch den Star Wars-Witz gebracht?"

„Äh..." Annie ließ die Fernbedienung sinken. Und Z prustete los: „Nicht dein Ernst."

„Hihi..." kicherte auch Geraldine, „...find ich lustig. Gott weiß schon, warum er uns zusammengesteckt hat."

110

Es wurde ihnen erst bewusst, um welches Gebäude es sich handelte, als die Einblendung auf dem Bildschirm kam:

„Die Alte Oper?" Z blinzelte überrascht, „von da senden die? Was ist da denn heute?"

„Tja." Annie lachte humorlos, „das ist wohl das, was Lotta mit ‚Ihr kriegt nichts mit' meinte."

Die Szene wechselte ins Innere. Der Saal war bis auf den letzten Platz gefüllt. Die Bühne dagegen leer. Bis auf zwei Sessel. In einem davon saß eine Frau, die beim heranzoomen aufstand. Und sich entpuppte als...

„Patrizia?" Geraldine schnappte nach Luft – und Annie stöhnte genervt auf: „Lotta will, dass wir ihre neue Show sehen?"

„Na danke."

„Still." zischte Z und deutete auf den Bildschirm.

Patrizia blickte mit strahlendem Lächeln in die Kamera und begrüßte das Publikum mit einer Gewandtheit und Professionalität, die ihr die Freunde gar nicht zugetraut hätten. Schließlich war sie ihres Wissens nach noch nie vor der Kamera aufgetreten: „Einen schönen guten Abend. Heute ist ein ganz besonderer Tag. Wir haben lange darauf hingearbeitet. Viele von Ihnen haben das miterlebt. Viele von Ihnen wissen bereits, was heute kommt. Oder ahnen es zumindest. Oder hoffen es sogar. Doch bevor es soweit ist – bevor unser Gast auf die Bühne kommt – wollen wir die letzten Monate noch einmal an uns vorbeiziehen lassen. Für alle die, die noch nicht im Bilde sind."

Es folgte ein Schnitt zu einem Einspieler, den die Leute im Saal ganz offensichtlich auch auf einer Leinwand sehen konnten. Er dauerte fast 20 Minuten und zeigte etwas, was sie sehr überraschte – und auf der anderen Seite auch wieder nicht: einen Mann, der predigte und heilte. Bei verschiedenen Veranstaltungen. Zumindest schien es so, denn die Räumlichkeiten und das Publikum wechselten. Allerdings war es so aneinandergeschnitten, dass kein chronologischer Ablauf zu erkennen war. Und da es mit Musik unterlegt war und man nur vereinzelt hörte, was er sagte, ergab sich daraus auch kein tieferer Sinn. Den Freunden kam der Mann entfernt bekannt vor. Bis es schließlich eine kurze Szene gab, die Annie aufschreien ließ:

„Das ist Bremen."

„Bremen?" fragte Z irritiert – und auch Geraldine runzelte die Stirn: „Woher...?"

„Schaut doch, da..." Annie wedelte wild mit dem Finger in Richtung Fernseher, „jetzt ist es vorbei. Aber das war die... das war unsere Veranstaltung. Wo wir die Gaben verloren haben."

Die Furchen bei Geraldine wurden noch tiefer: „Bist du dir sicher?"

„Ja klar. Wenn sie die Kamera nur noch ein paar Meter weitergeschenkt hätten... da hätten wir gestanden."

„Hm... ich – Mensch." Z schlug sich gegen den Kopf, „das war das, was wir ihr unterschreiben sollten. Was sie von uns zeigen wollte."

„Natürlich." stimmte Annie aufgeregt zu, „vollkommen richtig."

Geraldine beugte sich vor: „Dann ist das der Typ, der dort..."

„Das ist also das, was Lotta meinte." unterbrach Annie sie abwesend.

Z nickte: „Und im Grunde hat sie uns das sogar schon gesagt."

„Stimmt. Sie sagte, dass es um den Kerl geht."

Geraldine lehnte sich wieder zurück: „Wir sind echt total am Ende, was unsere Aufmerksamkeitsspanne angeht."

„Wir haben ihm keine Bedeutung beigemessen." korrigierte Z, „und wenn ich ehrlich bin... tue ich das immer noch nicht. Wer ist er und was will er und warum ist er so wichtig?"

„Nun..." Geraldine fuhr sich übers Kinn, „ich schätze mal, dass wir all das erfahren werden, sobald er da ist."

„Da?"

„Na – zweiter Sessel auf der Bühne. Für wen sollte der sonst sein?"

„Guter Punkt." nickte Z.

Sie waren jetzt deutlich aufmerksamer, aber der Rest des Videos brachte keine neuen Erkenntnisse. Schließlich erschien wieder Patrizia:

„Das war ein kleiner Vorgeschmack. Eine Zusammenfassung dessen, was er in den letzten Monaten getan hat. Und was wir natürlich in den letzten Wochen gesendet haben. Wenn Sie es verpasst haben – keine Sorge. Alle Folgen stehen auf unserer Homepage zum Download bereit. Aber jetzt wollen wir ihn nicht länger warten lassen. Nein – jetzt will er Sie nicht länger warten lassen. Ich weiß, wer er ist – viele von Ihnen vermuten es wahrscheinlich – ankündigen werde ich ihn trotzdem nicht. Denn seinen Namen will er Ihnen selbst sagen..."

Sie ließ diesen ominösen Satz in der Luft hängen und es dauerte einen Moment, bis das Publikum begriff, dass es nun klatschen sollte. Dann jedoch ging ein Spot am hinteren Bühnenrand an und der Applaus brach los. Es war wirklich der Mann, den sie auf der Veranstaltung getroffen hatten. Er spazierte auf die Bühne, lächelte Patrizia zu, setzte sich aber nicht zu ihr, sondern trat vorne an den Bühnenrand. Ein gleißend leuchtender Glanz umstrahlte ihn:

„Meine Kinder. Kinder meines Vaters. Der Tag ist endlich da. Der Tag, an dem ich mich euch allen offenbaren kann. Es hat gedauert. Sehr viel länger als ich das gedacht hatte. Weil ich lernen musste. Ich weiß, das klingt verrückt. Aber es ist so. Das letzte Mal, als ich hier bei euch war, predigte ich in Häusern aus Lehm, bei denen man das Dach einfach abdecken konnte. Und wenn ich wollte, dass mich 5.000 Menschen hören, bin ich einfach auf einen Berg gestiegen und sie sind gekommen. Wobei ich sagen müsste: 5.000 Männer. So zählte man damals. Heute zählt man alle. Ja – es hat sich viel gewandelt in diesen 2.000 Jahren. Vieles zum Guten. So wie das. Aber auch vieles zum Schlechten. Und genau deswegen bin ich hier. Weil es an der Zeit ist, das Ruder herumzureißen. Die Welt gerät aus den Fugen. Und viele von euch haben zu meinem Vater geschrien, dass er etwas tun soll. Das hat er jetzt. Er hat das getan, was ihm am besten erschien – und dennoch am schwersten: Er hat mich ein zweites Mal zu euch gesandt. Damit ich diesen Planeten mit euch rette. Patrizia hat meinen Namen nicht genannt. Das wäre auch schwer, denn ich habe keinen Namen. Damals hat man mich Jesus genannt. Meine irdische Mutter gab mir diesen Namen. Auf Befehl meines himmlischen Vaters hin. Als sie mich gebar, nannte sie mich so. Nun – dieses Mal wurde ich nicht geboren. Dieses Mal habe ich keine Mutter, die mir einen Namen geben kann. Dieses Mal bin ich einfach so zu euch gekommen. Und für alle die, die an mich glauben, wäre es eine Enttäuschung – vielleicht sogar ein Unding – würde ich mir einen anderen Namen geben. Deswegen soll dies auch dieses Mal mein Name sein: Ich bin Jesus – Gottes Sohn. Ich bin der Weg, die Wahrheit und das Leben. Und niemand kommt zu meinem Vater, es sei denn, er folgt mir nach. Trotzdem ist es dieses Mal anders. Denn dieses Mal bin ich nicht zu euch gekommen, um zu sterben. Eure Sünden habe ich schon auf mich genommen. Das ist kein zweites Mal nötig. Jetzt bin ich hier, um zu leben. Mit euch. Bei euch. Zu retten die, die ihr Leben auf mich ausrichten. Und zu richten die, die ihr Leben gegen mich stellen. Deswegen musste ich lernen. Denn es ist ein

Unterschied, ob ich nur über euch wache oder ob ich unter euch wandere. Der Geist meines Vaters – mein Geist – ist es, der euch im Alltag begleitet. Nun tue ich das auch. Jetzt bin ich bereit dafür. Im Namen meines Vaters – Amen."

Was folgte, war kein normaler Applaus mehr. Es war eine Welle aus tosendem Jubel, die so laut aufbrandete, dass es fast in den Ohren wehtat. Und die schier nicht enden wollte, bis der Mann schließlich die Hände hob: „Diese Welt ist groß. Und reichlich bevölkert. Schon damals hatte ich Jünger. Menschen, die mir zur Seite standen. So werde ich es auch diesmal wieder handhaben. Ich weiß, dass sich viele von euch dafür melden würden. Damals musste ich die Leute bitten. Heute wäre das nicht so. Ich bitte euch trotzdem um etwas: dass ihr versteht, dass ich nur die erwählen kann, die mein Vater mir zeigt. Und jeder, der nicht erwählt wird, ist nicht weniger wert. Er kann mir genauso dienen. Er kann genauso meinen Namen und mein Wort verkünden. Ich werde ihn segnen. Und mein Vater wird es auch. Doch ich möchte nicht nur hier stehen und reden. Es gibt viel zu tun. Und dieser Abend soll nicht dazu dienen, euch gleich zu überfordern. Er soll dazu dienen, euch herauszufordern. Mitzumachen. Mir zu helfen. Weswegen wir uns darauf beschränken wollen, euch einen grundsätzlichen Überblick zu geben. Alles andere wird kommen. Eine der wundervollen Einrichtungen dieser Zeit sind die schier unerschöpflichen Möglichkeiten der Kommunikation. Ich werde sie alle nutzen. Damit ich jeden von euch dort erreichen kann, wo er steht."

Wieder folgte tosender Applaus und nun setzte er sich wirklich. Der Glanz um ihn herum erlosch. Als der Lärm sich gelegt hatte, war es Patrizia, die sprach:

„Jesus. Ich bin froh, dass es endlich raus ist. Ich bin fast geplatzt."

„Das kann ich mir vorstellen." Er lächelte sie an. Sie lächelte zurück:

„Fangen wir vorne an. Du bist nicht umsonst heute Abend hier – in Frankfurt am Main. In Deutschland."

„Das ist richtig." nickte er, „das bin ich nicht. Mein Vater und ich haben lange überlegt, wie es dieses Mal ablaufen soll. Das Volk Israel ist sein auserwähltes Volk. Es wäre logisch gewesen, wenn ich mich dort gezeigt hätte. Doch sie haben gegen ihn und gegen mich gesündigt. Indem sie den Glauben an mich vor 2.000 Jahren verweigert haben. Und das bis heute tun.

Das ist etwas, das geklärt werden muss. Und was ihnen das Vorrecht auf mich nimmt. Ich kann nicht an einem Ort offenbart werden, an dem man nicht an mich glaubt."

„Das ist hart – für sie."

„Sie werden ihre Chance zur Umkehr bekommen."

„Das ist beruhigend." hakte Patrizia das ab, „aber warum gerade hier?"

Jesus legte die Hände aneinander: „Vor vielen Jahrzehnten ist etwas passiert. Zwischen diesem Land und Gottes Volk. Etwas sehr Grausames. Die meisten Leute, die es miterleben mussten, sind inzwischen nicht mehr unter uns. Die Opfer weilen bei meinem Vater. Die Täter haben ihre gerechte Strafe erhalten. Und auch dieses Land hier sollte bestraft werden. Die alte Schrift sagt das so: ‚Wehe dem Land, das mein Volk angreift.' Doch die Bürger dieses Landes haben Buße getan. Über all diese Jahrzehnte hinweg, die seitdem vergangen sind. Dieses Land ist ein Vorreiter in Sachen Offenheit und Hilfsbereitschaft anderen gegenüber. Wo andere Züge voll mit Flüchtlingen an den Grenzen zurückweisen, werden sie hier mit offenen Armen empfangen. Das ist ein Zeichen. Dass die Menschen dieses Landes aus ihren Fehlern gelernt haben. Dass sie Vergebung wollen. Und diese Vergebung sollen sie empfangen. Sie haben sie bereits empfangen. Dass ich hier bin – in Deutschland – ist ein Zeichen. Ein Zeichen, dass Gott euch vergibt, was eure Vorfahren getan haben. Der zweite Weltkrieg ist nicht ausgelöscht. Er wird für immer ein Tiefpunkt der menschlichen Geschichte bleiben. Aber ihr sollt euch nicht länger dafür schämen müssen. Für etwas, woran ihr nicht beteiligt wart. Und ihr sollt nicht länger Angst vor dem Zorn meines Vaters haben. Wir haben Deutschland als Stützpunkt für mich erwählt. Als das Land, von dem aus ich arbeiten werde. Als ultimatives Zeichen des Friedens. Zwischen Gott und euch. Und zwischen Gottes Volk und euch."

Der Applaus war diesmal deutlich verhaltener. Was höchstwahrscheinlich der Tatsache zuzuschreiben war, dass die Leute diese Aussagen erst einmal verdauen mussten. So machte Patrizia recht schnell weiter:

„Und du wirst hier von Frankfurt aus arbeiten?"

„Das werde ich." bestätigte er, „weil Frankfurt ein Knotenpunkt ist. Dies ist die Stadt, von der aus man in alle Richtungen ausschwärmen kann. Nicht nur innerhalb Deutschlands. Nach ganz Europa. Und hinaus in den Rest der Welt."

„Das heißt, du wirst hier auch wohnen?"

„Das werde ich."

„Wo?"

Jesus lächelte: „Ich habe kein Haus. Ich hatte nie ein Haus. Schon damals nicht. Und ich werde mir auch heute weder eines bauen noch eines kaufen. Sofern mein Vater will, dass ich mich an einem bestimmten Ort niederlasse, wird er mir das zeigen."

Damit war Patrizia jedoch nicht zufrieden: „Das heißt, du schläfst...?"

„Es gibt Leute, die schon wissen, wer ich bin. Einige wenige durften es gleich zu Anfang erfahren. Bei ihnen finde ich Unterkunft."

„Da darf ich mich ja auch dazuzählen." kicherte sie, „was das Wissen angeht, meine ich. Sind diese Leute deine Jünger?"

„Einige. Nicht alle." Jesus wandte sich dem Publikum zu, „ich sollte das vielleicht noch näher erklären: Damals waren es 12. Darauf kann ich mich heute nicht beschränken. Denn damals ging es nur um das Volk meines Vaters. Heute geht es um die ganze Welt. Ich werde viele auserwählen, viele befähigen. 12 mal 12 mal 12. Und ja – ich habe bereits einige erwählt. Zwei, um genau zu sein. Die durch ihr Heimatland ziehen werden und meinen Namen und meine Worte dort verkünden."

„Ihr Heimatland." wiederholte Patrizia, „sie sind also nicht aus Deutschland."

„Das sind sie nicht. Aber sie sind heute Abend hier bei uns. Nicht zum Predigen. Einfach, um sich der Gemeinde zu zeigen. Weil sie lange für diese Welt als verloren galten. Nun – ich kann euch heute Abend sagen: Sie sind es nicht."

„Das klingt seltsam. Kannst du das erklären?"

„Natürlich. Kommt doch kurz vor auf die Bühne..." Er stand auf und trat wieder nach vorne an den Bühnenrand. Dort streckte er die Hand aus. Ein weiterer Spot richtete sich auf die erste Reihe des Publikums, wo sich zwei Personen erhoben – ein Mann und eine Frau. Und so mancher im Saal machte deutlich hörbar seinem Erschrecken Luft, als sie auf die Bühne kletterten.

„Das sind Thijs und Lieke van der Velde." stellte Jesus sie für alle vor, als sie schließlich neben ihm standen, „sie kommen aus den Niederlanden. Vor einigen Jahren ist ihnen etwas Schlimmes zugestoßen..."

Auf der Leinwand erschien eine wackelige Videoaufnahme, die einen Moment später auch den kompletten Bildschirm einnahm. Sie zeigte das Meer und ein Segelboot, das darauf fuhr. Es war so weit weg, dass man es kaum erkennen konnte. „Da wäre ich jetzt auch gerne drauf." sagte eine männliche Stimme. „Ja, das wäre herrlich." stimmte eine weibliche Stimme zu, „dann würde ich den..." Weiter kam sie nicht, denn in diesem Moment verwandelte sich das Boot in einen Feuerball und der Mann ließ fast die Kamera fallen. „Heilige..." stieß er hervor. „Wir müssen helfen." schrie die Frau auf. „Wie denn? Die sind bestimmt 50 Kilometer da draußen." Sein Zeigefinger erschien am rechten Bildrand. „...die Polizei..." jammerte die Frau weiter und der Zeigefinger verschwand. „Ja, ja, natürlich..." Das Video brach ab.

„Das war ihr Boot." sagte Jesus leise – und war aufgrund der Stille im Saal trotzdem problemlos zu verstehen, „das Boot der van der Veldes. Das arme Pärchen, das diese Szene gefilmt hat, hat an diesem Tag einen Schock fürs Leben erlitten. Doch das ist nichts im Vergleich zu dem, was Thijs und Lieke durchmachen mussten. Denn sie waren an Bord ihres Bootes. Und sie sind bei dieser Explosion ums Leben gekommen..."

„Ja, wir waren tot." übernahm Lieke van der Velde wie auf Kommando, „doch das war nicht das Schlimme. Das Schlimme waren die Momente davor. Die Momente, in denen wir noch um unser Leben gekämpft haben. Am schlimmsten der Moment, in dem wir wussten, dass wir keine Chance mehr haben würden. Doch er ging vorbei. Und wir wussten, wo wir hinkommen würden. In den Himmel. Zu Gott. Dort waren wir und es war wundervoll. Ihr werdet verstehen, dass Gott nicht will, dass wir euch davon erzählen. Das ist eine Erfahrung, die jeder selbst machen soll. Aber wir können euch sagen: Es erwartet euch ein Ort, der alles übertrifft, was ihr euch vorstellen könnt. Und genau das wollen wir verkünden. In unserer Heimat."

„Vielen Dank." Jesus drückte ihre Schulter und schüttelte ihrem Mann danach die Hand. Dann gingen sie alle drei zurück auf ihre Plätze: „Wie du siehst, Patrizia, habe ich einige schon erwählt, bevor ich hierhergekommen bin. Sie haben mich aus dem Himmel hierher begleitet. Mein Vater hat ihre Körper wiederhergestellt und ihre Seelen wieder darin verankert."

„Hat er das bei dir auch getan?" erkundigte sich Patrizia ein wenig unsicher.

„Ja, das hat er. Dies ist der Körper, in dem ich damals geboren wurde. In dem ich gelebt und gepredigt habe. In dem ich gestorben und auferstanden bin." Er hielt seine Hände in die Höhe und in seinen Handflächen waren deutlich zwei kleine, kreisrunde Narben zu erkennen. Die Kamera zoomte heran und ein Raunen ging durch die Menge.

Patrizia dagegen gab sich gelassen: „Diese Geschichte wollen sicherlich so einige gerne hören."

„Und das sollen sie." Jesus ließ die Hände wieder sinken, „ich werde diese Geschichte erzählen. Nicht jetzt. Und nicht einfach nur denen, die gerade zuschauen. Ich werde sie aufschreiben. Damit sie jedem zugänglich ist. Denn sie ist ganz anders, als ihr alle das glaubt. Sie wird euch alle überraschen, manchen auch verstören. Aber sie ist wahr. Und sie ist wichtig. Doch wie gesagt – sie ist nicht für hier und heute. Hier und heute sind wir fertig. Ich habe mich euch gezeigt. Ihr wisst nun, dass ich unter euch bin. Meinen Dienst habe ich bereits aufgenommen. Im Stillen. Das wird sich nun ändern. Die ganze Welt soll erkennen, dass ich der Sohn Gottes bin. Dass ich in seinem Auftrag handele. Geht auch ihr hinaus. Verkündet meine Botschaft. Auf den bisherigen Veranstaltungen habe ich die Leute immer zum Stillschweigen angehalten. Weil es noch nicht Zeit war. Damit ist es vorbei. Die Zeit ist jetzt. Geht hinaus und erzählt allen, was ihr gesehen und gehört habt. Lasst uns diese Welt zu meinem Vater bringen. Auf das alle, die an ihn glauben, nicht verloren sind, sondern das ewige Leben haben. Im Namen meines Vaters – Amen."

Wieder gab es Jubelschreie und die Leute hielt es nun nicht mehr auf ihren Plätzen. Sich gewahr, dass die Show im Grunde vorbei war, strömten sie auf die Bühne. Nur, um ihm einmal nahe zu sein, ihn zu berühren. Einige fielen ihm um den Hals, andere vor ihm nieder. Eine Weile lief das auf dem Bildschirm noch weiter, dann wurde es langsam dunkler und schließlich schwarz. Eine Einblendung erschien: ‚Mehr Informationen unter www.jesusdersohngottes.net.' Dann kam Werbung.

111

Die Freunde saßen wie versteinert da. Keiner von ihnen sagte etwas. Und dabei blieb es auch. Geraldine stand irgendwann auf und ging. Z folgte nur wenig später. Annie saß noch fast eine Stunde dort. Dann wurde sie sich bewusst, dass der Fernseher noch lief. Sie schaltete ihn ab, stand auf und ging nach oben, wo sie sich einfach aufs Bett fallen ließ. Und dann die ganze Nacht wach lag – genauso wie die beiden anderen. Und sehr viele andere ebenfalls.

112

Die Treuen hatten die Rede in ihrem Gruppenraum verfolgt. Eine Flasche Sekt stand auf dem Tisch. Sie war leer. Der Inhalt befand sich in den Gläsern, die sie in der Hand hielten.

„Operation geglückt, würde ich sagen."

„Ja. Erfolg auf der ganzen Linie."

„Und wir sind raus. Endlich zurücklehnen."

„Ja. Der Keller war ätzend."

„Aber die Behandlungen sehr interessant."

„Und wirkungsvoll. Wie man sieht."

„Das Gejammer fand ich furchtbar."

„Ja. Ohne die Medikamente..."

„Die hätte ich rund um die Uhr verabreicht."

„Dann wäre es ruhig gewesen."

„Dann wäre es für immer ruhig gewesen."

„Umso besser."

„Du raffst es wieder nicht."

„Aber du."

„Ich mochte das Klima dort nicht. Zu feucht."

„Und vorher war es dir zu trocken."

„Das war ich nicht. Das warst du."

„Hier ist es auf jeden Fall besser. Nicht zu trocken und nicht zu feucht."

„Wohl wahr."

„Alles Dinge, über die wir uns keine Gedanken mehr machen müssen."
„Solange er seinen Job macht."
„Wird er. Und wenn ihm jemand in die Quere kommt, dann..."
„...kümmern wir uns darum."
„Ganz genau."

113

Das Leben war anders. Mit einem Schlag. Die Show an sich hatten wahrscheinlich gar nicht mal so viele Leute gesehen. Doch die Medien, die auch dank der drei Freunde in den letzten Jahren so manches übernatürliche Ereignis zu berichten gehabt hatten, sprangen sofort darauf an und die Bevölkerung tat ihr Übriges. Auf allen Fernseh- und Radiokanälen gab es Sondersendungen zum Thema, in allen Zeitungen Berichte und das Internet war voll davon. Und das nicht nur in Deutschland. Es vergingen zwei Tage und die Nachricht von der vermeintlichen Wiederkunft Jesu hatte sich auf allen Kontinenten verbreitet. Die Meinungen allerdings waren zwiegespalten. Denn trotz der großen Reden, die er geschwungen hatte; trotz der Tatsache, dass da zwei Menschen mit ihm auf der Bühne gestanden hatten, die – so bestätigte die Polizei praktisch sofort – wirklich vor einigen Jahren für tot erklärt worden waren; trotz des hellen Scheins der – so bestätigten Leute, die in der Alten Oper und bei seinen anderen Veranstaltungen dabei gewesen waren, ebenfalls praktisch sofort – kein Fernseh- oder Bühnentrick, sondern echt gewesen war – die Vorstellung, dass Gottes Sohn zurückgekommen war und nun unter ihnen weilte, war für nicht wenige nur schwer zu glauben. Und auf politischer Ebene zog seine Anklage gegen Israel und seine Vergebung für Deutschland noch ganz andere Kreise – auch wenn sich kein führender Beamter eines dieser Länder dazu hinreißen ließ, davon in der Öffentlichkeit etwas verlauten zu lassen. Dafür hatten sie zu viel Angst vor den Reaktionen der Menschen. Hinter verschlossenen Türen jedoch saßen die Regierungschefs dieser und noch einiger anderer Länder zusammen und beratschlagten, wie sie damit umgehen und was genau sie der Bevölkerung sagen sollten. Die USA und Russland nahmen an diesen

Gesprächen nicht teil. Sie hatten andere Prioritäten. Was dem Ganzen einen gewissen Dämpfer verlieh, denn ihre Stimmen hatten viel Gewicht.

So waren die Tage nach der Show geprägt von Unsicherheit und Chaos. Was auch an den Freunden nicht spurlos vorüberging. Sie sahen sich bis zum nächsten Sonntag nicht, was einfach damit zu tun hatte, dass sie zu viele andere Gespräche führten und auch selbst nicht wirklich wussten, wie sie damit umgehen sollten.

114

Für Annie hatte das ganze vor allem auf persönlicher Ebene einen faden Beigeschmack:

„Warum hast du mir nicht gesagt, wer er ist?" fauchte sie Jonathan gleich am Tag nach der Sendung an.

„Weil ich es nicht wusste." lautete seine simple Antwort, die sie nicht zufriedenstellte:

„Aber warum hast mir nicht gesagt, dass ihr mit ihm zusammenarbeitet?"

„Hatte ich vor." Er überlegte kurz, „habe ich sogar probiert. Und dann hast du das Thema gewechselt. Oder wir wurden unterbrochen. Das weiß ich nicht mehr."

„Aber glaubst du denn nicht, dass das wichtiger für mich ist als nur ein Versuch?"

„Ganz ehrlich? Ich dachte, du weißt von ihm. Schließlich wart ihr bei einer Veranstaltung mit ihm. So viel wusste ich."

Annie legte die Stirn in Falten: „Und du denkst, das hätte ich nicht erzählt?"

„Du hast noch nie großartig was davon erzählt." entgegnete Jonathan.

„Weil es dich nie großartig interessiert hat."

„Also haben wir beide ein Problem."

„Scheint so." Annie seufzte und winkte ab. Der Frust jedoch blieb. Wie auch die Frage, was sie glauben sollte. War er es wirklich? Irgendwie konnte sie sich das nicht vorstellen. Irgendetwas stimmte nicht. Wenn sie auch den Finger nicht darauf legen konnte, was.

115

Z konnte es. Und als sie sich schließlich – mit Partnern – wiedertrafen, tat er es auch:

„Er ist zu menschlich. In der Bibel heißt es, dass Jesus – wenn er wiederkommt – zwar in Menschengestalt auftritt, aber nicht wirklich als einer von uns. Man sollte sehen, dass er der Sohn Gottes ist. Auch ohne, dass er es sagt."

„Er ist nicht eindeutig." murmelte Geraldine und Z nickte:

„Er ist erklärungsbedürftig. Nein: Er muss sich erklären. Ach... so halt irgendwie." Er sah in die Runde – fest mit einer scherzhaften Retour bezüglich seines Gestotters rechnend. Doch es kam nichts – stattdessen ging Geraldine einen Schritt weiter:

„Viele sagen, das, was hier passiert, stimmt überhaupt nicht mit der Bibel überein."

Wieder nickte Z: „Das ist richtig. Jesu Wiederkunft sollte das Ende der Zeit einläuten. Das tut er ganz offensichtlich nicht. Ganz im Gegenteil: Er will die Welt weiterlaufen lassen."

„Was bedeutet das?"

„Das ist die Frage." schaltete sich Nils ein, „auf der einen Seite hat Gott gesagt, was in der Schrift steht, wird sich erfüllen. Auf der anderen Seite ist er Gott und kann Entscheidungen treffen, wie auch immer er möchte. Und diese hier bringt uns ja sogar was. Wenn es wirklich wahr ist, meine ich."

Geraldine verzog das Gesicht: „Es ist halt schwer, darüber zu diskutieren. Wie will man das machen mit jemandem, der nicht nur von Gott kommt, sondern Gott ist?"

„Ja. Genau da ist der Knackpunkt." Nils rieb sich das Kinn, „da habe ich auch mit einem Kollegen drüber gesprochen, der Jude ist. Ein sehr offener Mensch – auch in Glaubensfragen."

Becka legte den Kopf schief: „Und jetzt nicht mehr?"

„Gibt er uns die Schuld?" fragte Jonathan im selben Moment.

„Beim besten Willen nicht." wehrte Nils ab, „manch ein jüdischer Verschwörungstheoretiker mag dahinter ein Komplott der Deutschen sehen. Nur... mit welchem Ziel? Den Frieden auf menschlicher Ebene haben wir schon lange wieder. Es hätte keinen Vorteil für uns, das so aufzuwühlen. Das würde eher das Gegenteil erreichen. Natürlich gibt es immer noch Juden, die uns nicht verzeihen können. Aber wir arbeiten alle daran. Immer und stetig. Und je mehr Generationen nachwachsen, desto leichter wird das werden. Wenn es eben keine Zwischenfälle gibt, die diese Bemühungen untergraben. Das hier könnte so ein Zwischenfall sein. Weswegen sich die meisten in Israel wohl einig sind, dass wir keine Verantwortung tragen. Sie mögen uns nicht alle mögen. Aber so viel Dummheit trauen sie uns nicht zu."

„Sagt er." wandte Becka ein wenig skeptisch ein.

„Er hat Familie in Jerusalem. Einen Onkel in der Regierung. Er ist immer ziemlich gut informiert."

„Und wie sehen sie es?" hakte Z nach.

„Sie sind aufgeschmissen." antwortete Nils, „das Problem für sie ist ja nicht mal die Kriegsgeschichte. Das ist fast nebensächlich – schließlich ist sie nur der Aufhänger, warum ‚Jesus‘ in Deutschland wohnt. Viel schlimmer ist für sie die Sache mit dem Unglauben. Dass sie bestraft werden."

Jonathan biss sich auf die Lippen: „Da glauben sie echt, dass was passiert?"

„Nun..." Nils schnalzte mit der Zunge, „wenn er wirklich Gottes Sohn ist, wird er ihnen die gleiche Gnade angedeihen lassen wie uns. Das zweifelt eigentlich keiner an. Das Problem sind die Menschen. Nicht nur im Islam gibt es Fanatiker. Auch bei uns. Und diese Leute sitzen nun da und hören, dass Jesus sauer auf die Juden ist, weil sie ihn verleugnet haben."

„Du meinst, sie könnten das mit der Strafe selbst in die Hand nehmen." Becka schüttelte sich.

„Das ist die Befürchtung, ja."

Geraldine seufzte: „Aber keiner sagt was."

Z lächelte traurig: „Es ist genau das, was du meintest: Wer traut sich, aufzustehen, wenn auf der anderen Seite der vermeintliche Sohn Gottes steht? Jeder Mensch könnte Unrecht haben. Gott nicht. Das ist – wenn man es mal überlegt – eine geniale Sache für ihn. Er wird nirgendwo Widerspruch bekommen. Zumindest nicht, solange die Möglichkeit besteht, dass er über sich die Wahrheit sagt."

Geraldine wippte mit dem Kopf: „Aber welches Ziel könnte er verfolgen – wenn er nur ein Mensch ist?"

„Kontrolle." erwiderte Z, ohne groß zu überlegen.

„Als Einzelner?"

„Das hat früher auch schon geklappt. Da brauchst du nur so weit zu schauen wie eben zum letzten Weltkrieg."

„Der war nicht allein." widersprach Geraldine – und Becka hakte dort ein: „Das ist er auch nicht. Er hat mindestens schonmal ein Predigerehepaar, eine Fernsehtante und eine unbestimmte Anzahl an Leuten, die ihm genug glauben, um ihn bei sich wohnen zu lassen."

„Das Ehepaar..." Geraldine sah Z an, „du kennst sie, oder?"

„Kannte sie." verbesserte Z, „Sie waren öfter bei uns in der Gemeinde. Und… wenn ich mich recht erinnere, waren wir alle drei an dem Sonntag da, als ihr Tod bekannt gegeben wurde."

„Ha." Geraldine schnippte mit dem Finger, „wusste ich es doch. Also... ich dachte es. Aber Nils..." Sie klopfte selbigem auf die Schulter, „...konnte sich nicht daran erinnern und da er angeblich in den letzten gefühlt 70 Jahren jeden Sonntag da war..."

Nils streckte ihr die Zunge heraus und Geraldine lachte laut auf. Z dagegen blieb ernst:

„Ich bin mir da ziemlich sicher. Müsste ganz am Anfang gewesen sein."

„Genau." stimmte Geraldine zu, „die Frage ist halt: Wie hat er das auf die Beine gestellt?"

Z zuckte mit den Schultern: „Einfache Antwort? Er ist es wirklich. Wenn nicht..." Er ließ den Satz in der Luft hängen und Becka griff ihn auf: „Er ist ein Heiler. So viel wissen wir."

„Das geht ein wenig übers Heilen hinaus, meinst du nicht?" konterte Z.

Geraldine tippte sich an die Lippen: „Wenn sie nicht richtig tot waren?"

„Mehrere Jahre lang?" Z schüttelte den Kopf und sie winkte ab: „Stimmt."

„Ich bin ja nur froh, dass sie uns bei den Szenen in Bremen wirklich rausgeschnitten haben." Z seufzte laut, „stellt euch mal vor, das hätte jemand gesehen. Dann würden sie uns jetzt die Bude einrennen mit Fragen."

„Die wir alle nicht beantworten könnten." fügte Geraldine hinzu.

Becka lachte auf: „Wie hochnotpeinlich."

„Zumindest dafür haben wir einen Beweis..." Geraldine blickte nachdenklich ins Leere, „Lotta hatte recht, was unser Kreisen um den eigenen Kosmos angeht. Wir haben doch sogar mitgekriegt, wie er anfing zu leuchten." Sie wandte sich Annie zu, die den Kopf schüttelte – dann Z, der halb den Kopf schüttelte:

„So aus den Augenwinkeln."

„Immerhin. Aber ich habe mir nicht nur keine Gedanken dazu gemacht – ich habe es komplett vergessen. Bis da bei der Show."

„Nicht nur du." brummte Z – während Becka ein Grinsen aufsetzte:

„Müsste man euch fast für rügen."

„Fast?" schnappte Geraldine, „habt ihr zur Genüge. Alle."

„Das stimmt." gab Becka zu.

„Ich habe übrigens mit Imran gesprochen." warf Z ganz unvermittelt ein.

Geraldine legte den Kopf schief: „So?"

„Ja. Eigentlich wegen unserer Sache. Er hat sich gemeldet, um zu sagen, dass er eventuell eine Spur hat. Nichts Handfestes, aber er wird sie verfolgen und sich dann wieder melden. Das war es eigentlich. Aber ich konnte nicht anders, als ihn fragen, was er denkt."

„Und?"

„Tja..." Z schürzte die Lippen, „jetzt kommt der antiklimaktische Teil der Geschichte: Er ist genauso verwirrt wie wir. Was ich aber trotzdem interessant finde. Schließlich glaubt er an den Koran und könnte unseren Jesus daher eigentlich einfach ignorieren. Tut er aber nicht."

„Er hat halt auch so einiges gesehen." sinnierte Geraldine, „dank uns, größtenteils."

„Scheint so."

„Warum ist unsere Annie eigentlich so still?" wandte sich Becka in diesem Moment an selbige. Die Antwort jedoch bekam sie von Jonathan:

„Weil sie beleidigt ist."

Geraldine blinzelte verwirrt: „Beleidigt?"

„In diesem Zusammenhang?" ergänzte Z.

„Wegen mir." Jonathan seufzte, „weil ich ihr nichts erzählt habe."

„Stimmt. Du..." Geraldine bekam große Augen, „wusstest du das die ganze Zeit?"

„Wer er ist? Nein. Ich wusste, dass Patrizia einen Prediger aufgetan hat, der in eure Richtung geht. Mit heilen und austreiben und so. Schien ihr ein passender Ersatz. Daher hat sie nicht lange gezögert, als er sie kontaktiert hat."

„Er hat sie..." Z blies erstaunt die Backen auf – während Nils verstehend nickte:

„Macht Sinn. Er will sich präsentieren. So geht das am besten."

Z tat es ihm nach: „Stimmt schon."

„Auf jeden Fall bin ich davon ausgegangen, dass ihr ihn kennt." fuhr Jonathan fort, „eben gerade weil er das gleiche macht wie ihr. Und dann wart ihr zusammen auf Veranstaltung..."

„Aber du hättest es ansprechen können." machte Annie nun doch den Mund auf, „fragen können."

„Ich habe doch schon gesagt..."

„...dass du mich in Ruhe lassen wolltest." würgte sie ihn ab – oder versuchte es zumindest, denn er setzte sofort neu an:

„Du kamst ohne Gabe zurück. Da wollte ich dich unterstützen. Und dir nicht noch jemanden unter die Nase reiben, der es noch kann."

„Keine schlechte Sache eigentlich." bekam er Unterstützung von Becka, was Annie ins Stocken geraten ließ:

„Ja, schon... nur... es wäre halt..."

„Welchen Vorteil hätte es dir gebracht, wenn du es früher gewusst hättest?" wurde sie nun selbst von Nils unterbrochen.

„Wahrscheinlich hätten wir es eh unter uns selbst begraben." schnaubte Geraldine sarkastisch, „so beschäftigt, wie wir waren."

„Das Problem ist ja auch nicht er." fuhr Annie auf, „das Problem sind wir. Du und ich." Sie stach Jonathan mit dem Finger in die Brust und sein Gesicht verdüsterte sich. Für Geraldine ein Zeichen, einzuschreiten:

„Genau. Kommunikationinisiert euch mal ein bisschen."

Das war zwar gar keine Absicht gewesen, erzielte aber trotzdem Wirkung, denn Annie wandte sich ihr zu – deutlich irritiert: „Äh..."

„Und tut nicht so, als wüsstet ihr nicht, was das Wort bedeuten soll." setzte sie noch hinzu. Woraufhin Annie schmollend die Arme verschränkte und Jonathan aus dem Fenster sah. Geraldine biss sich auf die Lippen und schwieg – so war Nils der nächste, der sich um Rettung bemühte:

„Man muss sie einfach gerne haben."

Geraldine drehte sich ärgerlich zu ihm um: „Muss?"

„Ja." erwiderte er gelassen, „ich habe versucht, es nicht zu tun. Hat nicht geklappt."

„Danke für diesen sinnlosen Themawechsel." brummte sie, „ich denke, dass Annie und Jonathan..."

„...das in Ruhe zu zweit klären sollten." schnitt Becka ihr das Wort ab.

„Okay. Da hast du Recht." gestand Geraldine und zu ihrer Beruhigung schienen sich sowohl Annie als auch Jonathan daraufhin ein wenig zu entspannen. Zumal Becka konsequent noch einen weiteren Schritt in eine andere Richtung tat:

„Und wisst ihr, was ich noch denke?"

„Nein." antwortete Z für alle.

„Wenn dieser Mann wirklich Jesus ist, dann wird es nicht bei dieser einen Rede bleiben. Er weiß, dass er sich beweisen muss. Gerade jetzt, wo es raus ist. Er sich quasi ‚geoutet' hat. Ich könnte mir vorstellen, dass da noch so einiges passieren wird in nächster Zeit. Und dass das den Glauben an ihn entweder stärkt oder zerstört."

Nils nickte: „Ja, damit magst du richtig liegen."

116

So wie Becka dachten viele Menschen. Die meisten davon jedoch nicht so neutral. Für sie stand etwas ganz anderes im Vordergrund: die Hoffnung. Sie hofften, dass er Jesus war. Weil es Chancen eröffnete. Auf ein besseres Leben. Und eine bessere Zukunft. Auf Gesundheit. Frieden. Freude. Und vielleicht sogar Reichtum. Sie wünschten sich, dass er den Beweis wirklich erbrachte. Und dann den angekündigten Weg einschlug. Sie wünschten sich – ein Wunder.

117

Und sie bekamen es. Es schien fast, als habe der Mann, der sich Jesus nannte, nur ein wenig Zeit verstreichen lassen wollen, um allen die Möglichkeit zu geben, seinen Auftritt zu verdauen. Dann war er wieder da. Live – im

Fernsehen und im Internet – und brachte ihnen genau das: ein Wunder. Einen Beweis.

Er machte nicht viele Worte, erklärte nur kurz, wo er sich befand: in einem Krankenhaus in Tansania. In dem eine Menge Menschen lagen, die mit einer unheilbaren Krankheit infiziert waren, die sie äußerlich furchtbar entstellte. Männer, Frauen, Kinder. Sie alle litten unter schlimmen Schmerzen. Und hatten keinerlei Hoffnung auf Besserung. Er ging nicht einfach so hinein. Er zog sich einen Mundschutz und Handschuhe an.

„Ich mag der Sohn Gottes sein aber dieser Körper ist ein menschlicher Körper. Und kann daher auch zerstört werden." erklärte er und hielt wie zum Beweis ein weiteres Mal seine Handflächen in die Kamera, „natürlich könnte ich mich selbst heilen. Aber ich darf keine Unvernunft walten lassen. Auch das soll ein Zeichen sein für alle, die mir nachfolgen: Werft nicht euren Verstand über Bord. Handelt in meinem Namen. Aber nicht ohne nachzudenken."

Dann legte er ihnen die Hände auf – einem nach dem anderen. Und einer nach dem anderen standen sie auf. Und waren geheilt. Was man ohne große Probleme sehen konnte. Denn die Schwielen und Blasen, die noch wenige Momente zuvor ihre Gesichter, Arme und Beine bedeckt hatten, waren verschwunden. Als er das Krankenhaus verließ, folgte ihm eine Menge. Aus Leuten, die noch kurz zuvor dem Tod geweiht gewesen waren. Sie alle lobten und priesen ihn. Und die Leute, die draußen auf ihn warteten, stimmten mit ein.

„Das war mein erstes Zeichen." rief er der Menge zu, „ich weiß, dass ihr Beweise braucht. So wie Thomas damals. Doch ich rechne euch das nicht an. Die Wissenschaft kann inzwischen so vieles, dass wahre Wunder mehr und mehr untergehen. Deswegen werde ich euch Wunder geben. Gerne sogar. So viele ich kann. Ich werde nicht den Regen verhindern. Oder herbeirufen. Es ist nicht meine Aufgabe, in die grundsätzliche Ordnung des Universums einzugreifen. Ich bin wegen euch hier. Wegen eurer Seelen. Darum werde ich mich kümmern. Und nicht nur ich – auch meine Jünger werden das tun. Sie alle sind befähigt, in meinem Namen zu heilen. Geht nun – ihr, die ihr heute Zeuge wart – hinaus in die Welt. Und bezeugt. Bezeugt, was heute hier geschehen ist. Auf dass alle es glauben. Und alle zu meinem Vater kommen."

Die Übertragung war vorbei und da es sich um eine Liveschaltung handelte, bei der niemand genau hatte sagen können, wie lange sie dauern würde, kam erst einmal ein Füllprogramm. Was aber niemanden interessierte. Denn niemand, der zuvor zugeschaut hatte, achtete darauf.

118

Die Geschehnisse wurden heiß diskutiert. Im Laufe der Zeit jedoch stellte sich das ein, was in der Geschichte der Menschheit immer den großen Ereignissen gefolgt war: die Gewöhnung. Er vollbrachte weitere Wunder. Weitere Heilungen. Und viele Leute kamen dadurch zum Glauben. Doch der Alltag lief auch weiter. Niemand konnte seine Arbeit deswegen aufgeben oder stilllegen. Niemand aufhören, seine Kinder zu erziehen. Oder zu essen und zu schlafen. Und kaum einer wollte mit dem aufhören, was sonst noch Spaß machte: Freunde treffen, Partys feiern, Sport oder Musik machen – all sowas. Jeder einzelne Lebensbereich lief weiter und der Mann, der sich Jesus nannte, wurde zu einem weiteren Bereich. Zu einem Teil des Lebens. Der einen – in den meisten Fällen – eher am Rande betraf. Den man im Fernsehen oder Internet sehen konnte. Über den man in der Zeitung lesen konnte. Die Routine kehrte zurück und die Leute beruhigten sich wieder. Jesus war etabliert. Und kaum einer diskutierte noch laut über ihn. Was er tat, war gut – da waren sich die meisten einig. Also hatte auch niemand etwas dagegen, dass er es tat. Und kaum einer sah die Notwendigkeit, sich eingehender damit zu befassen.

119

Was auch dazu führte, dass kaum einer den Mund aufmachte, als bekannt wurde, dass er eine Predigt auf dem Berg Sinai zu halten gedachte. In Israel war man froh, dass er endlich ihren Boden betrat. In Deutschland ebenfalls. Es half, die Kluft wieder ein wenig zu schließen, die augenscheinlich zwischen beiden Ländern entstanden war. Aus vielen Ländern strömten Zuschauer herbei und die Behörden waren froh, dass es eine offizielle

Vorwarnung gegeben hatte. So konnten sie alle erdenklichen Vorkehrungen treffen. Sicherheit, Verpflegung, Beschallung. Alles musste stimmen. Sie wollten nicht Gefahr laufen, dass der Sohn Gottes einen weiteren Grund hatte, ungehalten mit ihnen zu sein.

120

„Vor 2.000 Jahren habe ich das letzte Mal hier gestanden und euch von meinem Vater erzählt. Das will ich auch heute wieder tun. Dem einen oder anderen mag das, was ich zu sagen habe, nicht unbekannt sein. Anderen schon. Aber es ist wichtig, dass ihr es nicht nur hört, sondern auch verinnerlicht. Dass ihr darüber nachdenkt. Es nicht nur zitiert, sondern auch lebt. Nicht nur weitersagt, sondern auch versteht. Ich bin viel herumgereist in den letzten Wochen und habe Menschen geheilt. Ihnen eine neue Chance auf Leben gegeben. Ihrem Körper auf das Leben hier auf Erden und ihrem Geist auf das Leben im Himmel. Aber – viele von euch fragen sich: ist das alles, was er tut? Herumreisen und Kranke heilen? Natürlich ist es das nicht. Ich bin hier, um euch zu meinem Vater zu führen. Ich bin hier, um euch einen Begriff wieder neu verständlich zu machen, der viel zu sehr in Vergessenheit geraten ist: Vergebung. Und was gibt es für einen besseren Ort dafür als diesen hier? Nun fragt ihr euch: Was will er uns zur Vergebung sagen? Wir wissen, was es bedeutet. Wir sind damit aufgewachsen. Wir können es herleiten. Es ergibt sich. Es ist logisch. Ich glaube nicht. Ich glaube, dass ihr nur das versteht, was Menschen unter Vergebung verstehen. Ich glaube, dass euch Gottes Art der Vergebung ganz und gar fremd ist. Sonst würdet ihr euch nicht so plagen. Sondern wärt frei. Die Vergebung der Menschen ist eine Tätigkeit. Gottes Vergebung ist ein Wunder. Und wie jedes Wunder ist sie auf den ersten Blick nicht greifbar und oft sogar auf den zweiten Blick nicht zu verstehen. Weil ihr es ablehnt, daran zu glauben, dass es so sein kann. Wie oft sagt ihr: ‚Das kann nicht sein.' Dieser Ansatz ist ganz und gar falsch, wenn es um meinen Vater geht. Bei ihm kann alles sein. Was sollte ein Soldat im Krieg sagen, wenn er getötet hat? ‚Das ist so schlimm, das kann Gott mir nicht vergeben?' Doch – Gott kann es. Und wird es. Das ist es, was ihr verstehen müsst: Gott kann alles vergeben. Und wird alles vergeben. Weil er das zugesagt hat. Weil er bereits alles vergeben hat. Einem jeden von euch. Durch mich. Meine Tat vor 2.000 Jahren. Nehmt David und Bathseba. Er hat mit ihr Ehebruch begangen. Ein Kind gezeugt, das unehelich war. Er hat ihren Mann umbringen lassen. Aber hat Gott ihn deswegen verstoßen? Sie ihm weggenommen? Er hat seine Strafe bekommen. Das Kind ist gestorben. Aber sie durfte er behalten. Glücklich mit ihr sein. Und weitere Kinder mit ihr bekommen. Warum? Weil er um Vergebung gebeten und sie erhalten hat. Und hätte er genau das gleiche nochmal mit einer anderen Frau getan, wäre es genauso gelaufen. Er hätte gesündigt und Gott ihm vergeben. Weil er darum gebeten hätte. Das ist das Wunder von Gottes Vergebung. Es ist egal, was du tust. Solange du ihn hinterher um Vergebung bittest, ist es in Ordnung. Er wird sie dir geben. Das hat er dir zugesagt. Jeder von euch hat solche Dinge. Er schläft mit der Frau seines besten Freundes. Er schaut heimlich Pornofilme. Sie stiehlt Geld aus der Kasse ihrer Firma, enthält ihr eigenes Geld dem Finanzamt vor. Das ist Sünde. Aber Gott hat sie vergeben. Dieses eine Wort ist dabei das entscheidende: ‚hat'. ‚Euch ist vergeben' – so heißt es. Das bedeutet: vorher schon. Noch bevor ihr überhaupt daran denkt, eine Sünde zu begehen, habt ihr die Vergebung dafür schon erhalten. Ist das nicht wunderbar? Macht das nicht frei? Wirklich frei? Es ist vergeben. Alles. Immer. Und auch immer wieder. Alles, was ihr tun müsst, ist euch entschuldigen. Dann wäscht er es weg und ihr seid wieder rein. Und wenn es wieder passiert – wenn du wieder zur Flasche greifst und dich betrinkst – obwohl du schon so oft versprochen hast, es nicht mehr zu tun – dann bittest du ihn wieder. Und du wirst die Vergebung wieder erhalten. Ich habe das damals schon versucht, euch zu sagen: 70 Mal 7 Mal. Das war in Bezug auf euch selbst. Aber was ich damals wollte, war lediglich, euch dazu zu bringen, Gottes Konzept der Vergebung für euch selbst in Anspruch zu nehmen. Das will ich immer noch. Auch ihr sollt euch untereinander eines Tages genauso vergeben können. Ohne jegliche Vorbehalte. Doch dazu müsst ihr es erst einmal verstehen. Vergebung ist euch zugesagt. Sie ist ein Geschenk meines Vaters. Eures Vaters. Das ihr bereits erhalten habt. Nehmt sie in Anspruch. Wo und wann auch immer ihr sie braucht. Für alles, wofür ihr sie braucht. Es gibt nichts, was zu schlimm wäre, als dass es nicht vergeben werden kann. Mein Vater kann das. Und wird das. In seinem Namen – Amen."

121

Es war am Tag darauf, dass sie die Mail von Lotta bekamen. Und zum ersten Mal waren sie regelrecht erpicht darauf, sie endlich wiederzusehen. Dass sie dazu ihre Partner mitbringen sollten, kam ihnen allerdings ganz und gar nicht gelegen. Denn sie wollten mir ihr eigentlich auch über Dinge sprechen, die sie diesen nicht zwangsläufig erzählen wollten. Doch Lotta hatte die Anweisung gegeben und sie hielten sich daran. Und wie sich herausstellte, bekamen sie auch gar keine Gelegenheit, etwas von sich aus anzusprechen. Denn die Themen brachte Lotta alle selbst mit. Und verbrachte auch die meiste Zeit mit Reden:

„Ich habe nicht viel Zeit. Denn momentan ist eine Menge zu tun."

„Wegen ihm." vermutete Z.

Sie nickte: „Ganz richtig."

„Arbeitest du für ihn?" fragte Becka kritisch.

Lottas Ausdruck wurde hart: „Ich arbeite für Gott."

„Heißt das ‚Ja' oder ‚Nein'?"

„Dazu sage ich erstmal nichts. Stattdessen will ich eure Einschätzung zu ihm hören. Was glaubt ihr?"

„Nun..." setzte Geraldine an, „er tut Wunder. Aber das konnten wir auch. Und wir sind Menschen. Könnte er also theoretisch auch sein. Einen Beweis für das Gegenteil hat er bisher nicht geliefert. Zumindest keinen, der mich überzeugt hätte."

„Sprichst du für alle?" Lotta sah in die Runde – und erhielt von allen Seiten Bestätigung:

„Tut sie. Wir hatten genug Zeit, uns da einig zu werden."

„Fein." gab Lotta zurück, „dann sind wir uns auch einig. Ich bin schon öfter wegen ihm angegangen worden, als ich zählen kann. Oder will. Die Frage ist immer die Gleiche: Warum hast du nicht vorausgesagt, dass er kommt? So wie die alten Propheten? Und meine Antwort ist auch immer die gleiche: Ich sage das, was Gott mir aufträgt. Wenn ihr mich also mit den alten

Propheten vergleicht und ich ihn nicht vorausgesagt habe – was heißt das dann für ihn? Was sagt das über ihn?"

„Dass er nicht Gottes Sohn ist." antwortete Geraldine und Lotta schnaubte leise:

„Das ist deine – Entschuldigung: eure – Antwort. Freut euch – ihr gehört damit zu einer ausgewählten Minderheit."

Nils sah sie mitleidig an: „Die Leute sehen eher dich als Scharlatan als ihn."

„Verständlich." winkte sie ab, „ich rede – er handelt."

„Aber du glaubst es auch nicht."

„Keine Sekunde. Aber darum geht es jetzt nicht. Bleiben wir bei euch. Ihr glaubt nicht an ihn und die Wunder überzeugen euch nicht. Was werdet ihr als Antwort bekommen? Wahrscheinlich etwas in die Richtung von: ‚Aber ihr wart von Gott bestimmt. Und habt Gutes getan. Er tut auch Gutes. Also muss er auch von Gott bestimmt sein. Warum sollte er dann lügen?'"

Die drei Freunde blickten sie schweigend an und auch von den anderen wusste niemand etwas zu sagen.

„Es ist nicht schlimm, dass ihr keine Antwort wisst." beruhigte Lotta sie, „und – ich weiß auch keine. Diese Antwort kennt wohl wirklich nur Gott. Was dieser Mann hier tut – was seine Agenda ist – er hat es geschafft, sie vor uns allen verborgen zu halten."

Annie zog die Brauen hoch: „Sollen wir es rausfinden?"

„Nein." erwiderte Lotta, „zumindest nicht, dass ich wüsste. Aber es wird sich eine Spaltung ergeben. Er auf der einen Seite, ihr auf der anderen. Ich stehe auf eurer Seite. Und im Rampenlicht. Aber für mich ist das nicht schlimm, denn bei mir sind Worte die einzige Waffe. Ich kann sagen, was ich denke. Manche werden es glauben, manche abtun. Und er kann und wird nicht mehr tun, als mir widersprechen. Weil er weiß, dass da von mir nicht mehr kommt. Und selbst wenn er versuchen würde, mich zum Schweigen zu bringen, so wäre das nicht weiter tragisch. Denn meine Worte können auch aus anderem Mund kommen. Bei euch dagegen... ihr habt eine Aufgabe. Und wie ihr wahrscheinlich schon erraten habt, wird sich die Zahl eurer Aufträge drastisch erhöhen. Ihr werdet ordentlich zu tun haben und dafür ist es wichtig, dass ihr nicht aus der Bahn fliegt."

„Hat Gott immer noch Angst, dass wir...?" Z brach ab und sah Lotta unsicher an – die den Kopf schüttelte:

„Nein. Er weiß, wo ihr steht. Aber euer Gegenüber wird euch ab dem Moment als Gefahr betrachten, in dem herauskommt, dass ihr es wieder könnt. Besser sogar als zuvor. Weil ihr auch handelt. Ihr seid wie er. Leuten, die Wunder tun, folgt man eher nach als solchen, die nur reden. Daher habe ich keine Anhänger. Ihr könntet welche haben. Auch im Kampf gegen ihn. Das ist das Entscheidende: Wenn ihr aufsteht und öffentlich gegen ihn aufbegehrt – wenn ihr den Leuten lautstark eure Meinung verkündet – dann werdet ihr eine Gegenbewegung schaffen. Und genau das sollt ihr nicht tun."

Die drei Freunde wechselten erstaunte Blicke: „Nicht?"

„Eure Aufgabe ist eure Aufgabe. Ihr seid nicht Teil der Politik dieser Situation. Ihr seid Teil der Medizin. Ihr werdet dafür gebraucht, seine Opfer zu befreien. Und das könnt ihr nicht tun, wenn ihr euch in einem Schlagabtausch mit ihm befindet."

Z runzelte die Stirn: „Sagtest du Opfer?"

„Sagte ich."

„Wieso das?"

„Jeder, der nicht der echte Christus ist, ist ein falscher Christus." erklärte Lotta ruhig, „und ein falscher Christus verfolgt immer ein ungutes Ziel. Wir wissen nicht, wo er hinwill. Aber wir können uns sicher sein, dass er nicht da hinwill, wo wir hinwollen. Denn die Frage bleibt ja: Warum gibt er sich als etwas aus, was er nicht ist, wenn er auf Gottes Seite steht? Seine langfristigen Pläne sind uns bisher verborgen. Seine kurzfristigen Pläne dagegen liegen auf der Hand."

„Auf meiner Hand liegt gar nichts." Wie zur Bestätigung hielt Annie ihre leeren Handflächen hoch. Z tat es ihr zwar nicht gleich, schloss sich aber dennoch an:

„Bei mir auch nicht."

Auf Geraldines Gesicht spiegelte sich dagegen mit einem Mal ein Ausdruck der Erleuchtung – den Lotta sofort bemerkte:

„Geraldine?"

Alle Blicke wandten sich ihr zu – was sie dazu veranlasste, sich kräftig die Wangen zu reiben: „Mir geht gerade etwas auf."

„Nämlich?" Nils wedelte gespannt mit der Hand.

„Dass ich... bei der Predigt, die er in Israel gehalten hat. Das kam mir irgendwie bekannt vor. Und jetzt weiß ich auch wieder, woher."

Der Hauch eines Lächelns umspielte Lottas Mund: „Du bist auf dem richtigen Weg. Auch wenn ich nicht weiß, woher du es kennen solltest."

„Von dem Dämon." erwiderte Geraldine.

„Dämon?"

„Der mir Visionen gegeben hat. Da war eine dabei, die zur Zeit der Apostel gespielt hat. Die Leute in... hm... den Ort kriege ich nicht mehr zusammen. Auf jeden Fall haben sie auf Paulus gewartet. Stattdessen kam jemand anders. Und er predigte genau das: ‚Gott wird euch alles vergeben.' Aber was er damit eigentlich gesagt hat, war: ‚Gott muss euch alles vergeben.' Quasi ob er will oder nicht. Was für die Leute hieß, dass sie tun und lassen konnten, was sie wollten – solange sie hinterher um Vergebung gebeten haben, war es okay. Und genau das sagt er jetzt auch wieder: ‚Macht was ihr wollt, Hauptsache, ihr entschuldigt euch hinterher. Dann hat Gott keine Wahl als es zu bereinigen, egal wie schändlich es ist.'"

Lotta klatschte in die Hände: „Du hast es genau erfasst."

„Aber was bedeutet das?" Z hatte es noch nicht erfasst – und war damit nicht der Einzige, „ich meine... so funktioniert Vergebung nun mal."

„Ja..." Lotta nickte vielsagend, „das ist das, woran viele Menschen, die ihm zugehört haben, scheitern werden. Er hat zwei wichtige Punkte ausgelassen: den Glauben und die Buße. Der Glaube ist das, was wir erlangen sollen, und die Buße der Weg, wie das geht. Wer im Glauben lebt, will die Sünde gar nicht mehr. Er will sie insgesamt loswerden. Nicht nur hinterher abgeben. Das ist ein sehr wichtiger Bestandteil der Vergebung. Oder besser gesagt: das, was danach kommt. Der zweite Schritt: Veränderung. Dass ich mich danach ausstrecke, aus meinen Fehlern zu lernen und es in Zukunft besser zu machen. Die Vergebung ist dafür da, das Alte zu beseitigen, damit es keine Belastung darstellt, wenn ich in die Veränderung gehe. Etwas Neues anfange. Das eben anders – besser – ist als das davor. Die Vergebung dient nicht dazu, uns einen Freibrief zum Sündigen zu geben. So zu bleiben, wie wir sind, und uns einfach nur im Kreis zu drehen – im wahrsten Sinne des Wortes: Sünde – Entschuldigung – Sünde – Entschuldigung – und so weiter. Das führt das ganze System ad absurdum. Er hat von David gesprochen. Klar – das Argument, dass er die Frau behalten hat und jede Menge Spaß mit ihr hatte, besteht. Und stößt vielen Christen sauer auf. Aber was hat David gemacht? Er hat sich niedergeworfen und bereut, wie noch nie zuvor ein Mensch bereut hatte. Er hat sich neu Gott geweiht. Nicht einfach nur ‚Entschuldigung' gesagt. Und er hätte auf sie verzichtet. Sie zurückgegeben, wenn das gegangen wäre. Es hingenommen, wenn Gott sie ihm genommen hätte – auf eine andere Art und Weise. Und – am allerwichtigsten – er hätte so etwas nie wieder getan. Das ist die Stelle, wo es verquer wird. Er da sagt: Gott hätte ihm immer wieder vergeben, egal wie oft er das wiederholt hätte. Das mag vom grundsätzlichen Gedanken her stimmen. Aber die Erkenntnis und die Einsicht, falsch gehandelt zu haben, haben dafür gesorgt, dass David diesen Weg nicht mehr beschreiten wollte. Er hat daraus gelernt. Und das fällt bei ihm vollkommen weg. Im Gegenteil. Er sagt: ‚Ihr braucht gar nicht daraus zu lernen.' So ist Vergebung nur eine Formel. Das, was früher in der Kirche so üblich war: ‚Bete dieses oder jenes Gebet und wirf folgenden Betrag in den Kasten am Ausgang – dann passt das schon.' Aber das stimmt nicht. Denn die Vergebung, die Gott uns zukommen lässt, fußt auf einer sehr wesentlichen Grundlage: unserer Herzenshaltung. Natürlich heißt das nicht, dass wir nichts wiederholen dürfen oder können oder werden. Der Alkoholiker wird unter Umständen wirklich immer wieder zur Flasche greifen und der gefrustete Ehemann zur Porno-DVD. Aber hinterher sitzen sie in ihrer dunklen Kammer und klagen Gott ihr Leid. Sagen ihm, wie sehr sie sich schämen, schon wieder schuldig geworden zu sein. Wie wertlos sie sich fühlen. Und Gott vergibt. Weil solche Süchte halt anders funktionieren – die Wiederholung ja Teil der Definition des Begriffs an sich ist. Und weil er in ihnen sieht, dass sie es ernst meinen. Er ihre Schwäche nicht bestraft und ihren Willen zur Umkehr mit Kraft unterstützt. Sie kämpfen – und er mit ihnen. Also… zusammen. Ganz egal, wie oft es geschieht. Aber genau das wird hier nicht geschehen. Hier werden sich die Leute freuen. ‚Endlich ist mein Ehebruch nicht mehr schlimm.' – ‚Endlich sind die Drogen nicht mehr peinlich.' – ‚Endlich dies und endlich das. Weil ich hinterher einfach ‚meinen Satz' sage und die Sache hat sich.'"

„Was bedeutet, dass alle diese Menschen nicht vergeben bekommen." Becka stöhnte auf.

„Leider, ja. Und was bedeutet das weiter?"

„Dass sie angreifbar sind." antwortete Geraldine, ohne groß darüber nachzudenken.

„Genau." bestätigte Lotta, „und das, ohne es wirklich zu wissen. Weil sie in der irrigen Annahme leben, dass alles in Ordnung ist. Es bedeutet aber noch etwas anderes. Nämlich, dass ganz viele von denen, die bisher nur in Gedanken gesündigt haben, nun damit rauskommen. Dass der Pfarrer, der immer davon geträumt hat, was er mit dem Geld aus dem Opferstock machen könnte und sich dann immer wieder innerlich auf die Finger gehauen hat, nun das Geld wirklich nimmt. Und sich davon was gönnt und hinterher lapidar entschuldigt. Bathseba sollte ein Symbol dafür sein, dass man auch in der dunkelsten Stunde bei Gott Zuflucht findet und er einem den richtigen Weg zeigt. Stattdessen wird sie nun zum Sinnbild für all diejenigen, die sich nie getraut haben, ihre dunklen Wünsche in die Tat umzusetzen aus Furcht vor Gott. Aus einem falschen Glauben heraus."

Annie zog die Brauen zusammen: „Aber was hat das mit uns zu tun?"

„In erster Linie wird es an den Predigern sein, diese Leute aufzufangen. Ihnen zu erklären, wie es richtig ist. Aber ihr könnt davon ausgehen, dass durch diese Geschichte auch eine Menge Leute unbemerkt schuldig werden, die für unsere Seite eine wichtige Rolle spielen. Und solche Leute sind immer ein Ziel für Dämonen. Die Zahl der Belasteten wird also ansteigen. Und ihr werdet dem entgegenstehen."

„Wie sollen wir das denn tun?" begehrte Z auf – und Lottas Blick wurde einen Moment glasig – so, als würde sie überlegen. Dann gab sie sich einen Ruck:

„Ja – kommen wir von ihm zu euch. Ich habe bereits gesagt, dass ihr nun alle drei dafür ausgerüstet seid, euren Dienst zu tun. Und ich habe bereits gesagt, dass es wichtig ist, dass er davon nichts erfährt. Denn dann wird er versuchen, es zu unterbinden. Weil ihr dadurch an Einfluss gewinnt. Und eben auch, weil ihr dadurch seine Pläne durchkreuzt. Zumindest diesen Teil seines Plans – den wir zu kennen glauben."

„Aber das hieße ja, dass er mit den Dämonen unter einer Decke steckt." Annie schüttelte sich ungläubig, „denn wenn es sein Ziel ist, Menschen für sie zu öffnen..."

„Oh – das tut er ganz sicher." unterbrach Lotta sie mit einem ironischen Lächeln, „sich so zu positionieren ist nichts, was er alleine hätte tun können.

Oder nur mit einer Crew von ein paar Leuten. Das geschieht unter Führung und Anleitung von Mächten, die auf einer anderen Ebene agieren."

Annies Augen verengten sich – und Geraldines weiteten sich:

„Das ist der Plan."

„Das ist der Plan." Lotta hob den Daumen, „endlich seid ihr angekommen. Er läuft seit Jahrzehnten. Und nun trägt er Früchte. Die Schrift wird erfüllt: Der Teufel zieht die Menschen zu sich, indem er sich als Gott ausgibt."

„Und wir sollen uns dagegenstemmen." fasste Z es zusammen, was bei Annie ein Stöhnen hervorrief:

„Mir ist jetzt schon schlecht."

„Ihr habt den Vorteil auf eurer Seite." entgegnete Lotta, „er ahnt nichts von euch. Auch das ist einer der Gründe, weswegen Gott euch so bestraft hat, wie er euch bestraft hat. Er hätte euch auch Krankheiten oder Armut geben können. Letzteres wäre sogar eigentlich sinnvoller gewesen. Aber er hat gewusst, was kommt, und es sinnvoll genutzt. Eure Verborgenheit ist eure Stärke. Sie gilt es einzusetzen. Ihr werdet eine Menge Sorge damit haben – auch ihr drei..." Sie deutete nacheinander auf Becka, Nils und Jonathan, „...deswegen habe ich euch herbestellt. Um euch das zu sagen: Jedes Mal, wenn euer Geliebter raus auf die Straße geht, um seinem Auftrag nachzukommen, werdet ihr dasitzen und hoffen, dass nichts passiert. Die Bedingungen haben sich verschärft. Kein Dämon darf entkommen, weil er sonst Alarm schlägt. Niemand darf euch erkennen, weil er es sonst weitererzählen und es bei ihm ankommen könnte. Noch nicht einmal böswillig. Aber wieso sollte ein Besessener nicht zu ihm gehen, um ihm zu danken, dass er euch bei ihm vorbeigeschickt hat? Gerade weil ihr den Mund nicht aufmachen dürft, werdet ihr in den Augen der Unbefangenen immer mit ihm zusammen eingeordnet werden. Das birgt Gefahr."

„Aber ihnen wird nichts passieren." Nils blickte Lotta herausfordernd an und diese wippte mit dem Kopf:

„Das nicht. Aber wenn sie nicht mehr kämpfen können, wird sehr vielen anderen etwas passieren. Und das hat für uns alle Konsequenzen."

„Schon klar."

Annie hatte allerdings ganz andere Sorgen: „Aber wir sind noch nicht bereit."

„Ich weiß." erwiderte Lotta, „es wird einige Zeit vergehen, bis ihr es alle alleine könnt. Bis ihr euch bei allem so eingerichtet habt, dass es funktioniert. Bis ihr eine dritte Begleitung gefunden habt."

„Dritte Begleitung?" wiederholte Z verständnislos.

„Ihr werdet noch jemanden wie Steve und Katiana brauchen. Damit ihr drei Teams bilden könnt. Sie können nicht zwischen euch hin und her springen, wenn es erst einmal richtig losgegangen ist. Aber genau da liegt momentan noch euer Glück: Es ist noch nicht losgegangen. Er braucht genauso Zeit wie ihr. Seine Botschaft muss sickern. Gerade weil er sie ja unauffällig präsentieren musste. Hätte er einfach frei heraus ‚Sündigt, so wird euch vergeben' gerufen, hätte man ihn sofort durchschaut. So hat er seine Aussagen abgeschwächt – entschärft, wenn ihr so wollt. Und das bedingt, dass die Leute nicht gleich losrennen und sich wie in Sodom oder Gomorra aufführen, sondern ihr Verhalten nur verhalten... äh... langsam ändern. In einer Situation, in der sie dabei sind, bewusst falsch zu handeln, darüber nachsinnen und zu dem Schluss kommen ‚Ach – Gott vergibts ja eh, also... als druff'. Immer mal wieder, nach und nach, immer mehr. Das dauert. So lange habt ihr Zeit."

„Aber keine Zeit zum Trödeln." setzte Z dagegen.

„Das nicht, nein."

„Dann sollten wir anfangen." Er sah Geraldine und Annie an. Letzte blickte fragend zurück:

„Womit?"

„Üben."

„Ihr braucht nicht zu üben." winkte Lotta ab, „ihr seid alle Profis. Egal, ob ihr gewisse Dinge schon aktiv getan habt oder nicht. Ihr werdet Aufträge bekommen und erledigen. Das wird als Übung reichen."

„Wenn du das sagst." Z klang ziemlich skeptisch, aber Lotta blieb gelassen:

„Ich sage das, was Gott mir aufträgt."

„Natürlich."

„Dann ein letztes: Er wird euch ansprechen."

Das traf die drei Freunde wie ein Schock:

„Was?"

„Warum?"

„Panik!"

„Nicht im Geringsten." versuchte Lotta hastig, sie zu beruhigen, „er kennt euch. Von der Veranstaltung, wo ihr eure Gaben verloren habt. Und er weiß natürlich, was dort genau passiert ist. Und, dass ihr inzwischen zumindest auf den richtigen Pfad zurückgekehrt seid. Das wird er ausnutzen wollen. Je mehr echte Christen – bekannte Christen – er auf seine Seite ziehen und für sich sprechen lassen kann, desto besser kann er sich vor den Leuten legitimieren. Dafür seid ihr ihm hilfreich. Was sehr ironisch ist, wenn man die Vorgeschichte bedenkt."

Annie legte den Kopf schief: „Hilfreich? Wie?"

„Und wieso ironisch?" setzte Becka hinzu.

„Er wird euch fragen, ob ihr bereit seid, eure Geschichte zu erzählen." ging Lotta zunächst auf Annie ein, „im Grunde genauso, wie ihr das am Anfang eurer Veranstaltungszeit mit Patrick gemacht habt. Ihr seid vom Weg abgekommen, Gott hat euch bestraft, ihr habt um Vergebung gebeten, er hat sie gewährt – wenn auch mit Konsequenzen."

Wieder ein Schock: „Konsequenzen?" stieß Geraldine hervor.

Wieder Beruhigung: „Er geht davon aus, dass ihr die Gaben nicht zurückbekommen habt." erklärte Lotta, „trotzdem: Ihr wart im Fernsehen. Auch das weiß er. Schließlich wart ihr seine Vorgänger bei Patrizia und ich würde sogar so weit gehen, zu behaupten, dass er sie genau deswegen ausgesucht hat. Ihr könnt ihm etwas liefern: ein lebendes Beispiel, was einem passieren kann, wenn man nicht macht, was Gott sagt. Das ist der Teil, wo die Leute Angst kriegen sollen. Aber auch ein Beispiel, was passiert, wenn man sich vergeben lässt. Das ist der Teil, der den Leuten Mut machen soll."

„Gut." Z atmete durch, „er wird also zu uns kommen. Was sollen wir tun?"

„Auf keinen Fall ,Ja' sagen. Und auf keinen Fall sofort."

„Hä?"

„Es steht nicht zur Debatte, dass ihr das macht." führte Lotta aus, „ihr müsst euch von ihm fernhalten. So wie ich auch. Aber wenn ihr direkt ablehnt, wird er misstrauisch. Dann merkt er, dass ihr gegen ihn seid. Erbittet euch Bedenkzeit. Bringt ihm rüber, dass ihr euch unwohl damit fühlt, wieder auf die Bühne zu gehen, wieder im Rampenlicht zu stehen. Dass ihr Angst habt, einen Rückfall zu erleiden."

„Wird er dann nicht mit seiner Vergebungstheorie ankommen?" wandte Geraldine ein.

„Sicher. Aber er weiß, wie Christen sind. Er wird es euch abnehmen, wenn ihr euch mutlos zeigt. Aber es wirkt besser, wenn ihr so tut, als würdet ihr euch wirklich Mühe geben, diesen Mut aufzubringen. Und dann eingesteht, dass ihr es nicht schafft. Dann wird er euch als Weichlinge abtun. Mehr aber auch nicht."

„Was zudem den Vorteil brächte, dass er uns noch weniger zutraut, dass wir wieder im Geschäft sind." sinnierte Z, worauf Lotta schwach lächelte – und Annie ein wenig breiter:

„Kriegst du."

„Und was ist mit dir?" hakte Geraldine nach.

„Auch mir steht noch ein Zusammentreffen mit ihm bevor." Lotta seufzte laut, „wann und wo weiß ich noch nicht. Aber es wird kommen. Das weiß ich. Und dann werde ich das Gleiche tun wie ihr."

„Was für ein Krampf."

„Es ist notwendig. Wenn wir diesen Kampf gewinnen wollen, ist es am besten, wenn die Gegenseite sich des Ausmaßes unserer Möglichkeiten nicht bewusst ist."

„Und wir mittendrin." brummte Annie, „herzlichen Glückwunsch."

„Ihr seid auserwählt." gab Lotta zurück, doch das tröstete Annie nicht:

„Dieses Wort klang auch schon mal schöner." brummte sie missmutig – und bekam von Lotta ein heftiges Nicken zurück. Gleichzeitig machte sie Anstalten, sich zu erheben, wurde von Geraldine aber direkt ausgebremst:

„Halt. Da war noch Beckas Frage. Die durchaus auch meine ist."

Lotta runzelte die Stirn: „Die da wäre welche?"

„Ironie. Vorgeschichte."

„Ach... ja. Das... war eigentlich nur so eine dahin gesagte Bemerkung, die..."

„...trotzdem einen tieferen Sinn hatte – zumindest für dich." unterbrach Becka sie, „und diesen Sinn darfst du gerne mit uns teilen."

Lotta blickte missmutig drein: „Hätte ich das bloß nicht..."

„Zu spät." war es nun Z, der ihr ins Wort fiel, „jetzt warten wir alle."

„Ich wäre versucht, euch bis in alle Ewigkeit warten zu lassen. Aber gut. Gebt mir einen Moment. Ich muss... mich besprechen."

Die anderen wechselten halb erstaunte, halb amüsierte Blicke, während Lotta vor sich hin ins Leere starrte. Dann gab sie sich einen Ruck:

„Nun denn. Die Vorgeschichte. Ich steige mal mit einer Frage ein: Habt ihr euch eigentlich nie gefragt, warum ihr immer nur in Deutschland unterwegs wart und nie international? Nicht mal in der Schweiz oder in Österreich?"

Wieder wurden Blicke gewechselt.

„Also... ehrlich gesagt..." fasste Z diese schließlich reichlich unsicher zusammen.

Lotta schnaubte leise: „Habt ihr nicht – klar. Weil ihr euch die wirklich wesentlichen Fragen ja nie zu stellen scheint."

„Öih." machte Annie verärgert, aber Lotta winkte ab:

„Ist doch so. Auf jeden Fall: Das hier ist der Knotenpunkt. Und all das, was davor... nein – anders: Er. Er ist hier. Und wie ihr wisst, war das von der Gegenseite lange geplant. Und weil sie dabei natürlich nichts dem Zufall überlassen und die Erfolgschancen von vorneherein so hoch wie möglich ansetzen wollten, haben sie Vorarbeit geleistet. Indem sie ihre Kräfte hier gebündelt haben. Nicht jeder Dämon, den es gibt, ist in Deutschland. Aber eine überdurchschnittlich große Anzahl. Sie wurden hierher beordert. Vor Jahren schon. Um die Menschen hier für ihn offen zu machen. Die Bewohner dieses Landes auf ihn vorzubereiten. Damit sie ihn freudig aufnehmen."

„Äh?" Annie kratzte sich am Kopf, „aber die Dämonen können doch nicht an jeden einzelnen Menschen in diesem Land. Waren sie auch nicht."

„Jeden einzelnen?" wiederholte Lotta, „nein. Prozentual gesehen sicherlich auch nicht mal viele. Aber doch mehr, als es unter normalen Umständen gewesen wären. Überlegt mal: Wenn ihr eine Versammlung von 200 Leuten habt – wie viele braucht es da, um etwas Bestimmtes durchzudrücken? Alle? Zwei Drittel? Die Hälfte? Ein Viertel?"

„Sieben Fünftel?" riet Annie verwirrt.

„Zwölf Elftel?" schlug Z grinsend vor.

Lotta rollte die Augen: „Nervt mich nicht. Zehn. Vielleicht. Fünf. Vielleicht. Manchmal reicht sogar nur einer. Ein einziger. Solange er den richtigen Stand hat. Oder die richtige Autorität. Einfluss. Ausstrahlung. Nennt es, wie ihr wollt. Beziehungsweise: nehmt, was ihr wollt. Faktoren gibt es genug.

Wenn ihr einen habt, der die Massen in den Griff bekommt, dann folgen sie ihm. Und wenn dieser eine ihn willkommen geheißen hätte, hätten alle um ihn herum das auch getan. Habt ihr euch eigentlich nie... ach – habt ihr nie – brauche ich gar nicht zu fragen."

Annie kniff das Gesicht zusammen und setzte zu einem Konter an – Geraldine kam ihr jedoch zuvor. Und schaffte es, dabei ruhig zu bleiben: „Was denn?"

„Warum genau ihr die Menschen aufgetragen bekommen habt, die ihr aufgetragen bekommen habt. Was sie so besonders gemacht hat – was man auf den ersten, zweiten, fünften Blick nicht sehen konnte."

„Du hast dritten und vierten vergessen." kam es von Annie, worauf Lotta sie verunsichert anblickte:

„Ich..."

„Also... ehrlich gesagt..." setzte Z im selben Moment an und die Verunsicherung machte Spott Platz:

„Jaja."

„...haben wir uns das wirklich gefragt. Öfter sogar."

„Oh." Der Spott wich Überraschung, „ah. Äh... echt? Na... sowas. Krass. Ja... damit..."

„...hattest du nicht gerechnet." vollendete Annie ihren Satz mit einem hämischen Grinsen.

„Nein." gestand Lotta, „nicht... wirklich. Aber gut. Dann habt ihr das. Und nun – habt ihr die Antwort."

Geraldine schürzte die Lippen: „Das waren also alles potenzielle Anführer?"

„Potenzielle Wortführer, würde ich es eher nennen. Denn es ging ja nicht wirklich darum, irgendwo das Kommando zu übernehmen. Nur, Meinungen zu lenken. In eine bestimmte Richtung."

„Hin zu ihm."

„Richtig. Kommt er in eine Gemeinde, die – verständlicherweise – skeptisch ist, und einer, der – oder eine, die – dort was zu sagen hat – und damit meine ich nicht zwangsläufig aufgrund seines, ihres Amtes, sondern einfach aufgrund seiner, ihrer Persönlichkeit – steht auf und empfängt ihn freudig, ist die Chance groß, dass die Skepsis schnell weicht. Weil man diesem, dieser einen vertraut. Und deshalb mitzieht."

„Und das haben wir unterbunden?" hakte Annie nach.

Lotta wiegte den Kopf hin und her: „Nicht komplett. Ihr wart ja eine ganze Weile außer Gefecht. Aber... durchaus zu einem großen Teil, ja."

„Deswegen sind wir so besonders."

„Du hast es erfasst."

Annie zuckte zusammen: „Was? Wirklich?"

„Öhm..." machten mehrere um sie herum gleichzeitig und sie hob die Hände:

„Das war nur so daher gesagt."

„Stimmt aber." erklärte Lotta, „überall sonst auf der Welt können normal mit Gaben ausgestattete Menschen ihre genauso normale Arbeit verrichten. Hier jedoch brauchte Gott das Ganze eine Nummer schärfer. Und daher hat er euch auch eine ganze Nummer schärfer gemacht."

Becka begann zu prusten, Nils zu husten und Annie zog eine Schnute:

„Jetzt fühle ich mich wie ein Gewürz."

„Solange du nicht ,Schlampe' sagst." lachte Z auf.

„Wieso sollte ich...? Ach... ach so – klar: scharf. Ja. Scharf bin ich auch, das stimmt. Aber das finde ich nicht negativ." Sie zwinkerte Jonathan zu, der daraufhin den Arm um sie legte:

„Das geht mir ganz genauso."

„Was findest du denn am schärfsten an dir?" Z blickte Annie halb belustigt, halb herausfordernd an – und bekam dafür von Becka einen Schlag auf den Oberschenkel:

„Z, bitte."

„Keine Witze zu dieser Stunde?"

„Nein – doch – ja – wegen mir. Aber ermutige sie doch nicht, sich zu sowas auszulassen. Das dauert ewig, wird unendlich peinlich und am Ende bist du der Erste, der sich die Ohren zuhält."

„Hm..." machte Z, während Annie Becka die Zunge herausstreckte, „das ist ein gutes Argument. Mehrere sogar."

„Und ich bin jetzt beleidigt." setzte Annie ihrer Geste noch hinzu, brachte Becka damit aber nur zum Lachen:

„Das glaube ich dir aufs Wort. Bei dem Tonfall und dem Gesichtsausdruck."

„Soll ich gehen?" erkundigte sich Lotta leise.

„Nein, Lotta." wehrte Geraldine hastig ab und nahm dann den Faden wieder auf, „um mal zu deinem Ausgangspunkt zurückzukehren: Warum genau musste denn dieses – und nur dieses – Land vorbereitet werden? Ich meine... klar – er wohnt hier. Aber das kann doch nicht ausschlaggebend sein. Er reist um die ganze Welt. Oder nicht?"

„Es ist ausschlaggebend." widersprach Lotta, „sehr sogar. Überleg mal..."

Sie stockte, „oder lieber nicht. Nicht eure Stärke."

Z seufzte tief: „Und zum dritten Mal der gleiche Spruch."

„Ich kann ihn nicht oft genug bringen."

„Das glaube ich dir sogar."

„Dann erklär es wenigstens." bat Annie und Lotta nickte:

„Genau das hatte ich vor."

„Ist ja nicht immer so."

Das Nicken wurde heftiger: „Es gibt Dinge, über die ihr wirklich selbst nachdenken sollt. Da liefere ich den Anstoß."

„Versehen mit der einen oder anderen sarkastischen Spitze." bemerkte Z trocken, worauf Geraldine amüsiert dreinblickte:

„Im Grunde ist es immer nur die eine."

„Und nie eine andere." fügte Annie hinzu.

Z zuckte die Achseln: „Oder so."

„Und es gibt andere Dinge, die einfach nur Infos sind." fuhr Lotta davon unberührt fort, „da fällt das hier drunter. Von daher... ja: Der Grund ist der gleiche, den wir eben schon hatten – nur halt in viel grösser. Wenn ein Mensch in einer Gruppe offen für ihn ist, ist die Gruppe eher auch komplett offen. Weil sie sich anstecken lassen. Übertragt das. Wenn ein Land auf diesem Planeten offen für ihn ist... und so weiter. Und welches Land sollte da besser für geeignet sein, als das, in dem er sich zu erkennen gibt? In dem er zuvor schon Kredibilität gesammelt hat. In dem er außerdem sein Lager aufschlägt. Warum, das wisst ihr."

„Wissen wir?" fragte Annie stirnrunzelnd.

„Wissen wir." sagte Geraldine ebenfalls stirnrunzelnd – in Annies Richtung. Was Lotta nicht entging:

„Na?"

„Auch das war schon ein Test. Gegen den Protest."

„Ein Test gegen den Protest. Hm... ich weiß nicht, ob das sprachlich so..."

„Inhaltlich stimmt es." würgte Geraldine sie ab, „vorausgesetzt, du verstehst, was ich sagen will."

„Tue ich. Alle anderen auch?" Lotta sah in die Runde und allgemeines Nicken schlug ihr entgegen, „gut. Und ja: genau das. Stehen die Leute auf gegen dieses eindeutig infame Handeln? Merken sie, dass sie trotz aller menschlichen Logik komplett dem göttlichen Handeln widerspricht? Es war ein erster Sieg für ihn. Gleich am ersten Tag."

„Fein, dass du es nochmal ausgeführt hast, nachdem wir alle genickt haben." schnaubte Annie, doch das konnte Lotta auch:

„Man kann nie vorsichtig genug sein. Vor allem nicht mit..."

„...euch." kam es von Geraldine.

„...uns." von Annie.

Lotta kicherte leise: „Auch da meint ihr das Gleiche, denke ich mal."

„Okay." Z atmete tief durch, „das heißt also: Wir waren Gottes Gegenplan. Wir drei. Oder vier. Oder sechs. Je nachdem, wie man die Gruppe..."

„Da sind tausende da draußen." fiel Annie ihm lautstark ins Wort, „wie bitteschön hätten wir das schaffen sollen?"

„Schaffen?" Lotta starrte sie verdutzt an, „habt ihr doch. Also... weitestgehend. Wie gesagt."

„Genau. Wie gesagt."

„Hm?"

Annie beugte sich vor: „Vorhin habe ich mich nur auf unsere Aufgabe an sich fixiert. Aber jetzt denke ich weiter – und spar dir die Sprüche dazu."

„Schwer..." gab Lotta zurück, „aber okay."

Wieder schoss Annies Zunge nach draußen – aber Lotta ließ sich nicht beeindrucken:

„Nun?"

„Wenn ich diesen Gedanken weiterspinne, erscheint eine recht klare Linie: Auf der einen Seite sind die Bösen. Die Leute angehen und für ihn bereit machen, damit sie ihn annehmen und er dann kommen und sein Ding machen kann. Auf der anderen Seite sind wir. Die die Leute angehen, die angegangen wurden und sie wieder richtig machen, damit sie ihn eben nicht annehmen und er dann eben auch nicht ankommen und sein Ding machen kann. Das heißt doch, dass Gott von uns wollte, dass wir ihn komplett verhindern. Seine Basis zunichtemachen. Aber er ist hier. Also haben wir komplett versagt."

Lotta schüttelte den Kopf: „Nein, habt ihr nicht."

„Aber..."

„Du steigerst dich da in etwas rein."

„Das ist weder Antwort noch Erklärung." kam Jonathan Annie zur Hilfe.

„Wohl wahr."

„Also?" forderte Geraldine, „mehr?"

Lotta sah Annie eindringlich an: „Die Linien, die zu zeichnest, sind grundsätzlich vollkommen okay. Die der dunklen Seite sogar gänzlich stimmig. Die andere jedoch nicht. Sie ginge in etwa so: Ihr geht die Leute an, die angegangen wurden und macht sie wieder... ‚richtig' – sodass sie ihm, wenn er kommt, kritischer gegenüberstehen als sie das sonst getan hätten und er es damit nicht so leicht hat, wie er es andernfalls gehabt hätte. Gekommen wäre er auf jeden Fall. Und sein Ding hätte er auch auf jeden Fall gemacht. Besser gesagt: macht er gerade. Nur, dass er so – durch euch, wegen euch – mehr Mühe damit hat, mehr Überzeugungsarbeit leisten muss und auch weniger Erfolge verbuchen kann. Was die Anzahl seiner Nachfolger angeht."

„Das macht keinen Sinn." ereiferte sich Annie.

Lotta zog die Brauen hoch: „Nicht?"

„Wenn wir ihn nicht verhindern sollten..."

„Ich finde die Tatsache, dass wir nicht versagt haben, eigentlich schon ausreichend nett genug, um mich damit zufrieden zu geben." sinnierte Z und erntete dafür von Lotta ein zustimmendes Nicken:

„Gute Einstellung."

Und von Annie ein ablehnendes Kopfschütteln: „Einfache Einstellung."

„Tja..." Lotta schlug sich auf die Knie, „leider ist das aber der Punkt, an dem ich euch keine weiteren Infos geben kann. Nur nochmal: Es war nie eure Aufgabe, sein Kommen oder Wirken zu verhindern. Nur, die Offenheit der Menschen für ihn in Grenzen zu halten."

„Und über den Rest müssen wir..." Annie schnitt eine Grimasse, „lass mich raten: selber nachdenken."

„Oh, das könnt ihr tun, wenn ihr wollt. Aber in diesem Fall ist es schlicht und ergreifend so, dass Gott seine Pläne nicht gänzlich vor euch auslegen will. Und vor mir auch nicht, füge ich noch hinzu. Hier steckt keine Botschaft für euch drin außer der, die ich euch bereits genannt habe. Sie sollte euch ein bisschen was deutlicher machen und gleichzeitig ein wenig beruhigen. Mehr ist da nicht. Ihr dürft es euch also – ausnahmsweise – sparen."

„Und wenn wir das nicht wollen?"

„Werdet ihr dem, was ihr jetzt und in Zukunft zu tun habt, ziemlich damit im Wege stehen, dass ihr euch mit Themen beschäftigt, die bereits abgeschlossen sind." erwiderte Lotta ernst, „denn ihr mögt zwar eine Lösung finden – mehrere vielleicht sogar – aber ihr werdet nie eine Antwort bekommen, ob eine davon stimmt und wenn ja, welche. Zumindest nicht von mir hier auf der Erde. Was euch der Herr später mal alles erzählt – das weiß nur er."

Annie verschränkte die Arme: „Unbefriedigend."

„Den Satz kannst du auf so ziemlich alles im Leben anwenden." stellte Z trocken fest.

„Streng genommen war es nur ein Wort." entgegnete Geraldine.

„Aber mit einem Punkt dahinter. Also zählt es als Satz."

Geraldine kniff die Augen zusammen: „Zählt?"

„Und ich habe nichts von einem Punkt gesagt." schaltete sich Annie mit ein.

„Du hast aber auch nichts anderes mehr gesagt." konterte Z, „da kommt der Punkt automatisch."

„Du kommst auch automatisch."

Z erstarrte: „Äh... hä?"

„War das irgendwas schweinisches?" erkundigte sich Becka vorsichtig.

„Ehem…" Annie lief rot an, „nein. Das war der Versuch einer Retourkutsche. Hat nicht so ganz..."

Nils begann zu kichern: „Gar nicht, würde ich mal sagen."

„Liebe Kinder…" Ruckartig stand Lotta auf, „auch ich sage jetzt noch ein Wort. Oder einen Satz – je nachdem, wie ihr das betrachtet."

Geraldine blickte zu ihr auf: „Nämlich?"

„Tschüss."

Das rief allgemeine Unruhe hervor:

„Was?"

„Wie?"

„Nein."

„Aber..."

„Bist du sauer?"

„Nein." reagierte Lotta nur auf dieses letzte, „aber fertig."

122

Nachdem Lotta gegangen war, saßen die anderen noch eine Weile zusammen. Die Stimmung war zunächst angespannt. Bis Geraldine schließlich das Wort ergriff:

„Ich stelle einfach für uns drei die Frage an euch drei: Könnt ihr damit leben?"

„Nun..." Becka schürzte die Lippen, „euer Leben ist nicht in Gefahr. Habe ich das richtig verstanden?"

„Hast du. Denke ich."

„Dann ja. Ich möchte eine Zukunft. Mit meinem Mann. Und... dem Kind, von dem ihr glaube ich alle noch gar nicht wisst, dass wir es kriegen, weil wir es eigentlich noch niemandem sagen wollten, aber nachdem ich es in der Familie auch schon rausposaunt habe, nachdem ich Z gebeten hatte, genau das nicht zu tun, mache ich hier jetzt genau das gleiche und sage das, was ich Z verboten habe, selbst und... ja." Sie brach schwer atmend ab, konnte aber knapp eine Minute später noch „...solange ich da weiter drauf hoffen darf..." hinzusetzen, da um sie herum verblüfftes Schweigen herrschte. Das nach diesem Zusatz auch zunächst anhielt, bis Jonathan es schließlich schaffte, seine Gedanken zu sammeln:

„Herzlichen Glückwunsch von meiner Seite."

„Und meiner erst." setzte Annie hinzu.

„Ja. Auch. Sorry. Sprachlos." War alles, was Geraldine zustande brachte und als Nils dem ein

„Von mir auch." hinzufügte, brachen erst einmal alle in Gelächter aus.

Ale sie sich wieder einigermaßen beruhigt hatten, griff Nils das ursprüngliche Thema auf:

„Mir geht es genauso wie Becka. Lotta hat schon Recht, dass ich mir jedes Mal Sorgen machen werde, wenn du losziehst. Aber wenn es wäre wie bei einer Polizistin, wo ich jedes Mal um dich als Person fürchten müsste, wäre das viel schlimmer. So kann es höchstens passieren, dass du nicht mehr weitermachen kannst und ganz ehrlich – dafür sollte Gott einen Ausweichplan haben."

Geraldine nickte dankbar und wandte sich dann dem letzten im Bunde zu: „Jonathan?"

„Mir ist das alles zu hoch." erwiderte dieser, „aber ich unterstütze dich." Er drückte sanft Annies Oberschenkel, „und dass ich mir keine Sorgen um deine Gesundheit machen muss, ist mir auch sehr lieb."

Annie rümpfte die Nase: „Dann haben wir auch durch euch keine Ausreden mehr."

„Scheint so." stimmte Geraldine zu – und Z atmete lange aus:
„Möge das Spiel beginnen."

123

Es war ein ganz normaler Arbeitstag. Sofern man es so nennen konnte, denn seit Ausbruch des Krieges hatte die Firma, in der Becka arbeitete, viele Aufträge verloren. Und es war dementsprechend sehr oft sehr ruhig. Ihr Chef wollte niemanden entlassen. Aber sie wussten alle, dass das nicht ewig so weitergehen konnte. Was auch heute wieder Gesprächsthema war:

„Ist das nicht furchtbar?" Vivienne blickte betrübt drein, „da haben wir es endlich geschafft, eine Bank zu finden, die uns einen Kredit zu anständigen Raten gibt, und schon muss ich mir Sorgen um meinen Job machen."

„Musst du nicht." widersprach Becka, „das ist bald vorbei."

„Meinst du?"

„Wie lange können die denn kämpfen?"

„Bis der letzte tot ist." murmelte Vivienne düster – und wieder ging Becka dagegen:

„Die beschießen sich doch nur. Ich glaube nicht, dass einer von denen zum anderen rüberfährt. Das Risiko will keiner eingehen."

„Also nur, bis alle Bunker leer sind."

„Lagert man diese Dinger in Bunkern?"

Vivienne tippte sich nachdenklich an die Lippen: „Hm..."

„Silos." erklang eine Stimme hinter ihnen und Vivienne machte ein weiteres Mal

„Hm?" – diesmal allerdings vor Schreck.

Hinter ihnen stand ihr Chef. „Silos." wiederholte er.

„Ups. Sorry." Becka griff nach einer Akte, „wir arbeiten schon."

„An was?" gab er zurück und sie ließ die Akte sinken:

„Äh..."

„Galgenhumor." Er stieß ein trockenes Lachen aus, „ich weiß, dass ihr wirklich was habt. Ein bisschen zumindest. Wenig genug, um euch auch über andere Sachen zu unterhalten. Also – lasst euch nicht stören."

„Aber du stehst da so, als wolltest du was." entgegnete Vivienne.

„Was? Oh. Ja. Ich wollte euch etwas mitteilen. Und dich beruhigen, wie es aussieht."

„Beruhigen? Wegen des Krieges?"

„Deines Jobs."

Vivienne bekam große Augen: „Wirklich?"

Er nickte: „Ich habe gerade eine Kündigung bekommen."

„Was?" Auch Beckas Augen wurden groß, „von wem?"

Ihr Chef verzog das Gesicht: „Könnt ihr euch das nicht denken?"

„Von... oh." Becka senkte den Kopf, „sie geht." Dann sah sie wieder auf: „Wirklich? Warum? Ist sie...?"

„Ist sie was?" hakte ihr Chef nach, als sie nicht weitersprach.

„Na – schwanger."

„Da müsste sie doch nicht kündigen." warf Vivienne verwirrt ein. Ein Gefühl, das sie sich mit ihrem Chef teilte:

„Wie kommst du überhaupt darauf?"

„Nur so ein Gedanke." winkte Becka hastig ab.

„Na denn. Aber nein. Sie geht, weil sie es hier in Deutschland nicht mehr aushält."

„Das hat sie auch oft genug gesagt." brummte Vivienne und Becka nickte: „Täglich."

„Mehrfach."

„Und warum jetzt auf einmal?"

„Weil wir Verbündete der USA sind." erklärte ihr Chef, „und sie nicht in einem Land leben will, dass mit einer der beiden Kriegsparteien verbündet ist."

Vivienne runzelte die Stirn: „Ist ihr Heimatland nicht mit Russland verbündet?"

„Hatte ich auch gedacht." erwiderte er, „aber sie sagt nein."

„Na – muss sie wissen. Bin auf jeden Fall nicht traurig, sie los zu sein."

„Das ist nicht nett." ermahnte Becka sie, doch Vivienne zuckte nur die Achseln:

„Das stimmt. Aber sie war auch nie nett."

„Das stimmt auch."

„Du wirst sie nicht ersetzen." wandte sich Vivienne an ihren Chef, „höre ich da heraus."

„Erstmal nicht." bestätigte er, „arbeitstechnisch kommen wir ohne sie klar. Finanziell sogar besser. So traurig das klingt."

„Also habe ich wirklich Glück gehabt." Vivienne seufzte laut.

„Ich hätte alles versucht, um euch alle zu behalten."

Becka lächelte ihn an: „Das wissen wir. Danke."

„Immer doch. Und nun..." Ihr Chef schnippte mit dem Finger, „husch."

„Wir sollen arbeiten?" vermutete Becka – und lag falsch damit:

„Ich gehe nach Hause."

„Ähm..."

„Ich habe einen halben Tag Urlaub – schon vergessen?"

Die beiden Frauen sahen sich an: „Ehrlich gesagt..."

„Müsst ihr euch nicht merken." grinste er, „ich dachte nur, es freut euch so sehr, wenn der Chef mal nicht da ist, dass..."

„Dich bemerkt man gar nicht – auch wenn du da bist." platzte es aus Becka heraus und sie erntete zwei konsternierte Mienen:

„Wie darf ich das verstehen?"

„Ja, Becka – wie darf er das verstehen?"

„Öh... nicht so wie... ich meinte doch nur..." stotterte Becka vor sich hin, „du bist… du schaust mir… uns nicht ständig über die Schulter. Das sollte ein Kompliment sein… werden… sein."

Vivienne fing an zu lachen: „Gut gerettet, Mäuschen."

„Allerdings." stimmte ihr Chef lächelnd zu, „bis morgen."

„Bis morgen. Chef." ergänzte Becka noch, als er verschwand. Dann wandte sie sich Vivienne zu: „Und dir: herzlichen Glückwunsch."

„Danke. Puh. Froh. Doppelt."

„Wegen..." Becka nickte in Richtung des leeren Schreibtisches hinter Vivienne. Diese zog die Nase hoch:

„Ja, ich weiß, es ist gemein. Aber... sie gibt sich so viel Mühe, einem die Laune zu verderben – das werde ich nicht vermissen."

„Früher war sie nicht so." sinnierte Becka.

„Ich weiß. Ich habe sie auch noch anders erlebt am Anfang. Was wohl vorgefallen ist?"

„Ihr Mann. Abgehauen."

„Oh. Das..." Vivienne blickte betroffen drein, „tut mir leid."

„Wirklich?" bohrte Becka nach.

„Wirklich. Bringt mich aber zu der Frage, die ich dir sowieso stellen wollte: schwanger? Wie kommst du darauf? Sie ist Mitte 50. Und vor allem: Wenn du weißt, dass sie gar keinen mehr hat, der..."

„Dafür braucht sie ja nicht ihren Mann."

„Also Becka." entrüstete sich Vivienne und Becka hob die Hände:

„Ja, nein, ich weiß auch nicht. Kam einfach so spontan."

„Erzähle ich dir zu viel von unseren Kinderplänen? Und dem Haus? Und den Kindern? Und dem Haus? Für die Kinder?"

„Haus? Kinder? Ihr? Echt?" Becka kratzte sich übertrieben am Kopf, „nee – davon hast du noch gar nichts erzählt."

„Also ist es so – ich nerve dich." Vivienne ließ den Kopf hängen und Becka hob die Hände gleich noch einmal:

„Tust du nicht. Wirklich – tust du nicht. Nein. Das hatte nichts mit dir zu tun. Sondern... mit..." Sie brach ab – doch dabei ließ Vivienne es nicht bewenden – zumal sie sofort wusste, wie der Satz hätte weitergehen sollen:

„Mit? Dir?"

„Tja..."

„Du? Bist? Schw...?"

Becka zog die Brauen hoch: „Schw?"

„...anger."

„Anger?"

„Becka." fuhr Vivienne sie an.

Becka biss sich auf die Lippen: „Wie soll ich es sagen?"

„Ganz einfach: Entweder mit zwei Buchstaben oder mit vier."

Es dauerte einen Moment, bis Becka diesen Satz durchschaut hatte. Dann atmete sie tief durch:

„Dann mit zwei."

„Dafür drücke ich dich." Vivienne sprang auf und wollte sich auf Becka stürzen, die zurückwich:

„Aber nicht zu fest. Der Bauch..."

„Eh..." Vivienne erstarrte mitten in der Bewegung – und Becka prustete los: „Nur Spaß. Ist gerade erst über den Termin, wo man es sagen darf. Daher... sage ich es."

Jetzt drückte Vivienne sie wirklich. Und kehrte mit einem breiten Grinsen an ihren Schreibtisch zurück: „Weiß El Cheffe es?"

„Nein." Becka schüttelte den Kopf, „noch nicht. Aber muss natürlich. Wird ihm unter Umständen nicht gefallen. Gerade im Zusammenhang mit… ihr. Egal, wie wenig Arbeit wir haben."

„Muss er halt wieder ein bisschen mehr machen. Wird er schon verkraften."

„Mit Sicherheit."

„Aber wir kommen vom Thema ab." Vivienne trommelte erwartungsvoll mit den Händen auf die Tischplatte, „erzähl. Haben deine Überredungsversuche gefruchtet?"

„Ja, das ist das Witzige: brauchte ich gar nicht. Ich habe einfach gefragt ‚Willst du das?' und er hat gesagt ‚Ja, will ich.' und das wars. Und seitdem..."

„...turnt ihr rum wie die Karnickel."

Becka lief rot an: „Vivi – also wirklich."

„Was denn? Nur so gehts."

„Es geht auch ganz gesittet."

„Ja, das glaube ich euch, dass ihr gesittet seid." kicherte Vivienne, „kann ich gar nicht verstehen. Ich meine... das ist doch das Tolle daran. Wenn man es nicht nur aus Spaß tut, sondern für einen guten Zweck. Dann hat man immer einen Grund und immer eine Entschuldigung. Ganz egal, wo man gerade ist oder was man anhat. Oder ob im Nachbarzimmer eine Party stattfindet oder..."

„Party?" wiederholte Becka alarmiert.

„Nur so... ins Blaue hinein..."

„Wir waren nie auf einer Party. Ich meine nie..."

„...intim auf einer Party." ergänzte Vivienne.

Becka nickte heftig: „Nur im Team auf einer Party."

„Was für ein grandioser Witz." Vivienne klopfte sich auf den Oberschenkel, „den schreibe ich hier auf diesen Zettel. Und dann... schmeiße ich den Zettel weg." Sie tat wie gesagt und Becka rümpfte die Nase:

„Vielen Dank auch."

Ein zweites Mal sprang Vivienne auf. Ein zweites Mal fiel sie Becka um den Hals: „Becka, ich freue mich so für euch."

Diese jedoch sah gar nicht erfreut aus: „Danke. Aber..."

„Aber?"

„Naja – ihr. Ihr versucht es schon so lange. Und... ich hatte echt Muffen, dass du es mir krumm nehmen könntest."

„Krumm? Becka. Erstens: Ihr könnt nichts dafür, dass wir da Schwierigkeiten haben. Zweitens: Ihr könnt das nicht bleiben lassen, nur weil wir da Schwierigkeiten haben. Und drittens: Es gibt immer andere Möglichkeiten. Die wir durchaus auch schon beleuchten."

„Tut ihr?" fragte Becka erstaunt.

„Ja. Und probieren es trotzdem weiter. Ohne jegliche Hemmungen. Im Gegensatz zu euch."

„Ich finde nichts Schlimmes dabei, da ein bisschen weniger wild zu sein."

„Muss ja nicht wild sein." winkte Vivienne ab, „auch nur zuhause wegen mir. Aber die Freiheit, die es einem bietet..."

„Freiheit?"

„Na – nicht verhüten müssen. All den Kram weglassen. Einfach drauflos und genießen. Bis es klappt. Und dann ja auch weiter. Ich meine... jetzt, wo du erstmal schwanger bist..."

„...bin ich schwanger."

Vivienne runzelte die Stirn: „Soll heißen?"

„Ich weiß nicht. Irgendwie..." Becka seufzte, „fühle ich mich nicht mehr danach."

„Hast du Schmerzen? Das wäre nicht gut."

„Nein. Aber es ist... als hätte mein Körper da schon abgeschaltet. Um sich in Ruhe auf das Baby konzentrieren zu können."

„Okay." Vivienne fuhr sich übers Kinn, „da freut sich Z ganz bestimmt ganz besonders."

„Er wird das schon aushalten. Er hatte ja jetzt einen Vorschuss."

„Ich hoffe, das hast du ihm so nicht gesagt."

Becka tippte sich an die Stirn: „Bist du verrückt?"

„Nein."

„Ich auch nicht. Nein. Ich habe an seine Vernunft appelliert."

„Ja. Das hilft bei Männern immer viel." stellte Vivienne trocken fest. Aber dagegen hatte Becka einen Einwand:

„Er war der, der sich immer zurückgehalten hat. Jahrelang. Jetzt muss es mal ein paar Monate andersrum gehen."

„Ja, ach du. Ich bin da vielleicht auch ein bisschen übergeschnappt. Dafür mache ich das selbst viel zu gerne. Aber ihr werdet das schon schaukeln, da bin ich mir sicher. Und wenn ihr Hilfe braucht, stehe ich zur Verfügung. Und Jonas natürlich auch."

„Hilfe..." Becka verzog das Gesicht, „wobei genau?"

Vivienne lachte auf: „Du hast eine schmutzige Phantasie. Für jemanden mit einem so sauberen Leben."

„Nein. Ich weiß nur, dass du eine schmutzige Phantasie hast."

„In diesem Fall habe ich allerdings ganz unschuldig gedacht." beruhigte Vivienne sie, „die Hilfe, die du von uns kriegst, ist rein körperloser Natur."

„Dann schon jetzt im Voraus: vielen herzlichen Dank.

124

Sie hatten sich angewöhnt, alles im Fernsehen zu verfolgen, was mit Jesus zu tun hatte. Zumindest die Sendungen von Patrizia. Denn sie war diejenige, die ihn präsentierte, wenn er etwas tat. Bei den übrigen Sendungen sprachen die Leute über ihn. Nahmen seine Wunder auseinander. Versuchten, Erklärungen dafür zu finden. Doch im Grunde hatten sie alle keine Ahnung und so war es nur eine Ansammlung von Wichtigtuern, die ihre eigene Meinung unters Volk bringen wollten, ohne eine feste Grundlage dafür zu haben. Patrizia dagegen hatte den Hauptgewinn gelandet. Sie zeigte seine Wunder. Und die Ansprachen, die er im Anschluss hielt. Sie war selten vor der Kamera zu sehen, aber die Leute wussten, dass sie seine Vertraute war. Die Auserwählte, ihn den Menschen näher zu bringen. Die Sendungen kamen nicht regelmäßig. Er wollte sich an keinen Zeitplan binden. Doch das war egal. Der Sender erzielte damit die höchsten Einschaltquoten, die es in Deutschland jemals gegeben hatte und so wurden sogar Fußballübertragungen unterbrochen, wenn es von ihm etwas zu zeigen gab. Und nie enttäuschte er.

Der spektakulärste Coup, der ihm gelang, hatte nichts mit Krankheiten zu tun, sondern mit Terroristen. Wie er die geheime Zelle ausfindig gemacht hatte, wusste niemand. Aber für viele war das schlicht ein weiterer Beweis für seine Göttlichkeit. Er marschierte einfach so zu ihnen hinein. Und das Kamerateam folgte ihm. Niemand hielt ihn auf. Die Wachen ließen ihn gewähren und die rund 20 Männer, die sich in dem Kellerraum um einen Tisch mit Plänen drängten, starrten ihn nur an, anstatt ihre Waffen zu ziehen und ihn zu erschießen. Er sprach zu ihnen. Ruhig und eindringlich. Erzählte ihnen von seinem Vater. Erklärte ihnen, dass sie an einen falschen Gott glaubten. Dass es nur einen wahren Gott gab. Dass sie nicht der Himmel, sondern die Hölle erwartete. Sie hörten ihm zu. Und einer nach dem anderen warf sich vor ihm nieder. Unter Tränen schworen sie ihm ewige Treue. Und der Gewalt ab. Er vergab ihnen. Ihren Unglauben. Ihre Taten. Machte sie zu seinen Kindern. Nicht zu Jüngern. Dafür wären sie noch nicht bereit, erklärte er. Doch eines Tages würden sie es vielleicht sein. Sie versprachen, sich zu bemühen, es zu werden. Sich als würdig zu erweisen. Dann riefen sie die Staatspolizei, die kurze Zeit später eintraf. Sie wurden nicht verhaftet. Er bürgte für sie. Überzeugte die Polizisten davon, dass es ihnen besser tat, wenn sie mit ihm gingen. Die Polizisten verneigten sich vor ihm. Dankten ihm. Ließen sie ziehen. Er brachte sie in ein kleines Gemeindehaus, das er als Stützpunkt für dieses Land auserkoren hatte. Beließ sie dort in der Obhut eines Priesters. Dem er auftrug, sie mit der Botschaft vertraut zu machen. Dann war er fertig.

125

Der Anruf kam nur wenige Minuten nach dem Ende der Sendung. Es war Patrizia:

„Wenn er wieder zurück ist, möchte er euch sehen."

„Ist das ein Befehl?" gab Geraldine irritiert zurück.

„Er ist der, an den ihr glaubt. Oder nicht?"

„Ich wollte nur wissen, auf welcher Ebene wir uns bewegen."

Patrizia stieß laut die Luft aus: „Es ist kein Befehl. Aber er geht davon aus, dass ihr euch freut."

„Es ist ein komisches Gefühl." versuchte Geraldine hastig, ihre anfängliche Abwehrhaltung zu erklärten, „das muss ihm klar sein."

„Das ist es."

„Wo sollen wir hinkommen?"

126

Hinter der Adresse, die sie ihnen nannte, verbarg sich ein Mehrfamilienhaus, in dessen zweitem Stock ein gläubiges Ehepaar wohnte. Sie sprachen in den höchsten Tönen von ihm, während sie einen vollen Topf nach dem anderen vor ihnen auf den Tisch packten. Sie hatten gerade damit begonnen, sich vorsichtig zu bedienen, als die Wohnungstür aufging. Es war Jesus. Allerdings allein.

„Entschuldigt." begrüßte er sie fröhlich, „ich bin ein wenig im Verzug."

„Ging trotzdem wesentlich schneller als wir das erwartet hätten." konterte Geraldine ein wenig schnippisch, „von dort nach hier, meine ich."

Jesus strahlte sie an: „Wenn man viel zu tun hat, muss man sich beeilen."

„Aber selbstredend."

„Ich hoffe, es ist okay für euch, wenn ich mit den dreien allein rede." wandte er sich an seine Gastgeber.

„Natürlich." erwiderte die Frau und sah in die Runde, „braucht ihr noch irgendwas?"

„Hier steht genug Essen für mehrere Wochen." schmunzelte Z, „von daher... nein."

Das Ehepaar verschwand und Jesus setzte sich zu ihnen an den Tisch:

„Es ist schön, euch wiederzusehen. Unser letztes – einziges – Treffen fand unter so traurigen Umständen statt."

„Aber das war nicht überraschend für dich." Geraldine warf ihm einen herausfordernden Blick zu, dem er standhielt:

„Nein, natürlich nicht. Ich wusste, was euch widerfahren würde. Aber ich hatte gehofft, dass wir trotzdem Gelegenheit haben würden, miteinander zu reden. Ihr seid einfach verschwunden. Ich wollte euch helfen."

„Helfen?" wiederholte Z mit vollem Mund, „wie denn?"

„Könntest du uns unsere Gaben zurückgeben?" erkundigte sich Geraldine mit einer übergroßen Portion Trauer in der Stimme und Annie musste an sich halten, um nicht laut loszulachen. Glücklicherweise bemerkte Jesus sie nicht – er war ganz auf Geraldine konzentriert:

„Mein Vater hat diese Entscheidung getroffen." erklärte er ernst, „und sie ist endgültig, fürchte ich."

„Das ist schade." Geraldine seufzte laut und Annie tat es ihr gleich.

„Aber das macht euch nicht wertlos." Das Strahlen kehrte in sein Gesicht zurück, „darum geht es. Ihr habt lange nur dagesessen und euch wertlos gefühlt. Das kann ich verstehen. Doch eure Gaben bestimmen nicht euren Wert. Ihr selbst tut das. Für die Menschen, die euch lieben, seid ihr genauso wichtig. Und für meinen Vater erst recht."

Z zog die Brauen hoch: „Und für dich?"

„Auch für mich. Natürlich. Deswegen seid ihr ja hier."

„Damit du uns das sagen kannst."

„Das und damit ich euch etwas fragen kann." Jesus beugte sich verschwörerisch vor, „wir haben ein gemeinsames Ziel: den Bau eines göttlichen Reiches hier auf Erden. Viele stellen sich darunter goldene Paläste und Engel an jeder Straßenecke vor. Aber in Wahrheit geht es nur darum, die Welt so einzurichten, wie sie von Anfang an sein sollte. Wie sie es sogar mal war. In Eden, im Paradies. Da wollen wir hin. Und das erreichen wir, indem wir die Menschen davon überzeugen, dass mein Vater der richtige Weg ist. Indem wir sie zu ihm bringen. Jeden Einzelnen."

„Und dabei können wir dir helfen?" fragte Annie mit gespielter Ungläubigkeit.

„Wie?" setzte Z mit großen Augen hinzu.

Jesus breitete die Hände aus: „Reist mit mir."

Geraldine klappte den Mund weit auf: „Du meinst, wir sollen deine Jünger werden?"

„Nein. Dieser Begriff ist sowieso viel zu festgefahren. Ich wünschte, es gäbe einen anderen. Die, die wir Jünger nennen, sind Leute, die für mich predigen. Die meinen Namen und meine Worte in die Welt tragen. Aber dafür brauche ich Personen, die genau das können. Zu den Leuten sprechen."

„So wie die van der Veldes." warf Z ein.

Jesus sah ihn an: „Du kennst sie?"

„Von früher."

„Sie sind tolle Menschen. Als mein Vater im Himmel gefragt hat, wer bereit ist, mit mir auf die Erde zu kommen – um ein erstes Zeichen zu setzen – haben sie sich ohne darüber nachzudenken gemeldet. Es war ihnen eine Ehre. Und mir ist es eine Ehre, mit solchen Leuten zu arbeiten."

„Und wir können das nicht." hakte Geraldine nach, „predigen."

„Denkt ihr denn, dass ihr das könnt?" kam es zurück und sie senkte den Kopf:

„Nun... nein."

„Jeder muss mit seinen Stärken arbeiten." erklärte Jesus ruhig.

„Und wo liegen unsere?" Annies Stimme zitterte leicht, „jetzt – wo wir keine Gaben mehr haben?"

„In eurer Geschichte. Ihr habt etwas Drastisches erlebt. Positiv wie negativ. Mein Vater hat euch befähigt, einen ganz besonderen Dienst zu tun. Und er hat euch diese Befähigung wieder entzogen. Ihr wart ganz oben und ganz unten. Das ist etwas, was die Leute sehen sollen. Wozu mein Vater fähig ist. Im Guten wie im Schlechten."

Z kratzte sich am Kinn: „Aber ist es nicht problematisch, dass es mit dem Schlechten endet?"

„Tut es das?" Jesus wiegte den Kopf hin und her, „ihr glaubt weiterhin an ihn. Warum? Weil er euch angerührt hat. Hier drin." Er tippte sich auf die Brust, „ihr habt euch nicht von ihm angewandt. Das ist wahrer Glaube. Davon könnt ihr berichten."

„Ich weiß nicht..." Z sah die beiden Frauen zweifelnd an – die ebenso zurückschauten. Was Jesus nicht entging:

„Was hemmt euch?"

„Nun..." Geraldine zögerte lange, „zunächst mal ist da die Tatsache, dass das Rampenlicht genau das ist, was uns in dieses Dilemma gebracht hat. Wir hatten eigentlich vor, es zu meiden."

„Ich bin bei euch." versprach er, „ich werde euch helfen."

„Natürlich. Das ist klar. Aber..."

„Ich glaube..." übernahm Z, „was Geraldine versucht zu sagen, ist: Wir fühlen uns einfach nicht wohl bei dem Gedanken, dort vorne zu stehen. Du hast schon Recht: Wir können nicht predigen. Aber nicht, weil uns die Worte fehlen. Sondern weil uns die Sicherheit fehlt. Als wir früher geheilt haben, war das anders. Da konnten wir uns auf die Dämonen konzentrieren. Jetzt würden wir uns auf die Menschen konzentrieren. Und davor..."

„...fürchtest du dich." vollendete Jesus den Satz.

Z kniff die Lippen zusammen: „Ja."

„Das musst du nicht."

„Sag das mal meinem Herzen."

„Das würde ich gerne." Jesus lächelte sanft, „aber du musst es in dir fühlen. Wisst ihr was? Ich brauche eure Antwort nicht jetzt. Wenn ihr das macht, dann soll es auch euch zum Besten dienen. Denkt darüber nach. Ganz in Ruhe. Sprecht mit euren Liebsten. Sprecht mit meinem Vater. Sie alle werden euch Anhaltspunkte geben und er wird euch den Weg zeigen. Ich habe den starken Eindruck, dass das für euch richtig ist."

Geraldine runzelte die Stirn: „Hast du nicht mit ihm gesprochen?"

„Wenn ich mit ihm über die Schicksale aller Menschen reden würde, dann müsste ich hinterher lauter Befehle erteilen." Das Lächeln wurde noch sanfter, „niemand würde sich damit wohlfühlen. Ich bin kein Diktator. Ich bin ein Freund. Ihr kommt durch mich zum Vater. Aber wenn ihr bereits bei ihm seid, dann braucht ihr mich nicht mehr als Mittler. Ihr könnt selbst mit ihm reden. Das möchte er."

„Dann werden wir das tun." Geraldine erhob sich und die anderen beiden folgten ihrem Beispiel. Jesus ebenfalls:

„Vielen Dank."

127

Sie atmeten alle tief durch, als sie wieder draußen waren.
„Schauspielern kann ich noch weniger als predigen." stellte Annie fest und Geraldine nickte:
„Wir alle, würde ich sagen."
Z dagegen war mit einem anderen Gedanken beschäftigt: „Er hat uns ziemlich einfach wieder gehen lassen."
„Findest du das schlecht?" Annie sah ihn fragend an.
„Wenn wir in seinen Plan mit rein sollen, ist es zumindest seltsam."
„Hm..." Geraldine rieb sich das Kinn, „ich sehe da zwei Möglichkeiten. Erstens: Er ist sich im Klaren, dass er mit Druck nichts erreicht. Wir sind nicht wie manch anderer, der sofort duckt, wenn er etwas sagt. Also versucht er es auf die verständnisvolle Tour. Und spekuliert darauf, dass uns unser schlechtes Gewissen schon wieder zurückbringen wird. Zweitens: Wir sind ihm doch nicht so wichtig, wie wir das dachten – und Lotta das gesagt hat. Er will Leute für seine Legitimation. Aber da wird er genug finden und nicht wenige davon haben in der christlichen Welt einen besseren Ruf als wir. Weil sie eben keine traurige Geschichte vom Versagen zu erzählen haben. Sondern eine großartige vom Sieg mit Gott."
„Was auch immer es ist – für uns kann es nur gut sein." Annie blickte erleichtert in den Himmel, „denn es bedeutet, wenn wir mit ‚überdenken' fertig sind und wirklich ‚Nein' sagen, wird er uns hoffentlich in Ruhe lassen."

128

Er stand an der Bar, die behelfsmäßig in einer Ecke des Raumes errichtet worden war. So gut wie alle anderen Jungs standen ebenfalls dort. Er wusste nicht, was er hier eigentlich tat – war nur mitgegangen, weil er nicht unhöflich hatte sein wollen. Und wünschte sich nun, es gelassen zu haben. Die anderen Jungs waren aufgeregt. Er hatte keine Ahnung, warum. Er hatte ihnen nicht zugehört, als sie sich unterhalten hatten. Weil sie nur über Mädchen gesprochen hatten. Ein Thema, das ihn nicht interessierte. Die Tür auf der anderen Seite des Hobbyraums ging auf. Und Mädchen strömten herein. Er hatte sich schon gefragt, wo sie waren. Es kam seines Wissens selten vor, dass die Jungs seiner Stufe alleine feierten. Nun war diese Frage beantwortet. Warum die Mädchen so viel später gekommen waren, war die nächste Frage. Aber er stellte sie nicht. Weil er auch keinerlei Aufmerksamkeit hätte erringen können. Sie hatten sich herausgeputzt. Schminke, Kleider, Stiefel – alles wirkte neu und teuer. Und er konnte sich auch ausmalen, warum. Warum die Jungs aufgeregt waren. Und die Mädchen aufgedonnert. Dieser Abend diente der Pärchenbildung. Was hieß, dass er hier fehl am Platz war. Er stellte sein Glas ab, wartete, bis die Mädchen den Raum etwa zur Hälfte durchquert hatten, und machte sich dann auf den Weg zur Tür. An der Wand entlang, um ihnen nicht in die Quere zu kommen. Sie bemerkten es trotzdem und eine von ihnen rief ihm hinterher: „Wo gehst du hin?"

„Nach Hause." antwortete er gelangweilt. Dann hatte er die Tür erreicht. Und hörte nicht mehr, was das Mädchen als nächstes rief – da sie sich hinter ihm schloss.

Er schlurfte die dunkle Gasse entlang und ohrfeigte sich innerlich dafür, dass er nicht auf die Uhr geschaut hatte. Dann hätte er den letzten Bus nicht verpasst und wäre ohne Probleme nach Hause gekommen. So musste er laufen. Seine Füße taten weh und er war hundemüde. Weswegen er jede Abkürzung nahm, die er kriegen konnte. Aus einer Tür vor ihm fiel Licht auf die Gasse. Und dann eine Gestalt. Sie landete mit einem unsanften Plumpsen. Eine weitere Gestalt folgte ihr. Mit einem Messer in der Hand. Sie stürzte sich auf die Gestalt am Boden – und stach zu. Die andere Gestalt schrie auf, zuckte – und lag dann still da. Die Gestalt mit dem Messer erhob sich wieder und blickte sich in alle Richtungen um. Er stand schutzlos da und die Gestalt bemerkte ihn sofort. Doch sie reagierte nicht auf ihn. Sie starrte ihn nur ein paar Sekunden durchdringend an, dann spuckte sie auf den Boden und ging ins Haus zurück. Er nahm das als Zeichen, weiterzugehen. Vorsichtig trat er um die Gestalt am Boden herum. Er wollte nicht stehenbleiben und nach ihr sehen. Er hatte Angst, der andere könnte zurückkommen. So beschleunigte er seinen Schritt. In der Ferne konnte er eine Sirene hören, die schnell näherkam. Und dann an dem Ende der Gasse hielt, auf das er zusteuerte. Zwei Polizisten sprangen heraus und leuchteten mit Taschenlampen in die Gasse hinein. „Da hinten. Da liegt jemand." rief einer von ihnen. Sie setzten sich in Bewegung und kamen an ihm vorbei. Mit strengen Blicken musterten sie ihn – und setzten ihren Weg fort. Er drehte sich um, als er ihren Wagen erreicht hatte. Sie knieten neben der Leiche und unterhielten sich leise. Er konnte sie nicht verstehen, aber das störte ihn nicht. Er wollte nur noch heim. Also bog er in die richtige Richtung ab und sah zu, dass er wegkam.

Er stand an der Seitenlinie und wartete darauf, eingewechselt zu werden. Es stand 1:1 und wenn sie nicht gewannen, konnten sie den Titel nicht holen. Die Jugendmeisterschaft. Seit Jahren bemühten sie sich darum. Jetzt war sie in greifbarer Nähe. Der Ball ging ins Aus und der Schiedsrichter zeigte den Wechsel an. Sein Mitspieler lief an ihm vorbei und er aufs Feld. Ein paar Sekunden später bekam er den Ball. Er schaute auf. Die Entfernung zum Tor war ideal. Er schaute um sich. Er hatte eine Menge Platz. Also legte er sich den Ball auf seinen stärkeren Fuß, ließ ihn ein wenig nach vorne rollen, um mehr Schwung zu bekommen, und schoss. Der Ball machte eine leichte Kurve, die ihn ein wenig nach außen trieb. Und somit aus dem Fangbereich des Torhüters. Er schlug auf der rechten Seite direkt neben dem Pfosten ein. An der Seitenlinie brach Jubel aus. Ein Pfiff ertönte und er lief zurück in die eigene Hälfte. Ein weiterer Pfiff verkündete den Anstoß, ein dritter kurz darauf das Spielende. Seine Mitspieler liefen zusammen und bildeten eine dicke Traube aus lautem Geschrei. Die restlichen Auswechselspieler und die Trainer rannten aufs Spielfeld und gesellten sich dazu. Er stand etwas abseits und sah den Gegenspielern hinterher, die mit gesenkten Köpfen vom Feld gingen.

„He, komm her."

„Wo bleibst du?"

„Lass uns feiern."

hörte er seine Mitspieler rufen. Sie gestikulierten wild in seine Richtung. Doch er hatte darauf keine Lust. Er winkte ihnen kurz zu und streckte den Daumen in die Luft. Dann ging er in die Dusche. Hier war er nun allein, das war ihm ganz lieb. Als er einige Minuten später wieder nach draußen kam – frisch geduscht und umgezogen – war seine Mannschaft noch immer auf dem Spielfeld. Er blickte kurz zu ihnen hinüber. Dann zuckte er mit den Schultern und machte sich auf den Heimweg.

129

„Ihr seht verwirrt aus." Annies bis dahin entspannte Miene zog sich ein wenig zusammen, als sich Geraldine und Z im Wohnzimmer niederließen. Geraldine hatte den vorherigen Ausdruck allerdings durchaus bemerkt:
„Du ganz und gar nicht."
Annie nickte: „Stimmt. Weil mir etwas klar geworden ist."
„Mir ganz und gar nicht." brummte Geraldine gereizt, worauf Annie ihr einen bedauernden Blick schenkte und sich dann weiterwandte:
„Z?"
„Ich schließe mich dem G an." erklärte dieser, was Geraldine ein Schnauben entlockte:
„Ist das neu? Buchstaben für uns?"
„Warum nicht?"
„Lass mal gut sein." winkte sie ab, aber Z war es damit ernster, als sie das ursprünglich vermutet hatte:
„Wenn wir jetzt da draußen heimlich rumturnen, sind Codenamen..."
„Ich bin nicht G." unterbrach sie ihn trotzdem und bekam sogleich Unterstützung:
„Und ich nicht A."
Z zog eine Schnute: „Warum nicht?"
„G – Punkt." erwiderte Geraldine, erzielte damit aber keinen aha-Effekt:
„Hä?"
„Nur einer von sehr vielen dummen Witzen, die man damit machen kann." fügte sie daher hinzu und Z hob verstehend den Finger – betrachtete es aber ganz offensichtlich nicht als schlimm:
„Okay. Weitere?"
Geraldine funkelte ihn an: „G – weg. G – einkaufen. G – mir nicht auf den Keks. Letzteres bezog sich auf dich."
„G – ut." schmunzelte er, „ich lasse es."
„D – anke."

„G – eht das jetzt so weiter?" fragte Z halb erstaunt, halb erfreut.

„Nein." Geraldine schüttelte den Kopf, „ich habe nur das Wort ein wenig gedehnt ausgesprochen."

„G – dehnt." kicherte Z und Geraldine ballte die Faust:

„Z – Haue."

„Gut. Fein. Bleiben wir bei fein. Ich werde aber nicht in der Lage sein, auf alle Wörter zu verzichten, die mit G anfangen."

„Rede einfach normal." Geraldine wandte sich Annie zu: „Was ist dir klar geworden?"

„Ich hatte vor einiger Zeit einen Traum." antwortete diese, „einen sehr seltsamen Traum. Nicht insofern, dass die Handlung komischer war als sonst – ganz im Gegenteil. Sondern weil er mir so wirklich vorkam und ich mich im Nachhinein an alles erinnern konnte. Bis heute, um genau zu sein. Weswegen ich ziemlich schnell die Vermutung hatte, dass es eine Vision gewesen sein könnte. Das war allerdings, bevor ich – wir – die erste echte Vision hatten. Daher habe ich es nicht weiter verfolgt. Als diese erste Vision dann kam, hat sich diese Vermutung zu einem Verdacht erhärtet. Und nun weiß ich es sicher. Denn heute Nacht..."

„...hattest du wieder so einen Traum." fiel Geraldine ihr ins Wort.

„Richtig. Und so wie ihr dreinschaut, vermute ich, dass..."

„...wir ihn auch hatten." tat Z das gleiche.

„Und das nicht nur heute Nacht." ergänzte Geraldine.

„Echt?" Annie blickte sie überrascht an, „damals auch schon?"

„Ja. Nehme ich an. Denn auch ich kann mich an alles erinnern. Allerdings war es bei mir die ganze Zeit nur eine Vermutung und kein Verdacht."

„Geht mir genauso." schloss sich Z an, „und das war nur ein normaler Satz."

„Schon in Ordnung."

„Eigentlich hättest du ‚Geht mir ganz genauso' sagen müssen." grinste Annie und Geraldine seufzte laut:

„Annie..."

„Entschuldigung. Aber ich finde das toll. Weil es uns so viel mehr Möglichkeiten bietet. Zum drüber reden, meine ich."

Leider ließen sich die beiden anderen von ihrer Begeisterung nicht anstecken. Sie wechselten lediglich einen Blick und murmelten dann fast gleichzeitig:

„Dann fang mal an."

Annie zog die Brauen hoch: „Womit?"

„Der Erklärung." gab Z zurück, „das waren ja keine Hilfe-Visionen. Das waren... ja – was waren das?"

„Keine Ahnung." gestand Annie, „aber das können wir nun rausfinden. Am besten zerlegen wir es mal in Einzelteile. Wir haben zwei Visionen. Eine auf dem Geburtstag und eine auf dem Fußballplatz."

„Äh..." Geraldine hob den Zeigefinger, „nein."

„Nein?"

„Von mir auch: nein." kam es von Z.

Nun war Annie auch verwirrt: „Ihr habt keinen Geburtstag und kein Fußballspiel gesehen?"

„Nein."

„Das ist komisch." Sie tippte sich ans Kinn, „dann erzählt mal, was ihr gesehen habt."

„Na wunderbar." fuhr Geraldine auf, „damit wäre dein ‚gemeinsam drüber reden' komplett hinfällig."

„Ja. Das verwundert mich auch gerade. Los... raus damit..."

So erzählten sie sich gegenseitig von ihren Visionen. So ausführlich und detailliert, wie es ging. Anschließend saßen sie da und blickten ratlos ins Leere.

„Verstehe ich nicht." durchbrach Geraldine irgendwann die Stille.

Z nickte: „Ich noch weniger."

„Und die Expertin?"

„Dafür bin ich keine Expertin." erklärte Annie ratlos.

„Aber du kennst dich mit Visionen aus." ließ Geraldine nicht locker, „am besten von uns."

„Ja. Hm. Okay. Dann krame ich mal in meinem Hirn. Was weiß ich? Ich weiß, dass ich schon andere Visionen hatte. Zum Beispiel die von Sven. Und die waren eigentlich ziemlich ähnlich. Insofern, dass ich die Hauptperson – ihn – nie gesehen habe, sondern quasi durch seine Augen."

„Und insofern, dass du sein Leben mitverfolgt hast." sinnierte Z.

„Das ist richtig."

Geraldine sah ihn an: „Worauf willst du hinaus?"

„Darauf, dass sich diese Visionen in eine chronologische Reihenfolge bringen lassen. Ich weiß nicht, welche davon zuerst kommt. Aber das ist auch egal. Fakt ist – wir haben was aus der Kindheit und wir haben was aus der Jugendzeit.“

„Stimmt.“ Annies Gesicht hellte sich ein wenig auf, „und wenn wir davon ausgehen, dass es sich immer um die gleiche Person handelt, dann...“

„...kriegen wir gerade einen weiteren Mitspieler präsentiert.“ vollendete Geraldine.

Das klang gut – warf aber eine Menge neue Fragen auf, von denen Z sofort die erste stellte:

„Jemand, der für den Plan wichtig ist?“

Geraldine zuckte die Achseln: „Vielleicht. Oder einfach nur für uns.“

„Wichtig – im Sinne von...?“ kam die nächste Frage von Annie.

„Tja...“ Geraldine kratzte sich am Kinn, „das ist das große Rätsel. Der letzte, von dem du solche Visionen hattest, war ein Auftragskiller.“

„Und ich hatte die Visionen nach seinem Tod. Als es darum ging, ihn zu identifizieren. Diesmal haben wir sie, bevor wir ihn überhaupt kennengelernt haben.“

„Wissen wir nicht.“ entgegnete Z, „könnte auch jemand sein, den wir bereits kennen.“

Das rief wieder einen Moment des Schweigens und Nachdenkens hervor, den diesmal Annie beendete:

„Nun – von der Umgebung her würde ich bei meinen Visionen sagen, dass sie nicht in Deutschland gespielt haben.“

Die beiden anderen nickten zustimmend, daher fuhr sie fort:

„Wen kennen wir, der nicht aus Deutschland kommt?“

„Viele.“ antwortete Z.

„Richtig gut, meine ich.“

„Wenige.“

Annie rollte mit den Augen und Z bemühte sich schnell um einen Namen: „Miguel.“

„Stimmt. Aber wir kennen auch seine Geschichte. Und die ging nicht so.“

„Vielleicht hat er uns davon einfach nie erzählt.“ überlegte Z, doch daran hatte Annie so ihre Zweifel:

„Ich weiß nicht... diese Szenen lassen sich meiner Meinung nach schlecht in seine Kindheit integrieren."

„Das ist wahr." gab Z zu.

„Leute – ihr überseht einen ganz wichtigen Punkt." schaltete sich Geraldine wieder mit ein.

„Der da wäre?" bekam sie zurück.

„Warum kriegen wir überhaupt Visionen von jemandem?"

Annie kratzte sich am Kopf: „Was meinst du?"

„Die meisten Leute, die im Leben eine Rolle spielen, lernt man einfach kennen und sie erzählen einem von sich." führte Geraldine aus, „so wie Miguel. Aber wenn Gott uns die Geschichte dieses Jemands erzählt, kann das eigentlich nur eines bedeuten: Wir werden ihm nicht auf natürliche Art über den Weg laufen. Und das wiederum bedeutet höchstwahrscheinlich..."

Annie stöhnte laut auf: „...dass er auf der Gegenseite steht."

„So sieht es aus."

„Also ein weiterer Bösewicht." Annie ließ ein weiteres Stöhnen folgen, „weil wir schon so lange keinen hatten."

„Zumindest kriegen wir diesmal eine Vorwarnung." versuchte Z, dem etwas Positives abzugewinnen und wurde von Geraldine sofort abgebügelt: „Die uns leider kaum etwas bringt."

„Warum?"

„Weil wir ihn nicht sehen." erinnerte sie ihn, „wir kennen zwar seinen Werdegang. Aber nicht ihn."

„Mag sein." Z war entschlossen, weiter Hoffnung zu schüren, „aber wenn ich so zurückblicke, stelle ich fest, dass selbst die skurrilsten Dinge bei ihrer Auflösung einen Sinn ergeben haben. Gehen wir also auch hier mal davon aus."

„Ja. Gehen wir meinetwegen davon aus." Geraldine seufzte leise, „tun wir aber noch etwas Anderes."

„Das da wäre?"

„Halten wir die Augen offen."

130

Sie saß auf dem Bett und drehte den USB-Stick zwischen den Fingern hin und her. Sie hatte eine Entscheidung zu treffen. Eine Entscheidung, die ihr Leben nachhaltig verändern würde. Und nicht nur das ihre. Doch es gab für beide Richtungen Argumente, die nicht von der Hand zu weisen waren und diese abzuwägen, schien ihr schier unmöglich. In der Hoffnung, dadurch auf den richtigen Weg zu kommen, wanderte sie in Gedanken zurück. Zurück an den Anfang.

Das Erste, woran sie sich erinnern kann, ist das Geschrei. Aus vielen Kindermündern. Es ist fröhliches Geschrei – natürlich. Denn niemand tut den Kindern etwas. Sie spielen und sind glücklich dabei. Diese Erinnerung ist bereits recht spät. Sie ist zu diesem Zeitpunkt schon sechs Jahre alt. An die Zeit davor kann sie sich nicht erinnern. Sie existiert für sie nur in den Geschichten ihrer Eltern. Als sie vier war, hatten sie einen Autounfall, bei dem sie schwere Kopfverletzungen erlitt. Sie wurde in ein künstliches Koma versetzt. Fast anderthalb Jahre lag sie da und ihre Eltern saßen tagtäglich an ihrem Bett und hofften, dass es ihr besser ging. Das letzte halbe Jahr ging es stetig bergauf, doch die Ärzte waren vorsichtig und sagten „Bevor in der Entwicklung irgendetwas nicht so läuft, wie es laufen soll, gehen wir auf Nummer sicher und warten." Für ihre Eltern war das Warten natürlich am schwersten. Für sie selbst ist da nichts. Zumindest nichts, woran sie sich erinnern kann. Wie auch an die erste Zeit danach nicht. Die Zeit, in der sie Therapien machen musste. Um körperlich wieder fit zu werden. Der Arzt sagt, das sei eine Nachwirkung. Das Gehirn bräuchte lange, um sich zu regenerieren. Und so nähme es zunächst keinerlei Erinnerungen auf. Das ist natürlich sehr traurig. Andererseits aber ein geringer Preis, dass es ihr jetzt wieder ganz normal geht. Dass sie in die Schule gehen kann wie jeder andere. Sie dort trotz der Zeit im Krankenhaus nicht schlechter ist als die anderen. Und der Autounfall für sie lediglich eine Erzählung ist. Sie fällt nicht auf. Nirgendwo. Weil sie genauso klug ist wie alle, genauso aufmerksam, genauso neugierig, genauso frech. Und genau dieses Wort – genauso – ist das, was sie stört. Auch hier, wo alle am Schreien sind. Bei den Jungpfadfindern. Da ist sie einfach ‚genauso'. Wie alle anderen.

Die Kirche spielt eine große Rolle in ihrem Leben. Das hat weniger damit zu tun, dass ihre Eltern streng gläubig sind oder einen intensiven Umgang damit pflegen. Aber die Leute aus der Kirche haben sie unterstützt nach dem Unfall. Mit Geld. Mit Hilfe im Haushalt. Mit Gesprächen. An vielen Ecken und Enden. Sodass ihr Vater – obwohl er arbeiten gehen musste – viel Zeit bei ihr verbringen konnte. Und ihre Mutter ebenfalls. Die Leute aus der Kirche waren gut zu ihnen. Viele andere waren das nicht. Die waren nicht böse. Aber sie waren gleichgültig. Auch jetzt merkt man diesen Unterschied noch. Die Nachbarn zucken meist nur mit den Schultern, wenn sie etwas zu erzählen hat. Die Leute aus der Kirche tun das nicht. Die hören zu. Natürlich merkt auch sie schnell, dass viel davon aus reinem Pflichtbewusstsein geschieht. Aber wenn einen Pflichtbewusstsein antreibt, gute Dinge zu tun, ist das an sich auch gut.

Ihre Eltern sehen Nachholbedarf. Nicht, was ihre Bildung oder ihr Können angeht. Sie sind einfach der Meinung, dass sie viel verpasst hat. Was sie aufzufangen versuchen. Nicht, indem sie ihr Spielzeug für fünfjährige kaufen, das sie gar nicht mehr will – nur, damit sie es besessen hat. Sie denken sich, dass sie das Leben intensiver erleben soll als andere Kinder. Immer eine Sache mehr machen, immer eine Stunde länger bleiben. Weswegen sie versuchen, sie überall anzumelden, wo es nur geht, und ihr alles zu ermöglichen, wovon sie denken, dass sie es sich wünscht oder das es sie interessieren könnte.

Interessanterweise sind die meisten dieser Sachen mit Gruppen verbunden. Das liegt sicherlich auch daran, dass ihre Eltern der Meinung sind, dass sie nach so langer Zeit allein und isoliert am meisten soziale Kontakte braucht. Dass das unter Umständen das einzige ist, wo sie ein echtes Defizit hat. Denn in den Momenten, wo sie selbst entscheiden kann, entscheidet sie sich immer dafür, allein zu sein. Das betrachten sie mit Sorge. Und gehen dagegen vor: Sport macht sie im Fußballverein. Das macht ihr Spaß. Aber sie kann sich nicht behaupten. Weil viele andere – vor allem die Jungs – besser sind. Sie geht zu den Pfadfindern. Auch das macht ihr Spaß. Aber sie kann sich nicht abheben. Weil alle immer das gleiche machen. Sie spielt Geige. Die Übungsstunden sind teilweise allein. Aber Vorspielen tut sie nur im Orchester. Dort hört man sie nicht einzeln. Weil alle anderen Geigen die gleiche Stimme spielen. Das ist etwas, was ihr mit der Zeit aufstößt – mehr und mehr. Dass sie immer nur ‚genauso' ist. Nicht schlechter aber eben auch nicht besser als die anderen. Überall gut, aber eben nicht besonders. Beliebt, aber nicht bewundert. In der Kirche fällt ihr das am meisten auf. Dort wird auch viel von Gleichheit gepredigt. Gleichheit, die im Zusammenhang mit Themen wie Rassismus oder Emanzipation natürlich wichtig ist. Das kann sie verstehen, dass dazu klar Stellung bezogen wird. Und dass man damit keine Probleme haben möchte. Gleichheit ist nichts Schlechtes. Aber um solche großen Themen geht es ihr nicht. Ihr geht es nur um sich. Sie hat einfach das Bedürfnis, aus der Menge zu ragen. Nicht nur zu verschmelzen, sondern gesehen zu werden. Ein einzelner Punkt – auch in der Masse.

Je älter sie wird, desto stärker wird dieses Bedürfnis. Mit ihren Eltern kann sie darüber nicht sprechen. Ihre Eltern sind liebe- aber nicht sonderlich verständnisvoll. Das liegt ganz einfach daran, dass sie schon ziemlich alt sind. Sie haben spät geheiratet und sie wurde noch später geboren. Zu einem Zeitpunkt, als die Ärzte ihrer Mutter schon gesagt hatten, dass sie keine Kinder mehr kriegen wird. Und sie dementsprechend nicht mehr vorsichtig waren. Da hat es doch noch geklappt. Ihre Eltern lieben sie über alles und sie liebt ihre Eltern. Aber sie sind so weit voneinander entfernt, dass sie über die wenigsten Dinge miteinander reden können. Weil sie einfach keine gemeinsame Basis dafür haben. So behält sie es für sich. Was für sie auch eine gewisse Logik hat. Denn der Wunsch, einzeln hervorzustechen, ist eigentlich nichts, was sich gut mit anderen teilen lässt. In dem Moment, wo man es teilt, gehört man ja wieder dazu. Oder andere zu einem dazu. Der Gedanke, individuell sein zu wollen, ist das, was sie von den anderen unterscheidet. Die das anscheinend alle nicht wollen und immer froh sind, wenn sie eben gerade nicht auffallen in der Menge. Sie versucht es damit, sich abzukapseln – in ihrer Teenagerzeit vor allem. In dieser Zeit geht sie ihren ganz eigenen Weg. Es ist kein extremer Weg. Sie färbt sich nicht die Haare oder lässt sich Piercings stechen. Sie trägt keine schrägen Klamotten, hört keine schlimme Musik, trinkt nicht, raucht nicht, ist nicht destruktiv und immer dagegen, pöbelt und beleidigt nicht und macht in der Schule normal mit. Aber sie klinkt sich aus. Ist bei keinen Festen oder Feiern dabei. Gibt den Sport auf und die Musik. Lässt jegliche Art von Gruppenveranstaltung sausen. Zieht sich in ihr Zimmer zurück und beschäftigt sich mehr mit dem Internet als mit echten Personen. Das ist ihre

Art, sich besonders zu fühlen. Weil sie – das muss sie sich traurig eingestehen – nichts hat, was sie besser kann als andere. Darauf hatten ihre Eltern es nie angelegt – dazu hatte sie nie die Chance. Es stellt sie nicht zufrieden. Wie sollte es auch? Es ist ja nur alleine. Es ist nicht besonders. Es bringt sie in keine Position, wo sie sich anderen überlegen fühlen kann. Wo die anderen auch sehen, dass sie besser ist. Denn das gehört immer mit dazu. Nur für sich anders zu sein bringt nichts. Man muss es den anderen auch vorführen. Sie spüren lassen, dass man ihnen etwas voraus hat. Was genau das sein könnte, weiß sie nicht. Sie versucht es damit, dass sie sich Spitznamen gibt. Immer wieder neue. Die sie sich selbst ausdenkt. Die besonders klingen. Einzigartig. Aber es nützt nichts. Die Leute um sie herum lassen sich darauf ein – sogar ihre Eltern, auch wenn sie es ganz offensichtlich als ‚Phase' abtun. Doch es fühlt sich nicht besonders an. Lediglich – wieder nur – anders. So sucht sie weiter – hauptsächlich in der Kirche. Sie ist nicht übermäßig regelmäßig dort. Aber die Gruppen, die es dort gibt, bieten ihr etwas, was sie sonst nirgendwo hat – weswegen es die einzigen Gruppen sind, auf die sie sich einlässt: die Möglichkeit, zu diskutieren. Dort kann sie offenlegen, was sie fühlt. Ohne dafür gerichtet zu werden. Und weil sie in der Bibel Leute findet, die sie als Vorbilder nehmen kann. Leute wie Mose oder Jesaja. Die aus der Masse herausstachen – durch den Auftrag, den Gott ihnen erteilte. Sie konnten nichts Besonderes und leisteten auch – zunächst – nichts Besonderes. Aber trotzdem waren sie es. Weil sie dazu auserkoren wurden. Das ist ein Gedanke, der ihr gefällt: auserkoren zu werden. Erwählt.

Leider passiert so etwas nicht und sie ist ein ungeduldiger Mensch. Weswegen der Zeitpunkt kommt, wo sie sich entscheidet, das Heft selbst in die Hand zu nehmen. Große Erfolgschancen rechnet man ihr allerdings nicht aus. Der Pfarrer, mit dem sie redet, ist sehr verständnisvoll und sehr offen für ihre Vorstellung. Aber er sagt ziemlich schnell wieder den Satz, den sie am wenigsten hören will: „Gott hat alle Menschen gleich geschaffen. Er ist nicht darauf aus, dass sich ein Mensch über den anderen stellt. Also wird er auch nicht dafür sorgen, dass sich ein Mensch über den anderen stellt. Er wird dir keine besonderen Gaben oder Fähigkeiten geben, damit du sie nutzen kannst, dich besser als andere zu fühlen." Womit er sie leider vollkommen falsch verstanden hat. Doch es ist auch schwierig zu erklären.

Sie will nicht zwangsläufig besser sein. Nur anders. Herausstechen nicht von oben herab, sondern von der Seite. Besonders – im Sinne von ‚alleine stehend' und nicht ‚höher stehend'. Oder ist es doch das Gleiche? Manchmal ist sie sich gar nicht mehr sicher, was sie will und was sie denkt. Ob sie sich verzettelt und der Unterschied, den sie versucht zu ziehen, gar nicht existiert. Ob sie es sich immer so redet, wie sie es gerade braucht. Oder ob es einfach nur von außen nicht nachvollziehbar ist. Sie versucht erneut, es zu erklären: Sie will sein wie ein Musiker, der an jedem normalen Tag in der Menge untergeht. Und nur dann, wenn er auf die Bühne ins Rampenlicht tritt, bejubelt wird. Um hinterher wieder zu verschwinden. Diese Erklärung gefällt ihr. Aber die Leute in der Kirche sehen das als gefährlichen Lebensansatz und raten ihr, diesen Gedanken wieder zu vergessen.

Sie vergisst ihn nicht. Doch er wird zunächst verdrängt von einem Ereignis. Sie muss in regelmäßigen Abständen ins Krankenhaus ihren Kopf untersuchen lassen. Bis zum Ende der Wachstumsphase – eine Vorsichtsmaßnahme, die die Ärzte ihr auferlegt haben. Bisher war immer alles in Ordnung und sie weiß, dass es bald überstanden sein wird. Es geschieht an dem Tag, an dem sie zum letzten Mal deswegen ins Krankenhaus geht. Schon das Mal davor hat der Arzt ihr gesagt, dass sie eigentlich aufhören könnten. Dieses Mal ist nur ihren übervorsichtigen Eltern geschuldet. Weswegen sie genervt davon ist – obwohl sie sich freuen könnte, es damit endlich abschließen zu können. Die schlechte Laune sorgt dafür, dass sie nicht darauf achtet, was sie tut und somit auch nicht, wo sie aussteigt. Sie landet im falschen Stockwerk. Hier ist es still und leer auf dem Gang. Bis auf ein einzelnes Bett, in dem eine Frau liegt. Sie trägt dicke Verbände um den Kopf und atmet schwer. Sie tritt zu ihr ans Bett. Die Frau schaut sie aus schwachen Augen an. Dann reißt sie sie plötzlich auf und ihr Atmen wird zu einem Röcheln. Anscheinend verstopft ihr etwas die Luftröhre. Sie greift sich mit den Händen an den Hals, doch das nützt nichts. Sie fängt an zu zucken, doch auch das nützt nichts. Aus ihrem Mund tritt weißer Schaum. Die Frau greift nach ihrem Arm, ihre Augen starren sie flehend an. Doch sie weicht zurück und die Hand fasst ins Leere. Sie steht nur da und schaut die Frau an. Am anderen Ende des Ganges kommen zwei Schwestern und ein Arzt aus einem Zimmer und steuern auf sie zu. Sie bemerken sie. „Alles in Ordnung?" ruft eine der Schwestern. Sie nickt nur stumm. Die Schwester nickt zurück. Dann biegen sie in ein anderes Zimmer ab. Sie wendet ihre Aufmerksamkeit wieder der Frau zu. Ihr halbes Gesicht ist inzwischen von Schaum bedeckt, der von ihren Wangen auf das Laken tropft. Immer noch versucht sie, ihre Atmung wieder herzustellen. Sie wirft den Kopf von links nach rechts. Es hilft nicht. Ihre Hand zuckt stetig in ihre Richtung. Doch sie bleibt außerhalb ihrer Reichweite stehen. Eine weitere Schwester tritt auf den Gang, mustert sie kurz und geht dann in die ihr abgewandte Richtung davon. Am Ende des Ganges öffnet sie die große Doppeltür und verschwindet hindurch. In diesem Moment gibt die Frau ein letztes, verzweifeltes Röcheln von sich. Dann sinkt sie leblos in ihr Kissen und atmet nicht mehr. Tränen laufen an ihren Wangen herab. Tränen aus glasigen Augen. Sie fühlt nicht nach ihrem Puls, geht überhaupt nicht näher heran. Sie weiß es instinktiv – die Frau ist tot. Der Gedanke lässt sie aufschrecken und sie schüttelt sich kurz. Dann fällt ihr Blick auf die Uhr an der Wand. Sie ist sehr spät dran. Sie dreht sich weg und betritt den Fahrstuhl, der nach wie vor offensteht. Sie fährt zu ihrer eigenen Untersuchung und anschließend nach Hause. Sie erzählt niemandem, was passiert ist. Grübelt aber oft darüber nach. Es ist ein erschreckendes, eindrückliches Erlebnis. Die Machtlosigkeit. Und gleichzeitig die Machtfülle. Ersteres ist ihr schlimm. Die Unfähigkeit, zu reagieren, die Hilflosigkeit, sich im eigenen Körper wie gefangen zu fühlen. Gelähmt zu sein. Das will sie nie mehr erleben. Dagegen muss sie ein Mittel finden. Die andere Seite dagegen hat etwas Aufputschendes. Die Macht über Leben und Tod in den Händen zu halten. Mit nur einer einzigen Handlung darüber entscheiden zu können, ob etwas endet oder weitergeht. Das ist ein schier unglaubliches Gefühl. Überfordernd. Das trifft auf beides zu. Dadurch aber auch herausfordernd. Sie weiß, dass sie damit nichts anfangen kann. Aber es weckt in ihr etwas: die Sehnsucht, diese Gefühle in den Griff zu bekommen. Nicht mehr ohnmächtig zu sein. Reagieren zu können. Und gleichzeitig diese Macht zu nutzen. Für sich in Anspruch zu nehmen. Das würde sie wirklich zu etwas Besonderem machen. Wenn sie auch hofft, dass es nie wieder zu einer solchen Situation kommt.

Einige Zeit später zieht sie von zuhause aus, um ihre Ausbildung anzufangen. Die ist in derselben Stadt. Aber sie will ihr eigenes Leben beginnen. Sie will nicht mehr nur in ihrem Zimmer alleine sein, sondern in einer ganzen Wohnung. Sie richtet sich ein und macht ihre Ausbildung. Dort ist sie wieder ‚genauso'. Aber dort stört sie das nicht. Weil die Arbeit ihr nicht wichtig genug ist, dass sie sich dabei besonders fühlen muss. Das will sie nur im Privatleben. Sie schaut zurück auf ihr Leben und ärgert sich, dass sie sich nie durchgesetzt hat, wenn es darum ging, Entscheidungen zu treffen, die sie besonders hätten machen können. Tennis statt Fußball, Klavier statt Geige. Das hätte ihr Befriedigung bringen können. Jetzt ist es dafür zu spät. Sie hat nicht die Zeit und auch nicht die Kraft, noch einmal etwas komplett Neues anzufangen. Oft sitzt sie da und überlegt, was sie stattdessen tun könnte. Meistens tut sie das in ihrer Wohnung. Manchmal auch draußen im Park vor ihrer Haustür. Dort lernt sie auch den Mann kennen, für den sie schnell zu etwas Besonderem wird. Und er für sie. Das ist zwar kein vollwertiger Ersatz, doch es hilft. Zumindest von einem Menschen so betrachtet zu werden. Er hat einen Traum – etwas, das er haben möchte in seinem Leben. Sie teilt diesen Traum nicht. In erster Linie, weil sie noch nie darüber nachgedacht hat. Was sie auch nicht tun will, da sie der Überzeugung ist, dass die Erfüllung jeglichen Traums für sie etwas Schlechtes bedeutet. Weil es sie für ihn weniger besonders macht. Irgendwann jedoch geht es nicht mehr anders – sie muss sich damit beschäftigen. Und stellt dabei fest, dass genau das Gegenteil der Fall ist: dass die Erfüllung dieses Traums – durch sie – sie in seinen Augen erst recht zu etwas Besonderem machen könnte. So entscheidet sie sich dafür, ihm zu helfen, diesen Traum zu verwirklichen. Was zunächst allerdings nicht klappt. Ihr Kontakt zur Kirche ist inzwischen vollständig abgebrochen. Und der Mann hat damit auch nichts am Hut. Doch er hat gute Gedanken. Einer davon ist, dass Menschen nur Menschen sind – auch in der Kirche. Und dass Gott eben gerade kein Mensch ist – und daher mit großer Sicherheit anders denkt und anders handelt als die Menschen das tun. „Und wir niemals für uns in Anspruch nehmen können, ihn zu verstehen. Weder das, was er schon getan hat, noch das, was er tun wird. Tun will. Tun kann." Er glaubt nicht an Gott. Er sagt das nur, um sie aufzumuntern. Aber für sie öffnet dieser Gedanke eine Tür. Sie entschließt sich, sich direkt an Gott zu wenden. Ihn zu bitten, sie besonders zu machen. Obwohl auch sie eigentlich gar nicht wirklich an ihn glaubt. Doch der Versuch kann nichts schaden. Mehr als nichts passieren kann schließlich nicht. Und sie muss keinen Aufwand dafür betreiben. Sich lediglich für ein paar Minuten hinsetzen und die Augen schließen. Über mehrere Monate tut sie das regelmäßig. Ihr Freund lässt sie. Er hat einen Beruf, der ihn in den Augen der Leute zumindest ein bisschen zu etwas Besonderem macht. Das macht sie neidisch. Was sie noch mehr motiviert, diese Möglichkeit weiterzutreiben. In die sie selber keine Hoffnung setzt.

Und dann kommt er – der Mann, der ihr ganzes Leben verändert. Der Mann selbst ist dabei eigentlich vollkommen irrelevant. Es ist das, was er mitbringt, was wichtig ist. Die Antwort, die sie dadurch erhält. Die vertraut ist und doch in eine andere Richtung führt:

„Du kennst das Wort: ‚Wo zwei oder drei in meinem Namen zusammen sind, bin ich mitten unter ihnen.‘ Das klingt schön für die, die es mögen, zu zweit oder zu dritt zusammen zu sein. Aber du magst das nicht. Das weiß ich. Daher kann ich dir ein anderes Wort sagen: Bei mir muss man nicht zu mehreren sein, damit ich hinzukomme. Ich komme auch zu denen, die alleine sind. Du willst etwas Besonderes sein? Du willst mit dem arbeiten, was dich fasziniert? Lernen, stärker zu werden? Deine Schwächen zu überwinden? Nicht mehr nur dazustehen, sondern zu handeln? Ich kann dir diese Chance geben. Ich kann das, was in dir ist – all die einzelnen Teile – zu einem großen Ganzen zusammenfügen. Durch mich kannst du glücklich werden.“

Das alles sagt der Mann. Doch sie weiß, dass es nicht seine Worte sind. Das ist es – mehr als die Worte selbst – was sie antreibt, ‚Ja‘ dazu zu sagen. Ohne zu zögern.

Sie muss nicht lange warten, bis es wirklich geschieht. Bis die Teile anfangen, sich zusammenzufügen. Sie greift nun ein – in das Leben anderer Leute. Auf eine Art und Weise, auf die es nur wenige andere tun. Nun fühlt sie sich endlich so, wie sie sich immer fühlen wollte: besonders. Und glücklich. Denn sie merkt, dass es trotz der Anstrengung keine Arbeit ist. Es macht ihr Spaß. Mehr und mehr. Die negativen Gefühle verschwinden mit der Zeit. Die positiven bleiben. Auch die Liebe zu ihrem Freund wird dadurch gestärkt. Weil der Neid auf ihn ebenfalls verschwindet. Sie kann ihn nun richtig anerkennen. Weil sie weiß, dass auch er sie richtig anerkennt. Und nicht nur er – viele andere auch. Der Wunsch, ihm seinen Traum zu erfüllen, bleibt. Aber auch das wird für sie leichter und schöner.

Weil sie es inzwischen nicht mehr nur für ihn will, sondern auch für sich selbst. Weil sie jetzt, wo sie nicht mehr so viel mit sich selbst beschäftigt ist, mehr Offenheit für ihn aufbringen kann. Lernt, die Dinge nicht nur aus seinem Mund zu hören, sondern auch mit seinen Augen zu sehen. Sein Wunsch überträgt sich auf sie – und findet in ihr einen festen Platz. Das Schönste aber ist die Antwort an sich. Nun weiß sie endlich, dass auf dieser anderen Ebene jemand ist. Dass ihr Durchhalten sich ausgezahlt hat. Und noch etwas weiß sie: dass sich ihre Mühe lohnt. Weil ihre Erfolge belohnt werden. Mit mehr Verantwortung und größeren Herausforderungen. Das sind schöne Aussichten – für ihre Zukunft.

131

Die Wunder nahmen kein Ende. Jesus mochte Frankfurt als seinen Sitz auserkoren haben und viele Leute mochten bestürzt gewesen sein bei dem Gedanken, dass er keine feste Bleibe hatte. Doch so, wie er durch die Welt zog, war das auch gar nicht notwendig. Er heilte Menschen in Namibia, segnete Menschen in Brasilien, bekehrte Menschen in China und erklomm sogar den Himalaya, um mit den Mönchen zu sprechen, die dort wohnten. Er folgte jedem Ruf, der an ihn gerichtet wurde. Er war nie an mehreren Orten gleichzeitig, aber es schien, als könne er so schnell von einem Ort zum anderen gelangen, wie sonst kein Mensch. Wahrscheinlich, weil er kein gewöhnlicher Mensch war. Und überall dort, wo er nicht war – nicht sein konnte, weil er zeitgleich woanders weilte – waren seine Jünger. Und taten es ihm gleich. Ihr Segen mochte vielen nicht so viel wert sein wie der seine, doch ihre Heilungskräfte und ihre Bekehrungsfähigkeiten standen seinen in nichts nach. Sie verbesserten die Welt – Schritt für Schritt, aber unaufhaltsam und eindeutig.

132

Der Tisch war gedeckt. Mit feinstem Geschirr und ebensolchem Besteck. Kerzen brannten – in teuren Leuchtern. In Hintergrund lief Musik – nicht zu laut, aber auch nicht zu leise, sondern genau richtig. Aus der Küche drang ein köstlicher Duft. Der sich auch im Wohnzimmer verbreitete, als der Mann nach und nach mit den Töpfen aus der Küche kam und das Essen auf den Tellern verteilte. Dann kamen die Schälchen mit Salat hinzu und zum Schluss die Flasche mit Wein. Alles sah perfekt aus und er seufzte zufrieden. Dann drehte er sich um, denn er hatte den Schlüssel in der Haustür gehört. Er eilte seiner Frau entgegen, nahm ihr die Tasche und den Mantel ab...

133

...und führte sie dann ins Wohnzimmer. Einen Moment lang blickte sie staunend den gedeckten Tisch an, dann einen weiteren dankbar ihren Mann. Und dann war beides vorbei und ihre Stimmung schlug um. Mit einem lauten Fluchen stürzte sie auf den Tisch zu und fegte mit einer einzigen Handbewegung die Weinflasche und die Kerzen auf den Boden. Die Flasche zerbarst und hinterließ Scherben und eine Pfütze. Die Kerzen landeten in der Pfütze. Und gingen dadurch glücklicherweise aus, bevor sie den Teppich anzünden könnten. Doch die Frau war noch nicht fertig. Bevor ihr Mann reagieren konnte, folgte noch einer der Teller. Dann hatte er sie endlich zu fassen bekommen und ließ sie nicht mehr los. Sie schrie und zappelte und wehrte sich. Dann wurde sie ruhig und...

134

...hing schlaff in seinen Armen. Er drückte sie an sich, doch sie reagierte nicht darauf. Er brachte sie ins Schlafzimmer – schleifte sie mehr, als dass sie sich führen ließ. Er legte sie aufs Bett, wo sie sich zur Wand drehte und liegenblieb. Er versuchte, sie anzusprechen, aber sie beachtete ihn nicht. So ließ er sie allein, räumte den Unfall auf dem Fußboden zusammen, stellte den noch gefüllten Teller unter eine Haube in den Kühlschrank und machte sich dann ein Brot. Das er traurig vor sich hinstarrend ass. Bevor er sich neben seiner Frau aufs Bett legte und irgendwann einschlief.

135

Es hatte wirklich Vorteile, dass sie nun alle drei das gleiche sahen. Denn so konnten sie gegenseitig Details ergänzen, die ansonsten vielleicht untergegangen wären. Ob das wichtig war, konnten sie nicht sagen, aber unter Umständen würde es eines Tages einen Fall geben, bei dem das so war und selbst wenn nicht, machte es doch zumindest Spaß. Weitaus mehr, als sie sich das vorgestellt hatten. Es war, wie sich einen Film zu erzählen, den sie zuvor alle unabhängig voneinander gesehen hatten. Steve und Katiana waren ebenfalls da und staunten nicht schlecht über die Art und Weise, wie sie sich gegenseitig die Erzählstränge hin und her warfen.

„Selbst wenn es keinen tieferen Sinn hat – euch zuzuschauen ist faszinierend." stellte Katiana im Anschluss amüsiert fest.

„Das stimmt." schloss Steve sich – nicht minder erfreut – an.

„Danke." Geraldine lächelte verhalten, „so langsam gewöhne ich mich auch daran."

„Ja – ganz langsam." stimmte Z noch verhaltener zu.

Nur Annie war vollauf erfreut: „Also ich finde das sehr gut so. Jetzt muss ich mir nicht immer alles alleine merken. Aber sagt mal… kam denn bei euch am Ende auch noch das andere?"

Sowohl Geraldine als auch Z blickten sie verständnislos an und so winkte sie wieder ab:

„Dachte ich mir fast. Das soll wohl meine Besonderheit bleiben. Naja – kann man nichts machen."

„Wovon genau redest du?" hakte Z nach, aber Annie wiederholte nur ihre Geste und so bohrte er nicht weiter. Ebenso wenig wie Geraldine, die sie erhob:

„Dann sollten wir uns auf den Weg machen."

Annie folgte ihr, Z nicht:

„Eine Sache vorab. Wir müssen testen, ob ihr könnt, was ich kann. Und heute ist die erste Gelegenheit dafür."

Annie erstarrte: „Jetzt schon? Wirklich?"

„Ich bin ja da." beruhigte er sie, „und helfe, wenn es sein muss. Es geht ja noch nicht um perfekt können. Nur darum, dass wir es wissen."

„Na gut. Wer muss?" Annie warf Geraldine einen bedrückten Blick zu – und diese lächelte aufmunternd zurück:
„Ich kann das gerne machen."
„Danke."

136

Sie machten sich auf den Weg und die Tatsache, dass sie den Schatten alle sahen, war diesmal schon weitaus weniger erschreckend. Und Geraldine schlug sich tapfer bei dem Versuch, den Dämon zu beseitigen. Ihre Worte waren noch ein wenig stockend und man merkte ihr deutlich an, dass sie noch kein Zutrauen in sich selbst hatte. Doch sie konnten alle beobachten, dass der Dämon auf sie reagierte, und das war ein eindeutiges Zeichen. Schließlich übernahm Z und beendete das Ganze – bevor sie sich schnellstmöglich wieder auf den Weg machten und Steve und Katiana mit dem Pärchen zurückließen. Sie hatten ihnen von Anfang an das Reden überlassen. Denn sie teilten sich das Gefühl, dass es ihrer anonymen Rolle besser tat, wenn sie so wenig wie möglich im Vordergrund standen. In Stresssituationen funktioniert das Gedächtnis nicht ganz so gut wie normal und diese Tatsache wollten sie sich zu Nutze machen, so gut es ging. Auf dem Heimweg diskutierten sie darüber noch eine Weile:
„Ich fühle mich so noch nicht ganz wohl." gestand Annie, „wenn uns wirklich keiner erkennen soll..."
„Ich glaube nicht, dass jemand hinterher zur Polizei geht und ein Phantombild anfertigen lässt." wandte Geraldine ein, „sprich: solange die Leute unsere Namen nicht kennen, sollten wir sicher sein."
„Und wenn uns jemand erkennt?" Annie betonte das letzte Wort überdeutlich, um den Unterschied herauszustellen – der sich Geraldine allerdings auch so erschlossen hatte:
„Na – wenn es um jemanden aus unserem Bekanntenkreis geht, wissen wir das ja durch die Vision."
Dennoch war das nicht das, worauf Annie hinauswollte: „Das meine ich nicht. Ich meine, aus dem Fernsehen."

Aber auch dafür fand Geraldine nach einem kurzen Moment des Überlegens die richtige Antwort: „Das ist schon eine ganze Weile her. Und dank der Art, wie sie uns gefilmt haben, waren wir nie so sehr im Licht der Scheinwerfer. Oder auf Plakaten. Ich war ja immer ein wenig traurig über diese seltsamen abstrakten Werbedinger, die dieser Typ entworfen hat. Mit dem Rauch und den verschwommenen Silhouetten. Aber jetzt kommt es uns zugute, dass sie keine Werbung mit unseren Gesichtern gemacht haben."

„Das stimmt." Annie wirkte nun wirklich weitestgehend beruhigt.

„Zumindest bei den Dämonen brauchen wir uns gar keine Sorgen zu machen." schaltete sich Z ein, der sich bisher ausschließlich aufs Fahren konzentriert hatte.

Geraldine zog die Brauen hoch: „Weil?"

„Es wieder so ist wie am Anfang. Keiner weiß, was wir können und die, die wir treffen, erfahren es erst in diesem Moment und können dann keinen mehr warnen. Wir haben also wieder den Überraschungseffekt. Und zwar langfristig."

„Das stimmt." erwiderte Geraldine langsam, „und ist ein guter Punkt über den ich damals gar nicht so wirklich nachgedacht habe."

„Inwiefern?"

„Nun – wir hatten ja von Anfang an immer wieder das Thema, was mit ihnen passiert und wussten es nie so genau, bis der Engel es mir schließlich gesagt hat. Unsere Überlegungen – also: die von Miguel Schrägstrich Christopher – gingen immer auch in diese Richtung. Aber wir alle waren uns unsicher. Dabei hätte uns die Tatsache, dass schon damals sehr lange kein Dämon auf uns vorbereitet war, genau diese Sicherheit geben können. Sie waren alle überrascht – ein eindeutiges Zeichen dafür, dass sie nicht wussten, was sie erwartet, wenn wir auftauchen. Und das wiederum ein eindeutiges Zeichen, dass die, die wir wegschaffen, nicht wiederkommen, um es zu erzählen."

„Da hast du vollkommen Recht." Z tippte auf dem Lenkrad herum, „das hatte ich auch nicht gesehen."

„Annie?" wandte sich Geraldine an eben diese, die ein wenig abwesend wirkte. Und daher auch einen Augenblick brauchte, bis sie antwortete:

„Ich denke gerade an was ganz anderes. Aber lasst uns erstmal weitermachen." fügte sie hinzu und ruckelte ein bisschen auf ihrem Sitz herum, wie um zu zeigen, dass sie nun anwesend war.

Geraldine schmunzelte – fuhr dann aber wirklich fort: „Ich denke auf jeden Fall, dass dieses Gefühl, das wir selbst beim letzten Mal schon hatten – dass wir wieder am Anfang stehen – gar nicht so falsch ist. Und auch gar nicht so schlecht."

„Das heißt also, wir müssen uns bezüglich der Geheimhaltung keine Sorgen um die Dämonen machen." folgerte Z daraus, „sondern nur um die Menschen. Weswegen unser neues ‚Wir machen ausschließlich unser Ding und die anderen den Rest' sehr passend ist."

„Und uns gleichzeitig auf dem Teppich hält." ergänzte Annie.

„Das auch."

Sie erreichten das Haus und machten es sich im Wohnzimmer gemütlich. Das Arbeitsgespräch war allerdings noch nicht vorbei:

„Ich habe noch einen anderen Gedanken." Geraldine beschrieb mit dem Finger einen Kreis in der Luft, „wir sollten für ihre Enkel hier ein Zimmer einrichten. Dass sie sie mitbringen können, wenn sie sich um die Leute kümmern."

„Das ist eine gute Idee." stimmte Annie sofort zu, „können wir nachher gleich ansprechen."

Geraldine nickte dankbar – und stach mit dem eben noch kreisenden Finger in Annies Richtung: „Und jetzt zu dir."

Diese zuckte alarmiert zusammen: „Mir?"

„Du hattest einen Themawechsel?"

„Ach... ja. Du hattest Christopher erwähnt. Und da kam mir so der Gedanke, dass es Zeit wäre, dass wir ihn anrufen. Und uns entschuldigen, dass wir Michelles Brief nicht gelesen haben. Und ihnen nicht geholfen. Und erzählen, dass wir wieder auf dem richtigen Weg sind."

Z seufzte tief: „Das sollten wir tun, ja."

„Willst du?" Geraldine blickte Annie unsicher an – und diese ebenso zurück:

„Okay." Sie griff zum Hörer, doch ihr Gespräch war kurz, unfreundlich und ganz offensichtlich fruchtlos.

„Was war das denn?" ereiferte sich Geraldine, nachdem sie aufgelegt hatte.

Annie rollte mit den Augen: „Du solltest lieber sagen: Wer war das denn?"

„Okay: Wer war das denn?"

„Seine Schwester. Valentina. Hat mir zu verstehen gegeben, dass er mit uns nichts mehr zu tun haben will und eine Kontaktaufnahme von unserer Seite ganz und gar nicht erwünscht ist. Und das in einem Ton…"

„Den hat man bis hierher gehört." brummte Z, worauf Geraldine leise kicherte:

„Aber du warst ihr ebenbürtig."

Das fand Annie nicht lustig: „Ich bin gar nicht gerne so."

„Manchmal muss es sein."

„Sollen wir es nochmal probieren?"

Geraldine schüttelte den Kopf: „Sehe ich keinen Sinn drin."

„Gut. Ich meine: schade." verbessere Annie sich schnell. Geraldine war jedoch schon weiter:

„Dann habe ich auch noch einen Anruf."

„So? Wen denn?"

Aber Geraldine war schon am Wählen. Die anderen errieten auch so, wen sie dran hatte – auch wenn sie dem Inhalt nicht folgen konnten.

„Dirk?" fragte Z, als Geraldine das Telefon weglegte.

„Ja."

„Was ist los?"

Geraldine biss sich auf die Lippen: „Sie haben sich getrennt."

„Oh."

„Sie war wohl mehrere Male im Krankenhaus in den letzten Monaten. Und hat ihn wieder so behandelt wie früher. Als sie das letzte Mal rauskam, hat sie hinterher einfach ihre Sachen gepackt und ist verschwunden. Zu einer Freundin. So viel hat er zumindest rausgekriegt, nachdem er mehrere Tage verzweifelt umhertelefoniert hat. Aber sie spricht nicht mehr mit ihm. Geht nicht ans Telefon."

Annies Miene wurde traurig: „Warum geht er nicht einfach hin?"

„Weil er sie nicht bedrängen will. Und die Freundin am Ende die Polizei rufen würde. Stress ist das Letzte, was sie gebrauchen kann."

„Willst du mal versuchen, sie anzurufen?"

„Nein." Geraldine schüttelte erneut den Kopf, was Annie seltsam fand:

„Nein?"

„Er hinterlässt ihr Nachrichten auf der Mailbox und hofft, dass sie sie hört. Er wird ihr aufsprechen, dass ich ihr wieder helfen kann."

„Wo ist da der Vorteil?"

„Dass er mit im Boot bleibt." erwiderte Geraldine, „wenn er ihr das sagt, geht sie – wenn sie drauf anspringt – wahrscheinlich eher zu ihm als direkt zu mir. Und dann kann er positiv Einfluss auf sie nehmen."

„Gut." Annie wiegte den Kopf hin und her, „das ist nicht schlecht."

„Hoffen wir mal das Beste." seufzte Geraldine.

„Beten wir für das Beste." schlug Z stattdessen vor.

„Oder so."

137

Sie saß auf dem Bett und drehte den Haustürschlüssel zwischen den Fingern hin und her. Sie hatte eine Entscheidung zu treffen. Eine Entscheidung, die ihr Leben nachhaltig verändern würde. Und nicht nur das ihre. Doch es gab für beide Richtungen Argumente, die nicht von der Hand zu weisen waren und diese abzuwägen, schien ihr schier unmöglich. In der Hoffnung, dadurch auf den richtigen Weg zu kommen, wanderte sie in Gedanken zurück. Zurück an den Anfang.

Das Erste, woran sie sich erinnern kann, ist die Stimme. Eine harte, durchdringende Stimme. An die sie sich im Laufe der Zeit mehr als gewöhnen wird. Es ist die Stimme ihres Vaters und er tut das, was sie in ihrem Leben mehr mit ihm in Verbindung bringen wird als alles andere – alle seine Äußerlichkeiten, seine Eigenschaften, die Tatsache, dass sie aus beiden Bereichen so viel von ihm geerbt hat. Es ist etwas, was man nicht erben kann. Nur übernehmen. Das nicht zu tun, war eine sehr bewusste Entscheidung von ihr. Weil es sie so sehr geprägt hat. Und zwar in keinster Weise positiv. Weil er es immer tut. Zumindest kommt es ihr so vor. Die Stimme – sie predigt. Privat. Ihr Vater ist kein Mann der Kirche – im Sinne von: er arbeitet für sie. Er geht in die Kirche. Hat das schon in ihrer Heimat getan und tut das hier weiterhin. Nicht unbedingt so regelmäßig, wie man glauben könnte, wenn man ihm zuhört. Und einen besonderen Dienst verrichtet er beim besten Willen nicht. Er hat einen normalen Beruf, der mit der Kirche rein gar nichts zu tun hat. Er hat normale Freunde, die mit der Kirche eigentlich auch rein gar nichts zu tun haben. Interessanterweise hat er eine Frau geheiratet, die mit der Kirche eine ganze Menge zu tun hatte. Bis zu dem Zeitpunkt, wo sie ihn geheiratet hat. Die gerne eine Hochzeit in der Kirche wollte. Und sie am Ende nicht bekommen hat. Wegen ihm. Weil er viele Argumente hatte, die dagegen sprachen. Natürlich nicht gegen Gott. Gegen Gott würde er nie etwas sagen. Gott ist das Höchste. Gott ist das Heiligste. Aber gegen die Kirche. Gegen die Art, wie die Kirche mit Geld umgeht; gegen die Art, wie die Kirche mit Gläubigen umgeht. Und so weiter. Und so fort. Er hat viel zu sagen, viel zu kritisieren. Und er hat vor allem eines: die Gewissheit, dass seine Meinung die richtige ist. Deswegen hat das, was er predigt, auch sehr selten mit der Kirche zu tun. Der Ausdruck ist daher eigentlich komplett falsch. Sie hat ihn privat erfunden – zusammen mit ihrer Schwester. Weil seine Art zu reden einfach so sehr der eines Priesters ähnelt. Aber sie sagen ihn niemals laut. Weil sie Angst haben vor Gott. Und vor ihrem Vater. Weil sie nicht wollen, dass einer von beiden es mitbekommt. Und böse wird. Denn sie benutzen ihn in einem Zusammenhang, der mit Gott nichts zu tun hat. Und das würde sie beide böse machen. Sie weiß einiges von Gott. Von ihrer Mutter. Und den wenigen Malen, die sie mit in einem Gottesdienst war. Mit ihrer Mutter und ihrer Schwester. Das war es auch, wo sie es gemerkt haben – die Gleichheit zwischen dem Mann, der vorne auf der Kanzel stand und dem Mann, der zuhause bei ihnen vorne steht. Sie hat es beim ersten Mal leise geäußert. Und sich dann auf den Mund geschlagen. Ihre Mutter hat es bestätigt. Genauso leise. Und sich dann auch auf den Mund geschlagen. Aus Spaß. Bei ihr war es Ernst.

Diese Verknüpfung bleibt bestehen und es ist während ihrer Teenagerzeit, dass sie anfängt, es laut zu verwenden. Zu diesem Zeitpunkt hat es bereits etwas Zorniges, etwas Abfälliges. Ein Begriff, der gleichbedeutend ist mit ‚jemanden niedermachen‘ – ‚jemandem seine Rechte absprechen‘– ‚jemandem sein Selbstvertrauen nehmen‘. Denn das ist das, was ihr Vater macht. Unter dem gleichen Deckmantel, unter dem – so denkt sie zumindest – die Vertreter der Kirche ihre Gläubigen an sich und an Gott binden. Sie in den vorgefertigten Bahnen in die richtige Richtung lenken – so, wie ihnen das passt. Sie kann den Auftrag der Kirche nicht erkennen. Weil die

Verbindung zwischen dem Prediger auf der Kanzel und dem Prediger auf der Couch so stark ist, dass sie dem einen die gleichen schlechten Motive unterstellt wie dem anderen. Und da ihr Vater natürlich – wenn er mit ihnen in den Gottesdienst geht – nur Kirchen auswählt, von denen er weiß, dass dort die gleiche Art zu leben gepredigt wird, wie er das zuhause tut, wird diese Verbindung von beiden Seiten bestärkt und daher unumstößlich für jemanden, der noch nicht alt genug ist, um eigene Wege zu gehen und dabei eigene Erfahrungen zu sammeln. Doch das Problematischste für sie ist die Hilflosigkeit. Zu versuchen, jemanden klein zu halten oder ihm die eigene Meinung aufzudrücken, ist eine Sache. Die bei der eigenen Ehefrau oder den eigenen Kindern nochmal wesentlich schwerer wiegt. Trotzdem wäre die Möglichkeit da, sich dagegen zu wehren. Wäre da nicht dieser eine Aspekt, der jegliche Diskussion im Keim erstickt. Dieser Aspekt ist wiederum Gott. Den ihr Vater bei allem, was er ihnen um die Ohren haut, als Grundlage nimmt. Dass er mit Gott in Verbindung steht. Dass Gott ihm die Dinge sagt. Und dass er nur Gottes Worte weitergibt. Und es für sie keine andere Möglichkeit gibt, als sich daran zu halten. Weil sie sonst gegen Gott aufbegehren würden. Der Zwiespalt dieses Mannes, der selbst noch nie in der Bibel gelesen hat und nicht einmal die bekanntesten Verse aufsagen kann, die Weihnachtsgeschichte und das ‚Vater unser‘ nicht kennt und auf der anderen Seite behauptet, von Gott geführt und gelenkt zu werden – dieser Zwiespalt eröffnet sich ihr erst sehr spät. Ihrer Schwester schon früher. Weil sie die ältere ist. Allerdings erfährt sie davon erst später. Weil ihre Schwester es nicht mit ihr teilt. Und kurz danach das Elternhaus verlässt, um eine Ausbildung anzufangen. Das gleiche tut auch sie. Einige Zeit später. Allerdings nur letzteres. Für ersteres sieht sie noch keinen Anlass. Trotz der schlechten Stimmung, die zuhause durchgehend herrscht. Sie kann sich dem entziehen – hauptsächlich dadurch, dass sie früh auf die Arbeit geht und erst spät wiederkommt. Nicht, weil die Arbeitstage lang sind. Sondern weil sie danach noch etwas unternimmt. Mit Kollegen meistens, aber durchaus auch alleine. Und durch eben diese Kollegen – durch die vielen neuen Einflüsse, die sich in den Gesprächen mit ihnen ergeben – gewinnt sie einen Abstand, der sie verstehen lässt. In ihrer Kindheit war sie geistig nicht weit genug, die Zusammenhänge zu erkennen. In ihrer Jugendzeit war sie so wütend, immer wieder mit ansehen zu müssen, wie ihre Mutter weinend am Küchentisch saß, während ihr Vater mit erhobenem Finger vor ihr stand, dass sie für die Zusammenhänge nicht offen war. Jetzt jedoch begreift sie. Nicht nur die Offensichtlichkeit seines Verhaltens, sondern auch, dass es dafür Gründe gibt, die nichts mit Gott zu tun haben. Die in seiner eigenen Erziehung, seinem Wesen zu finden sind. In den harten äußeren Bedingungen seiner Kindheit, denen er eine innere Härte entgegengesetzt hat. In seinem Menschenbild. In seinem Frauenbild. Beides geprägt durch die Kultur ihrer Vorfahren. Und in seiner Unfähigkeit, das was er gerne hätte, so anzugehen, dass es funktioniert. Ihr Vater ist ein schwacher Mann. Ihre Mutter eine starke Frau. Die in einem Land, in dem Frauen schon ab Kindesalter nur zur Hausarbeit und zum Kinderkriegen erzogen wurden, aufbegehrt hat und ihren eigenen Weg gegangen ist. Die sich auch nach ihrer Umsiedlung hierher von den alles andere als optimalen Bedingungen nicht hat abschrecken lassen und in einer Zeit, als Männer noch unterschreiben mussten, dass Frauen arbeiten gehen dürfen, ein Studium durchgezogen hat – in einer Sprache, die sie erst wenige Wochen vor dem Start angefangen hat, richtig zu lernen. Er ist ein ganz normaler Arbeiter. Ein einfacher Mann. Sie ist belesen. Und er fühlt sich unterlegen. Weil er den Denkansatz hat, besser sein zu müssen. Weil er einen Wettbewerb sieht, den er gewinnen zu müssen glaubt. Er fühlt sich zurückgesetzt und ist damit überfordert. Gleichzeitig hat er das Bild, dass der Mann arbeiten zu gehen hat, während die Frau in der Küche steht. Dieses Bild ist so stark – eingehämmert von seinem eigenen Vater, der zum Einhämmern gerne auch mal Gegenstände benutzte. Er wird es nicht los. Und versucht, es umzusetzen und zu verteidigen – sein ganzes Leben lang. Bis zu dem Tag, an dem Ihre Mutter sich wehrt. Nur ein einziges Mal. Und doch einmal zu viel. Es ist der Moment, wo er sich vergisst. Und handgreiflich wird. Die einzige Schwelle, die sie sich geschworen hatte, ihn niemals überschreiten zu lassen. Sie schlägt zurück. Womit er nicht rechnet. Er stolpert und fällt. Bricht sich einen Wirbel. Und ist von diesem Moment an gelähmt. Danach ist es anders. Sein Körper ist zerbrochen. Sein Verhalten bleibt. Das ihre auch. Die Gründe sind andere. Seiner ist die Wut. Ihrer das Schuldgefühl. Er kann nicht mehr laufen. Und sie ist verantwortlich. Er spürt, wie sie sich fühlt. Und nutzt das aus. Er hat schon vorher viel darauf gegeben, umsorgt zu werden von den Frauen in seinem Haus. Doch gerade seine Töchter haben sich immer wieder dagegengestemmt. Aufbegehrt, nannte er das. Aber nun hat er einen legitimen Grund, keinen Finger mehr krumm zu machen. Sich alles bringen zu lassen und nur noch danach zu schreien. Und wenn er nichts hat, was man für ihn tun kann, nutzt er das Geschrei für Vorwürfe. Ihre Mutter hat nie viel falsch gemacht. Sie hat immer gehorcht und ist immer gerannt. Ist nach dem Studium sofort zur braven Hausfrau mutiert. Hat alle Kontakte abgebrochen, die ihm nicht gefielen. Ist zuhause geblieben mit den Kindern, obwohl ihr Bedürfnis nach einer zusätzlichen Beschäftigung immer deutlich spürbar war und dies – als sie älter wurden – auch ohne Probleme gegangen wäre. Sie hat immer gemacht, was sie sollte. Was er wollte. Darüber kann er sich nicht beschweren. Doch er findet trotzdem ständig etwas. Und wenn er nichts findet, dann hat er die eine Sache. Mit der er ihre Mutter immer kriegen kann. Weil sie sie sich nicht verzeihen kann. Und er sie daran hindert, indem er das auch nicht tut.

Das ist der Punkt, an dem sie sagt, dass sie nichts mehr mit ihnen zu tun haben will. Ihre Schwester hat das schon einige Jahre zuvor gemacht. Den Kontakt abgebrochen. Sie fand das nicht gut und ist auch alles andere als stolz darauf, es selber zu tun. Sie hat ihrer Schwester damals keine Vorwürfe gemacht. Aber nur schwerlich einsehen können, dass diese mit einigen Dingen zuhause nochmals wesentlich schlechter klarkam als sie selbst. Weil sie sensibler war und mehr Zuneigung gebraucht hätte. Ihr Vater wollte ihr keine geben, ihre Mutter konnte nicht. Und sie war dafür noch nicht alt genug. Aber während sie sich eine innere Stärke angeeignet hat, die vor vielem geschützt und bei vielem geholfen hat, war ihre Schwester dem allem ausgeliefert. Was sie leider erst sehr viel später versteht. Zu spät, um genau zu sein. Dabei gab es viele Situationen, in denen es offensichtlich war. Nämlich immer dann, wenn ihnen jemand – meist aus sicherer Entfernung – Beleidigungen bezüglich ihrer Hautfarbe entgegenschleuderte. Dann durchlief sie beide ein Ruck und Röte kroch ihre Gesichter empor. Doch bei ihrer Schwester war es Schamesröte, bei ihr dagegen Zornesröte. Und während der Ruck sie dem Beleidiger zuwandte, um die Konfrontation zu suchen, wandte er ihre Schwester ab, um ein Versteck zu suchen. Jedes Mal hielten sie sich gegenseitig fest – und damit von dem ab, was sie vorhatten. Das war gut – für sie beide. Denn so erhielten sie sich ihre Unversehrtheit –

körperlich wie geistig. Aber was genau dieser Unterschied in ihrem Verhalten über sie beide aussagt, begreift sie erst, als der Kontakt zu ihrer Schwester ebenfalls längst nicht mehr besteht. „Du erinnerst mich an die schlimmen Zeiten." hat diese ihr gesagt – als sie sich mal getroffen haben. Und dann angefangen zu weinen. Sie hat mitgeweint. Und sie in den Arm genommen. Keine Antwort gewusst. Weil ihre Schwester recht hatte. Weil sie es andersrum genauso empfand. Doch hatte sie damals schon die Hoffnung, das ablegen zu können. Weil sie in sich selbst wie auch in ihrer Schwester etwas erkennt: dass auch aus so schlechten Verhältnissen etwas Gutes wachsen kann. Das hat sie ihr gesagt – in der Hoffnung, sie damit zu ermutigen. Doch ihre Schwester war dadurch nicht ermutigt. Es war das letzte Mal, dass sie sich gesehen haben. Und sie kann nur hoffen, dass sich daran irgendwann nochmal etwas ändern wird. Bisher ist das nicht geschehen. Und auch jetzt, wo sie selbst die Entscheidung trifft, sich von den Eltern loszusagen, weiß sie, dass es keine Annäherung unter den Geschwistern bringen wird. Diese Hoffnung muss sie aufgeben.

Sie geht weg, um zu studieren. Sie hat ihre Ausbildung abgeschlossen und nun vor, sich der Welt zu öffnen. Das macht es leichter, den Abstand herzustellen. Den Bruch komplett zu machen. Ein Bruch, der nun auch von beiden Seiten kommt. Denn ihr Vorhaben, anstatt auf die Arbeit an die Uni zu gehen, hat ihren Vater seine Wut kurzzeitig auf sie projizieren lassen. Das ist etwas, was ihm aufstößt. Weil das alte Bild immer noch da ist. Es steht ihr nicht zu, das zu tun. Sie hat einen Platz einzunehmen. In der Gesellschaft. So wie ihre Mutter. Die ihren Fehler eingesehen und korrigiert hat. Nun begeht sie den gleichen Fehler. Obwohl sie das schlechte Vorbild zuhause hatte, all die Jahre. Sie soll sich einen Mann suchen, den sie umsorgen kann. Dem sie Kinder gebiert, die sie auch umsorgen kann. Sie soll sich ein Beispiel an dem nehmen, was ihre Mutter richtig gemacht hat. Nicht an dem, was sie falsch gemacht hat. So will er sie nicht mehr als Tochter betrachten. Weil sie all seine Erziehung zerstört. Seinem Weg nicht folgt. Und dem von Gott erst recht nicht. Denn Gott selbst hat diese Regeln aufgestellt. Hat dem Menschen kundgetan, wie er sich das Zusammenleben zwischen Mann und Frau vorstellt. Daran hat sie sich zu orientieren. Tut sie das nicht, dann sündigt sie. Und damit will er nichts zu tun haben.

Sie geht. Ohne ein weiteres Wort. Und spricht von diesem Tag an kein Wort mehr mit ihrem Vater. Mit ihrer Mutter auch nicht. Obwohl sie es eigentlich gerne würde. Aber sie merkt, dass sie mit ihrer Mutter genau die gleichen Probleme hat wie ihre Schwester mit ihr. Es sind zu viele Erinnerungen. Zu viele Wunden. Sie kann keine Trennung vollführen zwischen ihm und ihr. Was auch räumlich bedingt ist. Denn er kann die Wohnung nicht verlassen. Wegen seiner Lähmung. Und sie auch nicht. Wegen seiner Lähmung. Sie sind immer zusammen. Aneinander gebunden. Aneinander gefesselt. Äußerlich und innerlich. Das ist schlimm für sie. Sie hadert damit. Sie hadert auch mit Gott. Von dem sie eigentlich weiß, dass er nichts dafür kann. Von dem sie aber trotzdem denkt, dass er es hätte ändern können. Der diesen Mann mit all seiner Macht vernünftig hätte machen können. Oder mit einem Blitz erschlagen. Alleine dafür, dass er seinen Namen immer missbraucht hat. Für die Durchsetzung seiner eigenen Ziele. Sie weiß, dass Gott klare Worte zur Lästerung seines Namens gesprochen hat. Sie hat nicht viel in der Bibel gelesen, aber diese Stelle kennt sie. Bei ihrem Vater ist die Strafe ausgeblieben. Dabei wäre sie angebracht gewesen. Und hätte ihnen geholfen. Sie erwartet keine Antwort von Gott. Sie will einfach nur ihre Wut loswerden. Und dafür eignet sich ein unsichtbares – vielleicht noch nicht einmal existierendes – Wesen wesentlich besser als echte Menschen, die im schlimmsten Fall wirklich verletzt oder beleidigt sind. Sie muss nicht lange hadern. Denn ihr Vater stirbt schließlich. An einem Herzinfarkt. Was ironisch ist, wenn man bedenkt, wie wenig er sich körperlich angestrengt hat – vor allem in den letzten Jahren. Danach hätte ihre Mutter frei sein können, doch dazu kommt es nicht. Sie verkraftet den Tod ihres Mannes nicht. Wie ein Hund, der den Tod seines Herrchens nicht verkraftet. So stirbt sie auch – schon bald danach. War in dieser kurzen Zeit vom Schatten ihres Mannes genauso gefangen wie zuvor von ihm selbst. Gefangen bis zum Ende. Für sie ist das schlimm. Und gleichzeitig befreiend. Sie trauert um ihre Eltern. Und feiert gleichzeitig ihre eigene Freiheit. Wenn der Gedanke, dass sie davon gelöst ist, auch eigentlich gar nicht stimmt. Es dauert noch lange, bis sie wirklich frei ist. Doch zunächst gibt es ihr etwas. Das Gefühl, nun endlich ein eigenes Leben leben zu können.

Und dann kommt er – der Mann, der ihr ganzes Leben verändert. Der ihr nicht nur zeigt, was es heißt, geliebt zu werden; sie spüren lässt, was es heißt, zu lieben. Sondern der auch gleich noch die Antworten mitbringt, die sie eigentlich gar nicht hatte haben wollen. Er ist ein Mann, der mit Gott geht. So intensiv wie keiner den sie jemals kennengelernt hat. Am Anfang nervt sie das sehr. Weil sie den Eindruck hat, dass das zwei Dinge sind, die sie nicht miteinander vereinbaren kann. Auf der einen Seite ein Mann, den sie auf der menschlichen Ebene über alles liebt und den sie für den Rest ihres Lebens an ihrer Seite haben will. Auf der anderen Seite ein Mann, der für all das steht, was sie in ihrem Leben als quälend und verletzend empfunden hat. Sie würde ihn gerne davon loslösen. So zurechtstutzen, wie er ihr gefällt. Äußerlich passt alles. Von seinem Wesen her passt auch alles. Nur diesen Glauben würde sie ihm gerne austreiben – im wahrsten Sinne des Wortes. Sie probiert es. Am Anfang mit Bissigkeit und Spott. Später mit Desinteresse. Und schließlich mit endlosen Diskussionen, mit denen sie versucht, seine Ansichten zu untergraben und ihn vom Weg abzubringen. Er ist oft irritiert und manchmal auch ein wenig pikiert und sie schafft es sogar, ihn ein paarmal zu verletzen, was ihr anschließend aber so sehr leidtut, dass sie sich entschuldigt, obwohl das für sie kontraproduktiv ist. Aber sie beobachtet an ihm eines: Er bleibt standhaft. Und zwar in beiden Dingen: sowohl im Glauben an Gott – den er nicht so vehement verteidigt, wie sie ihn angreift, den er aber trotzdem nie aus den Augen verliert – und in seiner Liebe zu ihr – die er trotz ihrer Angriffe nie in Frage stellt. Seine Liebe für sie ist etwas Kurioses. Sie hat den Eindruck, dass er sie genauso betrachtet, wie sie sein Gottesleben betrachtet. Etwas, womit er nie gerechnet hätte. Worum er nicht einmal gebeten hätte. Worauf er ohne Probleme verzichtet hätte, weil er nie geglaubt hat, dass das für ihn in Frage kommen könnte. Das findet sie faszinierend. Weil es passt und doch nicht passt. Und irgendwann, als sie die Phase der Wut überwunden hat und sich ihm besser öffnen kann, fragt sie ihn, wie das kommt. Und stellt fest, dass die Unvereinbarkeit zwischen den Menschen und einem Leben mit Gott für ihn genauso existiert wie für sie. Nur andersherum. Sie hatte gedacht, dass man als Menschen untereinander nicht glücklich werden kann, wenn man Gott mit hinzuaddiert. Und ihn immer als Druckmittel benutzt. Er dagegen hat geglaubt, dass wenn er einen Lebensweg mit Gott einschlägt, er menschliche Liebe nie erfahren kann. Weil er dann Gott so in den Mittelpunkt stellen muss, dass für die Menschen kein Platz mehr ist. Jetzt wissen sie beide, dass beides vereinbar ist, und das ist eine wundervolle Erfahrung. Für ihn ist es einfach pure Freude. Für ihn ist sie ein Geschenk. Ein Geschenk, das von Gott kommt. So kann sie das nicht annehmen. Natürlich könnte sie sagen, dass Gott das Geschenk ist, dass er ihr gegeben hat. Doch dafür ist sie noch nicht bereit. Was aber auch nichts ausmacht, denn er hat etwas, was ihr Vater nie hatte – was es so wunderschön macht, mit ihm zusammen zu sein: eine Zurückhaltung, eine Offenheit – und vor allem: die Begabung, andere stehenlassen zu können. Natürlich fällt es ihm auch sehr leicht, sie zu akzeptieren mit ihrer etwas negativen Haltung Gott gegenüber. Schließlich hat sie sich schon sehr gebessert im Vergleich zu ihrer offenen Feindseligkeit vom Anfang. Sie ist nun ruhiger. Passiv ablehnend. Damit kann er leben. Weil er sich nicht mehr ständig dagegen wehren muss. Und weil es nicht ständig Streit deswegen gibt. Trotzdem findet sie es erstaunlich, dass er das einfach so hinnimmt. Ein einziges Mal fragt sie ihn, wie er das kann. An dem Tag, an dem er ihr einen Heiratsantrag macht. Da fragt sie ihn, wie er das schaffen will für den Rest seines Lebens. Seine Antwort ist ebenso einfach wie vernünftig wie schön: „Wenn Gott dich anrührt, dann rührt er dich an. Ich kann dich nicht für Gott anrühren. Das muss er selbst machen. Und glaube mir – aus meinem eigenen Leben weiß ich: Er kann das auf so gewaltige Art und Weise, dass du dich nicht nur nicht dagegen wehren kannst, sondern dass du dich gar nicht dagegen wehren willst. Gott ist die Liebe. Die so viel grösser ist als die Liebe, die wir jetzt teilen – hoffentlich für den Rest unseres Lebens. Er ist eine Art Liebe, der man sich überhaupt nicht verschließen möchte. Weil man von ihm so viel mehr bekommt, als man von jedem Menschen bekommen könnte. Und wenn dieser Moment für dich kommt, dann braucht es mich nicht. Dann werde ich danebenstehen und lächeln und... weinen – so wie ich das jetzt gerade tue. Aber eben vor Freude – also auch so, wie ich das jetzt gerade tue. Weil ich dann weiß, dass da gerade etwas Wundervolles geschieht."

Sie sagt ‚Ja'. Zu ihm zunächst. Aber auch zu dem, was es mit sich bringt. Sie stellt sich an seine Seite. Auch bei der Arbeit, die er annimmt. Bei der er genau das gleiche macht, was ihr Vater tagtäglich zuhause getan hat. Nur offiziell. Und richtig. Das ist der erste Schritt, wie sie sich endlich lossagen kann von dem, was sie von dort mitgenommen hat. Die Feststellung, dass es einen Menschen gibt, der genau das Gegenteil ist. Der es richtig macht. Die sich das Predigen für die Kirche aufhebt. Und es im Alltag komplett bleiben lässt. Und der in seinen Predigten nicht nur Drohungen ausspricht, sondern Leuten Mut und Hoffnung macht. Sie zu einem besseren Leben animiert – nicht, indem er ihnen Angst einjagt, sondern indem er ihnen vor Augen führt, wie phantastisch ein besseres Leben sein kann. Und der das zuhause auf eine Weise lebt, die sie nie für möglich gehalten hat. Indem er sie akzeptiert und liebt. Und ihr zeigt, dass das Leben wirklich besser sein kann. Das ist die Zeit, wo es umschlägt. Wo die Wolken sich verziehen. In ihrem Gemüt, ihrem Herzen. Wo sie endlich gute Aussichten sieht. Für ihre Zukunft.

138

„Du wirkst angespannt."
Jonathan sah Waldemar an, nickte und seufzte: „Du hast ja keine Ahnung."
„Stimmt. Deswegen sage ich es ja. Also?"
„Annie."
„Gut – das war nicht überraschend." stellte Waldemar trocken fest.
Jonathan verzog das Gesicht: „Am Anfang mochtest du sie."
„Tue ich immer noch."
„Scheint nicht so."
„Ich meinte einfach, dass es in deinem Leben nicht viel gibt, was dich angespannt sein lässt." führte Waldemar aus, „zumindest, seit du den neuen Job hast. Früher war es der alte Job – ausschließlich. Dann kam Annie hinzu. Jetzt ist sie es – ausschließlich."
„Klingt immer noch kritisch." brummte Jonathan missmutig.
Waldemar zuckte die Achseln: „Beziehungen sind so. Habe ich mir sagen lassen. Sie ist ein sehr emotionaler Mensch und du... eher nicht so. Gar nicht, im Grunde. Aber sie schafft es, selbst aus dir was herauszukitzeln."
„Einigen wir uns darauf, dass du richtig geraten hast."
„Sehr gerne. Und darauf, dass du es einfach erzählst."

Fast eine Minute verging, bevor Jonathan dazu wirklich ansetzte: „Es ist diese Sache mit dem Sex."

„Und eine weitere Nicht-Überraschung." lautete Waldemars Kommentar, der Jonathan ärgerlich werden ließ:

„Wenn du das alles schon so genau weißt – warum erzählst du es dann nicht einfach selbst?"

„Kann ich tun. Du liebst sie. Und Sex ist für dich eine Art, ihr das zu zeigen. Das war auch früher schon so. Bei dieser anderen Dame, deren Namen ich unter Androhung von körperlichen Schmerzen versprochen habe, nicht mehr auszusprechen. Aber hier geht es ja nicht um sie, sondern um dich. Gerade weil du im normalen Alltag Pete Sampras näher bist als John McEnroe, war der Bereich der körperlichen Zuneigung für dich immer sehr wichtig, um zu zeigen, was in dir steckt. Rüberzubringen, was dir wichtig und wertvoll ist."

„Wie du mich kennst."

„Tue ich." bestätigte Waldemar, „nicht aus eigener Erfahrung – was für eine Vorstellung. Aber du hast mir genug darüber erzählt. Im Grunde ist diese Geschichte hier nicht anders als einige andere, die in der Vergangenheit schon stattgefunden haben. Nur, dass sie diesen ganz speziellen Dreh hat, den ich noch nicht so ganz einordnen kann."

Jonathan zog die Brauen hoch: „Dreh?"

„Der Punkt, an dem du dich gerade befindest, war letztes Mal der, wo du zum ersten Mal gesagt hast, es geht nicht mehr. Aber halt weil du nicht mehr glücklich warst. Mit ihr. Der Situation. Euch ganz insgesamt. Und das hat sich für dich darin geäußert, dass es auf der körperlichen Ebene nicht mehr funktioniert hat. Es war der Anfang vom Ende. Diesmal jedoch bist du auf der ganzen Linie glücklich. Und von Ende kann keine Rede sein. Die körperliche Ebene funktioniert trotzdem nicht. Aber damit steht sie komplett allein. Denn der Rest passt wunderbar."

„Ich muss zugeben – das fasst es wirklich zusammen."

„Du weißt auch, wo das Problem liegt, oder?" Waldemar sah ihn herausfordernd an.

„Sag mir das am besten auch."

„Dass Annie nichts davon weiß, welche besondere Bedeutung Sex für dich in einer Beziehung hat. Wieviel mehr du damit ausdrückst im Gegensatz zu den meisten anderen. Dass es für dich ein Mittel ist, ihr dein Herz zu zeigen. Das ist halt auch ganz und gar ungewöhnlich. Und daher bestimmt nichts, worauf sie von selbst kommt. Was dazu führt, dass sie deinen Unmut nicht richtig nachvollziehen kann – und auslegen wird. Sie wird ihn auf das normale ‚Lust versus Frust'-Ding schieben und sich denken ‚Da muss er durch – denn ich habe gute Gründe'."

Jonathan gab den Blick zurück: „Findest du sie denn gut?"

„Ich glaube genauso wenig an Gott wie du. Aber sie glaubt und steht dazu. Ist eine Zeitlang einen Kompromiss eingegangen, hat festgestellt, dass sie damit nicht leben kann, und sich daher wieder auf ihre alte Linie begeben. Das ist konsequent. Und das kann ich anerkennen. Nur – wüsste sie, wie es in dir aussieht, würde sie unter Umständen anders dazu denken. Und dann auch anders handeln."

„Ja – gut." Jonathan fuhr sich über den Nacken, „aber was heißt das? Dass ich ihr ein schlechtes Gewissen mache und sie dann gegen ihren Willen und ihre Grundsätze handelt, nur damit ich nicht traurig bin? Das kann ich nicht machen."

„Dann gibt es nur eine andere Möglichkeit." belehrte Waldemar ihn, „lerne, damit zu leben. Und, ihr deine Gefühle auf andere Weise zu zeigen. Dann hast du, was du brauchst, und sie auch."

„Hm..."

„Nicht gut?"

„Doch, schon. Nur... wie?"

„Das ist ausnahmsweise mal eine Frage, die ich dir nicht beantworten kann. Das muss von dir kommen. Aus dir heraus."

„Schwierig." Jonathan rieb seinen Nacken immer stärker. Ein Zeichen, das Waldemar gut kannte – weshalb er beschloss, ein Risiko einzugehen:

„Ich hatte ja eigentlich nicht vor, es laut zu sagen, und daher auch extra von nur einer weiteren Möglichkeit gesprochen. Aber es gibt natürlich noch eine weitere – ganz offensichtliche – Alternative."

„Die da wäre?"

„Heirate sie einfach."

Jonathan klappte den Mund auf: „Einfach."

„Das würde alle Probleme lösen." nickte Waldemar.

„Und jede Menge neue heraufbeschwören."

„So? Weißt du das so genau?"

„Ich weiß, dass ich letztes Mal an einem Punkt war, an dem ich mir zu 90% sicher war, dass es richtig ist. Und ab diesem Punkt ist es bergab gegangen. Stetig und unaufhaltsam. Jetzt bin ich nicht mal bei 50%."

Waldemar lachte auf: „Und du fragst mich, wie sehr ich sie mag?"

„Es geht nicht um mögen – es geht um sicher sein." verteidigte sich Jonathan, „ich mag Annie nicht nur, ich liebe sie sogar. Aber eine Garantie für eine lebenslange Beziehung ist das noch nicht. Dafür brauche ich mehr. Hier drin." Er schlug sich gegen die Brust, „eine Gewissheit."

„Ich verstehe ja, was du meinst." winkte Waldemar ab, „aber wann denkst du, wirst du diese Gewissheit haben?"

„Das weiß ich nicht. Sie wird jeden Tag ein bisschen stärker. Aber ich bin längst nicht an dem Punkt, wo ich so eine Frage stellen kann. Und es ist weder ihr noch mir selbst gegenüber fair, wenn ich sie vorher stelle."

„Das ist richtig. Und sicher auch vernünftig. Bringt uns wieder zur Möglichkeit 1. Oder 2 – wie man es sieht."

Jonathan nickte seufzend: „Wird wohl drauf hinauslaufen, dass ich mich damit beschäftige. Ich habe Annie schon am Anfang unterstützt, als sie mit ihrer Sichtweise ankam. Weil ich will, dass sie sich nicht unter Druck gesetzt fühlt. Prinzipien sind wichtig – wie du schon gesagt hast. Es ist halt..."

„...dass es zwischendrin war. Das macht es komplizierter."

„Anstrengender. Auf etwas zu verzichten, was man schon kennt, ist wesentlich schwerer, als etwas einfach nicht zu haben."

Auch Waldemar nickte und seufzte: „Wohl wahr, wohl wahr."

139

Der Tisch, an dem sie saßen, war lang. Auf beiden Seiten hatten zehn Leute Platz. Am Kopfende nur einer. Dort saß er. Und genoss die Angst, die den Raum erfüllte. Sie kam von den 20 Plätzen an den Seiten. Von den Mitarbeitern, die dort saßen und ihn anschauten. Er hatte für jeden von ihnen etwas parat. Denjenigen, die Fehler gemacht hatten, schlug er diese um die Ohren. So hart, wie er nur konnte. Bei denjenigen, die keine gemacht hatten, dachte er sich etwas aus. Und schlug ihnen das um die Ohren. Sie wagten nicht, zu widersprechen. Das taten sie nie. Ebenso wenig wie kündigen. Sie sprachen oft darüber, das wusste er. ‚Noch einmal, dann gehe ich‘ – ‚Lange halte ich das nicht mehr aus‘ – ‚Eines Tages werde ich einfach verschwinden.‘ So lauteten die Sätze, die sie sich gegenseitig zuwarfen. Doch keiner von ihnen ließ Taten folgen. Sie blieben. Weil sie keine Wahl hatten. Oder zu haben glaubten. Es war ihm ein Anliegen, ihnen den Glauben an ihre eigenen Fähigkeiten zu nehmen. Und so auch den Glauben, auf dem Arbeitsmarkt eine Chance zu haben. Das sicherte ihm, dass sie blieben. Wenn jemand ging, dann nur durch seine Hand. Und das geschah nicht selten. Nicht zwangsläufig aufgrund von besonders schlimmen oder besonders vielen Fehlern. Er hatte sich angewöhnt, hier unberechenbar zu sein. Das steigerte ihre Angst noch mehr. Und seinen Genuss. Auch heute konnte er wieder sehen, dass der eine oder andere mehr schwitzte als gewöhnlich. Und er überlegte kurz, ob er vielleicht doch spontan einen von ihnen rauswerfen sollte. Einfach so – obwohl er es gar nicht geplant hatte. Was ihn daran hinderte war, dass er das nie tat, ohne sich vorher über den Stand ihrer Projekte zu informieren. Um sicherzugehen, dass derjenige nicht gerade an etwas arbeitete, was dann ins Stocken geriet und so Umsatzeinbußen mit sich brachte. Also ließ er es bleiben. Es war auch so schön genug für ihn.

140

„Was für ein Arsch. Tschuldigung – das musste mal gesagt werden.“
„Nein, nein.“ Geraldine zwinkerte Annie zu, „lass es nur raus.“
„Wir sind ganz bei dir.“ schloss Z sich an.
„Zumal es ja unsere Aufgabe ist, dem ein Ende zu bereiten.“
Z nickte: „Ja – endlich mal ein Fall mit weitreichender... Tragweite.“
„Weitreichender Weitreichung.“ schlug Annie vor.
„Weittragener Tragweite.“ Geraldine.
„Macht euch nur lustig.“ Z streckte ihnen die Zunge heraus und beide lachten:
„Tun wir doch.“

„Euch wird das Lachen schon noch vergehen. Vor allem dir." Sein Finger schnellte in Annies Richtung, „denn du bist heute dran."

Diese wurde blass: „Dran? Wie dran? Mit was dran?"

„Dämon – puff."

Und blasser: „Was? Ich? Puff?"

„Nein – nicht du Puff..." Z stockte, „das könnte man auch sowas von falsch verstehen... Dämon Puff – durch dich."

Und blasser: „Aber... ich habe gar nicht geübt."

„Hatte ich auch nicht." warf Geraldine ein und erntete von Annie einen bösen Blick. Z jedoch war ganz bei ihr:

„Wie solltest du das auch?"

„Das geht nicht." versuchte Annie, sich dagegen zu wehren – ohne Erfolg: „Und wie das geht."

Annie hatte den Mund schon wieder offen, aber Geraldine fuhr ihr darüber: „Es funktioniert nur, wenn wir alle mitziehen."

„Ich kriege das nicht hin." jammerte Annie los.

Geraldine stand auf, setzte sich auf die Lehne von Annies Sessel, und griff sich ihre Hände: „Das habe ich auch gedacht. Und dann ging es. Fast zumindest."

„Denk mal an mein erstes Mal." bemühte sich Z, ebenfalls positiv einzuwirken – was nach hinten losging:

„Welches?" pflaumte Annie ihn an, „das, wo du noch so getan hast, als wärst du es gar nicht?"

„Äh..." Z schüttelte sich unwohl, „ja. Genau."

„Das war nicht doll, das stimmt." Annie nickte heftig, schien aber zumindest beruhigter. Daher machte Z lieber weiter:

„Also. Du schaffst das. Und ich bin ja auch dabei."

Ein tiefer Seufzer folgte: „Na gut."

Für Geraldine das Zeichen, nach dem Telefon zu greifen: „Rufen wir unsere Verstärkung herbei..."

141

Einfach so ins Gebäude marschieren konnten sie bei der Firma nicht. Und wo der Mann wohnte, wussten sie nicht. Aber sie konnten auf die Tatsache bauen, dass der Mann – der Inhaber und Geschäftsführer der Firma war – nicht nur von den Mitarbeitern gehasst wurde, die regelmäßig mit ihm im Besprechungsraum saßen. Auch die Leute am Empfang und im Sekretariat waren ihm nicht wohlgesonnen und als Steve ihnen erklärte, dass sie da waren, um etwas gegen seine schlechte Laune zu tun, wurden sie ohne weitere Nachfragen bis zu seinem Büro vorgelassen. Er selbst war wenig begeistert davon, dass jemand einfach so eintrat und hätte sie wahrscheinlich hochkant wieder hinausgeworfen, ohne sie überhaupt zu Wort kommen zu lassen – wäre er nicht gerade am Telefon gewesen. So ging das nicht und die Freunde sparten sich auch jegliche Erklärungen, sondern bestätigten sich einfach kurz, dass sie alle das gleiche sahen, und dann legte Annie los. Geraldine redete währenddessen beruhigend auf sie ein, Z konzentrierte sich darauf, den Moment abzupassen, in dem sie nicht mehr konnte. Er wartete vergeblich, denn sie erledigte den Dämon ganz allein. Und behauptete hinterher die komplette Heimfahrt über steif und fest, er sei einfach geflohen und würde nun bestimmt allen von ihnen erzählen. Auch, als sie schon im Wohnzimmer saßen, war sie davon nicht abzubringen – so sehr Z es auch versuchte:
„Es ist ein Unterschied, ob er abhaut oder vernichtet wird und diesen Unterschied kannst du sehen." wiederholte er bereits zum dritten Mal und Annie ihr
„Wie denn?" anschließend ebenfalls. Da seine bisherigen Antworten darauf allerdings immer nur zum Anfang dieser Schleife zurückgeführt hatten, sagte er dieses Mal etwas ganz anderes – das erste, was ihm in den Sinn kam – und seiner Meinung auch keinen solchen ergab:
„Vernichten geht schneller."
Annie blinzelte verwirrt: „Wie das?"
Geraldine lächelte ihm heimlich zu, schwieg aber leider, sodass er selbst nach einer Erklärung suchen musste:

„Da fragst du mich was. Vielleicht, weil er eine Weile braucht, um sich zu lösen. Während es schnell geht, wenn wir ihn lösen. Weiß ich nicht genau – ist einfach so."

Nun erlöste Geraldine ihn doch: „Dann nehmen wir es mal so."

„Na gut." lenkte Annie ein, „also keine Panik."

„Keine Panik." nickte Z. Und Geraldine wechselte rasch das Thema: „Bin gespannt, was Steve erzählt."

„Oh ja – ich auch." griff Z das dankbar auf.

Und Geraldine hatte gleich noch einen Wechsel parat: „Da wir jetzt ja eh auf ihn warten, würde ich gerne eine Überlegung in den Raum stellen."

„Ja, stell mal was in den Raum." erwiderte Z und Annie – nun wieder ganz die Alte – setzte kichernd hinzu:

„Oder auf den Tisch."

„Der Tisch ist im Raum." entgegnete Geraldine trocken.

„Das stimmt."

„Darf ich?"

Annie nickte: „Klar."

„Wir haben jetzt drei Aufträge erledigt." begann Geraldine langsam, „zusammen. So heimlich, wie nur möglich. Hat ganz gut geklappt. Denke ich zumindest. Aber ich denke auch, dass das noch nicht das Ende ist. Nicht der eigentliche Sinn unserer neuen Gabenverteilung."

„Die keine Verteilung mehr ist." wandte Annie ein.

„Ganz genau. Ich denke, dass das einen besonderen Zweck hat. Wir sind jetzt alle zu allem fähig."

„Ja." grinste Z, „vor allem Annie ist zu allem fähig."

„Das zeige ich dir gleich." gab diese zurück und er hob abwehrend die Hände:

„Bloß nicht."

Geraldine schnaufte laut: „Nochmal eine Weile ernst?"

„Klar." Z grinste immer noch.

„Ist wirklich besser, denn ich fürchte, es wird euch nicht gefallen."

„Oh." Das Grinsen verschwand, „dann..."

„...spuck es aus." forderte Annie und Geraldine holte tief Luft:

„Ich glaube, dass Gott will, dass jeder von uns alleine geht."

Z verschluckte sich vor Schreck: „Was?"

„Alleine?" wiederholte Annie mit zittriger Stimme.

„Grusel, Grusel."

„Aber wir sind ein Team." versuchte Annie schnell, ein Gegenargument zu finden. Welches Geraldine natürlich nicht unbekannt war:

„Das sind wir. Und wir müssen uns ja auch nicht voneinander abkapseln. Die Vor- und Nachbereitung kann bestimmt so bleiben. Es ist sicherlich sehr wichtig, dass wir uns bei allen Fällen gegenseitig unterstützen. Aber überlegt mal: Wir sollen das machen, ohne dass es da draußen großartig jemand mitkriegt. Das geht einzeln wesentlich besser als zu dritt. Und welchen Sinn sollte es sonst haben, dass wir es alle alleine können, wenn nicht, dass wir es alle alleine machen?"

Z war immer noch am Husten: „Und wie stellst du dir das vor?"

„Das ist der Punkt, der mir noch nicht ganz klar ist. Ich schätze aber mal, dass er sich uns eröffnen wird. Im Grunde ist es aber einfach: entweder bleibt es mit den Visionen so, dass wir alle alle kriegen. Dann treffen wir uns und entscheiden, wer geht. Oder es kommt irgendwann dazu, dass jeder nur noch quasi ‚seine' Visionen kriegt. Dann ist es eh eindeutig, wer was übernimmt."

„Und dann sitzen wir hier vorher zusammen und der eine geht dann und erledigt es." fasste Annie es ohne jeglichen Enthusiasmus zusammen. Zu ihrem Leidwesen nickte Geraldine:

„Das wäre so eine Idee. Aber wie gesagt – da kriegen wir bestimmt noch mehr Anhaltspunkte."

„Ich hoffe, das kommt nicht zu schnell." Annies Miene wurde immer unglücklicher, „so sicher fühle ich mich damit nämlich noch nicht, dass ich das ganz auf mich allein gestellt machen will. Ohne Verstärkung und Absicherung."

Auch dafür hatte Geraldine etwas: „Ich bin mir sicher, dass uns Gott Zeit zum Trainieren einräumt."

„Und was ist mit Steve und Katiana? Die müssen ja schon immer dabei sein." versuchte Annie es weiter – nur um festzustellen, dass Geraldine wirklich alles durchdacht zu haben schien:

„Erinner' dich an Lotta: Wir brauchen jemand drittes wie sie. Um drei Teams bilden zu können. Das war auch mein erster Anstoß für den

Gedanken. Drei Teams verstehe ich wirklich wörtlich: jeweils einer von uns und einer von ihnen."

Annie blies geschlagen die Backen auf und murmelte: „Dann... warten wir es einfach ab."

„Bin ich auch dafür." schloss Z sich hastig an, „keinen Stress machen, der noch nicht sein muss."

„Zumal das das Problem mit der Heimlichkeit zwar verringert, aber nicht komplett ausräumt." fand Annie doch noch ein Argument, „denn erkannt werden kann man auch alleine. Und was schiefgehen kann auch alleine."

„Wohl wahr." kam es von Geraldine und Annie wertete das schon als Teilerfolg, als ihr Zs Gesichtsausdruck auffiel:

„Hast du dazu auch eine Idee?"

Er zuckte zusammen: „Wie kommst du darauf?"

„Du guckst so."

„Hm... dann... werde ich sie trotzdem nicht sagen. Schließlich stehe ich auf deiner Seite."

Annie blickte ihn dankbar an – und Geraldine genervt:

„Seite? Es gibt hier keine Seite. Entweder Gott will das von uns oder nicht. Wenn nicht – kann alles bleiben. Wenn doch – sollten wir vorbereitet sein, oder nicht? Also – raus damit."

Aber Z blieb beharrlich: „Sie ist noch unausgereift und ihr fändet sie bestimmt blöd."

„Na gut – dann reife sie erst aus."

„Ganz recht."

„Und da ist Steve." stieß Annie erleichtert hervor, als sie die Haustür zuklappen hörten. Einen Augenblick später stand er vor ihnen und sie begrüßte ihn überschwänglich:

„Wie wars?"

Er bedachte sie mit einem leicht irritierten Blick ob ihres Verhaltens, sagte aber nichts dazu, sondern setzte sich und beantwortete ihre Frage: „Krass. Das wird anstrengend."

„So schlimm?" Geraldine verzog das Gesicht – und Annie noch viel mehr:

„Habe... haben wir es nicht richtig gemacht?"

„Ruhig – es ist alles in Ordnung." Steve hob die Hände, „und er ist auch nicht anstrengend. Nicht mehr, um genau zu sein. Aber er hat halt schon ein ziemliches Schreckensregime geführt. Seine Mitarbeiter davon zu überzeugen, dass das vorbei ist, dürfte ein hartes Stück Arbeit sein. Und sie dazu zu bringen, ihn nicht mehr zu verachten, noch viel mehr."

Z legte die Stirn in Falten: „Sind sie nicht froh, dass er anders ist?"

„Froh? Natürlich. Aber auch misstrauisch. Dass das ein Trick ist. Sie in Sicherheit zu wiegen. Oder sowas. Wenn es längerfristig läuft, wird sich das bestimmt ein wenig aufweichen. Aber so fürs erste waren die Reaktionen sehr eindeutig in Richtung ‚Glauben wir nicht'."

„Hilfst du ihm?" hakte Annie nach.

Steve nickte: „Tue ich. Mehrmals die Woche. Zwei, drei Mal. Werde also in nächster Zeit des Öfteren abends hier sein."

„Da wollten wir mit euch sowieso noch sprechen..." setzte Geraldine an, doch Steve unterbrach sie gleich wieder:

„Das mit dem Zimmer? Hat Annie schon verkündet."

„Oh." Geraldine sah diese überrascht an, „hast du?"

„Ja." bestätigte Annie, „als ich letztens mal die Kiddies besucht habe. Ist mir so rausgerutscht."

„Ist ja nicht schlimm." winkte Geraldine ab.

Annie wandte sich wieder Steve zu: „Also hatten wir Erfolg. Das ist doch gut. Und wissen nun, dass auch die letzte der drei Sachen bei uns allen klappt."

„Mehr oder minder." murmelte Geraldine ein wenig bedrückt – und Z schaltete postwendend in den Beruhigungsmodus:

„Ist das Schwerste. Muss daher am meisten geübt werden."

„Stimmt." schloss Annie sich an, „bei Visionen muss man nicht üben."

„Nur, den komischen Geschmack im Mund zu ertragen." sinnierte Z mehr zu sich selbst, aber Geraldine sprang direkt darauf an:

„Den hast du auch? Ich dachte, den hätte nur ich. Und er käme einfach so."

„Ich hatte ihn bisher nur nach den Visionen."

„Beruhigend."

Beide sahen Annie an: „Und du?"

„Schon, ja." gestand diese, „aber irgendwie kann ich mir da keinen Zusammenhang erklären."

Z zog ein schiefes Lächeln: „Vielleicht die Bremsspur des Engels, der die Vision bringt."

„Was für eine dämliche Idee." schnaubte Annie.

„Besser als gar keine Idee." schoss er zurück.

„So wichtig ist das in meinen Augen auch nicht." versuchte Geraldine, eine längere Diskussion zu unterbinden, aber Annie musste noch mit etwas raus: „Vielleicht ist es ein Hinweis."

Z legte den Kopf schief: „Auf was jetzt genau?"

„Keine Ahnung."

„Denken wir nicht weiter drüber nach." startete Geraldine einen zweiten Versuch, „da gibt es genug andere Dinge."

Und diesmal gelang er: „Da hast du allerdings Recht."

142

Sie saß auf dem Bett und drehte den USB-Stick zwischen den Fingern hin und her. Sie hatte eine Entscheidung zu treffen. Eine Entscheidung, die ihr Leben nachhaltig verändern würde. Und nicht nur das ihre. Doch es gab für beide Richtungen Argumente, die nicht von der Hand zu weisen waren und diese abzuwägen, schien ihr schier unmöglich. In der Hoffnung, dadurch auf den richtigen Weg zu kommen, wanderte sie in Gedanken zurück. Zurück an den Anfang.

Das Erste, woran sie sich erinnern kann, ist das Weinen ihres Vaters. Das ist ein sehr eindrückliches Geräusch. Denn obwohl sie zu diesem Zeitpunkt noch nicht so weit ist, es wirklich einordnen zu können, spürt sie doch, dass es etwas ganz Besonderes zu bedeuten hat. Etwas Schlimmes. Sie hat keine Ahnung, was das ist. Aber sie weiß, dass sie Hilfe damit braucht. Also ruft sie nach ihrer Mama. Doch ihre Mama kommt nicht. Ihre große Schwester kommt. Die nicht kommen soll. Und etwas zu ihr sagt, was sie nicht versteht: „Die Mama kommt nicht mehr wieder." Dann fängt sie an zu weinen. Und sie weint mit. Es vergeht eine ganze Zeit, bis sich ihr Vater so weit beruhigt hat, dass er es ihr genauer erklären kann. Er sagt, dass ihre Mutter sehr krank gewesen ist. Und dass diese Krankheit sie nun besiegt hat. Dass sie nun bei Gott im Himmel ist. Und nicht mehr auf die Erde kommen kann. Das ist ihr unheimlich und sie fängt wieder an zu weinen. Ihr Vater nimmt sie in den Arm. Aber nicht lange, denn er muss auch wieder weinen und er will nicht, dass seine Kinder ihn so sehen. Also ist es ihre Schwester, die sie tröstet. Und sie, die ihre Schwester tröstet. Sie machen das gegenseitig. Ihr Vater bleibt mit seinen Gefühlen alleine. Er hat schnell begriffen, dass seine emotionalen Ausbrüche seinen Töchtern Angst machen. Und hält sich daher zurück, wenn sie da sind. Unter Umständen würde es ihnen sogar helfen, ihn so zu sehen. Vielleicht aber auch nicht. Er weiß es nicht. Und will das Risiko nicht eingehen, falsch zu liegen. Sie hat dieses Gefühl schon. Dass es ihr geholfen hätte, ihren Vater anders zu sehen. Aber es ist nur ein Gefühl. Und immer öfter geht es einher mit der Frage, ob sie nicht das Gegenteil denken würde, wenn er das Gegenteil getan hätte. Weswegen sie irgendwann aufhört, sich dazu Gedanken zu machen. Ziemlich lange hat es gedauert bis dahin. Ziemlich lange hat sie ihren Vater innerlich deswegen angeklagt. Er fängt sich irgendwann wieder. Die Verwandten helfen, wo sie nur können. Aus der Gemeinde dagegen kommt keine Unterstützung. Was ihn sehr bedrückt. Und sie sehr verärgert. Sie bleiben trotzdem dort. Weil sie einen Ort brauchen, an dem sie Gemeinschaft mit Gott haben können.

Irgendwann ist eine neue Frau da. Das ist sehr seltsam. Sie sitzt einfach eines Tages am Küchentisch, als sie vom Spielen kommen. Sie lächelt sie an und sagt:

„Hallo ihr zwei, es ist schön, euch endlich kennen zu lernen. Ich werde bald eure Mama sein."

Das finden sie beide unerhört.

„Du wirst niemals unsere Mama sein." schreit ihre Schwester.

„Es gibt nur eine unsere Mama." schreit sie selbst, „und diese unsere Mama ist tot."

Das knickt die Frau zunächst und bestürzt ihren Vater. Doch anstatt mit ihnen zu schimpfen, sagt er einfach: „Ihr werdet euch schon aneinander gewöhnen." Und macht dann weiter, als wäre nichts geschehen. Schlimmer noch – als wäre die Frau schon immer da gewesen. Kurz darauf heiratet er sie. Sie und ihre Schwester nennen sie nicht Mama. Sie nennen sie bei ihrem Vornamen. Das findet sie sehr schade und versucht, es ihnen abzugewöhnen. Aber sie lassen sich nicht darauf ein. Sie versucht, ihre Erziehung mit zu übernehmen. Doch auch darauf lassen sie sich nicht ein. Diese Frau ist ein Eindringling. Sie ist nicht ihre Mama, selbst wenn sie das behauptet. Und auch ihr Vater das inzwischen behauptet. Sie wissen, dass es nicht stimmt. Und sie werden sich auch nicht vom Gegenteil überzeugen lassen. An einem Abend – kurz bevor sie eingeschult wird – schließen sie und ihre Schwester einen Pakt. Dass sie sich von dieser Frau niemals etwas sagen lassen werden. Dass sie ihr niemals gehorchen werden. Dass sie sie niemals mögen werden. Sie niemals akzeptieren werden. Es ist sehr ernst. Ihre Schwester schreibt das sogar auf. Und sie beide signieren es. Ihre Schwester mit ihrem Namen. Sie mit Gekrickel, von dem sie behauptet, es wäre ihr Name. Nur eine Grenze haben sie dafür: ‚Die öffentliche Wahrnehmung', wie ihre Schwester es nennt. Es soll niemand etwas davon merken, was sie sich vorgenommen haben. Im Gegenteil: Sie wollen es so aussehen lassen, als seien sie die Braven. Und die Frau die Böse. Allen gegenüber. Auch ihrem Vater. Er wird es durchschauen. Ziemlich schnell sogar. Aber er wird keinen Weg finden, damit anständig umzugehen. Was die Situation zu ihren Gunsten beeinflussen wird.

Zunächst jedoch verlassen sie wirklich die Gemeinde. Weil ihr Vater dort kritisiert wird. Wegen irgendwas, was sie nicht interessiert. Etwas, das mit Geld zu tun hat. Er kennt sich mit Geld aus. Und hatte in der Gemeinde damit zu tun. Aber anscheinend sind andere damit nicht mehr zufrieden. Und da er Kritik nicht gut vertragen kann, gehen sie. Das freut sie zunächst, denn ihr hat es dort schon lange nicht mehr gefallen. Sie will sonntags ausschlafen. Doch daraus wird nichts, denn sie finden schnell eine neue Gemeinde. In der es auch nicht besser ist. Vor allem in der Sonntagschule. Die findet sie doof und weigert sich, hinzugehen. Was zu lauten Auseinandersetzungen mit ihrem Vater führt. Ihre Schwester geht dort auch nicht hin. Sie geht in den normalen Gottesdienst. Das will sie auch, aber ihr Vater sagt, sie sei noch nicht alt genug. Sie behauptet, dass doch. Die Lösung kommt von der Frau. Was sie sehr wütend macht, denn die Lösung ist gut. Sie schlägt vor, dass sie den Gottesdienst einfach mal testet. Und schaut, ob es ihr gefällt. Und ihr Vater schaut, ob sie es aushält. Weil man dort stillsitzen und zuhören muss. Was sie so bisher noch nicht gemacht hat. Aber wenn ihre Schwester das kann, kann sie das auch. Der Vater lässt sich darauf ein. Sie ebenso – auch wenn sie es am liebsten nicht getan hätte – einfach, weil der Vorschlag von der Frau kam.

Der Gottesdienst ist langweilig und sie hat große Mühe, nicht einzuschlafen. Sie schielt immer wieder zu ihrer Schwester hinüber und merkt, dass es ihr genauso geht. Sie fragt sie heimlich – am Nachmittag – und ihre Schwester gibt es zu. Sagt aber auch, dass man es mit der Zeit immer besser verstecken kann. So bleibt es dabei – sie geht mit in den Gottesdienst.

Und dann kommt er – der Mann, der ihr ganzes Leben verändert. Verändern wird. Später. Denn zunächst verändert er nur ihre Laune im Gottesdienst. Er hat auch keine Lust darauf und kann es ebenfalls nicht sonderlich gut verstecken. Sie bemerkt ihn irgendwann, wie er versucht, ein Gähnen zu unterdrücken. Was sie dazu zwingt, ein Kichern zu unterdrücken. Das wiederum merkt er und lächelt sie an. Und legt den Finger auf die Lippen. Sie tut es ihm gleich.

Im Laufe der nächsten Jahre freunden sie sich an. Zumindest oberflächlich. Sie erzählt nicht viel von sich. Das möchte sie nicht. Und er auch nicht von sich. Das stört sie nicht. Sie unterhalten sich hauptsächlich darüber, wie langweilig sie es im Gottesdienst finden. Aber natürlich nur, wenn ihnen keiner zuhört. Dann muss sie ganz plötzlich erneut die Gemeinde verlassen. Ihr Vater hatte wieder Verantwortung für das Geld übernommen. Und wieder gibt es Ärger deswegen. Wieder zieht er seine Konsequenz: woanders hin. Das findet sie schade. Denn sie glaubt nicht, dass es in einer anderen Gemeinde wieder jemanden gibt, mit dem sie sich so gut versteht. Inzwischen ist sie ein Teenager und ihr Interesse wandelt sich. Sie sieht den Mann nun mit anderen Augen. Er sie natürlich nicht. Trotzdem bemüht sie sich, den Kontakt aufrecht zu erhalten. Was nicht einfach ist, denn sie will nicht, dass ihr Vater oder die Frau es merken. Er ist schließlich erwachsen und sie würden das nicht verstehen. Aber ihm gefällt das auch und so schaffen sie es, sich ab und zu zu treffen. Zusammenzusitzen und zu reden. Nun natürlich nicht mehr über den Gottesdienst. Und auch immer noch nicht über ihr Leben. Aber es gibt genug andere Themen: Musik, Filme, Sport. Ihr ist es eigentlich egal. Sie mag es einfach, mit ihm zusammen zu sein. Und er mag es andersrum auch. Mit der Zeit jedoch merkt sie, dass sie es aus ganz bestimmten Gründen mag. Und sie merkt auch, dass er diese Gründe nicht teilt. Für ihn ist und bleibt sie ein Mädchen. Für sie ist und bleibt er ein Mann. Was jetzt allerdings etwas anderes heißt. Natürlich hat sie auch andere Freunde. Aber die sind ihr zu oberflächlich, zu unreif. Sie feiert gerne mit ihnen – im Laufe der Jahre immer ausschweifender. Sie benutzt sie, wenn sie es braucht. Zum Spaß haben. Zum von zuhause ablenken. Aber sie sieht sie nie auf ihrer Ebene. Dort sieht sie nur den Mann. Sie spricht mit ihrer Schwester darüber. Ganz vorsichtig. Weil sie nicht will, dass die sie für verrückt hält. Tut sie nicht. Sie erklärt ihr, dass sie das kennt. Und dass man es aushalten und darüber hinwegkommen muss. „Ich weiß, wovon ich spreche." sagt sie. Einige Monate später zieht ihre Schwester aus. In eine andere Stadt, um zu studieren. Nun ist sie allein. Mit ihrem Vater und der Frau. Was ihr gar nicht gefällt, denn ihr Vater mag die Frau nach wie vor. Sie haben viel versucht, um sie zu verscheuchen. Haben ihren Pakt lange durchgehalten. Bis die Schwester irgendwann nicht mehr wollte. Zumindest nicht, was das nicht gehorchen anging. Sie hatte viel verboten bekommen als Konsequenz aus ihrem Verhalten. Und daraus wiederum Konsequenzen gezogen. Sie wollte das Leben nicht verpassen, nur um der Frau ihre Ablehnung zu zeigen. Also gab ihre Schwester sich brav. Und lästerte nur noch hinter vorgehaltener Hand. Das ärgert sie – nach wie vor. Denn es ist nicht das gleiche. Sie versuchte es alleine, doch der Erfolg war kaum gegeben. Und sie wurde zum Buhmann in der Familie. Bekam Vorhaltungen gemacht, dass sie nicht als einzige aus der Reihe tanzen solle. Schlimmer noch: Sie bekam ihre Schwester als Vorbild genannt. Die es gar nicht ernst meinte, sondern nur so tat, als würde sie mitmachen. Mehr als einmal war sie kurz davor, das laut zu sagen. Und tat es dann doch nie. Stattdessen resignierte sie irgendwann. Fand sich damit ab, dass die Frau bleiben wird. Fing an, sie zu ignorieren. So gut das eben ging. Solange ihre Schwester noch da war, klappte das besser. Weil sie dann jemanden hatte, mit dem sie stattdessen reden konnte. Jetzt wo ihre Schwester weg ist, hat sie niemanden mehr. Mit der Frau will sie nicht reden. Und mit ihrem Vater kann sie nicht reden. Weil er immer mit der Frau zusammen ist, wenn er da ist. Also redet sie mit dem Mann. Zum ersten Mal auch über sich. Klagt ihm ihr Leid. Und er hat Mitleid mit ihr. Er tröstet sie. Er spricht ihr Mut zu. Fragt, ob er ihr helfen kann. Zunächst sagt sie ‚Nein'. Doch dann kommt ihr die Idee, dass sie das ausnutzen kann. Sie hat sich viele Gedanken gemacht und einen Entschluss gefasst: Sie will nicht sein wie ihre Schwester. Nicht an diesem Punkt. Sie will nicht aushalten und drüber hinwegkommen. Sie will haben. Ihn. Und sein Mitleid ist der Schlüssel. So werden ihre

Geschichten immer trauriger. Und seine Sorgen immer grösser. Das macht sie eine ganze Weile. Und immer, wenn er sie fragt, was er tun kann, geht sie ein Stückchen weiter. Lässt sich umarmen. Lässt sich streicheln. Küssen wäre das nächste. Aber sie weiß, dass das nicht einfach so geht. Das kommt erst, wenn sie einen großen Schritt tut. In Gedanken ist sie ihn schon oft gegangen. In ihren Träumen. Sie träumt davon, ihn zu küssen. Sie träumt davon, ihn zu verführen. Nicht nur einmal, sondern immer wieder. Ihn so an sich zu binden, dass er ohne sie genauso wenig leben will wie sie ohne ihn. Und dabei feststellt, dass er genauso Gefühle für sie hat, wie sie für ihn. Er sie auch schon immer wollte. Und sich nur nicht getraut hat. Was sie einfach nicht gemerkt hat. Das ist ein schöner Traum. Der Wendepunkt in ihrer Beziehung. Und in ihrem Leben. Jetzt geht es ihr besser. Der Stress mit der Frau ist nicht mehr so wichtig. Die fehlende Bindung zu ihrem Vater – und inzwischen auch zu ihrer Schwester – nur noch Nebensache. Sie hat jemanden, der ihr alles geben kann, was sie sich wünscht. Und der es ihr auf eine Art und Weise gibt, die sie unendlich glücklich macht. Sie sind zusammen so oft es geht. Und der Altersunterschied stört weder ihn noch sie. Am Anfang muss das natürlich heimlich sein. Weil niemand, den sie kennt, dafür Verständnis hätte. Und sie sich nicht zeigen dürfen, solange sie noch nicht erwachsen ist. Aber sie weiß, dass der Tag kommen wird. Der Tag an dem es alle wissen dürfen. Der Tag, an dem er nicht nur im Geheimen, sondern ganz offiziell ihr gehört. Dann wird aus dem Traum endgültig Realität – und für sie beginnt eine wundervolle Zukunft.

143

Sie hatten eine weitere Vision hinter sich gebracht. Dieses Mal war wieder Geraldine an der Reihe gewesen und sie hatte Zs Hilfe fast nicht gebraucht. Was sie sehr ermutigte. Trotzdem war die Stimmung nicht gut, als sie hinterher zusammensaßen. Ein jeder hing seinen Gedanken nach. Geraldine brach das Schweigen schließlich – wenn sie es auch eigentlich gar nicht wollte:

„Am liebsten würde ich heimgehen – das sage ich ganz ehrlich. Aber wir haben uns mal versprochen, ehrlich miteinander zu sein."

„Warst du doch gerade." gab Annie zurück.

„Nicht so. Richtig. Dass wir uns gegenseitig sagen, was uns bedrückt."

Ihre Handys fingen alle gleichzeitig an zu piepen. Das Signal, dass eine Sendung von Jesus kam. Auf seiner Homepage hatte man vom Tag der ersten Liveshow an einen Service abonnieren können, der einen informierte, wenn etwas gesendet wurde. Aufgrund der unregelmäßigen und spontanen Ausstrahlung sowie der Tatsache, dass es in so gut wie alle Länder der Erde übertragen wurde, war das eine gute Sache, die von vielen Millionen Menschen genutzt wurde. Die Freunde hatten sich zunächst dagegen gesträubt. Dann aber einsehen müssen, dass sie keine Wahl hatten, wenn sie informiert bleiben wollten. Was kam, war nichts Besonderes. Eine Heilung – nicht mehr. Sie hielten dennoch bis zum Ende durch – um sicherzugehen, dass er nicht noch etwas sagte. Was er nicht tat.

„Ist es nicht faszinierend, dass wir uns inzwischen so an ihn gewöhnt haben, dass wir enttäuscht sind, wenn er ein paar Kinder heilt." überlegte Annie im Anschluss, worauf Z nachdenklich nickte:

„Das geht nicht nur uns so."

„Die Leute wollen halt, dass es immer spektakulärer wird."

„Oder sie wollen, dass er sich endlich um die Probleme kümmert, die deutlich sichtbar sind." Geraldines Stimme klang scharf, was die anderen beiden hellhörig werden ließ:

„Was meinst du?"

„Den Krieg. Der tobt. Weiterhin. Und er tut nichts. Äußert sich nicht einmal dazu. Ich kenne einige Leute, die das nicht in Ordnung finden."

„Hm." Annie kratzte sich am Kinn, „da hatte ich noch gar nicht dran gedacht. Stimmt aber. Eigentlich könnte er da eingreifen."

„Oder zumindest sagen, warum er es nicht tut." setzte Geraldine hinzu.

Z zuckte die Achseln: „Vielleicht kann er nicht."

„Weil?"

„Er nicht Gottes Sohn ist. Und damit auch seine Fähigkeiten begrenzt sind."

„Wo er die herhat, würde mich interessieren." warf Annie ein.

„Ja, das habe ich mich auch schon gefragt." Z sah die beiden Frauen an, „können Dämonen solche Kräfte verleihen?"

„Gute Frage, nächste Frage." schnaubte Annie.

„Ich habe keine nächste Frage."

„Dann kommen wir zurück zu unserem eigenen Leben." Geraldine schürzte die Lippen, „ab und zu dürfen wir uns bestimmt noch um uns selbst drehen. Jetzt ist so ein Moment. Was ist los mit euch?"

Z kniff die Augen zusammen: „Wenn du das so genau wissen willst – fang doch an."

„Okay." tat Geraldine dies, „ich habe Stress mit meinen Eltern."

„Schon wieder?" Annie zog erstaunt die Brauen hoch.

„Immer noch." korrigierte Geraldine.

„Aber ich dachte..."

„Wir führen Gespräche. Meine Mutter und ich. Mein Vater und ich. Meine Mutter und Nils und ich. Mein Vater und Nils und ich. Und meine Mutter und mein Vater und ich. Das war das Letzte. Ich meine... nicht das Letzte. Sondern das Gespräch, das zuletzt stattgefunden hat."

„Und es klappt nicht." vermutete Z.

Geraldine schüttelte den Kopf: „Doch. Es ist immer nett. Seit wir meinen Vater damit überrumpelt haben, dass er uns zum Flughafen bringen soll, ist er ganz gelöst. Wir haben nicht wirklich ernst geredet an dem Tag, aber es war für ihn wohl so eine Art Signal, dass es wirklich wieder werden kann. Das fand ich gut. Und er ist offen. Auch Nils gegenüber. Und meine Mutter sowieso. Das war bei ihr nie anders."

„Bei deinem Vater doch auch nicht wirklich." warf Annie ein.

„Er nimmt meine Schuldzuweisungen anders. Er ist da defensiver. Meine Mutter beharrt einfach auf ihrer Meinung. Er glaubt immer, sich verteidigen zu müssen."

„Muss er doch auch."

„Ich weiß – das ist kompliziert." Geraldine seufzte, „ich habe einfach den Eindruck, dass ich mir nicht treu bleibe."

Annie und Z sahen sich an: „Jetzt ist es gerade zu kompliziert geworden."

„Ich will sie überzeugen, dass sie im Unrecht sind. Stattdessen überzeugen sie mich mehr und mehr, dass ich im Unrecht bin. Und Nils ist auf ihrer Seite. Nicht lautstark. Aber er versteht sie. Das merke ich."

„Und ich verstehe jetzt dein Problem." Z tippte sich an die Stirn, „du hast Angst, dass es bei ihm und dir genauso wird."

„Ja." bestätigte Geraldine bedrückt.

„Nicht alle Menschen sind gleich." wandte Annie ein, „und so etwas wird nicht vererbt."

„Aber es ist ein Beispiel. Ein Vorbild."

Z legte den Kopf schief: „Und welches Vorbild geben dir deine Eltern? Dass sie lieber als Freunde auseinandergegangen sind als zusammenzubleiben und zu Feinden zu werden. Was ist dir für Nils und dich lieber?"

„Das ist fast wortwörtlich das, was auch Suji gesagt hat." brummte Geraldine missmutig.

Z jedoch fand das gut: „Siehst du mal. Dann kann es ja gar nicht so falsch sein."

„Mach dir um Nils keine Sorgen." Annie schenkte Geraldine ein aufmunterndes Lächeln, „er liebt dich. Und wer weiß, wo ihr in 30 Jahren seid? Ich meine... deine Eltern sind beide glücklich. Stand jetzt wärst du unglücklich. Aber wenn es dir dann später mal selbst so geht, bist du froh, einen Mann zu haben, der das mitmacht."

„Hm..." Geraldine blickte skeptisch drein.

„Ich will dich nicht überreden. Aber halte nicht an deiner Meinung fest, nur weil du sie dir mal gebildet hast. Man darf sie auch ändern. Und vor allem: Mach dir keine Gedanken über Probleme in deiner Beziehung, die es noch gar nicht gibt. Wenn Probleme kommen – stell dich ihnen. Mit ihm zusammen. Aber solange nicht..."

Geraldine hob die Hände: „Verstanden. Und danke." setzte sie noch hinzu.

„Gern geschehen." lächelte Annie, doch das hielt nicht lange – nur bis zum nächsten Satz:

„Dann bin ich jetzt dran, das zurückzugeben."

Dann war es verschwunden: „War ja klar. Aber gut. Ich habe einen Freund. Und keinen Sex mit ihm."

„Das war deine Entscheidung." erinnerte Geraldine sie.

„Das will ich auch gar nicht abstreiten."

„Aber es bereitet dir Kummer."

„Ja. Nein. Nicht so, wie ihr wieder denkt."

Z zog die Brauen hoch: „Wieder?"

„Bisher war es immer so, dass ich diejenige war, die damit nicht klargekommen ist und dann habe ich gemotzt oder mich Wildfremden an den Hals geworfen. Oder an andere Körper... egal. Muss ich nicht näher drauf eingehen."

„Ich bitte darum." wiegelte Z ab und Annie verzog das Gesicht: „Wie dem auch sei – dieses Mal habe ich kein Problem damit. Weil ich einfach weiß, dass es richtig ist. Aber: Jonathan ist irgendwie anders in letzter Zeit. Er sagt nichts, aber das ist nicht unnormal. Und ich kann es nicht wirklich konkret festmachen. Daher sage ich auch nichts."

„Haben wir das wieder." stellte Geraldine trocken fest, aber dem wusste Annie zu widersprechen:

„Ich frage sehr regelmäßig, ob alles in Ordnung ist, und jedes Mal sagt er ‚Ja'. Da kann ich schlecht antworten ‚Stimmt nicht'. Ohne ihn zu beleidigen, wenn ich falsch liege."

„Mag sein."

„Auf jeden Fall ist dieses Thema das Einzige, woran ich es vielleicht festmachen könnte. Wir hatten und jetzt haben wir nicht mehr. Das frustet ihn – ganz bestimmt."

Geraldine sah sie durchdringend an: „Aber das ist nicht alles, oder?"

„Nicht?" fragte Annie zurück.

„Sag du es mir."

Annie schwieg fast eine Minute. Dann platzte es aus ihr heraus: „Ich hatte gehofft, dass er mich irgendwann fragen würde."

„Fragen?" wiederholte Geraldine verständnislos, „was fragen?"

„Na – fragen." Annie betonte das Wort so stark sie konnte – und hatte damit Erfolg – zumindest bei Geraldine:

„Oh – fragen."

Bei Z dagegen nicht: „Ich komme nicht mit."

„Sie will einen Heiratsantrag." klärte Geraldine ihn auf und Zs Augen weiteten sich:

„Oh. Oh!"

„Es ist doof, ich weiß." Annie sah zu Boden, „er soll das machen, wie er das denkt. Aber... ich habe so ein Gefühl... ich fühle mich bereit."

„Dann mach du es doch." schlug Z vor – und nun waren Annies Augen an der Reihe:

„Ich?"

„Das ist das 21ste Jahrhundert. Da dürfen Frauen sowas auch."

„Und wenn er ‚Nein‘ sagt?"

„Die Frage könnte er sich andersrum genauso stellen." überlegte Geraldine, „vielleicht tut er das ja sogar."

Annie fuhr sich übers Kinn: „Das mag sein."

„Denk mal drüber nach."

„Das werde ich tun. Und bin damit fertig."

„Z?" Geraldine sah selbigen an. Und er zögerte nicht:

„Sex."

Worauf Geraldine laut einatmete: „Bin ich froh, dass zumindest ich ein anderes Thema hatte."

„Ist halt so." verteidigte er sich.

Annie runzelte die Stirn: „Aber du bist doch verheiratet."

„Und Becka ist schwanger."

„Das ist sie wohl, ja."

Geraldine gesellte sich dazu: „Warum sagst du das so traurig? Du wolltest das doch, oder?"

„Natürlich." nickte Z hastig, „ich freue mich riesig. Aber Becka..."

„Ich verstehe, wo du hinwillst." unterbrach Annie ihn, „sie will keinen Sex mehr."

„Oh." machte Geraldine – nun auch angekommen – und Z ließ den Kopf hängen:

„Doof, oder? Ich meine, dass ich da so einen Aufstand mache. Aber es nervt. Man sieht es noch nicht einmal und schon... hat nicht lange gehalten."

„Gehalten?"

„Ich habe so lange brav gewartet. Und kaum ist es soweit, ist es schon wieder vorbei."

Die beiden Frauen blickten sich an – und Geraldine übernahm es, das auszusprechen, was sie beide dachten: „Z, das geht nur ein paar Monate."

„Ja – bis das Kind da ist." maulte dieser, „und dann? Jede Nacht raus zum Stillen. Wickeln. Später Flasche geben. Was weiß ich? Das dauert Jahre."

„Und du meinst, sie wird die ganze Zeit...?"

„Keine Ahnung. Aber Gründe finden sich dafür bestimmt genug."

Annie verschränkte die Arme: „Du tust fast so, als würde sie das absichtlich machen, um dich zu ärgern."

„Natürlich nicht." wehrte er ab, „aber ich vermisse es halt."

„Sagst du ihr das?" erkundigte sich Geraldine vorsichtig.

Z nickte: „Viel zu oft."

„Versuch doch mal, sie ganz sanft zu…"

„Hab ich alles schon. Es ist einfach nicht drin, momentan."

„Du meinst, er ist nicht drin." korrigierte Annie grinsend.

Geraldine stöhnte auf: „Annie…"

„Entschuldigung. Aber ich habe auch ein Sexproblem. Also darf ich Witze drüber machen. Und im Gegensatz zu Z brauche ich nicht einfach nur die richtige Überredungsformel, um ihn zu bekommen."

„Na – im Grunde schon." entgegnete Z und fing sich dafür einen verärgerten Blick ein:

„Vielen Dank."

„Wie du mir, so ich dir." gab er zurück.

„Ich fürchte, du musst es einfach aushalten." kehrte Geraldine wieder zum Thema zurück. Und brachte Z dadurch zum Motzen:

„Aber das ist doch ungerecht. Warum kann es nicht so sein wie früher?"

„Früher?"

„Na – Altes Testament. Da durften die Männer zig Frauen haben. Das war sowas von einfacher. Die waren schließlich nicht alle gleichzeitig schwanger. Wenn eine das hatte, ging man einfach zur nächsten. Und wenn eine mal nicht wollte, auch. Und wenn man fertig war und immer noch Lust hatte, dann…"

„Wir haben dich verstanden." Annie wedelte wild mit den Händen in der Luft.

„Dich und deine Phantasie." ergänzte Geraldine. Worauf Z wieder die Notwendigkeit sah, sich rechtfertigen zu müssen:

„Die Idee stammt nicht von mir."

„Aber du greifst sie auf."

„Warum denn auch nicht?"

Geraldine legte die Handflächen aneinander: „Ich stelle dir eine Frage. Eine einzige: Gibt es eine andere Frau, die du liebst? So, wie du Becka liebst?"

„Hm…" machte Z nachdenklich – und Geraldine damit nervös:

„Hm?"

Er zuckte zusammen: „Nein." erklärte er rasch.

„Puh." Geraldine atmete durch, „gut. Dann dürfte das deine Antwort sein. Denn Sex ohne Liebe geht nun mal nicht."

„Sehr wohl geht das." wandte – ausgerechnet – Annie ein und Geraldine hätte sie dafür am liebsten geschüttelt. Sie schaffte es, ruhig zu bleiben: „Körperlich – klar. Aber fühlt sich das gut an? Lass dir von jemandem gesagt sein, der – die – es ausprobiert hat: nein. Man braucht die Liebe. Um die Nähe, die man beim Sex schafft, wirklich richtig ausfüllen zu können. Wenn dir die andere Person egal ist, gibst du dir keine Mühe, etwas für sie zu entstehen zu lassen. Denn das ist Sex. Dass sich jeder um den anderen bemüht. Wenn du dich nur um dich bemühst, kommst du vielleicht gut weg. Aber die andere Person nicht."

„Was mir egal wäre, wenn mir die Person egal ist." sinnierte Annie vor sich hin.

Geraldine starrte sie an: „Äh..."

„Das meine ich nicht wirklich." Mit einem Schlag wurde sich Annie bewusst, was sie da gerade tat, „das war nur ein Einwand, der mir so kam."

„Gut. Der mag stimmen." Geraldine schloss für einen kurzen Moment die Augen, „aber wieder die Frage: Willst du das?"

„Dann hier meine Gegenfrage." konterte Z, „haben die damals nicht auch eine Frau mehr geliebt als die anderen?"

Geraldine zuckte die Achseln: „Das kann ich dir nicht sagen. Ich bin mir allerdings sicher, dass es einen Grund gibt, weswegen das System abgeschafft wurde. Und wir heute so leben, wie wir es tun."

„Wahrscheinlich hast du Recht." Z seufzte laut.

„Ganz abgesehen davon, dass es eine schreiende Ungerechtigkeit war, dass nur ihr Männer diese Möglichkeit hattet." eiferte sich Annie, „warum sollt nur ihr Spaß haben? Wir könnten auch mehrere Männer gebrauchen."

Geraldine schnaubte leise: „Lass das mal nicht Jonathan hören."

„Werde ich nicht. Auch das sage ich nur so."

„Weißt du, Z." probierte Geraldine es weiter, „du magst keinen Sex haben, momentan. Aber die Liebe hast du weiterhin. Sie äußert sich nur anders. Was im Übrigen etwas ist, was du auch aktiv tun kannst: deine Liebe anders äußern. Das wird ihr bestimmt gefallen. Und dir dann auch."

„Mal schauen." Z schien gewillt, das Thema schnell zu beenden – und Annie tat ihm diesen Gefallen – indem sie es wechselte:

„Wisst ihr, was ich mich gerade frage?"

Die beiden anderen schüttelten den Kopf.

„Wenn das wirklich so ist, wie du gesagt hast: Liebe ist die Grundlage für Sex – wo kommt dann das Heiraten rein? Ich meine... jede Beziehung, die eine Weile läuft, basiert auf Liebe. Okay – nicht jede. Aber jede gesunde. Der Trauschein ist doch kein Liebesbeweis."

„Das stimmt." nickte Geraldine, „aber ich glaube das, was dahintersteht, ist das Versprechen. Um sich jemandem körperlich ganz hingeben zu können, muss man sich ihm zuerst geistig ganz hingeben. Und das tut man, indem man ihm ewige Treue verspricht. Vor Zeugen. Menschen – und Gott."

Annie blickte sie erstaunt an: „Du bist so weise auf einmal. Wo hast du das denn her?"

„Aus den gefühlt 1.000 Stunden, in denen ich mich selbst damit beschäftigt habe. Damals, bevor wir geheiratet haben und jetzt, wo... egal."

Z runzelte die Stirn und setzte an, etwas zu erwidern, aber Annie kam ihm zuvor:

„Richtig." Sie zwinkerte Geraldine spöttisch zu, „früher warst du ja die mit dem Problem. Schön, jetzt auf die anderen herabschauen zu können."

Geraldine wurde blass: „Glaubst du, dass ich das tue?"

„Nein." bremste Annie hastig ab, „das war gemein – sorry."

„Vergeben und vergessen."

„Dann könntest du jetzt noch den Satz zu Ende führen, den du eben nicht zu Ende geführt hast." schaffte Z es nun doch noch, seiner Verwunderung Luft zu machen, was wiederum Annie verwunderte:

„Hat sie? Hab ich gar nicht gemerkt."

Und Geraldine unglücklich das Gesicht verziehen ließ: „Ich habe ihn beendet. Mit ‚egal'."

„Das ist kein Ende." entgegnete Z.

„In diesem Fall schon." Sie sah ihn flehentlich an und so ließ er davon ab:

„Sind wir dann jetzt durch?"

„Ich ja." antwortete Geraldine.

„Ich auch." schloss sich Annie an.

„Ich sowieso." setzte Z selbst noch hinzu und wollte schon aufstehen, da ergriff Annie nochmal das Wort:

„Sehr schön. Dann käme jetzt die Zusammenfassung der Arbeitsaufträge: Z – du atmest tief durch und hältst es aus. Und zwar täglich. Und überlegst dir Alternativen, die euch beiden gefallen. Annie – äh... also... ich – du überlegst dir, ob du nicht einen kleinen Teil zur weiblichen Emanzipation beitragen willst. Ge...“

„Gut, dass du ‚weiblich‘ dazugesagt hast." Z, der bei der Ausführung seines eigenen Auftrags noch leise geseufzt hatte, schmunzelte nun amüsiert.

Annie nickte: „Denke ich auch. Geraldine – du... ja... du... machst dir einfach keine Gedanken."

„Oh, doch." widersprach Geraldine, „ich mache mir sehr wohl Gedanken. Allerdings..." setzte sie hastig hinzu, als sie die Mienen der anderen sah, „...nicht so, wie ihr das jetzt denkt."

„Sondern über das, was unter ‚egal‘ läuft." vermutete Z und sie nickte: „Ganz genau."

144

Das Treffen fand wieder in der Wohnung statt. Und wieder wurden sie mit Essen geradezu zugeschüttet.

„Es ist nett, dass ihr gekommen seid." begrüßte Jesus sie überschwänglich, als er sich zu ihnen setzte.

„Natürlich." erwiderte Annie, „wenn du fragst."

„Ich habe gefragt, ob ihr eine Entscheidung getroffen habt. Ihr hättet nicht kommen müssen, wenn das nicht der Fall ist."

„Ist es aber." erklärte Geraldine.

Jesus schob die Unterlippe vor: „Sie ist nicht gut."

„Nicht gut?" wiederholte Z.

„Ihr wollt es nicht machen."

„Nein." Geraldine legte ihr Besteck beiseite, „wir werden es nicht machen. Der Gedanke, da vor die Leute zu treten... wir sind aus ihren Köpfen verschwunden. Und fühlen uns gut damit. Und ungut mit dem Gedanken, uns dort wieder einzunisten."

„Da kann man nichts machen." Das Lächeln kehrte zurück – wenn auch ein wenig bedauernd, „schade. Sehr schade. Aber ich kann und will euch nicht zwingen. Diese Arbeit funktioniert nur mit Leuten, die freiwillig dabei sind."

„Danke für dein Verständnis." Geraldine deutete mit dem Kopf eine leichte Verbeugung an, „und ich bin mir sicher, dass es andere Wege gibt, wie wir uns nützlich machen können."

„Sicher, sicher. Vielen Dank, dass ihr trotzdem extra gekommen seid, um mir das zu sagen."

Annie schob ihren Teller von sich weg: „Das ist doch selbstverständlich."

„Leider habe ich gleich schon den nächsten Besuch." Jesus erhob sich und sie nahmen das als Zeichen, dies ebenfalls zu tun.

Geraldine streckte ihm die Hand entgegen: „Das hattest du am Telefon gesagt. Aber wir wussten ja, dass wir nicht lange brauchen würden."

„Wer ist es denn?" erkundigte sich Annie.

Jesus fuhr zu ihr herum: „Hm?"

„Oh – ich wollte nicht neugierig sein. Das heißt... eigentlich schon."

„Es ist die Prophetin meines Vaters." klärte er sie fröhlich auf, „ich hatte bisher noch keine Gelegenheit, mit ihr zu sprechen. Sie ist sehr viel unterwegs. Und ich auch."

Z zog die Brauen hoch: „Lotta?"

„Ihr kennt sie – natürlich."

„Ja, wir hatten ein paarmal miteinander zu tun."

„Ich weiß. Dann bleibt gerne." Er deutete ihnen, sich wieder zu setzen, „vielleicht hat sie ein paar Worte für euch."

„Die uns offener für deinen Vorschlag machen?" vermutete Geraldine.

„Ist es schlimm, dass ich immer noch hoffe, dass ihr einen Dienst für meinen Vater annehmt?"

„Nein. Natürlich nicht."

Es klingelte. Der Besitzer der Wohnung eilte zur Tür und nur wenig später trat Lotta in die Küche:

„Oh. Ihr?"

„Ja." bestätigte Z, „wir wollten eigentlich gerade gehen. Aber jetzt..."

Sie winkte ab: „Bleibt ruhig."

„Lotta." Jesus nahm sie an den Schultern, „der Dienst, den du für meinen Vater tust, ist groß und schwer. Aber du meisterst ihn mit Bravour. Er ist sehr stolz auf dich. Und das bin ich auch."

„Danke." antwortete sie knapp.

„Aber jetzt, wo ich hier bin, ist es schwierig, wenn die Mitarbeiter allein unterwegs sind. Wir wollen die Welt zu einem besseren Ort machen und dafür müssen wir uns koordinieren."

„Ich gehe dorthin, wo Gott mich hinschickt."

Jesus lachte auf: „Natürlich. Und er sagt mir das. Aber manchmal wäre es einfacher, wenn du und ich darüber reden würden. Zu wem du gehst und warum. Wenn wir einfach in Kontakt wären."

„Klingt logisch." gab sie zurück.

„Und am allereinfachsten wäre es, wenn du hier bei mir wärst. Dann müssten wir nicht immer nach einander suchen. Oder Termine vereinbaren. Dann könnten wir einfach immer miteinander sprechen, wenn es notwendig ist."

„Klingt ebenfalls logisch."

„Würdest du das dann tun?" Er sah ihr tief in die Augen und drückte ihre Schultern ein wenig fester, „würdest du dich hier bei mir – in meiner Nähe – niederlassen? Würdest du Teil meines Teams werden? Dich zu denen rechnen, die mir am nächsten stehen?"

Lotta räusperte sich: „Tja – deine Argumente sind gut. Durchdacht. Sinnvoll. Passend. Es gibt nur einen Haken. Ich glaube nicht an dich."

Jesus ließ die Hände sinken: „Das ist sehr traurig. Warum nicht?"

„Ich bin eine Prophetin Gottes. Er spricht direkt mit mir. Und über dich hat er bisher kein einziges Wort verloren."

„Weil er nicht über alles mit dir redet."

„Das mag sein." gab sie zu, „aber auch sonst bist du mir bisher jeglichen Beweis schuldig geblieben. Ich gebe zu – ich kann nicht sagen ‚Alles, was du getan hast, habe ich woanders schonmal gesehen.' Aber es gibt für alles eine Erklärung. Auch für die Dinge, zu denen ich selbst keine habe. Von daher..."

„Du fragst nach einem Beweis." folgerte Jesus.

„Das tue ich."

„Damit du an mich glaubst."

„Damit ich das tue."

„Und wenn du an mich glauben kannst..." Er zögerte, „dann schließt du dich mir an?"

„Dann tue ich das."

Diesmal zögerte er nicht: „Was möchtest du haben? Hast du Vorschläge? Was dir helfen könnte, zu erkennen?"

Lotta atmete tief ein und aus: „Es gibt nur eine einzige Sache, die du mir geben kannst, die mich glauben lassen würde."

„Nur eine..."

„Du weißt, wovon ich spreche."

„Ja." nickte Jesus, „ich weiß, wovon du sprichst. Und ich werde sie dir geben."

„Jetzt sofort?"

„Wenn du das willst – jetzt sofort."

„Dann sollten wir gleich aufbrechen." Lotta wandte sich den Freunden zu, „und ihr dürft gerne mitkommen. Das wird bestimmt spannend."

145

Die Sonne schien hell und damit den Zweck ihrer Anwesenheit zu pervertieren. Jesus stand mit Lotta zusammen direkt neben dem Stein, die Freunde hielten sich ein wenig abseits.

„Was glaubt ihr, warum wir hier sind?" raunte Annie den anderen zu.

„Ist das nicht klar?" raunte Geraldine zurück.

„Warum gerade wir, meine ich."

Geraldine zog die Schultern hoch: „Ich denke, er spürt, dass wir nicht 100%ig bei ihm sind. Wenn wir es miterleben... wahrscheinlich verspricht er sich etwas davon."

„Soll er." murmelte Z, „ich weiß, wo ich stehe."

„Das wissen wir alle." schloss sich Annie an.

„Alle?" Geraldine nickte leicht in Richtung des Steins, „bei Lotta bin ich mir da nicht mehr so sicher."

Auch Annie sah unsicher dorthin: „Ich habe keine Ahnung, was sie vorhat. Ob sie überhaupt was vorhat. Aber sie wird ihre Vernunft nicht komplett ausgeschaltet haben."

„Wenn es um solche Dinge geht..." setzte Z an, wurde aber direkt von Geraldine unterbrochen:

„Meinst du damit, du würdest es genauso machen?"

„Wenn ich in ihrer Situation wäre? Vielleicht."

„Z?" Annie starrte ihn an – und sofort ruderte er zurück:

„Okay. Nein. Aber ich habe auch Gewissheit."

„Gewissheit." wiederholte Geraldine.

„Du weißt nicht, was ich...?"

„Klar. Weiß ich. Aber Lotta hat auch Gewissheit."

„Nur halt genau in die entgegengesetzte Richtung." sinnierte Annie, „was unter Umständen dafür sorgt, dass..."

„Ich glaube, wir sollten still sein." Geraldine deutete mit einem Zeigefinger auf Jesus und drückte den anderen auf die Lippen. Im selben Moment legte Jesus Lotta eine Hand auf die Schulter:

„Lotta – glaubst du an mich?"

„Herr." antwortete diese, „wenn du mir mein Zeichen gibst, glaube ich an dich. Ich weiß, dass das ungläubig wirkt. Aber so wie Gideon um ein Zeichen bat, bitte auch ich um ein Zeichen."

„Und ich habe dir diesen Wunsch bereits erfüllt."

Lotta blinzelte unsicher: „Herr?"

„Siehe – dein Zeichen." Jesus hob die Arme zum Himmel und reckte den Kopf hinterher. Doch weder Lotta noch die drei Freunde folgten seinem Blick. Sie starrten auf die Erde vor sich. Auf die Blumen, mit denen sie bedeckt war. Nichts passierte. Sie konnten Lotta seufzen hören. Und dann hinter sich eine Stimme, die sie herumfahren ließ:

„Leute, ernsthaft. Glaubt ihr, dass da jetzt eine Hand aus dem Boden kommt? Das gibt es wirklich nur im Fernsehen."